KB117935

패시지 1

THE PASSAGE by Justin Cronin

Copyright © 2010 by Justin Cronin
Map copyright © 2010 by David Lindroth, Inc.
'A Conversation with Justin Cronin' copyright © 2011 by Penguin Random House LCC
Excerpt from *The Twelve* copyright © 2012 Justin Cronin
All rights reserved.

This Korean edition was published by Book21 Publishing Group In 2019 by
arrangement with Justin Cronin c/o Trident Media Group, LLC through KCC(Korea
Copyright Center Inc.), Seoul.

이 책은 (주)한국저작권센터(KCC)를 통한 저작권자와의 독점계약으로 북이십일에서 출간되었습니다.
저작권법에 의해 한국 내에서 보호를 받는 저작물이므로 무단전재와 복제를 금합니다.

패시지 1

저스틴 크로닌 장편소설
송섬별 옮김

arte

나의 아이들에게.
악몽을 꾸지 않기를.

세월의 포악한 손에 상하여 오래전 땅에 묻힌 이의
호화로운 기념비가 낡아가는 것을 볼 때
때로는 고고히 솟았던 탑이 허물어지고
영원할 줄 알았던 황동이 인간의 분노에 매인 노예가 될 때
굶주린 바다가 바닷가 왕국을 집어삼키고
단단한 토양이 바닷물을 메워버리고
얻은 자는 잃고, 잃은 자는 얻는 것을 볼 때
이렇게 존재라는 것이 서로 바뀌는 것을
아니면 존재라는 것 자체가 썩어갈 운명인 것을 볼 때
폐허에서 나는 깨달음을 얻네.
시간이 찾아와 나의 사랑을 앗아가리라는 것을.

— 윌리엄 셰익스피어, 「소네트 64」

I

세상에서
가장 끔찍한 악몽

B.V. 5년-1년

죽음으로 가는 길은 온갖 악마에게 시달리는
기나긴 행진, 시시각각 찾아오는 새로운 공포에
심장은 조금씩 죽어가고, 한 걸음 한 걸음마다
뼈는 몸서리치며, 마음 역시 나름의 방식대로
격렬히 저항한다. 그러나 그런다고 무엇이
달라지나? 보호벽은 차례로 무너져 내리고
재난이 일어나는 자리와 거기서
벌어지는 죄 앞에서 눈을 가릴 수 없으니.

— 캐서린 앤 포터, 『창백한 말, 창백한 기수』

'문득 나타난 소녀', '난데없이 나타난 자', 천 년을 산 '최초이자 마지막이며 유일한 자'가 되기 전 그녀는 아이오와주에 사는 에이미라는 어린 소녀에 불과 했다. 에이미 하퍼 벨라폰테가 그녀의 이름이었다.

에이미가 태어났을 때 어머니인 지넷은 열아홉 살이었다. 지넷은 어릴 때 돌아가신 어머니 이름을 따 아기 이름을 에이미라고 짓고, 가운데 이름은 가장 좋아하는 책 — 사실은 고등학생 때 유일하게 읽은 책 — 『앵무새 죽이기』를 쓴 작가 하퍼 리의 이름을 따서 하퍼라고 지었다. 주인공인 어린 소녀 이름을 따서 스카우트라고 이름을 지을 수도 있었을 텐데, 지넷은 어린 딸이 자신과는 달리 스카우트처럼 용감하고 유쾌하고 영리하게 자랐으면 했기 때문이다. 하지만 스카우트라는 이름은 남자 이름이었기에 지넷은 딸이 평생 동안 자기 이름의 의미에 대해 설명하며 살아가길 바라지는 않았다.

에이미의 아버지는 지넷이 열여섯 살 때부터 웨이트리스로 일했던 식당에 어느 날 찾아온 손님이었다. 다들 '박스'라고 부르는 곳이었는데 그 이유는 식당이 동전을 넣는 셀프 세차장 말고는 아무것도 없이 옥수수밭과 콩밭만 몇 킬로미터나 펼쳐진 시골길가에 놓인 커다랗고 번쩍거리는 신발 상자처럼 생겼기 때문이었다. 남자의 이름은 빌 레이놀즈로 수확용 농기구 같은 커다란 물건을 파는 사람이었다. 사탕발림에 능해서 지넷이 커피를 따르는 동안에도, 그 후에도, 자꾸만 그녀가 아름답다느니 새까만 머리카락과 녹색이 도는 밝은 갈색의 눈과 가느다란 손목에 반했다느니 하는 말을 늘어놓았는데, 제 욕망을 채우려고 번지르르한 말을 퍼붓는 학교 남학생들과는 달리 그 남자의 말은 마치 진심인 것처럼 들렸다. 남자는 커다란 새 폰티액을 타고 다녔는데 대시보드가 우주선처럼 번쩍거리고 가죽 시트는 버터같이 부드러웠다. 지넷은 생각했다. 저 남자를 정말 진심으로 사랑할 수 있을 것 같아. 하지만 남자는 며칠 만에 마을을 떠나 자기 인생으로 돌아갔다. 두 사람 사이에 있었던 일을 아버지에게 말하자 아버지는 그놈을 찾아 책임을 지우겠다고 했다. 하지만 지넷이 알면서도 아버지에게 말하지 않았던 것은 빌 레이놀즈가 결혼을 했다는, 즉 유부남이었다는 사실 때문이었다. 그는 저 먼 네브래스카주 링컨에 가족이 있었다. 심지어 지갑 안에 든 아이들 사진도 보여주었다. 야구 유니폼을 입은 어린 두 아들, 보비와 빌리였다. 그래서 아버지가 그 짓을 한 놈이 누구냐고 아무리 물어도 그녀는 대답하지 않았다. 이름조차 입 밖에 내지 않았다.

실은, 지넷은 빌 레이놀즈가 옆에 없다는 사실에 크게 개의치 않았다. 만삭이 되기 전까지는 입덧도 없었고, 출산은 힘들었지만 빨리 끝난 데다가 특히 아기, 에이미를 낳게 된 게 기뻤다. 아버지는 지넷을 용서했다는 뜻으로 지넷의 오빠가 옛날에 쓰던 방을 아기방으로 만들고 다락에 있던 오래된 요람을 꺼내 왔다. 지넷이 아기였을 때 쓰던 요람이었다. 에이미를 낳기 한 달 전부터 지넷의 아버지는 딸을 잘 보살폈다. 에이미가 태어나기 전 지넷과 함께 잠옷이나 작은 플라스틱 욕조, 요람 위에 거는 모빌 등 아기에게 필요한 물건을 사러 월마트에 가기도 했다. 책에서 아기들의 조그만 머리가 잘 돌아가려면 모빌 같은 물건이 필요하다는 이야기를 읽었기 때문이다. 딸이었으면 좋겠다고 생각해서였지만, 지넷은 줄곧 아기가 여자아이일 거라고 생각했는데 그런 말은 자기 자신을 포함한 누구에게도 하면 안 된다는 사실을 알았다. 시더 폴스에 있는 병원에서 초음파검사를 받은 뒤 지넷은 헐렁한 꽃무늬 덧옷 차림으로 지넷의 배에 플라스틱 주걱처럼 생긴 검사기를 문지르고 있던 여자에게 아기의 성별을 알 수 있느냐고 물었다. 하지만 여자는 지넷의 배 속에서 잠자고 있는 아기가 나오는 화면을 보면서 '아기가 부끄러움이 많네요. 성별을 알 수 있을 때도 있지만 알 수 없을 때도 있는데 이번은 알 수 없는 경우네요.' 하며 웃기만 했다. 그래서 지넷은 아기의 성별을 알지 못했지만 상관없다고 생각했고, 아버지와 함께 오빠의 방을 비우고 벽에 붙어 있던 포스터 — 호세 칸세코(메이저리그에서 활약하던 야구 선수—옮긴이), '킬러 피크닉', '버드 걸스'라는 밴드 포스터 — 를 떼어내고 헐고 빛바랜 벽에는 '드림 타임'이라는 이름이 붙은 페인트를 칠했는데, 이 색은 분홍색과 푸른색이 섞인 색이어서 아이가 딸이든 아들이든 상관없을 것 같았다. 아버지는 물웅덩이에서 첨벙거리고 있는 오리 그림이 반복되는 벽지를 천장 모서리에 맞춰 띠처럼 붙이고, 경매장에서 발견한 낡은 단풍나무 흔들의자를 깨끗이 닦아 지넷이 아기를 집으로 데려온 뒤 안고 앉아 있을 수 있도록 준비해두었다.

지넷이 바랐던 딸, 에이미 하퍼 벨라폰테라는 이름이 붙은 아기는 여름에 태어났다. 다시는 만날 수 없고, 에이미가 태어난 이상 만나고 싶지도 않은 남자의 성姓인 레이놀즈를 붙일 이유가 없었다. 게다가 벨라폰테만큼 완벽한 이름은 없었다. 벨라폰테는 '아름다운 샘'이라는 뜻으로 에이미와 딱 어울리는 이름이었다. 지넷은 아기에게 젖을 먹이고 어르고 기저귀를 갈아주었고, 아기가 밤중에 배가 고파서, 아니면 어둠이 무서워서 울면 지넷은 몇 시건, 또 '박스'에서 일하느라 얼마나 피곤하건 상관없이 복도를 허둥지둥 달려 아기방으로 가서 아기를 안아들고 엄마 여기 있어, 엄마는 여기 있을 거야, 네가 울면 달려올 거야, 이건 너와 나 둘만의 약속이야, 영원한 약속이야, 사랑하는 내 딸 에이미 하퍼 벨라폰테, 하고 속삭였다. 창에 달린 블라인드가 흰빛으로 물드는 새벽이 올 때까지 아기를 안고 어르다 보면 바깥의 나뭇가지에 앉은 새가 우짖는 소리가 들렸다.

에이미가 세 살이 되자 지넷은 혼자가 되었다. 지넷의 아버지가 죽었을 때 의사들은 심장마비일 수도 있고 뇌졸중일 수도 있다고 했다. 굳이 정확히 알아볼 필요는 없었다. 둘 중 무엇이든 간에 그것은 한겨울 이른 아침 양곡장으로 출근하기 위해 트럭으로 걸어가던 그를 급습했다. 쓰러지기 전 아버지가 흙발이 위에 올려둔 커피는 한 방울도 쏟아지지 않았다. 지넷은 여전히 '박스'에서 일하고 있었지만 벌이는 에이미를 키우기에, 아니 살림을 꾸리기에는 부족했고 어딘가에서 해군으로 복무하고 있는 오빠는 지넷이 보낸 편지에 답장하지 않았다. 언젠가 오빠는 이런 말을 했었다. '신이 아이오와를 만들었지. 그래서 사람들은 여기를 떠나면 다시는 돌아오지 않아.' 지넷은 어떻게 해야 할지 생각했다.

그러던 어느 날 한 남자가 식당으로 찾아왔다. 바로 빌 레이놀즈였다. 그는 예전과는 완전히 다른 사람 같아 보였고 좋은 쪽으로 변한 건 아니었다. 지넷의 기억 속에서 빌 레이놀즈는 — 가끔 지넷이 그를 생각했다는 점을 인정할 수밖에 없는데, 그녀가 기억하는 것은 주로 그가 말을 할 때 이마 뒤로 쓸어 넘기던 모래 빛 머리카락이라든지 다 식은 커피를 마실 때도 입으로 후후 불어대던 습관 따위의 사소한 일들이었다 — 뭔가 특별한 점, 그러니까 내면에 따뜻한 빛이 있어 가까이 다가가고 싶은 사람이었다. 반으로 꺾으면 안에 있는 액체가 빛을 내는 플라스틱 야광 막대 같았다. 이제 와 나타난 남자는 같은 사람이었지만 그 빛이 사라지고 없었다. 나이가 들고, 몸은 더 말라 있었다. 이발을 하지도, 머리를 빗지도 않아서 떡이 지고 사방으로 뻗쳐 있었으며 옛날처럼 잘 다려진 폴로 셔츠가 아니라 아버지가 입던 것 같은 평범한 작업복 셔츠를 입었다. 옷자락이 바지춤에서 아무렇게나 비죽 튀어나와 있었고 겨드랑이에는 땀 얼룩이 져 있었다. 노숙을 한 것 같기도, 차 안에서 잔 것 같기도 했다. 문간에서 두 사람의 눈이 마주치자 지넷은 구석 자리에 가 앉는 그를 따라갔다.

—대체 여긴 왜 왔어?

—아내를 떠났어.

그가 말했다. 그가 그녀를 처다보는 순간 숨에 묻은 맥주 냄새와 땀 냄새, 빨지 않은 옷에서 나는 냄새가 그녀의 코끝을 스쳤다.

—다 끝냈어, 지넷. 아내와 헤어졌으니 이제 나는 자유의 몸이야.

—그 말을 하러 여기까지 왔다고?

—당신 생각을 계속했어.

그가 헛기침을 했다.

—아주 많이. 우리 생각을 했지.

—우리라니? 우리 같은 건 없어. 이렇게 불쑥 찾아와서 우리 생각을 했다니?

그가 허리를 꼿꼿이 폈다.

―어쨌든 난 그래. 그래서 이렇게 찾아왔잖아.

―바쁜 거 안 보여? 이렇게 이야기하고 있을 시간 없어. 뭐라도 시켜.

―좋아.

그는 그렇게 대답했지만 벽에 붙은 메뉴 대신 그녀만 빤히 쳐다보았다.

―치즈버거로 하지. 치즈버거 하나, 콜라 한 잔.

주문을 받아 적는데 눈앞에서 글씨가 일그러지기 시작했다. 울음이 터져 나온 것이다. 마치 한 달째, 아니 일 년째 잠을 설친 기분이었다. 피로의 무게를 여태 지탱한 건 아주 가느다란 의지였다. 한때는 그녀도 인생을 살면서 하고 싶은 일들이 있었다. 머리를 자르거나, 자격증을 따거나, 작은 가게를 열거나, 시카고 아니면 디모인 같은 진짜 도시로 이사를 해서 집을 빌리고, 친구를 사귀는 것 같은 일들 말이다. 지넷은 오래전부터 괜찮은 식당이나 커피숍에 앉아 있는 자기 자신의 모습을 그려오곤 했다. 가을이라 바깥 날씨는 차고, 그녀는 혼자 창가 작은 테이블에 앉아 책을 읽고 있다. 테이블 위에는 김이 모락모락 피어오르는 찻잔이 놓여 있다. 눈을 들어 창밖을 보면 그녀가 사는 도시의 사람들이 묵직한 외투와 모자 차림으로 이리저리 바삐 움직여 가는 모습이 보이고 유리창에 비친 자신의 얼굴이 그 위로 겹쳐 보이는 장면 같은 것 말이다. 그러나 지금 여기서 있자니 그건 마치 완전히 딴 세상의 일처럼 느껴졌다. 이제 지넷에게는 에이미가 있었고, 에이미는 지넷이 '박스'에서 일하는 동안 너저분한 탁아소에서 시간을 보내며 그곳에서 옮아온 감기나 배앓이로 늘 아팠고, 아버지는 순식간에, 맨홀 속으로 뚝 떨어진 것처럼 죽어버렸고, 빌 레이놀즈는 4년이나 지난 지금 마치 아주 잠깐 떠나 있었던 것처럼 눈앞의 테이블에 앉아 있는 것이다.

―나한테 왜 이래?

그가 그녀의 눈을 한참 바라보다가 그녀의 손등에 손을 얹었다.

―끝나고 만나줘.

결국 빌 레이놀즈는 지넷과 에이미와 함께 살게 되었다. 그녀가 오라고 한 것인지, 어쩌다가 그렇게 된 것인지 알 수 없었다. 둘 중 어느 것이건 그녀는 곧바로 후회했다. 대체 지금의 빌 레이놀즈는 뭐 하는 사람일까? 아내, 그리고 야구 유니폼을 입은 보비와 빌을 모두 네브래스카주에 남겨두고 떠나왔다. 폰티액은 없었고 직업도 없었다. 그것 역시 끝난 것이다. 경제불황 때문에 빌어먹을 농기구는 아무도 사지 않게 되었다고 그는 설명했다. 계획이 있다고 말했지만, 그녀가 보기에 빌 레이놀즈의 유일한 계획이란 그녀가 '박스'에서 종일 일하는 동안 집 안에서 에이미를 위해 그 어떤 일도 하지 않고, 심지어 아침 먹은 그릇을 설거지도 하지 않은 채 빈둥거리는 게 전부였다. 그는 그 집에서 살게 된 지 석 달이 되었을 때 처음으로 그녀를 때렸다. 그는 술에 취해 있었고 때리자마자 울음을 터뜨리며 계속해서 잘못했다고 빌었다. 마치 '그녀가' 그에게 무슨 짓이라도 한 것처럼 바닥에 무릎을 꿇고 변명을 쏟아냈다. 인생이 송두리째 바뀌어버렸고, 이건 한 남자가, 아니 어떤 남자라도 감당하기에는 너무 고단한 일이기 때문에 그녀가 이해해주어야 한다고. 사랑한다고, 미안하다고, 다시는 이런 일이 없을 거라고 했다. 그는 그렇게 맹세했다. 그 맹세는 그녀를 향한 것도, 에이미를 향한 것도 아니었다. 그리고 마침내는 그녀가 그에게 미안하다고 말하는 것으로 끝났다.

그는 돈 때문에 그녀에게 폭력을 휘둘렀다. 겨울이 되고 그녀의 계좌에 난방비를 지불할 돈이 남아 있지 않자 그는 또다시 손찌검을 했다.

―씨팔, 망할 년 같으니. 내가 이렇게 곤란한 거 안 보여?

지넷은 부엌 바닥에 엎어져 머리를 감싸 쥐고 있었다. 바닥에 쓰러질 정도로 세게 맞았던 것이다. 엎어져 있으니 지저분하고 얼룩이 진 바닥이며, 평소에 보이지 않는 찬장 아래에 가득한 먼지 덩어리와 알 수 없는 찌꺼기가 보여서 우습다는 생각을 했다. 그렇게 생각하면서도 다른 한편으로는 스스로에게 '정신 좀 차려, 지넷' 하고 되뇌었다. 빌에게 언어맞고 쓰러져 있는 상황에서 고작 먼지를 걱정하고 있다니. 갑자기 귓속에서 이상한 소리가 났다. 에이미는 위층 자기방에서 작은 텔레비전을 보고 있었는데, 텔레비전에서 나오는 〈보라색 공룡 바니〉며 양치질을 잘하자는 노랫소리가 마치 자기 머릿속에서 들리는 것처럼 느껴졌다. 그다음에는 난방유 트럭이 엔진 소리를 울리며 진입로를 빠져나가 도로로 나가는 소리가 들렸다.

―여긴 당신 집이 아니야.

―맞는 말이야.

오전 10시였는데도 빌은 개수대 위 찬장에 있던 올드 크로우 위스키병을 끄집어내더니 컵에다 따랐다. 그는 식탁 앞에 앉았지만 다리를 꼬고 편안하게 앉은 자세는 아니었다.

―내 집이 아니니까 기름값도 내가 낼 건 아니지.

지넷은 몸을 추슬러 일어서려고 했지만 몸이 일으켜지지가 않았다. 그녀는 그대로 빌이 술을 마시는 모습을 한동안 지켜보았다.

―나가.

빌은 고개를 절레절레 흔들며 웃더니 위스키를 한 모금 마셨다.

―바닥에 널브러져서는 나더러 나가라고 하는 꼬락서니가 우습기 짝이 없군.

―진심이야. 나가.

에이미가 방에서 나왔다. 어딜 가나 들고 다니는 토끼 인형을 들고, 지넷이 상설 할인 매장에서 사다 준, 가슴팍에 딸기 자수가 놓인 귀여운 오시코시 비고시의 멜빵바지를 입고 있었다. 한쪽 멜빵이 풀려 허리께에서 덜렁거리고 있었다. 화장실에 가고 싶어서 스스로 풀어낸 모양이었다.

―엄마, 왜 바닥에 있어?

―아가, 엄마는 괜찮아.

지넷은 에이미를 안심시켜주려고 일어섰다. 왼쪽 귀가 약간 울렸고 꼭 만화영화에 나오는 것처럼 새들이 머리 둘레를 빙빙 돌고 있는 듯한 기분이었다. 손에 피가 약간 묻어 있었다. 어디에서 난 피인지 알 수 없었다. 지넷은 에이미를 안아 올린 뒤 미소를 지으려고 안간힘을 썼다.

―괜찮아, 그냥 넘어진 거야. 아가, 화장실 가고 싶어?

─당신 꼬락서니를 스스로 한번 보지 그래?

빌이 또다시 고개를 절레절레 젓더니 술을 마셨다.

─멍청한 년 같으니, 쟤도 내 애가 아닐걸.

에이미는 엄마 얼굴을 가리키며 말했다.

─엄마, 코는 왜 다쳤어?

그러더니 에이미는 울기 시작했는데, 빌이 한 말 때문인지 피를 보아서인지
는 알 수 없었다.

─당신이 무슨 짓을 한 건지 알겠어?

빌이 말하고는 이내 에이미를 향해 말했다.

─이리 오렴, 아무 일도 아니야. 엄마 아빠는 가끔 싸울 때도 있단다.

─말했잖아. 이 집에서 나가.

─내가 나가면 무슨 수가 있나? 기름값 낼 능력도 없는 주제에.

─내가 그걸 몰라? 당신이 말 안 해도 충분히 알아.

에이미가 엉엉 울기 시작했다. 아이를 안고 있던 지넷의 허리춤에 뜨뜻하고
축축한 감각이 느껴졌다. 에이미가 오줌을 싼 것이다.

─씨팔, 애새끼 입 좀 다물게 하라고.

지넷은 에이미를 가슴에 꼭 붙여 안았다.

─당신 말이 맞아. 에이미는 당신 애가 아니야. 당신 애가 아니고 앞으로도
그럴 거야. 지금 당장 나가지 않으면 보안관을 부를 거야.

─그러기만 해봐, 진. 가만 안 둘 거야.

─아니, 그럴 거야. 진심이야.

그러자 빌은 자리에서 일어나 집 안을 거칠게 헤집고 다니며 자기 물건을 챙
기더니 몇 달 전 이 집에 들어올 때 가져왔던 종이 상자에 꾸렸다. 그때는 저 남
자에게 제대로 된 슈트 케이스 하나 없다는 사실을 왜 이상하게 생각하지 않았
을까? 지넷은 무릎에 아이를 안고 식탁 앞에 앉아 가스레인지 위에 걸린 시계를
보며, 그가 언제라도 다시 들어와 폭력을 휘두를지 모른다고 각오하고 있었다.

앞문이 열리는 소리, 그리고 빌이 현관을 오가며 내는 묵직한 발걸음 소리가 들렸다. 그가 집 안팎을 오가며 짐 상자를 나르는 동안 현관문을 활짝 열어두는 바람에 차가운 공기가 집 안으로 밀려들었다. 한참 뒤에야 그가 눈 묻은 부츠 발자국을 남기며 부엌으로 들어왔다.

—좋아. 당신이 나가라고 했지? 진짜 간다.

그가 식탁 위에 있던 올드 크로우 병을 집어 들었다.

—마지막 기회야.

지넷은 입을 다물고 그를 쳐다보지도 않았다.

—그래, 그렇게 끝나는군. 내가 떠나도 상관없다는 소리지?

그 순간 지넷은 손을 뻗어 남자의 잔을 집어 들고 탁구채를 휘두르듯 집어 던져버렸다. 좋은 생각이 아니라는 걸 스스로도 알았지만, 차라리 조금 더 빨리 던졌어야 했다. 너무 늦었다. 잔은 벽에 부딪히더니 텅 소리를 내며 깨지지도 않고 바닥에 떨어졌다. 그녀는 남자의 주먹이 날아올 것을 예상하고 에이미를 꽉 끌어안은 채 눈을 감았다. 잠시 동안 침묵 속에서 유리잔이 구르는 소리만이 선명했다. 빌의 분노가 열기를 더하며 달아오르는 게 느껴졌다.

—이제 당신 인생이 어디로 굴러갈지 단단히 각오하라고, 지넷. 이 말을 가슴에 새기고 잊지 마.

발자국 소리가 멀어지더니 빌이 떠났다.

지넷은 있는 돈만큼 기름을 사서 채운 다음 온도조절장치를 섭씨 10도까지 내렸다. '에이미, 우리는 캠핑을 하는 거야.' 그러면서 지넷은 아이의 손에 손모아장갑을 씌우고 머리에는 모자를 눌러 씌웠다. '사실 지금은 그렇게 춥지 않아. 모험이라고 생각해.' 두 사람은 낡은 이불을 겹겹으로 덮고 함께 잤다. 방 안이 너무 추워서 숨을 쉴 때마다 입김이 하얗게 서렸다. 지넷은 밤에 고등학교를 청소하는 야간 일자리를 구했고 에이미는 옆집 아주머니에게 맡겼지만, 아주머니가 몸이 안 좋아 입원을 해야 하는 바람에 결국 아이를 집에 혼자 두는 수밖에 없게 되었다. 지넷은 에이미에게 일러주었다. '침대에 누워서, 누가 찾아와도 대답하지 말고, 눈을 꼭 감고 있으면 어느새 엄마는 돌아와 있을 거야.' 지넷은 아이가 잠든 걸 확인한 뒤에야 살짝 집 밖으로 나와, 시동 거는 소리에 아이가 깰세라 멀찍이 세워둔 차를 향해 눈이 딱딱하게 얼어붙은 길 위를 열심히 걸었다.

그러나 어느 날 지넷이 실수로 누군가에게 이 이야기를 털어놓고 말았다. 일하는 곳의 여자 동료와 담배를 피우러 잠시 나왔던 참이었다. 지넷은 담배를 싫어했고 담배를 사는 일 따위에 돈을 낭비하고 싶지 않았지만 담배를 피워야 졸음을 견딜 만했고 담배를 피우는 시간이라도 없으면 쉬지도 못하고 변기를 닦고 복도에 걸레질을 해야 했다. 지넷은 앨리스라는 동료 직원에게 자신이 에이미를 혼자 두고 나온다는 사실을 비밀로 해달라고 당부했지만 앨리스가 약속을 지켜줄 리가 없었다. 그녀가 그 길로 당장 감독관에게 가서 일러바치는 바람에 지넷은 그 자리에서 해고를 당했다. '아이를 혼자 두고 나오는 건 불법이야.' 감독관은 보일러 옆에 있는, 고작 3제곱미터 크기의 사무실에서 지넷에게 그렇게 통보했다. 사무실 안에는 우그러진 철제 책상과 충전재가 삐져나온 오래된 안락의자가 있었고 벽에 걸린 달력은 이미 몇 년이나 지난 것이었다. 더운 공기에 숨이 턱턱 막혔다. '신고하지 않는 게 다행인 줄 알아.' 감독관이 말했을 때 지넷은 자신이 어쩌다가 이런 말이나 듣는 사람이 되었나 하는 생각을 했다. 지금까지 감독관의 태도로 봐서는 상황을 잘 설명하고 청소 일을 해서 받는 돈이 없으면 생계를 꾸릴 수가 없다고 설득이라도 해볼 수 있을 것 같았지만, 너무 피곤해서 말도 제대로 나오지 않았다. 그래서 지넷은 마지막 일당을 받아들고 고물이 다 된 기아 자동차를 타고 집으로 향했다. 처음 샀던 고등학생 때에도 6년이 된 중고차였는데, 이제는 달리는 도중에 이음새가 덜렁거리는 모습이 백미러로 다 보일 만큼 망가져 있었다. 그러다가 차를 세우고 퀵마트에 들어가 카프리 담배 한 갑을 사서 돌아오니 차에 시동이 걸리지 않았다. 그 순간 지넷은 울음을 터뜨리고 말았다. 좀처럼 울음이 멈추지 않아 30분이나 계속 울었다.

문제는 배터리였다. 83달러를 주고 시어스에서 새 배터리를 샀지만 일주일이나 출근을 못 하는 바람에 '박스'에서도 잘렸다. 이제 남은 돈으로 할 수 있는 일은 빌이 버리고 간 종이 상자에 식료품 봉지 몇 개와 짐을 싸서 떠나는 것이 전부였다.

그들이 어디로 갔는지는 아무도 몰랐다. 빈집에서 수도관이 얼었다가 잘 익은 과일처럼 터져버렸다. 봄이 오자 터진 수도관에서는 며칠이나 물이 콸콸 흘러나왔고, 수도세가 지불되지 않자 수도 회사 직원들이 찾아와 수도를 잠가버렸다. 집에는 쥐 떼가 들어왔고, 여름이 되자 태풍에 유리창마저 깨졌다. 2층에 제비 가족이 찾아와 지넷과 에이미가 추위에 떨며 잠들던 침실에 둥지를 틀었다. 얼마 안 가 집 안은 새소리와 새들이 풍기는 냄새로 가득 찼다.

더뷰크로 간 지넷은 주유소에서 야간 일자리를 구했고 지넷이 일하는 동안 에이미는 뒷방 소파에서 잠을 잤지만, 주유소 주인이 알게 되는 바람에 그녀는 또다시 일자리를 잃었다. 여름이었고, 두 사람은 기아 자동차에서 살며 주유소 화장실에서 몸을 씻으면서 지냈기에 쫓겨나더라도 차에 올라타 떠나면 그만이었다. 고등학교 때 친했다가 간호사 공부를 하러 로체스터로 떠나온 친구 집에서 한동안 지내기도 했다. 친구가 일하는 병원에서 청소 일자리를 구했지만 최저임금을 받았고 친구의 집은 셋이 지내기엔 너무 좁았다. 결국 모텔로 거처를 옮겨 지내게 되었으나 그러고 나니 에이미를 돌봐줄 사람이 없었다. 친구도 에이미를 돌볼 시간이 없었고 달리 아이를 맡길 만한 사람도 없었으니 결국은 다시 차 안에서 살아야 했다. 9월이 되자 벌써 한기가 돌았다. 라디오에서는 자꾸만 전쟁 이야기가 나왔다. 지넷은 남쪽으로 차를 몰았지만 멤피스까지 간 뒤 차가 퍼져버렸다.

두 사람을 메르세데스에 태워준 남자의 이름은 존이라고 했으나 아마 거짓말인 것 같았다. 전등을 깨뜨린 다음 핑계를 대는 아이 같은 말투는 차치하고, 말을 하기 전에 그녀를 한참 눈여겨보기까지 했으니 거짓말을 하는 게 분명했다. '제 이름은…… 존입니다.' 겉보기에는 쉰 살쯤 된 것 같았지만 지넷은 나이를 어림잡는 데는 소질이 없었다. 존은 수염을 잘 다듬고 장의사처럼 몸에 딱 맞는 검은 양복을 입고 있었다. 그는 운전을 하는 내내 백미러로 뒷좌석의 에이미를 힐끔힐끔 보고 운전석에서 자꾸만 자세를 고치며 지넷에게 당신은 누군지, 어디로 가는지, 취미가 무엇인지, 어쩌다 테네시주까지 왔는지 물어댔다. 존의 차에 타고 있자니 빌 레이놀즈가 몰던 고급차가 생각났는데 이 차는 그보다 더 좋았다. 창문을 닫으면 바깥 소리가 거의 들리지 않았고 시트가 푹신해 꼭 아이스크림 위에 앉아 있는 것 같았다. 잠에 들락 말락 했다. 존이 모텔 앞에 차를 세웠을 때는 어찌 된들 상관없다는 생각이 들었다. 피할 수 없는 일로 느껴졌다. 모텔은 공항 근처에 있었다. 아이오와처럼 평지였고, 석양 속에서 졸린 듯한 느린 속도로 사격 연습장의 과녁들처럼 활주로를 빙빙 도는 비행기의 불빛이 보였다.

'에이미, 우리 아가. 엄마는 여기 마음씨 좋은 아저씨랑 잠시 안에 들어갈 거야. 알았지? 그림책 보고 있거라.'

일을 치르는 내내 남자는 지넷을 '자기'라고 불러주는 등 신사답게 굴었고 떠나기 전에는 침대 옆 협탁에 50달러를 올려놓았는데 지넷이 에이미와 함께 모텔에서 하룻밤 묵기에 충분한 돈이었다.

하지만 다른 사람들은 그 남자처럼 신사적이지 않았다.

밤이면 지넷은 일부러 텔레비전을 틀어둔 채 에이미만 혼자 방 안에 두고 문을 잠근 다음 모텔 앞 고속도로로 나가 서 있었다. 오래 걸리지 않았다. 늘 누군가가 차를 세웠고, 그 사람은 항상 남자였으며, 협상이 끝나면 지넷은 남자를 모텔로 데려왔다. 그녀는 남자를 들이기 전 혼자 먼저 방에 들어와 에이미를 욕실에 넣어놓고 욕조에 이불이며 베개를 놓아 침대를 만들어주었다.

에이미는 여섯 살이었다. 어지간해서는 입을 열지 않는 조용한 아이였지만 똑같은 책을 읽고 또 읽다 보니 글도 조금 알고 숫자도 셀 줄 알았다. 어느 날 두 사람이 〈휠 오브 포춘〉을 보고 있었는데 출연자가 자신이 딴 돈을 쓰는 순간이 오자 에이미는 그 돈으로 무얼 살 수 있는지, 칸쿤으로 휴가를 가기엔 부족한 돈이지만 거실 가구 세트를 사고도 부부용 골프채를 살 돈이 남는다는 것을 금방 계산해냈다. 그때 지넷은 에이미가 똑똑하다고, 어쩌면 보통 똑똑한 게 아닌지도 모른다고, 학교에 보내야겠다고 생각했지만 학교가 근처 어디에 있는지 알 수 없었다. 모텔 주변에 있는 건 자동차 수리점, 전당포, 아니면 그들이 살고 있는 '슈퍼식스'와 비슷한 모텔들이 전부였다. 모텔 주인은 엘비스 프레슬리를 굉장히 많이 닮은 남자였는데 젊은 시절의 잘생긴 엘비스가 아니라 나이가 들어 살이 찐 뒤의 모습을 닮아 있었고, 머리는 떡이 지고 두꺼운 금테 안경 덕분에 수족관 안에서 헤엄치는 물고기처럼 눈이 튀어나와 보였으며, 엘비스가 입었던 것같이 등짝에 번개 그림이 그려진 새틴 재킷을 입고 다녔다. 주인은 웬만해선 항상 카운터 뒤에 앉아 플라스틱 물부리를 꽂은 조그만 시가를 입에 물고 혼자 카드놀이를 하며 시간을 보냈다. 매주 주인에게 방세를 현금으로 내면서 50달러를 더 얹어주면 지넷이 하는 일에 아무런 간섭을 하지 않았다. 어느 날 모텔 주인은 혹시 호신용 물품이 필요한지, 자신에게서 총을 살 생각이 있는지 물어보았다. 지넷이 총을 살 생각이 있다고 하자 그는 100달러를 내라고 했다. 모텔 주인이 보여준 낡은 22구경 리볼버는 곧장 받아 들어 손에 쥐어보았을 때에도 사람을 쏠 만한 물건으로는 느껴지지 않았다. 하지만 핸드백에 들어갈 만큼 작았기에 지넷은 고속도로에 나갈 때마다 총을 챙기면서, 가지고 다녀서 나쁠 건 없다고 생각했다.

모텔 주인은 이렇게 말했다.

—총을 겨눌 땐 조심해요.

그때 지넷은 이렇게 대답했다.

—당신이 그렇게 말하는 이상, 확실히 작동하는 총이 맞겠죠. 총을 판 건 그쪽이니까요.

총을 사길 잘했다는 생각이 들었다. 핸드백 안에 총을 넣어 다니기 시작한 뒤에야 지넷은 여태까지 겁이 났다는 사실을 뒤늦게 깨달았고, 이제는 적어도 예전만큼 겁이 나지는 않는다고 생각했다. 어떻게 보면 총은 지넷의 비밀이었다. 진짜 지넷이 누구인가 하는 비밀. 핸드백 안에 넣어놓은, 진짜 지넷의 아주 작은 한 조각. 반면 또 다른 지넷, 딱 붙는 상의와 스커트 차림으로 고속도로에 서서, 엉덩이를 추켜든 채 웃으면서 '원하는 게 있어, 자기? 오늘 밤 내가 무얼 도와줄까?' 하는 지넷은 만들어낸 사람, 결말을 알기 망설여지는 이야기 속에 나오는 사람 같은 것이었다.

그 사건이 있었던 날 그녀를 고른 남자는 여태 지넷이 생각해본 적 없는 종류의 사람이었다. 보통 질이 안 좋은 사람은 한눈에 알아볼 수 있었기에 그런 남자를 마주치면 그녀는 필요 없다고 말하고 걸음을 옮기곤 했다. 하지만 그 남자는 괜찮은 사람 같았고, 대학생이나 그 나이대로 보였던 데다, 빳빳하게 다린 카키색 바지에 말을 탄 남자가 해머를 휘두르는 로고가 박힌 셔츠를 잘 차려입고 있었다. 남자가 꼭 데이트를 원하는 사람처럼 굴어서 그녀는 뚜껑에 자전거 랙^rack 같은 것이 달려 있는 커다란 포드 엑스포에 올라타면서 속으로 웃었다.

하지만 그때 이상한 일이 일어났다. 남자가 모텔을 향해 차를 몰지 않았던 것이다. 어떤 남자들은 차를 한편에 세우기도 전에 차 안에서 곧바로 일을 치르고 싶어 하기도 했다. 그러나 지넷이 이 남자 역시 그러기를 원하는가 보다 하고 짐작하고 다가가자 그가 부드럽게 그녀를 밀어냈다. 남자는 그녀를 데리고 나가고 싶다고 했다.

—나가다니, 어디로요?

—괜찮은 곳으로요. 좀 괜찮은 곳으로 가고 싶지 않아요? 보통 받는 것보다 더 드리죠.

지넷은 방 안에서 자고 있을 에이미를 생각했지만, 어차피 별로 상관없을 것 같았다.

—한 시간 안에 끝낼 수 있으면요. 그다음에는 도로 여기에 데려다주세요.

하지만 한 시간보다 더 오래 걸렸다. 훨씬 더 오래. 목적지에 도착했을 때 지넷은 겁에 질려 있었다. 남자는 현관 위에 글자처럼 생겼지만 글자는 아닌, 세 개의 형상이 그려진 커다란 간판이 있는 집 앞에 차를 세웠다. 지넷은 여기가 어딘지 알아차렸다. 남학생 사교 클럽이었다. 학교에 다니며 의사나 변호사 공부를 하는 척하는 부유한 집안의 남학생들이 떼거지로 모여 아버지의 돈으로 술을 퍼마시는 곳 말이다.

　―제 친구들을 소개시켜드리죠. 마음에 드실 겁니다.

　―안 들어가요. 도로 데려다주세요.

　남자는 운전대를 두 손으로 쥔 채 가만히 있었는데, 그녀는 그의 얼굴, 그리고 느른하고 광기 어린 굶주림이 감도는 눈빛을 보는 순간 남자가 괜찮은 사람일 거라는 짐작을 거두고 말았다.

　―선택의 여지는 없습니다. 지금은 안 들어갈 수 없다고 말씀드리죠.

　―안 돼요.

　지넷은 문을 열고 내리자마자 여기가 어디인지도 모르면서 걸어 나갔지만, 남자가 곧장 따라 내려 그녀의 팔을 붙잡았다. 저 건물 안에서 무슨 일이 기다리고 있을지, 남자가 무엇을 원하는지, 모든 것이 어떻게 될지는 불 보듯 뻔했다. 이런 일이 일어날 걸 미리 예상치 못했던 건 그녀의 잘못이었다. 그러니까 이미 오래전, '박스'에 빌 레이놀즈가 찾아온 날 이미 예상했어야 하는 일인지도 모른다. 그녀는 남자 역시 겁을 내고 있다는 사실을 깨달았다. 누군가 다른 사람, 아마도 저 집 안에 있는 친구들이 남자에게 이런 일을 시켰거나, 아니면 남자가 그렇게 느끼고 있는 것 같았다. 상관없었다. 남자가 지넷의 뒤로 와서 팔을 그녀의 목에 감고 팔꿈치로 조이려고 하자 지넷은 주먹을 쥐고 남자를 세게 때렸는데 정통으로 맞았는지 남자는 고함을 지르고 쌍년, 걸레라며 욕을 하면서 그녀의 뺨을 세차게 때렸다. 충격으로 중심을 잃은 지넷이 뒤로 넘어지자 남자가 말을 타듯 그녀의 위에 다리를 벌리고 걸터앉아 팔을 움직이지 못하게 내리누르며 마구 때렸다. 그것으로 끝이었다. 남자는 그녀에게 의식이 있는지 없는지조차 개의치 않는 것 같았다. 그녀 역시 상관없었다. 지넷은 풀밭을 구르고 있던 핸드백을 향해 손을 뻗었다. 그 순간 그녀는 마치 삶이 자기 것이 아닌 것처럼, 애초 시작부터 자기 것이 아니었던 것처럼 낯설게 느껴졌다. 그러나 총은 모든 것을 알고 있었다. 이 사태를 모두 파악한 총이 제자리를 찾아가듯 손안으로 미끄러져 들어오자 차가운 금속의 감촉이 느껴졌다. 그녀의 마음이 말했다. '아무 생각도 하지 마, 지닛.' 남자의 머리 옆에 댄 총구가 피부와 뼈에 닿는 것이 느껴졌고 이쯤이면 빗나가지 않을 거라는 생각이 드는 순간 그녀는 방아쇠를 당겼다.

집으로 가는 데 밤새도록 걸렸다. 남자가 쓰러지자 그녀는 온 힘을 다해 눈앞에 보이는 가장 큰 길, 가로등이 밝혀진 널찍한 대로를 향해 달려 간신히 버스를 잡았다. 옷에 피가 묻었는지 아닌지 알 수 없었지만 버스 기사는 그녀를 자세히 보지도 않고 공항으로 돌아가는 방법을 설명해주었고, 그녀는 남의 눈에 띄지 않으려고 뒤쪽 구석에 자리를 잡았다. 어차피 버스 안에는 사람이 거의 없었다. 여기가 어디인지 알 수도 없었다. 버스는 천천히 불이 꺼진 집과 가게 들을 지나치고, 커다란 교회를 지나치고, 동물원 표지판을 지나치더니 드디어 시내로 나왔다. 시내에 내린 지닛은 플랙시글라스로 된 버스 정류장에 앉아 축축한 한기에 몸을 떨며 다시금 버스를 기다렸다. 어딘가에서 손목시계를 잃어버린 건지 시간을 알 수가 없었다. 어쩌면 몸싸움을 하는 와중에 흘린 것인지도 모르고 그렇다면 경찰은 그 시계를 단서로 쓸 것이다. 하지만 고작 월그린에서 산 평범한 타이맥스 시계였으니 그걸로 많은 걸 알아내기는 힘들 것 같았다. 문제는 총이었다. 잔디밭에 총을 던지고 왔던 것이다. 일단 기억하기로는 그랬다. 방아쇠를 당긴 충격 때문에 아직도 손에 감각이 없었고 손가락뼈는 소리굽쇠처럼 멈출 줄 모르고 덜덜 떨려왔다.

모텔로 돌아왔을 때는 해가 뜨고 있었다. 도시가 잠에서 깨어나는 중이었다. 그녀는 창백한 새벽빛 속에서 방으로 들어갔다. 에이미는 텔레비전을 켜둔 채로 자고 있었다. 운동기구 광고가 나오고 있었다. 머리를 포니테일로 묶고 입이 개 주둥이같이 튀어나온 근육질 남자가 화면 위에서 소리 없이 뭐라고 지껄여

대고 있었다. 지넷은 몇 시간 지나지 않아 경찰이 찾아오리라는 걸 직감했다. 총을 두고 온 것이 어리석었지만 이제 와서 걱정한들 별수 없었다. 지넷은 거울 속에 비친 자기 모습을 외면한 채 찬물을 얼굴에 끼얹고 이를 닦은 뒤 티셔츠와 청바지로 갈아입었다. 고속도로로 나갈 때 입은 꽉 끼는 상의와 조막만 한 스커트, 술 달린 재킷은 피투성이인 건 물론 무엇인지 알고 싶지도 않은 것들까지 묻어 있었는데 그건 전부 모텔 뒤에 있는 악취 나는 쓰레기통에 집어넣어버렸다.

마치 시간이 아코디언처럼 압축되는 것 같았다. 지금까지 살아온 모든 나날, 지금까지 그녀에게 일어났던 모든 일이 별안간 이 순간의 무게에 짓눌리고 있었다. 에이미가 어린 아기였던 시절, 아침이면 창가에서 그 애를 안고 어르다가 잠이 들기도 했던 시간들이 기억났다. 그녀는 에이미의 파워퍼프걸 배낭에 에이미의 물건을 챙겨 넣고, 식료품점 장바구니에는 자기 옷 조금과 돈을 집어넣었다. 그리고 텔레비전을 끈 뒤 에이미를 살살 흔들어 깨웠다.

—아가, 일어나렴. 지금 나가야 해.

어린 에이미는 잠이 덜 깼지만 지넷이 옷을 갈아입히는 대로 가만히 있었다. 에이미는 아침이면 늘 이렇게 멍하니 정신을 못 차렸는데, 지넷은 아침이 아니라 다른 때였으면 온갖 애를 써서 구슬리고 설명해야 했을 테니 다행이라고 생각했다. 아이에게 시리얼바 하나, 뜨뜻해진 포도 맛 탄산음료 한 캔을 쥐여준 다음 고속도로 위, 아까 내렸던 버스 정류장으로 데려갔다.

모텔로 돌아오는 길에 버스 안에서 커다란 석조 교회를 하나 보았고 그 앞에 '슬픔의 성모'라고 적힌 표지판이 있었던 기억이 났다. 버스를 제대로 탔다면 다시 그 교회를 지나칠 것 같았다.

지넷은 버스 뒷좌석에 에이미와 나란히 앉아 아이의 어깨를 바짝 끌어안았다. 에이미는 아무 말 없다가 아직도 배가 고프다는 한마디만 했고, 지넷은 에이미의 배낭에 깨끗한 옷가지, 칫솔, 그리고 피터 래빗 인형과 함께 넣어두었던 상자에서 시리얼바를 하나 더 꺼내주었다. 그녀는 생각했다. '에이미, 착한 아이, 너무나 착한 우리 딸. 미안해, 정말 미안하다.' 두 사람은 시내에서 버스를 갈아

탄 다음 30분을 더 갔다. 동물원 표지판이 보여 너무 멀리 왔나 하는 생각이 들었지만, 오는 길에 교회 다음에 동물원을 봤으니 반대로 가는 지금은 동물원 다음에 교회가 나오리라는 데 생각이 미쳤다.

그 순간 눈앞에 교회가 나타났다. 해가 떠 있을 때 보니 기억했던 것보다 작았지만, 그래도 충분했다. 두 사람은 버스 뒷문으로 내렸고 지넷은 에이미의 재킷 지퍼를 채워 여민 다음 배낭을 메주었다.

주위를 둘러보며 어제 보았던 또 다른 표지판을 찾았다. 교회를 끼고 난 진입로의 구석에 있는 기둥에 달린 '자비의 성모 동정회 수녀원'이라는 표지판이었다.

그녀는 에이미의 손을 잡고 진입로로 걸어 들어갔다. 진입로 양쪽에는 떡갈나무의 일종으로 보이는 커다란 나무들이 이끼로 뒤덮인 긴 가지를 머리 위로 늘어뜨리고 있었다. 지넷은 수녀원이라는 것이 어떻게 생긴 것인지 몰랐지만, 막상 눈앞에 나타난 것을 보니 그냥 말쑥하게 생긴 집이었다. 약간 광택이 나는 돌로 만들어진, 지붕은 판자로 널을 이고 창에는 하얀 테두리가 달린 집이었다. 앞에는 약초밭이 있었는데 아마 수녀들이 하는 일이라는 것이 이곳으로 나와 작은 식물들을 돌보는 것이 아닐까 싶었다. 지넷은 계단을 올라 현관문 앞의 벨을 울렸다.

나이 든 여자가 나올 거라고 상상했지만 문을 열고 나온 사람은 젊었고, 명칭이 무엇인지는 몰랐지만 수녀들이 입는 치렁치렁한 옷차림도 아니었다. 그녀는 지넷보다 고작 몇 살 많아 보이는 젊은 여자였는데 머리에 베일을 쓴 것 외에는 보통 사람이나 마찬가지로 치마와 블라우스에 갈색 페니 로퍼 차림이었다. 그리고 흑인이었다. 아이오와에 살던 시절에 지넷은 텔레비전이나 영화에서 본 것 외에는 흑인을 고작 한두 명밖에 본 적이 없었다. 그런데 멤피스에는 흑인이 굉장히 많았다. 흑인을 싫어하는 사람들도 있었지만 여태까지 지넷은 흑인에게 별다른 감정을 품을 일이 없었기에 수녀가 흑인이라도 상관없다는 생각을 했다.

—불쑥 찾아와서 죄송합니다. 도로에서 차가 고장 났거든요. 그래서······.

　—들어오세요.

　수녀가 대답했다. 지넷이 살면서 한 번도 들어본 적 없는 특이한 목소리였는데 마치 말소리 안에서 음표들이 낭랑하게 울리는 것 같았다.

　—두 분 다, 안으로 들어오세요.

　수녀가 한 발 물러서서 지넷과 에이미를 집 안으로 들여주었다. 아마도 이 집 안에는 다른 수녀들 — 아마도 똑같이 흑인이겠지 — 이 잠을 자고 있거나 요리를 하고 있거나 책을 읽고 있거나 기도를 하고 있을 거라는 생각이 들었다. 수녀들은 기도를 아주 많이, 어쩌면 하루 종일 할 테니까. 집 안이 조용했기에 아마 지넷은 자신의 생각이 맞겠거니 했다. 이제 여자를 잠시 다른 데로 보내고 에이미와 단둘이 있을 시간이 필요했다. 어젯밤 한 남자를 죽이게 되리라는 사실을 본능적으로 깨달았던 것처럼, 지넷은 지금 해야 할 일이 무엇인지를 알았다. 지금부터 할 일이 어젯밤 한 일보다 더 괴로울 게 분명하지만, 어차피 같은 상처에 고통을 조금 더하는 일일 뿐이리라.

　—성함이······?

　—아, 레이시라고 부르시면 돼요.

　수녀가 대답했다.

　—여기서는 격식 없이 지내거든요. 이쪽은 따님인가요?

　수녀는 에이미 앞에 무릎을 구부리고 앉았다.

　—안녕, 이름이 뭐니? 우리 조카도 너와 나이가 비슷하단다. 너만큼 예쁜 아이야.

　그러더니 수녀가 고개를 들어 지넷을 보았다.

　—따님이 수줍음이 많네요. 제 억양이 낯설어 그런가 봐요. 저는 서아프리카 시에라리온 출신이거든요.

　수녀는 다시 에이미를 마주 보며 아이의 손을 잡았다.

　—시에라리온이 어딘지 아니? 아주 먼 곳이란다.

―다른 수녀님들도 전부 그곳에서 오셨나요?

지넷이 묻자 수녀가 구부렸던 무릎을 펴고 일어서더니 새하얀 이를 드러내며 웃었다.

―아, 그럴 리가요. 사실 저 혼자만 그곳 출신이랍니다.

잠시 동안 아무도 말이 없었다. 지넷은 수녀가 마음에 들었고, 수녀의 목소리도 듣기 좋았다. 수녀가 에이미를 대하는 방식도, 말을 할 때 상대의 눈을 마주보는 것도 좋았다.

―학교에 데려다주는 길이었답니다. 그러다가 길에서 차가 멎어버렸죠.

수녀는 고개를 끄덕였다.

―이쪽으로 오세요.

수녀는 지넷과 에이미를 데리고 복도를 지나 큰 떡갈나무 테이블과 '도자기', '통조림', '파스타와 쌀'이라는 라벨이 붙은 찬장들이 있는 커다란 부엌으로 들어갔다. 지넷은 지금까지 수녀들이 음식을 먹는 장면은 한 번도 생각해본 적이 없었다. 이곳에 사는 수녀들이 아주 많을 테니 무엇이 어디에 있는지 적어 붙여두면 편리하겠다는 생각이 들었다. 수녀가 벽에 붙어 있는, 긴 전화선이 달린 오래된 갈색 전화기를 가리켰다. 그다음 단계는 지넷이 이미 계획해둔 대로였다. 수녀가 에이미에게 줄 쿠키 ― 가게에서 산 것이 아니라 누군가가 직접 구운 쿠키 ― 를 접시에 담아 오는 동안 지넷은 전화기의 다이얼을 돌린 뒤, 오늘 날씨는 구름이 많고 기온은 13도로 높으며 저녁에 소나기가 올 가능성이 있다고 알려주는 목소리에 대고 AAA(미국 자동차 협회―옮긴이)와 통화하는 척하며 고개를 주억거렸다.

―견인차가 출발했다는군요.

지넷이 수화기를 제자리로 돌려놓으며 말했다.

―밖으로 나가서 기다리라고 하네요. 바로 근처에 있다가 오는 사람이 있나봐요.

―잘됐네요.

수녀가 밝은 목소리로 말했다.

―오늘은 운이 좋은 날인가 봐요. 괜찮으시면 아이는 제가 여기서 데리고 있을게요. 아이를 데리고 복잡한 길가로 나가긴 힘들 테니까요.

지넷이 생각한 그대로였다. 더 이상 덧붙일 것도 없이 '그래요.' 하면 되는 일이었다.

―괜찮으시겠어요?

수녀는 다시금 미소를 지었다.

―저희 둘이 잘 있을게요. 그렇지?

그러면서 수녀는 아이에게 격려하듯 웃어 보였다.

―보셨죠? 아이는 괜찮다네요. 나가서 일 보고 오세요.

에이미는 접시 위 쿠키와 우유 잔에는 손도 대지 않고 커다란 떡갈나무 식탁 의자 하나를 차지하고 앉아 있었다. 배낭은 벗어서 무릎 위에 올려둔 채였다. 지넷은 최대한 오랫동안 아이를 바라본 뒤 무릎을 꿇고 아이를 안아주었다.

―착하게 있으렴.

지넷이 그렇게 말하자 에이미는 엄마의 어깨에 대고 고개를 끄덕였다. 지넷은 무슨 말이라도 덧붙이고 싶었지만 차마 말이 나오지 않았다. 지넷이 영영 돌아오지 않는다는 걸 알게 된 수녀가 아이의 배낭 안을 뒤졌을 때 나올 쪽지 한 장을 생각했다. 그녀는 있는 힘을 다해 아이를 끌어안았다. 에이미의 따뜻한 체온을, 머리카락과 살의 내음을 흠뻑 느꼈다. 울음이 날 것 같았다. 수녀가 ― 루시냐? 레이시? ― 보지 못할 걸 알면서도 그녀는 에이미를 조금 더 끌어안은 채로 이 감정을 마음속 깊숙이 안전한 곳에 숨겼다. 딸을 떼어놓은 뒤 지넷은 누가 채 입을 열기도 전에 부엌을 나가 진입로를 걸어 한길로 나갔고, 그대로 다시는 멈추지 않고 계속 걸어갔다.

조나스 애벗 리어 박사의 컴퓨터 파일에서

하버드대학교 분자세포생물학과 교수

미군 감염질환 연구센터 (USAMRIID) 선임 연구원

메릴랜드 미군 의학연구사령부 고대바이러스연구소

발신: lear@amedd.army.mil

날짜: 2월 6일 월요일 오후 1:18

수신: pkiernan@harvard.edu

제목: 위성 연결 성공

폴,

안데스 내륙에 위치한 볼리비아 정글에서 안부 전한다. 강추위가 몰아치는 케임브리지에서 날리는 눈발을 바라보며 앉아 있을 네게는 열대기후 속에서 보내는 한 달이 그렇게 고역으로 느껴지지 않겠지. 하지만 여기는 생바르텔레미 같은 휴양지와는 전혀 다른 곳이라고. 어제는 잠수함만 한 뱀을 봤거든.

여기까지 오는 길은 지루하기 그지없었어. 비행기로 16시간이 걸려 라파스에 도착한 뒤 더 작은 관용 경비행기를 타고 이곳의 동쪽 정글 분지인 콘셉시온에 도착했지. 이곳에는 제대로 된 길이라는 것이 없어. 말 그대로 오지라서 이제부턴 도보로 움직여야 해. 팀원들이 다들 들뜬 바람에 지원자 명단이 점점 늘어나고만 있어. UCLA 연구팀 외에 컬럼비아대학교에서 온 팀 패닝과 MIT의 클

로디아 스웬슨(네가 예일대 시절 알고 지낸 사람이라고 들었는데)이 라파스에서 합류했어. 팀이 가진 상당한 유명세는 차치하고서라도 대학원생 조수들을 여섯 명이나 데려왔다는 사실을 들으면 너도 기뻐할 거야. 그래서 연구팀의 평균 나이가 열 살이나 줄었고 성비도 여성이 많은 쪽으로 확 기울었지. '전부 대단한 과학자들'이라고 팀이 말하더라. 뒤로 갈수록 나이가 열 살씩 어려지는 전처들을 세 명이나 갈아 치운 다음에도 발전이 없는 녀석이야.

군과 연관되는 걸 나도, 너도, 그리고 로셸도 불안하게 여겼지만, 그럼에도 불구하고 군 연구소에 소속되니 커다란 변화가 생기긴 했어. 이런 탐사대를, 그것도 한 달 만에 꾸릴 역량과 자금이 있는 곳은 USAMRIID뿐이니까. 아무도 귀를 기울이지 않는 말을 수년이나 외쳐댄 끝에 드디어 문이 활짝 열린 것만 같은 기분이야. 이제는 그 문으로 들어가기만 하면 되는 거지. 너도 알겠지만 나는 뼛속까지 과학자라서 미신은 조금도 믿지 않잖아. 하지만 내심 운명이라는 생각이 들 수밖에 없었어. 리즈의 오랜 투병 생활을 지켜본 끝에 드디어 세상의 가장 커다란 미스터리 — 죽음이라는 미스터리를 풀 기회가 생겼다는 것이 얼마나 아이러니한 일인지 몰라. 리즈라면 이곳을 좋아했을 거야. 늘 쓰던 커다란 밀짚모자를 쓰고 강가의 통나무에 걸터앉아 햇볕 속에서 그렇게 좋아하던 셰익스피어를 읽는 모습이 눈에 선해.

그건 그렇고 종신직 교수가 된 걸 축하해. 떠나기 전 위원회에서 너를 임명했다는 소식을 들었는데, 사실 학과 내 투표 결과를 네게 말해주면 안 되지만, 만장일치였기 때문에 난 놀라지 않았어. 내가 얼마나 안심했던지. 너는 우리 학과 최고의 생화학자이자 미세소관 세포골격 단백질조차 일어서서 할렐루야를 부르게 할 수 있는 사람이니까. 내 스쿼시 파트너인 네가 종신직이 되지 못했다면 나는 뭐 하면서 점심시간을 보내겠어?

로셸에게 사랑한다고 전해줘. 또 알렉스에게 조나스 삼촌이 볼리비아에서 특별한 선물을 가져갈 거라고도 얘기해줘. 새끼 아나콘다는 어떨까? 먹이만 잘 주면 애완동물로도 좋다고 하더라고. 또, 레드삭스 개막전에 같이 갈 수 있는 거

맞지? 네가 무슨 수로 티켓을 구했는지 참 놀랄 노릇이다.

— 조나스

발신: lear@amedd.army.mil
날짜: 2월 8일 수요일 오후 8:00
수신: pkiernan@harvard.edu
제목: Re: 행운을 빈다!

폴,

답장 고마워. 또, 아이비리그 학위를 가진 아름다운 여성 포닥들에 대한 아주 현명한 조언도 고맙고. 네 말에 동의 못 한다고 말할 수는 없고, 텐트에서 외로운 밤을 며칠 보내면서 나도 그런 생각을 안 해본 건 아니야. 하지만 그런 생각은 일절 하지 않으려고 해. 지금 내게는 오로지 로셸뿐이야. 이 말을 그녀에게 전해주기를.

새로운 소식을 알려주자니 로셸이 '내가 뭐랬어' 하는 소리가 귀에 선하다. 우리는 무장을 하고 있는 것 같아. USAMRIID의 돈을 받았으니 아마 어쩔 수 없는 일인 것 같아. (우린 돈 이야기를 많이 해, 공중 정찰 드론이 상당히 비싸거든. 위성을 재설정할 때마다 2만 달러씩 드는데, 그게 고작 30분밖에 안 가.) 아무리 그래도 지나치다는 생각이 들어. 어제 출발 전 최종 준비를 마치는데 베이스캠프 상공에 헬기가 나타나더니 적군의 진지라도 습격할 기세로 군장을 갖춘 특수부대원들이 내리더라고. 정글용 위장복에 얼굴에는 녹색과 검은색 위장칠을 하고 적외선경에 고성능 가스 반동식 M-19까지 완전 군장을 하고 있었어. 투지에 불타는 군인들이었지. 그 무리 뒤에는 민간인처럼 양복을 입은 남자가 따라왔는데 그자가 책임자인 것 같았어. 거들먹거리며 내가 서 있는 데까지 걸어온 뒤에야 서른도 안 된 젊은 사람인 걸 알아차렸지. 테니스 선수처럼 햇볕에 그을렸더군. 대체 저런 사람이 특수부대원들 사이에서 뭐 하는 걸까? 그자가 묻더군. "당신이 그 뱀파이어 박사요?" 퐁, 내가 '뱀파이어'라는 단어를 어떻게 생각하는지 잘 알지? NSA(국가안보국―옮긴이) 연구비 지원서에 그 단어를 집어넣으면 어떻게 되나 보라고. 하지만 나는 예의를 차리고 싶었고, 또, 제기랄, 그자의 뒤에 작은 나라 하나쯤은 전복시키고도 남을 화력을 갖춘 특공대가 버티고 서 있었으니 나는 하는 수 없이 내가 바로 그 뱀파이어 박사가 맞다고 말했지. "마크 콜입니다, 리어 박사." 그 사람이 씩 웃으면서 내게 악수를 청하더군. "박사님을 만나러 먼 길을 왔습니다. 그거 아십니까? 당신은 이제 소령입니다." 그 말을 듣고 나는 소령이라니? 대체 무슨 소리지? 하고 생각했지. 또 이자들이 여기서 무엇을 하는지도 궁금했고. "우리는 민간 과학 탐사대입니다." 하고 나는 말했어. 그자가 말하더군. "이제는 아닙니다." "그건 누가 결정했습니까?" 내가 묻자 그자가 대답했어. "제 상사가 결정했습니다, 리어 박사." "그게 누굽니까?" 내가 묻자 그자는 또 이렇게 대답했어. "리어 박사, 제 상사란 미합중국 대통령입니다."

팀은 화가 많이 났어. 그는 고작 대령이 되었거든. 사실 내가 아는 대령이라고는 커널 샌더스(KFC의 창립자이자 마스코트―옮긴이)가 전부여서 나한테는 그게 그거야. 이 사태에서 정말로 길길이 날뛴 건 클로디아였어. 짐을 싸서 집에 가겠다고 을러대는 거야. "나는 그 대통령에게 표를 준 적 없으니 저 재수 없는 자식이 무슨 소리를 하건 미 대통령이 이끄는 군대에는 들어갈 생각이 없다"라는 거야. 물론 우리 중 그 사람에게 표를 던진 사람은 아무도 없지만 말야. 이 모든 게 공들인 장난처럼 느껴지더군. 그런데 알고 보니 클로디아는 퀘이커 교도였어. 남동생은 이라크전에서 양심적병역거부를 했다더군. 하지만 결국엔 클로디아를 진정시켜서 아무에게도 경례를 하지 않아도 된다고 약속하는 조건으로 머무르게 했어.

문제는, 대체 저자들이 왜 여기 있는지 정말로 모르겠다는 거야. 물론 군이 관심을 갖는 이유는 알겠어. 일단 우리가 쓰는 건 군이 지원한 자금이니 나도 고맙다고는 생각해. 하지만 어째서 고작 생화학자들을 감시하라고 특공대(정식으로는 '특수정찰대'라고 하더군)까지 보냈는지는 알 도리가 없어. 양복 입은 콜이라는 자 — 아마 NSA 소속일 텐데, 알 수 없지 — 가 말하길 우리가 들어가려는 지역이 몬토야 마약 카르텔의 손아귀에 있어서 우리를 보호하기 위해 군인이 온 거라더라고. "미국 과학자로 이루어진 팀이 볼리비아의 마약 거물들에게 살해당한다면 볼썽사나우니까요." 콜이 그러더군. "미국의 외교정책에 있어 기쁜 날은 아닐 겁니다. 절대요." 나는 그 말에 굳이 토를 달지는 않았지만 우리가 가는 지역에 마약 거래 같은 건 전혀 없다는 사실을 너무나 잘 알고 있었어. 마약 거래가 이루어지는 건 서쪽 안데스 고원 지역이거든. 동부 분지는 오랜 세월 동안 외부와의 접촉이 없었던 인디언 정착지 몇 군데가 흩어져 있는 것 말고는 무인 지역이라고 볼 수 있어. 그리고 내가 이 사실을 안다는 점을 그자 역시 모르지 않았어.

머리가 아프지만, 일단 아직까지는 우리의 탐사에 따로 영향을 미치고 있는 건 아니니까. 다만 가는 길에 무장한 군대가 따라오는 것뿐이지. 군인들은 말이 없어. 입을 여는 모습을 본 적이 없는 것 같아. 으스스하긴 하지만 방해되는 건 아니야.

어쨌든 우리는 아침에 출발할 거야. 새끼 아나콘다를 데려갈 수도 있다는 제안 역시 아직도 유효하고.

— 조나스

발신: lear@amedd.army.mil
날짜: 2월 15일 수요일 오후 11:32
수신: pkiernan@harvard.edu
제목: 첨부파일을 볼 것
첨부: DSC00392.JPG (596 KB)

폴,

엿새나 연락이 없어서 미안해. 로셸에게 걱정 말라고 전해줘. 하루하루 나아가기가 참 어렵고, 나무가 울창한 데다 며칠이나 비가 끝이 없이 내리는 바람에 위성통신을 쓰기가 어려웠거든. 밤이면 우리는 전부 고된 농장 일을 마친 사람들처럼 허겁지겁 음식을 먹은 다음에 각자의 텐트에 들어가 죽은 듯이 자. 다들 씻지 못해서 냄새가 고약해.

하지만 오늘은 너무 흥분이 되어서 잠이 오지 않아. 첨부파일을 보면 무슨 일인지 알 거야. 나는 우리가 하는 일을 믿었지만 당연히 의심했던 순간도 있었고, 어쩌면 리즈가 그렇게 아픈 뒤에 내 머리가 아무렇게나 망상을 거듭해 미친 짓을 하는 것이 아닐까 생각하며 잠 못 이룬 밤도 있었어. 하지만 이제는 아니야.

GPS에 따르면 우리는 아직 목적지에서 20킬로미터는 떨어진 위치에 있어. 지형은 위성으로 정찰한 바와 일치해. 울창한 정글 평야이지만 강을 따라 깊은 골짜기를 둘러싸고 동굴이 군데군데 나 있는 석회 절벽이 있어. 아마추어 지형학자라 하더라도 이 절벽을 책을 읽듯 읽어낼 수 있을 거야. 일반적인 강 퇴적층이 있고 그 위 가장자리에는 꼭대기에서 4미터 정도 내려온 곳에 가느다란 암회색 층이 있어. 슈쇼트 전설과 일치해. 천 년 전 이 지대 전체가 불에 타 그을렸다는 거야. "태양신 옥슬이 인간의 악을 물리치고 세상을 구하려 큰불을 불러왔다." 우리는 어젯밤 강둑에서 야영을 했고 해가 지자 동굴에서 쏟아져 나오는 박쥐의 날갯짓이 들렸지. 아침이 되자 우리는 골짜기를 따라 동쪽으로 걸었어.

그 석상을 본 건 정오가 막 지난 무렵이었어.

처음에는 내가 환각을 보고 있는 줄 알았어. 하지만 내가 첨부한 사진을 봐, 폴. 인간 같지만, 완전한 인간이라고 할 수는 없어. 허리를 구부린 짐승의 자세, 짐승의 발톱 같은 손과 입안에 가득 들어찬 기다란 이, 강인한 근육질 몸통, 그런 세부 요소들을 이렇게 오랜 세월이 지난 뒤에도 여전히 알아볼 수 있어. 얼마나 오래된 것인지는 알 수 없지만 말야. 이 석상은 대체 몇 세기 동안 비바람과 햇볕 속에서 닳아왔을까? 보는 순간 숨이 막혔어. 그리고 내가 보여주었던 다른 사진들과 얼마나 유사한지 눈여겨봐주길 바라. 만세라의 사원 기둥, 셴양의 공동묘지에 새겨져 있던 그림, 코트다모르의 동굴 벽화.

오늘 밤에는 박쥐가 더 많아. 갈수록 박쥐에도 익숙해지고, 박쥐는 모기를 쫓아주지. 클로디아가 덫을 만들어 박쥐를 한 마리 잡았어. 클로디아가 미끼로 사용한 걸 보니 박쥐는 복숭아 통조림을 좋아하나 봐. 알렉스에게 새끼 아나콘다 대신 박쥐를 갖다 주면 좋아할지도?

— J

발신: lear@amedd.army.mil

날짜: 2월 18일 토요일 오후 6:51

수신: pkiernan@harvard.edu

제목: 사진 몇 장 더

첨부: DSC00481.JPG (596 KB), DSC00486.JPG (582 KB), DSC00491.JPG (697 KB)

이것 좀 봐. 지금까지 석상을 9개나 발견했어.

콜은 누군가 우리를 뒤쫓고 있다고 생각하는데, 누군지는 내게 말을 안 해줘. 그냥 느낌이 그렇대. 밤새도록 위성통신을 하는데 무슨 일인지는 알려주지 않아. 적어도 이젠 나를 소령이라고 부르는 건 그만뒀어. 젊은데 보기만큼 애송이는 아니야.

드디어 날씨가 갰어. 목표 지점이 이제 10킬로미터 안짝이야. 시간이 넉넉해.

발신: lear@amedd.army.mil
날짜: 2월 19일 일요일 오후 9:51
수신: pkiernan@harvard.edu
제목:

발신: lear@amedd.army.mil
날짜: 2월 21일 화요일 1:16 p.m.
수신: pkiernan@harvard.edu
제목:

폴,

돌아갈 수 없을지도 몰라서 이 편지를 쓴다. 걱정을 끼치고 싶지 않은데 상황을 현실적으로 바라볼 필요가 있어. 묘지까지는 5킬로미터도 남지 않았지만 우리가 계획했던 바대로 추출을 수행할 수 있을지는 의심스럽다. 팀원들 중 너무 많은 수가 병에 걸리거나, 죽었거든.

이틀 전 밤에 우리는 습격을 당했어. 마약상이나 인신매매단이 아닌, 박쥐 떼의 습격이었어. 해가 지고 몇 시간 뒤, 팀원들 대부분이 텐트 밖으로 나와서 야영지 여기저기에 흩어져 저녁의 잡다한 일과를 하고 있을 때 박쥐 떼가 나타났어. 그놈들은 마치 지금까지 우리를 내내 정찰하며 공중 공격을 펼치기 알맞은 순간을 기다리고 있었던 것 같았어. 나는 운이 좋았어. 강 상류와 몇 미터 떨어진 나무가 없는 곳에서 GPS 신호를 찾고 있었거든. 고함 소리, 총 소리가 들렸지만 내가 돌아갔을 때 박쥐 떼는 강 하류로 내려가고 없었어. 그날 밤 네 사람이 죽었고, 그중엔 클로디아도 있었어. 박쥐 떼가 클로디아를 말 그대로 에워쌌어. 클로디아는 강에 뛰어들려고 했지만 ― 그렇게 하면 박쥐를 떼어낼 수 있다고 생각했나 봐 ― 결국 그러지 못했지. 우리가 달려갔을 때는 이미 출혈량이 많아서 목숨을 구제할 수 없는 상태였어. 어마어마한 혼돈 속에서 그 외에도 여섯 명이 박쥐에 할퀴거나 물렸고 지금 그 여섯 사람 모두 병에 걸렸는데 볼리비아 출혈열이 가속화된 것 같은 증상이야. 코와 입에 출혈이 있고 피부와 눈은 모세혈관이 터져서 벌겋게 부어올랐고 열은 끝을 모르고 치솟고 폐에는 물이 차서 혼수상태야. 질병관리국에 연락했지만 당장 조직검사를 할 수 없는 이상 추측에 의지해 진단을 내리는 게 고작이지. 팀은 클로디아한테서 박쥐를 떼내려다가 손을 갈기갈기 물어뜯겼어. 지금 가장 심하게 앓고 있는 게 팀이야. 내일 아침까지 버틸 수 없을 것 같아.

간밤에 박쥐 떼가 되돌아왔어. 군인들이 방어선을 만들었지만 박쥐가 너무 많아서 어쩔 수 없었어. 하늘에 별이 하나도 보이지 않을 정도로 수십만 마리가 새까맣게 몰려온 거야. 콜을 포함해 군인 세 명이 죽었어. 콜은 내 앞에 서 있었는데, 박쥐들이 그를 허공으로 아예 들어 올린 뒤 뜨거운 나이프로 빵을 쑤시듯이 파먹어버렸어. 수습해서 땅에 묻어주려고 해도 남은 게 없었을 정도야.

오늘은 하늘에 박쥐 한 마리도 없이 조용해. 야영지 주변으로 불을 놓아 경계선을 만들었는데 그래서 가까이 못 오나 봐. 군인들마저도 상당히 동요한 모양이야. 남은 사람들끼리 앞으로 어떻게 해야 할지 정하고 있어. 장비들은 대부분 못 쓰게 되어버렸어. 정확히 어쩌다 이렇게 된 건지 모르겠지만 어젯밤의 습격 도중에 수류탄 벨트 하나가 불 속에 들어가서 군인 한 명이 죽고 발전기가 망가지고 텐트 안에 보관하던 물자도 거의 날아가버렸어. 그래도 위성통신은 가능하고 대피 요청을 할 만큼의 배터리는 남아 있어. 아마 우리 모두 여기서 떠나는 수밖에 없나 봐.

그런데, 내가 왜 돌아가야 하는지, 어디로 돌아가야 하는지 스스로에게 물어 보면, 아무것도 없어. 리즈가 살아 있었다면 달랐겠지. 지난해 나는 속으로 그녀가 잠시 자리를 비운 거라고 생각했어. 어느 날 고개를 들면 그녀가 언제나처럼 웃으며 살짝 고개를 기울여 머리채를 얼굴에 떨어뜨린 채 웃고 있는 모습이 보일 것만 같아. 나의 리즈가 드디어 집에 돌아가서 얼그레이 한 잔을 마신 뒤 떨어지는 눈을 맞으며 찰스강가로 산책을 나갈 준비가 되었을 거라고 말이야. 하지만 그런 일은 일어나지 않겠지. 이상한 일이지만, 지난 이틀간 일어난 사건이 우리가 하는 일이 무엇인지, 우리가 무릅쓰려는 위험이 무엇인지를 선명히 보여준 것만 같아. 나는 이곳에 온 게 조금도 후회되지 않아. 아무것도 두렵지 않아. 대피해야 한다면 나는 혼자서라도 밀고 나갈 거야.

폴, 앞으로 무슨 일이 일어나든, 내가 어떤 결정을 내리든, 네가 나에게 너무나 좋은 친구였다는 것을 기억해주길 바라. 넌 나에게 친구라기보다는 형제 같은 사이였어. 내가 알고 사랑하던 모든 것과 모두로부터 6천 5백 킬로미터 떨어진 볼리비아 정글의 강둑에 앉아 이런 문장을 쓰고 있자니 기분이 이상하다. 나는 내 인생의 새로운 시대에 접어든 것만 같은 기분이야. 삶은 우리를 얼마나 이상한 곳으로, 또 얼마나 깜깜한 길로 데려가는 걸까.

발신: lear@amedd.army.mil
날짜: 2월 21일 화요일 오전 5:31
수신: pkiernan@harvard.edu
제목: Re: 바보 같은 짓 하지 말고 제발 거기서 나와

폴,
어젯밤 우리는 대피를 요청하는 무전을 쳤어. 10시간 내로 구조대가 올 텐데,

우리가 생각하기에는 그때까지가 한계야. 하룻밤을 더 살아남을 수 있을 거라는 생각이 안 들어. 아직 건강한 사람들은 이 하루를 이곳을 탐사하는 데 쓰기로 했어. 처음에는 제비뽑기를 하려 했지만 알고 보니 모두가 가고 싶어 하더라. 우리는 한 시간 내로 동이 트자마자 출발할 거야. 어쩌면 이 재난 속에서도 쓸 만한 것 하나는 건지겠지. 작지만 좋은 소식 하나를 알려줄게. 팀이 지난 몇 시간 동안 고비를 넘긴 것 같아. 열이 내렸고, 반응은 없지만 출혈도 멎고 피부색도 나아졌어. 하지만 다른 사람들은 여전히 아슬아슬한 상태야.

폴, 너의 종교는 과학이라는 걸 알아. 하지만 우리 모두를 위해 기도해달라면 과한 부탁일까?

발신: lear@amedd.army.mil
날짜: 2월 21일 화요일 11:16 p.m.
수신: pkiernan@harvard.edu
제목:

군인들이 왜 왔는지 이제는 알겠어.

3

습한 동부 텍사스의 소나무 삼림지대와 짧은 목초로 뒤덮인 16만 제곱킬로미터의 목초지 위에 자리 잡은, 대형 상업지구 혹은 커다란 공립고등학교를 닮은 텍사스 형사사법부의 폴런스키 교도소, 일명 테럴 교도소가 가지는 의미는 이렇다. "만약 당신이 텍사스주에서 특수살인죄를 선고받았다면, 당신은 이곳에서 죽게 된다."

3월의 그날 아침, 수인번호 999642번 앤서니 로이드 카터는 약물 주입 사형을 선고받은 수감자였다. 그는 매주 그에게 40달러와 아이스티 한 잔을 주고 잔디를 깎는 일을 시키던 고용주이자 두 아이의 어머니인 레이철 우드를 살해한 죄로 지난 1332일간 테럴 교도소 격리관리구역에 수감되어 있었다. 1332일이란 기간은 대부분의 수감자보다는 짧고 어떤 수감자들보다는 긴 기간이었는데, 카터에게는 어차피 중요한 일이 아니었다. 가장 오래 있었다고 해서 무슨 상을 받는 것도 아니니까 말이다. 그는 혼자 식사를 하고 운동을 하고 샤워를 했기에 일주일이든 하루든 한 달이든 그에게는 다를 바가 없었다. 사형 집행일에 딱 하나 달라질 일과가 있다면 그의 독방에 교도소장과 목사가 찾아와 그를 주사실로 데려가게 될 거라는 것인데 그날도 머지않았다. 책을 읽어도 된다는 허가는 받았으나 카터는 예전부터 책 읽기를 어려워했기에 책을 읽고자 하는 노력은 때려치운 지 오래였다. 그가 수감된 독방은 창문 하나, 그리고 손 하나가 들어갈 크기의 배식구가 뚫려 있는 철문이 달린 2×3미터 크기의 콘크리트 상자에 불과했고, 그는 하루의 대부분을 아무것도 들어 있지 않은 들통처럼 마음을 텅 비운 채 침상에 누워 있는 일로 보내곤 했다. 그중 반 이상은 자는지, 깨었는지 알 수 없는 상태였다.

그날은 여느 날들과 마찬가지로 새벽 3시에 불이 켜지고 배식구를 통해 아침 식사가 담긴 쟁반이 들어오는 것으로 시작되었다. 아침 식사는 보통 차가운 시리얼이나 건조 달걀이나 팬케이크였다. 괜찮은 아침 식사일 때는 팬케이크에 땅콩버터가 올라와 있었는데, 그날은 그 괜찮은 날 중 하나였다. 포크는 플라스틱인 데다가 부서지기 일쑤여서 카터는 벙커 침상에 앉은 채 팬케이크를 타코처럼 반으로 접어 먹었다. H동의 다른 수감자들은 식단이 역겹다며 불평했지만 카터의 생각에는 그렇게 나쁘지 않았다. 더 심각한 음식을 먹으며 지낸 적도 있었고 살면서 아무것도 못 먹은 나날도 있었기에 팬케이크에 땅콩버터 정도면 반가울 만한 식단이었다. 물론 불을 켰을 뿐이지 진짜 아침에 먹는 아침 식사는 아니었지만 말이다.

면회가 허락되는 날도 있었지만 카터가 테릴에 수감된 이래 방문객이 온 것은 딱 한 번으로, 살해된 여자의 남편이 찾아와 자신은 그리스도를 영접했으며 아름다운 아내를 그와 아이들로부터 영영 앗아간 카터의 죄를 놓고 기도하고 기도했는데 그렇게 몇 주, 몇 달을 기도한 끝에 드디어 이 사실을 받아들이고 카터를 용서하기로 했다고 했다. 남자는 유리 벽 너머에 앉아 귀에 수화기를 댄 채 어마어마하게 울어댔다. 카터도 때때로 기독교인으로 지냈고 여자의 남편이 하는 말이 고맙기도 했지만 남자의 말을 들어보니 카터를 용서한다는 것은 자신의 기분을 좀 낫게 하려고 한 선택인 것 같았다. 사형 집행을 막아주겠다는 말은 애초에 하지도 않았다. 사형 집행에 대해 말을 꺼내보았자 썩 좋은 일이 생길 것 같지 않다고 생각한 카터는 남자에게 고맙다고, 신의 가호가 있기를 바란다고, 미안하다고, 천국에서 당신 부인을 만나면 오늘 당신이 한 말을 전해주겠다고 했는데, 그 말을 듣자마자 남자는 허둥지둥 일어나더니 수화기를 들고 있는 카터를 남겨두고 떠나버렸다. 최소 2년은 더 된 그날 이후로 카터를 면회하러 온 사람은 아무도 없었다.

문제는 그 여자, 레이철 우드가 언제나 그에게 친절하게 대해주었고 보수에 5달러나 10달러를 더 얹어줬으며 더운 날에는 아이스티가 든 잔을 레스토랑에서 내오듯 작은 쟁반에 담아 왔다는 사실, 그리고 그날 두 사람 사이에 일어난 사건이 혼란스러웠다는 점이었다. 카터는 자신이 저지른 일이 진심으로 뼛속까지 미안했고 미안했지만, 그래도 아무리 머리를 굴려봐도 이해가 안 되는 일이 있었다. 카터는 자신이 그 일을 저지르지 않았다고 말한 적은 없었지만, 자신이 이해하지 못한 일 때문에, 그 일이 무슨 일인지 알아내기도 전에 죽게 된다는 건 좀 억울했다. 그날을 4년째 되짚어 생각해봐도 역시 잘 이해가 되지 않았다. 어쩌면 우드 씨처럼 그 사실을 받아들이지 못한 게 문제인 건지도 모른다. 오히려 모든 게 예전보다도 더 혼란스럽게 느껴졌다. 그런 식으로 머릿속에서 하루와 일주일과 한 달이 마구 뒤섞이다 보니 이제는 애초에 기억이 정확한지도 잘 모르겠다는 생각이 들 지경이었다.

오전 6시, 교대 시간이 되자 교도관들이 모두를 깨워 이름과 수인번호를 외친 뒤 더러운 팬티와 양말을 교환할 수 있도록 세탁물 주머니를 들고 복도에 집합하라고 지시했다. 그건 오늘이 금요일이라는 뜻이었다. 카터는 일주일에 한 번밖에 샤워를 못 했고 60일에 한 번 머리를 깎을 뿐이었지만 깨끗한 옷으로 갈아입는 건 좋았다. 돌처럼 꼼짝 않고 누워 있어도 온종일 땀투성이가 되는 여름철에는 피부가 더 끈적거리는 것 같았으나, 어차피 6개월 전 변호사가 보낸 편지에 따르면 앞으로 카터가 텍사스의 여름을 한 번 더 맞을 일은 없었다. 6월 2일이면 모든 것이 끝날 테니까.

문을 두 번 쾅쾅 두드리는 노크 소리에 카터의 생각은 거기서 끊겼다.

"카터, 앤서니 카터."

주간 교대조의 우두머리인 핀처의 목소리였다. 카터는 침상에 누운 채 대답했다.

"뭘 그렇게 불러대세요, 핀처. 어차피 안에는 저밖에 없는데."

"나와서 수갑을 차라고."

"휴식 시간이 아니잖아요. 샤워하는 날도 아닌데요."

"했던 말 또 하게 할 셈이야?"

침대에 누운 채 천장을 바라보며 그 여자와 쟁반 위에 놓여 있던 아이스티

잔을 생각하고 있던 카터는 일어났다. 몸이 쑤시고 께느른했기에 힘겹게 문 쪽으로 등을 돌린 뒤 무릎을 꿇었다. 천 번은 반복한 일인데도, 수갑을 차기 위해 이런 자세를 취할 때마다 여전히 기분이 별로였다. 특히 균형을 잡기가 어려웠다. 그는 먼저 무릎을 꿇고 어깨뼈를 안으로 말면서 팔을 꼰 다음, 손바닥을 위로 한 채 식사 쟁반이 들어오는 배식구에 두 손을 밀어 넣었다. 핀처가 수갑을 채우자 금속의 차가운 감촉에 손목이 시렸다. 애초에 그에게 핀처('집게발'이라는 의미가 있음—옮긴이)라는 별명이 붙은 것도 그가 수갑을 아플 만큼 바짝 채우기 때문이었다.

"물러서, 카터."

카터가 한 발을 앞으로 내밀자 몸무게가 실린 한쪽 무릎에서 삐걱 소리가 났다. 나머지 한 발을 옮기면서 수갑이 채워진 두 손을 배식구에서 뺐다. 문 바깥에서 핀처가 들고 있는 커다란 열쇠고리가 쩔렁거리는 소리가 나더니 다음 순간 문이 열리고 핀처, 그리고 다른 교도관인 '개구쟁이 데니스'가 들어왔다. 그런 이름이 붙은 건 만화에 나오는 데니스와 머리 모양이 비슷한 데다가 막대기로 죄수들을 꾹꾹 찔러 괴롭히곤 해서였다. 데니스는 나무 막대기로 살짝 찔러도 아픈 부위를 발견하는 재주가 있었다.

"누가 면회를 왔는데, 카터. 어머니도 아니고, 변호사도 아니야."

핀처의 얼굴에는 웃음기가 없었지만 데니스는 신이 난 것 같았다. 그가 고적대장처럼 막대기를 굴려댔다.

"저희 어머니는 제가 열 살 때 하느님 품으로 가셨다는 거, 제가 백 번은 말했잖아요, 핀처. 누가 날 찾아왔단 말입니까?"

"그건 말해줄 수 없어. 교도소장님께서 잡은 일정이니 면회실로 따라와."

좋은 일은 아닐 것 같았다. 그 여자의 남편이 찾아온 지도 오랜 세월이 흘렀다. 어쩌면 그 사람이 작별 인사를 하러 온 건지도, 아니면 마음이 바뀌었다고 말하러 온 건지도 모르겠다는 생각이 들었다. '생각해보니까 용서 못 하겠어. 지옥에나 가버려, 앤서니 카터.' 둘 중 어느 쪽인들 카터로서는 대답할 말이 없었다. 지금까지 온갖 사람들에게 수도 없이 미안하다고 말했으니 이제 더는 사과를 할 필요도 없을 것 같았다.

"따라와."

두 교도관이 카터를 이끌고 복도를 걸었다. 핀처는 그의 팔꿈치를 꽉 붙잡은 채로, 어린애를 데리고 다니듯, 아니면 여자애와 춤을 추듯 사람들 속을 헤치며 이끌었다. 교도관들은 샤워를 하러 갈 때도 카터를 이렇게 붙잡고 다녔다. 카터 역시 어느 정도는 이렇게 끌려다니는 데 익숙해졌지만 한편으로는 여전히 불편하기도 했다. 맨 앞에 서 있던 데니스가 격리관리구역을 H동의 다른 구역들과 분리하는 문의 자물쇠를 열었고, 그 밖에 있는 두 번째 문을 열자 일반 수감자들이 있는 구역이 나왔다. 카터가 H동 바깥으로 나온 것은 2년 만이었다. H동이라는 이름의 H는 '지옥의 구멍(hellhole)'이라는 뜻도 되고, '내 검은 궁둥이를 그 막대기로 좀 더 때려줘(hit my black ass with that stick some more)', '헤이, 마마, 나는 아무 때라도 하느님 품으로 갈 수 있어(Hey, Mama, I'm off to see Jesus any day now)'라는 뜻이기도 했다. 시선을 바닥에 고정시킨 채 걷고 있었음에도 행여나 뭐라도 새로운 것이 있을지 눈을 굴려 주변을 살펴볼 수는 있었다. 그러나 이곳은 어차피 테럴 교도소, 콘크리트와 강철, 묵직한 문으로 이루어진 미로, 남자들의 몸 냄새로 공기가 축축하고 시큼한 곳이란 사실에는 변함이 없었다.

면회 구역으로 와서 당직관에게 보고한 후 비어 있는 면회실 안으로 들어갔다. 면회실 안은 온도가 10도는 높았고 강한 표백제 냄새가 나서 눈이 따끔할 정도였다. 핀처가 수갑을 풀어주었다. 데니스가 막대기로 카터의 턱 아래 부드러운 곳을 꾹 찌르고 있는 동안 교도관들이 카터의 손을 앞으로 돌려 족쇄를 채웠고 다리에도 족쇄를 채웠다. 면회실 벽에는 온통 하면 안 되는 일과 해도 되는 일이 적힌 표지들이 붙어 있었는데, 카터는 그것들을 굳이 읽어보지도, 사실은 쳐다보지도 않았다. 두 교도관이 카터를 의자로 끌고 가서 수화기를 던져주었는데, 족쇄 덕분에 수화기를 귀에 대려면 무릎을 가슴까지 당겨 올리고 사슬이 기다란 지퍼처럼 가슴 앞에서 팽팽하게 당겨지는 자세를 취해야 해서 무릎이 더 쑤셔왔다.

"지난번에는 이런 족쇄는 없었잖아요."

카터의 말에 핀처가 비열하게 웃었다.

"미안하군, 정중하게 허락을 구할 걸 그랬나? 닥치지 그래, 카터. 면회 시간은 10분이야."

그러더니 교도관들은 떠났고 카터는 반대편 문안을 쳐다보면서 도대체 누구인지 모를 면회객이 나타나기를 기다렸다.

특수요원 브래드 울가스트는 텍사스가 싫었다. 텍사스의 모든 것이 싫었다.

일단 날씨가 싫었는데, 오븐 속처럼 뜨겁게 달아올랐다가도 다음 순간 얼어붙을 듯 추워지는 기온도, 머리에 젖은 수건을 덮어쓴 것처럼 축축한 공기도 싫었다. 이 동네의 지형도 싫었다. 앙상하고 무기력한 나무들이 닥터 수스(미국의 동화책 작가이자 만화가. 『모자 속의 고양이』를 그렸다.─옮긴이)의 책에서 튀어나온 것같이 가지를 비틀어대고 있는 꼴도 싫었고, 바람이 모든 것을 쓸어가버린 듯 휑한 모습도 싫었다. 대형광고판, 고속도로, 특색 없는 구획들, 그리고 온갖 곳에 붙어 나부끼는 서커스 천막처럼 커다란 텍사스주 깃발도 싫었다. 기름이 1리터에 4달러고 세상이 전자레인지 속에 든 완두콩처럼 푹푹 익어가는 와중에도 모두가 몰고 다니는 거대한 픽업트럭도 싫었다. 사람들이 걸친 부츠도 벨트 버클도 싫었고, 세상의 다른 사람들처럼 이를 닦고 보험을 팔고 회계장부를 쓰는 대신 종일 밧줄을 휘두르고 소를 타고 다니기라도 하는 것처럼 다들 '욜(y'all)'이라는 말버릇을 쓰는 것도 싫었다.

무엇보다도, 부모 때문에 중학교 시절부터 억지로 텍사스에 살아야 했기 때문에 울가스트는 텍사스가 싫었다. 울가스트는 마흔네 살로 아직 몸매는 그럴싸하지만 온몸에 별별 통증이 다 있었고 그 증거로 머리숱이 점점 줄어들고 있었다. 6학년 시절은 아주 오래전이라 이제 와서 후회하고 말고 할 것도 없었지만 도일과 함께 휴스턴에서부터 59번 고속도로를 타고 북쪽으로 올라가며 텍사스의 봄철 공기를 느끼자니 그 시절의 상처가 갓 생긴 것처럼 생생하게 느껴졌다. 텍사스는 그 자체로 텍사스주만 한 크기의 악몽 덩어리였다. 오리건주에 살던 시절 울가스트는 쿠스강 초입의 부둣가에서 낚시를 하고 집 뒤로 펼쳐진 숲속에서 시간 가는 줄도 모르고 친구들과 놀던 행복하기 그지없는 아이였는데, 별안간 휴스턴이라는 습지 도시에 처박힌 뒤 다 쓰러져가는 목장 주택에 살면서 그늘 한 조각 없이 머리 위로 떨어지는 38도의 열기 속에서 학교까지 걸어다니는 신세가 되었다. 그 시절 울가스트는 세상이 끝날 것 같은 기분이었다. 그가 있는 곳, 휴스턴이 바로 세상의 끝이었다. 6학년이 된 첫날 선생님은 그에게 일어서서 텍사스주 국기에 대한 경례를 읊게 시켰는데 그건 마치 완전히 다른 나라에서 살겠다는 서약처럼 느껴졌다. 그렇게 비참하게 3년을 보낸 뒤 그곳을 떠나게 되었을 때 울가스트는 그렇게 기쁠 수가 없었다. 비록 그 사유는 불미스러웠지만 말이다. 울가스트의 아버지는 기술자였다. 그의 부모님이 만난 건 아버지가 대학을 졸업하고 그랑 론데 원주민 보호구역의 수학 교사로 부임했을 때였는데, 치누크 인디언 혼혈이던 어머니 ― 결혼 전의 성은 포베어였다 ― 가 그곳에서 간호조무사로 일하고 있었다. 두 사람은 돈을 벌고자 텍사스로 갔는데 86년 석유 경기가 파탄 나면서 아버지는 일자리를 잃었고, 집을 팔고자 했지만 팔리지 않는 바람에 결국 전부 은행에 빼앗기고 말았다. 울가스트의 가족은 일자리를 찾아 미시건, 오하이오, 업스테이트 뉴욕을 전전했지만 이후로 한 번도 일이 제대로 풀린 적 없었다. 아버지는 울가스트가 ― 세 번째로 전학한 ― 고등학교를 졸업하기 두 달 전 췌장암으로 숨졌는데 이 모든 것이 텍사스 탓이라 해도 과언이 아니었다. 어머니는 다시 오리건으로 갔지만, 지금은 어머니도 세상을 떠났다.

모두가 세상을 떠났다.

맨 처음으로 뱁콕이라는 남자를 데려온 건 네바다에서였다. 나머지는 애리조나, 루이지애나, 켄터키, 와이오밍, 플로리다, 인디애나, 델라웨어에 가서 데려왔다. 울가스트는 이런 지역들을 썩 좋아하지는 않았지만, 그 어디라도 텍사스보다는 나았다.

울가스트와 도일은 전날 밤 덴버에서 비행기를 타고 휴스턴에 도착했다. 그날 밤은 공항 근처 래디슨 호텔에서 잤고(그는 잠시 짧은 여행이라도 하면서 옛날에 살던 집이라도 들러볼까 했지만 곧 뭣 하러 그런 짓까지 하나 하는 생각이 들었다), 아침에 새것이라 잉크도 마르지 않은 지폐 같은 냄새가 나는 크라이슬러 빅토리 한 대를 빌려 북쪽을 향했다. 날이 맑았고 하늘은 수레국화처럼 푸르고 높았다. 울가스트가 운전을 했고 도일은 카페라테를 홀짝거리면서 무릎에 서류 무더기를 쌓아놓고 읽고 있었다.

"실험 대상 12번, 앤서니 카터를 만나야 합니다."

도일이 그렇게 말하며 사진을 집어 들었다.

울가스트는 사진을 보고 싶지 않았다. 보지 않아도 뻔했다. 또 하나의 활기 없는 얼굴, 글씨를 읽는 법도 잘 모르는 또 한 쌍의 눈, 자기 자신을 지나치게 오래, 빤히 들여다본 또 하나의 영혼. 이런 남자들은 흑인이기도 했고, 백인이기도 했고, 뚱뚱하기도 했고, 마르기도 했고, 나이가 많기도 했고, 젊기도 했으나, 그 눈만큼은 언제나 똑같았다. 마치 온 세상을 다 흘려보낸 배수구만큼 텅 빈 눈이었다. 그들을 추상적으로 동정하기는 어렵지 않았으나 반대로 그 동정 역시 오로지 추상적으로만 가능했다.

"죄목이 궁금하지 않으세요?"

울가스트는 어깨를 으쓱했다. 급할 건 없었지만, 어차피 나중에 들을 테니 지금 들어도 상관없다는 생각이 들어서였다.

도일이 카페라테를 한 모금 꿀꺽 마시더니 서류에 적힌 내용을 읽었다.

"앤서니 로이드 카터. 아프리카계 미국인. 신장 162센티미터. 체중 54킬로그램."

그러더니 도일이 고개를 들었다.

"딱 어울리는 별명이 붙었네요. 뭘까요?"

울가스트는 벌써 피곤해졌다.

"글쎄, 꼬마 앤서니?"

"보스, 옛날 사람 티 내지 마세요. 별명이 '티 톤'이라고 하네요. '티'는 모르긴 몰라도 '타이니'의 약자인 것 같고요. 어머니 사망. 아버지는 출생 당시 사진에도 없음. 그 지역 여러 위탁가정을 전전. 초년운부터 안 좋았네요. 전과가 있는데 전부 별거 아니에요. 구걸 행위, 공무집행방해 따위입니다. 자, 이제 이 친구가 저지른 죄가 나오네요. 우리 앤서니라는 친구는 매주 피해자의 집 마당 잔디를 깎는 일을 했다고 합니다. 피해자의 이름은 레이철 우드, 리버 오크스에 살았고, 딸이 둘 있고, 남편은 거물 변호사였군요. 자선 무도회, 각종 자선 행사, 컨트리클럽 등등. 앤서니 카터는 이 여자의 '프로젝트'였어요. '배가 고파요, 도와주세요' 뭐 그런 말이 적힌 간판을 들고 고가도로 아래에 서 있는 걸 보고 자기 집 잔디를 깎는 일자리를 주었죠. 아무튼 피해자는 앤서니를 집으로 데려와 샌드위치를 만들어준 뒤, 여기저기 전화를 돌려 머무를 곳을 찾아주었다고 합니다. 자신이 모금 활동에 참여했던 그룹 홈 같은 곳 말입니다. 그다음에는 리버 오크스의 이웃들에게 전화를 돌려 이 남자를 돕자고, 시킬 일이 있는지 알아보았답니다. 걸스카우트라도 된 것처럼 사람들을 대동단결시켰던 거지요. 그렇게 이 앤서니는 2년씩이나 이 동네 사람들의 잔디를 깎고 산울타리 가지치기를 했다고 하네요. 그렇게 모든 일이 더할 나위 없이 잘 돌아가다가 어느 날 우리 앤서니가 잔디를 깎으러 그 집에 찾아갔답니다. 그날 레이철의 딸 중 하나가 아파서 학교에 안 가고 집에 있었다고 합니다. 다섯 살이었답니다. 엄마가 전화 통화나 뭐 다른 데 정신을 파는 동안 아이가 마당에 나갔다가 앤서니를 보았습니다. 아이도 앤서니를 아주 여러 번 봐서 누구인지 알았죠. 하지만 이번에는 일이 잘못됐습니다. 앤서니가 아이를 놀라게 했어요. 여기, 그가 아이에게 손을 댔을지도 모른다는 이야기가 적혀 있기는 한데, 법정심리학자는 이 점은 불확실하다고 말하고 있어요. 어쨌든 아이는 비명을 지르기 시작합니다. 아이 엄마가 집 밖으로 뛰쳐나와 비명을 지르고, 다들 비명 지르기 대회, 비명 지르기

올림픽이라도 하듯이 비명을 질러댑니다. 카터라는 자는 일이 잘 풀릴 때야 시간 맞춰 잔디를 깎으러 오는 착한 사람이지만, 일이 틀어지고 나면 아이와 함께 있는 흑인 남자가 되어버리고, 그러면 마더 테레사같이 굴던 모습은 사라져버리고 마는 거죠. 그러다 몸싸움이 시작됐습니다. 싸우던 도중에 아이 엄마가 스스로 뛰어든 건지, 밀려 떨어진 건지 모르겠지만 수영장에 빠졌습니다. 앤서니도 따라 들어갔어요. 도와주려고 한 것 같은데, 아이 엄마는 계속 비명을 지르며 그를 밀쳤습니다. 자, 이렇게 모두가 물에 흠뻑 젖어서 고함을 질러대고 서로 몸싸움을 했답니다."

거기까지 말한 도일이 퀴즈를 내듯 울가스트를 올려다보았다.

"그 후에 어떻게 되었을까요?"

"여자를 익사시켰나?"

"빙고. 바로 그 순간, 아이의 눈앞에서 말입니다. 이웃이 이 소란을 듣고 경찰에 신고했는데, 경찰이 도착했을 때 앤서니는 여전히 수영장 가장자리에 앉아 있었다고 합니다. 여자의 시체가 수영장 물에 둥둥 떠 있고 말이죠."

도일은 고개를 절레절레 저었다.

"썩 보기 좋은 광경은 아니었겠네요."

가끔 도일이 이런 이야기를 신이 나서 할 때면 울가스트는 마음이 불편했다.

"사고일 가능성은 없나?"

"피해자가 서던메소디스트대학 수영 대표 팀 출신이었답니다. 아침마다 수영장을 50바퀴씩 왕복했고요. 이 작은 사실 때문에 검사 측이 성공을 거둔 것 같습니다. 그밖에도 카터의 자백을 상당 부분 받아내기도 했고요."

"체포 당시에 카터가 뭐라고 진술했지?"

도일은 어깨를 으쓱했다.

"다만 여자가 비명을 멈추기만을 바랐을 뿐이라고 했다는군요. 그리고 아이스티를 한 잔 달라고 했다고 합니다."

울가스트는 고개를 저었다. 이런 이야기들은 언제나 끔찍했지만 이번에는 그 사소한 이야기가 그의 마음에 와닿았다. 아이스티 한 잔이라니, 제기랄.

"몇 살이라고 했지?"

도일이 서류 몇 장을 넘겼다.

"말씀드린 적은 없는데요, 서른두 살이라고 합니다. 수감 당시에는 스물여덟 살이었고요. 아, 이런 이야기가 있네요. 친척이 아무도 없답니다. 폴런스키 교도소로 면회를 온 유일한 사람은 피해자의 남편이었는데 2년도 더 지난 일입니다. 항소가 기각된 뒤에 담당 변호사마저 텍사스를 떠났답니다. 해리스 카운티에서 국선변호사를 붙여주었다고는 하는데, 아예 서류조차 들여다보지 않았답니다. 그러니까 이 친구를 돌봐줄 사람이 아무도 없었던 거죠. 앤서니 카터는 6월 2일 세상의 무관심 속에서 일급살인죄로 약물 주입을 통한 사형 집행을 당할 예정인데, 세상 누구도 이 일에 관심을 기울이지 않고 있어요. 이미 유령이나 다름없는 인생입니다."

리빙스턴까지 가는 데는 90분이 걸렸고 그중 마지막 15분 동안 달리게 될 길은 농업용 도로로, 보이는 것이라고는 간헐적인 소나무 숲, 블루보닛(텍사스주를 상징하는 꽃—옮긴이)이 점점이 피어 있는 드넓은 벌판뿐이었다. 아직 정오에 불과한 시간이었는데, 다행이었다. 저녁 식사 시간 즈음에는 맡은 임무가 끝날 테니 오늘 중으로는 휴스턴으로 돌아와 렌터카를 반납하고 콜로라도행 비행기를 탈 수 있을 것 같았다. 이런 종류의 출장은 짧을수록 좋았다. 오래 머물며 남자의 이야기를 주야장천 들어봐야 — 어차피 결국에는 제안을 받아들일 테지만 — 결국에는 모든 것이 구역질 나게 느껴질 뿐이었다. 그럴 때면 늘 고등학교 때 읽은 「악마와 대니얼 웹스터」라는 희곡이 떠오르며 스스로가 악마 같다는 생각이 들었다. 도일은 달랐다. 일단 서른도 안 된 젊은 나이였고, 두 뺨이 붉은 인디애나 농장 출신으로, 울가스트가 배트맨이라면 로빈 역할을 즐겁게 수행하며 그를 '대장', '보스'라고 불렀으며, 중서부식의 예스러운 애국심을 가슴에 품고 있어서 한번은 로키스 경기 — 심지어 텔레비전에서 — 를 보다가 울려 퍼진 애국가에 눈시울이 붉어지는 모습까지도 보였다. 그때 울가스트는 이 시대에도 필 도일 같은 사람들이 있다는 사실을 처음 알았다. 또, 그가 앞날이 창창한 똑똑한 청년이라는 데는 의심의 여지가 없었다. 퍼듀대학을 갓 졸업하고 로스쿨에 이미 지원한 상태였던 도일은 아메리카 몰 학살극 — 크리스마스를 맞아 쇼핑하던 300명의 시민들이 이란의 지하디스트들에게 총격을 당했고 그 끔찍한 장면들이 보안 카메라에 찍혀 CNN에 고통스러울 정도로 세밀하게 방영되었기에, 국민의 절반이 그날부터 무언가에 헌신하기로 결심한 듯했던 사건 — 직후에 FBI에 들어왔고, 콴티코 기지에서의 트레이닝을 마친 후 덴버 지사로 발령받아 대테러 담당 부서에 배치되었다. 군에서 두 명의 현장요원을 구하기 시작하자 제일 먼저 자원한 것이 도일이었다. 울가스트는 도일의 선택을 이해할 수 없었다. 서류상 '노아 프로젝트'라고 칭해진 이 프로젝트는 울가스트에게는 막다른 골목처럼 보였고, 그가 이 임무에 자원한 것은 오로지 그 이유 때문이었다. 이혼 절차가 끝이 난 뒤에 — 라일라와의 결혼 생활은 수증기가 증발하는 것보다도 더 흔적 없이 끝을 맺었기에 실제 이혼 절차가 마무리된 다음 싱숭생숭해진 것은 그로서도 뜻밖이었다 — 울가스트는 몇 달간 여행을 하며 마음을 정리했었다. 이혼 과정에서 어느 정도의 재산을 받았으니 — 체리크리크에 있던 두 사람의 집에서 그 몫의 지분, 그리고 라일라의 병원 퇴직연금 일부 — 아예 FBI를 그만두고 오리건주로 돌아가 그 돈으로 장사라도 해볼까 하는 생각을 했다. 공구라든지 운동용품 같은 것, 사실 둘 중 그가 제대로 아는 건 하나도 없었지만 말이다. FBI에서 퇴직한 사람들은 대개 보안업체 쪽으로 빠지지만 울가스트는 야구 글러브나 망치 같은, 눈으로 보기만 해도 어디에 쓰는지 알 수 있는 물건들이 진열된 작은 가게를 여는 것처럼 단순하고도 깔끔한 일이 더 끌렸다. 그리고 '노아 프로젝트'는 그리 어렵지 않은 일 같았기에, 만약 FBI를 그만두게 된다면 마지막 한 해를 보내기에 적당한 임무라는 생각이 들었다.

물론 알고 보니 '노아 프로젝트'는 서류나 보고 남의 뒤치다꺼리를 하는 단순한 일은 아니었다. 생각보다 훨씬 고된 일이었는데, 도일도 이럴 줄 알고 있었을까 궁금해졌다.

폴런스키 교도소에 도착한 두 사람은 신분 확인과 총기 검사를 마친 뒤 교도소장실로 갔다. 폴런스키 교도소는 음산한 곳이었지만 교도소라는 곳은 어디든 그랬다. 대기하는 동안 울가스트는 핸드헬드(한 손으로 조작 가능한 이동형 컴퓨터나 단말—옮긴이)로 휴스턴에서 출발하는 저녁 비행기 시간을 알아보았다. 8시 30분에 출발하는 비행기가 있어서 서두르면 시간에 맞출 수 있을 것 같았다. 도일은 마치 치과 대기실에서 기다리는 사람이라도 된 듯 잠자코《스포츠 일러스트레이티드》잡지만 넘겨보고 있었다. 1시가 조금 지나서야 비서가 두 사람을 교도소장실로 안내해주었다.

교도소장은 50세가량의 흑인 남자로 머리가 희끗희끗하게 세었고 입고 있는 양복 베스트 속의 가슴근육은 중량 운동을 오래 한 듯 탄탄했다. 교도소장은 두 사람이 들어갈 때 일어서지도, 악수를 청하지도 않았다. 울가스트가 그에게 서류를 건넸다.

서류를 다 읽은 교도소장이 고개를 들었다.

"울가스트 요원, 이건 지금까지 내가 읽은 것 중 가장 말도 안 되는 서류요. 도대체 앤서니 카터를 데려다가 어디다 쓰겠단 소리입니까?"

"그건 말씀드릴 수 없습니다. 저희는 이송 과정에만 관여합니다."

교도소장은 서류를 한쪽에 밀어두더니 책상 위에 두 손을 겹쳤다.

"알겠습니다. 그런데 만약 이쪽에서 거부한다면?"

"그럼 전화번호를 하나 드릴 겁니다. 전화를 받은 쪽에서 이 일이 국가안보를 위한 사항임을 최대한 설명할 것입니다."

"전화번호라."

"그렇습니다."

교도소장은 짜증이 묻은 한숨을 쉰 다음 의자를 빙글 돌린 뒤 등 뒤의 커다란 창밖을 가리켰다.

"여러분, 이 밖에 뭐가 있는지 알고 있습니까?"

"무슨 말씀이신지 모르겠습니다만."

교도소장이 다시 그들을 마주 보았다. 화가 난 얼굴은 아닌 것 같다고 울가스트는 생각했다. 그저 자기 방식에 길든 사람일 뿐이었다.

"여긴 텍사스입니다. 정확히 말하면 텍사스의 70만 제곱킬로미터를 차지하고 있는 폴런스키 교도소, 그리고 내가 아는 한 나는 이 워싱턴이나 랭글리에 있는 그 누군가가 아니라 이 교도소를 위해 일하는 사람이오. 앤서니 카터는 내 관리하에 있는 죄수이고, 텍사스의 시민이 형기를 채우도록 하는 것이 내 책임입니다. 주지사의 지시가 없는 한 이 사실에는 변동이 없습니다."

빌어먹을 텍사스, 하고 울가스트는 생각했다. 하루 종일 걸리겠군.

"소장님, 그건 협의할 수 있을 겁니다."

교도소장이 울가스트에게 서류를 가져가라며 내밀었다.

"그러시오, 요원. 협의해보시든지."

방문객용 입구로 들어가면서 그들은 다시 총을 받아들고 차로 돌아갔다. 울가스트가 덴버에 전화를 걸자 전화는 곧 암호화된 통신망을 통해 사이크스 대령에게 연결되었다. 조금 전 대화를 이야기하자 사이크스는 역정을 내면서도 협의를 할 것이라고, 최대 하루가 걸릴 것이라고 했다. 두 사람은 그동안 돌아다니며 연락을 기다리다가, 연락이 오면 앤서니 카터의 서명을 받아 오라는 것이었다.

"참고로, 프로토콜에 변경 사항이 있어."

"무슨 변경 사항입니까?"

그러나 사이크스는 말을 아꼈다.

"나중에 알리도록 하지. 카터의 서명부터 받아 와."

두 사람은 차를 몰고 헌츠빌로 가서 모텔에 방을 잡았다. 교도소장이 보인 방어적인 태도가 새삼스러운 일은 아니었다. 이전에도 이런 일은 있었다. 절차가 지연되는 것이 짜증스러웠지만 그뿐이었다. 며칠, 길어봤자 일주일이면 충분할 것이다. 카터는 시스템에 들어올 것이고 그 뒤로 카터라는 사람이 존재했다는 모든 증거는 온 세상에서 사라질 것이다. 교도소장마저도 그런 사람은 들어본 적도 없다고 주장할 것이다. 물론, 리버 오크스에 사는 변호사이자 두 딸의 아버지인, 피해자의 남편에게도 입단속이 들어갈 것이지만 그건 울가스트가 할 일은 아니다. 사망진단서가 발부될 것이고, 아마 그가 심장마비를 일으켜 속전속결로 화장이 이루어졌으며 결국은 정의가 구현되었다는 식의 이야기도 만들어질 것이다. 어차피 울가스트와는 상관없는 이야기였다. 그의 임무는 거기까지가 끝일 테니까.

5시가 되었는데도 사이크스에게서 아무런 연락이 없었기에 두 사람은 양복을 벗고 청바지로 갈아입은 뒤 저녁을 먹을 곳을 찾아 나섰고, 코스트코와 베스트바이 사이의 번화가에 있는 스테이크 전문점을 골랐다. 스테이크 전문점은 체인점이었는데, 조용히 출장을 와서 최대한 자신의 흔적을 남기지 않아야 하는 그들에게는 좋은 선택이었다. 일정이 지연되자 울가스트는 안달이 났지만 도일은 아무렇지도 않은 것 같았다. 낯선 동네에서 시간을 보내며 괜찮은 식사를 하고 그 값은 모두 연방정부에서 치르니 불평할 것도 없었다. 도일은 널빤지만큼이나 두툼한 포터하우스 스테이크를 잘랐고 울가스트는 자기 몫의 립을 먹었으며, 계산을 한 다음에는 — 울가스트가 새 지폐 뭉치를 주머니에서 꺼내 현찰로 계산했다 — 술집을 찾아 바에 자리 하나씩을 차지하고 앉았다.

"서명할 것 같습니까?"

도일이 물었다. 울가스트는 스카치위스키 잔에 담긴 얼음을 소리 나게 흔들었다.

"누구나 하지."

"선택의 여지가 없을 테니까요."

도일이 술잔을 향해 얼굴을 찌푸렸다.

"사형을 당하든지, 아니면 커튼 뒤에 숨겨져 있어 무엇인지 알 수 없는 두 번째 선택지를 받아들이든지, 둘 중 하나일 테니까요. 하지만 아무리 그래도 말입니다."

울가스트는 도일이 무슨 생각을 하는지 알 수 있었다. 커튼 뒤에 숨겨진 선택지가 무엇이건 무엇이 있건, 좋을 것은 없었다. 사형수, 잃을 것이 없는 이들에게 무엇이 더 필요하겠는가?

"아무리 그래도 말이지."

바 위에 붙어 있던 텔레비전에서 로켓츠와 골든스테이트의 농구 중계가 나오고 있었다. 두 사람은 한동안 아무 말 없이 경기를 지켜보았다. 경기 초반이었고 두 팀 모두 부진한 채로 공만 이리저리 옮기고 있었다.

"라일라에게서는 아무 소식 없었습니까?"

도일이 물었다.

"사실은 있었어. 결혼한다더군."

그 말에 도일이 눈을 크게 떴다.

"그 남자, 그 의사와 말입니까?"

울가스트가 고개를 끄덕였다.

"이렇게 빨리요? 무슨 말이라도 하셨어야죠. 맙소사. 대체 뭐라던가요? 결혼식에 오래요?"

"아니. 내게 알려줘야 할 것 같다며 이메일을 보냈어."

"뭐라고 답하셨어요?"

울가스트는 어깨를 으쓱했다.

"아무 말도."

"아무 말도 안 하셨다고요?"

사실 이야기는 그게 다가 아니었지만, 울가스트는 더 이상 자세한 이야기는 하고 싶지 않았다. 라일라가 보내온 이메일은 이랬다. '브래드에게. 데이비드와 내가 아이를 가졌다는 걸 당신에게 알려야 할 것 같았어. 결혼식은 다음 주야. 당신이 우리의 행복을 빌어주었으면 좋겠어.' 울가스트는 컴퓨터 화면을 10분이나 빤히 들여다보았었다.

"할 말이 뭐가 있어. 우린 이혼했고, 그러니 라일라도 자기가 원하는 대로 할 자유가 있잖아."

울가스트는 남은 스카치를 쭉 들이켠 다음 지폐 뭉치에서 지폐 몇 장을 더 끄집어내며 물었다.

"이만 갈까?"

도일은 술집 안을 둘러보았다. 두 사람이 처음 바에 앉았을 때는 사람이 거의 없었는데 이제는 아까보다 사람이 많았고 그중에는 높은 테이블 세 개를 차지한 채 마가리타를 피처로 시켜 마시며 시끄럽게 대화를 나누는 젊은 여자들 무리도 있었다. 근처에 샘휴스턴 주립대학이 있으니 대학생 아니면 같은 직장에서 일하는 동료 사이인가 보다 하고 울가스트는 생각했다. 인생이 한순간에 지옥으로 굴러떨어질 수 있다 해도 해피아워는 해피아워인지 텍사스 헌츠빌의 술집으로 예쁜 여자들이 모여든다. 여자들은 딱 붙는 셔츠에 무릎이 패셔너블하게 찢어진 밑위가 짧은 청바지 차림이었고 화장도 머리 모양도 밤 외출에 맞게 신경 써 만지고 온 모양으로 술을 콸콸 마셔댔다. 그중에서도 그들을 등지고 앉은 약간 통통한 여자 한 명은 입고 있는 바지의 밑위가 너무 짧아서 팬티에 그려진 작은 하트 무늬들이 보일 정도였다. 울가스트는 그 모습을 더 자세히 보고 싶은 것 같기도 했고, 아니면 담요를 덮어서 가려주고 싶은 것 같기도 했다.

"저는 여기 좀 더 있다 가겠습니다."

그러면서 도일이 건배를 하듯 잔을 들어 보였다.

"경기를 좀 더 보려고요."

울가스트는 고개를 끄덕였다. 도일은 미혼이었고 사귀는 여자 친구도 없었다. 사람들과의 접촉을 최소화하는 것이 규칙이었지만 사실 울가스트로서는 도일이 저녁 시간을 어떻게 보내건 상관할 바가 아니었다. 약간 질투심이 느껴졌지만 그 생각은 얼른 치워버렸다.

"알겠어. 그래도⋯⋯."

"알아요. 스모키 베어(산림화재 방지 캠페인에 등장하는 캐릭터—옮긴이)가 말했듯, 사진만 찍을 것, 발자국만 남길 것. 지금 저는 인디애나폴리스에서 온 광섬유 외판원이라는 거죠."

두 사람 뒤에서 여자들이 와르르 웃음을 터뜨리는 소리가 들렸다. 목소리에 테킬라의 취기가 묻어 있었다.

"좋은 동네군, 인디애나폴리스라니. 여기보다 훨씬 나아."

"글쎄요. 저는 여기도 좋은데요."

도일은 그렇게 말하더니 장난스럽게 웃어 보였다.

울가스트는 술집을 나와 고속도로를 향해 걸었다. 식사 중에 전화를 받게 될까 봐 핸드헬드는 모텔에 두고 온 뒤였다. 그런데 돌아와 확인해보니 남겨진 메시지는 아무것도 없었다. 레스토랑 안의 소음과 활기 속에 있다 온 뒤라 모텔 방의 침묵이 불편하게 느껴지는 바람에 울가스트는 도일과 함께 술집에 있을걸 그랬다는 생각이 들었다. 물론 요즘의 그는 도일에게 그리 좋은 일행이 아니라는 걸 알았지만 말이다. 울가스트는 신발을 벗고 옷은 그대로 입은 채로 농구경기를 마저 보았다. 사실 누가 이기든 지든 별 상관은 없었지만 무언가 집중할 대상이 필요했다. 결국 자정이 좀 넘은 시간이 되자 ― 덴버는 11시, 조금 늦었겠지만 무슨 상관인가 ― 그는 하지 않겠다고 결심했던 일을 하고 말았다. 라일라에게 전화를 걸었던 것이다. 전화를 받은 사람은 남자였다.

"데이비드, 브래드입니다."

한참 동안 데이비드는 말이 없었다.

"늦은 시간에 전화를 걸었군요, 브래드. 무슨 일입니까?"

"라일라 있습니까?"

"라일라는 오늘 하루를 고단하게 보내서 피곤해하고 있어요."

그걸 내가 모르겠느냐고 울가스트는 생각했다. 내가 라일라와 6년이나 한 침대에서 잔 사이라고.

"그래도 좀 바꿔주시겠습니까?"

데이비드가 한숨을 쉬더니 쾅 소리를 내며 수화기를 내려놓았다. 수화기 너머로 시트가 부스럭거리는 소리와 데이비드가 '브래드야, 제발 다음에는 말이 되는 시간에 전화 걸라고 전해주겠어?' 하는 소리가 들리더니 라일라가 전화를 받았다.

"브래드?"

"밤늦게 전화해서 미안해. 몇 시인지 몰랐어."

"말이 되는 소리를 해. 무슨 일로 전화했어?"

"여기 텍사스야. 사실 모텔에 있어. 정확히 어딘지는 말할 수 없지만."

"텍사스라니."

라일라가 잠시 말을 멈췄다.

"당신은 텍사스 싫어하잖아. 설마 텍사스에 갔다는 말을 하려고 전화 건 건 아니지?"

"미안해. 깨우지 말걸 그랬어. 데이비드가 화가 난 것 같네."

라일라는 수화기에 대고 한숨을 쉬었다.

"그래, 괜찮아. 우리 아직 친구지? 데이비드도 어른이니까 알아서 추스르겠지."

"이메일 받았어."

"그래."

라일라가 숨을 몰아쉬는 소리가 들렸다.

"그럴 것 같았어. 그래서 전화한 거지? 당신이 언젠가 연락할 거라고 생각했어."

"했어? 결혼."

"응. 지난 주말에 여기 집에서 했어. 친구 몇 명만 부르고 우리 부모님도 오셨어. 사실 부모님이 당신 어떻게 지내는지 물으시더라. 두 분이 당신 꽤 좋아했으니까. 혹시 전화 걸고 싶으면 해봐. 우리 아빠가 누구보다도 당신 보고 싶어 하는 것 같거든."

울가스트는 방금 라일라의 말에 묻어 있었던 비아냥은 그냥 못 들은 척하기로 했다. 누구보다도? 라일라 당신보다? 그는 라일라의 말이 이어지기를 기다렸지만 그녀는 말이 없었고, 침묵 속에서 울가스트는 기억 속 한 장면을 떠올렸다. 오래된 티셔츠를 입고, 항상 발이 시려서 신고 있던 양말 바람으로, 무릎 사이에 베개를 끼운 채 허리를 곧게 펴려고 애쓰며 침대에 누워 있는 라일라의 모습. 척추를 펴려고 애썼던 건 그때 배 속에 아기가 있어서였다. 두 사람의 아기. 에바.

"그냥 나는……."

라일라가 낮은 목소리로 되물었다.

"뭐라고, 브래드?"

"나는…… 당신의 행복을 빌어주고 싶다고 말하고 싶었어. 당신이 말했듯이 말이야. 당신이 일을 그만두는 게 낫다는 생각이 들어. 좀 쉬고, 스스로를 잘 돌보면서. 늘 궁금했는데……."

"그럴게."

라일라가 말을 잘랐다.

"걱정 마, 모든 게 예전과 똑같아."

예전과 똑같다, 라. 그러나 울가스트가 느끼기에 예전과 똑같은 건 하나도 없었다.

"나는 그저……."

"있지."

라일라가 심호흡을 하는 소리가 들렸다.

"이런 말 하기 나도 속상한데, 나도 내일 아침에 일어나야 하니까."

"라일라……."

"끊을게."

울가스트는 그녀가 울고 있다는 걸 알 수 있었다. 울음소리는 들리지 않았지만 알 수 있었다. 두 사람 다 에바를 생각하고 있었을 것이고, 그녀는 에바 생각에 울었을 것이다. 두 사람이 더 이상 함께할 수 없는 건 에바 때문이었다. 울고 있는 그녀를 안아주던 세월이 얼마나 길었나? 문제는 그것이었다. 그는 라일라가 울 때 뭐라고 해야 할지 알 수 없었다. 뒤늦게, 너무 늦어버린 뒤에야 라일라에게 무슨 말이라도 했어야 한다는 걸 알게 되었다.

"아, 브래드. 이러지 말자. 지금은."

"미안해, 라일라. 나는 그냥…… 그 애 생각이 나서."

"알아. 그래도 제기랄, 하지 마. 하지 말라고."

라일라가 흐느끼는 소리가 들렸고, 곧 데이비드의 목소리가 들렸다.

"다시는 전화하지 마시죠, 브래드. 분명 말했습니다. 내 말 분명히 들었죠."

"좆 까."

"당신이 어떻게 생각하든 상관없어. 더는 라일라를 괴롭히지 마. 우리 인생에 신경 끄라고."

그러더니 데이비드는 전화를 끊어버렸다.

울가스트는 핸드헬드를 한 번 쳐다본 뒤 방 저쪽으로 던져버렸다. 핸드헬드가 프리스비처럼 멋진 호를 그리며 날아가 텔레비전 뒤 벽에 맞았고 플라스틱 부서지는 소리가 났다. 그 소리를 듣자마자 울가스트는 곧바로 후회했다. 하지만 무릎을 꿇고 주워보니 부서지는 소리는 배터리 케이스가 분리되는 소리였을 뿐 핸드헬드에는 아무런 이상이 없었다.

울가스트가 부대에 가본 것은 단 한 번, 지난여름 사이크스 대령과 면담을 하기 위해 가본 것이 전부였다. 면접 같은 것은 아니었다. 울가스트가 노아 프로젝트에 참여한다는 사실을 확인하기 위한 면담이었다. 군인 두 명이 울가스트를 밴에 태웠는데, 창문에 검은 선팅이 되어 있었음에도 그는 행선지가 덴버 서쪽의 산이라는 것을 알 수 있었다. 거기까지 가는 데 6시간이 걸렸고, 기껏 잠이 들자마자 차가 부대 앞에 멈춰 섰다. 밴에서 내리니 여름 오후의 눈부신 햇살이 쏟아졌다. 그는 기지개를 켠 뒤 주변을 둘러보았다. 지형으로 볼 때 유레이 근처, 아니면 더 북쪽인 것 같았다. 들이마시는 공기가 차가우면서도 희박했다. 고도 때문에 머리 꼭대기가 지끈지끈 울렸다.

주차장에 서 있던 민간인이 그를 맞았다. 다부진 체격의 남자로, 청바지에 소매를 접어 올린 카키색 셔츠를 입고 둥글납작한 코에 구식 에비에이터 선글라스를 걸친 남자였다. 그가 자신을 리처즈라고 소개했다.

"오시는 길이 고단하지는 않았기를 바라네."

악수를 하며 리처즈가 말했다. 가까이서 보니 리처즈의 뺨에는 오래된 여드름 흉터로 얽은 자국이 있었다.

"고도가 상당히 높아. 익숙하지 않으실 텐데 천천히 걷도록."

리처즈가 울가스트를 이끌고 주차장을 지나 '샬레(산장이라는 뜻─옮긴이)'라는 건물로 왔는데, 건물의 생김새는 이름 그대로였다. '샬레'는 3층짜리 커다란 튜더 양식의 건물로, 목재가 노출되어 있는 오래된 산장 같은 모양이었다. 분명 한때 이 산에는 시간대를 나눠 쓰는 콘도며 현대식 리조트가 등장하기 이전 시대의 유물인 이런 산장들이 가득했으리라. 샬레 앞에는 널따란 잔디밭이 있었고 그 뒤에는 평이하게 생긴 90미터가량의 구조물들이 펼쳐져 있었다. 시멘트 블록으로 지은 막사, 군용 고무보트 대여섯 개, 그리고 도로변 모텔을 닮은 낮은 건물이 있었다. 군용 차량인 험비와 소형 지프, 5톤 트럭이 진입로를 돌아다녔다. 잔디밭 한가운데에는 가슴팍이 넓고 머리를 짧게 깎은 남자들 한 무더기가 웃통을 벗은 채로 정원 의자에서 해를 쬐고 있었다.

샬레로 들어가자마자 마치 영화 세트장으로 들어온 것처럼 방향감각이 사라져버렸다. 이 건물은 내부를 통째로 들어내어 현대식 사무 공간의 무색무취 인테리어로 바꿔놓은 것 같았다. 바닥에 깔린 회색 카펫, 사무실 조명에 방음 타일로 된 천장. 꼭 치과 아니면 매년 세금 계산을 위해 회계사를 만나는 고속도로 인근의 고층 건물에 들어온 것 같았다. 프런트 데스크 앞에 서자 리처즈는 핸드폰과 총을 달라고 하더니 뒤따르던 위장복을 입은 보초에게 넘겨주었다. 엘리베이터가 있었지만 리처즈는 그 앞을 그냥 지나치더니 좁은 복도를 지나 묵직한 문 뒤의 계단으로 울가스트를 안내했다. 2층으로 올라간 다음 또다시 아무 특징 없는 복도를 지나자 사이크스의 집무실이 나왔다.

두 사람이 들어오자 책상 뒤에 앉아 있던 사이크스가 일어섰다. 키가 크고 체격이 좋은 사이크스는 제복 차림이었고 가슴팍에는 울가스트로서는 이해할 수 없는 계급장과 훈장들이 달려 있었다. 집무실 안은 놓여 있는 사물들의 배치에서부터 책상 위에 놓인 액자 하나까지 말끔했는데 모두 효율을 극대화하기 위해 배치된 것 같았다. 책상 한가운데에는 서류가 꽉 차 두꺼운 마닐라 봉투가 하나 놓여 있었다. 울가스트는 이 봉투 안에 든 것이 자신의 신상 정보 파일 비슷한 것이 분명하다고 생각했다.

악수를 주고받은 후 사이크스가 커피를 권해 그도 받아들였다. 졸리지 않았지만 카페인을 섭취하면 두통이 잦아들 것 같았다.

"여기까지 밴을 타고 오느라 고생 많았네."

사이크스가 그렇게 말하면서 의자를 권했다.

"우리 일 처리 방식이 그렇거든."

병사 한 명이 커피가 든 플라스틱병과 도자기 컵 두 개를 쟁반에 담아 들고 들어왔다. 리처즈는 사이크스의 책상 뒤, 부대를 둘러싼 산림이 내다보이는 커다란 창을 등지고 서 있었다. 사이크스는 어째서 울가스트가 이 임무를 맡았으면 하는지를 설명했다. 임무의 내용이 상당히 단순하며 울가스트가 이미 이 임무에 필요한 기본적인 사항을 알고 있다는 것이었다. 군에서는 '노아 프로젝트'라는 이름의 약물 실험 3단계에 참여할 10명에서 20명 정도의 사형수를 구하고 있다고 했다. 프로젝트에 참여하면 가석방 없는 무기징역으로 형이 낮아진다. 울가스트의 임무는 해당 사형수들의 서명을 받아 오는 것이 전부였다. 전부 법적 심사를 마친 과정이지만 국가안보에 관련된 프로젝트이므로 이들은 서류상으로 죽은 사람으로 처리된다. 따라서 실험 참여자들은 이후 새로운 신분을 얻어 화이트칼라 범죄자 전용 수용소로 이관된다. 실험 참여자들은 다양한 요건에 따라 선발되지만 이들은 모두 직계가족이 없는 이십 세에서 삼십오 세의 남성이어야 한다. 울가스트는 표면상으로는 FBI 소속으로 활동하게 되지만 임무에 관한 사항은 다른 연락책 없이 사이크스에게 직접 보고하게 된다.

"참여 대상자를 제가 고르는 것입니까?"

울가스트가 묻자 사이크스는 고개를 저었다.

"그건 우리가 할 일이네. 자네는 나의 지령을 받고 그들에게 동의서만 받아 오면 되는 거야. 서명을 하면 군에서 데려가게 된다. 그들은 가장 가까운 연방 구치소로 이송될 것이고 우리가 그곳에서부터 그들을 이송해 올 것이다."

울가스트는 잠시 생각했다.

"대령님, 그러니까……."

"우리가 하는 일이 무엇인가 하는 질문이지?"

그때 사이크스는 잠깐이나마 거의 인간다운 미소를 띠었다.

울가스트는 고개를 끄덕였다.

"제가 상세하게 파고들 일은 아니란 것을 압니다. 하지만 그들에게 자기 생존권을 넘겨주는 서명을 받아 와야 하는 이상 그들에게 무슨 말이라도 해줘야 하지 않겠습니까?"

사이크스는 리처즈와 눈빛을 교환했고, 리처즈는 어깨만 으쓱했다.

"이만 나가보겠습니다, 울가스트 요원."

리처즈가 그렇게 말하며 울가스트를 향해 고갯짓했다.

그가 떠나자 사이크스가 의자에 등을 기댔다.

"요원, 나는 생화학자는 아니야. 그러니 내가 말할 수 있는 건 전부 비전문가의 관점에서지. 우선 내가 이야기해줄 수 있는 한도 내에서 배경 설명을 해주겠어. 약 10년 전, 라파스에서 의사 한 명이 질병관리국으로 연락을 해왔지. 모두 미국인이었던 환자 네 명이 한타바이러스로 의심되는 증상을 보이고 있다고 했어. 고열, 구토, 근육통, 두통, 모두 저산소혈증의 증상이었어. 네 사람은 정글 깊은 곳으로 들어온 생태탐사단이었어. 원래는 열네 명이었는데 단체와 떨어져서 몇 주나 정글을 헤맸다는 것이었네. 그들이 프란치스코회 수도사들이 운영하는 외딴 교역소까지 올 수 있었던 게 행운이었다고 할 수밖에. 수도사들이 그들을 라파스까지 보내주었지. 자, 한타바이러스는 평범한 감기와는 다르지만 그렇게 희귀한 것도 아니었으니 단 한 가지 특이 요소가 없었더라면 애초에 질병관리국의 관심을 끌지도 못했을 거야. 그런데 그 특이 요소란, 바로 네 명 모두 불치의 암에 걸린 환자들이었다는 거였지. 이 여행은 '라스트 위시'라는 재단에서 꾸린 여행이었어. 들어본 적 있나?"

울가스트가 고개를 끄덕였다.

"암 환자들한테 스카이다이빙 같은 마지막 소망을 이루게 해주는 그런 곳 아닙니까?"

"나도 그렇게 생각했지만, 아니었네. 그 네 명의 환자 중에는 수술이 불가능한 뇌종양 환자가 한 명, 급성림프백혈병 환자가 두 명이 있었고, 나머지 한 명은 난소암 환자였어. 그런데 이 네 명 모두 깨끗이 나았던 거야. 한타바이러스뿐만이 아니라 종양도 사라졌어. 흔적도 없이."

울가스트는 당황스러웠다. "이해가 안 됩니다만."

사이크스가 커피를 홀짝 들이켰다.

"질병관리국에서도 마찬가지로 이해를 못 했지. 그러나 무슨 일인가가 일어난 건 분명했지. 이 환자들의 면역체계와 무언가, 아마도 정글에서 노출된 일종의 바이러스 사이에서 어떤 상호작용이 일어난 거지. 먹었던 음식 때문일까? 아니면 마신 물? 그건 아무도 몰라. 그들은 자신들이 정확히 어디 있었는지도 기억하지 못했으니까."

사이크스는 책상 위로 상체를 기울였다.

"흉선이 무엇인지 아나?"

울가스트는 고개를 저었다. 사이크스가 자신의 가슴뼈 바로 위를 가리켰다.

"흉골과 기도 사이에 있는 도토리만 한 기관이야. 대부분의 사람들은 이차성징기에 이 기관이 위축되고, 보통은 질병에 걸리지 않는 한 몸에 그런 것이 있다는 걸 아예 모르고 살지. 아무도 이 기관이 무슨 역할을 하는지 몰라. 아니, 몰랐지. 이 네 명 환자들의 전신을 MRI로 촬영하기 전까지는 말이야. 흉선이 갑자기 다시금 가동하기 시작한 거야. 제 기능을 되찾은 정도가 아니었지. 보통 크기의 3배나 커졌어. 마치 악성종양처럼 보였지만 아니었어. 그리고 면역체계가 가속 반응을 보이기 시작했어. 세포재생 속도도 어마어마하게 빨라졌지. 그뿐만이 아니야. 이들은 모두 오십 세 이상의 암 환자였는데, 마치 십 대가 되어버린 것만 같았어. 후각, 청각, 시각, 피부 상태, 폐활량, 근력, 그리고 지구력, 심지어 성 기능까지도 십 대의 상태로 회복되었단 말이지. 심지어 한 환자는 빠졌던 머리카락이 전부 새로 나기까지 했다고 해."

"바이러스가 그런 역할을 했단 말입니까?"

사이크스가 고개를 끄덕였다.

"말했듯 이건 비전문가의 설명이네. 하지만 아래층의 다른 사람들도 그렇게 말하더군. 내가 스펠링조차 제대로 알지 못하는 그런 학문으로 박사까지 받은 사람들 말이야. 내가 어린애라도 되는 듯 차근차근 설명해주었지."

"그 네 명의 환자는 어떻게 되었습니까?"

다시 의자에 등을 기대는 사이크스의 표정이 슬며시 어두워졌다.

"음, 이 이야기에서 그렇게 즐거운 부분이 아니라 안타깝군. 전부 죽었어. 그중 가장 오래 살아남은 사람이 86일을 살았지. 뇌동맥류, 심장마비, 뇌졸중 등으로, 신체의 퓨즈가 나가버린 것처럼 죽어버렸지."

"정글 탐사에 참여했던 다른 사람들은요?"

"아무도 행방을 몰라. 흔적도 없이 사라져버렸어. 탐사 가이드 역시 사라졌는데, 알고 보니 뒤가 구리더군. 정글 탐사대로 위장한 마약 운반책이었다고 추정하고 있어."

사이크스가 어깨를 으쓱했다.

"내가 너무 많은 것을 말해버린 것 같군. 하지만 이 정도면 자네도 스스로 판단할 수 있겠지. 울가스트 요원, 우리는 단 한 가지 질병을 치료하고자 하는 게 아니야. '노아 프로젝트'의 목표는 모든 병을 치료할 수 있는 백신을 발견하는 거야. 만약 세상에 암도, 심장병도, 당뇨병도, 알츠하이머도 없다면 인간의 수명은 어디까지 길어질 수 있을까? 그것을 연구하다 이제 인간 실험체가 필요한 단계까지 왔네. 인간 실험체라니 듣기 좋은 용어는 아니지만 달리 표현할 도리가 없어. 그리고 이 단계에서 자네가 투입된 거지. 자네가 그 실험체를 구해다 주길 바라."

"그런 건 교도소장들이 할 일이 아닙니까?"

사이크스는 단호하게 고개를 저었다.

"빌어먹을 교도관들 말인가? 맞아, 우리도 처음에는 그렇게 생각했었지. 만약 소파를 계단 위로 옮겨줄 사람이 필요했더라면 나도 그 사람들한테 먼저 요청했을 거야. 하지만 이 일을 위해서는 자네가 아니면 안 돼."

사이크스가 책상 위의 파일을 열어 읽기 시작했다.

"브래드퍼드 조지프 울가스트. 1974년 9월 29일 오리건주 애슐랜드 출생. 1996년 뉴욕주립대 버펄로에서 응용범죄학 학사로 우등 졸업, FBI 영입 제의를 받았으나 거절 후 스토니브룩 정치학과 박사과정 장학금을 받았음, 그러나 2년 뒤 그만두고 FBI 입사. 콴티코에서 트레이닝을 마친 뒤……."

여기서 사이크스는 울가스트를 향해 믿기지 않는다는 듯 눈썹을 치켰다.

"데이턴으로 발령?"

울가스트는 어깨를 으쓱했다.

"그렇게 신나지는 않더군요."

"그래, 누구에게나 그런 시기가 있지. 2년 동안 이런저런 임무를 수행했군, 대체로 대수롭지 않은 일이었지만 전반적으로 평가가 좋았고. 9/11 이후 대테러 부서로 전보 요청을 받고 18개월간 다시 콴티코에 있다가 2004년 9월 덴버 지사에 배치, 재무부와의 연락책이 되어 러시아 마피아가 미국 은행을 통해 운반하는 자금을 추적했군. 그 외의 개인정보는 소속 정당 없음, 가입 단체 없음, 심지어 구독하는 신문조차 없음. 부모 사망. 데이트를 가끔 하지만 꾸준히 만나는 여성 없음. 정형외과 의사 라일라 카일과 결혼. 4년 후 이혼."

사이크스가 파일을 덮더니 눈을 들어 울가스트를 바라보았다.

"울가스트 요원, 우리에게 필요한 것은 완벽히 진실하면서도 어느 정도 세련된 사람이야. 수감자뿐 아니라 교도소의 실무자들을 상대로도 매끄럽게 협상할 수 있는 사람이어야 해. 조심스럽게 움직이고, 커다란 인상을 남기지 않는 사람. 우리가 하는 일은 완벽히 합법적이며, 인류 역사상 가장 중요한 의학 연구인 게 분명해. 하지만 오해의 소지 또한 크지. 내가 자네에게 이렇게 많은 정보를 알려주는 건 자네가 이 프로젝트에 어떤 위험성이 있는지, 그 위험성이 얼마나 높은지 이해하길 바라기 때문이네.”

울가스트는 사이크스가 하는 말이 전체 이야기의 10퍼센트에 불과하리라고 생각했다. 설득에 적합한 10퍼센트. 하지만 그조차도 완전히 설득되는 말은 아니었다.

“안전한 일입니까?”

사이크스는 어깨를 으쓱했다.

“안전한 부분들이 있지. 거짓말은 하지 않겠네. 위험 요소도 있어. 하지만 우리는 위험 요소를 최소화하기 위한 노력을 그치지 않을 거야. 나쁜 결과는 누구도 원하지 않으니까 말이야. 그리고 자네가 만나야 할 상대들은 사형선고를 받은 죄수들이야. 썩 만나보고 싶은 사람들은 아니지. 그들에게는 선택지가 많지 않아. 우리는 그들에게 살아남을 기회, 동시에 의학 발전에 중대한 기여를 할 기회를 주는 거야. 장기적으로 보면 나쁜 거래는 아니지. 이 프로젝트는 선善의 편에 서 있어.”

울가스트는 마지막으로 한 번 더 생각했다. 모든 것이 쉽게 받아들이기는 힘든 이야기였다.

“어째서 군이 연루되어 있는 것인지 잘 모르겠습니다.”

그러자 사이크스는 굳었다. 어느 정도 방어적으로 보이기까지 했다.

“모르겠나? 생각해보게. 호라마바드, 아니면 그로즈니의 전지에서 한 병사가 파편을 맞았다고 치자고. 나사못을 가득 채운 동 파이프에 C-4 화약을 넣어 만든 급조폭발물, 아니면 암시장에서 거래한 러시아제 군수품 폭탄의 파편이라고 생각해보게. 나는 그런 폭발물이 어떤 결과를 낳는지 누구보다도 가까이서 본 사람이야. 파편을 맞은 병사를 현장에서 벗어나게 하는 길에 병사가 과다 출혈로 사망할 수도 있겠지만 운 좋으면 현지 병원에 도착하겠지. 그러면 그곳에서 외상외과의 한 명, 위생병 두 명, 간호사 세 명이 최대한 처치한 뒤 독일이나 사우디아라비아로 이송시킬 거야. 고통스럽겠지, 끔찍하겠지. 그러나 이렇게 불운하게 전장에서 빠지는 순간 그 병사는 망가진 자산이나 마찬가지야. 그 한 명의 병사를 훈련시키기 위해 쓴 돈은 전부 허사가 되는 거지. 그뿐만 아니라 그는 적어도 사지 중 하나를 잃은 채 우울하고 노여운 채로 고향으로 돌아갈 거야. 아무에게도 아무런 할 말도 없겠지. 동네 술집에 들어가서 친구들에게 이렇게 말할 거야. '난 다리를 잃었어. 남은 평생 소변 줄을 달고 다녀야 해. 도대체 무엇을 위해서?'"

사이크스는 지금까지 한 이야기를 음미하듯 의자에 등을 기댔다.

"올가스트 요원, 전시 상황이 15년째 이어지고 있어. 보아하니 운이 좋다면 15년 뒤에 전쟁은 끝나겠지. 농담은 하지 않겠어. 지금까지 군이 마주한 최대 과제는 어떻게 군인을 전장에 머무르게 하는가 하는 거야. 자, 이제 생각해보자고. 같은 병사가 똑같은 파편을 맞았지만, 반나절이 채 지나지 않아 부상이 저절로 치유되어 다시 분대로 돌아가 신과 조국을 위해 싸울 수 있다고 말이야. 군이 어째서 이 문제에 관심을 가지는지 아직도 모르겠는가?"

올가스트는 벌이라도 받는 기분이었다.

"무슨 말씀인지 알겠습니다."

"다행이군, 알아듣지 못했다면 곤란했을 거야."

사이크스의 표정이 풀렸다. 기나긴 훈계가 끝이 난 모양이었다.

"그래서 여태까지 이 연구에 든 비용을 군에서 지원했어. 불가피한 선택이었던 게, 지금까지 이 연구를 위해 얼마만큼의 돈이 들었는지를 알면 눈이 튀어나올 거야. 자네는 어떨지 모르겠지만 나는 증손주의 증손주까지 보도록 오래 살고 싶어. 백 살이 되는 생일날에도 골프공을 300미터 너머로 날려 보내고 집에 가서는 아내가 일주일이나 제대로 걷지도 못할 정도로 사랑을 나누고 싶단 말이지. 그러고 싶지 않은 사람이 세상에 있을까?"

그가 샅샅이 살피는 듯한 눈길로 울가스트를 바라보았다.

"울가스트 요원, 자네는 선의 편에 서는 거야. 그 이상도 이하도 아니야. 그럼, 이제 이 임무를 받아들이겠는가?"

두 사람은 악수를 했고, 사이크스가 그를 문까지 배웅했다. 문밖에는 리처즈가 울가스트를 밴으로 데려가려 서 있었다.

"마지막으로 묻고 싶은 게 있습니다. 어째서 '노아'입니까? 무엇의 약자입니까?"

울가스트가 그렇게 묻자 사이크스는 재빨리 리처즈를 향해 눈짓을 했다. 그 순간 울가스트는 권력의 무게가 이동하는 것을 느꼈다. 사이크스는 공식적인 책임자일지 몰라도, 울가스트의 생각에는 리처즈가 사이크스의 보고를 받는 입장이며 아마도 그가 군, 그리고 실제로 이 프로젝트를 이끄는 USAMRIID 아니면 국가안보국, 어쩌면 NSA와의 연결고리일 것 같았다.

사이크스가 다시 울가스트를 향해 돌아섰다.

"'노아'는 약자가 아니야. 성경을 읽어보았나?"

"조금요."

울가스트가 두 사람을 쳐다보았다.

"어릴 때 읽었습니다. 어머니가 감리교 신자였거든요."

사이크스는 두 번째이자 마지막으로 미소를 지었다.

"성경에서 노아의 방주 이야기를 찾아보게. 노아가 얼마나 오래 살았는지도. 내가 할 수 있는 말은 이게 다야."

그날 밤, 덴버의 집으로 돌아온 울가스트는 사이크스의 말대로 했다. 그에게는 성경책이 없을뿐더러 결혼식 날 이후로 성경책에는 눈길도 준 적 없었지만 온라인에서 성경을 찾을 수 있었다.

노아는 구백오십 세가 되어 죽었더라.

그 순간 울가스트는 사이크스가 말하지 않았던, 잃어버린 한 조각을 알 수 있었다. 당연히 이 역시 울가스트의 신상 정보 파일에 기록되어 있었을 것이다. 다른 연방정부요원이 아니라 울가스트를 선택한 이유가 이것이었을 것이다.

그를 선택한 건 에바 때문이었다. 그가 딸이 죽어가는 모습을 지켜보았기 때문에.

다음 날 아침, 울가스트는 전화벨이 울리는 소리에 눈을 떴다. 그는 꿈을 꾸고 있었는데, 꿈속에서 벨이 울린 것은 라일라가 그에게 아기가 태어났다고 알리려 건 전화였다. 그녀와 데이비드의 아기가 아니라, 두 사람의 아기. 잠깐이었지만 행복한 기분을 느꼈으나 다음 순간 그는 이곳이 헌츠빌의 모텔이라는 것을 깨달았고, 손으로 협탁 위를 더듬어 핸드헬드를 찾은 다음 화면을 보지도 않고 수신 버튼을 눌렀다. 암호통신의 지직거리는 잡음이 들리더니 첫 마디가 들려왔다. 사이크스였다.

"협의가 끝났다. 모든 것이 준비되었으니 카터에게 서명을 받아 와. 아직 짐은 싸지 말게. 또 다른 임무가 있어."

울가스트는 시계를 보았다. 6시 58분이었다. 도일은 샤워를 하는 중이었다. 삐걱 소리를 내며 수도꼭지가 잠기는 소리, 헤어드라이어를 켜는 소리가 들렸다. 도일이 어제 술집에서 돌아오는 기척을 들었던 게 희미하게 기억났다. 열린 문밖에서 시끄러운 바깥 소음이 들어왔고, 죄송하다고 중얼거리는 소리가 났고, 물이 흐르는 소리가 났는데, 그때 시계를 보았을 때는 2시가 조금 넘은 시각이었다.

도일이 허리에 수건을 감은 채 방 안으로 들어왔다. 몸에서 김이 폴폴 나고 있었다.

"일어나셨군요."

눈이 반짝이고 뜨거운 물에 적셨던 몸은 붉게 달아올라 있었다. 새벽까지 술을 마신 뒤에도 지금 당장 마라톤을 할 준비가 된 것처럼 보이는 도일이 울가스트는 도무지 이해가 되지 않았다. 울가스트가 헛기침을 해 목을 골랐다.

"광섬유는 많이 팔았어?"

도일이 맞은편 침대에 앉았더니 한 손으로 젖은 머리카락을 쓸었다.

"얼마나 재미있는 사업인지 아시면 놀랄 겁니다. 사람들은 이 사업을 과소평가한단 말이죠."

"내가 한번 맞혀보지. 그 팬티 입었던 여자?"

도일이 눈썹을 장난스럽게 꿈틀거리며 씩 웃었다.

"팬티를 안 입는 사람은 없다고요, 보스."

그러면서 도일은 울가스트 쪽으로 고갯짓을 했다.

"그런데 무슨 일입니까? 차에서 억지로 끌고 내린 사람 같은데요."

고개를 숙인 울가스트는 자신이 어제 입었던 옷을 그대로 입은 채 잠들었다는 것을 깨달았다. 이건 이제 일종의 습관처럼 되어버렸다. 라일라로부터 이메일을 받은 뒤부터 그는 소파에서 텔레비전을 보다가 곯아떨어지곤 했다. 마치 보통 사람처럼 침대에서 잘 자격을 잃어버리기라도 한 것처럼.

"신경 쓰지 마. 경기가 지루해서 그랬나 보지."

그는 일어서서 기지개를 켰다.

"사이크스에게서 연락이 왔으니 일 처리를 하러 가보자고."

데니스에서 아침을 먹은 두 사람은 차를 몰고 폴런스키 교도소로 갔다. 교도소장이 자기 사무실에서 기다리고 있었다. 이른 아침이어서 그런 것일까, 아니면 교도소장 역시 그처럼 잠을 설쳤던 걸까?

"앉을 필요는 없습니다."

교도소장이 말하더니 봉투 하나를 건네주었다.

울가스트는 봉투 안에 든 것을 살펴보았다. 예상했던 물건이었다. 주지사가 발행한 감형 영장, 그리고 카터를 연방 구치소로 이송하라는 법원 명령서였다. 카터의 서명만 받으면 저녁 시간까지는 그를 엘레노의 연방 구치소로 이송시킬 수가 있다. 그곳에서 카터는 세 군데의 다른 연방 시설로 옮겨질 것이며, 그때마다 그의 흔적은 옅어질 것이고, 약 2주에서 3주, 최대 한 달 안에 검은 밴이 부대에 도착하고 이제는 다만 '12번'이라는 이름으로 불릴 남자가 밴에서 내려 콜로라도의 햇빛에 눈을 찌푸릴 것이다.

봉투에 든 마지막 서류는 카터의 사망진단서와 부검소견서로 날짜는 둘 다 3월 23일이었다. 3일 뒤인 23일, 앤서니 로이드 카터는 자신의 독방에서 뇌동맥류로 사망하게 된다.

울가스트가 서류를 봉투에 도로 집어넣은 뒤 주머니에 넣자 곧 온몸에 서늘한 한기가 감돌았다. 한 인간을 세상에서 없애는 게 이렇게 쉬운 일이라니.

"감사합니다, 소장님. 협조에 감사드립니다."

교도소장은 입을 굳게 다문 채 두 사람을 한 명씩 쳐다보았다.

"당신들에 관해서 한 번도 들어본 적 없다고 말해야 한다는 지시도 받았소."

울가스트는 최선을 다해 미소를 지어 보였다.

"무슨 문제라도 있습니까?"

"문제가 있다면 다음번 사망진단서에는 내 이름이 적혀서 날아오겠지. 나한텐 자식들이 있소."

교도소장이 전화기를 들더니 번호를 눌렀다.

"교도관을 불러 앤서니 카터를 면회실로 데려다 놓고 내 사무실로 오게."

수화기를 내려놓은 교도소장이 울가스트를 쳐다보았다.

"웬만하면 밖에서 기다리지 않겠소? 당신들을 잠시라도 더 쳐다보면 기억에서 지우기가 어려울 것 같으니까. 그럼 좋은 하루 보내시오."

10분 뒤, 교도관 두 명이 바깥쪽 사무실로 들어왔다. 둘 중 나이가 많은 교도관은 쇼핑몰의 산타처럼 후덕하고 사람 좋아 보였지만, 고작 스무 살 남짓으로 보이는 나머지 한 명은 교활해 보여서 인상이 나빴다. 교도관 중에 그다지 좋지 못한 이유로 자기 직업을 좋아하는 사람이 꼭 있기 마련인데, 그게 바로 이 사람이었다.

"카터를 찾아오셨습니까?"

울가스트가 고개를 끄덕인 다음 신분증을 보였다.

"맞습니다. 특수요원 울가스트와 도일입니다."

"당신들이 누군지는 알 바 아닙니다."

뚱뚱한 교도관이 말했다.

"교도소장이 당신들을 데려가라니까 우리는 데려가면 그만이오."

두 교도관이 울가스트와 도일을 면회 구역으로 데려갔다. 카터는 귀와 어깨 사이에 수화기를 끼운 채 유리 벽 뒤에 앉아 있었다. 그는 도일이 말한 대로 체구가 작아서 죄수복이 마치 켄 인형에 입혀놓은 옷처럼 헐렁했다. 저주받은 것처럼 보이는 데도 가지각색의 방법들이 있다는 걸 울가스트는 알고 있었는데, 카터의 얼굴은 두려움도 분노도 없는 체념한 얼굴이었다. 세상이 천천히 그의 온 인생을 갉아먹은 것처럼 말이다.

울가스트는 교도관들을 쳐다보며 족쇄를 가리켰다.

"이것 좀 풀어주십시오."

나이 많은 쪽이 고개를 저었다.

"규정입니다."

"규정 따위 알 바 아닙니다. 풀어주시지요."

울가스트는 벽에 붙어 있던 수화기를 들었다.

"앤서니 카터? 나는 특수요원 울가스트다. 이쪽은 특수요원 도일. FBI에서 나왔다. 교도관들이 그쪽으로 가서 족쇄를 풀어줄 거야. 내가 부탁한 사항이다. 협조해줄 텐가?"

카터는 짧게 고개를 끄덕였다. 수화기를 통해 들리는 목소리는 조용했다.

"알겠습니다."

"어떻게 하면 더 편안할 것 같아?"

카터는 알쏭달쏭한 표정으로 그를 쳐다보았다. 그가 다른 사람에게서 이런 질문을 들어본 게 얼마 만의 일일까?

"괜찮습니다."

카터가 말했다. 울가스트는 교도관들을 향해 고개를 돌렸다.

"자, 내가 혼잣말을 하는 겁니까, 아니면 교도소장을 불러야 하겠습니까?"

교도관 두 사람은 어떻게 할지 결정하듯 서로를 바라보았다. 그러다 데니스라는 교도관이 자리를 떠나더니 유리 벽 너머에 다시 나타났다. 울가스트는 일어서서 교도관이 족쇄를 푸는 광경을 빤히 지켜보았다.

"이제 됐습니까?"

뚱뚱한 교도관이 물었다.

"됐습니다. 잠시 자리를 비워주시지요. 끝나면 당직관에게 말하겠습니다."

"알아서 하십시오."

교도관이 말하더니 나가서 문을 닫았다.

면회실에는 고등학교 강당에 있는 것 같은 접이식 철제 의자 하나가 전부였다. 울가스트가 의자를 차지하고 유리 벽 너머를 정면으로 응시했고, 도일은 그 뒤에 섰다. 대화는 울가스트의 몫이었다. 그는 다시 수화기를 집어 들었다.

"이제 좀 더 편안한가?"

카터는 잠시 망설이듯 그를 뜯어보더니 고개를 끄덕였다.

"예, 감사합니다. 핀처는 항상 족쇄를 너무 바짝 조이거든요."

핀처라. 울가스트는 그 이름을 기억했다.

"배는 안 고파? 아침은?"

"팬케이크를 먹었습니다."

카터가 어깨를 으쓱했다.

"벌써 다섯 시간 전이었지만요."

울가스트는 도일을 향해 고개를 돌려 눈썹을 치켰다. 도일이 고개를 끄덕이더니 면회실을 나갔다. 잠시 동안 울가스트는 아무 말 없이 가만히 있었다. 커다란 '금연' 표지가 있었지만 카운터 위에는 담배를 눌러 끈 갈색 자국이 군데군데 나 있었다.

"FBI에서 나왔다고요?"

"그래, 앤서니."

카터의 얼굴에 희미한 미소가 번졌다.

"드라마에 나오는 그 FBI요?"

무슨 드라마를 말하는 건지 알 수 없었지만 상관없었다. 앤서니의 말문을 여는 게 중요했다.

"무슨 드라마 말이지, 앤서니?"

"여자가 나오는 드라마요. 외계인도 나오고."

울가스트는 잠시 생각하다 그 드라마가 〈엑스 파일〉이라는 데 생각이 미쳤다. 한 20년간은 방영했던 드라마 아닌가? 카터는 아마 어린 시절에 재방송으로 그 드라마를 보았을 것이다. 내용은 거의 기억나지 않았다. 외계인에 의한 피랍이며, 그걸 덮으려는 음모 등등. 카터가 FBI에 대해 아는 바는 그 정도가 전부인 게 틀림없었다.

"나도 그 드라마 좋아했지. 이곳 생활은 좀 할 만해?"

카터가 어깨에 힘을 주었다.

"그걸 물으려고 부르신 건 아니지 않습니까?"

"똑똑하군, 앤서니. 당연히 그 이유 때문은 아니야."

"그럼 무슨 일입니까?"

울가스트는 유리 벽에 바짝 다가가 카터와 눈을 맞췄다.

"테럴이 얼마나 끔찍한 곳인지 잘 알아, 앤서니. 이 안에서 어떤 일이 일어나는지도 알고. 이곳에서의 대우는 괜찮은지 확인하려고 해."

카터가 미심쩍다는 눈길로 그를 쳐다보았다.

"견딜 만합니다."

"교도관들은 잘해주고?"

"핀처가 수갑을 너무 꽉 조이긴 하지만 그래도 대체로 괜찮아요."

카터는 앙상한 어깨를 으쓱했다.

"데니스는 저한테 잘해주지 않아요. 다른 교도관들도요."

카터 뒤에서 문이 열리더니 도일이 매점에서 가져온 노란 쟁반을 들고 들어와 카터 앞 카운터에 놓았다. 치즈버거와 기름이 반질반질한 감자튀김이 코팅

된 종이를 씌운 작은 플라스틱 바구니에 담겨 있었다. 그 옆에는 초코우유 한 팩이 있었다.

"먹어, 앤서니."

그러면서 울가스트는 쟁반을 손짓했다.

카터가 수화기를 카운터에 내려놓더니 치즈버거를 들었다. 단 세 입에 햄버거의 반이 사라졌다. 카터는 입가를 손등으로 닦더니 울가스트가 보는 앞에서 감자튀김을 먹기 시작했다. 음식에 완전히 넋을 뺏긴 상태였다. 마치 개가 밥을 먹는 모습을 보는 것 같다고 울가스트는 생각했다.

도일이 다시 울가스트 쪽으로 돌아오더니 낮은 소리로 말했다.

"이런, 정말 배가 고팠나 봅니다."

"디저트로 줄 만한 건 없었나?"

"말라빠진 파이가 잔뜩 있었어요. 개똥처럼 생긴 에클레어도 좀 있고."

울가스트는 잠시 생각했다.

"생각해보니 디저트는 생략하는 게 좋겠어. 아이스티 한 잔 갖다줘. 최대한 보기 좋게 꾸며서 가져와."

도일이 인상을 찌푸렸다.

"우유가 있잖아요? 매점에 아이스티가 있을까요? 휑하기만 하던데."

"여기는 텍사스야, 필."

울가스트는 목소리에 묻어나려는 짜증을 억눌렀다.

"내 말 믿으라고. 분명히 있을 거야. 가서 가져오기만 해."

도일은 어깨를 으쓱하더니 다시 나갔다. 카터는 식사를 마친 뒤 소금 묻은 손가락을 하나씩 빨아 먹은 다음 긴 한숨을 내쉬고 수화기를 들었다. 울가스트도 수화기를 들었다.

"어때, 앤서니? 기분이 좀 나아졌나?"

수화기를 통해 카터의 축축하고 쉰 듯한 숨소리가 전해졌다. 카터의 눈은 느슨하게 풀려 기쁨으로 빛나고 있었다. 칼로리, 단백질 분자며 복합 탄수화물이 그의 온몸을 망치처럼 내리치고 있는 중일 테지. 위스키 5분의 1리터를 들이켠 것과 다름없을 것이다.

"예, 감사합니다."

"사람은 제대로 먹어야지. 팬케이크만 먹고는 못 살아."

잠시 침묵이 흘렀다. 카터가 느릿하게 입술을 핥았다. 입을 열었을 때 그의 목소리는 속삭임에 가까웠다.

"원하는 게 뭡니까?"

"순서가 거꾸로야, 앤서니." 울가스트가 고개를 주억거리며 말했다.

"내가 너를 위해 무엇을 해줄 수 있을지를 알아봐야지."

카터는 시선을 내려 카운터 위의 기름기 낀 음식 포장지를 쳐다보았다.

"그 사람이 보낸 거죠?"

"누구 말이지?"

"그 여자 남편요."

카터는 기억을 되새기느라 눈살을 찌푸렸다.

"우드 씨 말입니다. 한 번 왔어요. 예수 그리스도를 영접했다던데요."

울가스트는 차 안에서 도일에게 들은 말을 떠올렸다. 2년 전 일인데 아직도 카터의 마음속에 그 면회의 기억이 생생한 게 틀림없었다.

"아니, 그자가 보낸 게 아니야, 앤서니. 내 말 믿어."

"그 사람한테 미안하다고 말했어요."

카터가 마구 갈라지는 목소리로 힘주어 주장했다.

"모두에게 미안하다고 말했어요. 이제 더 이상 미안하다는 말은 안 할래요."

"미안하다고 말할 필요는 없어, 앤서니. 네가 미안해하고 있단 건 이미 알아. 그래서 이렇게 여기까지 왔지."

"이렇게라뇨?"

울가스트가 천천히 고개를 주억거리며 말했다.

"아주 오랫동안, 머나먼 길을 왔지."

울가스트는 말을 멈추고 카터의 얼굴을 유심히 뜯어보았다. 카터에게는 다른 사람과는 다른 뭔가가 있었다. 이 순간이 문처럼 열리는 것이 느껴졌다.

"앤서니, 만약 내가 널 여기서 빼내 줄 수 있다면 어떨 것 같아?"

유리 벽 뒤의 카터가 경계하는 눈초리를 했다.

"무슨 뜻입니까?"

"말 그대로, 지금 당장. 오늘 말이야. 테럴을 떠나 다시는 돌아오지 않을 수 있어."

카터는 멍한 눈으로 허공을 더듬었다. 이해가 가지 않는 말이었다.

"장난하지 마세요."

"장난이 아니야, 앤서니. 우리가 왜 여기까지 왔겠어? 너는 모르겠지만, 넌 특별한 사람이거든. 단 하나밖에 없는 존재란 말이지."

"여기서 나간다고요?"

카터가 얼굴을 잔뜩 찌푸렸다.

"말도 안 되는 소리 하지 마세요. 이제는 안 돼요. 항소도 못 했어요. 변호사도 안 된다고 했어요."

"항소를 한다는 게 아니야, 앤서니. 그보다 더 좋은 거지. 그냥 여기서 나가는 거야. 어떻게 생각해?"

"굉장한 소리를 하시네요."

카터는 그렇게 말하더니 가슴 앞에 팔짱을 끼고 반항하듯 웃음을 터뜨렸다.

"굉장한 소리지만 말이 안 돼요. 테럴을 어떻게 떠나요."

울가스트는 죄수들이 감형을 받아들이는 과정이 애도의 다섯 가지 단계와 유사하다는 사실을 볼 때마다 새삼 놀라곤 했다. 지금 카터는 '부정' 단계에 와 있었다. 너무 큰일이라 받아들이지 못하는 것이다.

"그렇지. 나도 테럴이 어떤 곳인지는 알아. 여기는 사람이 죽는 곳이야, 앤서니. 네가 있을 만한 곳이 아니지. 그 때문에 내가 온 거야. 아무나, 다른 누구를 위해서가 아니라 오직 너, 앤서니를 위해 온 거라고."

카터가 자세를 느슨하게 했다.

"저는 특별한 사람이 아닌데요. 그건 확실히 알아요."

"아니, 너는 특별해. 너는 모를 수도 있지만 분명 그래. 나도 너에게 부탁이 있어. 이 계약은 쌍방 계약이거든. 내가 너를 이곳에서 빼내줄 테니 너도 그 대가로 부탁을 하나 들어주는 거야."

"부탁이라뇨?"

"앤서니, 내 윗사람들은 네가 여기서 무슨 일을 당하게 될지 알고 있어. 6월이 오면 무슨 일이 일어날지도 알고, 그 일이 부당하다고 생각해. 네가 여기서 당하는 취급도, 변호사가 너를 방치한 것도 부당하기 짝이 없는 일이지. 그래서 너를 도와주기로 한 거야. 대신 네가 해줄 일이 하나 있어."

카터는 혼란스러워하며 얼굴을 찌푸렸다.

"잔디 깎기 같은 겁니까? 그 여자가 시킨 것처럼?"

맙소사. 잔디 깎기 따위의 일을 시킬 줄 알다니.

"아니야, 앤서니. 그런 것보다 훨씬 더 중요한 일이라고."

그러면서 울가스트는 목소리를 다시금 낮췄다.

"자, 문제는 이거야. 너무 중요한 일이라서 무엇인지는 말해줄 수가 없어. 왜냐하면 나조차도 모르는 일이라서 그래."

"모르면서 어떻게 중요하다는 걸 압니까?"

"똑똑한걸, 앤서니. 좋은 질문이야. 하지만 날 믿어야 해. 지금 당장 널 여기서 빼내주지. 너는 나가고 싶다는 말만 하면 돼."

울가스트가 교도소장이 준 봉투를 주머니에서 꺼내 연 것은 바로 그때였다. 이 순간만 되면 울가스트는 자신이 모자에서 토끼를 꺼내는 마술사가 된 것 같은 기분이 들었다. 그는 다른 한 손으로 서류를 꺼내 카터에게 보이도록 유리 벽에 딱 붙였다.

"이게 뭔지 아나? 이건 감형 영장이야, 앤서니. 제나 부시 주지사가 직접 서명했지. 맨 밑에 보면 오늘 날짜가 쓰여 있어. 감형이 뭔지 알아?"

카터가 서류를 잘 보려고 눈을 가늘게 떴다.

"사형을 안 당한다는 뜻입니까?"

"그래, 앤서니. 6월에도, 그리고 앞으로도."

울가스트는 서류를 다시 재킷 주머니에 넣었다. 이건 미끼였다. 이제 구슬리기가 끝나면 두 번째 서류에 카터는 서명을 할 것이다. 분명 그럴 거라고 울가스트는 생각했다. 텍사스주 수인번호 999642번 앤서니 로이드 카터는 자신의 신체, 그리고 과거, 현재, 미래 100퍼센트를 노아 프로젝트에 귀속시키겠다고 적힌 두 번째 서류가 그 밑에 있었다. 두 번째 서류를 보여줄 때 중요한 건 상대가 그 서류를 읽지 못하게 하는 것이다.

카터가 천천히 고개를 끄덕였다.

"예전부터 그 사람을 좋아했어요. 영부인일 때부터요."

울가스트는 카터의 착각을 군이 지적하지 않기로 했다.

"앤서니, 주지사는 내가 모시는 분들 중 하나일 뿐이야. 다른 사람들도 있지. 이름만 말해도 당장 알 만한 사람들이지만 누군지는 말해줄 수 없어. 그분들이 네가 얼마나 필요한 사람인지 말하라고 나를 보낸 거야."

"그럼 제가 그 일을 하면 절 내보내준다는 겁니까? 그런데 무슨 일인지는 말못 하고요?"

"중요한 건 그거야, 앤서니. 네가 싫다고 하면 전부 없던 일이 돼. 좋다고 하면 너는 오늘 밤 안에 테럴을 떠나게 되고. 아주 간단한 일이지."

다시 한번 면회실의 문이 열렸다. 도일이 아이스티를 들고 들어왔다. 울가스트가 시킨 대로, 작은 접시로 잔을 받치고 기다란 스푼, 레몬 한 조각, 설탕 봉지를 나란히 얹어 왔다. 도일이 그 모든 것을 카터 앞 카운터에 놓자 카터의 얼굴이 느슨하게 풀어졌다. 그 순간 울가스트는 생각했다. 카터에게는 죄가 없다. 최소한 법원이 선고한 만큼의 죄는 없었다. 울가스트가 만난 다른 죄수들의 경우, 죄수의 진술은 그저 진술이었다. 하지만 이 사건은 달랐다. 그날 그 집 마당에서 무슨 일인가가 일어났다. 그리고 여자가 죽었다. 하지만 그 외에도 분명 무슨 일이 있었다. 상당히 많은 일이. 카터를 보고 있자니 울가스트는 창문이 없고 문이 잠긴 깜깜한 방으로 들어가는 것 같은 기분이 들었다. 이곳이 앤서니 카터가 있는 곳이다 — 아마 어둠 속에 있을 것이다 — 그리고 이 안에서 카터를 찾는다면 그가 울가스트에게 이 문을 여는 열쇠를 보여줄 것이다.

카터가 유리 벽을 뚫어지게 바라보며 입을 열었다.

"저는 그냥……."

울가스트는 그의 말이 이어지기를 기다렸지만, 다음 말이 나오지 않아 다시 말을 이었다.

"원하는 게 뭐지, 앤서니? 말해봐."

카터가 자유로운 한 손을 들어 유리 벽에 대더니 손끝으로 쓸어내렸다. 유리는 차갑고 습기가 맺혀 있었다. 카터가 손을 떼더니 손끝에 맺힌 물방울을 천천히 문질렀고 두 눈은 이 동작에 완전히 집중하고 있었다. 집중력이 너무 강해서 카터의 온 정신이 자신의 손동작을 향해 활짝 열린 채 그 움직임을 빨아들이는 게 울가스트에게도 느껴질 정도였다. 마치 손끝에 맺힌 서늘한 물방울의 감각이 그의 인생의 모든 비밀을 푸는 열쇠라도 된 것 같았다. 카터가 울가스트를 향해 눈을 들었다.

"시간이…… 필요합니다."

카터가 나직하게 말했다.

"그…… 여자한테 무슨 일이 있었던 건지 이해할 수 있을 때까지요."

노아는 구백오십 세가 되어 죽었더라.

"시간을 주지, 앤서니. 시간은 충분해. 바다만큼이나."

다시 침묵이 흐르더니 마침내 카터가 고개를 끄덕였다.

"제가 어떻게 하면 되죠?"

울가스트와 도일은 7시가 조금 넘은 시간 조지 부시 인터콘티넨털 공항에 도착했다. 교통지옥을 뚫고 왔지만 90분의 여유를 남기고 있었다. 두 사람은 렌터

카를 반납한 뒤 셔틀을 타고 터미널로 가서 우회로를 지키는 보안요원에게 신분증을 보여준 뒤 인파를 뚫고 중앙 홀 안쪽의 게이트로 다가갔다.

도일은 잠시 요기를 하고 오겠다고 했다. 울가스트는 배가 고프지 않아 식사를 생략하면서도 나중에, 특히 비행기가 연착이라도 하면 그 결정을 후회하게 될 거라고 생각했다. 핸드헬드를 확인했으나 아직 사이크스에게서는 아무런 연락이 없었다. 다행이었다. 지금 울가스트가 원하는 건 빌어먹을 텍사스를 벗어나는 일이 전부였기 때문이다. 게이트 앞에서 기다리는 다른 승객들은 몇 명 되지 않았다. 몇 가족, 블루레이나 아이팟에 집중하고 있는 학생 몇 명, 양복을 입고 핸드폰으로 통화를 하거나 노트북을 두드리는 남자 몇 명 정도였다. 지금쯤이면 앤서니 카터는 밴 뒤에 실려 엘레노로 가고 있을 테고 남겨둔 그의 기록은 갈기갈기 파쇄되어 그가 존재했다는 기억조차도 흐려지는 중일 것이다. 그날 밤 안으로 그의 사회보장번호마저도 파기될 것이다. 앤서니 카터라는 사람은 이제 오로지 하나의 루머, 세상의 표면에서 이는 작은 물결만큼의 희미한 존재감으로만 남게 될 것이다.

등을 기대고 앉자 이제야 피로감이 느껴졌다. 피로는 언제나 꾹 쥐었던 주먹을 갑자기 폈을 때처럼 이렇게 갑작스럽게 찾아오곤 했다. 이번 출장으로 몸도 마음도 기진맥진해진 데다가 양심의 가책이 신경을 거스르는 바람에 억지로 마음을 다잡아야 했다. 울가스트의 문제는 그가 이 일을 너무 잘한다는 것뿐이었다. 필요한 제스처, 필요한 말 한마디를 지나치게 잘할 뿐이었다. 콘크리트 상자 속에서 자신의 죽음을 생각하며 너무 오래 앉아 있었던 사람, 불 위에 올려놓고 잊어버린 찻주전자 속 물처럼 바짝 끓어 희부연 찌꺼기만 남아버린 존재. 그 사람을 이해하려면 그 찌꺼기가 무엇으로 만들어졌는지, 그의 과거와 미래가 수증기로 변해 날아간 다음 그의 무엇이 남았는가를 알아내야 한다. 보통은 분노, 슬픔, 수치심, 아니면 용서받고자 하는 욕망처럼 단순한 것들이다. 어떤 사람은 그 무엇도 원하지 않고, 오로지 세상과 세상의 체계에 대한 짐승같이 어리석은 분노만 남긴다. 앤서니는 달랐다. 이 점을 울가스트가 알기까지는 시간이 걸렸

083

다. 앤서니는 인간의 모습을 한 물음표 그 자체, 살아 숨 쉬는 순수한 수수께끼의 표상이었다. 그는 자신이 어째서 테럴에 온 건지조차도 몰랐다. 자신이 사형선고를 받았다는 것을 이해하지 못하는 것은 아니다. 그는 여느 사람들과 마찬가지로 그 형을 받아들이고 있었다. 받아들이지 않을 도리가 없었으니까. 사형수들이 마지막으로 남긴 말만 읽어봐도 알 수 있다. '모두에게 사랑한다고 전해줘요. 미안하다고도요. 이제 됐어요, 교도소장님. 시작합시다.' 마지막 말은 언제나 그런 말들이었고, 울가스트는 그런 말들을 읽을 때마다 오싹했다. 그러나 앤서니의 경우 아직 빠진 조각들이 있었다. 카터가 유리 벽에 손을 댄 순간 울가스트는 그 사실을 알 수 있었다. 사실 그보다 더 전, 레이철 우드의 남편 이야기를 할 때, 미안하다는 말을 직접 하지 않으면서 미안하다고 했던 순간부터 알았던 건지도 모른다. 물론 카터가 그날 레이철 우드의 집 마당에서 일어난 사건을 기억하지 못하는 것인지, 자신의 행동을 스스로와 연관 짓지 못하는 것인지 울가스트로서는 확신할 수가 없었다. 하지만 둘 중 어느 쪽이건 앤서니 카터는 죽기 전에 그 잃어버린 한 조각을 찾아야 하리라.

울가스트가 앉은 자리에서는 터미널 창문을 통해 활주로가 훤히 보였다. 지는 해의 마지막 몇 줄기 광선이 자리에 서 있는 항공기들의 동체에 날카롭게 내리쬐고 있었다. 집으로 가는 비행은 언제나 기분이 좋았다. 지는 석양 속에서 몇 시간 동안 비행하면 언제나 원래의 자기 자신으로 돌아온 것만 같이 느껴졌다. 그는 비행기 안에서 술을 마시지도, 책을 읽지도, 잠을 자지도 않고 늘 똑바로 앉아 비행기 안의 꽉 막힌 공기를 들이마시면서 창문 밖 땅이 어둠 속으로 사라지는 모습에 시선을 고정했다. 한번은 탤러해시에서 돌아오는 비행기 안에서 꼭 하늘에 떠 있는 산봉우리만큼 거대한 태풍을 마주친 적 있었다. 성난 태풍의 내부는 마치 번개 줄기가 이리저리 내리꽂히는 작은 방 같았다. 시월의 어느 밤이었다. 오클라호마주, 아니면 캔자스주 같은, 텅 빈 평지가 펼쳐진 어느 지역의 상공인 것 같았다. 어쩌면 서쪽으로 더 멀리 온 곳이었는지도 모르겠다. 비행기 안은 어둡고 승객들은 대부분 잠들어 있었으며 옆자리에 앉아 수염이 삐죽삐 쭉 솟은 뺨에 베개를 하나 대고 기대 있는 도일도 마찬가지였다. 20분 내내 비행기는 태풍의 가장자리를 운행하며 그리 격렬하게 흔들리지도 않았다. 태어나서 처음 보는 광경이었고, 자연의 거대함, 지구 하나 크기의 힘 속에 이렇게 완전하게 잠식된 것도 처음이었다. 태풍 속에서 대기*※ 전기가 순전한 재난을 일으키고 있는 와중에도 3만 피트 허공을 나는 고요한 비행기 속에서 울가스트는 마치 소리 없는 영화를 보듯 그 광경을 바라보고만 있었다. 기장이 축축 늘어지는 목소리로 기내 방송을 통해 다른 승객들에게 날씨를 설명하며 지금의 상황을 알리기를 기다렸지만 그런 일은 일어나지 않았다. 40분 연착으로 덴버에 도착한 뒤 울가스트는 자신이 본 장면을 누구에게도, 심지어 도일에게도 이야기하지 않았다.

지금, 그는 라일라에게 전화해 그 이야기를 할까 하는 생각을 하고 있었다. 그 강렬했던 감정, 그 선명했던 마음을 알려주어야겠다는 생각을 하다가, 곧 그런 일은 말도 안 되는 일, '타임머신' 대화에 불과하다는 사실을 스스로 알아차렸다. 타임머신이라는 이름은 상담사가 붙인 것이었다. 상담사는 라일라와 같은 병원에서 일하는 사람이었고, 라일라와 둘이서 몇 번 만난 적이 있었는데, 긴 머리가 일찍 세어버리고 동정심으로 커다란 두 눈이 항상 촉촉한 삼십 대 여성이었다. 그녀는 상담을 시작하기 전 마치 노래를 시작하는 캠프 지도자처럼 신발을 벗고 무릎을 꿇고 앉았는데, 목소리가 너무 낮아서 소파에서 상체를 쭉 뻗어야 그녀의 목소리가 들렸다. 때때로 그녀는 그 낮은 목소리로 때로 마음이 사람을 속이기도 한다고 했다. 경고가 아니라, 사실을 말해주는 목소리였다. 상담사는 그와 라일라가 어떤 행동을 하거나, 무엇을 보거나, 과거에 대한 강렬한 감정에 사로잡힐 수 있다고 했다. 예를 들면 두 사람이 어느 날 마트의 계산대에 기저귀 한 팩을 올려놓을 수도 있고, 에바가 잠들어 있기라도 한 듯 발끝으로 살살 걸어 그 애의 방에 들어갈 수도 있다는 것이었다. 상담사는 그것이 가장 힘든 시간일 거라고, 왜냐하면 그 순간마다 다시금 상실을 극복해야 하기 때문이라고 했다. 하지만 그 순간을 넘기고 나면 이런 일은 갈수록 뜸해질 거라고 안심시켜주었다.

그런데, 울가스트는 그런 순간들이 힘들지 않았다. 에바가 죽은 지 3년이 지났는데도 때때로 그런 일이 있었고, 그때마다 그는 그다지 괴롭지 않았다. 오히려 그 반대였다. 그런 순간들은 울가스트의 마음이 그에게 선사하는 예기치 못한 선물이었다. 하지만 라일라에게는 달랐으리라.

"울가스트 요원?"

자신을 부르는 목소리에 울가스트는 몸을 돌렸다. 단순한 모양의 회색 양복, 값싸지만 편안해 보이는 옥스퍼드 구두, 기억에 남지 않을 정도로 흔한 넥타이. 마치 거울을 보는 것 같았다. 그러나 낯선 얼굴이었다.

울가스트는 자리에서 일어나 주머니에서 신분증을 꺼냈다. "예, 접니다."

"휴스턴 지사의 윌리엄스 요원입니다."

두 사람은 악수를 나누었다.

"두 분이 이 항공편을 탈 수 없다는 이야기를 전하러 왔습니다. 바깥에 준비한 차에 타십시오."

"메시지가 있습니까?"

윌리엄스가 주머니에서 봉투를 하나 꺼냈다.

"이걸 찾으시는 거겠지요?"

울가스트는 봉투를 받아들었다. 안에는 팩스로 온 서신이 들어 있었다. 그는 앉아서 서신을 읽고, 다시 한번 읽었다. 도일이 음료를 빨대로 쪽쪽 빨아 마시면서 타코벨 봉지를 들고 돌아올 때까지 그는 계속해서 메시지를 읽고 있었다.

울가스트는 고개를 들어 윌리엄스를 바라보았다.

"잠시 시간을 좀 주시겠습니까?"

윌리엄스가 중앙 홀 한쪽으로 자리를 비켜주었다.

"무슨 일입니까? 뭐가 잘못됐습니까?"

울가스트는 고개를 저으며 도일에게 팩스를 보여주었다.

"맙소사, 필. 다음 목표물은 일반인이야."

4

레이시 앙투아네트 쿠도토 수녀는 하느님이 무엇을 원하는지는 몰랐다. 그러나 하느님이 무언가를 원한다는 사실은 알고 있었다.

기억 속 아주 오래전부터 세상은 그녀에게 속삭임과 웅얼거림으로 말을 걸어왔다. 어릴 적 그녀가 자랐던 마을에서 바닷바람을 맞고 바스락대며 흔들리는 종려나무의 갈라진 잎사귀도, 집 뒤 개울 속 돌 위로 졸졸 흐르는 시원한 물도, 심지어 인간 세상에서 나는 자동차 엔진 소리, 기계 돌아가는 소리, 사람들의 목소리조차도. 포트 로코의 수녀원 학교 원장인 마거릿 수녀님께 이 소리는 무슨 소리냐고 물었을 때 그녀는 여섯 살, 아니면 일곱 살이었다. 수녀님은 웃음을 터뜨렸다.

"레이시 앙투아네트, 정말 놀랍구나. 모르겠니?"

수녀님이 목소리를 낮추더니 얼굴을 레이시의 얼굴에 바짝 가져다 대며 이렇게 말했다.

"그건 하느님의 목소리란다."

하지만 레이시도 이미 알고 있었다. 수녀님이 그렇게 말하자마자 그녀는 자신이 애초부터 그것이 하느님의 목소리라는 걸 알고 있었다는 사실을 깨달았다. 수녀님이 마치 세상에서 우리 둘만 아는 비밀이라는 듯, 바람과 나뭇잎의 존재 자체가 뿜어내는 그 목소리는 우리 둘만의 것인 것처럼 말했기 때문에, 레이시는 이 이야기를 다른 누구에게도 꺼내지 않았다. 때때로 몇 주, 길게는 한 달 동안 그런 느낌이 잦아들고 세상이 다시금 일상적 사물로 이루어진 일상적 공간으로 느껴질 때가 있었다. 대부분의 사람, 심지어 그녀와 가장 가까운 사람인 부모님, 언니들, 학교 친구들에게조차 세상은 그렇게 느껴진다는 것을 레이시는 알았다. 그 사람들은 칙칙한 침묵만이 감도는 감옥, 하느님의 목소리가 없는 세상에서 평생을 살아간다. 이 사실이 슬퍼서 레이시는 몇 날 며칠을 울기도 했고, 그러다가 부모님 손에 이끌려 병원에 가기도 했다. 의사는 기다란 구레나룻을 기른 프랑스 남자로 인삼 냄새가 나는 사탕을 빨며 얼음처럼 차갑고 둥근 청진기를 그녀의 온몸에 눌러댔지만 아픈 곳을 한 군데도 발견할 수 없었다. '이렇게 영원히 혼자만의 삶을 살아가다니 끔찍해.' 그녀는 생각했다. 그러나 어느 날 코코아밭을 가로질러 학교에 가는 길에, 아니면 언니들과 저녁을 먹는 길에, 아니면 땅에 굴러다니는 돌을 보거나 침대에 누워서 아무것도 하지 않는 때에 다시 그 목소리가 들리곤 했다. 그녀의 곁에서, 그녀를 둘러싼 온 사방에서 들려오는 이 목소리는 정확히 목소리라고 하기는 어려운, 소리라기보다는 물 위를 부는 바람처럼 부드럽게 움직이는 빛 그 자체로 이루어진 아주 작은 속삭임이었다. 열여덟 살이 되어 수녀회에 들어간 뒤에야 그녀는 그것이 무엇인지를, 그 목소리가 자신의 이름을 부른다는 사실을 알게 되었다.

'레이시.' 온 세상이 그녀에게 말하고 있었다. '레이시, 들어보렴.'

그리고 수년이 지난 지금, 바다 건너 테네시주 멤피스에 있는 자비의 성모 동정회 수녀원 부엌에서 그녀는 다시금 이 목소리를 들었다.

아이의 어머니가 떠난 지 얼마 되지 않아 레이시는 아이의 배낭 속에서 쪽지를 찾아냈다. 이 상황은 어쩐지 불편한 구석이 있었는데, 아이를 바라보자마자 그 불편함의 정체를 알 수 있었다. 아이 엄마가 아이의 이름을 알려주지 않았던 것이다. 엄마를 꼭 닮은 검은 머리, 창백한 피부, 바람결이 들어 올린 것처럼 끝이 위로 말려 올라간 기다란 속눈썹을 보면 아이가 그 사람의 딸인 건 분명했다. 아이 어머니는 예쁘장했지만 머리가 개털처럼 엉겨 붙어서 빗질을 좀 해야 할 것 같았다. 또, 바삐 떠나는 데 인이 박인 사람처럼 재킷을 테이블 위에 벗어 두고 있었다. 건강해 보였지만 조금 말랐고, 바지는 너무 짧고 흙이 묻어 뻣뻣했다. 아이가 천천히 쿠키를 한 입씩 먹어 치우자 레이시는 아이의 옆에 의자를 놓고 앉았다. 혹시 배낭에 장난감이 있는지, 같이 읽을 책이 있는지 물었으나 지금까지 입을 한 번도 열지 않았던 아이는 그냥 고개만 끄덕이면서 무릎에 있던 배낭을 레이시에게 건네주었다. 레이시는 아이의 눈과 꼭 닮은 커다란 눈을 가진 만화 캐릭터가 붙은 분홍색 배낭을 보다가 아이 엄마가 아이를 학교에 데려가는 길이었다고 한 게 생각났다.

가방을 열어보니 안에서 토끼 인형 하나, 돌돌 말린 팬티 두 개와 양말, 케이스에 담긴 칫솔, 반쯤 남은 딸기 맛 시리얼바 한 상자가 나왔다. 가방 안에는 그 밖에 아무것도 없었지만 이내 배낭 바깥에 붙은, 지퍼가 달린 작은 주머니에 눈길이 갔다. 학교에 가기에는 너무 늦은 시간이었다. 가방 안에는 점심 도시락도, 교과서도 없었다. 레이시는 숨을 참으며 앞주머니를 열었다. 공책에서 찢어낸 종이 한 장이 접혀 있었다.

'미안해요. 아이 이름은 에이미, 여섯 살이에요.'

레이시는 쪽지를 뚫어져라 바라보았다. 그 자체로 뜻이 명명백백한 단어 자체를 바라본 게 아니었다. 그녀가 바라본 것은 단어 사이의 공백이었다. 작은 글씨로 적힌 세 문장이 그 아이가 누구인지를 설명하는 전부였다. 이 세 문장, 그리고 가방 안에 든 몇 안 되는 물건들이. 이것은 살면서 레이시 앙투아네트 쿠도토가 본 가장 슬픈 일, 너무 슬퍼서 눈물조차 나오지 않는 일이었다.

아이 엄마를 쫓아가 보아야 별수 없을 거였다. 지금쯤이면 아주 멀리 가버렸을 것이다. 게다가, 아이 엄마를 찾은들 무엇하겠는가? 무슨 말을 하겠는가? '두고 오신 게 있는데요, 실수가 있었던 것 같아요.' 하지만 이건 실수가 아니었다. 레이시는 이 모든 것이 아이 엄마의 계획이었으리라는 사실을 알았다.

그녀는 쪽지를 도로 접어 치마 주머니 깊숙이 집어넣었다.

"에이미."

그리고 그녀는 아주 오래전, 포트 로코의 수녀원 학교에서 마거릿 수녀님이 했던 것처럼 아이의 얼굴에 자기 얼굴을 바짝 가까이 한 뒤 미소를 지었다.

"네 이름이 에이미니? 정말 예쁜 이름이구나."

아이는 눈치를 보듯 재빨리 주변을 둘러보았다.

"피터 주세요."

레이시는 잠시 생각했다. 피터라니, 남동생 얘기일까? 아빠?

"그래, 그런데 에이미, 피터가 누구니?"

"가방 안에 있어요."

아이가 대답하자 레이시는 마음이 놓였다. 아이가 한 첫 요구가 쉽게 들어줄 수 있는 단순한 것이었기 때문이다. 그녀는 가방 안에서 토끼 인형을 꺼냈다. 반짝이는 조각 천을 이어 붙여 만든, 손을 많이 타 부드러워진 벨벳면 소재의 푹신한 인형으로, 구슬로 만들어 붙인 까만 눈과 철사가 들어 빳빳한 귀를 가진 아기 토끼 인형이었다. 레이시가 토끼 인형을 건네주자 에이미는 인형을 무릎 위에 대충 올려놓았다. 레이시는 다시 한번 아이에게 말을 붙였다.

"에이미, 엄마는 어디 가셨을까?"

"몰라요."

"피터는? 피터는 알고 있니? 피터가 이야기해줄 수 있을까?"

"피터는 아무것도 몰라요. 인형이잖아요."

그러더니 아이는 얼굴을 찌푸렸다.

"모텔로 다시 돌아가고 싶어요."

"모텔은 어디에 있니, 에이미?"

"말하면 안 돼요."

"비밀이니?"

아이는 눈길을 테이블 위에 고정한 채 고개를 끄덕였다. 비밀이라고 말할 수조차 없는 깊은 비밀이구나, 하고 레이시는 생각했다.

"어딘지 말 안 해주면 데려다줄 수가 없잖아, 에이미. 모텔로 돌아가고 싶니?"

"차가 많은 길가에 있어요."

아이가 자기 옷소매를 만지작거리며 그렇게 말했다.

"모텔에서 엄마랑 같이 사니?"

에이미는 아무 대답도 하지 않았다. 아이는 다른 사람이 눈앞에 있는데도 마치 자기 혼자 있는 것처럼, 상대에게 말도 하지 않고 쳐다보지도 않았는데, 레이시로서는 처음 보는 유형의 아이였다. 그 모습이 심지어 섬뜩하기까지 했다. 그 애가 그렇게 행동하자 마치 레이시 자신이 지워져버리는 것만 같았다.

"좋은 생각이 있어. 에이미, 같이 게임을 할까?"

아이는 의심스럽다는 눈으로 그녀를 바라보았다.

"무슨 게임요?"

"비밀 말하기 게임. 쉬운 게임이야. 내가 너한테 비밀을 하나 말해주면 너도 비밀을 하나 말해주는 거야. 내 비밀이랑, 네 비밀이랑 바꾸는 거지. 어때?"

아이는 어깨를 으쓱했다.

"좋아요."

"그래, 그럼 내가 먼저 시작할게. 내 비밀은 말야, 옛날에 내가 너만큼 아주아주 어릴 때, 가출한 적이 있었어. 어릴 때 내가 살았던 곳은 시에라리온이었어. 그날은 엄마한테 화가 많이 났어. 엄마가 수업을 받기 전에는 카니발 구경을 못 가게 했거든. 나는 말을 정말 좋아했는데, 카니발에서는 말들이 묘기를 부린다길래 꼭 가보고 싶었지. 너도 말 좋아하지, 에이미?"

"그런 것 같아요."

아이가 고개를 끄덕였다.

"여자아이라면 누구나 말을 좋아하지. 그런데 나는 말을 정말 정말 사랑했단다! 화가 났다는 표시로 그날 수업을 안 받겠다고 버티다가, 엄마가 그날 밤 방에서 못 나가게 하는 벌을 준 거야. 아, 내가 얼마나 화가 났겠니? 나는 미친 사람처럼 발을 쿵쿵 구르며 돌아다니다가, 만약 내가 가출을 하면 엄마가 후회할 거라는 생각이 들었어. 그러면 앞으로 내가 원하는 걸 뭐든지 다 해줄 거라는 생각이 들었던 거야. 정말 바보 같은 생각이지만, 그땐 진심으로 그렇게 생각했단다. 그래서 그날 밤, 부모님과 언니들이 잠든 다음 나는 집 밖으로 나갔어. 어디로 가야 할지 몰라서 우리 집 마당 뒤에 있는 들판에 숨었지. 바깥은 춥고 깜깜했어. 나는 밤새도록 밖에 있다가 아침이 오면 엄마가 나를 찾으며 외치는 소리를 듣고 싶었어. 하지만 그럴 수가 없었단다. 나는 잠시 들판에 숨어 있었지만 너무 춥고 무서웠어. 그래서 다시 집으로 돌아와서 침대에 누웠지. 아무도 내가 밤에 집을 나간 줄 몰랐단다."

그녀는 자신을 빤히 바라보고 있는 아이를 쳐다보며 힘껏 미소를 지었다.

"자, 이 이야기는 지금까지 아무에게도 말한 적이 없는 비밀이야. 이 이야기를 들은 것은 평생 네가 처음이란다. 어때?"

아이는 레이시를 한껏 집중해 쳐다보고 있었다.

"그럼…… 그냥 집으로 돌아간 거예요?"

레이시가 고개를 끄덕였다.

"그래. 화가 풀렸거든. 아침이 오니 모든 게 꿈 같았어. 그리고 어쩌면 그런 일이 애초에 일어나지도 않은 것 같다는 생각이 들었어. 물론 오랜 세월이 흐른 지금은 그 일이 진짜로 일어났다는 걸 알지만 말이야."

레이시가 아이의 손을 격려하듯이 토닥거렸다.

"자, 이제 네 차례야. 너도 비밀이 있니, 에이미?"

아이는 고개를 숙이더니 입을 다물었다.

"조그만 비밀 하나도 없을까?"

"엄마가 다시는 안 돌아올 것 같아요."

에이미의 말이었다.

신고를 받은 경찰관은 남자 한 명, 여자 한 명이었는데 그들 역시 아무것도 알아내지 못했다. 머리를 남자처럼 짧게 깎은 체격 좋은 백인 여성 경찰관이 부엌에서 아이와 이야기를 나누는 동안에 폭이 좁고 매끈한 얼굴을 가진 흑인 남성 경찰관은 레이시에게 여자의 인상착의를 물었다. 불안해 보였습니까? 마약에 취한 상태였습니까? 어떤 옷을 입고 있었습니까? 차를 보았습니까? 질문은 계속 이어졌지만 레이시는 그 질문이 의무적으로 하는 것임을 알 수 있었다. 경찰관 역시 아이의 엄마가 돌아올 거라고 생각하지 않았던 것이다. 경찰관은 조그만 연필로 수첩에 레이시의 답을 메모하다가 질문이 끝나자마자 제복의 가슴

주머니에 수첩을 집어넣었다. 부엌에서 번쩍 하고 플래시 불빛이 빛났다. 여성 경찰관이 에이미의 사진을 찍었던 것이다.

"아동보호센터에 연락하시겠습니까? 아니면 경찰에서 그쪽으로 연락을 취할까요?"

경찰관이 레이시에게 물었다.

"왜냐하면, 수녀님이신 만큼 기다려도 좋겠다는 생각이 들어서입니다. 만약 아이를 데리고 계실 수 있다면 주말까지는 보호센터로 보내지 않아도 될 테니까요. 아이 어머니의 인상착의를 토대로 수사해보겠습니다. 또 아이는 실종 아동 데이터베이스에 등록해놓도록 하겠습니다. 어쩌면 아이 어머니가 돌아올지도 모르는데, 그래도 아이를 데려가게 하지 마시고 경찰로 연락을 주십시오."

정오가 조금 지난 시간이었고 다른 수녀들은 전부 이 지역 식료품 자선 배급소에 가서 통조림과 시리얼, 스파게티 소스며 기저귀가 담긴 상자를 정리하고 분류하다 1시에 돌아올 예정이었다. 수녀들은 매주 화요일과 금요일마다 식료품 자선 배급소에서 봉사활동을 했다. 그러나 레이시는 이번 주 내내 코감기로 고생하고 있었기에 — 멤피스에서 3년을 보냈는데도 아직까지 습한 겨울에 적응하지 못했다 — 아네트 수녀가 레이시에게 나가지 말고 쉬라고 했다. 그날 아침 레이시가 일어났을 때는 코감기가 나아 컨디션이 좋았는데도 아네트 수녀는 그런 결정을 내렸다.

경찰을 바라보던 레이시는 빠르게 마음을 정했다.

"제가 연락할게요."

그렇게 해서 다른 수녀들이 돌아왔을 때 레이시는 이 아이가 누구인지 곧이곧대로 말할 수 없게 되었다.

"이 아이는 에이미예요."

수녀들이 복도에서 외투와 스카프를 벗기 시작할 때 레이시가 말했다.

"아이의 엄마가 제 친구인데, 친척 병문안을 가야 해서 에이미를 주말 동안 우리에게 맡기고 갔어요."

거짓말이 술술 나온다는 사실에 레이시는 스스로 놀랐다. 남을 속이는 데 재주가 없었음에도 마음속에서 단어들이 제풀에 이리저리 조합되더니 입 밖으로 아무렇지도 않게 흘러나왔던 것이다. 레이시는 말을 하면서 혹여나 아이가 진실을 말해버리지 않을까 생각하며 에이미의 눈을 슬쩍 보았다. 그 순간 아이의 눈빛에 동의의 빛이 스쳐 지나가는 것이 보였다. 아이가 비밀을 지키는 데 익숙하다는 것을 레이시는 그 순간 알아차렸다.

아네트 수녀가 나이 든 여자 특유의 유감스럽다는 말투로 입을 열었다.

"레이시 자매, 아이와 아이 엄마에게 도움의 손길을 베푸는 건 좋아요. 그러나 사전에 나에게 물었어야 하는 문제입니다."

"정말 죄송해요. 너무 급한 상황이었어요. 월요일까지만 데리고 있겠습니다."

아네트 수녀가 레이시를 한참 뜯어보더니 그다음에는 레이시 수녀의 치마폭에 딱 기대어 있는 에이미를 내려다보았다. 아이를 바라보며 아네트 수녀는 장갑을 한 손가락씩 천천히 벗었다. 바깥에서 들어온 냉기가 꽉 막힌 복도를 감돌았다.

"여기는 수녀원이지, 고아원이 아닙니다. 아이들이 있을 곳이 아니에요."

"알고 있습니다, 아네트 자매님. 정말 죄송해요. 어쩔 수 없는 상황이었습니다."

또 한번 침묵이 흘렀다. 레이시는 생각했다. '하느님 아버지, 제발 이 거만하고 자기 생각만 하는 아네트 자매를 좋아할 수 있게 해주세요. 하지만 아네트 자매도 저처럼 하느님의 종이겠지요.'

"좋습니다."

아네트 수녀가 마침내 그렇게 말하더니 짜증스러운 듯 한숨을 쉬었다.

"월요일까지입니다. 아이에게 빈방을 하나 내주겠어요."

그제야 레이시는 왜 자신이 거짓말을 했는지, 마치 무엇이 사실이고 거짓인지 폭넓게 따져보면 거짓말이 아니라도 한 것처럼 수월하게 흘러나왔는지에 대해 생각했다. 레이시의 거짓말에는 빈틈이 많았다. 만약 경찰이 찾아오거나 전화가 걸려 와서 아네트 수녀가 진실을 알게 된다면 어떻게 될까? 월요일에 아동보호센터에 전화를 걸면 그때는 또 어떻게 될까? 하지만 레이시는 조금도 두렵지 않았다. 이 아이는 하느님이 그들에게, 아니, 그들이 아니라 그녀, 바로 레이시에게 보낸 수수께끼였다. 이 수수께끼의 정답을 찾는 것이 레이시의 몫이었고, 아네트 수녀에게 한 거짓말은 ─ 거짓말이라고 보기도 어렵지, 아이 엄마가 정말로 친척의 병문안을 간 건지도 모르잖아? 하고 레이시는 생각했다 ─ 그 수수께끼를 풀 수 있는 시간을 벌기 위함이었다. 그래서 거짓말이 쉽게 나왔던 것 같다. 성령이 레이시를 통해 말을 하고, 또 하나의 더 깊은 진실을 일깨워준 것이다. 바로 아이가 곤란한 상황에 빠져 있으며 레이시가 이 아이를 도와야 한다는 진실 말이다.

다른 수녀들은 모두 기뻐했다. 수녀원을 찾아오는 사람들은 거의 없었고 있더라도 드물었으며, 전부 신부나 다른 수녀들 같은 종교인들이었다. 하지만 어린아이가 찾아오다니, 새로웠다. 아네트 수녀가 계단을 올라 자기 방으로 가자마자 남은 수녀들은 다들 떠들어대기 시작했다. 레이시 자매는 어떻게 그 아이의 엄마를 알게 된 건가요? 에이미는 몇 살이니? 취미는 뭐야? 무슨 음식을 좋아해? 뭘 보고 싶어? 어떤 옷을 입고 싶어? 다들 들떠서 에이미가 거의 입을 열지 않았고, 대답 역시 한 번도 하지 않는다는 데까지는 생각이 미치지 않은 모양이었다. 대답은 전부 레이시가 했다. 에이미는 저녁으로 햄버거와 핫도그 ─ 레이시가 제일 좋아하는 음식이었다 ─ 그리고 감자칩, 초콜릿칩 아이스크림을 먹고 싶대요. 색칠놀이와 만들기를 좋아하고, 공주가 나오는 영화를 좋아하고, 토끼 인형을 좋아해요. 또, 옷도 필요해요. 아이 엄마가 자비를 베풀기 위한 사명(아칸소주 리틀록 근처에 사시는 아이의 할머니가 당뇨병에 걸리고 심장병이 있대요)에 너무 당황해서 깜박하고 옷 가방을 챙겨주질 못했거든요. 그런데 아이 엄마가 옷 가방을 가지러 돌아가겠다는 걸 제가 알아서 할 수 있다며 말렸답니다. 거짓말을 믿을 준비가 된 사람들이 바짝 귀를 기울인 가운데서 거짓말은 더 없이 매끄럽게 흘러나왔기에 한 시간도 못 되어 모든 수녀들이 똑같은 이야기의 살짝 다른 버전을 듣게 되었다. 루이즈 수녀와 클레어 수녀가 햄버거와 핫도그, 감자칩을 사러 밴을 타고 피글리위글리에 갔다가, 월마트에 가서 옷과 비디오와 장난감을 샀다. 부엌에서는 트레이시 수녀가 저녁 식사를 구상하다가 아까 약속한 햄버거와 핫도그, 아이스크림 외에도 아이스크림과 잘 어울릴 3층짜리 초콜릿케이크를 만들겠다고 선언했다. (모두 트레이시 수녀가 저녁 식사를 담당하는 금요일을 손꼽아 기다리곤 했다. 트레이시 수녀의 부모님은 시카고에서 식당을 운영했고, 트레이시 수녀 역시 수녀회에 들어오기 전에는 코르동블루에서 요리를 배웠기 때문이었다.) 심지어 아네트 수녀까지도 분위기에 이끌렸는지 저녁 식사 준비가 되는 동안 에이미를 비롯해 다른 수녀들과 함께 서재에 앉아 〈프린세스 브라이드〉를 같이 보았다.

이 모든 과정에서 레이시 수녀는 오직 하느님만을 생각했다. 다들 즐겁게 영화를 보고 나서 루이즈 수녀와 클레어 수녀가 에이미를 부엌으로 데려가 월마트에서 사 온 장난감들을 구경시켜주는 동안 — 색칠놀이 책, 크레용, 점토, 공작용 종이, 그리고 바비의 애완용품점 세트였는데, 루이즈 수녀가 플라스틱 틀에서 조그만 강아지용 빗과 솔이며 접시 등의 작은 부품들을 떼어내는 데 15분이나 걸렸다 — 레이시는 계단을 올라갔다. 고요한 방 안에서 레이시는 에이미라는 수수께끼를 풀기 위해 기도를 했고, 그녀의 내면에서 요동치며 하느님의 뜻으로 그녀를 가득 채우는 목소리에 귀를 기울였다. 그러나 하느님을 향해 마음을 바치자 돌아오는 것은 뚜렷한 답이 아니라 또 다른 질문이었다. 레이시는 이는 하느님이 인간에게 말씀하시는 또 다른 방식임을 알았다. 하느님의 뜻은 대체로 알기 힘들었고, 때때로 이 때문에 좌절하기도 했으며, 하느님이 자신의 뜻을 조금만 더 분명히 드러내주셨으면 좋을 텐데 하는 생각을 했지만, 하느님의 말씀은 원래가 그런 것이었다. 다른 수녀들은 부엌 뒤 작은 기도실에서 기도를 했고 레이시 역시 그렇게 했으나, 그녀가 가장 간절하게 갈구하며 기도하는 때는 방 안에서 혼자, 무릎을 꿇지도 않고 책상 앞에 앉거나 좁은 침대 끝에 걸터앉아서 하는 기도였다. 무릎에 두 손을 올리고 눈을 감은 채 마음을 가장 멀리, 어린 시절까지, 마치 줄에 매달린 연을 하늘 높이 날려 올리는 것처럼 실어 보내며 가만히 기다리는 것이었다. 지금 레이시는 침대 위에 앉은 채 온 힘을 다해 연을 높이 날려 보내는 중이었다. 손 안의 실꾸리가 점점 작게 줄어들고 연은 저 먼 하늘 위 작은 점 하나가 되어버렸지만, 느껴지는 것이라고는 이렇게 작은 존재가 감당하기에는 너무 큰 힘으로 불어오는 바람뿐이었다.

저녁을 먹고 난 다음 수녀들은 일 년째 꾸준히 보고 있는 의학 드라마를 보려고 다시 거실에 모였고, 레이시는 에이미를 데리고 2층으로 올라가 잠자리를 마련해주었다. 저녁 8시였다. 수녀들은 새벽 5시 기도를 위해 저녁 9시에는 잠자리에 들었는데, 레이시 생각에는 에이미 또래의 어린아이라면 똑같이 그 시간에 잠들고 일어나는 게 맞는 것 같았다. 그녀는 라즈베리 향 샴푸로 에이미의 머리를 박박 씻긴 다음 엉킨 머리를 풀려고 컨디셔너를 덜어 바른 뒤 머리카락이 반짝거리고 곧게 펴질 때까지 빗겨주었다. 빗이 한 번 지나갈 때마다 머리의 검은 빛깔이 한층 더 깊어졌다. 그다음에는 아이가 입었던 옷을 세탁실로 가지고 내려갔다. 돌아오자 에이미는 클레어 수녀가 오후에 월마트에 가서 사온 파자마로 갈아입고 있었다. 별과 달, 웃는 얼굴이 그려진 분홍색 잠옷은 실크처럼 바삭바삭하고 반짝거리는 소재였다. 레이시가 방으로 들어왔을 때 에이미는 깜짝 놀란 것처럼 소매를 바라보고 있었는데, 광대 옷처럼 너무 긴 소매가 손발을 덮고 있었다. 레이시가 소매와 바짓단을 걷어주는 모습을 아이는 빤히 바라보았다. 에이미는 이를 닦고 다시 칫솔을 케이스에 넣은 다음 거울로부터 돌아서 레이시를 바라보았다.

"여기서 자면 돼요?"

아이의 목소리를 들은 것이 몇 시간 만이어서 레이시는 자신이 질문을 제대로 알아들은 게 맞는 것인지 헷갈렸다. 그녀는 아이의 얼굴을 한참이나 본 뒤에야 그 이상한 질문을 이해했다.

"에이미, 왜 욕실에서 자야 한다고 생각하니?"

아이는 바닥을 내려다보았다.

"엄마가 조용히 해야 한다고 했어요."

레이시는 이 일을 어떻게 받아들여야 할지 알 수 없었다.

"아냐, 여기서 잘 리가 없지. 너는 네 방에서 자면 돼. 내 방 바로 옆이란다. 지금 보여줄게."

방은 깨끗하게 정돈되었지만 텅 비어 있었고, 장식 하나 없는 휑한 벽에 침대 하나, 경대 하나, 조그만 책상 하나가 전부인 데다 바닥을 따뜻하게 해줄 러그 한 장 깔려 있지 않아서, 레이시는 어린 여자아이를 기쁘게 해줄 만한 무엇이라도 있었으면 좋았을 텐데, 하고 생각했다. 아침에 맨바닥을 딛는 에이미의 발이 시리지 않도록 침대 옆에 깔아줄 작은 러그를 하나 사도 될지 내일 아네트 수녀에게 허락을 받아볼 생각이었다. 레이시는 에이미에게 이불을 덮어준 뒤 매트리스 끄트머리에 앉았다. 바닥을 통해 아래층의 희미한 텔레비전 소리가 전해졌고, 벽을 타고 흐르는 수도관의 물소리, 바깥에서 갓 피어난 3월의 떡갈나무와 단풍나무 잎을 바람이 어루만지는 소리, 포플러애비뉴에서 차량들이 내는 나직한 소음이 들렸다. 수녀원에서 두 블록 떨어진 곳, 공원 반대편에는 동물원이 있었다. 여름밤에 창문을 열어놓으면 우리 속 원숭이들이 야단법석을 떨며 깩깩 소리를 지르는 게 들리기도 했다. 레이시는 고향에서 수천 킬로미터 떨어진 이곳에서 들리는 낯선 소리가 멋지다고 생각했지만, 막상 동물원에 가보니 꼭 감옥같이 끔찍한 곳이었다. 우리는 좁아터졌고 고양잇과 맹수들이 플렉시글라스로 된 벽 뒤 헐벗은 우리에 갇혀 있었으며 코끼리와 기린은 발목에 사슬을 달고 있었다. 동물들은 모두 우울해 보였다. 대부분은 아예 움직이지도 않았고 동물을 구경하러 온 사람들은 요란하고 상스러웠으며 아이들은 동물의 관심을 끌려고 철창 사이로 팝콘을 던져댔다. 레이시는 그 광경을 견딜 수가 없어서 눈물을 쏟기 전에 얼른 동물원을 떠났다. 하느님의 피조물이 어떠한 이유도 없이 이렇게 잔혹하게, 냉정한 무관심만으로 다루어지는 것을 보자니 가슴이 아렸다.

그러나 지금 침대 모서리에 앉아 있자니 어쩌면 에이미가 동물원에 가고 싶을지도 모르겠다는 생각이 들었다. 에이미는 동물원에 한 번도 가본 적이 없을

지도 몰랐다. 동물들의 고통을 덜어주기 위해 레이시가 할 수 있는 일이 없는 이상, 이미 잘못된 일에 뭐 하나를 더 얹는 것, 행복할 일이 없는 어린아이에게 동물을 보여주는 일은 그리 죄가 되지 않을 것 같았다. 아침에 아네트 수녀에게 러그를 사도 되냐고 물어본 다음 동물원에 데려가도 되는지도 물어봐야겠다는 생각이 들었다.

"잘 자렴."

그 말과 함께 레이시는 에이미가 덮은 이불을 다시 한번 추슬러주었다. 아이는 마치 움직이는 게 겁이 난다는 듯이 가만히 누워 있었다.

"푹 잘 자거라. 만약 필요한 게 생기면 바로 옆방이니 찾아오렴. 내일 같이 재밌는 일을 하자. 우리 둘이서."

"불 켜고 자면 안 돼요?"

레이시는 알았다고 한 뒤 몸을 숙여 아이의 이마에 입을 맞췄다. 샴푸 냄새 때문에 아이에게서는 라즈베리 잼 같은 향기가 풍겼다.

"언니들이 좋아요."

에이미가 말하자 레이시는 웃음이 났다. 지금까지 일어난 일들이 하도 정신없어서, 아이가 '자매'를 진짜 언니들인 줄로 오해할 줄은 몰랐던 것이다.

"그래, 설명하기가 참 어렵구나. 우리는 네가 생각하는 '진짜' 자매는 아니란다. 부모님이 다 다르거든. 하지만 그럼에도 불구하고 모두가 자매란다."

"어떻게요?"

"아, 자매가 되는 데는 여러 가지 방법이 있거든. 우리는 영혼으로 맺어진 자매야. 하느님의 눈으로 보았을 때 우리는 다 자매란다."

그러면서 레이시가 에이미의 손을 만지작거렸다.

"아네트 자매님마저도 말이야."

에이미가 얼굴을 찌푸렸다.

"그분은 심보가 고약해요."

"맞아. 그래도 그건 그분의 성격일 뿐이란다. 아네트 자매님도 네가 여기 와서 좋아하서. 다들 좋아한단다. 네가 오기 전까지는 우리가 얼마나 적적한지 다들 몰랐던 거야."

그녀는 다시 한번 에이미의 손을 쓰다듬더니 일어섰다.

"자, 이제 이야기는 그만하고, 자렴."

"조용히 한다고 약속할게요."

문간까지 나갔던 레이시가 걸음을 멈췄다.

"그러지 않아도 돼."

그날 밤 레이시는 꿈을 꿨다. 꿈속에서 그녀는 다시 어린아이가 되어 집 뒤의 들판에 있었다. 낮은 종려나무 수풀 밑으로 기어들어가자 기다란 종려나무 잎이 그녀의 팔과 얼굴을 어루만졌고, 언니들도 같이 있었다. 정확히 말하면 같이 있다기보다는 저 멀리 달려가고 있었다. 뒤에서 남자들의 목소리가 들렸다, 아니, 그들의 어두운 존재감이 느껴졌다. 총소리, 도망치라고 외치는 엄마의 비명 소리, 고함 소리가 들렸다. 얘들아, 달려라, 온 힘을 다해 달리고 또 달려라. 그러나 레이시는 공포에 질려 제자리에서 꼼짝도 할 수 없었다. 그녀는 마치 새로운 물질, 일종의 살아 있는 나무로 변해버린 것처럼 온몸의 근육 하나도 움직일 수가 없었다. 총성이 계속 들려왔고, 소리가 날 때마다 빛이 펑펑 터져 어둠을 칼날처럼 갈랐다. 빛이 번쩍일 때마다 주변이 환히 보였다. 집도, 들판도, 그곳을 오가는 남자들, 군인처럼 보이지만 군복을 입지는 않은 채 총구로 바닥을 훑고 지나가는 남자들도. 그녀에게 세상은 눈앞을 지나가는 정지된 사진들의 연속처럼 보였다. 두려웠지만 고개를 돌리지는 않았다. 다리와 발이 젖었지만 차갑지 않고 이상하게 뜨듯했다. 자신도 모르게 오줌을 싼 거였다. 코와 입에 쓰디쓴 연기 냄새, 땀의 맛이 감돌았다. 그리고 또 하나, 이름을 알 수 없는 무언가가 느껴졌다. 피 맛이었다.

그 순간 그녀는 누군가가 가까이 다가왔다는 것을 느꼈다. 저 남자들 중 한 명이었다. 그가 뿜는 숨소리가, 사방을 수색하는 발걸음이 들렸다. 그의 몸에서 수증기처럼 일어나는 두려움과 분노가 느껴졌다. 움직이지 마, 레이시. 목소리가 말했다. 그녀는 무서워서 숨조차 제대로 쉬지 못한 채 눈을 감았다. 심장이 쿵쾅쿵쾅 뛰었다. 온몸이 쿵쿵 뛰는 심장이 된 것만 같았다. 남자의 그림자가 그녀의 얼굴과 몸 위로 커다란 검은 날개처럼 쏟아졌다. 눈을 뜨자 그는 없었다. 들판은 텅 비고, 그녀는 혼자였다.

그녀는 공포에 질려 잠에서 화들짝 깨었다. 침대 위라는 사실을 알면서도 아직도 머리는 꿈에서 채 벗어나지 못한 상태였다. 꿈은 모퉁이를 돌아 눈앞에서 사라졌다. 살갗에 닿던 나뭇잎의 촉감. 속삭이는 목소리. 피 냄새. 하지만 이제는 그것들도 사라졌다.

다음 순간 그녀는 방 안에 누군가 있다는 사실을 알아차렸다.

벌떡 일어나 앉았더니 문간에 에이미가 서 있었다. 레이시는 시계를 보았다. 아직 자정이었다. 그러니까 두어 시간밖에 눈을 붙이지 못한 거였다. 그녀가 부드러운 목소리로 물었다.

"무슨 일이니, 얘야. 괜찮니?"

아이가 방 안으로 걸어 들어왔다. 창 안으로 새어드는 바깥의 가로등 불빛에 아이가 입은 잠옷이 차르르 빛나 마치 온몸에 별과 달을 두른 것 같았다. 잠깐이지만 레이시는 아이가 몽유병 상태인가 하고 생각했다.

"에이미, 무서운 꿈을 꿨니?"

하지만 에이미는 아무 말도 하지 않았다. 방 안이 어두워서 아이의 얼굴은 보이지 않았다. 우는 걸까? 그녀는 이불을 걷어 아이가 누울 자리를 만들어주었다.

"괜찮아, 이리 와."

레이시가 말하자 에이미는 말 한마디 없이 좁다란 침대로 올라와 그녀의 옆에 누웠다. 아이의 몸에서 열기가 전해져 왔다. 열이 있는 것은 아니었지만 그래도 보통 체온은 아니었다. 아이는 석탄처럼 뜨끈하게 달아오르고 있었다.

"무서워하지 마. 여긴 안전한 곳이야."

"여기 계속 있고 싶어요."

여기라는 것이 이 방이나 레이시의 침대 위가 아니라는 사실을 레이시는 알수 있었다. 이곳에서 영원히 살고 싶다는 뜻이었다. 레이시는 뭐라고 대답하면 좋을지 알 수 없었다. 월요일이 되면 아네트 수녀에게 사실대로 말해야 할 것이었다. 피할 수 없는 일이었다. 그 뒤에 — 레이시와 에이미 둘 모두에게 — 무슨 일이 일어날지는 알 수 없었다. 하지만 이제 레이시는 분명히 알 수 있었다. 에이미에 대해 거짓말을 한 순간 그녀의 운명은 에이미의 운명과 겹쳐진 것이다.

"기다려보자."

"아무에게도 말 안 할게요. 그 사람들이 날 데려가지 못하게 해줘요."

레이시는 서늘한 두려움을 느꼈다.

"그 사람들이라니, 에이미? 누가 널 데려간다는 거야?"

에이미는 대답하지 않았다.

"걱정하지 말자꾸나."

레이시는 그렇게 대답하며 에이미를 한 팔로 끌어안았다.

"이제 자자. 우리도 쉬어야지."

하지만 어둠 속에서 레이시는 몇 시간이나 눈을 커다랗게 뜬 채 잠을 이루지 못했다.

울가스트와 도일이 배턴루지에 도착해 북쪽 미시시피주 경계로 경로를 튼 것은 새벽 3시가 조금 넘은 시각이었다. 도일이 먼저 운전대를 잡고 휴스턴부터 라피엣에서 약간 동쪽으로 떨어진 지점까지 운전하는 동안 울가스트는 눈을 붙이려 애썼다. 2시가 조금 넘은 시각에 두 사람은 고속도로변 와플하우스에 차를 세운 후 교대했고, 그 뒤로 도일은 꼼짝도 하지 않고 깊은 잠에 빠졌다. 비가 앞 유리창에 안개가 낄 정도로만 톡톡 떨어지고 있었다.

남쪽으로는 뉴올리언스의 연방 공업지역이 펼쳐져 있었는데, 울가스트는 그쪽을 통과하지 않아서 다행이라고 생각했다. 그 지대는 생각만 해도 기분이 축축 처졌다. 그는 옛날에 대학 친구들과 함께 마르디그라에 가느라 뉴올리언스

구시가지에 가본 적이 있었는데 도착하자마자 그 도시가 뿜어내는 거친 에너지, 진동하는 자유, 선명한 생동감에 홀딱 빠졌다. 어느 날 아침에는 프리저베이션 홀 — 이름과는 달리 지옥의 입구보다 뜨겁고 허름한 곳이었는데 — 에서 6인조 재즈밴드가 〈세인트루이스 블루스〉를 연주하는 것을 듣다가 자신이 거의 48시간째 잠을 한숨도 자지 않았다는 사실을 알았다. 클럽 안의 공기는 온실 속처럼 뜨거웠고 나이도 피부색도 다양한 사람들이 인산인해를 이루며 춤을 추고 발장단을 맞추고 박수를 쳤다. 오전 5시에 전부 80세 이상의 흑인 노인으로 구성된 악단이 재즈를 연주하는 광경을 세상의 다른 어디에서 또 볼 수 있을까? 그러나 2005년, 시속 290킬로미터로 몰아쳐 9미터 높이의 폭풍 해일을 일으킨 허리케인 카트리나가 이 도시를 강타했고 그것으로 모두 끝이었다. 이제 이곳은 손만 닿아도 피부가 벗겨질 정도로 오염된 오수처리장이 된 저지대로 둘러싸인 커다란 석유화학정제공장일 뿐이었다. 이제 이 도시에는 제대로 된 사람들도 살지 않았다. 심지어 하늘조차도 카슬러 공군기지의 전투기들이 돌아다니는 통제구역이 되었다. 도시 전체가 철조망으로 둘러싸여 완전무장한 국토안보군의 순찰을 받고 있었다. 이 경계에서 사방으로 16킬로미터 떨어진 곳이 뉴올리언스 주거지역이었는데 한때 그곳에서는 피난민들을 수용했지만 지금은 밤낮없이 돌아가는 공단으로 출퇴근하는 수천 명 인부들의 거대한 수용소가 된 트레일러가 바다를 이루고 있었다. 거대한 야외 슬럼가나 다름없었다. 사법당국에서는 뉴올리언스 내의 살인 범죄율이 평균보다 낮다고 하지만 사실 이는 이곳이 더 이상 공식적인 도시가 아니며, 또 어떠한 주 소속도 아니기에 살인 범죄율이 보고되지 않는 것뿐이었다.

동이 트기까지 얼마 남지 않은 지금, 미시시피주 경계 검문소가 어둠 속에서 반짝이는 작은 마을처럼 눈앞에 나타났다. 동이 트기도 전인데 줄이 길었고, 대개가 세인트루이스나 시카고로 가는 화물트럭이었다. 탐지견을 대동하고 가이거계수기와 거울이 달린 기다란 막대를 든 가드들이 줄 서 있는 차량 앞을 오갔다. 울가스트는 요세미티 샘(만화 「루니 툰」에 등장하는 캐릭터—옮긴이)이 그려진 흙받기와 말장난이 적힌 범퍼 스티커가 붙은 세미트레일러 뒤에 차를 세웠다.

조수석에 앉았던 도일이 깨어나며 눈을 비비더니 허리를 펴고 주변을 둘러보았다.

"벌써 도착했나요, 아버지?"

"그냥 검문소야. 좀 더 자."

올가스트는 차를 돌려 가장 가까이 있는 제복 입은 가드에게 다가간 뒤 차창을 내리고 신분증을 내밀었다.

"FBI 요원입니다. 대기하지 않고 들어갈 수 있습니까?"

가드는 아직 얼굴이 보송보송하고 여드름이 나 있는 어린애였다. 방탄복을 입어서 덩치가 커 보였지만 올가스트가 보기에는 고작 웰터급 정도로 보였다. 14킬로그램짜리 케블라 방탄복에 살상용 총을 가슴 앞에 둘러멘 채 미시시피의 고속도로에 서 있을 게 아니라 침대에 들어가 대수학 수업에서 만난 여학생 꿈이나 꾸고 있어야 할 나이였다.

가드는 별 흥미 없다는 눈으로 신분증을 훑어본 뒤 고속도로변의 콘크리트 건물을 향해 고갯짓했다.

"검문 본부로 가십시오."

올가스트는 짜증 섞인 한숨을 쉬었다.

"그럴 시간이 없습니다만."

"새치기를 하시려는 겁니까?"

그때 헤드라이트 쪽으로 또 다른 가드가 왔다. 그가 둘러메고 있던 총을 풀었다. 이게 무슨 빌어먹을 일이람.

"이런 절차가 꼭 필요합니까?"

"손 들어!" 두 번째 가드가 고함을 질렀다.

"거참." 도일이 중얼거렸다. 첫 번째 가드가 헤드라이트 앞에 선 가드를 향해 돌아서더니 총을 내리라며 손짓했다.

"진정해, 두에인. FBI 요원들이라고."

두 번째 가드가 머뭇거리더니 어깨를 한번 으쓱하고 돌아갔다.

"죄송합니다. 일단 저쪽으로 가십시오. 빠르게 처리해드리겠습니다."

"그러는 편이 좋겠군." 울가스트가 말했다.

검문 본부 안으로 들어가자 당직관이 신분증을 받아들고 잠시 기다리라고 하더니 신원 조회를 하러 갔다. FBI나 국토안보국은 물론 심지어 주州 경찰과 지역 경찰들까지도 중앙 시스템에 올라 있어서 모든 행동이 추적된다. 울가스트는 주전자에서 찌꺼기가 많은 커피를 한 잔 따른 다음 대충 몇 모금 들이켜다가 쓰레기통에 집어 던졌다. '금연' 표지가 붙어 있었지만 방 안에서는 오래된 재떨이 같은 악취가 났다. 벽에 붙은 시계는 이제 막 6시가 넘어가고 있었다. 한 시간 안에 해가 뜰 것이었다.

당직관이 다시 신분증을 들고 카운터로 왔다. 아무 특징 없는, 국토안보부의 잿빛 제복을 입은 늘씬한 남자였다.

"좋습니다. 가시던 길 잘 가시지요. 그런데, 시스템에는 요원님들이 오늘 밤 덴버로 가는 비행기가 예약되어 있다고 나와 있던데요. 아마 오류인 것 같지만 그래도 기록해두어야 해서요."

울가스트는 이미 대답을 준비해놓고 있었다.

"원래는 그랬습니다만 내슈빌에서 연방 증인을 하나 데려오라는 지시를 새로 받아서요."

당직관은 잠시 생각하다가 고개를 끄덕인 뒤 방금 들은 말을 컴퓨터에 입력했다.

"알겠습니다. 좀 가혹하군요. 비행기 대신 운전이라니, 천오백 킬로미터는 될 텐데."

"말해 뭐 합니까. 시키는 대로 하는 수밖에요."

"아멘."

두 사람은 다시 차에 타고 가드들의 손 인사를 받으며 출구로 나갔다. 몇 분 뒤 그들은 다시 고속도로를 탔다.

"내슈빌이라뇨?"

도일이 묻자 울가스트는 시선을 눈앞 도로에 고정한 채 고개를 끄덕였다.

"생각해보라고. 55번 주간고속도로를 타면 아칸소와 일리노이에 검문소가 있어. 하나는 세인트루이스 남쪽, 또 하나는 노멀과 시카고 중간 지점에. 하지만 테네시를 가로질러 40번을 타면 75번 고속도로로 이어지는 분기점에 첫 번째 검문소가 있다고. 즉, 이곳에서 내슈빌까지는 검문소가 없으니 우리가 내슈빌까지 가지 않았다는 것을 시스템이 파악할 수 없지. 멤피스에서 픽업을 하고, 아칸소로 들어가서 털사 쪽으로 멀리 돌아가 오클라호마 검문소를 지나친 다음, 위치토에서 70번 고속도로를 북쪽으로 타고 가다가 콜로라도주 경계에서 리처즈와 접선하면 돼. 여기서 텔루라이드 사이에 검문소가 하나 있는데 그건 사이크스가 처리해줄 거야. 그러면 우리가 멤피스로 갔다는 기록이 어디에도 남지 않지."

도일이 미간을 찌푸렸다.

"40번 고속도로에 있는 다리는요?"

"피해 가야 하겠지만, 돌아가는 길이 복잡하지는 않아. 멤피스 남쪽으로 80킬로미터 가면 강을 가로지르는 오래된 다리가 있는데 아칸소 방향 주간고속도로로 이어지지. 뉴올리언스에서 오는 대형 화물차는 건널 수 없는 곳이라 일반 차량만 지나가는 곳에선 통행 기록도 자동으로 이루어져. 바코드스캐너와 카메라에는 찍히겠지만 나중에 다 처리할 수 있는 정도지. 거기서 북쪽으로 가서 40번 주간고속도로를 타고 리틀록 남쪽으로 가면 돼."

두 사람은 차를 계속 몰았다. 울가스트는 라디오를 틀어서 일기예보라도 들을까 했지만 그러지 않는 쪽으로 마음을 굳혔다. 늦은 시간이었지만 아직 주의력이 떨어지지 않았으므로 집중력을 유지할 필요가 있었다. 하늘이 회색으로 밝아졌을 때쯤 그들은 잭슨에서 북쪽으로 약간 떨어진 곳에 있었고 시간은 충분했다. 비가 멎었다가 다시 내렸다. 바깥의 지형은 먼바다의 파도처럼 부드럽게 솟아올라 있었다. 벌써 며칠이나 지난 것처럼 느껴졌지만 울가스트는 여전히 사이크스로부터 받은 메시지를 생각하고 있었다.

백인 여성. 에이미 NLN. 기록 없음. 테네시주 멤피스 포플러애비뉴 20323. 최대 토요일 오후까지 픽업할 것. 접촉 금지. TUR. 사이크스.

'TUR'은 누구의 눈에도 띄지 말라는 뜻이었다.

유령을 잡는 것으로 끝이 아니다, 울가스트 요원. 유령이 되어라.

"제가 운전할까요?"

도일이 침묵을 깨자 울가스트는 도일의 목소리에서 그 역시 똑같은 생각을 하고 있었다는 것을 알 수 있었다. 에이미 NLN. 에이미 NLN이 누구지?

그는 고개를 저었다. 바깥에서 방금 떠오른 아침 해가 미시시피 삼각주를 푹 젖은 담요처럼 덮어나가기 시작했다. 그는 와이퍼를 켜서 유리창에 낀 습기를 훔쳤다.

"아니, 괜찮아."

실험 대상 '제로'에게 뭔가 문제가 생겼다.

그는 엿새째 구석에서 나오지 않았고 식사조차 하지 않고 있었다. 마치 커다란 벌레처럼 구석에 대롱대롱 매달려 있었다. 그레이는 어둠 속에서 빛을 내는 덩어리 같은 제로의 모습을 적외선카메라로 볼 수 있었다. 때때로 왼쪽, 오른쪽으로 몇 발짝씩 움직이며 자세를 바꾸는 게 전부였는데 제로가 자세를 바꾸는 모습을 그레이가 실제로 본 것도 아니었다. 그레이가 잠시 모니터에서 고개를 돌리거나 격납실을 떠나 휴게실로 가서 커피를 한잔 마시거나 담배를 한 대 피우고 돌아온 뒤 다시 바라보면 제로는 또 다른 곳에 매달려 있었다.

매달려 있다고 해야 하나? 박혀 있다고 해야 하나? 아니면 공중 부양이라고 해야 하나? 제기랄.

이런 일에 대해서는 누구도, 단 한 마디도 그레이에게 설명해주지 않았다. 그러니까 제로가 정확히 무엇인지조차도 설명해주지 않았다. 그레이가 보기에 제로에게는 인간으로 보이는 구석이 있었다. 말하자면 팔이 두 개, 다리가 두 개 붙어 있었다. 머리가 있어야 할 자리에 머리가 있었고, 귀, 눈, 입도 있었다. 심지어 몸을 웅크린 조그마한 해마처럼 생긴, 성기로 보이는 것 역시 아래로 축 늘어져 있었다. 그러나 제로와 인간의 유사성은 그것으로 끝이었다.

그 한 예로, 실험 대상 제로에게서는 빛이 났다. 물론 적외선카메라로 보면 열이 감지되는 무엇이든 빛이 난다. 그러나 화면에 비친 제로의 상은 마치 불이 밝혀진 성냥처럼, 눈이 멀 정도로 환하게 빛났다. 심지어 그 성기까지도 빛을 뿜었다. 털이 하나도 없어서 유리처럼 반질거리는 몸은 돌돌 말려 있었고 — 그레이가 보기에는 둘둘 말린 아주 기다란 밧줄 위로 피부가 씌워져 있는 듯했다 — 눈은 고속도로에 세워진 교통콘 같은 오렌지색이었다. 그중에서 제일 끔찍한 건 이빨이었다. 오디오를 통해 때때로 짤강거리는 소리가 들렸는데 그것은 제로의 입에서 치아 하나가 떨어져 시멘트 바닥에 떨어지는 소리였다. 하루에 이빨이 여섯 개씩 바닥으로 쏟아졌다. 서브젝트 제로의 다른 분비물과 마찬가지로 이 이빨도 소각로행이었다. 그리고 이 치아를 쓸어 담는 건 그레이의 몫이었는데 칵테일에 꽂힌 검 모양 장식처럼 이 기다란 치아를 보는 것만으로도 소름이 돋았다. 2초 만에 토끼 한 마리의 배를 가르고 내장을 다 빼낼 수 있을 만큼 뾰족했다.

제로에게는 다른 실험체와 다른 점도 있었다. 겉보기에만 다르다는 뜻이 아니었다. 이 '야광 막대'들은 전부 생김새가 추하기 짝이 없었으나, 그레이는 지난 6개월간 지하 4층에서 일하며 그 생김새에 익숙해졌다. 물론 자세히 보면 알수 있는 약간의 차이점은 다들 있었다. '넘버 식스'는 다른 실험체들에 비해 키가 작았다. '넘버 나인'은 조금 더 많이 움직였고, '넘버 세븐'은 거꾸로 매달린채 음식을 먹느라 난장판을 만들곤 했다. '넘버 원'은 목구멍에서 축축하게 젖은쩍쩍 소리를 하루 종일 내며 떠들었는데 그레이는 아무리 들어도 무슨 소리인지 알 수 없었다.

아니, 제로가 특이하다는 것은 신체적인 측면에서가 아니었다. 제로를 볼 때마다 드는 기분이 그랬다. 그 이상으로는 어떻게 설명해야 할지 알 수 없었다. 다른 녀석들은 유리 너머의 인간들을 동물원의 침팬지라도 보는 듯 흥미롭게 쳐다보았다. 하지만 제로는 아니었다. 제로는 유리창 바깥으로는 아무런 관심도 보이지 않았다. 안전 바를 내리면 제로는 항상 방 구석으로 물러났고 방호복을 입고 에어로크(출입구에 설치하여 외기압과 작업 공간의 공기압을 조절하는 공간. 기밀실氣密室 - 옮긴이)를 통과해 토끼를 가지고 들어갈 때면 — 제기랄, 토끼라니왜 하필 토끼여야 한단 말인가? — 그레이는 마치 목 위로 개미 떼가 기어오르는 듯 스산한 소름이 돋았다. 그레이는 바닥에서 눈을 떼지도 않고 주어진 임무를 마쳤고 그곳을 나와 다시 격납실로 갔다. 온몸에 땀이 번들거리고 숨이 찼다. 지금도 그랬다. 5센티미터 두께의 유리 벽을 사이에 두고 있는 지금 그레이에게 보이는 것은 제로의 빛이 나는 등과 갈고리 같은 발뿐인데도 그레이는 제로의 정신이 보이지 않는 촉수라도 된 것처럼 어두운 방을 훑어대고 있다는 느낌이 들었다.

그래도 전체적으로 나쁜 일자리는 아니었다. 그레이는 살면서 이보다 더 힘든 일도 해보았다. 여기서 그레이가 하는 일이라 봤자 8시간의 교대근무 시간을 지키며 십자말풀이를 하면서 모니터를 보고 보고서에 제로가 무엇을 먹었는지, 안 먹었는지, 배수로로 들어간 그의 소변과 대변 양이 얼마인지를 기록하고 제로가 아무것도 하지 않고 있는 모습이 찍힌 100시간에 가까운 영상을 하드드라이브에 백업하는 것이 전부였다.

다른 녀석들도 아무것도 먹지 않는지 궁금했다. 기술자들에게 물어볼까 하는 생각이 들었다. 혹시 이 야광 막대들이 다들 일종의 단식투쟁을 하는 건 아닐까? 아니면 이제 토끼는 질려서 다람쥐나 주머니쥐, 아니면 캥거루가 먹고 싶은 건 아닐까? 막대기들이 먹이를 먹는 방식을 생각하면 우습기 짝이 없는 생각이었다. 그레이는 막대기가 먹이를 먹는 모습을 딱 한 번 보았는데 그것만으로도 하마터면 채식주의자가 될 뻔했다. 그래도 그레이가 보기에는 저 막대기들이 음식을 먹을 때는 일종의 법칙이 있는 것 같았다. 문제는 열 번째 토끼였다. 대체 뭣 때문인진 알 도리가 없었다. 놈들은 토끼를 열 마리 주면 아홉 마리만 먹고 한 마리는 그대로 남겨놓았다. 마치 나중을 위해 남겨놓는 것처럼 말이다. 그레이도 한때 그런 버릇이 있는 개를 키운 적 있었다. 그레이는 그 개에게 브라운베어라는 이름을 지어주었는데, 특별한 이유가 있어 그런 건 아니었다. 딱히 곰을 닮은 것도 아니었고 애초에 털빛도 갈색이 아닌 그윽한 황갈색에 주둥이와 가슴만 하얀색이었다. 브라운베어는 아침이면 밥그릇에 담긴 먹이를 딱 반만 먹었고 남은 건 밤에 마저 먹었다. 그때마다 그레이는 대개 잠을 자고 있었다. 새벽 두세 시에 부엌에서 개가 어금니로 사료를 아작아작 씹는 소리에 잠에서 깨곤 했고, 아침이면 밥그릇은 스토브 옆 원래의 자리에 텅 빈 채 놓여 있곤 했다. 브라운베어는 말 잘 듣는 개, 그레이가 키워본 중 최고의 개였다. 하지만 그것도 이미 오래전 일이었다. 그레이는 브라운베어를 더는 키울 수 없어졌고, 그 녀석은 지금쯤이면 죽은 지도 한참 됐을 것이다.

민간인인 청소부와 일부 기술자는 부대 남쪽 끝에 있는 막사에 함께 살았다. 막사의 방에는 케이블 선이 들어오고 더운물이 나오며 아무런 요금도 내지 않아도 되었으니 나쁘지 않았다. 당분간 부대를 벗어날 수 없다는 것이 조건이었는데 그레이에게는 딱히 상관이 없는 문제였다. 그에게 필요한 모든 것은 여기 있었고, 보수는 상당했으며 그 돈은 석유 채굴 일을 할 때 번 돈과 함께 해외 계좌에 그의 이름으로 차곡차곡 쌓이고 있었다. 심지어 연방긴급국방법에 따라 고용된 민간인들을 위한 특별 조치 덕분에 세금도 떼지 않았다. 그레이의 생각에는 매점에서 담배나 과자를 사는 데 흥청망청 돈을 쓰지 않는 한 일이 년만 버티면 제로를 비롯한 이 모든 것에서 충분히 멀리 떠나 살 만한 돈이 모일 것 같았다. 다른 청소부들도 괜찮은 친구들이었지만 그레이는 혼자 있는 편을 선호했다. 밤이면 그는 방에서 혼자 '트래블 채널'이나 '내셔널 지오그래픽'을 보면서 이 모든 일이 다 끝난 뒤 어디 가서 살지 골라보곤 했다. 한동안은 멕시코에 갈까 했는데, 다들 홈디포 주차장에 서 있느라 나라의 절반이 텅 비었으니 공간이 많을 것 같아서였다. 그러다 지난주에 프랑스령 폴리네시아 군도에 대한 프로그램을 보았는데, 태어나서 처음 보는 쨍한 파란색 바다며 지주로 받친 조그만 집들을 보고 나서부터는 거기 가서 사는 생각을 진지하게 해보기 시작했다. 그레이는 마흔여섯 살이었고 줄담배를 피워댔기에 자기 생각에도 인생을 즐길 날은 10년 남짓밖에 남지 않은 것 같았다. 그레이와 마찬가지로 줄담배를 피우던 아버지는 죽기 전 5년간 산소탱크를 매달고 살다가 예순 살 생일을 고작 한 달 남겨놓은 시점에 쓰러져서 죽었다.

어쨌든 새로운 시작을 하면서 세상을 둘러보는 것은 좋은 생각 같았다. 그레이는 차에 붙은 번호판을 보고 여기가 콜로라도 어딘가라는 것을 알았고, 때로 내키는 대로 격납실을 들락거리는 간부들이나 과학자들이 《덴버 포스트》를 두고 가기도 했으니, 리처즈가 말한 바와는 달리 여기가 어딘지는 비밀도 아니었던 것이다. 폭설이 내린 다음 날 그레이는 다른 청소부들과 함께 막사 지붕에 쌓인 눈을 치우러 올라갔다. 그때 눈을 인 나무들이 줄지어 선 뒤쪽으로 스키 리조트 같은 것이 우뚝 솟아 있는 게 보였다. 곤돌라가 언덕을 타고 올라가고, 깨알만큼 작은 사람의 형체들이 비탈에 길을 내며 스키를 타고 내려오고 있었다. 그레이가 있는 곳에서 멀어 봤자 기껏 8킬로미터쯤 떨어져 있는 것 같았다. 전쟁이 일어나는데 세상이 멀쩡하다는 것도, 이런 만신창이 속에서 스키 타는 사람들이 있다는 것도 우스웠다. 그레이는 태어나서 한 번도 스키를 타본 적이 없었지만 그래도 스키장에는 바와 식당이 있으리라는 것, 저 나무로 둘러싸인 벽 뒤에 뜨거운 물이 가득한 욕조와 사우나가 있고, 사람들이 그 안에 둘러앉아 하얀 김 속에서 잔에 따른 와인을 홀짝거리며 담소를 나누고 있으리라는 것은 알았다. 그런 장면도 트래블 채널에서 본 것이다.

3월이었지만 날씨는 겨울이었고 땅은 눈에 덮여 있었다. 즉 해만 지면 기온이 뚝 떨어진다는 뜻이었다. 오늘은 매서운 바람까지 불어서 그레이는 두 손을 파카 주머니에 넣고 턱을 옷깃에 바짝 쑤셔 넣은 채 막사를 향해 걸으면서 누가 뺨따귀를 백 번씩 후려치는 것만 같은 느낌을 받았다. 덕분에 또 보라보라섬, 그리고 지주 위에 지어진 작달막한 집들 생각이 났다. 싱싱한 부활절 토끼에는 이제 물려버린 게 분명한 제로에 대해선 더 이상 생각하지 말기로 했다. 제로가 무엇을 먹든, 먹지 않든, 그레이와는 상관없는 일이었다. 만약 상부에서 이제부터 제로에게 토스트에 에그베네딕트를 얹어 가져다주라고 한다고 해도 그레이는 만면에 미소를 띠고 시키는 대로 할 것이다. 보라보라섬에서 그런 집을 사려면 얼마나 들까? 그런 집이 있다면 배관공도 필요 없을 것이다. 낮이든 밤이든 아무 때나 난간으로 내려와 볼일을 보면 될 테니까. 그레이는 걸프해에서 석유 채굴을 하던 시절 그런 식으로 볼일을 보는 걸 즐겼다. 아침 일찍 아니면 밤 늦게, 아무도 없을 때 말이다. 물론 바람을 조심해야 하기는 했지만, 산들바람이 등 뒤를 미는 기분을 느끼고 있자면 걸프해의 수면보다 60미터 높은 플랫폼 위에서 오줌을 누고, 그 오줌발이 20층 높이에서 호를 그리며 푸른 바닷속으로 떨어지는 걸 보는 것만큼 즐거운 일도 없었다. 작아지는 것 같은 동시에 커진 것 같은 기분이었다.

　이제 석유 채굴 사업은 연방정부의 관리하에 놓였고 그 시절 그레이가 알던 사람들은 전부 사라진 것 같았다. 미니애폴리스 사건, 시코커스 가스 회사 폭발 테러, LA 지하철 폭탄 테러 이후로, 그리고 또 이란인지 이라크인지에서 일어나는 일들 때문에 경제가 고장 난 변속기처럼 콱 막혀버렸다. 무릎 통증, 담배, 그리고 전과기록 등을 감안하면 그레이는 고향으로도, 다른 어디로도 돌아갈 가망이 없었다. 연락을 받은 것은 1년 가까이 실업자로 지내던 때였다. 당연히 석유 채굴 노동, 아마도 해외 회사에서 온 연락이라는 생각을 했다. 연락한 사람들은 정확히 그렇게 말한 것도 아닌데 꼭 그렇게 들리게끔 하는 재주가 있었고, 그래서 전달받은 주소로 찾아갔다가 그곳이 댈러스 박람회장 근처 폐허가 된 쇼핑몰 안에 있는, 유리창에 허연 비누 자국이 진 어느 빈 가게 앞이라는 걸 알고 그레이는 놀랐다. 예전에 비디오 가게였는지, 아직도 입구 위 회반죽에 군데군데 글자가 빠진 채 유령처럼 남아 있는 '무비 월드 웨스트'라는 간판을 알아볼 수 있었다. 옆집은 중식당이었던 것 같고, 반대쪽 옆집은 세탁소였던 것 같다. 나머지는 알 수 없었다. 그레이는 아마 주소를 잘못 받아적은 것이 분명하다고 생각하며 차를 탄 채 그 앞을 슬슬 돌면서 굳이 헛수고를 했다는 사실을 한 번 더 확인하기 위해 에어컨이 들어오는 트럭 앞자리를 포기하고 내려야 하나 망설였다. 38도에 가까운 기온이었는데, 텍사스 북부의 8월에는 흔한 날씨였지만, 그렇다고 텁텁하고 역한 냄새가 나는 공기, 망치 대가리처럼 번들거리며 떨어지는 햇빛에는 좀처럼 익숙해질 수가 없었다. 가게 문은 잠겨 있었지만 초인종이 있었다. 초인종을 누르고 기다리는 잠깐 동안 셔츠 아래는 땀범벅이 되었고, 안에서 열쇠뭉치가 쩔그렁거리는 소리, 그리고 자물쇠를 여는 철컹 소리가 났다.

　그들은 조그만 책상을 하나 가져다놓고 그 뒤에는 파일 캐비닛도 두 개 두고 있었다. 가게 안에는 한때 DVD가 들어 있던 빈 진열대가 늘어서 있었고 드롭

패널 천장에서부터 꼬인 철사가 아래로 늘어져 있었다. 가게 뒷벽에는 누군지 모를 영화배우의 등신대가 먼지를 뒤집어쓴 채 세워져 있었는데, 양 끝이 둥글게 휘어진 선글라스를 쓴 대머리 흑인 남자로 티셔츠 소매 아래로 꼭 슈퍼마켓에서 통조림 햄을 슬쩍해 넣은 것처럼 이두박근이 불끈 튀어나와 있었다. 무슨 영화에 나온 사람인지도 알 수 없었다. 그레이는 그곳에 있던 한 남자와 한 여자가 내미는 서류를 작성했지만 그들은 서류를 제대로 살펴보지도 않고 컵에다 소변을 받아 오라고 시킨 다음에 거짓말탐지기 검사까지 했는데, 뜻밖의 일은 아니었다. 그레이는 사실만을 말하면서도 거짓말을 하는 기분이 되지 않으려고 최선을 다했고 그들이 그레이가 무슨 일을 저질러서 비빌 교도소에 들어간 것인지 물었을 때도 있는 그대로 대답했다. 어차피 녹음되고 있으니 거짓말을 할수도 없었던 데다가 텍사스주에서는 웹사이트에만 들어가도 범죄자의 사진은 물론 신상 정보를 다 볼 수 있었으니까. 하지만 그레이가 저지른 일은 그들에게 별문제가 되지 않는 것 같았다. 그들은 이미 그레이에 대해 상당히 많은 것을 알고 있는 듯했고 질문은 대부분 직접 묻지 않고는 알 수 없는 개인적인 것들이었다. 친구가 있는가? (딱히 없다.) 혼자 사는가? (혼자 살지 않은 때가 기억도 안 난다.) 생존한 가족이 있는가? (20년 동안 못 본 고모가 오데사에 살고, 이름도 잘 모르는 사촌 몇 명이 있을 뿐이다.) 그가 살고 있는 앨런의 트레일러파크에서 이웃으로 지내는 사람들은 누구인가? (이웃이라니?) 나머지도 전부 그런 유의 질문이었다. 대답을 하면 할수록 그들은 점점 더 흐뭇해하는 것 같았다. 흐뭇한 기색을 숨기려는 것 같았지만 표정만 봐도 책에 쓰인 글자처럼 명명백백했다. 그들이 경찰이 아니라는 걸 확신하고 나서야 그레이는 지금까지 내심 그들이 경찰인지도 모른다고 생각했다는 사실을 자각했다.

이틀 뒤 ― 그들의 이름이 무엇인지도 모르며, 이제 와서는 그들의 얼굴도 잘 기억이 안 난다는 사실을 깨달았을 무렵 ― 그레이는 샤이엔으로 가는 비행기에 타고 있었다. 그들은 그레이가 받을 보수가 얼마인지와 함께 1년간 그곳을 떠날 수 없다는 사실을 알려주었는데, 그레이로서 두 번째 항목은 아무런 상관도 없었다. 또 그가 어디로 가는지 누구에게도 알려서는 안 된다고 말했는데, 사실 알리려고 해도 알릴 도리가 없었다. 애초에 그레이 역시 자신이 어디로 가는지 몰랐기 때문이다. 샤이엔 공항에 내리니 검은 트레이닝복 차림의 남자가 그를 맞았는데 나중에 알고 보니 리처즈라는 사람이었고, 키가 고작 167센티미터밖에 안 되는 깡마른 남자로 얼굴은 늘 찌푸린 채였다. 리처즈가 그를 데리고 모퉁이를 돌자 아마 다른 항공편으로 도착한 것 같은 남자 두 명이 밴 옆에 서서 기다리고 있었다. 리처즈가 운전석을 열더니 베개 커버만 한 옷 가방을 가지고 왔다. 그가 입을 쩍 벌리듯 옷 가방을 활짝 열었다.

"지갑, 핸드폰을 비롯한 모든 개인 소지품, 사진은 물론 겉면에 글자가 적힌 건 은행에서 받아 온 볼펜 하나까지 전부 이 안에 넣어." 리처즈가 그들에게 말했다.

"포춘쿠키든 뭐든 상관없다. 다 집어넣어."

그들은 주머니에 든 것을 전부 가방에 비우고 더플백을 짐 걸이에 고정시킨 다음 밴에 올라탔다. 리처즈가 밖에서 문을 닫고서야 그레이는 밴의 창문이 전부 검게 칠해져 있다는 걸 알았다. 바깥에서 볼 때는 평범한 밴 같았는데 안에 타보니 딴판이었다. 운전석은 칸막이로 막혀 있었고, 뒷좌석은 비닐시트가 덮인 벤치가 바닥에 고정되어 있는 금속 상자에 지나지 않았다. 리처즈는 그들에게 서로 이름을 말해도 되지만 성은 말해서는 안 된다고 말했다. 다른 두 남자는 잭과 샘이라고 했다. 둘 다 그레이와 비슷하게 생겨서 마치 거울을 들여다보는 것 같았다. 머리를 짧게 치고, 손은 벌겋게 붓고, 소매부터 목선까지 옷에 가려지는 부분을 제외하고는 막노동을 해서 새까맣게 탄 중년 백인 남성들이었다. 그레이의 이름은 로런스였지만 사실 성이 아닌 이름을 써본 적이 없어서 스스로도 자기 이름이 낯설게 느껴졌다. 이름을 말하고 샘이라는 남자와 악수를 하자마자 그는 마치 댈러스 공항에서 비행기를 탔던 때의 자신과 샤이엔 공항에서 내린 후의 자신은 완전히 다른 사람이 되어버린 것만 같은 느낌이 들었다.

깜깜한 밴 안에서는 어디로 가는지도 알 수 없었다. 멀미기가 올라왔다. 그레이가 생각하기에는 밴이 그저 공항 주위를 빙빙 돌고 있는 것만 같았다. 할 것도 볼 것도 없어서 세 사람은 곧 잠들었다. 그레이가 눈을 떴을 때는 몇 시쯤인지 알 수가 없었다. 또, 오줌이 마려워 죽을 것 같았다. 데포프로베라(성욕억제제의 상표명—옮긴이)의 부작용이었다. 그는 의자에서 일어나 운전석을 막은 칸막이를 손가락의 관절로 똑똑 두드렸다.

"잠깐 차 좀 세워주세요."

리처즈가 칸막이 창문을 내리자 앞 유리창 너머가 보였다. 해는 이미 진 뒤였고 눈앞에는 컴컴하고 텅 빈 2차선 아스팔트 도로가 뻗어 있었다. 저 멀리 하늘이 산맥과 만나는 곳에서 보라색 빛이 한 줄기 보였다.

"소변을 봐야 할 것 같아서요. 죄송합니다." 그레이가 설명했다.

뒤에 있던 다른 두 남자도 잠에서 깬 모양이었다. 리처즈가 바닥으로 손을 뻗더니 입구가 넓은 투명한 플라스틱병 하나를 그레이에게 건넸다.

"여기다가 소변을 보라고요?"

"그래."

리처즈는 그렇게만 말하더니 다시 창문을 닫았다. 그레이는 다시 의자에 앉아 손에 든 병을 한참 쳐다보았다. 크기는 충분한 것 같았다. 하지만 밴 안에서 다른 두 놈이 지켜보는 가운데 아무렇지도 않게 물건을 꺼낼 생각을 하니 방광을 둘러싸고 있는 근육이 매듭처럼 꽉 죄는 기분이 들었다.

"나라면 절대 그 병은 안 써." 샘이라는 남자가 말했다. 그는 눈을 감고 두 손은 허벅지 위에 겹치고 앉아 있었다. 무언가에 정신을 한껏 집중한 표정이었다.

"그냥 들고 있는 거야."

밴은 계속 달려갔다. 그레이는 터질 것 같은 방광은 잊어버리고 다른 데로 생각을 돌리려 했지만 더 힘들어질 뿐이었다. 몸속에서 바다가 휘몰아치는 것 같았다. 길 위의 요철을 지나가자 그 바닷물이 해안에 철썩 부딪쳤다. 신음이 절로 나왔다.

"이봐요!" 그레이는 다시 창을 쾅쾅 두드렸다.

"여기 좀 보라고요! 위급 상황이에요!"

리처즈가 창문을 열었다.

"이번엔 또 무슨 일이야?"

"저기요." 그레이가 좁은 창문 틈으로 머리를 비집어 밀어 넣으며 말했다. 다른 사람들이 듣지 못하도록 목소리도 낮췄다.

"안 되겠어요. 진심으로 저 병에 소변을 볼 수는 없어요. 차 좀 세워주세요."

"그럼 참아."

"농담 아니라고요. 제발, 이렇게 빌게요. 더 이상은 버틸 수가 없어요. 저는 지병이 있다고요."

리처즈가 짜증 섞인 한숨을 뱉었다. 백미러를 통해 두 사람의 눈이 잠시 마주치자 그레이는 자신이 데포프로베라를 맞는다는 사실을 그도 알고 있는지가 궁금했다.

"보이는 곳에 머무르고 절대 주변을 둘러보지 마. 명심해."

리처즈는 밴을 갓길에 세웠다. 그레이는 숨을 헐떡이며 "제발, 제발……" 하고 중얼거렸다. 그렇게 밴의 문이 열리자마자 그는 밴의 흔들리는 헤드라이트가 비추는 영역을 펄쩍 뛰쳐나갔다. 비틀거리며 강둑을 내려가는 내내 두 다리 사이에 시한폭탄이 매달려 있는 것 같았다. 바깥은 일종의 목초지였다. 가느다란 달이 떠서 풀잎의 날카로운 끝이 얼음처럼 서늘하게 드러났다. 적어도 밴에서 15미터는 떨어져야 제대로 볼일을 볼 수 있을 것 같았다. 눈앞에 철조망이 보이자 그레이는 무릎이 쑤시고 방광이 터질 것 같은데도 총알처럼 철조망을 타고 올랐다. 저 뒤에서 멈추라고 고함을 지르는 리처즈의 목소리가 들렸다. '그자리에 멈추라고, 제기랄!' 그다음에는 리처즈가 다른 두 남자에게도 똑같은 말로 고함을 지르는 소리가 들렸다. 이슬이 내린 풀잎이 그레이의 바지 자락에 스치며 부츠 발가락 부분을 적셨다. 빨간 점 같은 불빛이 그레이 앞의 풀밭을 훑었지만 알 게 뭔가 싶었다. 소 냄새가 나 풀밭 어딘가에 소가 있다는 걸 알 수 있었다. 갑자기 또 다른 공황감이 밀려왔다. 소들이 보고 있으면 어떡하지?

하지만 이미 너무 늦었고 더 이상 참을 수 없었던 그레이는 그 자리에서 오줌을 누기로 했다. 그 자리에 서서 바지 지퍼를 내린 다음 어둠 속으로 오줌을 쏟아내자 안도의 신음이 절로 나왔다. 호를 그리며 미지근한 노란색 오줌 줄기가 뿜어져 나오는 것이 아니라 마치 소화전이 폭발한 것처럼 마구 쏟아져 나왔다. 그는 그대로 한참 동안 오줌을 누었다. 몸을 틀어막고 있는 거대한 마개를 뽑아낸 것처럼 기가 막히게 기분이 좋았다. 이렇게 오래 참은 게 오히려 다행이라는 생각이 들 지경이었다.

그러다가 드디어 오줌발이 멎었다. 방광 안이 텅 비었다. 그는 잠시 그 자리에 서서 드러난 성기에 닿는 서늘한 밤공기를 즐겼다. 깊은 안정감, 천국에 있는 것만 같은 행복감이 찾아왔다. 그레이의 앞으로는 드넓은 카펫처럼 풀밭이 펼쳐져 있었고 군데군데서 귀뚜라미가 울었다. 그는 셔츠 주머니에 있던 팔리아먼트 담뱃갑에서 담배를 한 개비 꺼내 물었고, 연기를 폐 깊숙이 빨아들이면서 지평선을 향해 고개를 기울였다. 아까는 보이지 않던 손톱 같은 달이 산 너머에 걸려 있었다. 하늘에는 별들이 아로새겨져 있었다.

그레이는 몸을 돌려 왔던 방향을 돌아보았다. 아까 갓길에 세웠던 밴의 헤드라이트가 보였고, 트레이닝복 차림의 리처즈가 손에 무언가 밝게 빛나는 것을 들고 서 있는 모습도 보였다. 그레이가 울타리를 기어오르자 때마침 잭이 풀숲에서 나오는 모습이 보였고, 샘이 저쪽에서 길을 건너오는 모습도 보였다. 세 사람은 모두 비슷한 때에 밴 앞에 도착했다.

리처즈는 허리에 양손을 얹은 채 헤드라이트가 만드는 원뿔 모양의 불빛 속에 서 있었다. 아까 손에 들고 있었던 물건은 보이지 않았다.

"고맙습니다." 그레이가 완속 상태인 엔진 소리에 묻히지 않도록 소리를 높였다. 그다음에는 마지막 담배 한 모금을 빨아들인 뒤 꽁초를 바닥에 던졌다.

"정말 급했거든요."

"닥쳐."

리처즈가 말했다.

118

"상황 파악이 전혀 안되나 보군."

잭과 샘은 바닥을 내려다보고 있었다. 리처즈는 밴의 열린 문 쪽으로 고갯짓을 했다.

"전부 차에 올라타. 한마디도 지껄이지 말고."

세 사람은 입을 다물고 자리에 앉았다. 리처즈는 시동을 걸더니 다시 도로로 나갔다. 그 순간 그레이는 깨달았다. 나머지 두 사람을 쳐다보지 않아도 알 수 있었다. 잭과 샘이라는 두 사람 역시 그와 같은 상태였던 것이다. 그밖에도 깨달은 사실이 하나 더 있었다. 리처즈가 아까 들고 있던 물건, 아마 지금은 트레이닝복 허리춤이나 글러브박스에 쑤셔 박혀 있음 직한 그 물건이 무엇인지, 그리고 한 방울의 피처럼 풀밭 위를 어른거리던 불빛의 정체가 무엇인지에 대한 사실 말이다. 거기서 한 걸음만 더 움직였더라면 리처즈는 그를 쏘아버렸을 것이 분명했다.

그레이는 한 달에 한 번 데포프로베라를 맞았고, 매일 아침에는 별 모양의 조그만 스피로놀락톤 알약을 먹었다. 그는 6년이 넘도록 이런 복용법을 지키고 있었다. 석방 조건이었다.

그런데 솔직히 별로 나쁘지는 않았다. 예전보다 면도를 덜 해도 된다니 편할 뿐이었다. 항남성호르몬제인 스피로놀락톤을 먹으면서 고환 크기가 작아졌다. 약을 먹기 시작한 뒤로는 이틀이나 사흘에 한 번만 면도를 했고 털은 어린 소년이었을 때처럼 가늘어지고 억센 기가 죽었다. 담배를 피우는데도 피부가 예전보다 깨끗하고 부드러웠다. 그뿐만 아니라 교도소 의사가 '심리적 장점'이라고 표현했던 점들도 있었다. 화가 잘 나지 않았고 예전처럼 마치 유리 조각을 삼킨 듯이 어떤 감정이 며칠씩이나 몸속에서 뒤틀리는 심정을 느낄 일이 없었다. 밤이 되면 죽은 듯이 잤고 꿈이 전혀 기억나지 않았다. 15년 전 ─ 모든 것이 시작된 바로 그 순간 ─ 그가 트럭을 세운 이유가 무엇이었건 간에 지금은 사라진 지 오래였다. 그 시절을 돌이켜보면서 그 이후로 겪게 된 많은 일들을 생각하면 여전히 기분이 좋지 않긴 했다. 하지만 그 나쁜 감정마저도 마치 초점이 나간 사진처럼 흐릿하게 느껴졌다. 아무런 도리가 없다는 점이 비 오는 날 기분이 울적한 것과 비슷했다.

하지만 데포프로베라는 스테로이드제였기 때문에 방광에 부작용이 생겼다. 남의 눈에 맨몸을 드러내고 싶지 않은 건 정신적 문제라는 생각이 들었다. 정신과 의사는 이런 문제 역시 다른 모든 것처럼 지나갈 거라고 말했다. 그리 불편하지 않았지만 그레이는 특정한 것들을 바라보지 못하는 상태로 오랜 시간을 보내야 했다. 예를 들면 아이들을 바라보아서는 안 되었는데, 이 때문에 석유 채굴 일을 잘할 수 있었다. 임신한 여성, 고속도로 휴게소, 텔레비전에 나오는 거의 모든 것을 보아서는 안 되었다. 지금까지 별생각 없이 보았던 프로그램들조차도. 성적인 내용은 물론 권투경기도, 뉴스도 볼 수 없었다. 또 학교나 어린이집에서 180미터 이내로는 접근할 수 없었는데 그것 역시 그레이에게는 별 상관이 없었다. 그는 3시에서 4시 사이에는 가능한 한 운전을 하지 않았고 스쿨버스를 피하기 위해서 몇 블록을 돌아가곤 했다. 심지어 노란색조차도 싫어했다. 조금 이상한 일, 그리고 아무에게도 설명하기 힘든 일이지만, 사실 교도소보다 더 효과적이었다. 전에는 곧 폭발할 것 같은 폭탄을 안은 기분으로 살아가던 그레이를 바꾼 건 이런 조치였다.

만약 아버지가 지금의 그레이를 본다면 어떨까? 약물 투약을 꼬박꼬박 하는 걸 보면 어쩌면 자신이 저지른 일에 대한 용서를 구할 수도 있지 않을까 하는 생각이 들었다. 교도소의 정신과 의사인 와일더 박사는 용서에 대해 장황한 설명을 했다. 그가 언제나 가장 즐겨 쓰며 입에 올리는 단어가 바로 '용서'였다. 용서란 회복을 위한 기나긴 길의 첫걸음이라는 것이었다. 회복을 향한 길은 길이기도 하지만 문이기도 하다고. 그리고 그 문을 지나가야만 자신의 과거와 화해하고 마음속의 악마, 즉 '선한 나' 안의 '악한 나'를 마주할 수 있다고 했다. 와일더는 말을 할 때 손가락으로 허공에 따옴표를 만드는 손짓을 자주 했다. 그레이는 와일더가 아주 재수 없는 자식이라고 생각했는데, 누구에게나 똑같은 쓸모

없는 소리만 하기 때문이었다. 하지만 솔직히 말하면 와일더가 한 말 중에 '악한 나'라는 이야기는 와닿았다. '악한 그레이'는 실제로 존재하는 사람이었고 한동안, 솔직히 말하면 거의 한평생 그레이는 오로지 '악한 그레이'로만 존재했다. 그 악한 그레이와 이별할 수 있었다는 점이 약물 투약의 가장 큰 장점이었기에 앞으로도 죽을 때까지 약을 먹을 생각이었다. 심지어 법원에서 명령한 10년이 지난 후에도 말이다. 그는 다시는 그 '악한 그레이'를 만나고 싶지 않았다.

그레이는 눈을 뚫고 힘겹게 막사로 걸어간 다음 매점에서 타코 한 접시를 사 먹고 방으로 돌아갔다. 화요일 밤마다 빙고게임이 있었지만 그레이는 도무지 게임에서 재미를 느낄 수 없었다. 두어 번 해보았지만 족히 20달러는 잃었고 항상 군인들이 이겼기에 분명 사기라는 생각이 들었다. 게다가 그 게임은 시시한 데다 고작 담배를 피울 핑곗거리에 불과했는데 사실 그레이는 자기 방에서 아무렇게나 담배를 피울 수 있었으니 상관없었다. 그는 베개를 겹겹이 베고 침대에 누워 배 위에 재떨이를 올린 채 텔레비전을 켰다. 나오지 않는 채널이 많았다. CNN도, MSNBC도, GOVTV도, MTV도, E!채널도 나오지 않았다 — 어차피 그는 이제 그런 채널은 보지도 않았지만 말이다 — 그리고 광고가 나와야 할 부분에서는 1~2분간 파란 화면이 떴다가 다시 프로그램이 시작되었다. 그레이는 채널을 이리저리 돌리다가 '워 네트워크'에서 연합군의 프랑스 침공에 대한 프로그램에 흥미를 느꼈다. 그레이는 예전부터 역사를 좋아했고, 심지어 학교에 다닐 때 상당히 잘하기도 했다. 이름과 날짜를 기억하는 재주가 있었기에 그것들만 머릿속에 잘 배열해두면 나머지는 빈칸 채우기나 다름없었다. 그는 위아래가 붙은 작업복을 그대로 입은 채 침대에 길게 누워 텔레비전을 보며 담배를 피웠다. 보트를 가득 채운 군인들이 해안에 도착해 총을 쏘고 폭탄을 터뜨리고 수류탄을 던졌다. 그 뒤 바다 쪽에서는 커다란 총들이 나치가 점령한 프랑스의 절벽 지역을 향해 불을 뿜어대고 있었다. 저게 진짜 전쟁이지, 하고 그레이는 생각했다. 화면은 흔들리고 초점이 반 이상 나가 있었지만 어느 장면에서 그레이의 눈에 팔 하나 — 나치의 팔이 분명한 — 가 방금 미군이 화염방사기로 불

121

태운 사격진지에 뚫린 창 밖으로 빠져나온 것을 선명히 보았다. 팔은 불에 타서 바비큐 그릴 위에 남은 닭 날개처럼 연기를 피우고 있었다. 그레이의 아버지는 베트남전에서 위생병으로 두 번이나 참전했는데, 아버지가 이걸 보면 뭐라고 말했을지 궁금했다. 그레이는 아버지가 위생병이었다는 사실을 잊어버릴 때가 많았다. 그레이가 어렸을 때 아버지는 무릎에 밴드 하나 붙여준 적 없었기 때문이다.

마지막으로 한 개비 남은 팔리아먼트를 피운 뒤 텔레비전을 껐다. 이틀 전, 잭이라는 친구와 샘이라는 친구가 아무 말도 남기지 않고 떠나버리는 바람에 그레이는 2교대로 일하게 되었다. 그래서 6시까지는 지하 4층으로 돌아가야 했다. 그 친구들이 이런 식으로 떠나다니 안타까운 일이었다. 1년을 꽉 채워 일하지 않으면 받은 돈을 몰수당했기 때문이다. 리처즈는 화가 난 체육 선생처럼 식당 안을 느리게 눈으로 훑으며 이 상황이 굉장히 유감이며, 만약 또 그만두려는 사람이 있을 시에는 이 점을 '매우' 오랫동안 열심히 생각해볼 것을 명했다. 아침 식사 도중이었고, 그레이는 내내 눈앞에 놓인 스크램블드에그만 쳐다보고 있었다. 샘과 잭이 어떻게 되었는지는 알 바 아니었고 리처즈의 경고는 그에게 아무 의미도 없었다. 애초에 이곳을 떠날 생각도 없었고, 두 사람과 딱히 친했던 것도 아니었기 때문이다. 때로 이런저런 이야기를 나누기는 했지만 시간을 때우기 위한 잡담일 뿐이었기에 두 사람이 떠났다는 건 그레이가 버는 돈이 더 많아질 거라는 의미였다. 초과근무를 하면 500달러가 더 지급된다. 그리고 일주일에 초과근무를 3일 하면 보너스로 100달러를 더 받았다. 돈이 들어와서 달걀판에 들어차는 달걀처럼 계좌에 0이 착착 쌓이는 이상 그레이는 마지막 순간까지 이 자리에서 꼼짝도 하지 않을 작정이었다.

그레이는 작업복을 벗고 불을 껐다. 눈송이가 바람에 날려 창문을 두드리는 소리가 모래가 든 종이봉투를 흔드는 소리 같았다. 20초에 한 번, 서부 경계에서 스포트라이트 불빛이 깜박거릴 때마다 블라인드가 번득 밝아졌다. 때로 약기운 때문에 초조해지거나 다리에 쥐가 날 때가 있었지만 이부프로펜을 두어 알 먹으면 나아졌다. 가끔 그레이는 한밤중에 깨어서 담배를 피우거나 소변을 보았지만 웬만해선 깨지 않고 통잠을 잤다. 그레이는 어두운 방 안에 누워 마음을 가라앉히려 했지만 자꾸만 제로가 생각났다. 어쩌면 아까 텔레비전에서 본, 불타버린 나치의 팔 때문인지도 모르겠다. 제로의 모습이 머릿속에서 사라지지 않았다. 제로는 일종의 죄수였다. 제로의 식사 매너는 썩 좋은 편이 아니었지만 토끼를 먹는 모습이 볼썽사나울 정도는 아니었다. 하지만 어쨌든 음식이니 먹어야 마땅한데 제로는 음식을 아예 먹지 않고 있었다. 제로는 내내 허공에만 매달려 있었는데 잠든 것처럼 보였지만 그레이의 생각에는 그런 것 같지 않았다. 제로의 목에 심긴 칩이 생체 정보를 콘솔로 전송했는데 그중에는 그레이가 이해할 수 있는 것도 있었고 아닌 것도 있었다. 하지만 잠을 잘 때는 깨어 있을 때와 다르다는 것 정도는 알았다. 제로의 심박수는 아주 작은 차이는 있을지 몰라도, 분당 120회로 항상 일정했다. 통제실에 들어와 데이터를 읽는 기술자는 아무 말 없이 고개를 끄덕이며 손에 들고 있는 태블릿에 체크를 하는 게 다였다. 하지만 그레이가 보기에는 분당 120회란 왕성하게 깨어 있을 때의 심박수였다.

그 밖에도 또 하나, 제로는 깨어 있는 '기분'을 들게 했다. 다시금 그레이는 제로가 자신에게 어떤 기분을 느끼게 한다는 생각을 했다. 말도 안 되지만, 그래도 사실이었다. 그레이가 고양이에 대해 잘 아는 것은 아니었지만, 계단에서 잠을 자는 고양이는 진짜로 잠을 자는 것이 아니라 쥐가 나타나길 기다리며 돌돌 말려 있는 용수철과 다를 바가 없는 것처럼, 제로도 그랬다. 제로는 무엇을 기다리고 있을까? 어쩌면 단순히 토끼에는 질려버린 건지도 몰랐다. 이제는 딩동(크림이 든 초코 파이의 이름—옮긴이)이라든지 볼로냐소시지가 든 샌드위치, 혹은 칠면조 테트라치니가 먹고 싶은 건지도 모른다. 그레이가 보기에 제로는 나무라도 씹어 먹을 수 있을 것 같았다. 그렇게 사납게 생긴 이빨로 못 뚫을 건 없어 보였다.

제로의 이빨을 떠올리자마자 그레이는 으, 하며 부르르 떨었고, 그 순간 그는 벌써 자정이 되었으니 가만히 누워서 이런저런 생각을 할 게 아니라 잠을 잘 수 있도록 무슨 조치를 취해야겠다고 생각했다. 이러고 있다가는 깜짝 상자에서 튀어나오는 인형처럼 별안간 6시가 되어 있을 게 뻔했다. 그레이는 일어서서 이부프로펜을 두 알 먹고 담배를 한 대 피운 뒤 한 번 더 방광을 비운 다음 다시 이불 속으로 들어갔다. 스포트라이트가 그의 창문을 한 번, 두 번, 세 번 훑었다. 그는 눈을 감고 에스컬레이터를 생각하려 애썼다. 와일더 박사가 알려준 방법이었다. 그는 그레이가 암시에 취약한 편이라고 말했고, 그레이에게 에스컬레이터에 대한 암시를 걸었다. 에스컬레이터를 타고 천천히 내려가는 상상을 하라는 것이다. 이 에스컬레이터가 공항에 있든, 쇼핑몰에 있든, 어디 있든 상관없다고 했는데, 그레이의 에스컬레이터는 특정한 곳에 있는 것이 아니었다. 중요한 것은 에스컬레이터가 있다고 상상하고 혼자 그 에스컬레이터에 탄 뒤 끝없이 바닥으로 내려가는 것인데, 그 바닥이란 일반적으로 말하는 무언가의 끝이 아니라 서늘한 푸른빛이 가득한 공간이었다. 에스컬레이터는 한 대일 때도 있었지만 층마다 반대 방향으로 놓인 짧은 에스컬레이터 여러 대일 때도 있었다. 오늘의 에스컬레이터는 한 대였다. 발밑에서 에스컬레이터가 작은 소리를 내며 움직였다. 고무가 덮인 손잡이는 촉감이 부드럽고 서늘했다. 에스컬레이터를 타고 내려가는 그레이는 아래에서 기다리는 푸른 공간을 느낄 수 있었지만 시선을 돌려 아래를 쳐다보지는 않았다. 그 푸른색은 눈으로 볼 수 있는 것이 아니라 그의 내면에서 나오는 것이었기 때문이다. 그 푸른빛이 몸을 가득 채우고 그를 정복하면 다음 순간 잠이 든다.

'그레이.'

이제 빛이 그의 안에 가득 찼지만 이 빛은 우습게도 이제 푸른색이 아니다. 따뜻한 오렌지색 빛이 심장이 뛰듯 맥동했다. 머릿속의 한 부분은 '그레이, 너는 잠이 들었어. 너는 잠이 들어서 꿈을 꾸고 있어.' 하고 말한다. 그러나 또 다른 부분, 꿈을 꾸고 있는 부분은 아랑곳지 않는다. 그는 맥동하는 오렌지색 빛을 통과해 움직인다.

'그레이, 내가 여기 있어.'

이제 빛은 오렌지색에서 금빛으로 바뀌었다. 그레이는 헛간의 짚더미 속에 있다. 기억에서 나온 꿈이지만 기억 그대로는 아니다. 짚을 굴러다닌 바람에 팔에도 얼굴에도, 머리카락에도 지푸라기가 붙어 있고 옆에는 또 다른 아이가 있다. 사촌인 로이였는데, 진짜 사촌은 아니었지만 어쨌거나 그레이는 그를 사촌이라고 불렀었다. 로이 역시 지푸라기투성이가 된 채로 웃고 있었다. 두 사람은 짚더미를 굴러다니며 몸싸움을 했고, 다음 순간 노래가 다음 곡으로 넘어가는 것처럼 기분이 바뀌었다. 지푸라기 냄새가 났고, 로이의 땀 냄새와 뒤섞인 자신의 땀 냄새가 더해져 어린 시절의 여름 오후 냄새가 났다. 로이가 낮은 소리로 말하고 있었다. 괜찮아. 바지를 벗어. 나도 벗을게. 아무도 안 와. 내가 하는 대로 따라 하기만 해. 내가 어떻게 하는지 알려줄게. 기분이 끝내줘. 그레이는 짚더미 속에서 그의 옆에 무릎을 꿇고 앉는다.

'그레이, 그레이.'

로이의 말이 맞았다. 정말 기분이 끝내줬다. 체육 수업에서 로프를 타고 올라가는 것과 비슷했지만 훨씬 좋았고, 재채기를 할 것 같은 느낌이 몸속에서 서서히 시작되어 그의 온몸에 난 복도와 골목과 통로를 타고 올라오는 것 같은 느낌이었다. 그는 눈을 감고 이 느낌이 솟구치기를 기다렸다.

'그래, 그래. 그레이. 들어봐. 내가 너를 찾아가고 있어.'

하지만 이제는 옆에 있는 것이 로이가 전부가 아니었다. 또다시 노래가 다음 곡으로 바뀌는 것처럼 고함 소리가 들리더니 사다리를 내려오는 발소리가 들렸다. 마지막으로 딱 한 번, 곁눈질로 로이를 쳐다보니 그는 불에 타 연기를 피우고 있었다. 아버지가 벨트로 그를 후려쳤다. 묵직한 검은색 벨트라는 것을 보지 않아도 알 수 있었다. 벨트가 벌거벗은 등을 찢을 기세로 철썩 내리꽂히자 그는 짚더미에 얼굴을 묻었고 벨트는 또다시, 또다시 등 위로 떨어졌다. 그리고 또 다른 감각, 더 깊은 감각이 몸속에서 그를 쥐어뜯기 시작했다.

'넌 이걸 좋아해. 이게 네가 좋아하는 거지. 내가 보여줄게. 입 다물고 받아들여.'

남자 — 그는 그레이의 아버지가 아니었다. 이제야 기억이 났다. 그 벨트는 아버지의 벨트가 아니었고 그 벨트로 그를 후려치는 남자도 아버지가 아니었다. 아버지는 커트라는 이름의 남자로 바뀌었다. 이제부터 이 사람이 네 아버지야. 그리고 안에서부터 쥐어뜯기는 감각은 진짜 아버지가 눈 오던 아침 트럭 앞좌석에서 자기 자신을 잡아 뜯었던 장면으로 바뀌었다. 그 일이 일어났을 때 그레이는 고작 여섯 살이었다. 어느 날 아침 그레이는 누구보다 일찍 깨어났고 방안이 무중력 상태처럼 희미하게 빛나고 있었는데, 그때 밤새 내린 눈 때문에 잠에서 깼다는 걸 알았다. 그는 이불을 옆으로 치우고 창에 드리워진 커튼을 살짝 걷어 세상이 부드럽고 새하얗게 빛나는 것을 보고 눈을 깜박거렸다. 눈이다! 텍사스에서는 눈이 내리는 법이 없었다. 얼음이 얼 때는 있었지만 그건 책이나 텔레비전에서 본 눈, 새하얗고 멋진 담요, 썰매를 타고 스키를 탈 수 있는 눈, 천사 모양과 요새, 눈사람을 만들 수 있는 눈과는 달랐다. 눈이 너무 신기해서, 그리고 눈이 가진 순수한 가능성과 그 새로움 때문에, 창밖에서 그를 기다리고 있는 어마어마하고 말도 안 되는 선물 때문에 가슴이 뛰었다. 유리창을 만져보자 마치 전기가 통하는 것처럼 손끝이 찌릿하고 시려왔다.

그는 창가를 서둘러 떠나 청바지를 주워 입은 다음 맨발에 운동화를 신고 끈도 묶지 않은 채로 달려 나왔다. 밖에 눈이 왔다면 나가서 눈을 맞고 싶었다. 방에서 나와 계단을 내려가 거실로 갔다. 토요일 아침이었다. 전날 밤 파티가 있어 집에 모인 사람들이 큰 소리로 이야기를 나누는 소리가 그의 방까지 들렸었고, 담배 냄새는 아직도 공기 중에 기름진 구름처럼 맴돌고 있었다. 위층에서 주무시는 부모님은 몇 시간은 더 깨지 않을 것이었다.

현관문을 열고 포치porch로 나갔다. 공기는 차갑고 고요했으며 깨끗한 빨래 냄새가 났다. 그는 바깥 공기를 한껏 들이마셨다.

'그레이, 봐.'

그때 그는 그것을 보았다. 아버지의 트럭. 언제나처럼 진입로에 주차되어 있었지만 무언가가 달랐다. 운전석 차창에 마치 스프레이 페인트를 뿌린 것처럼 짙은 빨간색이 흩뿌려져 있었는데, 흰 눈과 대비되어 더 선명하게 보였다. 그는 지금 눈앞에 보이는 것이 무엇인지 한참 생각했다. 아버지가 그를 놀리려고 한 장난이 아닐까 하는 생각을 했다. 재미있는 게임을 하려고, 아침에 일어나면 뭔가 재밌고 이상한 걸 보여주려고 모두가 잠든 밤에 해놓은 게 아닐까. 그는 현관 앞 계단을 내려가 마당을 가로질렀다. 운동화 안에 눈이 들어왔지만 그는 트럭에서 눈을 떼지 않고 계속 걸어갔는데, 이제 트럭을 보면 볼수록 걱정스러운 기분이 들어서, 어쩌면 자다가 깬 것은 눈이 와서가 아니라 다른 이유 때문이 아닐까 하는 생각이 들었다. 트럭은 시동이 켜져 있었고 눈이 내린 진입로에 회색 배기가스 흔적을 내고 있었다. 앞 유리창에는 열기와 습기로 안개가 가득 맺혀 있었다. 안에 있는 새까만 형체가 빨간색이 묻은 유리창에 기대어 있는 것이 보였다. 그레이의 손은 작고 힘이 없었지만 그는 결국 트럭의 문을 열었고, 문을 열자 아버지가 그레이의 눈앞으로 푹 쓰러지며 흰 눈 위에 떨어졌다.

'그레이, 봐라, 날 봐.'

아버지의 몸이 얼굴을 위로 하고 쓰러졌다. 한 눈이 그레이를 향하고 있었지만 실제로는 아무것도 보지 않고 있었다. 그레이는 곧바로 알아차렸다. 다른 한쪽 눈은 사라지고 없었다. 얼굴 한쪽 전체가 사라지고 없었다. 마치 무언가가 그 얼굴의 안팎을 뒤집어놓은 것 같았다. 그레이는 죽음이 무엇인지 알았다. 길가에 동물 ― 주머니쥐, 너구리, 때때로 고양이, 심지어 개 ― 가 곤죽이 되어서 죽어 있는 것을 본 적이 있었는데, 아버지의 모습도 그랬다. 아버지는 죽었다. 아직도 아버지의 손은 총을 쥐고 있었고, 예전에 아버지가 현관 앞 포치에서 그레이에게 총 쏘는 법을 보여주었을 때처럼 동그란 고리에 손가락이 들어가 있었다. '자, 봐라, 무겁지? 절대 사람에게 총을 겨누면 안 된다.' 온 사방이 피투성이였고 피 외에 다른 것도 있었다. 살점 조각, 무언가 으깨진 것 같은 흰색 조각이 아버지의 얼굴에도, 재킷에도, 운전석에도, 문 안쪽에도 묻어 있었고 그레이는 그 냄새를 맡을 수 있었다. 너무 강렬해서 녹은 알약처럼 입안에 들러붙는 것 같은 냄새였다.

'그레이, 그레이, 내가 여기 있어.'

그 순간 장면이 바뀌었다. 땅이 쭉 늘어나는 것처럼 주변이 흔들리는 것이 느껴졌다. 쌓여 있던 눈의 모습이 변했다. 눈이 움직이기 시작했는데, 고개를 들어 보니 눈이 아니라 토끼였다. 수천 마리의 복슬복슬한 하얀 토끼, 세상에 있는 모든 토끼가 한데 뭉쳐서 마당을 가득 메우고 있는 바람에 땅에 발을 딛지 않고도 마당을 가로질러 걸을 수 있을 것 같았다. 토끼들이 그를 향해 부드러운 얼굴을 돌려 조그만 검은 눈으로 그를 쳐다보았다. 토끼들은 그를 알았으니까, 그가 무슨 짓을 했는지 알고 있으니까, 로이에게 한 짓이 아니라 다른 사람들에게, 가방을 메고 혼자 학교에서 집으로 가던 아이들에게. 그리고 다음 순간 그레이는 피투성이가 되어 누운 것이 아버지가 아니라는 것을 알았다. 그는 제로였다. 온 사방에 제로가 있었다. 그의 안에 제로가 있었다. 토끼를 잡아 뜯듯 그를 안에서부터 갈기갈기 찢고 뜯었다. 비명을 지르려고 입을 벌렸지만 아무 소리도 나지 않았다.

'그레이 그레이 그레이 그레이 그레이 그레이 그레이.'

리처즈는 지하 2층 집무실 안 컴퓨터 앞에 앉아 프리셀 게임에 몰입하고 있었다. 36,592번 게임이 그를 미치게 만들었다. 그는 열 번도 넘게 이 게임을 하면서 어느 정도 룰을 깨달았지만, 정확히 어떻게 열을 만들고 필요할 때 에이스를 없애 빨간색 8번을 움직일 수 있는지는 알 수 없었다. 그런 면에서 그는 14,712번 게임이 약간 생각났는데 여전히 빨간색 8번이 문제였다. 그 판을 깨는 데 거의 하루가 걸렸다.

하지만 결국엔 모든 게임을 이길 수 있었다. 그것이 프리셀의 미덕이었다. 카드를 섞고, 잘 보고, 하나씩 잘 움직이면 결국 게임의 승자가 될 수 있다. 마지막으로 마우스를 딱 한 번 누르면 모든 카드들이 날아가 착착 쌓인다. 리처즈는 프리셀을 아무리 해도 질리지 않는데, 이는 다행이었다. 이 게임을 포함해 아직 91,048번의 게임이 더 남았기 때문이다. 워싱턴주의 한 열두 살 소년은 4년 만에 — 악명 높은 64,523번 게임을 포함해 — 모든 게임을 다 이겼다고 했다. 하루에 88게임씩, 매일, 크리스마스와 새해 첫날, 독립기념일을 포함해서, 그 아이가 때때로 하루씩 어린아이답게 놀거나 독감이라도 걸려서 쉬었다고 치면 실제로는 100게임도 더 넘을 것이다. 어떻게 그럴 수가 있었는지 이해가 되지 않았다. 학교는 안 다녔을까? 숙제는 없었을까? 그 조그만 꼬마 녀석이 잠은 언제 잤을까?

리처즈의 집무실은 부대 안 지하공간이 모두 그렇듯 형광등으로 밝힌 작은 상자에 불과했다. 심지어 조명조차도 재활용된 것처럼 느껴졌다. 오전 2시 30분이 조금 넘은 시각이었지만 리처즈는 하루에 4시간도 자지 않는 일을 몇 년째 해왔기 때문에 그다지 신경 쓰지 않았다. 컴퓨터가 놓인 벽면에는 30개가 넘는 모니터가 텅 빈 부대 구석구석을 비추고 있었는데, 정문에서 추위에 덜덜 떠는 경비병들부터 빈 테이블과 음료수 디스펜서가 놓인 텅 빈 식당, 그리고 두 층 아래의 빛을 내는 감염체를 수용하고 있는 봉쇄 구역, 그리고 그 밑 15미터 더 깊이 들어간 지하에 있는 전원을 공급하고 불을 켜고 전류를 흐르게 하는 발전소까지 비추고 있었다. 리처즈는 모든 것을 카드처럼 한눈에 읽을 수 있는 게 좋았다. 오전 5시에서 6시 사이에 보고가 있으니 밤새 깨어 있어야겠다는 생각이 들었다. 보고는 최대 2시간이 걸릴 것이고, 그 후 필요하다면 책상에 앉은 채로 잠시 눈을 붙일 수 있을 것이다.

그때 컴퓨터 화면에서 정답이 보였다. 6번 카드 아래에 있는 검은색 퀸이 답이었다. 잭을 그 아래로 옮기면 2번 카드를 움직일 수 있게 되고, 그러면 그 뒤는 술술 풀린다. 몇 번 클릭하니 게임이 끝났다. 건반 위를 움직이는 피아니스트의 손가락처럼 카드들이 스크린 위를 날았다.

다시 플레이하시겠습니까?

당연하지.

게임이야말로 세상의 자연스러운 상태니까. 게임은 언제나 전쟁이니까. 세상에 리처즈 같은 사람을 필요로 하는 전쟁이 없었던 적이 있을까? 지난 20년간은 리처즈에게 있어 오로지 좋은 패만으로 이끌어간 롱런이나 마찬가지였다. 사라예보, 알바니아, 체첸, 아프가니스탄, 이라크, 이란, 시리아, 파키스탄, 시에라리온, 차드. 필리핀, 인도네시아, 니카라과, 페루.

리처즈는 비행기가 쌍둥이 빌딩에 충돌한 그 영광스럽고도 끔찍한 날을 기억했다. 그 이미지가 머릿속에서 끝없이 되풀이되었다. 불덩이, 뛰어내리는 사람들, 수십억 톤의 철근과 콘크리트가 녹아내리던 모습, 뭉게뭉게 퍼지던 먼지 구름. 새로운 밀레니엄을 알리는 자극적인 장면, 매일같이 온종일 방영되는 리얼리티쇼. 그 일이 있던 날 리처즈는 자카르타에 있었는데, 왜 거기 있었는지 기억나지 않았다. 그 순간 그는 생각했다. 아니, 뼈저리게 느꼈다. 순수한, 불굴의 정의라는 감각을. 물론 군대에는 늘 할 일이 있어야 했다. 안 그러면 다들 서로를 총으로 쏴 죽이고 말 테니까. 그러나 그날 이후로 모든 것이 달라졌다. 전쟁, 진짜 전쟁, 지난 천 년간 계속되어왔고 앞으로 천 년 이상 계속될, '우리'와 '그들'의 전쟁, 가진 자들과 가지지 못한 자들의 전쟁, 우리가 믿는 신과 너희들 — 누구든 간에 — 이 믿는 신의 전쟁에 리처즈 같은 이들이 참전하게 될 것이다. 알아볼 수도 없고, 기억할 수도 없는 얼굴을 가진, 식당 보조나 택시 기사나 우체부의 옷차림을 하고 소매 안에 소음기를 쑤셔 넣고 다니는 남자들 말이다. C-4 폭약을 사오 킬로그램씩 넣은 유모차를 밀고 다니는 젊은 엄마들, 헬로키티 책가방 속에 사린가스가 담긴 병을 들고 지하철에 오르는 여학생들이 참전하게 될 것이다. 픽업트럭 짐칸에서, 공항 근처의 특색 없는 익명의 호텔 방에서, 근처에 아무것도 없는 산속 동굴 속에서 전쟁이 일어날 것이다. 이 전쟁은 기차역 플랫폼에서, 크루즈 여객선에서, 쇼핑몰, 영화관, 모스크에서, 시골에서, 도시에서, 어둠 속에서, 대낮에 일어날 것이다. 알라신의 이름으로, 쿠르드 민족주의의 이름으로, '예수님을 따르는 유대인'의 이름으로, 어쩌면 뉴욕 양키스의 이름으로 벌어질 이 전쟁은 — 물론 그 주체는 다르지 않고, 앞으로도 달라지지 않을 것이다. 찌꺼기들을 걷어내고 나면 결국 누군가의 분기별 이익, 누가 어떤 지위를 차지하는가의 문제이니까 — 이제 전이를 거듭하여 도처에 퍼져 있다.

애초 '노아 프로젝트'가 대두된 것은 이 때문이었다. 리처즈는 '노아 프로젝트'의 시작, 그러니까 지금은 세상을 떠난 빌어먹을 콜이 처음 연락한 순간부터 함께했다. 5년 전 앙카라에 있던 그를 콜이 직접 만나러 왔을 때부터 리처즈는 이 프로젝트의 중요성을 간파했다. 리처즈가 창가 테이블에 앉아 기다리고 있을 때 콜은 핸드폰 하나와 관용여권 외에는 아무것도 들어 있지 않음 직한 서류 가방을 휘두르며 걸어 들어왔다. 카키색 양복 아래에 하와이언 셔츠를 입은 것이 마치 그레이엄 그린의 소설 속에서 튀어나온 것 같은 모양새라 웃음이 나올 것 같은 걸 애써 참았다. 콜은 커피 한 주전자를 주문한 뒤 흥분에 들뜬 얼굴로 이야기를 시작했다. 그는 조지아의 작은 마을 출신이었으나 앤도버와 프린스턴에서 교육을 받은 뒤로 턱에 힘이 한껏 들어가 마치 로버트 케네디의 몸에 들어간 로버트 E. 리 같은 말투를 구사했다. 아이비리그 출신답게 아주 고른 치열을 가지고 있었는데 울타리처럼 반듯한 데다가 깜깜한 방 안에서도 한눈에 보일 것처럼 새하얀 색이었다. 그러니까, 하고 콜이 시작했다. 누군가가 핵폭탄을 보유하고 있다는 사실만으로도 모든 것이 어떻게 변했는지 생각해보십시오. 1949년 러시아가 원자폭탄을 터뜨리기 전까지 세상은 우리 것이나 마찬가지였습니다. 4년간 '팍스 아메리카나'가 이어졌지만 그 순간 다 끝나버렸죠. 이제 누구나 지하실에서 핵폭탄을 만들고, 구소련에서 만든 녹슨 핵탄두가 최소 천 개는 오픈마켓에서 돌아다니지만 우리가 아는 게 전부가 아닙니다. 파키스탄과 인도까지 핵개발에 가담했죠. 덕분에 '테러와의 전쟁'과 씨름하는 수많은 사람의 노력이 허사가 됐고요.

하지만 이번에는 말입니다. 거기까지 말한 콜이 커피를 한 모금 홀짝 마셨다. '이 일'을 할 수 있는 사람들은 아무도 없을 겁니다. 이건 또 하나의 '맨해튼 프로젝트', 심지어 한층 더 장대한 규모의 프로젝트입니다. 아직 자세히는 말할 수 없지만, 만약 인간이 그 자체로 무기가 될 수 있다면 어떨지 생각해보십시오. '미국인의 방식'이라는 것이 거의 항구적이리만큼 진정 오랫동안 지속될 수 있다면 어떨지를요.

그렇기에 콜이 리처즈를 찾아온 것이다. 리처즈처럼 은밀한 영역에서 활동하는 사람이 필요했지만 오로지 그 때문만은 아니었다. 이 프로젝트에는 실용적인 기술을 가진 현실적인 사람이 필요했다. 즉, 인간을 다루는 기술이었다. 당장은 아니지만 앞으로 몇 달에 거쳐 파편들이 모여 전체 그림을 만들어가게 되면 그 무엇보다 보안이 중요했다. 콜이 최우선으로 두는 가치가 바로 보안이었다. 바로 이 때문에 콜은 우스꽝스러운 하와이언 셔츠를 걸치고 여기까지 온 것이다. 그 계획을 실현시키기 위해서. 퍼즐의 조각을 제자리에 끼우기 위해서.

만약 모든 것이 계획대로 이루어졌더라면 문제가 없었으련만, 그렇게 되지는 않았다. 무엇보다도, 콜이 사망했다. 솔직히 말하자면 그 외에도 수많은 사람이 죽었고, 또 다른 사람들은, 글쎄, 그들이 어떻게 되었다고 표현해야 할까? 그 정글에서 살아 나온 사람은 고작 셋이었다. 물론 패닝은 포함하지 않은 셈이었다. 패닝은 이미⋯⋯. 그 역시 표현할 도리가 없었다. 분명한 건 콜이 기대한 이상이었으리라는 것이다. 어쩌면 생존자가 그 밖에도 있었을지 모르지만 특수기동대는 후송용 헬기에 싣고 오지 못한 나머지는 쓸모없다는 지시를 내렸다. 산 너머에서 쏘아 보낸 미사일이 이를 분명히 해주었다. 생존자 중 자신이 포함되지 못할 줄 콜이 알았더라면 뭐라고 했을까?

패닝이 안전하게 격리되고, 리어 박사 역시 콜로라도 현장으로 파견되고, 남아메리카에서 일어난 모든 일이 시스템에서 완전히 삭제된 이후에야 리처즈는 이 프로젝트가 무엇인지 알게 되었다. VSA, '무척 느린 노화(Very Slow Aging)'였다. 이런 이름을 지어낸 게 누구인지는 모르겠지만 칭찬해주어야 할 노릇이었다. VSA, '정말 멍청한 약자(Very Silly Abbreviation)'가 아닐 수 없었다. 하나의 바이러스, 어쩌면 일군의 바이러스가 조류, 영장류, 아니면 어딘가의 더러운 화장실 변기 시트에 묻은 채 세상에서 꽁꽁 숨겨져 있었는데, 잘 개량하면 흉선이 왕성한 제 기능을 되찾도록 복구할 수 있는 바이러스라는 소리였다. 리처즈는 《고대바이러스학 저널》에 실려 콜의 관심을 끌던, '인간의 수명을 획기적으로 늘리고 신체의 강건성을 증진시킬 수 있으며, 인류 역사에서 특정한 순간마다 이런 작용을 했던 요소'가 존재한다는 가설을 세운 리어 박사의 초기 논문을 읽었다. 미생물학에 대해 문외한인 리처즈조차도 이 가설이 위험하다는 것은 알 수 있었다. '뱀파이어.' 당연히 특수기동대에서는 누구도 이 단어를 입에 올리지 않았지만 말이다. 만약 이 논문을 쓴 사람이 하버드대학교 미생물학과 교수로 재직 중인 리어 같은 저명한 과학자가 아니었더라면 꼭 《이 주의 세계 소식》에나 나올 법한 이야기였다. 그럼에도 불구하고 이 가설은 리처즈의 신경을 콕콕 찔렀다. 어린 시절 리처즈도 이런 이야기를 읽었다. 『납골당의 미스테리』나 『다크 섀도우』 같은 만화책 말고도 브램 스토커 원작의 『드라큘라』를 읽고 영화도 보았다. 어린 리처즈가 보기에도 뱀파이어 이야기는 비논리적이고 선정적이었다. 그럼에도 불구하고 그런 이야기들은 리처즈의 의식 깊숙한 곳에 숨겨진 무엇을, 어쩌면 기억을 자극했다. 뱀파이어의 이빨, 피를 향한 굶주림, 어둠과의 영원한 결속. 만약 이런 것들이 단순히 판타지가 아니라 어두운 힘을 인간의 DNA에 아로새긴 영겁의 기억이라면? 다시금 깨워내고, 제련하고, 통제할 수 있는 그런 힘이라면?

그것이 리어, 그리고 콜의 믿음이었다. 그들이 죽은 관광객들을 찾아 볼리비아 정글로 들어가게 한 믿음. 알고 보니 죽은 것이 아니라 '언데드undead'가 된 관광객들이었지만 말이다. 리처즈는 '언데드'라는 단어를 싫어했지만 결국 불사의 존재를 찾는 작금의 상황에서는 썩 들어맞는 표현이기는 했다. 그리고 그들은 결국 리어와 패닝, 군인 중 한 사람, 그리고 포르츠라는 젊은 대학원생을 제외한 탐사대 모두를 갈가리 찢어 죽이고 말았다. 패닝이 아니었다면 이 과학탐사대는 완전히 실패로 돌아갔을 것이다.

리어. 리어라는 이를 동정하지 않을 도리는 없었다. 아마 그는 아직까지도 자신이 세상을 구하는 중이라고 믿고 있을 것이다. 그러나 사실 리어는 콜, 그리고 특수기동대와 손을 잡은 바로 그 순간 자신의 꿈을 팔아버린 것이나 다름없었다. 솔직히 말하면, 요즈음 리어가 무슨 생각인지 알 수 없었다. 리어는 지하 4층에서 통 나오지 않고 실험실에 놓인 땀내 나는 침상에서 잠을 자고 음식 또

한 거기서 먹었다. 족히 1년은 해를 보지 못했을 터였다. 처음에는 리처즈도 리어라는 자에 대해 이것저것 캐보면서 몇 가지 흥미로운 가십거리들을 알아내기도 했다. 증거 제1호는《보스턴글로브》에 실린 리어 아내의 부고였는데, 날짜는 앙카라에서 콜을 만나기 6개월 전이었다. 엘리자베스 머콤 리어, 41세. 하버드대학교 학사, 버클리대학교 석사, 시카고대학교 박사. 보스턴대학교 영문학 교수,《르네상스 쿼털리》부편집자,『셰익스피어의 괴물들 — 짐승으로의 변신과 근대 초기』(케임브리지대학교, 2009년) 저자. 림프종으로 오랜 투병, 기타 등등. 사진도 있었다. 한눈에 홀딱 반할 만한 미인은 아니었지만 병약해 보이는 예쁘장한 얼굴이었다. 진지한 사고를 하던 진지한 여성. 적어도 아이는 없었던 것 같았다. 아마 화학 치료와 방사선요법 때문에 아이를 가질 수 없지 않았을까.

그러니까 요약하자면, 결국 '노아 프로젝트'라는 것은 지하실에 처박혀 아내의 죽음을 없던 일로 하고자 했던 한 슬픈 남자의 망상에 불과한 것이 아니었을까?

수많은 사람이 쥐구멍 속에 틀어박혀 씨름한 5년 동안 자랑할 만한 성과라고는 죽은 원숭이 300마리, 셀 수도 없는 개와 돼지, 죽은 노숙자 6명, 그리고 이제는 어둠 속에서 빛을 뿜어내며 사람의 간담을 서늘하게 하는 과거의 사형수 11명이 전부였다. 첫 인간 실험체는 원숭이와 마찬가지로 몇 시간 만에 고열에 시달리고 터진 소화전처럼 피를 뿜어내다가 죽어버렸다. 그러다가 첫 사형수인 뱁콕이 살아남았다. 자일스 뱁콕, 지구상의 인간 중 가장 미친놈이었다. 지하 4층 사람들을 다들 그를 '수다쟁이'라고 불렀다. 실험 전에 단 한 순간도 다물지 않던 주둥아리가 실험 후에도 마찬가지였던 것이다. 모리슨, 차베스, 배프스 등등의 사형수를 거치며 실험이 거듭될수록 바이러스는 사람의 신체가 감당할 수 있을 정도로 약해졌다. 11명의 뱀파이어 — 왜 대놓고 그 단어를 쓰지 않는담? — 는 리처즈의 생각에는 딱히 누구에게도 도움이 될 것 같지 않았다. 사이크스 역시 그놈들의 목구멍에 대고 유탄발사기를 쏘지 않는 한 죽일 수도 없을 것 같다고 털어놓은 적이 있었다. VSA는 '뱀파이어스, 세이 아(Vampires, Say

Aaaah)'가 따로 없다. 바이러스에 감염된 그들의 피부는 단백질로 된 외피골격에 가깝게 단단히 변해버려서 그 앞에서는 케블라 방탄복도 팬케이크 반죽이나 다름없었다. 오직 한 군데, 흉골 위 가로세로 7.6센티미터 크기의 스트라이크존만 총으로 꿰뚫을 수 있을 정도로 얇았지만 그조차 이론에 불과했다.

이 실험체, 즉 '막대기'들은 바이러스의 온상이었다. 6개월 전 한 기술자가 바이러스에 노출되었는데 그 경위는 누구도 정확히 모른다. 분명 방금 전까지는 멀쩡했던 사람이 갑자기 안면보호용 덮개를 쓴 채로 구토를 시작하더니 멸균실 바닥에 쓰러져 경련했다. 리처즈가 모니터로 이 장면을 보고 그 층을 봉쇄하지 않았더라면 무슨 일이 일어났을지 모른다. 물론, 할 수 있는 것은 멸균실을 봉쇄하고 그가 죽어가는 모습을 바라본 뒤 청소부를 호출한 것이 전부였다. 그 기술자의 이름이 새뮤얼스, 아니면 새뮤얼슨이었던 것 같다. 사실 둘 중 뭐였든지 중요하지 않았다. 청소부들은 바이러스에 감염되지 않았고, 72시간 뒤 해당 층의 봉쇄는 다시 해제되었다.

그 순간이 왔을 때 리처즈는 두 번 생각하지 않고 즉시 층을 봉쇄했다. 그것이 '엘리자베스 프로토콜'이었다. 누가 지은 이름인지는 몰라도 가상하기 짝이 없는 농담이었다. 그 이름을 지은 사람이 누구인지는 분명했지만 말이다. 분명 콜이었을 것이다. 지금은 콜이라는 사람이 존재하지 않으니 좋았던 시절의 콜이라고 해야 마땅할 것이다. 겉모습은 컨트리클럽 회원처럼 나긋나긋했지만 마음은 권모술수에 능한 익살꾼이었던 콜. 엘리자베스라니, 맙소사. 감히 리어의 죽은 아내 이름을 딸 생각을 할 만한 사람은 콜밖에 없었다.

이제 리처즈도 느낄 수 있었다. 프로젝트는 표류 중이었다. 이 일이 너무나도 지루하기 짝이 없다는 것도 문제의 일부였다. 산기슭에 사람을 80명이나 데려다 놓고 입을 다물고 조용히 토끼 털가죽 개수나 세라고 하는 형국이었다.

또 하나의 문제는 꿈이었다.

리처즈도 꿈을 꿨다. 꿈의 내용이 정확히 기억나지는 않았다. 하지만 때로 아침에 일어나면 밤새 무슨 이상한 일이 일어난 것만 같은, 계획하지 않은 여행을 떠났다가 방금 돌아온 것 같은 느낌이 들었다. 무단이탈한 두 청소부 역시 꿈을 꾸었다고 했다. 화학적거세를 당한 성범죄자들을 청소부로 선발하자는 것은 리처즈의 아이디어였는데, 과연 부처와 다를 바 없이 온순한 자들이었던 데다가 프로젝트가 끝난 뒤에도 누구도 찾지 않을 사람들이었다는 점에서 좋은 선택이었다. 무단이탈한 잭과 샘이라는 두 청소부는 쓰레기통 속에 숨어서 부대를 나갔다. 다음 날 아침 리처즈가 고작 32킬로미터 떨어진 주간고속도로 근처 '레드 루프' 모텔에 숨어 있는 그들을 추적해 찾아냈을 때 그들이 했던 변명은 온통 꿈 이야기였다. 오렌지색 불빛, 이빨, 바람에 실려 그들의 이름을 부르는 목소리. 그들은 이 꿈 때문에 완전히 이성을 잃은 상태였다. 리처즈는 잠시 동안 침대 모서리에 걸터앉은 채 그들이 하는 이야기를 들었다. 캐시미어처럼 피부가 부들부들하고 건포도만 한 불알을 달고 있는 중년의 성범죄자 두 명이 손으로 연신 코를 풀면서 어린아이처럼 잉잉 울어댔다. 어떻게 보면 감동적인 광경일지도 모르지만 들어주는 데도 한계가 있었다. 이제 가자고, 아무도 너희들에게 화를 내지 않을 거야. 리처즈는 그렇게 말한 뒤 두 청소부를 차에 태우고 평소 눈여겨보았던 강이 내려다보이는 자리로 데려가 이제 작별할 세상을 마지막으로 한번 구경시켜준 다음에 이마를 쏘아버렸다.

그런데 이제 리어 박사가 어린아이를 데려오라고 했다. 여자아이를. 이 문제에 대해서는 리처즈 역시 잠시 생각해볼 필요가 있었다. 알코올중독에 걸린 노숙자라든지 사형수 같은 친구들은 인간을 재활용한다고 치면 되지만, 어린아이라니? 사이크스의 말로는 흉선에 관련된 문제 때문이라고 했다. 나이가 어릴수록 이 기관이 바이러스와 더 잘 싸워내어 안정 상태에 들어설 수 있다고. 그의 목표는 불쾌한 부작용을 없애는 것이라고. 불쾌한 부작용이라니! 리처즈도 그 말을 듣고서는 웃음을 터뜨리지 않을 도리가 없었다. 저 야광 막대들은 인간일 때에는 버스요금을 뺏으려고 자기 어머니의 목을 그어버린 뱁콕 같은 인간쓰레기들이었다. 그러니까 리어가 어린아이를 원하는 건 이런 문제 때문인지도 몰랐다. 리어가 원하는 것은 아직 두뇌에 더러운 것들이 들어차지 않은 깨끗한 백지 같은 존재였다. 다음에는 아예 신생아를 찾아오라고 할 수도 있었다.

아무튼 리처즈는 몇 주간 들쑤신 끝에 적임자를 찾아냈다. 코카시아 인종의 '제인 도', 약 6세, 아마도 마약에 찌들어 있었던 어머니가 멤피스의 어느 수도원에 나쁜 버릇처럼 버리고 간 아이. 세상에 어떠한 흔적도 남기지 않은 '기록 없음'이어야 한다고 사이크스는 당부했는데, 이 아이는 산들바람 하나도 일으키지 않았을 존재였다. 하지만 그 아이는 월요일이 되면 사회복지센터로 넘어가게 된다. 즉, 아이의 어머니가 잃어버린 짐을 찾으러 오듯 데리러 올 일이 없다고 가정해도 48시간 이내에 아이를 손에 넣어야 했다. 수녀들은 울가스트가 알아서 처리할 것이었다. 지금까지 보여준 자질로 미루어 판단할 때 울가스트는 암 병동에 태양등도 팔 만한 말주변을 갖춘 자였으니까.

리처즈는 화면에서 시선을 들어 감시 모니터를 바라보았다. 막대기들은 전부 잠들어 있었다. 뱁콕은 언제나처럼 두꺼비같이 목을 울렁거리며 뭐라고 시끄럽게 떠들고 있었다. 오디오를 켜자 평소처럼 뱁콕이 목을 딱딱 울리고 끙끙거리는 소리가 들렸다. 기껏해야 "꺼내줘" 아니면 "토끼 더 줘" 그도 아니면 "리처즈, 여기서 나가면 네놈부터 죽인다" 정도가 아닐까 싶었다. 리처즈는 열 개가 넘는 언어를 할 줄 알았다. 대개는 유럽어였지만 터키어, 페르시아어, 아랍어, 러시아어, 타갈로그어, 힌디어는 물론 스와힐리어까지 약간 할 수 있었다. 그런 리처즈는 뱁콕이 내는 소리를 듣고 있을 때면 중간중간 자신의 귀로는 알아듣기 힘들지만 툭툭 잘리고 뭉개진 단어 같은 것들이 섞여 있다는 느낌이 들었다. 그러나 지금 들리는 건 오로지 소음이 다였다.

"잠이 안 오나?"

고개를 돌리자 사이크스가 커피잔을 들고 문간에 서 있었다. 제복 차림이었지만 넥타이는 없었고 재킷의 옷깃 역시 활짝 풀어 헤쳐져 있었다. 그가 숱이 줄어든 머리카락을 손으로 쓸어내리더니 의자에 거꾸로 걸터앉아 리처즈를 마주 보았다.

"나도야."

리처즈는 사이크스도 꿈을 꾸는지 물을까 하다가 그러지 않기로 마음먹었다. 괜한 질문이라는 생각이 들었다. 사이크스의 얼굴만 보아도 대답은 뻔했다.

"어차피 오래 자지도 않아."

"뭐, 그렇지." 사이크스는 어깨를 으쓱했다. 리처즈가 아무런 대답을 하지 않자 사이크스가 모니터를 향해 고개를 돌렸다.

"아래층엔 별일 없고?"

리처즈는 고개를 끄덕였다.

"달빛 아래 산책하러 나간 녀석도 없고?"

청소부 잭과 샘 이야기였다. 이런 식으로 빈정대는 건 사이크스의 스타일은 아니었지만 화를 내도 이상하지 않을 일이었다. 쓰레기통에 숨어 탈출하다니. 경비병들은 부대 안에 들어오고 나가는 모든 것을 꼼꼼히 검수할 의무가 있었지만, 이들은 일반 입대를 한 풋내기들에 불과했다. 아직도 고등학생인 것처럼 굴었는데 아마도 그들의 인생 경험이라고는 고등학교까지가 전부여서 그런 것 같았다. 경비병들을 좀 더 다그쳤어야 했는데, 리처즈가 소홀했다.

"제대로 쓴소리를 했으니 앞으로는 걱정 없어."

"그 두 녀석을 어떻게 처리했는지는 말 안 해줄 건가?"

리처즈는 더 이상 그 문제에 대해서는 말할 생각이 없었다. 사이크스가 그를 필요로 하는 건 사실이었지만, 그를 좋아하거나 인정할 마음은 없었다.

사이크스가 일어서더니 리처즈를 지나쳐 모니터로 다가간 뒤 제로를 비추는 화면을 크게 확대했다.

"둘은 친구였다더군. 리어와 패닝 말이야."

그 말에 리처즈는 고개를 끄덕였다.

"나도 들었어."

"그래." 사이크스는 모니터 속 제로에게서 시선을 떼지 않은 채 깊이 심호흡했다.

"친구를 이렇게 대하다니 잔인하기도 하지."

사이크스는 돌아서더니 여전히 자리에 앉아 있는 리처즈를 쳐다보았다. 며칠이나 면도를 하지 않은 것 같았고, 형광등 불빛 때문에 찡그린 눈은 흐려 보였다. 잠깐이었지만 사이크스는 여기가 어디인지도 모르는 것처럼 보였다.

"우리는? 우리도 친구인가?" 사이크스의 물음이었다.

생각지 못한 질문이었다. 사이크스가 요즘 꾸는 악몽은 예상보다도 더 지독한 모양이었다. 친구라니, 그깟 게 무슨 상관이야?

"당연하지." 리처즈는 그렇게 대답한 뒤 억지로 웃어보았다.

"우린 친구잖아."

사이크스가 다시금 리처즈를 지그시 바라보았다.

"다시 생각해보니까 말이야, 그건 그렇게 좋은 생각이 아닌 것 같군." 그러면서 사이크스는 방금 한 말을 물리듯 손을 허공에 휘둘러 보였다.

"아무튼 고마워."

리처즈는 사이크스의 심기가 불편한 까닭이 무엇인지 알고 있었다. 아이 때문일 것이다. 사이크스에게도 아이가 있었기 때문이다. 장성한 아들 둘은 아버지와 마찬가지로 육군사관학교 출신으로 한 명은 국방부에서 기밀 업무를 맡고, 다른 하나는 전차대대로 파견되어서 사우디의 사막에 주둔 중이었다. 아마 손자도 있을 것 같았다. 사이크스가 지나가듯 이야기했던 것 같기는 하지만 사실 이런 이야기는 두 사람이 자주 주고받는 화제가 아니었다. 어쨌든 그 여자아이에 대한 생각이 사이크스의 마음을 괴롭히는 모양이었다. 솔직히 말하면, 리처즈는 리어가 원하는 것이 이것이든 저것이든 아무 상관이 없었지만 말이다.

"눈 좀 붙이는 게 좋을 거야." 리처즈는 그렇게 말한 뒤 손목시계를 확인했다.

"3시간 뒤에 새 사형수가 들어올 테니까."

"안 자고 버텨도 똑같지." 사이크스가 그렇게 말하며 문간으로 걸어가다가, 다시 뒤를 돌아 지친 눈으로 리처즈를 보았다.

"우리 둘 사이니까 묻는 건데, 카터를 무슨 수로 그렇게 빨리 데리고 왔지?"

"별일 아니었어." 리처즈가 어깨를 으쓱했다.

"웨이코에서부터 병력수송기에 태워 왔지. 연방 수송 루트를 탔더니 자정 조금 지나 덴버에 착륙하더군."

사이크스가 눈썹을 찌푸렸다.

"아무리 연방 수송 루트라고 해도 너무 빠른데, 왜 이렇게 서두르는지 혹시 아는 바 있나?"

리처즈도 정확히는 알 수 없었다. 특수기동대 연락책으로부터 내려온 지시였다. 굳이 추측해보자면 아마 땀범벅이 된 침상, 수프 찌꺼기가 눌어붙은 핫플레이트, 햇볕도 신선한 공기도 없이 보낸 1년, 악몽, 레드 루프 등등의 온갖 사항들과 관련이 있음 직한 생각이 들었다. 상황을 면밀하게 살펴본다면 — 물론 리처즈는 그런 시도 따위는 그친 지 오래였다 — 결국 책벌레 엘리자베스의 오랜 암 투병과 기타 등등까지로 거슬러 올라갈 테지.

"전화로 알아보니 CIA에서 일 처리를 끝냈더군. 시스템상에서 카터는 이제 완벽하게 사라져버렸어. 겸 한 통도 살 수 없는 사람이 된 거지."

그 말에 사이크스가 얼굴을 찌푸렸다.

"흔적을 완전히 지우기는 불가능할 텐데. 분명 누군가는 관심을 가질 거야."

"불가능할 수도 있겠지만 카터의 경우엔 거의 근접했다고 봐야지."

사이크스는 그 말을 듣고도 문간에 한참 머무르다가 다시금 입을 열었다.

"어쨌든 나는 마음에 안 들어. 프로토콜이 있는 데도 이유가 있잖아. 수용소 3군데, 30일, 그다음에 데리고 들어오는 게 프로토콜이라고."

"명령인가?"

농담이었다. 사이크스는 리처즈에게 명령을 할 수 없는 위치였다. 오로지 리처즈만이 그런 농담을 할 수 있었다.

"아니, 못 들은 걸로 하게." 그러더니 사이크스는 손으로 입을 가리며 하품을 했다.

"돌려보낼 수도 없는 노릇이고." 사이크스가 손날로 문을 톡톡 두드리더니 말을 이었다.

"밴이 도착하거든 알려줘. 안 자고 위층에 있을 테니까."

이상한 일은, 막상 사이크스가 떠나고 나니 어쩐지 그가 여기 있어주었으면 하는 생각이 들었다는 것이다. 어쩌면 두 사람은 어떤 면에서는 친구일지도 몰랐다. 리처즈는 이전에도 끔찍한 임무들을 맡은 적이 있었다. 그런 일을 하다 보면 어느 순간 판매대에 너무 오래 내놓은 우유처럼 말투가 바뀌어버린다. 마치 아무것도 중요한 일이 없는 것처럼, 모든 일이 다 끝나버린 것처럼 말하게 된다. 그제야 사람들을 진심으로 좋아하게 되는데 그게 문제였다. 그 뒤로 모든 일이 순식간에 무너져버리기 때문이다.

카터는 특별한 사람이 아니었다. 목숨 하나 말고는 아무것도 가진 게 없는 범죄자일 뿐이다. 하지만 어린 여자아이라니, 리어가 도대체 여섯 살짜리 아이를 가지고 무엇을 할 작정인 걸까?

리처즈는 다시 모니터로 시선을 돌린 뒤 이어폰을 집어 들었다. 뱁콕이 구석에서 뭐라고 떠들어대고 있었다. 뱁콕은 이상하게도 언제나 리처즈의 마음에 걸렸다. 마치 리처즈가 뱁콕의 소유물인 것처럼, 뱁콕이 리처즈의 일부를 소유하고 있는 것 같은 느낌이 들었다. 어떻게 해도 그런 느낌이 떨쳐지지가 않았다. 리처즈는 자리에 앉아 뱁콕이 떠드는 소리를 몇 시간이나 들었다. 그러다가 이어폰을 낀 채 잠깐 졸기도 했다.

다시 손목시계를 확인하니 고작 3시가 조금 넘은 시간이었다. 카드 게임을 한 판 더 할 기분은 아니었다. 시애틀에 사는 그 꼬맹이 생각도 하고 싶지 않았다. 밴이 부대로 들어서기까지 기다려야 할 시간이 문득 그를 삼키려고 입을 쩍 벌리고 버티고 선 허공같이 느껴졌다.

뱁콕의 목소리를 듣지 않으려 애써도 소용없었다. 그는 볼륨을 조정한 뒤 다시 뱁콕이 그에게 하려는 말이 무엇인지를 고심하며 귀를 기울이기 시작했다.

창밖에서 나뭇잎이 빗방울을 맞고 퍼덕거리는 소리에 레이시는 잠에서 깼다.

에이미.

에이미는 어디 있지?

레이시는 얼른 몸을 일으켜 로브를 걸쳐 입고 계단을 바삐 내려갔다. 그러나 계단을 다 내려갔을 때쯤에는 공황감도 가라앉았다. 배가 고파서 일어나 아래 층으로 내려간 걸 거야. 아니면 텔레비전이 보고 싶어서, 어쩌면 그냥 집 안을 구경하고 싶어서. 부엌에 들어가자 에이미가 식탁 앞에 파자마 차림으로 앉아 구운 와플 조각을 포크로 찍어 입에 가져가고 있는 게 보였다. 널따란 식탁의 상석에는 아침에 오버턴 공원에서 조깅을 하고 온 클레어 수녀가 운동복 차림으로 앉아 김이 피어오르는 커피 잔을 들고 《커머셜 어필》을 읽고 있었다. 클레어 수녀는 아직 정식 수녀가 아닌 견습 수녀였다. 운동복 상의 어깨 부분이 비를 맞아 얼룩져 있었고 붉게 달아오른 얼굴은 땀으로 축축했다.

"일어났네요, 우린 벌써 아침을 먹었어요. 그렇지, 에이미?"

에이미가 와플을 우물거리며 고개를 끄덕였다. 클레어 수녀는 수녀원에 들어오기 전 시애틀에서 부동산 일을 했는데, 식탁에 앉으면서 보니 클레어 수녀가 읽고 있던 것은 부동산 면이었다. 아네트 수녀가 보았다면 화를 냈겠지. 어쩌면 물질적인 세상에 넋을 빼앗기지 말라는 즉흥 연설을 또 늘어놓았을는지도 모른다. 하지만 스토브 위에 걸린 시계를 보니 고작 8시가 조금 넘은 시간이었다. 다른 수녀들은 미사를 보러 나갔을 시각이었다. 레이시는 부끄러움을 느꼈다. 어쩌다 이렇게 늦게까지 자버렸지?

"저는 새벽 미사에 다녀왔답니다."

클레어 수녀는 마치 레이시의 마음을 읽기라도 한 듯 그렇게 대답했다. 클레어 수녀는 오전 6시 미사에 참석하고 조깅을 할 때가 많았다. 그녀는 그 조깅을 '엔도르핀의 성모'를 찾아가는 일이라고 표현했다. 다른 삶을 살아본 적 없는 나머지 수녀들과 달리 클레어 수녀는 수녀원에 들어오기 전의 삶이 있었다. 결혼을 했고, 돈을 벌었고, 콘도나 멋진 구두, 혼다 어코드 같은 것들을 소유하고 있었다. 그녀는 삼십 대 후반에야 신의 부름을 받고 그녀가 '세계 최악의 남편'이라고 칭한 적 있었던 남자와 이혼했다. 그 밖의 세부적인 것은 오로지 아네트 수녀만 알고 있을 테지만, 클레어 수녀의 삶은 레이시에게 신기하게만 느껴졌다. 어떻게 사람이 이렇게 다른 두 개의 인생을 살아볼 수 있을까? 때로 클레어 수녀는 '그 구두 정말 귀엽군요.'라고 말하거나, '시애틀에 진짜 좋은 호텔은 빈티지파크뿐이에요.'라는 말을 했는데 그럴 때마다 다른 수녀들은 한편으로는 그 말이 못마땅해서, 또 한편으로는 샘이 나서 조용해지곤 했다. 에이미를 위한 물건을 사러 간 것 역시 클레어 수녀였는데, 아무도 입 밖으로 내진 않았지만 다들 쇼핑이라는 것을 할 줄 아는 사람이 클레어 수녀밖에 없다고 생각하고 있었던 탓이었다.

"서두르면 8시 미사에 갈 수 있을 거예요."

클레어 수녀가 그렇게 제안했다. 물론 이미 늦은 시간이었기에, 레이시는 클레어 수녀가 하고 싶은 말은 따로 있다는 걸 깨달았다.

"제가 에이미를 보면 되니까요."

레이시는 에이미를 바라보았다. 자고 일어나 머리는 함부로 뻗쳐 있었지만 푹 자고 일어난 덕에 눈이 반짝거리고 안색이 환했다.

"친절한 말씀 감사드려요. 그럼 오늘, 딱 한 번만…… 에이미가 여기 있으니까……."

"더 이상 말 안 해도 돼요."

클레어 수녀가 웃음을 터뜨리더니 손을 절레절레 저어 레이시의 말을 가로막았다.

"아이는 제가 대신 봐줄 테니까요."

레이시는 머릿속으로 그날 하루를 생각했다. 식탁에 앉아 있자니 아이를 동물원에 데려가기로 마음먹었던 것이 떠올랐다. 동물원은 몇 시에 열지? 비가 오는데도 상관없을까? 다른 수녀들이 돌아오기 전에 나가는 게 나을 것 같았다. 다른 수녀들이 왜 미사에 참석하지 않았느냐고 물어볼 것도 걱정되었지만, 에이미에 대한 질문 역시도 퍼부을 게 뻔했다. 지금까지는 거짓말이 통했지만 썩은 나무로 된 바닥처럼 거짓말이 서서히 무너지고 있다는 것이 느껴졌다.

에이미가 와플과 컵에 가득 담긴 우유를 다 먹자 레이시는 아이를 다시 2층으로 데려가서 얼른 옷을 입혔다. 새것이라 빳빳한 청바지, 시퀸 장식으로 테두리가 둘린 '발칙한'이라는 단어가 찍힌 티셔츠였다. 이런 티셔츠를 고를 배짱이 있는 건 클레어 수녀뿐이었다. 아네트 수녀는 이 티셔츠를 절대 탐탁하게 여기지 않을 것이었다. 만약 이 티셔츠를 아네트 수녀가 본다면 언제나처럼 아마 한숨을 쉬며 고개를 절레절레 저어서 분위기를 가라앉게 만들겠지. 하지만 레이시가 보기에 이 티셔츠는 완벽했다. 어린아이가 입고 싶어 할 만한 옷이었다. 티셔츠는 시퀸 장식 때문에 특별해 보였고, 하느님이라면 분명 에이미 같은 어린아이에게 이렇게 작은 행복 하나는 주고 싶어 하실 것이다. 레이시는 에이미를 욕실로 데려가 뺨에 묻은 시럽을 씻긴 다음 머리를 빗겨주었고, 그 뒤에는 자신도 평소에 입는 회색 주름치마와 흰 셔츠를 입고 베일을 썼다. 바깥에 내리던 비는 그쳐 있었다. 따스한 햇볕이 마당에 느릿느릿 내리쬐기 시작했다. 오늘은 더울 것 같았다. 남쪽으로 밤새 비를 몰고 온 차가운 공기를 뒤따라 더운 열기가 밀려오고 있을 테니까.

레이시에게는 표와 간식을 살 만큼의 돈이 조금 있었고, 동물원은 걸어갈 수 있는 거리에 있었다. 두 사람은 공기에 뜨거운 기운이 감돌기 시작하고 촉촉한 잔디에서 향내가 피어오르는 바깥으로 나갔다. 성당에서 시간을 알리는 종소리가 나는 것이 들렸으니 미사는 곧 끝날 것 같았다. 레이시는 얼른 에이미를 데리고 집 밖으로 나온 뒤 루이즈 수녀가 공들여 키운 로즈마리와 사철쑥의 싸한 향기가 감도는 약초밭을 지나 벌써부터 사람들이 처음으로 봄다운 날씨를 즐기며 햇볕을 듬뿍 쬐고 맛보려 모여 있는 공원으로 들어갔다. 프리스비를 들고 개를 데리고 나온 젊은이들, 길을 따라 조깅하는 사람들, 파라솔이 달린 테이블과 바비큐 그릴을 차리고 있는 가족들이 있었다. 동물원은 공원 북쪽 끝, 이 동네를 옆 동네와 칼날처럼 나누고 있는 대로를 끼고 있었다. 대로 너머에 있는 옛 미드타운의 커다란 저택이며 드넓고 웅장한 잔디밭은 잊힌 지 오래였고 그 자리에는 입구가 부서진 샷건 주택(방들이 일직선으로 쭉 연결된 좁은 주택—옮긴이), 반절 정도만 조립된 자동차 부품이 널브러진 먼지투성이 공터가 자리 잡았다. 젊은 남자들이 비둘기처럼 길을 떠돌다 길모퉁이에 앉아 쉬고는 다시 움직이기를 반복했는데 이 나태하고 무감각한 동작들에는 희미하게 불길한 기운이 감돌았다. 레이시는 이 동네를 별로 좋아하지 않았다. 이 동네에 사는 흑인들은 한 번도 가난하게 살아본 적 없는, 적어도 그들과 같은 방식으로 가난한 적 없었던 레이시와는 달랐다. 시에라리온에서 레이시의 아버지는 정부 요직에 있었고 어머니에게는 차가 있었으며, 프리타운으로 쇼핑을 가거나 박람회 장터에서 열리는 폴로 경기에 데려가줄 전용 운전기사도 있었다. 한번은 대통령도 참석하는 파티에 가서 레이시가 대통령과 함께 왈츠를 춘 적도 있었다.

동물원 근처에 가자 공기에 땅콩 냄새와 동물 냄새가 실려 오기 시작했다. 벌써 입구에는 관람객들이 줄을 서 있었다. 레이시는 잔돈을 하나하나 세어 티켓을 산 다음 다시 에이미의 손을 붙들고 회전문으로 들어갔다. 아이는 피터 래빗 인형이 들어 있는 배낭을 메고 있었다. 레이시가 가방은 두고 나와도 되지 않느냐고 물었을 때 아이의 눈에는 곧바로 절대 그럴 수는 없다는 기색이 스쳐 지나갔다. 아이는 가방을 몸에서 떼어놓을 생각이 전혀 없었다.

"뭘 보고 싶니?"

레이시가 물었다. 입구에서 6미터쯤 들어간 곳에 동물의 서식지와 종을 색색으로 표시해놓은 커다란 지도가 걸린 키오스크가 있었다. 한 백인 부부가 지도를 보고 있었는데, 남자는 줄을 매어 목에 걸어둔 카메라를 덜렁거리고 있었고 여자는 유모차를 부드럽게 앞뒤로 밀어대는 중이었다. 아기는 분홍색 담요로 둘둘 감싸인 채 자고 있었다. 여자가 레이시를 알아차리고 잠시 그녀를 수상하다는 듯 살펴보았다. 도대체 흑인 수녀가 어린 백인 여자아이를 데리고 뭐 하는 걸까 하는 눈빛이었다. 그러나 다음 순간 여자는 억지 미소를 지었고 ― 미안하다는 듯 움츠러드는 미소였다 ― 부부는 길을 따라 저쪽으로 걸어가버렸다.

에이미가 지도를 슬쩍 보았다. 글을 읽을 줄 아는지는 잘 몰랐지만, 글 옆에는 그림도 있었다.

"모르겠어요. 곰?"

"어떤 곰?"

아이는 잠시 그림들을 살펴보며 생각에 잠겼다.

"북극곰요."

그렇게 말하는 아이의 눈이 기대감으로 따스해졌다. 동물원에서 동물들을 볼 거라는 생각은 이제 레이시와 에이미가 서로 공유하는 기대감이 되었다. 레이시가 기대한 바가 바로 그것이었다. 두 사람이 그곳에 서 있는 동안 입구로 관람객이 더 많이 들어와서 동물원 안이 북적이기 시작했다.

"얼룩말이랑 코끼리, 원숭이도 보고 싶어요."

"멋지구나."

레이시가 그렇게 말한 뒤 미소를 지었다.

"전부 다 보자꾸나."

주전부리를 파는 가판대에서 두 사람은 땅콩 한 봉지를 산 뒤 동물원 안으로 들어갔다. 북극곰이 있는 수조를 향해 가는 동안 젊은이건 늙은이건 가리지 않고 웃고 떠들고 유쾌한 비명을 지르는 소리가 들려왔다. 여태 레이시의 손을 꼭 붙잡고 있던 에이미가 대뜸 손을 놓더니 앞으로 달려 나갔다.

레이시는 북극곰 수조 앞에 모인 인파들의 어깨 사이를 뚫고 앞으로 나갔다. 에이미는 북극곰 서식지의 물속이 들여다보이는 유리에 얼굴을 바짝 갖다 대고 있었다. 더운 열기 속의 멤피스에 부빙浮氷을 본떠 색칠한 돌이 들어 있는 북극해처럼 새파란 웅덩이라니, 희한한 광경이었다. 세 마리 북극곰이 꼭 물가에 깔아놓은 거대한 러그처럼 드러누워 해를 쬐고 있었고 다른 한 마리는 웅덩이에서 물장구를 치는 중이었다. 에이미와 레이시가 바라보는 가운데 물장구를 치던 북극곰이 물에 풍덩 뛰어들어 바로 눈앞까지 헤엄쳐 오더니 유리 벽에 코를 부딪쳤다. 모여 있던 사람들이 헉하고 숨을 몰아쉬었다. 레이시는 등줄기에서 즐겁기도 하고 무섭기도 한 짜릿한 기운이 솟아나 손발 끝까지 퍼지는 것을 느꼈다. 에이미가 손을 뻗어 북극곰의 얼굴 앞, 물기가 맺힌 유리를 만졌다. 곰이 입을 벌리자 분홍빛 혀가 드러났다.

"조심해라."

뒤에 있던 남자가 주의를 주었다.

"겉보기에는 귀엽지만 아가, 너는 저 녀석 한 입 거리밖에 안 된다고."

레이시는 깜짝 놀라 목소리의 주인을 찾아 고개를 돌렸다. 어린아이에게 이렇게 겁을 주다니 도대체 뭐 하는 사람인 걸까? 그러나 고개를 돌려보아도 눈이 마주치는 사람은 없었다. 다들 북극곰을 웃으며 바라보고 있었다.

"에이미."

레이시가 부드러운 목소리로 말하며 아이의 어깨에 한 손을 얹었다.

"북극곰을 놀리면 못써."

에이미는 레이시의 말이 들리지 않는 것 같았다. 에이미가 유리 벽에 얼굴을 더 바짝 갖다 대며 북극곰에 물었다.

"이름이 뭐야?"

"이제 그만하렴, 에이미. 너무 가까이 가지 마."

에이미가 유리 벽을 쓰다듬었다.

"얘한테는 곰 이름이 있어요. 그런데 발음을 못하겠어요."

레이시는 잠시 머뭇거렸다. 놀이인 걸까?

"곰한테 이름이 있다고?"

아이는 눈을 가늘게 뜬 채 고개를 들었다. 다 알고 있다는 표정이었다.

"당연히 있죠."

"곰이 이야기해줬구나."

그때 철썩하며 굉장한 양의 물이 튀더니 수면이 일렁였다. 다들 깜짝 놀라 숨을 헉 들이쉬었다. 또 다른 곰이 물에 풍덩 뛰어들었던 것이다. 곰이 에이미를 향해 푸른 물속을 헤엄쳐 다가왔다. 이제 에이미의 눈앞 유리에 코를 바짝 대고 있는 북극곰이 두 마리가 되었다. 덩치가 자동차만 하고, 새하얀 털이 물속 조류에 따라 물결쳤다.

"저것 좀 봐."

누군가가 말했다. 아까 키오스크 앞에서 본 여자였다. 여자는 아기를 인형 안듯 팔에 안아 든 채 두 사람의 옆에 서 있었다. 포니테일로 긴 머리를 질끈 묶은 그 여자는 반바지에 티셔츠, 그리고 끈이 달린 슬리퍼 차림이었다. 여자의 티셔츠에 잡힌 주름을 보니 아직 출산 때문에 처진 배가 원래대로 돌아오지 않은 것 같았다. 여자의 남편은 뒤에서 카메라를 든 채 빈 유모차를 지키고 서 있었다.

"곰이 우리 아가가 보고 싶은가 보다."

여자가 말하더니 노래하는 목소리로 아기를 어르면서 아기의 조그만 팔을 새처럼 나풀나풀 흔들었다.

"아가, 곰돌이들 보렴. 여보, 사진 좀 찍어줄래? 어서 사진 찍어줘."

"카메라를 안 보고 있잖아. 고개 좀 이쪽으로 돌려봐."

남편의 말에 여자가 짜증이 묻은 한숨을 쉬었다.

"그냥 아기가 웃고 있을 때 찍으면 되잖아, 그게 그렇게 어려워?"

그때 레이시의 눈앞에서 그 일이 일어났다. 다시 한번 철썩 소리가 나더니 레이시가 고개를 채 돌리기도 전에 세 번째 북극곰이 눈앞으로 다가왔다. 유리 벽이 바로 옆에서 불룩하게 솟는 것이 느껴졌다. 수조 테두리로 물이 넘치더니 쏟아져 내리기 시작했는데, 다들 지금 무슨 일이 일어나는지 알면서도 당황해서 꼼짝도 하지 못했다.

"조심해!"

얼음처럼 차가운 물이 쏟아져 내리더니 코와 입과 물에 짠 소금물이 마구 들어오는 바람에 레이시는 유리 벽에서 물러났다. 여기저기서 비명 소리가 터졌다. 아기가 우는 소리, 아기 엄마가 비명 지르는 소리가 났다. '물러서! 도망쳐!' 사람들의 몸이 레이시를 치고 지나갔다. 그제야 레이시는 자신이 따가운 소금물 때문에 눈을 질끈 감고 있었다는 사실을 깨달았다. 뒷걸음질을 하다가 발이 삐끗하는 바람에 사람들 위로 쓰러지고 말았다. 금방이라도 유리 깨지는 소리가 나고 수조를 빠져나온 물이 콸콸 쏟아질 거라고 생각했다.

"에이미!"

눈을 뜨자 바로 눈앞에서 웬 남자가 그녀를 빤히 바라보고 있었다. 카메라를 들고 있던 남자였다. 주변은 이미 조용해져 있었다. 유리 벽이 용케도 버텨주었던 것이다.

"죄송합니다. 수녀님, 괜찮으세요? 저한테 발이 걸려 넘어지셨나 봅니다."

"이런, 제기랄!"

뒤에 옷이며 머리카락이 흠뻑 젖은 아기 엄마가 서 있었다. 아기는 엄마의 어깨에 매달려 울부짖고 있었다. 여자는 노여운 얼굴이었다.

"대체 저 아이가 무슨 짓을 한 거예요?"

그제야 레이시는 여자가 자신에게 말을 하고 있다는 사실을 알아차렸다.

"죄송해요. 저도……."

"저 아이 좀 보라고요!"

관람객들은 다들 수조에서 물러난 채, 배낭을 메고 바닥에 꿇어앉아 수조에 양 손바닥을 대고 있는 어린 여자아이를 뚫어지게 바라보고 있었다. 북극곰 네 마리가 유리에 얼굴을 바짝 붙이고 있었다. 레이시는 일어서서 재빨리 그쪽으로 다가갔다. 고개를 숙이고 있는 에이미의 젖은 머리에서 무릎으로 물이 뚝뚝 흘러내렸다. 아이가 기도를 하듯이 무언가를 중얼거리고 있는 모습이 보였다.

"에이미, 무슨 일이야?"

"아이가 곰이랑 대화를 하고 있어!"

누군가가 고함을 지르자 사람들이 놀라서 술렁였다.

"저것 좀 보라고!"

카메라들이 찰칵찰칵 소리를 내기 시작했다. 레이시는 에이미 옆에 쪼그려 앉았다. 손가락으로 에이미의 얼굴에 달라붙은 젖은 머리카락을 떼어내 주었다. 아이의 볼에는 수조에서 쏟아진 물과 뒤섞인 눈물이 흘러내리고 있었다.

"애야, 말 좀 해봐."

"곰들이 알아요."

에이미는 여전히 수조 유리에 손바닥을 댄 채 대답했다.

"곰들이 뭘 안다는 소리니?"

아이가 얼굴을 들었다. 레이시는 깜짝 놀랐다. 어린아이의 얼굴에 어떻게 이런 깊은 슬픔이, 모든 걸 알고 있는 듯한 비애가 감돌 수 있단 말인가? 그러나 아이의 눈을 들여다보자 그 안에는 두려움의 기색이라고는 없었다. 에이미가 무엇을 알게 되었는지는 모르지만, 그것을 받아들인 게 분명했다.

"제가 누구인지 알아요."

에이미가 말했다.

자비의 성모 동정회 수녀원 부엌에 앉아 있던 아네트 수녀는 무슨 조치를 취해야겠다고 마음먹었다.

9시가 되고, 9시 30분이 되고, 10시가 되었다. 어디로 갔는지 모를 레이시 수녀와 에이미라는 아이는 아직도 돌아오지 않고 있었다. 그 지경이 되고 나서야 클레어 수녀가 겨우 입을 열어 한 말은 레이시 수녀가 미사를 빠졌고 얼마 지나지 않아 두 사람이 밖으로 나섰는데, 아이는 배낭을 메고 있었다는 것이다. 클레어 수녀는 두 사람이 집에서 나가는 소리를 듣고 창문으로 내다보았다가 그들이 뒷문으로 나가 공원을 향하는 것을 보았다고 했다.

레이시 수녀에게 무슨 꿍꿍이가 있는 게 분명했다. 그렇다면 아네트 수녀 역시도 응당 알았어야 하는 일이었다.

그 아이에 대한 이야기도 처음부터 말이 안 된다는 걸 알았다. 아니, 그때는 정확히 알지 못했다 하더라도 분명 이건 아니라는 느낌이 왔고, 그 의심의 씨앗이 밤사이 자라나서 무언가 잘못된 게 분명하다는 확신이 되었다. 『매들린』만화에 나오는 미스 클라벨처럼 아네트 수녀도 그 사실을 직감했다.

자, 그러니까 그 책에 나왔던 것처럼, 어린 여자아이가 사라졌다.

다른 수녀들은 레이시 수녀의 과거를 잘 몰랐다. 아네트 수녀조차 수도회 총장으로부터 레이시 수녀의 심리보고서를 전해 받기 전까지는 정확히 모르고 있었다. 그 보고서를 보는 순간 오래전 뉴스에서 이 이야기를 본 것 같다는 생각이 들었지만, 세상 어딘가, 특히 아프리카에서는 이런 일이 비일비재했다. 사람의 목숨이 하찮게 다루어지는 아프리카의 조그만 나라들, 하느님의 뜻이 닿지 않는 그런 곳에서는 말이다. 가슴이 아프고 무시무시한 일이었지만 사람의 마음이 감당할 수 있는 감정은 오로지 거기까지였고 이런 이야기들은 한둘이 아니었다. 그래서 아네트 수녀도 이 이야기에 대해서는 거의 잊어버린 뒤였다. 그리고 이제 아네트 수녀의 보호하에 있는 레이시 수녀에 대해서 아는 사람은 아무도 없었다. 레이시가 아주 모범적인 수녀라는 사실은 아네트 수녀도 인정할 수밖에 없었다. 지나치게 금욕적이고, 또 지나치게 신앙에 몰두할지는 몰라도 말이다. 레이시 수녀는 아버지와 어머니, 언니들이 아직도 시에라리온에 살면서 왕궁에서 열리는 무도회에 참석하고 말을 타고 폴로 경기를 하고 있다고 말했고, 스스로 그 말을 철석같이 믿고 있는 것이 분명했다. 풀숲에 숨어 있는 레이시를 유엔평화유지군이 발견해 수녀원으로 데려왔을 때부터 그녀는 쭉 그렇게 말했다. 물론 레이시가 실제로 일어난 사건을 기억하지 못하는 것은 오롯이 신의 자비였다. 군인들이 레이시의 가족을 학살한 뒤 바로 떠난 것이 아니었기 때문이다. 그들은 몇 시간이나 그곳에 머무르며 어린 레이시를 찾았고, 그녀가 죽었다고 생각한 뒤에야 떠났는데, 만약 하느님이 그 어린아이의 기억을 지워 보호해주지 않았더라면 레이시는 진짜 죽었을지도 모른다. 그 순간 레이시를 데려가지 않은 것은 하느님이 그분의 뜻을 표현하신 것임을 아네트 수녀는 한 치도 의심하지 않았다. 이러한 사실도, 이에 따르는 걱정도, 아네트 수녀가 조용히 참아내야 할 무거운 짐이었다.

하지만 이번에는 에이미라는 어린 소녀가 문제였다. 지나치다 싶을 정도로 얌전하고, 유령이라도 되듯이 말이 없는 아이긴 했지만, 이 상황 자체가 뭔가 이상하지 않은가? 어쩐지 믿기지 않는 구석이 있지 않은가? 이제 와 생각해보니 레이시 수녀가 했던 설명은 하나도 말이 되지 않았다. 아이의 엄마와 친구라고? 그럴 리가 없었다. 레이시는 매일 미사에 참석할 때 외에는 수녀원 밖으로 거의 나가지도 않았으니 누군가와 친해질 겨를이 없었고, 그것도 딸을 맡길 만큼 가까운 사이가 될 여지가 없었다. 그러니까 이 이야기는 거짓말이 분명했다. 그런데 지금 이 두 사람은 어딘가로 사라지고 없었다.

10시 30분, 부엌에 앉아 있던 아네트 수녀는 자신이 무엇을 해야 할지 깨달았다.

하지만 뭐라고 말해야 할까? 어디서부터 시작해야 할까? 에이미 이야기부터 해야 할까? 다른 수녀들 역시 아무것도 모르는 것 같았다. 그 아이는 레이시 수녀가 언제나처럼 혼자 수녀원을 지키고 있을 때 찾아왔다. 아네트 수녀는 지금까지 식료품 자선 배급소에 간다거나 가게에 장을 보러 가는 따위의 짧은 외출을 할 때마다 레이시 수녀더러 같이 가자고 구슬렸지만 그녀는 항상 거절했고, 그때마다 레이시 수녀는 쾌활하면서도 아무런 감정이 담기지 않은 얼굴로 '감사하지만 괜찮아요, 수녀님. 다음에 갈게요.' 했기 때문에 더 이상 물어도 소용없었다. 이렇게 삼사 년이 흘렀는데, 웬 어린아이가 느닷없이 나타났고 레이시 수녀는 그 아이와 아는 사이라고 우겼다. 그러니까 경찰에 신고를 한다면 이야기는 거기서부터, 레이시, 그리고 레이시가 숨어 있었던 그 풀숲에서부터 시작해야 할 것이었다.

아네트 수녀는 수화기를 집어 들었다.

"수녀님?"

돌아보았더니 클레어 수녀였다. 방금 부엌에 들어선 클레어 수녀는 아직 운동복 차림이었는데, 지금이면 갈아입고도 남았을 시간이었다. 한때 부동산 중

개인이었고, 결혼만 한 것이 아니라 이혼까지 한 적 있는 클레어 수녀는 아직도 옷장 속에 하이힐 한 켤레와 검은색 칵테일드레스 한 벌을 간직하고 있었다. 하지만 그건 지금 아네트 수녀의 머릿속을 괴롭히고 있는 문제에 비하면 아무것도 아니었다.

"수녀님."

클레어 수녀가 걱정이 담긴 입을 열었다.

"바깥에 차가 한 대 와 있어요."

아네트 수녀는 수화기를 내려놓았다.

"누가 왔지요?"

클레어 수녀는 머뭇거렸다.

"아마…… 경찰인 것 같은데요."

아네트 수녀가 문으로 다가간 것과 거의 동시에 벨이 울렸다. 측면 창의 커튼을 걷고 내다보니 남자가 두 명이었는데 한 명은 이십 대로 보였고, 나머지 한 명은 좀 더 나이가 많아 보였지만 여전히 젊은 남자라고 불릴 만한 나이대로 꼭 장의사처럼 검은 양복과 검은 넥타이 차림이었다. 경찰로 보이지는 않았다. 그보다 더 심각한 곳, 정부기관에서 나온 사람들 같았다. 두 남자는 문에서 떨어진 곳, 계단 아래에 서서 햇볕을 받고 있었다. 둘 중 나이가 많은 쪽이 아네트 수녀를 발견했는지 친근하게 미소를 지었지만 입은 열지 않았다. 늘씬한 체격에 모양 좋은 얼굴이 잘생겼지만 특징이 없는 외모였다. 관자놀이께는 희끗희끗했는데, 땀이 솟았는지 햇볕에 자잘하게 빛이 났다.

"문을 열어줘야 할까요?"

뒤에 서 있던 클레어 수녀가 말했다. 루이즈 수녀도 벨 소리를 들었는지 아래층으로 내려왔다.

아네트 수녀는 긴장을 가라앉히려 심호흡을 했다.

"당연하지요."

그녀는 문을 열었지만 방충망은 그대로 닫아두었다. 두 남자가 이쪽으로 다가왔다.

"무슨 일이신가요?"

나이가 많은 쪽이 양복 가슴 안쪽 주머니에서 조그만 지갑을 꺼내 펼치자 아네트 수녀는 곧바로 'FBI'라는 글씨를 알아보았다.

"수녀님, 저는 특수요원 울가스트, 이쪽은 특수요원 도일입니다."

그 말을 남기고 지갑은 다시 접혀 양복 안으로 들어갔다. 남자의 턱에 긁힌 상처가 있었다. 면도를 하다가 벤 자국이구나.

"토요일 오전부터 찾아와 죄송하게 되었습니다만……."

"에이미 때문에 오셨군요."

아네트 수녀가 말했다. 어째서인지는 모르지만 꼭 그 남자가 시킨 말이라도 되듯 그 말이 대뜸 입에서 나왔던 것이다. 남자가 대답이 없자 아네트 수녀가 말을 이었다.

"그렇지요? 에이미 때문에 오신 것 아닙니까?"

나이가 많은 남자 ― 이름은 벌써 잊어버렸다 ― 의 시선이 아네트 수녀 뒤의 루이즈 수녀에게 닿더니 재빨리 안심하라는 듯 미소를 지어 보였고, 그의 시선은 다시 아네트 수녀에게로 돌아왔다.

"수녀님 말씀이 맞습니다. 에이미를 찾아왔습니다. 들어가도 괜찮겠습니까? 수녀님을 비롯한 여러분께 몇 가지 여쭤봐야겠는데요."

그렇게 두 남자는 '자비의 성모 동정회 수녀원' 거실에 들어와 섰다. 검은 양복을 입은, 남성적인 땀 냄새를 풍기는 덩치 큰 두 남자. 그들의 커다란 체구 때문에 거실이 갑자기 작게 느껴졌다. 가끔 수리공이 오거나 목사관의 페이건 신부가 찾아올 때 외에 이곳에 남자가 들어올 일은 없었다.

"죄송합니다, 요원님들 성함을 다시 말씀해주시겠습니까?"

아네트 수녀가 물었다.

"당연하지요."

남자는 다시금 미소를 지었다. 자신감이 넘치고 호감 가는 미소였다. 지금까지 나이가 어린 쪽은 단 한 마디도 하지 않았다.

"저는 올가스트 요원, 이쪽은 도일 요원입니다."

그러더니 그가 거실 안을 둘러보았다.

"에이미가 이곳에 있습니까?"

클레어 수녀가 끼어들었다.

"왜 아이를 찾으시죠?"

"모든 것을 말씀드릴 수 없다는 점이 유감입니다. 하지만 수녀님들의 안전을 위해 말씀드리자면 에이미는 증인보호대상입니다. 저희는 에이미를 데려가 연방정부의 보호하에 두고자 합니다."

연방정부의 보호라니! 차오르는 공황감에 아네트 수녀의 가슴이 턱 막혔다. 연방정부의 보호라니, 생각보다 더 심각한 일이었다. 텔레비전에서나 보던, 자신은 보고 싶지 않지만 다른 수녀들이 즐겨 보는 드라마에나 나오는 일이었다.

"레이시가 무슨 잘못을 했습니까?"

그 말에 요원이 흥미롭다는 듯 한쪽 눈썹을 치켰다.

"레이시 말입니까?"

그가 마치 자신이 레이시에 대해 이미 알고 있는 것처럼 행세하며 아네트 수녀로부터 정보를 얻으려 한다는 것을 그녀는 알아차렸다. 하지만 그녀가 다 자초한 일이었다. 먼저 레이시의 이름을 입 밖에 내었으니까. 아네트 수녀 외에는 누구도 레이시라는 이름을 입 밖에 내지 않았다. 아네트 수녀는 뒤에서 느껴지는 다른 수녀들의 침묵에 점점 짓눌리는 기분이 들기 시작했다.

"레이시 수녀가 자기가 에이미의 엄마와 친구라고 했어요."

"그렇군요."

그러더니 그는 다른 요원에게 눈짓을 했다.

"그렇다면, 레이시 수녀와도 이야기를 해보아야겠군요."

"혹시 저희가 위험한 상황인가요?"

루이즈 수녀가 물었다. 아네트 수녀는 뒤돌아서 그녀를 향해 조용히 하라는 뜻으로 인상을 써 보였다.

"루이즈 자매, 무슨 마음인지는 알겠습니다만 이 일은 제가 알아서 처리하지요."

"위험한 상황은 아닙니다. 하지만 레이시 수녀의 이야기를 들어보는 것이 좋겠습니다. 지금 안에 있습니까?"

"없어요."

이번에는 클레어 수녀였다. 그녀는 가슴 앞에 팔짱을 끼고 반항적인 태세로 서 있었다.

"나갔어요. 적어도 1시간은 지났어요."

"두 사람이 어디로 갔는지 아십니까?"

잠시 누구도 입을 열지 않았다. 다음 순간, 집 안에 전화벨이 울렸다.

"잠시 실례하겠습니다."

아네트 수녀가 그렇게 말하고 부엌으로 들어갔다. 심장이 쿵쾅쿵쾅 뛰고 있었다. 전화가 온 덕분에 생각할 틈을 벌 수 있어 다행이라는 생각이 들었다. 그러나 전화를 건 상대방은 전혀 모르는 사람이었다.

"수녀원입니까? 그쪽에 수녀님들이 사시는 걸 본 적이 있어서요. 이렇게 전화드려서 죄송합니다."

"누구십니까?"

"죄송합니다."

상대는 정신없이 말을 쏟아냈다.

"저는 조 머피라고 합니다. 멤피스 동물원 경비 총책임자입니다."

전화기 너머로 소란한 소리가 들렸다. 머피라는 사람이 누군가에게 '그냥 정문을 열어, 지금 당장.' 하는 소리도 들렸다. 그러더니 머피는 다시 통화로 돌아왔다.

"어린아이를 데리고 동물원에 온 수녀를 알고 계십니까? 흑인이고 수녀복 차림입니다."

갑자기 벌 떼가 몰려드는 것처럼 머리에서 웅웅 소리가 나며 아찔해졌다. 완벽하게 기분 좋은 아침, 무언가 끔찍한 일이 일어난 게 틀림없었다. 부엌으로 통하는 문이 활짝 열렸다. 두 요원이 성큼성큼 걸어 들어오고 뒤에는 클레어 수녀와 루이즈 수녀가 따라왔다. 모두 아네트 수녀를 쳐다보고 있었다.

"예, 그래요. 제가 아는 사람입니다."

아네트 수녀는 목소리를 낮추려 했지만 소용없는 일이었다.

"무슨 일이에요, 무슨 일이 일어난 겁니까?"

잠시 전화 건너편의 상대가 수화기를 손으로 막은 듯 아무런 소리가 들리지 않았다. 그러다 그가 손을 떼자 비명 소리, 아이들이 우는 소리, 그리고 그 뒤에서 또 다른 소리가 들려왔다. 동물들이 울부짖는 소리였다. 원숭이, 사자, 코끼리, 그리고 새들이 째지는 소리로 울고 으르렁거리고 있었다. 이 소리가 전화기 너머에서 들리는 소리에 그치는 것이 아니라는 사실을 깨닫는 데까지는 시간이 걸렸다. 그 소리는 열린 창 너머 공원에서부터 부엌까지 생생하게 울려 퍼지고 있었다.

"대체 무슨 일인가요?"

아네트 수녀가 안절부절못하고 물었다.

"이쪽으로 와보셔야겠습니다, 수녀님. 살면서 이런 난장판은 처음 봅니다."

숨을 몰아쉬며 달리고 있는 레이시의 온몸이 땀으로 흠뻑 젖었다. 그녀는 에이미를 가슴에 꼭 붙들어 안고 달리고 있었고, 아이는 다리를 그녀의 허리에 단단히 감고 있었다. 미로 같은 동물원에서 그들은 길을 잃고 말았다. 에이미는 레이시의 블라우스를 눈물로 흠뻑 적시며 울고 있었고 ― '내가 누군지 알아요, 내가 누군지 안다고요' ― 다른 사람들도 달리고 있었다. 시작은 북극곰이었다. 곰들의 움직임이 점점 더 난폭해지자 레이시가 에이미를 유리 벽에서 떼어놓았고, 다음 순간 그 뒤에서 바다사자들이 나타나 광포한 움직임으로 물에 들어갔다 나오기를 반복했다. 두 사람이 그 자리를 피해 동물원의 중심부로 달려가는 동안 가젤, 얼룩말, 오카피, 기린 등의 초원동물들이 미친 듯이 빙빙 돌다가 철조망을 향해 돌진했다. 에이미가 저지른 일이라는 것을 레이시는 알 수 있었다. 분명 에이미와 관련이 있었다. 북극곰에게 무슨 일이 일어난 건지는 몰라도 지금은 동물뿐 아니라 사람들에게도 혼란이 연쇄작용처럼 일어나 동물원 전체로 점점 퍼져나가고 있었다. 코끼리 떼 옆을 지나쳐 달리는 순간 레이시는 코끼리가 얼마나 크고 또 힘은 얼마나 센지 느낄 수 있었다. 코끼리들은 거대한 발로 땅을 쾅쾅 구르며 긴 코를 허공으로 들어 멤피스의 뜨거운 열기 속에 콧바람을 불어댔다. 코뿔소가 자동차라도 된 듯이 철조망을 들이받더니 커다란 뿔로 철조망을 두들겨대기 시작했다. 순식간에 공기 중에 커다랗고, 끔찍하고, 고통으로 가득한 소음이 가득 찼다. 사람들은 내달리고 아이들을 소리쳐 부르고 서로 밀쳐내고 들쑤시고 잡아당겼는데 레이시가 앞으로 달려가자 군중들이 좌우로 갈라졌다.

"저 아이야!"

등 뒤에서 누군가가 외치는 소리가 레이시에게 화살처럼 꽂혔다. 뒤를 돌아보자 카메라를 든 그 남자가 가운뎃손가락으로 그녀를 가리키고 있었다. 그의 옆에 연노랑 저지를 입은 경비원이 서 있었다.

"저 아이라고!"

레이시는 에이미를 그대로 꼭 안은 채 돌아서서 계속 달렸다. 비명을 질러대는 원숭이 우리를 지나, 백조들이 꽥꽥거리며 쓸모없는 날개를 퍼덕여대는 작은 늪을 지나, 키 큰 새장 안에서 울부짖는 정글 조류들을 지나 달렸다. 공포에 질린 사람들이 파충류관에서 달려 나왔다. 빨간 티셔츠를 똑같이 맞춰 입은 초등학생 무리가 공황에 사로잡힌 채 눈앞으로 달려 나오는 바람에 레이시는 아이들을 피하다가 하마터면 넘어질 뻔했지만 간신히 균형을 잡았다. 바닥에는 사람들이 도망치며 남긴 브로슈어며 찢어진 옷 조각, 녹아서 종이에 달라붙은 아이스크림 덩어리 따위의 흔적이 널려 있었다. 남자들 한 무리가 숨을 거칠게 몰아쉬며 달려 나갔다. 그중 한 명은 손에 소총을 들고 있었다. 어디선가 로봇처

158

럼 차분한 목소리가 들려왔다.

"동물원은 지금 폐장합니다. 가장 가까운 비상구로 나가주십시오. 동물원은 지금 폐장합니다……."

레이시는 출구를 찾아 빙빙 돌았지만 눈앞에 출구라고는 보이지 않았다. 사자가 으르렁거렸고 개코원숭이, 미어캣, 그리고 밤이면 침실 창문으로 우는 소리가 들렸던 원숭이도 울부짖고 있었다. 온 사방에서 짐승이 우는 소리가, 꼭 총소리처럼, 그 들판에서의 총소리처럼, 문간에서 들려오던 엄마의 부르짖음처럼 합창 소리가 되어 그녀의 마음속을 휘돌았다. '달려라, 온 힘을 다해 달리고 또 달려라…….'

레이시는 발걸음을 멈췄다. 그리고 그때 그녀는 느꼈다. 그 사람의 존재가 느껴졌다. 그림자. 여기 없으면서도 여기 있는 사람. 그 사람이 에이미를 데리러 왔다는 직감이 들었다. 동물들은 에이미에게 그 사실을 알리고 있었던 것이다. 얼굴이 검은 남자가 에이미를 덤불 가득한 들판으로 데려갈 것이다. 레이시가 몇 시간이나 누워서 밤하늘이 희끄무레해질 때까지 하늘만 쳐다보았던 곳, 그녀에게 일어나고 있는 사건의 소란이, 입에서 터져 나오는 울음소리가 들렸던 곳. 그러나 레이시는 마음을 나뭇가지 위 하늘 높은 곳, 하느님이 있는 곳으로 실어 보냈다. 내가 아닌 다른 사람이 되어 누워 있는 것만 같았던 곳. 따뜻한 빛에 둘러싸여 영원히 안전하게 보호받고 있던 곳으로.

입안에서 짭조름한 맛이 났지만 수조에서 넘쳐흐른 소금물 때문만은 아니었다. 레이시는 지금 울고 있었다. 온 힘을 다해 에이미를 꽉 끌어안고 눈앞에 커튼처럼 어룽거리는 눈물 사이로 보이는 길을 따라 내달렸다. 그때, 과자 가판대가 보였다. 아까 땅콩을 샀던, 커다란 파라솔이 꽂힌 과자 가판대가 마치 등대처럼 눈앞에 나타났고 그 뒤에는 널따란 출구가 쩍 벌어진 입처럼 버티고 있었다. 노란 저지를 입은 경비원들이 무전기에 대고 고함을 치며 사람들에게 거친 손짓을 하고 있었다. 레이시는 숨을 한 번 깊이 들이쉰 다음 가슴에 에이미를 끌어안은 채 사람들 속에 섞였다.

출구가 고작 몇 발짝 남았을 때 레이시의 팔을 누군가가 꽉 붙들었다. 휙 뒤돌아보니 경비원이었다. 그는 레이시를 붙잡은 손에 힘을 주며 다른 한 팔로는 그녀의 머리 위에서 누군가에게 손짓을 했다.

'레이시, 레이시.'

"손님, 잠시 이쪽으로……."

레이시는 경비원의 말이 끝나기를 기다리지 않고 몸에 남은 힘을 모조리 짜내어 그의 손을 뿌리치며 앞으로 달려 나갔다. 그녀에게 밀려 넘어진 사람들이 신음하고 비명을 지르는 소리, 뒤에서 경비원이 거기 서라고 고함치는 소리가 들렸다. 그러나 이미 출구 밖으로 나온 레이시는 주차장을 향해 달렸고 사이렌 소리는 점점 가까워져왔다. 레이시는 땀범벅이 된 채 숨을 거칠게 몰아쉬며 금방이라도 쓰러질 것 같다고 생각했다. 어디로 가야 할지 몰랐지만 상관없었다. 달려야 해, 온 힘을 다해 달리고 또 달려야 해. 에이미를 데리고 달려가야 해.

그 순간 등 뒤, 동물원 안에서 총성이 들려왔다. 공기를 가르는 총성에 레이시는 그 자리에서 꼼짝도 하지 못했다. 총성에 이어지는 갑작스러운 침묵 속에서 밴 한 대가 달려와 그녀의 앞에 미끄러지듯 멈췄다. 에이미는 레이시의 가슴 앞에 힘없이 매달려 있었다. 레이시는 이 차가 식료품 자선 배급소에 갈 때나 심부름을 하러 갈 때 다른 수녀들이 이용하는 파란 밴이라는 사실을 알아차렸다. 아직 운동복 차림인 클레어 수녀가 운전을 하고 있었다. 밴의 조수석을 벌컥 열고 아네트 수녀가 뛰어내리자 뒤에 검은 세단 한 대가 와서 섰다. 그들 주위로 동물원에서 쏟아져 나온 사람들이 달려나갔고 주차장의 차들도 황급히 빠져나가고 있었다.

"레이시 자매, 도대체……."

뒤에 있던 검은 세단에서 두 남자가 내렸다. 그들에게서 어둠이 뿜어져 나왔다. 심장이 조여들고 목소리가 코르크 마개처럼 목을 콱 막은 기분이었다. 그들이 누구인지 보지 않아도 알 수 있었다. 너무 늦었어! 다 끝났어!

"안 돼요! 절대 안 돼!"

레이시가 뒤로 물러섰다. 아네트 수녀가 그녀의 팔을 잡았다.

"레이시 자매, 정신 차려!"

사람들이 레이시를 잡아당기며 아이를 빼내려 했다. 레이시는 남아 있는 힘을 짜내 아이를 가슴에 그러안았다.

"데려가면 안 돼! 도와주세요!"

"레이시 자매, 이분들은 FBI 요원이에요. 제발 시키는 대로 해요."

"데려가지 마! 데려가면 안 돼!"

레이시는 바닥에 쓰러진 채 울부짖었다.

결국 전부 아네트 수녀 탓이었다. 아네트 수녀가 에이미를 빼앗아가는 것이었다. 레이시는 그 들판에서처럼 발버둥을 치고 몸부림을 치며 비명을 질렀다.

"에이미, 에이미!"

레이시가 울음을 터뜨렸고 그 순간 그녀에게 남아 있던 마지막 힘이 순식간에 빠져나갔다. 품에 안은 에이미를 빼앗기는 순간 주변이 텅 비는 것이 느껴졌다. 아이가 작은 목소리로 '레이시, 레이시, 레이시' 하고 부르는 소리가 들렸고, 그다음 에이미를 태운 차 문이 쾅 닫히는 소리가 들렸다. 엔진이 켜지고, 바퀴가 돌아가고, 빠른 속도로 차가 출발해 멀어지는 소리가 들렸다. 그녀는 두 손에 얼굴을 묻었다.

"날 데려가지 마세요, 날 데려가지 마세요."

레이시는 흐느끼고 있었다.

"날 데려가지 마, 날 데려가면 안 돼."

클레어 수녀가 그녀의 옆에 와서 떨리는 어깨를 한 팔로 감싸 안아주었다.

"레이시 자매, 괜찮아요."

레이시는 클레어 수녀 역시도 울고 있다는 사실을 알아차렸다.

"괜찮아요. 이제는 안전해요."

하지만 그렇지 않았다. 레이시는 안전할 수가 없었다. 아무도, 레이시도, 클레어도, 아네트도, 아이를 데리고 있던 여자도, 노란 셔츠를 입은 경비원도 안전할 수 없다는 걸 이제 레이시는 알았다. 어떻게 클레어 수녀는 괜찮다는 말을 할 수 있을까? 아무것도 괜찮지 않은데? 그 모든 세월 동안, 어린 소녀였던 레이시가 들판에서 보낸 그 밤 이후로 그 목소리가 했던 말이 바로 그것이었다.

'레이시 앙투아네트 쿠도토. 들어. 봐.'

레이시는 마침내 마음의 눈으로 그것을 볼 수 있었다. 밀려오는 군대, 무덤, 구덩이, 전투의 불길. 수도 없는 영혼들이 죽어가며 울부짖는 소리. 대지 위로 거대한 날개가 펼쳐지는 것처럼 점점 퍼져나가는 어둠. 잔혹함과 슬픔, 그리고 마지막 순간의 끔찍한 탈출로만 가득 메워진 최후의 쓰디쓴 시간, 모든 것을 지배하는 죽음, 그리고 마침내 백 년의 침묵으로 고요해진 텅 비어버린 도시들. 이런 일들이 벌써 다가오고 있었다. 레이시는 흐느끼고 또 흐느꼈다. 테네시주 멤피스의 길모퉁이에 앉아 있는 지금, 마음의 눈이 비춘 풍경 속에는 에이미도 존재했기에. 그녀의 에이미, 레이시가 자신을 구하지 못했듯, 구해주지 못한 에이미. 에이미, 시간이 멈춘 곳에 이름도 없이, 불빛 하나 없는 잊힌 세계를 영원히, 혼자, 목소리를 잃은 채 돌아다니는 에이미가 보였기 때문에.

'내가 누구인지, 내가 누구인지, 내가 누구인지.'

7

카터는 어딘가 추운 곳에 있었다. 그가 가장 먼저 느낀 감각은 그 추위였다. 그들이 카터를 비행기에서 내리게 했다. 카터가 비행기를 탄 것은 이번이 처음이었는데, 창가 좌석이었으면 했지만 그들은 카터를 짐 가방들이 놓인 맨 뒤 구석에 밀어 넣었다. 카터의 왼쪽 손목은 사슬로 파이프에 묶여 있었고 군인 두 명이 그를 감시했다. 바깥으로 이어진 계단을 밟고 내려오는데 철썩 후려치기라도 한 것처럼 폐 속에 차가운 공기가 훅 들어왔다. 카터는 춥다는 것이 무엇인지 알았다. 1월에 휴스턴 고가도로 아래에서 잠들어본 사람은 추운 게 무엇인지 안다. 그러나 이 추위는 달랐다. 너무 건조해서 입술이 쭈글쭈글해지고 귀도 먹먹했다. 정확히 몇 시인지 도통 알 수가 없었지만 비행장이 교도소 앞마당처럼 불이 환히 밝혀진 걸 보니 밤늦은 시간인 게 분명했다. 계단 위에서 보니 비행기의 크고 뚱뚱한 동체에 달린 커다란 문이 등이 뚫린 어린애의 잠옷처럼 휜히 열려 있는 모습, 그리고 위장 천으로 덮인 팔레트를 실은 지게차가 포장도로 위를 돌아다니는 모습이 보였다. 혹시 목숨을 구해준 대가로 자신을 일종의 군인으로 만들려는 것인지 카터는 생각해보았다.

울가스트. 카터는 그 이름을 기억했다. 아주 오랫동안 그 누구도 믿지 않고 살아온 자신이 어쩌다 보니 울가스트라는 사람을 믿게 된 것이 이상하게 느껴졌다. 하지만 울가스트를 대할 때 카터는 어쩐지 그 사람은 자신이 처한 상황을 알고 있는 것 같다는 기분이 들었다.

손목과 발목에 족쇄가 채워져 있었기에 카터는 자신의 앞과 뒤에 있는 두 군인 사이에서 균형을 잃지 않으려 조심하며 계단을 내려갔다. 두 군인 모두 카터에게 말을 걸지도, 심지어 서로 이야기를 나누지도 않았다. 카터는 위아래가 붙은 죄수복 위에 파카를 걸치고 있었지만 족쇄 때문에 지퍼는 여미지 못 해 안으

163

로 바람이 들었다. 두 군인이 그를 이끌고 비행장을 가로질러 밴 한 대가 서 있는 환하게 불이 켜진 격납고로 갔다. 가까이 다가가자 밴의 문이 열렸다.

첫 번째 군인이 소총으로 카터를 쿡 찔렀다.

"들어가."

카터가 시키는 대로 하자 모터가 낮게 돌아가는 소리, 바깥에서 차 문이 닫히는 소리가 들렸다. 마침내 비행기 안의 딱딱한 벤치보다는 편안한 좌석에 앉게 되었다. 차 안에 불이라고는 머리 위에 달린 조그만 전구 하나가 전부였다. 밖에서 두 번 두드리는 소리가 나더니 밴이 출발했다.

비행기 안에서 눈을 조금 붙인 데다가 잠을 잘 만큼 피곤하지도 않았다. 창문도 없고, 시간을 알 방법도 없었으니 거리도, 방향도 알 도리가 없었다. 그러나 꼼짝 않고 몇 달이라도 앉아 있을 수 있는 카터에게 몇 시간 버티는 것은 별일도 아니었다. 그는 잠시 마음속을 텅 비웠다. 시간이 흘러갔고, 얼마 후 밴이 속도를 늦추는 게 느껴졌다. 운전석과 카터를 가로막고 있는 벽의 반대쪽에서 낮은 목소리가 들려왔지만 무슨 말인지 알아들을 수는 없었다. 밴이 휘청하면서 앞으로 움직이더니 다시 멈췄다.

문이 열리자 바깥에서 군인 두 명이 추위에 발을 구르며 서 있는 게 보였다. 둘 다 백인 남성으로 훈련복 위에 파카를 껴입은 차림이었다. 두 군인 뒤에는 환하게 불을 밝힌 맥도널드 간판이 어둠 속에서 빛나고 있었다. 지나다니는 차 소리를 듣고 카터는 지금 밴이 고속도로 옆에 있다는 것을 알 수 있었다. 바깥은 여전히 깜깜했지만 하늘빛이 어쩐지 아침 같아 보였다. 오래 앉아 있느라 팔다리가 뻣뻣했다.

"먹어."

두 군인 중 한 명이 그에게 봉지 하나를 건네주었다. 다른 한 명의 군인이 샌드위치를 베어 먹고 있는 모습이 보였다.

"아침 식사다."

봉지를 열자 에그 맥머핀 하나, 종이에 싸인 동그란 해시브라운, 그리고 주스가 담긴 플라스틱 컵이 나왔다. 추위 때문에 목이 탔던 차라 주스가 좀 더 있었으면, 물이라도 있었으면 했다. 카터는 단숨에 주스를 들이켰다. 달아서 이가 아려왔다.

"고맙습니다."

군인은 손으로 입을 가리고 하품을 했다. 카터는 왜 이들이 자기에게 잘해주는지가 궁금했다. 이들은 핀처를 비롯한 교도관들과는 달랐다. 총을 차고 있기는 했지만 그렇다고 무시무시하게 굴지도 않았다.

"아직 몇 시간 더 가야 해."

카터가 식사를 마치자 군인이 말했다.

"화장실이라도 다녀오겠어?"

비행기에 탄 뒤로 화장실에 한 번도 가지 않았지만 수분 섭취를 못 했으니 소변으로 배출할 것이 딱히 있을 것 같지는 않았다. 카터는 원래 소변을 잘 참는 편이었다. 하지만 맥도널드, 그 안에 있을 사람들, 음식 냄새와 환한 조명을 생각하니 들어가서 구경하고 싶다는 생각이 들었다.

"그러겠습니다."

군인은 묵직한 군화 발자국이 금속 바닥에 울리는 소리를 내며 밴에 올라타더니 좁은 공간에 몸을 웅크린 채 벨트에 달린 주머니에서 반짝이는 열쇠를 꺼내 족쇄를 풀어주었다. 군인의 얼굴이 아주 가까이서 보였다. 빨간 머리. 고작 스무 살 언저리가 아닐까 싶었다.

"엉뚱한 짓 할 생각 마. 원래는 내보내주면 안 되게 되어 있어."

"알겠습니다."

"자, 외투 여며. 바깥은 뒈지게 추우니까."

두 군인은 카터의 양쪽에 섰지만 그에게 손은 대지 않은 채로 그를 데리고 주차장을 가로질렀다. 카터는 남의 손에 이끌리지 않은 채 어디로 가본 것이 얼마 만인가 하는 생각이 들었다. 주차장의 차들은 대개 콜로라도 번호판이 붙어 있었다. 공기에서는 소나무 향 세척제 같은 청결한 냄새가 났고, 주변에 큰 산이 버티고 있다는 게 느껴졌다. 눈이 내렸던 건지 주차장 언저리에 높이 쌓여 딱딱하게 얼어 있는 모습이 보였다. 카터가 살면서 눈을 본 건 한두 번이 전부였다.

군인들이 화장실 문에 노크를 하더니 대답하는 사람이 없자 카터를 안으로 들여보냈다. 한 명이 따라 들어오고 나머지 한 명은 밖에서 망을 보았다. 소변기가 두 개 있어서 카터는 그중 하나 앞에 섰고, 따라 들어온 군인이 나머지 하나를 차지했다.

"손 높이 들어."

군인이 그렇게 말하더니 곧바로 웃었다.

"농담이야."

소변을 다 보고 나서 카터는 세면대로 가 손을 씻었다. 카터의 기억 속 휴스턴의 맥도널드는 상당히 지저분했고 특히 화장실이 더러웠다. 거리에서 살던 시절에는 가끔 몬트로즈에 있는 맥도널드에 가서 몸을 씻었는데 결국 지배인에게 들켜서 쫓겨났다. 하지만 이 화장실은 쾌적하고 깔끔했고, 세면대 옆에 꽃향기가 나는 비누와 자그마한 화분까지 있었다. 카터는 손을 씻으며 따뜻한 물이 살갗 위를 흐르는 감촉을 느꼈다.

"요즘에는 맥도널드에서 식물도 기릅니까?"

카터가 묻자 군인은 혼란스러운 표정을 짓더니 웃음을 터뜨렸다.

"대체 얼마나 오랫동안 교도소에 있었던 거야?"

카터로서는 뭐가 그리 우스운지 알 수 없었다.

"제 인생 대부분요."

화장실에서 나오자 밖에서 기다리던 군인이 계산대 앞에 줄을 서 있었기에 카터와 남은 한 명의 군인도 같이 기다렸다. 둘 다 카터에게는 손을 대지 않았다. 카터는 매장 안을 둘러보았다. 혼자 앉은 남자 두 명, 한두 가족, 휴대용 게임기로 게임을 하고 있는 아들을 데리고 온 엄마. 전부 백인이었다.

계산대 앞에 서자 군인이 커피를 주문했다.

"필요한 것 있나?"

군인이 묻자 카터는 잠시 생각했다.

"아이스티 있을까요?"

"아이스티 있습니까?"

군인이 카운터를 담당하던 여자 종업원에게 물었다. 여자는 어깨를 으쓱했다. 짝짝 소리를 내면서 껌을 씹는 중이었다.

"뜨거운 차는 있는데요."

군인이 카터를 쳐다보자 그는 고개를 저었다.

"그럼 커피만으로 하지요."

밴으로 돌아오는 길에 듣게 된 두 군인의 이름은 폴슨과 데이비스라고 했다. 한 명은 코네티컷, 다른 한 명은 뉴멕시코 출신이라고 했는데 둘 중 누가 어디 출신인지까지는 기억나지 않았고, 아무튼 카터는 두 군데 다 가본 적 없었으니 상관없었다. 빨간 머리가 데이비스였다. 다시 밴에 타고 달리는 동안에는 운전석과 연결된 창문을 열어주었고, 족쇄도 풀어주었다. 여기는 카터의 예상대로 콜로라도가 맞았지만 표지판이 나올 때마다 군인들은 카터더러 눈을 가리라고 하더니 마치 그게 아주 우스운 농담이라도 된다는 듯 웃어댔다. 잠시 뒤 그들은 주간고속도로에서 빠져나와 산에 바짝 붙은 시골길을 달렸다. 뒷좌석의 맨 앞 줄에 앉은 채로도 앞 유리창을 통해 지나쳐가는 바깥 풍경이 조금은 보였다. 마을은 보이지 않았고 이따금 반대편에서 달려오는 차, 그리고 뒤이어 라이트에 한순간 비치는 녹은 눈이 전부였다. 이렇게까지 사람이 거의 없는 곳에 와본 것은 처음이었다. 대시보드의 시계를 보자 오전 6시가 약간 지난 시간이었다.

"춥네요."

카터가 말했다. 운전석에는 폴슨이 앉아 있었고 조수석의 데이비스는 만화책을 읽는 중이었다.

"그래. 베스 포프의 교정기만큼이나 날이 차군."

"베스 포프가 누군데요?"

운전대를 잡은 폴슨이 돌아보며 어깨를 으쓱했다.

"고등학교 때 알던 여자애. 그, 뭐더라, 척추측만증이 있었거든."

카터는 척추측만증이 무엇인지 몰랐지만 폴슨과 데이비스는 자기들끼리 신이 난 모양이었다. 만약 울가스트가 시킨 일이 이 두 사람과 일하는 것이라면 즐겁게 할 수 있을 것만 같았다.

"아쿠아맨입니까?"

카터가 묻자 데이비스가 만화책 무더기 속에서 두 권을 꺼내 건네주었다. 『리그 오브 벤전스』와 『엑스맨』이었다. 깜깜해서 글자는 읽을 수 없었지만 그림만 봐도 줄거리를 알 수 있으니 상관없었다. 울버린은 나쁜 놈이었고, 카터는 옛날부터 울버린이 좋았지만 한편으로는 안타깝기도 했다. 뼈에 금속이 이식되어 있고 누군가를 좋아할 때마다 상대가 항상 죽거나 살해당하다니 행복할 리가 없었다.

그렇게 1시간쯤 지나자 폴슨이 밴을 세웠다.

"미안하군, 친구. 다시 족쇄를 채워야겠어."

"괜찮아요."

카터가 고개를 끄덕였다.

"지금까지 풀어준 것만으로도 고맙습니다."

데이비스가 조수석에서 내려 차를 반 바퀴 돌아 뒷좌석으로 왔다. 문이 열리자 차가운 공기가 쏟아져 들어왔다. 데이비스는 카터에게 다시 족쇄를 채운 다음 열쇠를 주머니에 넣었다.

"편안해?"

카터는 고개를 끄덕였다.

"앞으로 많이 남았습니까?"

"이제 곧이야."

밴이 다시 움직였다. 오르막길을 올라가는 게 느껴졌다. 하늘이 보이지는 않았지만 곧 해가 뜨지 않을까 생각했다. 긴 다리를 건너느라 속도가 느려지자 바람이 차체를 온통 뒤흔들었다.

다리를 다 건너온 뒤 폴슨이 백미러를 통해 카터와 눈을 마주했다.

"그런데, 넌 다른 녀석들 같지 않은데. 실례이긴 한데, 대체 무슨 짓을 저지른 건가?"

"다른 녀석들이라니요?"

"너 같은 다른 녀석들 말이야. 전과자들."

폴슨은 데이비스 쪽으로 고개를 홱 돌렸다.

"그 뱁콕이라는 녀석 기억하지?"

그러면서 그는 웃으며 고개를 저었다.

"완전 미친놈이었지."

그러더니 그는 다시 카터를 바라보았다.

"그놈은 너와는 달랐어. 분명 너는 좀 달라."

"저는 미치지 않았는데요. 판사님이 제 정신은 멀쩡하다고 했어요."

"하지만 무슨 짓을 했을 거 아냐. 그러니까 여기까지 왔겠지."

카터는 이 대화도 계약 내용에 포함된 필수적인 사항인가 하는 생각을 했다.

"제가 어떤 여자를 죽였다고 했어요. 하지만 저는 그럴 마음은 없었어요."

"누구? 아내, 여자친구?"

폴슨이 흥미진진하다는 눈빛을 하고 백미러를 통해 그에게 능글거리며 웃어 보였다. 카터는 마른침을 삼킨 뒤 대답했다.

"아니요. 제가 잔디를 깎던 집 안주인이었어요."

폴슨이 웃더니 또 데이비스를 쳐다보았다.

"야, 기가 막히는데? 그 여자네 잔디밭을 깎았단다."

폴슨이 다시 한번 백미러로 카터를 쳐다보았다.

"그렇게 작은 덩치로 어떻게 그런 짓을 했어?"

카터는 뭐라 대답해야 할지 알 수 없었다. 기분이 나빴고, 마치 지금까지 잘 해준 것도 이렇게 엿을 먹이려는 심산이 아니었을까 하는 생각이 들었다.

"말해보라고, 앤서니. 맥머핀도 사줬잖아? 화장실에도 데려다줬으니 얘기 좀 해봐."

"그만해, 그 입 좀 닥치라고. 거의 다 왔는데 왜 이래?" 데이비스의 말이었다.

"그러니까." 폴슨이 후 하고 숨을 내뱉더니 말을 이었다.

"저 녀석이 '무슨' 일을 했는지 궁금하단 말이지. 다들 '무슨' 일을 저지르잖아? 자, 앤서니. 너한텐 어떤 사연이 있지? 여자를 강간했나? 그런 거야?"

얼굴이 수치심으로 홧홧하게 달아올랐다. 카터는 간신히 대답했다.

"그런 짓은 절대 안 합니다."

데이비스가 카터 쪽을 돌아보았다.

"이 멍청이 말은 신경 쓰지 마. 대답하지 않아도 돼."

"왜 그래, 어차피 덜떨어진 놈이잖아. 보면 모르겠어?"

폴슨은 또 한번 백미러를 통해 카터를 샅샅이 훑어보았다.

"내 말이 맞잖아? 잔디밭을 깎게 해준 착한 백인 주인 여자를 강간했을 거야. 맞지, 앤서니?"

카터는 목 안이 뻣뻣하게 굳어오는 것만 같았다.

"저는 절대…… 이제 그만하세요."

"네가 거기 가면 무슨 일을 당할지 알고 있어? 혹시 공짜로 드라이브나 하는 줄 알았던 건 아니겠지?"

"제기랄, 그 입 좀 닥치라고. 이러다간 우리 둘 다 리처즈한테 된통 당해."

"리처즈 따위 알 게 뭐야."

"저는…… 일자리가 생기는 줄 알았는데요." 카터가 겨우 입을 열었다.

"중요한 일이라고 했어요. 아주…… 특별하다고요."

"특별하다고?" 폴슨이 그 말에 큭큭 웃었다.

"그래, 넌 특별하지."

침묵 속에서 밴이 움직였다. 카터는 머리가 어지럽고 속이 울렁거리는 것을 느끼며 바닥만 쳐다보았다. 차라리 그 맥머핀을 먹지 말걸 그랬다는 생각이 들었다. 그러다가 카터는 울기 시작했다. 몇 년 만에 우는 건지도 알 수 없었다. 지금까지 아무도 자신에게 여자를 강간했냐고 물은 적이 없었다. 사람들이 그 여자의 딸에게 몹쓸 짓을 했느냐고 물을 때마다 그는 언제나 아니라고 말했고, 그것이 명백한 진실이라고 그는 맹세할 수 있었다. 그 어린아이는 고작해야 다섯 살이었다. 그 아이에게 풀숲에서 찾은 두꺼비를 구경시켜주려고 한 게 전부였다. 아이가 그런 것, 자기처럼 작은 동물을 보면 좋아할 거라고 생각했다. 카터의 의도는 그것이 전부였다. 아이에게 잘해주는 것. 그가 어릴 때는 아무도 그에게 그런 일을 해주지 않았던 것이다. '이리 와봐, 아가야. 보여줄 게 있단다. 너처럼 아주 조그만 거란다.'

적어도 카터는 테럴이 어떤 곳인지, 그곳에서 자신이 어떤 일을 당하게 될지 알고 있었다. 아무도 그 여자, 레이철 우드 부인을 강간했느냐고 묻지 않았다. 그 일이 있었던 날 마당에서 그 여자는 카터에게 미친 듯이 화가 나서 고함을 지르고 그를 마구 때리면서 딸에게 도망치라고 외쳤고, 그러다 그 여자가 수영장에 빠진 건 카터의 잘못이 아니었다. 그는 그냥 여자에게 아무 일도 없었다고, 원하신다면 이대로 떠나서 다시는 돌아오지 않겠다는 말로 그녀를 진정시킨 게 전부였다. 카터는 그래도 상관없었고, 그 뒤로 일어난 모든 일에 대해서도 개의치 않았다. 그러나 울가스트라는 사람이 나타나서 사형을 당하지 않아도 된다는 말을 한 뒤로 카터의 마음은 다른 방향으로 쏠렸다. 그런데 지금 이 모습을 보라. 말이 안 되는 일이었다. 토할 것 같고, 온몸이 덜덜 떨리는 것 같았다.

고개를 들자 폴슨이 자신을 보고 빙글빙글 웃고 있었다. 흰자가 크게 드러나 번뜩였다.

"깜짝 놀랐지!"

폴슨이 운전대를 탁 치더니 마치 방금 세상에서 제일 웃긴 농담이라도 했다는 듯 웃음을 터뜨렸다. 그러더니 그는 운전석과 연결된 창문을 닫아버렸다.

울가스트와 도일은 이제 멤피스 남부 어딘가에서 주거지역이 밀집한 교외를 벗어나는 중이었다. 모든 것이 처음부터 잘못되었다. 울가스트는 도대체 동물원에서 무슨 난동이 벌어지고 있던 건지 감조차 잡을 수 없었다. 동물원 전체가 미쳐 날뛰고 있는 가운데 나이 많은 아네트라는 수녀가 레이시라는 다른 수녀와 몸싸움을 해 아이를 빼앗았다.

그 아이. 에이미 NLN. 고작 여섯 살 남짓한 어린아이였다. 울가스트는 이 일에서 손을 떼야겠다고 생각했지만 그 순간 아이를 안고 있던 수녀가 아이를 놓았고, 나이 든 수녀가 그 아이를 도일에게 넘겨주자, 도일은 울가스트가 뭐라고 입을 열기도 전에 아이를 차에 실었다. 그 뒤에는 오로지 지역 경찰이 와서 무슨 질문을 하기 전에 그곳을 빨리 떠나는 것만이 중요했다. 목격자가 한둘이 아니었다. 모든 일이 너무나 순식간에 일어났던 것이다.

차를 버려야 했다. 사이크스에게 전화를 해야 했다. 테네시주를 빠져나가야 했다. 지금 당장 순서대로 처리해야 하는 일들이었다. 에이미는 뒷좌석에 길게 누워 얼굴을 반대쪽으로 돌리고 배낭에서 꺼낸 토끼 인형을 꽉 안고 있었다. 세상에, 내가 무슨 짓을 한 거지? 고작 여섯 살짜리 어린아이라고!

울가스트는 아파트와 쇼핑몰이 밀집한 칙칙한 동네 어딘가에 있는 주유소에 차를 멈추고 시동을 끈 뒤 도일을 바라보았다. 두 사람은 동물원에서 나온 이래 쭉 아무 말도 주고받지 않았다.

"도대체 너는!"

"브래드, 잠시만……."

"미쳤어? 어린아이라고."

"어쩌다 보니 그렇게 됐어요."

도일이 고개를 절레절레 저었다.

"난리 법석이라 정신이 하나도 없었다고요. 그래요, 제가 잘못했을지도 모르죠. 인정할게요. 하지만 그럼 도대체 어떻게 해야 했단 말이에요?"

울가스트는 심호흡을 하며 마음을 다스리려 애썼다.

"기다려."

그는 차에서 내려 사이크스의 보안번호로 전화를 걸었다.

"문제가 생겼습니다."

"아이는 데려왔나?"

"예, 데리고 있습니다. 그런데 어린아이예요. 도대체 이게 무슨."

"울가스트 요원, 화가 난 건 이해하네만……."

"맞습니다. 화가 머리끝까지 났습니다. 게다가 수녀들은 물론이고 목격자가 50명은 됩니다. 가장 가까운 경찰서에 애를 데려다 놓고 싶은 심정입니다."

사이크스는 잠시 말이 없었다.

"울가스트 요원, 일단 임무에 집중했으면 하네. 우선 테네시주를 벗어나. 이후에 어떻게 할지는 그다음에 생각해보자고."

"그다음에요? 그다음에는 아무 일도 일어나지 않을 겁니다. 이런 임무에는 동의한 적이 없습니다."

"기분이 상한 건 알겠어. 당연히 그럴 권리가 있지. 지금 어딘가?"

울가스트는 심호흡을 하며 분노를 억눌렀다.

"멤피스 남부의 주유소입니다."

"아이는 괜찮은가?"

"신체적으로는요."

"허튼짓할 생각은 말게."

"지금 협박하시는 겁니까?"

그러나 그 말을 입 밖에 내는 순간 울가스트는 문득 지금 자신이 처한 상황을 명명백백하게 깨달았다. 동물원을 벗어난 뒤 지금까지 사이크스와 맺었던 수평적 관계는 깨졌다. 이제 울가스트는 도망자 신세였던 것이다.

"그럴 필요는 없지. 내 연락을 기다리게."

사이크스가 말하자 울가스트는 전화를 끊고 주유소로 걸어갔다. 터번을 쓴 늘씬한 인도인이 방탄유리를 댄 계산대 뒤에 앉아 텔레비전으로 기독교 프로그램을 보고 있었다. 아이는 배가 고프겠지. 울가스트는 피넛버터크래커와 초코우유를 집어 계산대로 가져갔다. 카메라가 있는 걸 눈치채고 위를 쳐다보는데 허리에 차고 있던 핸드헬드가 울렸다. 그는 빠르게 계산을 하고 밖으로 나왔다. 사이크스였다.

"리틀록 외곽에 차량을 준비해놓겠다. 위치를 알려주면 현장 사무소에 있는 인력이 그곳에서 기다릴 거야."

리틀록까지는 적어도 2시간은 걸릴 것이다. 너무 길다. 양복을 입은 두 남자와 어린 소녀, 검은 세단이라니 이보다 더 눈에 띌 수는 없었다. 수녀들이 분명 번호판을 경찰에 신고했을 테고, 다리 입구에 있는 스캐너를 피할 방법도 없을 터였다. 유괴 신고가 들어갔다면 앰버경고(고속도로 전자표지판과 방송 등을 통해 납치범을 공개수배하는 프로그램—옮긴이)를 발령했을 것이다.

울가스트는 주위를 둘러보았다. 길 건너에 갖가지 색 현수막들이 나부끼고 있는 중고차 판매상이 있었다. 그곳에 세워진 차는 대부분이 고물에다 연비도 낮은 것들이었다. 연식이 적어도 10년은 넘어 보이는 구식 세비 타호 한 대가 거리를 면하고 서 있는 것이 보였다. 앞 유리에는 '급전 융통'이라는 글씨가 스텐실로 찍혀 있었다.

울가스트는 사이크스에게 자신의 계획을 말한 뒤 전화를 끊었다. 차로 돌아가 도일에게 에이미에게 먹이라며 우유와 크래커를 건네주고는 얼른 길을 건너갔다. 울가스트가 타호 쪽으로 다가가자 커다란 안경을 쓰고, 몇 가닥 없는 머리카락을 빗질해 넘긴 남자가 트레일러에서 나와 다가왔다.

"아주 새끈하죠?"

울가스트는 6천 달러까지 흥정을 했다. 남아 있는 현금의 거의 전부였다. 사이크스는 돈 문제도 해결해주어야 할 것이다. 오늘은 토요일이니 타호의 판매 기록은 월요일 아침에나 데이터베이스에 입력될 것이고, 그때쯤이면 그들은 멀리 사라진 지 오래일 것이다.

도일이 차를 몰고 1.5킬로미터 정도 떨어진 아파트 단지까지 따라왔다. 길에서 떨어진 곳에 타호를 세우자 도일이 바로 뒤에 차를 세운 뒤 에이미를 데리고 내려 타호에 태웠다. 완벽하지는 않지만 사이크스가 오늘 중으로 누군가를 시켜 차를 처리해준다면 흔적을 남기지 않고 움직일 수 있을 것이다. 타호 안에서는 레몬 향 방향제 냄새가 코를 찔렀지만 그 외에는 깨끗하고 편안했으며, 주행 거리도 9만 킬로미터가 조금 넘은 정도로 나쁘지 않았다.

"현금이 얼마나 남았지?" 올가스트가 도일에게 물었다.

둘이 가진 현금을 합쳐보니 남은 돈은 3백 달러가 조금 넘는 수준이었다. 주유비로 최소 2백 달러가 들 테지만 그만큼이면 아칸소 서부까지, 어쩌면 오클라호마까지도 갈 수 있을 것 같았다. 누군가가 거기서 돈과 새 차를 가지고 기다리고 있으면 된다.

그들은 다시 미시시피강을 건너가 강 쪽인 서쪽으로 방향을 틀었다. 구름 몇 점이 흩날릴 뿐 하늘은 맑았다. 뒷좌석의 에이미는 돌처럼 꼼짝도 하지 않았고, 음식에도 손대지 않았다. 그 애는 그냥 작은 아이, 아기일 뿐이었다. 그런 생각이 들자 올가스트는 속이 메슥거렸다. 타호는 결국 움직이는 범죄 현장이 된 셈이었다. 하지만 지금 당장은 테네시주를 벗어나는 것이 급선무였다. 그 이후의 일에 대해서는 올가스트는 아는 바가 전혀 없었다.

다리에 가까워질 때쯤에는 오후 1시가 다 되어 있었다.

"우리, 괜찮을까요?"

도일이 물었지만 올가스트는 앞만 똑바로 바라보았다.

"지금부터 알아내야지."

게이트가 열려 있었고 경비 초소에는 사람이 없었다. 그들은 봄이 가까워져 얼음이 녹아내린 너른 강폭을 따라 순행했다. 다리 아래서는 길게 이어진 바지선들의 행렬이 물거품이 이는 조수를 거슬러 북쪽으로 떠밀려 가고 있었다. 스캐너에 차량 정보가 기록되겠지만, 이 차량은 아직 중고차 딜러의 명의로 등록되어 있을 것이다. 비디오를 확인하고 이 차량을 사라진 여자아이와 검은 세단에 연결시키기까지 최소 며칠은 걸릴 터였다. 반대편 길은 습기로 축축한 서쪽 범람 습지를 향해 나 있었다. 올가스트는 앞으로의 경로를 곰곰이 생각했다. 리틀록에 거의 도착할 때까지는 어지간한 크기의 마을이 나오지 않을 것 같았다.

자동 운행 장치를 제한속도인 시속 55킬로미터로 맞춰놓고 서쪽으로 향하면서, 그는 사이크스가 자신의 생각을 어떻게 알고 있었을까 하고 생각했다.

앤서니 카터를 실은 밴이 부대로 들어왔을 때 리처즈는 집무실에서 책상에 엎드린 채 잠들어 있었다. 인터콤이 울리는 소리에 그는 잠에서 깼다. 폴슨과 데이비스가 도착했다는 경비 초소의 연락이었다. 그는 눈을 비비고 정신을 차렸다.

"곧바로 들여보내."

리처즈는 사이크스를 깨우지 않기로 했다. 일어나서 기지개를 켠 뒤 의료진과 보안요원을 호출한 다음 재킷을 입고 계단을 올라 지하 1층으로 갔다. 하역장은 건물 뒤쪽 남측에 숲을 마주 보고 있었고 그 뒤로는 협곡을 따라 흐르는 강이 있었다. 이 부대는 한때 기업 임원들과 정부 관료들이 침거할 수 있도록 만들어둔 일종의 연구소였다. 리처즈는 이 공간의 역사에 대해 정확히는 몰랐다. 이 공간은 최소 10년은 폐쇄되어 있다가 특수기동대의 소유가 되었다. 콜은 이 '샬레'를 완전히 해체한 다음 지하층을 파서 발전소를 만들었다. 그러고는 처음과 똑같은 모양대로 외관을 재건했다.

리처즈는 춥고 어두침침한 바깥으로 나갔다. 콘크리트 독 위에 눈이 들이치지 않도록 널따란 지붕이 잇대어져 있었고 그 지붕이 부대의 나머지를 시야에서 가리고 있었다. 시계를 보았다. 7시 12분이었다. 지금쯤이면 앤서니 카터는 심리적으로 완전히 무너져 있을 것이 분명했다. 다른 실험체들에게는 적응할 만한 시간이 있었다. 그러나 카터의 경우에는 사형선고를 받은 신세에서 갑자기 하루가 못 되는 시간 안에 여기로 옮겨진 셈이었다. 지금 그의 마음은 건조기처럼 널뛰고 있을 것이 뻔했다. 앞으로 2시간 동안 그의 심리를 안정시키는 것이 최우선이었다.

가까워지는 밴의 헤드라이트 불빛이 하역장을 가득 메웠다. 리처즈가 계단을 내려오는데 총을 차고 있는 두 명의 경비병이 눈을 밟고 이쪽으로 달려왔다. 리처즈는 그들에게 거리를 유지하고 총은 총집에서 빼지 말라고 지시했다. 카터의 신상 정보 파일에 따라 파악하기로는, 그는 폭력적인 성향이 아닐 듯했다. 오히려 양처럼 순한 남자였다.

폴슨이 시동을 끄고 밴에서 내렸다. 밴의 옆문에는 키패드가 달려 있었다. 폴슨이 키패드의 숫자를 누르자 문이 천천히 열렸다.

카터는 맨 앞줄에 앉아 있었다. 고개를 숙이고 있었지만, 리처즈는 그가 눈을 뜨고 있다는 것을 알 수 있었다. 족쇄를 찬 두 손은 허벅지 위에 겹쳐져 놓여 있었다. 발치 바닥에는 구겨진 맥도널드 봉지가 굴러다니는 게 보였다. 적어도 먹을 건 주었나 보군. 운전석과 뒷좌석 사이의 창문은 닫힌 채였다.

"앤서니 카터?"

대답이 없었다. 리처즈가 다시 한번 그의 이름을 불렀다. 이번에도 그는 꿈쩍도 하지 않았다. 바짝 긴장한 게 분명했다.

리처즈는 문에서 한 발짝 떨어져 폴슨을 한쪽으로 불러 세웠다.

"자, 말해봐. 무슨 문제야?"

폴슨이 애써 아무렇지도 않은 척했다.

"제가 뭘요? 아무것도 모르겠는데요? 그냥 기분이 나쁜가 보죠."

"나한테 허튼수작 부릴 생각은 마."

리처즈는 나머지 한 명, 빨간 머리 데이비스에게로 주의를 돌렸다. 그는 손에 만화책을 한 아름 들고 있었다. 맙소사, 만화책이라니. 군인들이 세상 물정 모르는 어린애에 불과하다는 생각이, 천 번째로 들 참이었다.

"너는?" 그가 데이비스를 향해 물었다.

"예?"

"수작 부리지 말라니까. 할 말 있지 않나?"

데이비스가 얼른 폴슨을 쳐다보았다가 다시 리처즈를 보았다.

"없습니다."

이 두 사람을 추궁하는 것은 나중으로 미루기로 했다. 리처즈는 다시 밴으로 다가갔다. 카터는 여전히 꼼짝도 하지 않은 채였다. 콧물을 흘리고 있었고 뺨에는 눈물이 흘러내린 자국이 보였다.

"앤서니, 나는 리처즈라고 한다. 나는 이 시설의 책임자다. 저 두 녀석은 더이상 너를 괴롭히지 못해, 알겠나?"

"우리는 아무 짓도 안 했습니다." 폴슨이 사정하듯 말했다.

"장난이었어요. 이봐, 앤서니. 농담도 못 받아주나?"

리처즈가 고개를 홱 돌려 그들을 바라보았다.

"당장 그 입 닥치지 못해?"

"아, 왜 그러세요. 저 자식, 딱 봐도 정신이 좀 돈 놈이잖아요."

폴슨이 투덜대는 소리에 리처즈는 양동이에 든 마지막 물 한 방울이 똑 떨어지듯 마지막 남은 인내심이 떨어지는 것을 느꼈다. 진절머리가 났다. 그는 아무 말 없이 허리 뒤쪽에 차고 있던 권총을 꺼냈다. 실제로 사용하기보다는 위협을 할 때 사용하는 총열이 긴 45구경 스프링필드였다. 우스꽝스러울 정도로 커다란 총이었지만 덩치에 비해 손에 쏙 들어왔고, 동트기 전 하역장의 어스름한 빛 속에서 티타늄으로 된 몸체가 그 완벽한 정밀함을 과시하듯 번득였다. 리처즈는 끊김 없는 동작으로 안전장치를 엄지손가락으로 젖히고 탄환을 장전하는 동시에 폴슨의 벨트버클을 붙잡고 바짝 잡아당긴 다음 V자 모양의 부드러운 턱밑 살에 총구를 콱 누르는 동작을 취했다.

"이해가 안 되나 본데." 리처즈는 목소리를 낮추었다.

"저 친구의 기분만 나아질 수 있다면 여기서 당장 널 쏴버릴 수도 있다."

폴슨의 전신이 뻣뻣하게 굳었다. 동료를 찾아 눈을 굴렸지만 데이비스와 다른 경비병들은 반대쪽에 있었다.

"이게 무슨……."

그가 목이 콱 눌린 채로 간신히 말을 뱉었다. 침을 꿀꺽 삼키자 목젖이 불룩 튀어나와 총구에 닿았다.

"알겠습니다. 알겠다고요."

"앤서니." 리처즈는 여전히 폴슨과 눈을 맞춘 채 입을 열었다.

"자, 네가 말만 하면 돼. 이 녀석에게 잘못이 있나, 없나?"

밴 안에서 한참 침묵이 감돌더니, 작은 목소리가 나왔다.

"없습니다."

"확실해? 만약 잘못이 있다면 지금 말해. 마지막 기회야."

또다시 침묵.

"괜찮습니다."

"들었지?"

리처즈가 폴슨에게 말한 다음 그의 벨트를 놓고 총을 치웠다.

"저 녀석이 괜찮다고 하는군."

폴슨은 엄마를 부르며 소리쳐 울기 직전이었다. 하역장에 서 있던 경비병들이 와르르 웃음을 터뜨렸다.

"열쇠 내놔."

리처즈의 말에 폴슨은 허리에 차고 있던 열쇠를 풀어 내밀었다. 폴슨의 손이 떨리고 있었다. 숨에서는 토사물 냄새가 났다.

"이제 가."

리처즈가 말했다. 그러고는 만화책 무더기를 들고 있는 데이비스에게 눈길을 던졌다.

"너도. 너희 둘 다 여기서 썩 꺼져."

두 사람이 눈이 쌓인 먼 곳으로 사라졌다. 밴이 도착한 지 몇 분이 흘렀을 뿐인데 벌써 해가 산 뒤로 솟아올라 공기에 희미한 빛을 던지고 있었다. 리처즈가 밴 안으로 몸을 숙인 다음 카터의 족쇄를 풀어주었다.

"괜찮나? 저놈들이 다치게 하진 않았고?"

카터가 축축한 얼굴을 손으로 훔쳤다.

"일부러 그런 건 아니에요."

그는 자리에서 일어나서 발치를 향해 몸을 뻣뻣하게 숙였다. 그러더니 눈을 깜박인 뒤 주변을 둘러보았다.

"그들은 갔습니까?"

리처즈는 그렇다고 대답했다.

"여기는 어딥니까?"

"좋은 질문이군."

리처즈가 고개를 주억거렸다.

"일단 차근차근 순서대로 하지. 앤서니, 배고픈가?"

"그들이 먹을 걸 줬어요. 맥도널드요."

카터가 하역장에 서 있는 경비병들을 발견했다. 리처즈는 그의 표정을 읽을 수 없었다.

"저 사람들은 누구입니까?"

"너를 도와주려고 온 사람들이야. 앤서니, 너는 이곳의 귀빈이니까."

카터는 눈을 가늘게 뜨고 리처즈를 보았다.

"만약 제가 쏘라고 했다면 정말 쏘셨을까요?"

카터를 보니 어쩐지 아까 집무실로 찾아와 멍한 얼굴로 우리가 친구인가를 묻던 사이크스가 떠올랐다.

"어땠을 것 같나? 내가 쐈을 것 같나?"

"잘 모르겠어요."

"음, 우리 둘뿐이니까 하는 이야기인데, 안 쐈을 거야. 그냥 겁만 준 거지."

"그럴 거라고 생각했어요."

카터가 갑자기 미소를 지었다.

"우습기는 했어요. 그 사람에게 그렇게 겁을 주다니요."

그는 고개를 저으며 잠시 웃더니 다시 주변을 둘러보았다.

"지금부터는 어떻게 되는 겁니까?"

"일단, 따뜻한 안으로 들어가자고."

어둠이 내릴 때쯤 그들은 오클라호마시티를 80킬로미터 정도 지나쳐 봄의 적란운이 대초원을 가로질러 지평선 위로 층을 이루며 뭉게뭉게 솟아나는 서쪽을 향해 내달리고 있었다. 마치 꽃 무더기가 피어나는 장면을 타임랩스 비디오로 찍은 것 같았다. 도일은 타호의 조수석에서 머리 받침대와 창문 사이의 틈에 고개를 처박고, 울퉁불퉁한 바닥에서 전해지는 충격을 머리에 재킷을 대어 완화시킨 채 자고 있었다. 울가스트는 무엇이든 쉽게 잊어버릴 수 있는 도일이 부럽다는 생각을 했다. 도일은 열 살짜리 아이처럼 머리만 대면 전원이 꺼지듯이 어디서나 잘 잤다. 울가스트는 무척 피로했다. 어딘가에 차를 세우고 도일과 자리를 바꾸어서 조금이라도 눈을 붙이는 것이 현명하리라는 것을 알면서도 울가스트는 멤피스에서 여기까지 쭉 운전을 했다. 손에 잡힌 운전대의 감촉만이 그에게 아직 남은 카드가 있다는 기분을 들게 해주었다.

사이크스에게 전화를 걸었던 뒤로 그와 접촉한 것은 딱 한 번, 리틀록 외곽에 있던 화물차 휴게소 주차장에서였다. 그곳에 나와 있던 현장요원이 현금이 담긴 봉투 ― 전부 20달러와 50달러짜리로 해서 도합 3천 달러 ― 와 단순한 외관의 FBI 소유 세단을 가지고 나와 있었다. 하지만 울가스트는 타호가 마음에 들어서 계속 타고 싶었다. 커다랗고 건장한 8기통 엔진, 부드러운 핸들링, 그리고 충격을 흡수하는 서스펜션도 마음에 들었다. 이런 차를 타본 것은 몇 년 만이었다. 괜찮은 차를 폐차장으로 보내는 게 아까웠던 울가스트는 현장요원이 세단의 키를 건네자 두 번 생각하지 않고 급히 손을 내저었다.

"혹시 이 대화가 녹취되고 있나?"

울가스트는 신입이 분명한, 얼굴이 햄처럼 분홍빛인 현장요원에게 물었다. 현장요원은 당혹감에 얼굴을 찌푸렸다.

181

"모르겠습니다."

울가스트는 잠시 생각에 잠겼다가 마침내 입을 열었다.

"좋아. 그러면 입만 다물고 있어줘."

현장요원이 그를 세단 트렁크 쪽으로 데려가더니 트렁크를 열었다. 안에는 검은색 나일론 더플백이 들어 있었는데, 울가스트가 요청하지는 않았으나 전해 받으리라 예상한 물건이었다.

"도로 가져가게."

"정말입니까? 울가스트 요원에게 전하라는 지시를 받았는데요."

울가스트는 주차장 가장자리에 있는, 두 대의 세미트레일러 사이에 대놓은 타호 쪽으로 시선을 돌렸다. 뒷창으로 도일의 모습이 보였지만 뒷좌석에 누운 에이미는 보이지 않았다. 그는 어서 떠나고 싶었다. 어느 쪽이 맞는지는 몰라도 가만히 있을 수는 없었다. 가방은 필요할 수도, 아닐 수도 있었다. 그러나 이 가방을 두고 가는 게 옳다는 생각이 들었다.

"돌아가서는 하고 싶은 대로 보고하게. 지금 필요한 건 색칠놀이 책뿐이니까 말이야."

"예?"

기분이 조금만 더 밝았더라면 울가스트는 웃음을 터뜨렸을 것이다. 그는 손바닥으로 트렁크를 쾅 닫았다.

"못 들은 거로 해."

가방 안에는 당연히 총, 그리고 탄약이 들어 있었고, 어쩌면 방탄조끼도 두 벌 들어 있을지 몰랐다. 어쩌면 아이에게 입힐 것까지 들어 있었을지도 모르지. 오하이오주에는 어린이용 방탄조끼를 만드는 회사가 있었다. 미니애폴리스 테러 이후 〈투데이 쇼〉에서 언뜻 들은 적이 있는 이야기였다. 방탄 소재로 신생아 우주복까지 만든다고 했다. 미친 세상이었다.

리틀록을 떠난 지 6시간이 지난 지금 울가스트는 역시 총을 거절하길 잘했다는 생각이 들었다. 누군가가 자신을 멈춰주었으면 하는 마음이 내심 들었다. 리틀록을 나선 다음에는 저도 모르게 속도를 시속 80킬로미터까지 올렸는데, 주 경찰관, 아니면 광고판 뒤에 앉아 있던 교통경찰이라도 나타나서 이 일을 멈춰 주길 바랐던 건지도 몰랐다. 그러나 그때 도일이 '대장, 페달 좀 살살 밟아야 하지 않아요?' 하는 바람에 울가스트도 다시 정신을 차렸다. 사실 그는 마음속에서 자꾸만 아까의 장면을 떠올려보고 있었다. 번쩍이는 불빛, 불쾌하게 딱 한 번 울리던 사이렌. 트럭을 한쪽에 세우고 빈손을 운전대에 올린 채 눈을 들어 백미러를 보자 경찰관이 무전기에 차량번호를 대고 읊고 있었다. 성인 남성 둘, 미성년자 하나가 탄 테네시주 임시 번호판을 단 차량. 모든 단서를 짜 맞춰 수녀, 그리고 동물원에서 일어난 일과 연결 짓는 데에는 오래 걸리지는 않을 것이다. 그 장면에 이르면 울가스트는 도저히 다음 장면을 떠올릴 수가 없었다. 한 손에 무전기를 들고 다른 한 손으로는 총의 개머리를 잡은 경찰. 사이크스는 어떻게 할까? 우리를 전혀 모른다고 할까? 아니, 울가스트와 도일의 신상 정보는 앤서니 카터의 것처럼 문서파쇄기 속에 들어갈 것이다.

아이는 어떻게 될까? 그건 알 수 없었다.

그들은 오클라호마시티 경계를 돌아 북동쪽으로 향하면서 40번 주간고속도로에서 검문소를 피해 카메라가 없는 이름 없는 시골 도로를 달렸다. 타호에는 GPS 장치가 달려 있지 않았지만 핸드헬드에는 GPS 기능이 있었다. 울가스트는 한 손으로 운전대를 잡은 채 다른 손으로 핸드헬드의 조그만 자판을 누르며 패치워크처럼 이어진 시골길과 주도로, 자갈길과 흙을 다진 길을 지나 북서쪽으로 경로를 찾아갔다. 이제 풀이 높이 자란 초원 속 작은 슈퍼마켓이며 교회한두 개, 곡물 창고 말고는 별것 없는 작은 마을 — 버질이라든지 리코쳇, 버크랙 같은 이름이 붙은 — 몇 개가 중간중간 있는 너른 평야를 지나면 콜로라도주 경계에 닿는다. 플라이오버 지역(동부 해안과 서부 해안 사이의 지역을 비하하여 일컫는 말—옮긴이)이라는 단어를 생각하면 '영원'이라는 단어가 떠올랐다. 이 지역은 오래전과 똑같았고, 앞으로도 영원히 똑같아 보일 것이다. 굳이 애를 쓰지 않아도 이 지역으로 스며들면 사람들의 눈에서 사라져 아무도 모르게 살아갈 수 있을 것 같았다.

어쩌면, 이 모든 것이 끝나고 나면 이곳으로 돌아와 볼지도 모르겠다는 생각이 들었다. 그에게도 이런 장소가 필요해질지도 모른다.

뒷좌석의 에이미는 아무 소리도 내지 않고 있어서, 이곳에 그 아이가 있다는 사실 자체가 너무나 잘못된 것이라는 생각이 울가스트를 끊임없이 괴롭히지만 않았더라면 그 아이의 존재를 잊어버릴 수 있었을 것이다. 여섯 살짜리 여자아이. 빌어먹을 사이크스, 울가스트는 생각했다. 빌어먹을 FBI, 빌어먹을 도일, 그리고 이 일에 발을 들인 빌어먹을 나 자신. 얼굴에 머리카락을 흩은 채 널찍한 뒷좌석에 가로누워 있는 에이미는 잠든 것처럼 보였지만 울가스트의 생각에는 깨어 있는 것 같았다. 자는 척하면서 고양이처럼 그를 쳐다보고 있을 것이다. 아이의 삶이 어땠는지는 모르겠으나, 지금까지 살아오며 기다리는 데 익숙해진 것만 같았다. 아이에게 화장실에 가야겠는지, 뭘 좀 먹을지 ― 아이는 크래커, 그리고 지금은 뜨뜻하게 상해버린 우유에는 손도 대지 않았다 ― 물어보면 자기 이름에 반응한 아이의 눈꺼풀이 고양이처럼 기민하게 열려서 잠깐 백미러 속에서 그의 눈과 만나 마치 기다란 고드름 같은 시선으로 그를 꿰뚫었다. 그리고 아이는 다시 눈을 감아버렸다. 아이의 목소리를 마지막으로 들은 건 동물원에서였고, 그 뒤로 8시간이 흐르는 동안 아이는 단 한 마디도 하지 않았다.

레이시. 그 수녀의 이름이었다. 마치 죽음 그 자체처럼 에이미를 붙들고 놓지 않았던 여자 말이다. 주차장에서 일어난 그 지독한 인간 줄다리기, 사람들의 비명을 떠올리면 그 기억이 속을 뒤틀어 몸이 아플 지경이었다. 라일라, 그거 알아? 나 오늘 한 아이를 유괴했어. 그러니까 우리 둘 다 아이가 하나씩 생긴 셈이군, 어때?

조수석에 있던 도일이 잠에서 깨는 중이었다. 그가 자세를 고쳐 앉더니 멍한 표정으로 눈을 비볐다. 울가스트는 도일이 여기가 어디인지 기억을 조합하는 중이라는 사실을 알 수 있었다. 그는 재빨리 뒷좌석의 에이미를 돌아보더니 다시 앞을 보았다.

"비가 몰아치려나 본데."

높이 쌓인 적란운이 지는 해를 가리는 바람에 벌써 하늘이 어두컴컴했다. 짙은 구름 아래 지평선에서는 한 줄기 햇살을 뚫고 안개비가 흩뿌리고 있었다.

도일이 몸을 앞으로 내밀어 앞 유리창을 통해 하늘을 살펴보더니 낮은 목소리로 말했다.

"얼마나 남았을까요?"

"8킬로미터 정도."

"도로를 벗어나야 할 것 같은데요."

도일이 손목시계를 확인하더니 다시 말했다.

"아니면 잠깐 남쪽으로 방향을 틀든가요."

3킬로미터쯤 더 간 곳에서 울가스트는 양쪽에 철조망이 쳐진 표지판 없는 비포장도로를 지나쳤다. 그는 차를 멈추고 후진을 했다. 길은 부드럽게 굽어져 목화밭으로 이어지고 있었다. 아마 언덕 건너편에 강이 있거나, 적어도 도랑 하나는 있는 것 같았다. GPS를 확인해보았다. GPS에 잡히지 않는 길이었다.

울가스트가 GPS를 보여주자 도일이 대답했다.

"글쎄요. 다른 길을 찾아봐야 할 것 같은데요."

울가스트는 다시 차를 출발시킨 뒤 남쪽으로 향했다. 그의 생각에는 이 길이 막다른 길일 것 같지 않았다. 교차로에서 우체통이 있었던 흔적이 보였던 것이다. 270미터쯤 더 가자 도로는 좁아져서 1차선 흙길이 되었다. 목화밭 너머에는 울가스트의 예상대로 개울이 하나 있었고, 그들은 오래된 나무다리를 건넜다. 저녁 빛은 희미한 초록빛으로 바뀌었다. 백미러로 지평선 너머에서 폭풍우가 시작되는 것이 보였다. 그리고 양쪽 배수로의 풀잎들이 거세게 흔들리는 것을 보니 이 폭풍우가 그들을 따라오고 있다는 것을 알 수 있었다.

16킬로미터 정도 더 가자 비가 내리기 시작했다. 그동안 집 한 채도, 농장 하나도 나오지 않았다. 그들은 아무것도 없는 곳, 몸을 피할 곳도 없는 곳의 한가운데에 있었다. 처음에는 고작 빗방울 몇 개였지만 몇 초 만에 앞을 분간할 수 없을 정도로 폭우가 쏟아졌다. 와이퍼는 아무런 쓸모가 없었다. 돌풍이 차를 흔들어대는 바람에 도랑 가장자리에 차를 세웠다.

"이제는 어떻게 합니까, 대장?"

도일이 시끄러운 빗소리를 뚫고 큰 소리로 외쳤다. 울가스트는 아직도 뒷좌석에서 자는 척하고 있는 에이미를 바라보았다. 머리 위에서 천둥이 치는데도 아이는 꼼짝하지 않았다.

"글쎄, 일단 좀 쉬어야겠어."

울가스트는 눈을 감고 차 지붕에 떨어지는 빗방울 소리를 들었다. 빗소리가 자신을 씻어내기를 기다렸다. 에바가 있었던 몇 달 동안 그는 아이가 깨면 얼른 일어나 요람으로 달려갈 수 있도록 완전히 잠들지 않은 채 휴식을 취하는 방법을 배웠다.

오래전의 삶에서 나온 산재된 기억, 장면과 감각 들이 그의 마음속에서 조합되고 있었다. 체리크리크에 있던 집의 부엌, 그 집을 산 지 오래지 않은 어느 아침에 라일라가 부엌에 서서 시리얼이 담긴 그릇에 우유를 붓고 있는 모습. 쿠즈 베이의 잔교에서 다이빙을 할 때 몸에 감겨오던 차가운 물, 머리 위에서 들리던 친구들의 웃음과 부추김 소리. 아주 어린 아기였던 자신이 세상의 빛과 소음에 둘러싸여 안전하다고 느끼던 감각. 그는 꿈과 기억이 뒤섞여 이야기를 들려주는 잠의 대기실에 들어가 있었다. 그러나 그의 일부는 여전히 차 안에 남아 빗소리를 듣는 채였다.

"가야 해요."

울가스트가 눈을 번쩍 떴다. 비가 멎어 있었다. 얼마나 오래 잔 거지? 해가 완전히 졌고, 차 안은 깜깜했다. 도일은 몸을 돌려 뒷좌석을 보고 있었다.

"뭐라고 했니?"

도일이 물었다.

"가야 해요."

아이가 단호하게 말했다. 몇 시간이나 입을 다물고 있었던 아이의 목소리는 뜻밖에도 말짱하고 힘이 넘쳤다.

"화장실 가야 해요."

도일이 초조하게 울가스트를 쳐다보았다.

"제가 데려갈까요?"

그렇게 말했지만 꺼리는 기색이었다.

"아저씨는 싫어요."

에이미가 말했다. 이제 아이는 토끼 인형을 들고 앉아 있었다. 털이 북슬북슬하고 낡아서 지저분한 인형이었다. 아이는 백미러를 통해 울가스트를 쳐다보더니 손을 들어 그를 가리켰다.

"저 아저씨랑 갈래요."

울가스트는 안전벨트를 풀고 차에서 내렸다. 공기는 서늘하고 잠잠했다. 남동쪽을 보니 폭풍우는 이제 완전히 물러가고 마른하늘은 짙은 검푸른빛으로 물들어 있었다. 뒷좌석을 열어주자 에이미가 차에서 내렸다. 스웨터 앞 지퍼를 여미고 머리에 후드를 덮어쓴 채였다.

"됐니?"

"여기서는 싫어요."

울가스트는 여기저기 돌아다니면 안 된다는 말은 하지 않았다. 이곳에는 오줌을 누일 만한 마땅한 장소가 없어 보여서였다. 어디로 가야 하지? 그는 아이를 데리고 길을 따라 차의 불빛이 닿지 않을 때까지 15미터쯤 걸어갔다. 아이가 도랑에 쭈그리고 앉아 청바지를 내리는 동안 울가스트는 다른 곳을 보고 있었다.

"도와주세요."

울가스트가 돌아보았다. 아이는 청바지와 팬티를 발목까지 내린 채로 그를 쳐다보고 있었다. 울가스트의 얼굴이 화끈 달아올랐다.

"뭘 도와줄까?"

아이가 두 손을 내밀었다. 손을 잡았더니 손가락이 아주 작았다. 아이답게 뜨끈한 손바닥은 축축했다. 아이가 그의 손을 잡고 그에게 체중을 싣더니 기중기에 매달린 피아노처럼 쪼그리고 앉았다. 이런 건 누구에게 배웠을까? 아이의 손을 이렇게 잡아주었던 사람은 누굴까?

아이가 오줌을 다 누자 울가스트는 뒤로 돌았고 아이는 다시 바지를 입었다.

"겁내지 마라, 아가."

에이미는 아무 말도 하지 않았다. 다시 차로 돌아가려는 몸짓도 하지 않았다. 주변의 들판은 텅 비어 있었고, 공기는 마치 숨을 참고 있기라도 한 듯 흔들림이 없었다. 울가스트는 사방으로 수천 킬로미터나 이어지는 이 들판에서 공허감을 느꼈다. 차의 앞문이 열렸다가 쾅 닫히는 소리가 났다. 도일도 소변을 보러 나온 모양이었다. 남쪽 방향 저 먼 곳에서 천둥이 물러가는 소리가 들렸고 그 사이의 청명한 공간에서 종이 짤랑거리는 것 같은, 알 수 없는 소리가 들려왔다.

"너만 괜찮다면 우리는 친구가 될 수도 있어."

울가스트가 용기를 내 입을 열었다.

"그래도 괜찮겠니?"

이상한 아이라고 그는 또 한번 생각했다. 왜 안 울었을까? 그 애는 동물원에서 나온 뒤로 울지도 않았고, 엄마를 찾지도 않았고, 집에 가고 싶다고도, 심지어 수녀원으로 돌아가고 싶다고도 하지 않았다. 아이의 집은 어디일까? 아마도 멤피스겠지. 그런데 어쩐지 아닐 것 같다는 생각이 들었다. 그 어느 곳도 아닌 것 같았다. 아이에게 일어난 어떤 일이 개념을 아예 앗아가버린 것 같다는 생각이 들었다.

그때 아이가 말했다.

"안 무서워요. 차로 돌아가도 돼요."

아이는 잠시 동안 울가스트를 평가하듯 바라보았다. 이제는 고요에 적응한 울가스트의 귀는 지금 들리는 소리가 아주 멀리서 들리는 음악 소리라는 것을 알 수 있었다. 지금 우리가 가는 길 어딘가 저 먼 곳에서 누군가가 음악을 틀어놓은 것 같았다.

"나는 브래드라고 해."

입에서 나온 이름은 수수하고도 묵직하게 느껴졌다. 아이가 고개를 끄덕였다.

"다른 아저씨는 필이라고 하고."

"알아요. 아저씨들이 이야기하는 거 들었어요."

아이는 무게중심을 옮겼다.

"안 듣고 있는 줄 알았죠? 하지만 다 들었다고요."

도깨비 같은 아이였다. 게다가 영리하기도 했다. 목소리에서, 자신을 가늠해 보는 눈빛에서, 그를 들어 올리고 이끌어내기 위해 침묵을 이용할 줄 안다는 점에서 알 수 있었다. 마치 훨씬 나이가 많은 사람과 이야기하는 것 같았다. 정확히 무엇 때문에 다르다는 느낌이 드는지는 알 수 없었다.

"콜로라도에 뭐가 있는데요? 우리 콜로라도로 가는 거죠? 아까 들었어요."

울가스트는 어디까지 말해도 될지 고심했다.

"그곳에 의사 선생님이 있단다. 의사 선생님을 만날 거야. 건강검진 같은 거지."

"나 안 아파요."

"그러니까, 내 생각엔, 그게…… 글쎄, 나도 잘 모른단다."

그는 속으로 자신의 거짓말에 신물이 났다.

"겁내지 않아도 돼."

"그 말은 그만하세요."

아이의 직설적인 말에 울가스트는 움찔해 잠시 아무 말도 할 수가 없었다.

"그래, 다행이다. 겁이 안 난다니."

"난 하나도 안 무서워요."

에이미가 그렇게 말하더니 타호의 헤드라이트 불빛을 향해 걸어가기 시작했다.

"겁을 내는 건 아저씨예요."

몇 킬로미터 더 가니 눈앞에 번쩍이는 불빛으로 된 돔처럼 생긴 구역이 나타났고, 가까이 다가가자 그 불빛은 지평선 위에 낮게 맴도는 별자리의 군락처럼 하나하나의 회전하는 점들로 나누어졌다. 울가스트가 보기에 이 길은 교차로에서 끝나는 것 같았다. 그는 머리 위의 불을 켜고 GPS를 확인했다. 지금까지 수 시간 동안 본 차들을 합친 것보다 더 많은 차와 픽업트럭이 고속도로에서 한 방향으로 달리고 있었다. 밤공기가 들어오도록 창문을 여니 이제 그 음악 소리가 더 선명하게 들렸다.

"이게 뭡니까?" 도일이 물었다.

울가스트는 아무 말도 하지 않았다. 차를 서쪽으로 돌려 줄을 지은 다른 차들의 행렬 사이로 들어갔다. 눈앞 픽업트럭의 짐칸에는 십 대 청소년 대여섯 명이 짚더미 위에 앉아 있었다. 머리 위로 '오클라호마 호머. 인구 1,232명'이라는 표지판이 지나갔다.

픽업트럭에 타고 있던 여자아이 한 명이 앞 유리창 안쪽에 있는 울가스트의 얼굴을 보고 이쪽으로 손을 흔들었다. 머리카락이 바람에 온통 날리고 있었다. 축제의 불빛이 점점 선명해졌고, 문명의 신호들도 마찬가지였다. 지주를 받친 물탱크, 불 꺼진 농기구 판매점, 퇴직자 커뮤니티 아니면 보건소로 보이는 낮은 현대식 건물들이 고속도로 주변에 있었다. 픽업트럭은 차와 인파로 북적이는 케이시 잡화점 주차장에 섰다. 차가 채 멈추기도 전에 짐칸에 탔던 아이들이 일어나 친구들에게로 달려갔다. 작은 마을로 접어들자 차들의 속도가 느려졌다. 뒷좌석의 에이미는 몸을 일으켜 창밖의 부산한 풍경을 구경하고 있었다.

"누워 있어, 에이미."

도일이 말하자 울가스트가 입을 열었다.

"괜찮아. 구경하게 놔둬."

그러고는 에이미에게 들리게 목소리를 높였다.

"필 아저씨 말은 듣지 마라. 구경하고 싶은 만큼 구경하려무나, 아가."

도일이 울가스트를 향해 고개를 돌렸다.

"도대체…… 무슨 생각이에요?"

울가스트는 앞만 똑바로 바라보았다.

"진정하라고."

아가, 너는 어디서 왔을까?

인파로 북적이는 거리마다 사람들은 담요와 아이스박스, 정원용 의자를 들고 같은 방향을 향하고 있었다. 아이의 손을 잡고 걷거나 유모차를 미는 사람들이 많았다. 청바지나 위아래가 붙은 작업복 차림인 농장 사람들, 목장 사람들은 다들 장화를 신고 있었고 카우보이모자를 쓴 남자들도 있었다. 여기저기 물웅덩이가 있었지만 밤하늘은 상쾌한 마른하늘이었다. 박람회가 진행되는 중이었다.

울가스트는 다른 차들을 따라 고등학교 쪽을 향했고, 천막 같은 현수막에는 '브랜치 카운티 통합 고등학교 ─ 고 와일드캣! 봄 댄스파티, 3월 20일~22일'이라고 적혀 있었다. 오렌지색 반사 조끼를 입은 남자가 주차장 앞에서 손 안내를 하고 있었고, 다른 한 명의 주차요원이 그들을 진흙탕 위의 빈 주차 공간으로 안내했다. 울가스트는 시동을 끄고 백미러를 통해 에이미를 쳐다보았다. 에이미는 창밖, 박람회의 불빛과 소음에 정신이 팔려 있었다.

도일이 헛기침을 했다.

"진심은 아니죠?"

울가스트가 몸을 돌려 아이에게 말을 걸었다.

"에이미, 아저씨들은 잠깐 내려서 둘이 이야기 좀 하고 올게. 괜찮지?"

아이는 고개를 끄덕였다. 그 순간 아이와 울가스트 사이에 도일은 알 수 없는 공감대가 생긴 것 같았다.

"금방 돌아올게."

차에서 내린 도일과 울가스트는 차 뒤쪽에서 다시 만났다. 도일이 입을 열었다.

"이건 아니죠."

"안 될 게 뭐야."

도일이 목소리를 낮추었다.

"아직 경찰과 마주치지 않은 게 다행인 줄 아시라고요. 생각해봐요. 양복 입은 남자 둘, 어린아이 한 명. 사람들의 눈에 안 띌 거라고 생각하세요?"

"따로 다니면 돼. 내가 에이미를 데려가지. 옷은 차 안에서 갈아입으면 되고. 가서 맥주라도 한잔 마시고 즐기다 와."

"보스, 지금 실수하시는 거예요. 이 아이는 이송 중인 죄수예요."

"아니, 아니야."

도일이 한숨을 쉬었다.

"무슨 소리인지 아시잖아요."

"모르겠는데? 에이미는 그냥 어린아이일 뿐이야. 그것도 아주 어린 아이."

두 사람은 바짝 붙어 서 있었다. 오랜 시간을 차 안에서 보낸 터라 도일에게서는 쾌쾌한 냄새가 풍겼다. 십 대 아이들 한 무리가 옆을 지나는 바람에 둘은 잠시 입을 다물었다. 주차장에 차들이 점점 더 차고 있었다.

"저도 심장이 돌처럼 차가운 사람은 아니라고요."

도일이 다시 입을 열었다.

"저라고 이 상황이 얼마나 거지 같은지 모른다고 생각하세요? 당장이라도 창문을 열고 토하고 싶은 걸 참고 있다고요."

"솔직히 말하면 편안해 보이던데. 리틀록에서 여기까지 갓난아기처럼 새근새근 자면서 오지 않았나?"

그 말에 도일이 방어적으로 얼굴을 찌푸렸다.

"좋습니다. 마음대로 생각하세요. 피곤해서 어쩔 수가 없었다고요. 하지만 여기서 놀이기구나 태워줄 수는 없어요. 이런 건 우리 계획에 안 들어 있잖아요."

"딱 1시간이면 돼. 어린아이한테 하루 종일 쉬는 시간도 안 주고 차에 태워 다닐 수는 없어. 조금이라도 놀게 해서 스트레스를 풀어줘야지. 사이크스한테는 보고하지 말자고. 그다음에 다시 출발하면 되잖아. 아마 그 뒤로는 아이도 내내 잘 거야."

"만약 도망이라도 치면요?"

"안 칠 거야."

"어째서 그렇게 확신하시죠?"

"뒤에서 미행하든지. 무슨 일이 일어나더라도 우리 둘이서 처리할 수 있어."

도일이 회의적으로 얼굴을 찌푸렸다.

"선배가 책임자니까 어차피 알아서 하시겠지만, 저는 반대예요."

"딱 60분, 그 뒤에는 다시 출발할 거야."

두 사람은 타호에 올라타 앞좌석에 앉은 채 스포츠셔츠와 청바지로 갈아입었고 에이미는 가만히 기다렸다. 옷을 다 갈아입은 다음 울가스트는 에이미에게 앞으로의 계획을 알려주었다.

"옆에 꼭 있어야 한다. 아무에게도 말 걸면 안 돼. 알았지?"

"왜 말을 걸면 안 돼요?"

"규칙이야. 그러겠다고 약속하지 않으면 놀이는 없어."

아이는 잠시 생각하더니 고개를 끄덕였다.

"약속할게요."

두 사람이 박람회장으로 들어가는 동안 도일은 뒤에 남았다. 공기는 음식을 튀기는 기름 냄새로 향긋했다. 스피커에서는 오클라호마 평원만큼이나 특색 없는 남자 목소리가 빙고 게임의 당첨 번호를 알리고 있었다. 'B…… 7. G…… 30, Q…… 16.'

울가스트는 말소리가 들리지 않을 만큼 도일이 멀리 있다는 걸 확인한 뒤 입을 열었다.

"얘야, 조금 어색할 수도 있겠지만 지금부터 흉내 내기 놀이를 해보자꾸나. 해줄 수 있겠니?"

두 사람이 길에 멈춰 섰다. 아이의 머리가 산발이 되어 있었다. 울가스트는 쪼그리고 앉아 아이와 눈높이를 맞춘 뒤 손가락으로 얼굴에 붙은 머리카락을 떼어 정돈해주었다. 아이가 입은 티셔츠에는 테두리에 반짝이 장식이 된 '발칙한'이라는 단어가 적혀 있었다. 저녁 공기가 찬 아이의 스웨터를 여며주었다.

"내가 아빠인 척하자꾸나. 진짜 아빠가 아니라, 아빠 흉내만 내는 거야. 누가 묻거든 아빠라고 말하렴."

"그런데 아무한테도 말을 걸면 안 된다고 했잖아요."

"맞아. 하지만 꼭 말을 해야 하는 일이 생긴다면 아빠라고 해야 한다."

울가스트는 아이의 어깨너머로 주머니에 손을 꽂은 채 뒤에서 기다리는 도일을 바라보았다. 도일은 폴로셔츠 위에 걸친 윈드브레이커를 턱까지 잠그고 있었다. 울가스트는 도일이 팔 아래에 차고 있는 총집에 여전히 총이 들어 있다는 사실을 알고 있었다. 울가스트는 자기 총을 글러브박스에 두고 왔다.

"자, 이제 한번 연습해보자. 아가, 옆에 있는 잘생긴 남자는 누구니?"

"아빠?"

아이가 용감하게 입을 열었다.

"진짜처럼 해야지. 다시 한번 해보자."

"우리…… 아빠요."

연기력이 꽤 괜찮은걸, 하고 울가스트는 생각했다. 배우를 해도 되겠어.

"잘했다."

"트월리 타도 돼요?"

"트월리가 어떤 거지, 우리 공주님?"

'아가'에다가 '공주님'까지. 그런데 도저히 자제할 수가 없었다. 그런 말이 저도 모르게 튀어나왔다.

"저거요."

울가스트는 에이미가 손으로 가리키는 곳을 쳐다보았다. 매표소 뒤 허공에는 기다란 팔 끝마다 회전하는 둥근 판이 붙어 밝은색으로 칠해진 관람차에 탑승객을 태우고 빙글빙글 돌리는 놀이기구가 있었다. '옥토퍼스'였다.

"당연하지."

그렇게 말하는 울가스트의 얼굴에는 어쩐지 미소가 지어졌다.

"네가 하고 싶은 건 뭐든 다 하자."

울가스트는 입구에서 두 사람 몫의 입장료를 지불한 다음 놀이기구 표를 사는 다른 매표소 앞에 줄을 섰다. 아이에게 뭔가 사 먹일까 싶다가, 기다리자는 생각이 들었다. 아무래도 놀이기구를 타면 속이 울렁거릴 테니까. 아이의 경험을 상상하고 아이를 행복하게 할 만한 일을 떠올리는 게 좋았다. 심지어 울가스트 자신도 박람회장의 들뜬 분위기를 느꼈다. 고작 낡아빠진 놀이기구 몇 개, 그중 대부분은 위험하기 짝이 없겠지만 상관없었다. 왜 1시간만 놀아야 한다고 말했을까?

"준비됐니?"

옥토퍼스의 줄은 길었지만 금세 줄어들었다. 두 사람이 기구를 탈 차례가 되자 놀이기구의 안전요원이 한 손을 들어 그들을 멈춰 세웠다.

"아이가 몇 살이지요?"

안전요원이 담배를 문 채 아이의 나이를 가늠하며 눈을 가늘게 떴다. 드러난 팔죽지를 보라색 문신이 뱀처럼 타고 올라가고 있었다. 울가스트가 입을 채 열기도 전에 에이미가 한 걸음 앞으로 나섰다.

"여덟 살요."

그제야 접이식 의자 위에 세워둔 '7세 미만 탑승 불가'라는 안내판이 보였다.

"여덟 살치고 작은데요."

안전요원이 말하자 울가스트가 대답했다.

"네, 그렇죠. 저와 함께 탈 거니까 괜찮아요."

안전요원이 에이미를 위아래로 훑어보더니 어깨를 으쓱했다.

"뭐, 알아서 하십시오."

두 사람이 흔들리는 관람차에 타자 문신을 한 안전요원이 안전 바를 허리까지 내려주었다. 관람차가 한 번 들썩하더니 공중으로 솟았다가, 다음 승객이 뒤차에 올라탈 차례가 되자 또다시 덜컹하고 멈췄다.

"무섭니?"

에이미는 추위 때문에 스웨터를 얼굴까지 올리고 그에게 바짝 붙어 양손으로 안전 바를 꼭 쥐었다. 눈을 아주 크게 뜨고 있었다. 아이가 단호하게 고개를 저었다.

관람차가 공중으로 올라가다가 또 멈추기를 네 번 더 반복했다. 꼭대기에 올라가자 박람회장 전체가 훤히 내려다보였다. 고등학교, 주차장, 호머라는 작은 마을과 불이 켜진 거리들. 시골길에는 여전히 차들이 줄지어 달리고 있었다. 이렇게 높이 올라오니 관람차가 사격 연습장의 과녁처럼 느슨하게 흔들리는 것 같았다. 도일을 찾아 아래를 내려다보는데 또다시 관람차가 꿈틀 움직였다.

"꽉 잡아!"

두 사람이 탄 관람차가 빠른 속도로 회전하며 아래로 떨어지자 몸이 위로 치솟으며 안전 바에 짓눌렸다. 사람들이 즐거움의 비명을 내질렀다. 울가스트는 기구가 아래로 추락하는 힘에 눌려 눈을 꽉 감았다. 이런 놀이기구를 마지막으로 탄 것이 언제인지 기억나지도 않았다. 놀이기구가 얼마나 난폭하게 요동을 치는지 놀라울 지경이었다. 기구의 회전과 낙하에 따라 에이미의 몸이 이리저리 움직이며 그의 몸에 무게를 전해왔다. 다시 눈을 뜨자 기구는 단단하게 포장된 바닥에 거의 닿을 만큼 아래로 내려와 있었고 박람회장의 불빛이 낙하하는 별똥별처럼 주변을 둥글게 돌고 있었다. 다음 순간 그들은 다시 한번 하늘로 솟구쳐 올라갔다. 여섯 번, 일곱 번, 여덟 번, 회전할 때마다 기구는 파도처럼 위아래로 들썩였다. 영원 같으면서도 단 1초 만에 끝난 것 같기도 했다.

놀이기구의 운행이 끝나고 관람차가 아래로 내려올 때 울가스트는 에이미의 표정을 보았다. 에이미는 여전히 표정 없이 상황을 판단하는 듯한 눈길을 하고 있었지만 울가스트는 그 까만 눈 속에 따뜻한 행복의 불씨가 타오르고 있다는 사실을 알아차렸다. 그의 내면에 새로운 감각이 일깨워졌다. 지금까지 누구도 에이미에게 이런 선물을 준 적이 없는 게 분명했다.

"어땠니?"

울가스트가 씩 웃으며 물었다.

"재밌었어요."

아이가 고개를 재빨리 들었다.

"한 번 더 타고 싶어요."

안전요원이 안전 바를 올려주자 두 사람은 다시 줄 끝에 가서 섰다. 앞에는 꽃무늬 홈드레스를 입은 덩치 큰 여자, 그리고 누가 봐도 서부 사람으로 보이는, 청바지에 꽉 끼는 웨스턴셔츠를 입고 아랫입술 안에 입담배를 물고 있는 남편이 서 있었다.

"너 정말 귀엽구나."

여자가 말하더니 울가스트를 따뜻한 눈으로 바라보았다.

"아이가 몇 살인가요?"

"전 여덟 살이에요."

에이미가 대답하더니 울가스트의 손 안으로 자기 손을 쏙 집어넣었다.

"우리 아빠예요."

여자가 낙하산에 공기가 풍성하게 들어가는 것처럼 눈썹을 치키며 웃음을 터뜨렸다. 얼굴에는 볼연지가 대강 칠해져 있었다.

"그래, 너희 아빠겠지. 누가 봐도 그래 보여. 네 얼굴에 요 조그만 코가 붙어 있는 것처럼 당연한 사실이야."

그러더니 여자가 팔꿈치로 남편의 갈비뼈 쪽을 쿡 찔렀다.

"얼, 요 꼬마 정말 귀엽지 않아?"

남자가 고개를 끄덕였다.

"그렇네."

"아가, 이름이 뭐니?"

여자가 묻자 아이가 대답했다.

"에이미요."

여자는 다시 울가스트를 바라보았다.

"저도 요만한 조카딸이 있는데, 얘만큼 말이 트이려면 멀었어요. 정말 자랑스러우시겠어요."

울가스트는 너무 기분이 좋은 나머지 말이 잘 나오지 않았다. 마치 아직도 놀이기구에 타고 있는 것처럼, 몸도 마음도 어마어마한 중력에 사로잡혀 있는 것만 같았다. 혹시 도일이 군중 속에서 이 장면을 지켜보고 있는 게 아닐까 하는 생각을 했지만, 보든 말든 상관없었다.

"콜로라도에 가는 중이에요."

에이미가 그렇게 덧붙이더니 음모를 꾸미듯 울가스트의 손을 꼭 잡았다.

"할머니를 만나러 가요."

"그래? 이렇게 예쁜 손녀가 찾아가다니 할머니가 정말 행복하시겠다."

"할머니가 아파서 병원에 모셔다드릴 거예요."

그러자 여자가 안타깝다는 표정을 지었다.

"정말 속상하겠구나."

여자는 목소리를 낮추고 진심이 담긴 어조로 울가스트에게 말을 건넸다.

"잘 회복되었으면 좋겠어요. 기도할게요."

"감사합니다."

울가스트가 겨우 대답했다.

두 사람은 옥토퍼스를 세 번 더 탔다. 저녁을 먹으려고 박람회장으로 들어오니 도일은 보이지 않았다. 프로답게 두 사람을 미행 중이거나, 아니면 두 사람을 그냥 두기로 한 게 분명했다. 박람회장에 예쁜 여자가 많으니 어쩌면 그쪽에 정신이 팔렸는지도.

울가스트는 에이미에게 핫도그를 사주었고 둘은 피크닉 테이블에 한 자리씩 차지하고 앉았다. 그는 에이미가 핫도그를 먹는 모습을 쳐다보았다. 세 입, 네입 만에 끝이 났다. 핫도그를 하나 더 사다 주었고, 그것도 다 먹자 슈가파우더가 뿌려진 퍼넬케이크와 우유도 사다 주었다. 몸에 아주 좋은 메뉴는 아니지만 그래도 우유에는 영양이 풍부할 것이다.

"이젠 뭐 할까?"

에이미의 뺨에 설탕과 기름기가 묻어 있었다. 아이가 손등으로 얼굴을 훔치려는 것을 울가스트가 제지했다.

"냅킨으로 닦으렴."

그러면서 울가스트는 에이미에게 냅킨을 한 장 건네주었다.

"회전목마 탈래요."

"정말? 옥토퍼스에 비하면 시시하지 않겠니?"

"회전목마가 있을까요?"

"당연히 있겠지."

회전목마라니, 당연히 타고 싶을 거라고 울가스트는 생각했다. 옥토퍼스는 조숙한 에이미, 상황을 바라보고, 기다리고, 줄에 같이 서 있던 여자에게 아무렇지도 않게 거짓말을 하는 에이미를 위한 것이다. 그리고 회전목마는 진정한 에이미, 어린아이인 에이미를 위한 것이리라.

밝은 조명과 들뜬 소란으로 가득한, 마술 같은 박람회의 밤, 옥토퍼스를 연속으로 네 번이나 타느라 아직도 울렁울렁한 기분 속에서 울가스트는 묻고 싶어졌다. 너는 누구인지, 엄마는 어디로 갔는지, 아빠가 있는지, 어디서 왔는지. 그리고 그 레이시라는 수녀는 누구인지, 동물원에서 일어난 사건은 무엇인지, 주차장에서 일어난 소동은 다 뭔지. 넌 누구니, 에이미? 어쩌다가 여기에, 나에게 오게 된 거니? 그리고 내가 두려워한다는 사실을, 오래전부터 두려워하고 있었다는 사실을 어떻게 안 거니? 걸음을 옮기기 시작하자 아이는 다시 울가스트의 손을 잡았다. 손바닥이 맞닿자 전기충격처럼 짜릿한 느낌이 들었다. 걸으면서 아이의 손이 뿜는 온기가 그의 몸에 퍼지는 것 같았다. 에이미가 빛나는 원반 위에 색색으로 칠해진 말들이 올라가 있는 회전목마를 발견한 순간에는 실제로 아이의 기쁨이 그의 몸속으로 전해져 오는 것만 같았다.

울가스트는 생각했다. 라일라, 내가 원하는 건 이런 거였어. 당신도 알았어? 내가 원한 건 이게 전부였어.

울가스트가 안전요원에게 티켓을 건넸다. 에이미는 테두리 쪽에 붙어 있는, 하얀 도자기 이빨을 드러내고 반쯤 뛰어오른 자세로 멈춰 있는 하얀 말을 골랐다. 회전목마에는 사람이 별로 없었다. 9시가 넘은 시각이었고 어린아이들은 다들 집으로 돌아간 뒤였다.

"옆에 서주세요."

아이가 울가스트에게 명령하듯 말했다.

울가스트는 그 말대로 했다. 마치 에이미를 이끄는 것처럼 한 손으로는 장대를 잡고, 다른 손으로는 말의 굴레를 잡았다. 아이의 다리가 짧아서 닿지 않아 등자는 함부로 달랑거렸다. 그는 아이더러 잘 붙잡고 있으라고 말했다.

그때, 30미터도 떨어지지 않은 곳, 맥주 천막이 끝나는 곳에 쌓인 짚 더미 옆에 서서 빨간 머리가 풍성한 젊은 여자와 열심히 이야기를 주고받고 있는 도일이 보였다. 강조를 하거나 우스운 말장난을 할 때 컵을 치켜드는 것을 보니 인디애나폴리스에서 온 광섬유 세일즈맨 노릇에 완전히 몰입한 모양이었다. 에이미가 콜로라도에서 온 할머니 이야기를 지어낸 것처럼 말이다. 바로 그런 거라고 울가스트는 생각했다. 자신이 누구인지 거짓말을 하기 시작하면 곧 그 거짓말이 자신의 전부가 되고 그 사람이 되어버리는 것이다. 회전목마가 돌아가자 나무 데크를 깐 바닥이 흔들거렸다. 머리 위에 달린 스피커에서는 음악이 울려 퍼지고 있었고, 여자가 연습한 게 분명한 유혹적인 제스처로 머리를 젖히고 웃으며 도일의 어깨에 손을 가져가는 순간 회전목마가 움직이기 시작했다. 이내 두 사람의 모습은 눈앞에서 사라졌다.

그 순간 울가스트는 생각했다. 그 생각은 마치 머릿속에 씌어 있는 것처럼 선명하게 다가왔다.

그냥 가자. 에이미를 데리고 가는 거야.

도일은 시간 가는 줄 모르고 다른 데 정신을 팔고 있잖아. 저지르자.

아이를 구해야 해.

회전목마가 빙글빙글 돌았다. 에이미가 탄 말이 피스톤처럼 솟아올랐다가 내려가기를 반복했다. 울가스트는 단 몇 분 만에 머릿속으로 계획을 세웠다. 회전목마가 멈추면 아이를 데리고 어둠 속으로, 군중 속으로 들어가 맥주 천막이 보이지 않는 곳으로, 바깥으로 나가야겠다. 도일이 사태를 파악할 때쯤에는 주차장에 빈자리만이 남아 있을 것이다. 애초부터 타호를 계속 타기로 마음먹은 것 자체가 이 때문이었다는 생각이 들었다. 리틀록의 주차장에 서 있던 그때부터 이런 생각이 마음속에서 움트고 있었던 것이다. 아이의 엄마를 찾기 위해 어떻게 해야 할지는 알 수 없었지만, 그건 나중에 알게 될 것이다. 이처럼 무엇을 해야 할지에 대한 분명한 깨달음이 휘몰아쳐 오는 것은 처음이었다. 지금까지의 인생이 지금 이 단 하나의 목적을 위해 결집한 것 같았다. 나머지 ─ FBI, 사이크스, 카터, 그리고 도일을 포함한 다른 모든 것 ─ 는 전부 거짓말, 빛을 향해 나아가려 하는 그의 진정한 자아를 가리는 베일이었다. 드디어 그 순간이 왔다. 이제는 본능을 따를 시간이었다.

회전목마의 움직임이 느려졌다. 울가스트는 도일 쪽을 쳐다보지 않았다. 이 새로운 감각이 무슨 징크스라도 마주하는 바람에 겁을 먹고 도망갈까 싶어서였다. 회전목마가 완전히 멈추자 그는 에이미를 말에서 안아 든 다음 바닥에 내려 주고 무릎을 꿇어 눈을 맞추었다.

"에이미, 아저씨가 부탁 하나만 할게. 지금부터 아저씨 말을 잘 들어."

아이는 고개를 끄덕였다.

"우린 이제 떠날 거야. 우리 둘만. 아저씨한테 바짝 붙어 있고, 아무 말도 하지 마. 아주 빨리 걸어가되, 달리면 안 돼. 아저씨가 시키는 대로만 하면 다 괜찮을 거야."

울가스트는 아이가 자신의 말을 이해했는지 표정을 살폈다.

"이해했니?"

"뛰면 안 된다고요."

"맞아. 이제 가자."

두 사람은 데크에서 내려와서 맥주 천막을 등지고 걸어갔다. 울가스트는 아이를 재빨리 훌쩍 들어 회전목마를 둘러싼 울타리 위로 들어 넘기고 자신도 울타리를 넘었다. 아무도 눈치채지 못한 것 같았다. 아니, 어쩌면 본 사람이 있더

201

라도 돌아보지 않았던 것인지도 모르고. 그는 에이미의 손을 잡은 채 잰걸음으로 불빛이 적은 박람회장 변두리로 향했다. 계획대로라면 변두리를 따라 돌아서 정문으로 나가거나, 다른 출구를 찾아야 했다. 빠르게 움직이면 도일이 사태를 눈치챘을 때는 이미 이곳을 벗어난 뒤일 것이다.

두 사람 앞에 고등학교 운동장을 둘러싼 높다란 철조망 울타리가 나타났고, 그 뒤에는 나무들이 새까맣게 줄지어 있었으며 그 뒤로 고속도로의 불빛이 보였다. 빠져나갈 곳이 없었다. 철조망을 따라 정문으로 돌아가는 길밖에는 없는 것 같았다. 폭풍우의 영향으로 아직 축축한 잡초가 아무렇게나 자라난 풀밭을 따라 걷느라 두 사람의 양말과 바지가 젖었다. 그들은 다시 아까 저녁을 먹었던 주전부리 가판대와 피크닉 테이블이 있는 곳으로 나왔다. 그곳에 서자 고작 30미터쯤 떨어진 곳에 출구가 보였다. 심장이 쿵쿵 뛰었다. 그는 잠시 걸음을 멈추고 주위를 빠르게 훑어보았다. 도일은 보이지 않았다.

"이대로 바로 출구로 나가는 거야. 고개 들지 말고."

"대장!"

울가스트는 그 자리에 얼어붙었다. 도일이 종종걸음으로 뒤따라와 손목시계를 가리키고 있었다.

"보스, 1시간이라고 하셨잖아요."

울가스트는 중서부인 특유의, 특색 없는 도일의 얼굴을 쳐다보았다.

"자네가 안 보이더라고. 그래서 찾아다니고 있었지."

도일이 자기 어깨 뒤에 있는 맥주 천막을 향해 고갯짓을 했다.

"뭐, 잠깐 대화 좀 하느라고요."

도일이 약간 죄책감이 묻은 듯한 미소를 지었다.

"동네 사람들이 다들 괜찮아요. 말도 참 잘하고."

그가 물 자국이 난 울가스트의 바지를 향해 손짓했다.

"무슨 일입니까? 다 젖었잖아요."

한동안 울가스트는 아무 말도 할 수가 없었다.

"웅덩이를 밟아서."

그는 애써 도일의 눈을 피하지 않고 시선을 고정했다.

"비가 왔으니까."

다음 기회가 있을지도 몰랐다. 타호를 향해 걸어가는 동안에 도일의 주의를 다른 데로 돌리게 할 방법이 있을지도 모른다. 하지만 도일은 울가스트보다 젊고, 힘도 더 셌고, 울가스트의 총은 차에 있었다.

"비 때문이라고요."

도일이 그렇게 되뇌며 고개를 주억거리는 순간 울가스트는 그의 표정을 보고 도일이 모든 것을 알고 있다는 사실을 알아차렸다. 처음부터 다 알고 있었던 것이다. 맥주 천막에서 딴청을 피웠던 건 시험이고 함정이었다. 애초부터 울가스트와 에이미는 단 1초도 도일의 시야에서 벗어나지 못했다.

"알겠습니다. 자, 이제 해야 할 일을 해야지요?"

"필……."

"아무 말도 하지 마세요."

도일의 목소리는 낮았다. 위협이 아니라, 사실만을 말하는 목소리였다.

"그 말은 입 밖에도 내지 마세요. 우리는 파트너잖아요, 브래드. 이제 갈 시간이에요."

울가스트의 모든 희망이 사라졌다. 에이미의 손은 아직도 울가스트의 손에 잡혀 있었다. 도저히 에이미를 쳐다볼 수도 없었다. 미안해. 그는 그렇게 생각하며 잡은 손으로 전해지기를 바랐다. '미안해.' 그리고 도일이 다섯 발짝 떨어진 곳에서 바짝 뒤따라오는 가운데 그들은 출구를 나서 주차장을 향했다.

그들 중 누구도 그 남자의 존재를 알아차리지 못했다. 퇴근한 뒤에 박람회장에서 아내를 만나 그의 아이들이 범퍼카를 타는 모습을 지켜보려던 한 오클라호마주의 경찰관. 그가 퇴근 두 시간 전 멤피스 동물원에서 두 명의 백인 남성이 한 여자아이를 유괴했다는 보고를 받아 그들을 눈으로 좇고 있었다.

'내 이름은…… 패닝이었다.'

그날 온종일 그 말이 그의 입가를 맴돌았다. 오전 8시에 잠에서 깨었을 때, 목욕을 하고 옷을 입고 아침을 먹고 자기 방 침대에 앉아 텔레비전 채널을 이리저리 넘기면서 팔리아먼트를 피우며 밤이 오기를 기다리는 동안, 하루 종일, 그가 들은 것은 오로지 그 말이었다.

'패닝, 내 이름은 패닝이었다.'

이 말은 그레이에게는 아무 의미도 없는 말이었다. 아는 사람의 이름도 아니었다. 패닝이라는 이름을 가진 사람은 물론 그 비슷한 이름을 가진 사람은 한 번도 만나본 적이 없었다. 그런데 도대체 무슨 연유인지는 몰라도 잠을 자는 동안 꿈에서 계속 되풀이되는 노래라도 들은 것처럼, 그래서 노래 가사가 그레이의 뇌에 쟁기로 고랑을 판 것처럼, 그래서 그의 마음이 그 고랑에 빠져서 나올 수 없는 것처럼 그 이름이 그레이의 머릿속에 깃들었다. 패닝? 무슨 개소리야. 갑자기 교도소 정신과 의사인 와일더 박사가 떠올랐고, 그가 펜을 테이블에 느리게 탁, 탁, 탁, 두드리며 그 소리를 그의 마음속에 스미게 하며 '용서'라고 부르던, 잠보다 더 깊은 상태로 그를 이끌었던 기억이 떠올랐다. 이제 그레이는 리모컨을 들 때도, 머리를 긁을 때도, 담뱃불을 붙일 때도 패닝이라는 이름이 떠올랐고 그가 하는 모든 동작마다 그 이름의 리듬이 깃드는 것만 같은 기분이 들었다.

내(찰칵)…… 이름(담뱃불)…… 은(빨아들이기)…… 패닝이었다(내뿜기).

그레이는 앉은 채 담배를 피우고, 잠시 기다렸다가 또 담배를 피웠다. 대체 이게 어찌 된 일이람? 무언가가 달라진 기분이었는데, 좋은 변화는 아니었다. 마구 안달이 나고 도무지 자기 자신과 손발이 맞지 않는 기분이었다. 평소라면 그레이는 가만히 앉아서 아무것도 하지 않으면서 몇 시간이나 보낼 수 있었지만 — 비빌 교도소에서 지낼 때 그레이는 온종일 아무 생각 없는 일종의 가수假睡 상태로 나날을 흘려보내는 것을 배웠던 것이다 — 오늘은 아니었다. 오늘 그는 프라이팬 위의 벌레처럼 좀이 쑤시고 안달이 났다. 텔레비전을 보려고 했지만 음성과 화면이 서로 맞지 않는 것 같았다. 막사 창밖의 오후 하늘은 오래된 플라스틱 같은 바랜 회색이었다. 그레이는 이름에 걸맞게 회색을 좋아했다. 졸면서 시간을 보내기 딱 좋은 날씨였다. 하지만 지금 정돈되지 않은 침대에 앉아서 오후가 지나가기를 기다리는 그의 마음은 종이 하모니카처럼 윙윙 울렸다.

그뿐만 아니라, 오전 5시 알람을 듣지 못해 오전 근무까지 빠졌음에도 불구하고 그레이는 한숨도 자지 못한 느낌이 들었다. 초과근무였기에 헷갈렸다거나 잊어버렸다는 핑계를 댈 길은 있었지만 한 소리 들을 게 뻔했다. 다음 근무는 오후 10시였다. 8시간 동안 제로를 감시하기 위해 이제 정말 눈을 좀 붙여야 할 시간이었다. 오후 6시가 되자 그는 파카를 걸쳐 입고 부대를 가로질러 매점으로 걸어갔다. 해가 지려면 아직 한 시간이 남아 있었지만 낮게 걸린 구름이 마지막 남은 저녁 빛을 다 빨아들이고 있었다. 시간에 쫓기며 콘크리트 블록으로 대강 지은 것처럼 생긴 식당까지 가는 황량한 공터를 성큼성큼 걷는 동안 습한 바람이 그를 매섭게 때렸다. 산이 전혀 보이지 않아서 때때로 그레이는 이 부대가 섬 같다고 생각했다. 기다란 도로 끝에서 세상이 멈추고 아무것도 없는 새까만 바다로 들어가는 지점이 바로 여기 같았다. 배달 트럭이나 스텝밴, 그리고 군수품을 실은 5톤짜리 군용트럭 같은 것들이 오갔지만 그것들이 어디에서 왔다가 어디로 돌아가는지는 알 도리가 없었다. 심지어 세상에 대한 그레이의 기억조차 흐려지고 있었다. 지난 6개월간 부대 밖으로 나간 적이 한 번도 없어서였다.

붐빌 시간이라 식당은 적어도 50명은 되는 사람들이 몰려 열기와 소음을 뿜어내고 있어야 마땅했다. 그러나 식당으로 들어가 여미고 있던 파카의 지퍼를 내리고 발을 굴러 밑창의 눈을 털어내며 안을 쭉 둘러보니 식당 안에는 다 합쳐서 열두어 명밖에 안 되는 사람들이 이리저리 흩어진 채 따로, 아니면 두셋씩 모여 식사를 하고 있을 뿐이었다. 입고 있는 옷만 보아도 그들이 하는 일을 알 수 있었다. 의무병은 수술복을 입고 고무장갑을 끼고 있었고, 일반 병사는 겨울용 위장복을 입고 식판 위로 등을 구부린 채 고된 농사일을 마친 사람처럼 입에 음식을 욱여넣고 있었다. 청소부들은 위아래가 붙은 갈색 UPS 작업복 차림이었다. 식당 뒤에는 탁구대와 에어하키 테이블이 놓인 휴게실이 마련되어 있었는데 게임을 하는 사람도, 커다란 화면으로 텔레비전을 보는 사람도 없었고, 식당 안은 낮은 목소리와 유리컵이며 식기가 쨍강거리는 소리 외에는 조용했다. 한때 휴게실에는 이메일인가 뭔가를 쓸 수 있다는 번지르르한 신상 브이맥컴퓨터도 여러 대 있었는데, 지난여름 어느 날 아침 식사 시간에 기술자가 와서전부 짐수레에 싣고 끌고 가버렸다. 병사 몇 명이 불평을 했지만 소용없었던 모양이었다. 휴게실에는 다시는 컴퓨터가 들어오지 않았고 남은 것은 벽에서 튀어나온 구불구불한 전선들뿐이었다. 아마 컴퓨터를 회수해간 건 일종의 처벌인것 같다고 그레이는 생각했지만 무엇에 대한 처벌인지는 알 수 없었다. 어차피그레이는 컴퓨터에는 관심이 없었기 때문이다.

불안감과는 별개로 음식 냄새를 맡으니 배가 고파졌다. 데포프로베라를 복용한 뒤로 식욕이 어마어마하게 늘어났기에 그만큼 체중이 불어나지 않은 게 이상할 정도였다. 그래서 그는 줄을 서서 식판에 음식을 담으며 음식에 대한 생각을 즐겼다. 미네스트로네 한 그릇, 크루통과 치즈가 들어간 샐러드, 마시멜로와비트 피클, 마치 왕관처럼 고리 모양으로 썬 파인애플을 올린 햄 조각. 그레이는마지막으로 레몬파이 한 조각과 얼음물 한 잔을 받아 구석에 있는 빈 테이블로가져갔다. 청소부들은 대개 그와 마찬가지로 혼자 식사를 했다. 딱히 서로 나눌이야기가 없어서였다. 때로 그레이는 1주일 내내 격납실에 들어가고 나올 때 출퇴근 보고를 하는 지하 3층의 경비병 외에는 누구와도 말을 주고받지 못할 때도 있었다. 사실 몇 달 전까지만 해도 기술자와 의무병이 제로라든지, 토끼라든지, 이빨에 대한 이야기를 물어보기도 했다. 그레이가 대답하면 그들은 고개를끄덕였고, 핸드폰에 뭔가 입력하기도 했다. 하지만 이제 그들은 아무 말도 없이마치 제로에 대한 모든 사항이 정리가 되어서 더 이상 새롭게 알고 싶은 것은 없다는 듯 보고서만 가져갈 뿐이었다.

그레이는 차근차근 음식을 순서대로 먹어나갔다. 패닝이라는 이름은 뉴스 속보 자막처럼 여전히 그의 마음속 저 아래에서 흐르고 있었지만 음식을 먹고 있자니 도움이 됐다. 단 몇 분간이라도 거의 그 생각을 떠올리지 않을 수 있었다. 마지막 파이를 먹어치우려는데 누군가 그가 앉은 테이블로 다가왔다. 군인 중한 사람이었다. 이름이 폴슨이었던 것 같았다. 군인들은 얼룩무늬 군복에 티셔츠, 번쩍이는 군화 차림에 머리는 바짝 깎고 귀는 누가 장난삼아 머리통에 붙여놓은 것처럼 튀어나온 모습이 모두 똑같아 보였지만 그래도 폴슨은 눈에 익은편이었다. 머리를 너무 짧게 깎아서 원래의 머리색이 무엇인지 도무지 알 수 없을 정도였다. 폴슨이 그레이의 옆자리에 있던 의자를 빼더니 거꾸로 걸터앉아 그에게 친근한 척 웃어 보였다.

"청소부들은 밥시간을 좋아하지?"

그 말에 그레이는 어깨만 으쓱했다.

"그레이 맞지? 전에 본 적 있어."

폴슨이 눈을 가늘게 뜨고 물었다. 그레이는 포크를 내려놓고 마지막 파이 한입을 삼켰다.

"맞아."

폴슨은 마치 그 이름이 좋은 이름인지 아닌지를 가늠하기라도 하는 것처럼 신중하게 고개를 끄덕였다. 표정은 차분했지만 부러 태연한 기색을 유지하는게 분명했다. 폴슨은 잠시 머리 위에 있는 보안 카메라를 확인한 뒤, 다시 그레이의 얼굴을 쳐다보았다.

"청소부들은 말을 잘 안 하잖아. 좀 도깨비 같달까, 미안한 말이지만."

도깨비라니, 폴슨은 아무것도 모른다. 하지만 그레이는 아무 말도 하지 않았다.

"혹시 질문 하나 해도 되나?"

폴슨이 그레이의 접시 쪽으로 턱짓을 했다.

"식사 방해해서 미안하군. 먹으면서 들어."

"다 먹었어. 이제 일하러 가야 해."

"파이는 맛이 어때?"

"묻고 싶은 게 그거야?"

"파이? 아니지."

폴슨이 고개를 저었다.

"그냥 예의상 해본 말이야. '잡담'의 표본 같은 거지."

그레이는 폴슨이 원하는 것이 무엇일까 생각했다. 지금까지 군인들이 그에게 말을 건 적은 없었는데, 지금 이 폴슨이라는 사람은 이쪽을 비추는 보안 카메라를 싹 무시한 채 그에게 예절교육을 하고 있었다. 그레이는 간신히 대답했다.

"맛있어. 레몬 좋아하거든."

"파이 얘기는 이제 집어치워. 이제 그딴 건 관심 없거든."

그레이는 쟁반 가장자리를 쥐었다.

"가야겠어."

그렇게 말하고 그는 일어서려 했지만 폴슨이 그의 손목을 붙잡았다. 그레이는 이 단 한 번의 접촉만으로도 상대가 철봉으로 팔을 단련한 사람처럼 힘이 어마어마하게 세다는 걸 알 수 있었다.

"닥치고 제자리에 앉아."

그레이는 고분고분 자리에 앉았다. 별안간 식당 안이 텅 빈 것처럼 느껴졌다. 폴슨 너머로 식당 안을 둘러보았더니 사실이었다. 식당에는 멀찍이 기술자 두 명이 앉아서 일회용 컵에 담긴 커피를 마시고 있을 뿐, 그 외엔 아무도 없었다. 다들 어디로 간 거지?

"우린 청소부들이 어떤 놈들인지 알아, 그레이."

폴슨이 나직하고 단호한 목소리로 말했다. 그는 그레이의 손목을 여전히 꽉 잡은 채로 테이블을 향해 몸을 숙였다.

"우리는 너희들이 무슨 짓을 저질렀는지 안다고. 조그만 남자애들을 건드렸지? 남자든, 여자든 가리지 않고 그 짓을 했던 거잖아. 맞지?"

그레이는 아무 말도 하지 않았다.

"다들 나처럼 생각하는 건 아니지만, 자유의 나라니까 내 생각을 말하자면 말이야."

그가 의자에 앉은 채 자세를 바꾸어 그레이의 얼굴에 자기 얼굴을 더 바짝 붙이고 들여다보았다.

"고등학교 다닐 때 어떤 놈은 쿠키 반죽을 자기 물건에 발라서 개한테 핥게 했다고. 그러니까 네놈이 조그만 꼬맹이들한테 올라타고 싶으면 마음대로 해. 개인적으로는 이해가 안 가는 일이지만 내 알 바 아니니까."

그레이는 속이 울렁거리는 것을 참으며 간신히 말했다.

"미안한데, 정말 가봐야 해서."

"어딜 가봐야 하는데?"

"어디라니?"

그레이는 침을 꿀꺽 삼켰다.

"일하러 가야지."

"아니지."

드디어 그레이의 손목을 놓아준 폴슨은 그레이의 쟁반에 놓여 있던 숟가락을 들어서 테이블 위에 놓고 집게손가락 끝으로 빙글 돌렸다.

"교대 시간까지 3시간 남았잖아. 내가 시계도 못 보는 줄 알아, 그레이? 여기서 이야기 좀 더 하자고."

그레이는 빙글빙글 도는 숟가락을 쳐다보면서 폴슨이 다음 말을 잇길 기다렸다. 문득 무엇에 홀린 것처럼 온몸의 세포 하나하나가 간절히 담배를 갈구하기 시작했다.

"원하는 게 뭐야?"

폴슨이 숟가락을 딱 한 번 더 돌리더니 멈춰 세웠다.

"뭘 원하느냐고, 그레이? 그래. 원하는 게 있어."

폴슨은 그레이 쪽으로 몸을 가까이하더니 검지를 까딱까딱해 가까이 오라는 시늉을 했다. 그러고는 거의 속삭이듯이 입을 열었다.

"지하 4층에 뭐가 있는지 알려줘."

마치 허공에 발을 디딘 것처럼 그레이의 심장이 철렁했다.

"난 그냥 청소만 해. 그냥 잡일하는 게 다야."

"아니, 그런 헛소리로 넘길 생각하지 마."

다시금 감시 카메라 생각이 떠올랐다.

"리처즈가……."

폴슨이 코웃음을 쳤다.

"리처즈 따위."

그가 카메라를 올려다보더니 슬렁슬렁 손을 휘저어 보인 다음 천천히 손 모양을 바꾸어서 몇 초간 중지를 쑥 내밀어 보였다.

"사람들이 진짜로 이 카메라를 쳐다보고 있다고 생각하는 거야? 하루 종일, 매일같이, 우리의 일거수일투족을 보고 듣는 거라고 생각해?"

"지하에는 아무것도 없어. 정말이야."

폴슨이 느릿느릿 고개를 저었다. 다시금 그의 눈에 사나운 눈빛이 감돌았다.

"헛소리 말고 솔직히 말해."

"난 청소만 해. 난 그냥 일하러 온 거야."

그레이가 기어드는 목소리로 말했다. 폴슨은 아무 말도 하지 않았다. 식당 안이 쥐 죽은 듯 고요해서, 자기 심장이 뛰는 소리마저도 들릴 것 같다고 그레이는 생각했다.

"이봐, 밤에 잠은 잘 자?"

"뭐라고?"

폴슨이 눈을 가늘게 떴다. 심술궂은 표정이었다.

"묻는 말에나 대답해. 너, 밤에, 잠은, 잘 자냐고."

"그런 것 같아. 응, 잘 자지."

폴슨이 체념하듯 작게 웃음을 터뜨리더니 다시 의자 등받이에 기대 눈을 들어 천장을 보았다.

"그런 것 '같다'라."

"대체 왜 그런 걸 묻는지 모르겠는데."

폴슨이 짧게 하, 하고 숨을 토해냈다.

"꿈 때문이야, 그레이."

그러더니 그가 그레이에게 얼굴을 불쑥 들이댔다.

"꿈 얘길 하는 거라고. 네놈들도 꿈을 꾸겠지? 그래, 나도 꿈을 꿔. 밤새도록, 꼬리에 꼬리를 물고 꿈을 꿔. 아주 미친 꿈을 꾼단 말이야."

미쳤다는 말을 들으니 그레이는 그 말 하나로 이 상황을 정리할 수 있을 것 같았다. 폴슨은 미친 것이다. 도로에 붙어 있지 않은 바퀴처럼, 물 밖을 벗어난 노처럼. 이 산에 갇힌 채 너무 오랜 시간이 지나서, 아니면 춥고 눈이 오는 나날이 너무 오래 이어져서 그런 것 같다. 비빌 교도소에도 그런 녀석이 있었다. 들어올 때는 멀쩡했는데 몇 달도 채 지나지 않아 두 문장도 이어서 말할 수 없을 정도로 돌아버렸다.

"그레이, 내가 꾸는 꿈이 무슨 꿈일까? 자, 맞혀봐."

"싫어."

"맞혀보라고, 씨팔."

그레이는 테이블 위를 내려다보았다. 카메라의 시선이 느껴졌다. 어딘가에서 리처즈가 이 모든 광경을 바라보고 있을 거라고 생각했다. 제발, 제발, 더 이상 아무것도 묻지 마.

"난 몰라."

"모른다고?"

그레이는 여전히 폴슨과 눈을 마주치지 못한 채 고개를 저었다.

"몰라."

"좋아. 그럼 말해주지."

폴슨이 목소리를 낮추었다.

"꿈에 네가 나와."

한동안 둘 다 말이 없었다. 폴슨은 미쳤다. 그레이는 생각했다. 미쳤어, 미쳤다고.

"미안한데, 정말 지하에는 아무것도 없어."

그레이는 이렇게 어물거린 다음 다시 자리에서 일어나려 하면서도 내심 폴슨이 다시금 그의 팔꿈치를 붙잡아 도로 앉힐 거라고 생각했다.

그러나 폴슨은 '좋아' 하면서 한 손을 대강 휘저었다.

"지금은 여기까지로 하지. 당장 꺼져."

그가 의자에 앉은 채 몸을 틀어 쟁반을 들고 일어선 그레이를 올려다보았다.

"비밀 하나 말해주지. 듣고 싶어?"

그레이는 고개를 저었다.

"여기서 나간 청소부 두 명 알지?"

"누구?"

"알잖아. 뚱뚱한 놈들. 멍청이랑 그 친구 놈 말이야."

"잭하고 샘?"

"그래."

폴슨의 시선이 이리저리 떠돌았다.

"어차피 이름은 몰라. 그러니까 네가 이름을 말한들 나한테는 아무 의미가 없지."

그레이는 폴슨이 말을 잇기를 기다렸다.

"잭하고 샘이 뭐?"

"친한 사이는 아니었길 바라. 왜냐하면 안타까운 소식을 알려줄 거거든. 둘 다 죽었어."

폴슨은 자리에서 일어선 뒤 그레이를 쳐다보지 않고 다음 말을 뱉었다.

"우리 전부 죽을 거야."

어두웠다. 그리고 카터는 무서웠다.

지금 카터는 지하, 아주 깊은 지하에 있었다. 엘리베이터 안에는 버튼이 네 개 있었는데 위로 올라갈수록 숫자가 줄어들어 마치 지하 차고의 버튼 같았다. 그들이 카터를 들것에 실었을 무렵에 그는 정신이 몽롱하고 아무런 고통도 느끼지 못하는 상태였다. 아마 그들이 카터에게 졸리지만 잠들지는 못하게 하는 무슨 주사를 놓은 것 같았는데, 그래서 그들이 자기 목 뒤를 갈라 무언가를 집어넣을 때도 거의 아무런 느낌이 나지 않았다. 그다음에는 팔다리가 구속용 벨트로 묶였고 — 그를 편하게 해주기 위해서였다고 그들은 말했다 — 들것에 태워진 채 엘리베이터에 탄 것까지가 카터가 기억하는 전부였다. 엘리베이터의 버튼들, 그리고 지하 4층이라고 적힌 버튼을 누르는 누군가의 손가락. 총을 든 남자, 리처즈라는 그자는 돌아오겠다고 약속했지만 그 약속을 지키지 않았다.

이제 그는 잠에서 깨 있었고, 정확히는 알 수 없었지만 마치 아주아주 깊은 구멍 속에 들어와 있는 기분이었다. 여전히 손목, 발목, 아마도 허리에까지 구속용 벨트가 매여 있는 채였다. 방 안은 춥고 깜깜했지만 어디선가 아주 먼 곳에서 깜빡이는 불빛이 보이고, 환풍기가 돌아가는 소리가 들렸다. 그들이 그를 지하로 데리고 내려오기 전에 했던 대화는 별로 기억나지 않았다. 기억나는 것은 그들이 카터의 체중을 재고, 그 밖에도 병원에서 하는 것처럼 혈압을 재고 컵에 소변을 보라고 시키고 망치로 무릎을 두드리고 콧속과 입속을 들여다보는 등의 행위를 했던 것이 전부였다. 그다음에는 손등에 튜브를 꽂았고 — 아팠다, 죽도록 아파서 '씨팔' 하고 내뱉었던 기억이 난다 — 튜브를 행거 위에 달린 주머니에 연결했고, 그다음의 기억은 전부 흐릿했다. 펜 끝에서 빨간 불빛이 나던 것, 갑자기 자신을 내려다보던 얼굴들이 전부 마스크를 끼고 있던 것, 그중 누군가가 "간단한 레이저 시술입니다, 카터 씨. 살짝 눌리는 느낌만 날 거예요." 했던 것이 기억났다. 지금 어둠 속에서 그는 머릿속이 질척질척해지기 전에 마지막으로, 이것은 사형장의 주사바늘 앞에 그를 데려가기 전 신이 한 마지막 장난인가 보다 하는 생각을 했다. 제일 먼저 만나게 되는 것이 예수님일지, 레이철 우

213

드일지, 아니면 악마일지 궁금했다.

그런데, 카터는 죽지 않았다. 얼마나 오래 잤는지는 모르겠지만 잠을 자다가 깬 게 전부였다. 한동안 어둠에서 막 빠져나와 또 다른 어둠 속으로 들어가는 것처럼, 마치 불 꺼진 방을 걸어 다니는 것처럼 정신이 산란했다. 그리고 아무것도 보이지 않는 지금 그는 어둠에 적응할 도리가 없었다. 위아래조차 구분할 수 없었다. 온몸이 아팠고 입안에 들어 있는 게 혀가 아니라 마치 둥글게 뭉쳐놓은 양말이나 털이 북슬북슬한 짐승이 웅크리고 있는 것처럼 느껴졌다. 목덜미가 어깨뼈로 이어지는 부위에 욱신욱신한 아픔이 느껴졌다. 주변을 둘러보려 고개를 들었지만 보이는 것이라고는 점점이 보이는, 펜 끝에 달려 있는 라이트처럼 아주 조그맣고 빨간 점 같은 불빛들이 전부였다. 그 빛이 얼마나 떨어져 있는지, 얼마나 큰지도 가늠할 수 없었다. 아주 멀리 있는 도시의 불빛인지도 몰랐다.

울가스트. 그 이름이 어둠 속에서 갑자기 떠올랐다. 울가스트가 했던 말, 시간이 바다와 같다고, 그 시간을 자신에게 주겠다고 했던 말이 떠올랐다. '앤서니, 시간은 많아. 바다처럼.' 잠깐 마주친 것이 전부인데도 마치 울가스트는 카터의 가슴속 가장 깊은 곳에 도사리고 있기라도 한 것처럼 느껴졌다. 앤서니가 기억하는 한 그에게 그렇게 말을 걸어준 사람은 울가스트가 유일했다.

그러다 보니 마치 한 쌍이라도 되는 것처럼 이 모든 일이 시작되었던 그날이 생각났다. 6월이었다. 6월. 고가도로 아래의 공기는 지글지글 익어가는 것처럼 뜨거웠고 한 조각의 너저분한 차양 아래 서서 가슴께에 '배가 고파요, 아무리 작은 도움이라도 괜찮습니다. 하느님의 축복이 있기를'이라고 적은 판지를 들고 서 있던 카터는 검은색 디날리 한 대가 모퉁이를 돌아 다가오는 모습을 보았다. 조수석 창문이 열렸는데, 보통 지나가는 차들이 그에게 손이 마주 닿지 않도록 창문을 살짝만 내리고 틈새로 동전 몇 닢이나 접은 지폐를 내밀던 것과는 달리 단숨에 물 흐르듯 유리창 전체가 스르륵 내려갔다. 덕분에 어두운색으로 코팅한 유리에 비치던 카터의 얼굴은 마치 커튼이 열리는 것처럼, 세상이 열려 그 안에 있는 비밀의 방이 드러나는 것처럼 순식간에 모습을 감추었다. 고작 정오가 된 시간이었고 점심시간의 교통정체가 지상 도로와 서부순환로에 몰려들기 시작해 머리 위에서 화물차가 일렬로 지나가는 것처럼 쿵쿵 소리가 울리고 있었다.

"저기요?"

디날리의 운전석에 있던 사람이 말을 걸었다. 여자의 목소리가 차들의 우렁찬 소음과 고가도로 아래의 진동 소리를 뚫고 카터에게 들려왔다.

"저기요, 이봐요. 잠시만요."

열린 창문을 향해 다가가자 차 안의 찬 공기가 얼굴에 닿으면서 새 가죽 시트에서 나는 기분 좋은 매캐한 냄새가 풍겼고, 더 가까이 다가가자 여자의 향수 냄새가 났다. 여자는 안전벨트를 한 채 머리 위에 선글라스를 올리고 조수석 창문 쪽으로 몸을 한껏 기울인 자세였다. 당연히도 여자는 백인이었다. 얼굴을 보기 전부터 알 수 있었다. 윤기 나게 도색되어 있으며 번쩍이는 커다란 그릴이 달린 검은색 디날리. 갤러리아에서 대저택들이 즐비한 리버 오크스로 들어가는, 산펠리페 언저리의 동쪽 차선을 타고 있었다. 여자는 젊었는데, 카터의 생각에는 이런 차를 사기에는 너무 어린 나이, 많게 보아야 서른 남짓으로 보였고, 테니스 복장 같은 흰 치마와 한 세트인 상의를 입고 있었으며, 피부는 촉촉하고 윤이 났다. 근육이 알맞게 잡힌 날씬한 팔은 햇빛에 구릿빛으로 그을려 있었다. 군데군데 어두운색을 띤 곱슬기 없는 금발을 뒤로 묶고 있어서 섬세한 코와 뚜렷한 광대뼈가 눈에 띄었다. 사람의 치아만큼이나 큼직한 다이아몬드가 박힌 반지 외에는 장신구가 없었다. 사람을 뚫어지게 보아선 안 되는 걸 알지만 멈출 수가 없었다. 카터는 뒷좌석도 훑어보았다. 텅 빈 아기용 카시트가 있었고 그 위로 밝은색의 푹신푹신한 아기 장난감이 매달려 있었으며 옆에는 종이로 만들었지만 꼭 금속처럼 보이는 쇼핑백이 놓여 있었다. 쇼핑백에는 '노드스트롬'이라는 상점 이름이 박혀 있었다.

"사정 되는 만큼 주시면 돼요."

카터가 웅얼거리며 말했다.

"하느님의 축복이 있을 겁니다."

여자의 무릎 위에 묵직한 가죽 새철 백이 놓여 있었다. 여자는 안에 든 것들을 끄집어내 조수석 위에 던지기 시작했다. 립스틱, 주소록, 보석처럼 반짝이는 조그만 핸드폰.

"도와드리고 싶어요. 20달러면 괜찮을까요? 보통 그 정도 드리나요? 저는 몰라요."

"하느님의 축복이 있을 겁니다."

신호가 곧 바뀔 거라는 사실을 카터는 알고 있었다.

"사정이 되는 만큼 주십시오."

여자가 지갑을 끄집어내는 순간 뒤에서 짜증스러운 경적 소리가 울렸다. 경적 소리에 여자는 재빨리 뒤를 돌아보았고, 초록불로 신호가 바뀌었음을 알아차렸다.

"아, 이런, 어떡해."

여자는 단추와 지퍼가 여기저기에 달려 있고 칸막이 속에 온갖 종잇조각이 쑤셔 박힌, 책 한 권만큼 커다란 지갑 속을 미친 듯이 뒤적였다.

"모르겠어요, 모르겠어요."

또다시 경적 소리가 울리더니 뒤에 서 있던 빨간 메르세데스 한 대가 부릉 소리를 내며 옆 차선으로 오던 SUV 앞으로 끼어들었다. SUV 운전자가 급브레이크를 밟으며 경적을 꾹 눌렀다.

"죄송해요, 죄송합니다."

여자는 자꾸 그렇게만 말하고 있었다. 그녀는 마치 잠긴 문의 열쇠를 찾듯 절박하게 지갑 속을 뒤지고 있었다.

"카드밖에 없어요. 20달러가 있는 줄 알았는데. 아니면 10달러라도. 어떡해, 어떡해……."

"도대체 운전을 왜 이따위로 하는 거야!"

커다란 픽업트럭에서 남자 한 명이 머리를 내밀고 고래고래 소리를 질렀다.

"신호 안 보여? 빨리 비키라고!"

"괜찮으니까 가보세요."

앤서니는 여자에게 그렇게 말하며 뒷걸음질을 쳤다.

"안 들려?"

남자가 또다시 고함을 쳤다. 길게 이어지는 경적 소리. 남자가 창밖으로 팔을 마구 휘둘렀다.

"눈앞에서 썩 꺼지라고!"

여자가 허리를 옆으로 돌리며 백미러를 들여다보았다. 눈을 휘둥그레 뜬 채였다.

"닥쳐!"

여자가 그렇게 소리를 지르더니 주먹으로 운전대를 내리쳤다.

"좀 닥치라고!"

"아줌마, 차 빼시라니까요."

"뭐라도 주고 싶었는데…… 그뿐인데…… 도대체 그게, 그 일 하나 하는 게 뭐가 이렇게 어려운 거야. 난 돕고 싶은데……."

카터는 이쯤에서 도망쳐야겠다는 생각이 들었다. 앞으로 무슨 일이 일어날지 눈에 선했다. 분노에 찬 발소리가 다가오더니 남자가 카터의 눈앞에 얼굴을 바짝 들이대고 코웃음을 치며, '이 여성분에게 치근덕댔나? 도대체 무슨 짓을 한 거지?' 하고, 그 뒤로 더 많은 남자들이 나타나서 ─ 물론 몇 명이나 될지는 알 수 없지만 이럴 때마다 그들은 어디선가 모여들곤 했다 ─ 여자가 뭐라고 말하건 보고 싶은 것만 볼 것이다. 흑인 남자, 그리고 아기용 카시트와 쇼핑백을 가진, 무릎 위에 지갑을 환히 열어놓고 있는 백인 여자.

"제발요, 이제 가세요."

픽업트럭의 문이 벌컥 열리더니 청바지와 티셔츠 차림에 손은 야구 글러브만 한 남자가 시뻘건 얼굴로 내렸다. 카터를 벌레 죽이듯 짓뭉개고도 남을 것 같았다.

"이봐! 네놈!"

남자가 카터를 향해 손가락질을 하며 고함을 질렀다. 남자가 허리에 찬 벨트의 크고 둥근 버클이 햇빛을 받아 번득였다.

여자가 눈을 들어 백미러를 보는 순간 그녀 역시 카터가 본 것을 보았다. 남자는 총을 들고 있었다.

"아, 세상에, 아, 어떡해."

여자가 비명을 질렀다.

"차량 탈취다! 저 깜둥이가 차를 훔치려고 해!"

카터는 제자리에 딱 얼어붙었다. 분노에 차 위협하는 목소리, 경적 소리, 고함 소리로 가득 찬 세상이 갑자기 그에게 온통 밀려드는 것만 같았다. 여자가 잽싸게 몸을 뻗어 조수석 문을 열었다.

"타요!"

그러나 카터는 여전히 꼼짝할 수 없었다.

"빨리! 차에 타요!"

여자가 소리를 질렀다. 카터는 자신도 모르게 여자가 시키는 대로 했다. 들고 있던 판지를 바닥에 던지고 얼른 차에 올라타 문을 쾅 닫았다. 방금 초록불이 빨간불로 바뀌었는데도 여자는 신호를 무시하고 액셀을 밟았다. 그들이 교차로를 초고속으로 내달리자 주변의 차들이 전부 황급히 운전대를 돌렸다. 카터는 분명 차가 어딘가에 충돌할 거라고 생각하며 곧 닥쳐올 충격을 대비해 눈을 꽉 감았다. 그러나 아무 일도 일어나지 않았다. 다행히 다른 차들이 제대로 피해주었던 것이다.

최악의 사태라고 카터는 생각했다. 여자가 운전하는 차는 고가도로 아래를 빠져나와 다시 눈 부신 햇살 속으로 나왔고 여자는 마치 카터가 옆 좌석에 타고 있다는 사실을 잊어버리기라도 한 듯 온 힘을 다해 운전했다. 철길을 통과할 때 차가 들썩하는 바람에 튀어 오른 카터의 머리가 차 천장에 부딪히기까지 했다. 여자 역시 당황했는지 브레이크를 너무 세게 밟았고, 이번에는 카터의 몸이 앞으로 쏠리면서 대시보드에 부딪혔다. 여자는 곧이어 운전대를 돌려 세탁소와 시플리 도넛이 있는 주차장 안으로 들어가더니 카터를 바라보지도 않고, 그에게 한마디 말도 없이 운전대에 머리를 박고 울기 시작했다.

백인 여자가 우는 것을 영화나 텔레비전이 아니라 이렇게 가까이서 보는 것은 처음이었다. 문이 닫힌 디날리에 타고 있자니 여자의 눈물에서 나는 녹은 촛농 냄새, 그리고 머리카락에서 풍기는 청결한 냄새를 맡을 수 있었다. 그러고 보니 카터 자신의 몸에서도 냄새가 났다. 오랫동안 맡아본 적 없었는데, 좋은 냄새는 아니었다. 솔직히 말하면 상한 고기나 우유처럼 지독한 악취였고, 고개를 숙이자 더러운 손과 팔, 오랫동안 갈아입지 않은 티셔츠와 청바지가 보이는 바람에 카터는 부끄러워졌다.

얼마 뒤 여자는 고개를 들고 손등으로 콧물을 훔쳤다.

"이름이 뭐예요?"

"앤서니."

잠깐이었지만 카터는 여자가 이대로 경찰서로 직행하지 않을까 하는 생각이 들었다. 차가 아주 깨끗하고 새것이어서 자기 자신이 크고 더러운 얼룩처럼 느껴졌던 것이다. 하지만 여자는 카터에게서 나는 악취는 조금도 신경 쓰지 않는 것처럼 굴었다.

"여기서 내릴게요. 곤란하게 만들어서 미안합니다."

"당신이요? 당신이 뭘 했다고요. 아무것도 하지 않았잖아요."

여자가 숨을 깊게 들이마시더니 다시 머리를 등받이의 머리 받침대에 기대고 눈을 감았다.

"젠장, 남편이 알면 죽이려 들 거예요. 젠장. 젠장. 젠장. 레이철, 대체 무슨 생각이었어?"

여자는 화가 난 것 같기에 카터는 아무래도 눈치껏 차에서 내려야겠다는 생각이 들었다. 리치먼드 북쪽에서 몇 블록 떨어진 곳이었다. 여기서 버스를 타면 어제까지 잠을 청하던 웨스트파크의 재활용 센터 옆 빈터로 갈 수 있을 것 같았다. 별다른 말썽 없이 잘 지낸 곳이었고, 비가 오면 재활용 센터 직원들이 빈 차고에서 잘 수 있게도 해주었다. 610번 고가도로 아래에서 얻은 지폐와 동전을 합치면 10달러가 조금 넘었으니 이 돈으로 원래 있던 곳까지 돌아가 뭔가 조금 사 먹을 수도 있을 것 같았다.

카터가 문에 손을 댔다.

"안 돼요."

여자가 재빨리 말했다.

"가지 마세요."

여자가 카터에게로 몸을 돌렸다. 울어서 부은 눈이 그의 얼굴을 열심히 살폈다.

"진심이었어요?"

무슨 소린지 알아들을 수 없었던 카터는 멍한 표정을 지었다.

"사모님?"

"그 판지에 그렇게 썼잖아요. 나한테 '하느님의 축복이 있을 겁니다'라고 했잖아요. 왜냐하면……."

여자는 카터의 대답을 기다리지 않고 말을 이었다.

"앤서니, 나는 축복받았다고 느끼지 않아요."

그러더니 그녀는 무언가에 홀린 것처럼 진주알 같은 치열을 드러내며 웃음을 터뜨렸다.

"이상하지 않아요? 행복해야 하는데, 그렇지가 않아요. 괴로워요. 매 순간이 늘 괴로워요."

카터는 뭐라 대답해야 할지 알 수 없었다. 이렇게 잘사는 백인 여자가 괴롭다니? 그는 뒷좌석에 놓인 아기용 카시트를 슬쩍 보았다. 밝은 색깔의 장난감이 잔뜩 매달려 있는 걸 보면서 아이는 어디에 있을지 궁금했다. 아기 이야기라도 해볼까 하는 생각이 들었다. 카터의 경험상 사람들은, 특히 여자들은 아기를 좋아했다.

"괜찮아요."

여자가 입을 열었다. 그녀는 앞 유리창 너머로 보이는 도넛 가게를 멍하니 쳐다보고 있었다.

"무슨 생각 하는지 알아요. 아무 말 안 해도 돼요. 아마 당신은 내가 미친 여자라고 생각하겠죠."

"제가 보기에는 멀쩡하신데요."

여자는 다시 한번 쓸쓸하게 웃었다.

"그래요, 바로 그게 문제예요. 멀쩡해 보인다는 거요. 아무나 붙잡고 물어봐도 그렇게 말할걸요. 레이철 우드는 남들이 원하는 건 무엇이든 갖고 있다고, 레이철 우드는 정말 완벽하게 멀쩡한 사람이라고……."

차 안에 앉아서 여자가 비통한 얼굴로 허공을 바라보며 작은 소리로 우는 동안에도 카터는 여전히 차에서 내려야 할지 말지를 고민하고 있었다. 하지만 여자는 슬퍼하고 있었고, 이런 상황에서 그녀를 혼자 남겨두고 떠나는 건 왠지 잘못하는 일 같았다. 혹시 자기를 안타까워해주기를 바라는 걸까? 레이철 우드는 아마 여자의 이름이고, 이 여자는 자기 신세를 생각하며 슬퍼하는 것 같았다. 하지만 카터는 확신할 수는 없었다. 어쩌면 레이철 우드란 친구, 아니면 아기 봐주는 사람의 이름일지도. 카터는 자신이 조만간 내려야 한다는 사실을 알았다. 여자의 기분은 언젠가는 가라앉을 것이고, 곧 자신이 지금 옆에 앉아 있는 냄새 나는 흑인 때문에 총을 맞을 뻔했다는 것을 깨달을 것이다. 하지만 지금 당장은 시원한 에어컨 바람 때문에, 또 운전석에 앉은 여자의 이상하고 슬픈 침묵 때문에 일단은 그대로 앉아 있어야겠다는 생각이 들었다.

"앤서니, 성은 뭐예요?"

다른 사람들이 한 번도 물어본 적 없는 질문이었다.

"카터."

여자가 다음으로 한 행동은 지금까지 한 어떤 다른 행동보다도 놀라웠다. 여자는 몸을 돌려 선명한 시선으로 그를 바라보더니 악수를 청했던 것이다.

"자."

여자의 목소리에서는 아직도 슬픔이 배어나고 있었다.

"안녕하세요, 카터 씨. 저는 레이철 우드라고 해요."

카터 씨라니, 마음에 드는 호칭이었다. 레이철의 손은 작았지만 붙잡는 아귀 힘은 남자만큼 강했다. 그는 어떤 감정을 느꼈지만, 그 감정을 설명할 말이 떠오르지 않았다. 혹시 레이철이 자기와 악수했던 손을 닦아낼까 하는 생각이 들었으나 그녀는 그런 동작은 전혀 하지 않았다.

"세상에!"

레이철의 눈이 깜짝 놀란 듯 커졌다.

"남편이 알면 심장마비가 올 거예요. 아까 있었던 일, 남편에게는 말하면 안 돼요. 절대로요."

카터는 그러지 않겠다는 의미로 고개를 저었다.

"제 남편이 멍청한 건 그이의 잘못이 아니에요. 그냥 상황을 이해하는 방식이 우리와는 다른 것뿐인걸요. 약속해줘요, 카터 씨."

"아무 말 하지 않겠습니다."

"좋아요."

레이철은 만족한 듯 짧게 대답한 뒤 다시 정면을 바라보았다. 늘씬한 눈썹이 생각에 잠긴 듯 꿈틀거렸다.

"도넛이네요. 어째서 하필 도넛 가게 앞에 차를 세운 건지. 도넛은 별로죠?"

도넛이라는 말만 들었는데도 입안에 침이 고였다.

"도넛 좋습니다. 커피 좋습니다."

"그래도 그건 진짜 식사는 아니잖아요?"

레이철의 목소리는 단호했다. 무언가를 결심한 듯했다.

"제대로 된 식사를 하셔야 해요."

그 순간 카터는 아까부터 느꼈던 감정의 정체를 알게 되었다. 그것은 누군가에게 인식되고 있다는 감정이었다. 지금까지 카터는 자신도 모르게 유령처럼 살았다. 그런데 레이철은 카터를 자기 집으로 데려가려고 한다. 세상에 이런 사람도 있다는 이야기를 들어본 적은 있지만 진짜 있다고 믿은 적은 없었다.

"카터 씨, 오늘 하느님이 당신을 고가도로 아래에 세운 데는 다 이유가 있었을 거라고 생각해요. 아마 제게 하고 싶은 말이 있었나 봐요."

레이철이 디날리에 기어를 넣었다.

"우리는 친구가 될 것 같아요. 그렇게 느껴져요."

그리고 두 사람은 그녀가 말한 대로 친구가 되었다. 정말 이상한 일이었다. 카터가 레이철 우드라는, 남편 ─ 거의 만난 적도 없지만 그녀의 아버지라고 해도 좋을 만큼 나이가 많은 남자 ─ 이 있고, 무성한 잔디에 산울타리까지 있는 떡갈나무 아래의 거대한 저택에 살며, 그리고 두 딸 ─ 아기 말고도 조금 더 큰 딸이 하나 더 있었는데 둘 다 조그만 벌레처럼 귀여웠고 꼭 그림에 나오는 아이들 같았다 ─ 까지 있는 백인 여자와 친구가 되다니. 카터는 뼛속까지, 아주 깊이 느꼈다. 두 사람이 친구라는 사실을 말이다. 레이철은 지금까지 어떤 누구도 카터에게 해주지 않은 일들을 해주었다. 마치 레이철이 카터더러 차에 타라고 열어준 문안에 커다란 방이 있었고 그 안에는 사람들, 그리고 카터의 이름을 부르는 목소리와 먹을 음식과 잠잘 침대 등등이 들어 있었던 것만 같았다. 레이철은 카터에게 일자리도 소개시켜주었는데 자기 집 말고 다른 집들의 일감도 맡겨주었고 모두들 그를 카터 씨라고 불렀다. 오늘 손님이 오니까 조금 더 잔업을 해줄 수 있는지, 파티오^{patio}에 쌓인 낙엽을 쓸어줄 수 있는지, 의자 몇 개에 칠을 해줄 수 있는지, 배수로에 쌓인 낙엽을 치워줄 수 있는지, 아니면 개를 산책시켜줄 수 있는지 물었다. '카터 씨, 바쁘시겠지만 혹시 괜찮으시다면……' 그때마다 카터의 대답은 항상 '예스'였고 매트나 화분 아래에 놓인 봉투에는 그가 요구하지 않아도 꼬박꼬박 팁으로 10달러나 20달러가 더 들어 있었다. 카터는 다른 이웃들도 좋았지만 사실 그들은 카터에게 그리 중요한 사람이 아니었다. 카터가 이 모든 것을 하는 건 전부 레이철을 위해서였다. 수요일은 레이철을 위해 일하는 날이었기에 일주일 중 제일 좋은 날이었는데, 그날마다 레이철은 창가로 나와 창고에서 잔디깎이를 밀고 나오는 카터를 향해 손 인사를 건넸고 때로는, 아니 아주 자주, 그가 일을 끝내고 손을 씻고 있으면 집 밖으로 나와 ― 그녀는 다른 사람들처럼 돈을 매트 아래에 두지 않고 손에 직접 건네주었다 ― 아이스티가 담긴 유리컵을 놓고 파티오에 함께 앉아 자기가 살아가는 이야기를 하고 카터가 살아가는 이야기를 물었다. 그늘 아래 앉은 두 사람은 진짜 사람들처럼 대화를 나누었다. '카터 씨, 당신은 하느님이 보내주신 사람이에요. 당신이 없었다면 난 아무것도 하지 못했을 거예요. 당신이 바로 잃어버린 퍼즐의 한 조각이었어요.'

카터는 그녀를 사랑했다. 사실이었다. 그것이 바로 이 모든 일의 슬프고도 안타까운 미스터리였다. 춥고 깜깜한 곳에 누워 있는 지금 카터는 속에서부터 눈물이 치미는 것을 느꼈다. 어찌 감히, 그토록 사랑했던 레이첼에게 내가. 카터는 레이첼이라는 사람을 알았다. 레이첼이 웃고, 쇼핑을 하고, 테니스를 치고, 미용실에 가는 순간에도 그녀의 안에는 공허한 공간이 있다는 것을, 첫날 차 안에서 그녀를 만났을 때부터 알아차렸고, 카터는 마치 간절히 바라면 그녀의 텅 빈 마음을 채워줄 수 있을 것만 같다고 생각했다. 그녀가 마당으로 나오지 않는 날들이 더더욱 잦아졌고 때로 카터는 그녀가 소파에 가만히 앉아서 아기가 배가 고프다고, 아니면 기저귀를 갈아달라고 우는데도 꼼짝 않고 내버려두는 모습을 보기도 했다. 그럴 때면 그녀는 꼭 바람이 빠진 풍선 같았다. 어떤 날에 레이첼은 아예 모습을 드러내지 않았고 그럴 때면 카터는 그녀가 집 안 깊숙한 곳에서 슬퍼하고 있으리라고 짐작했다. 그런 날엔 카터는 산울타리를 다듬거나 산책로의 잡풀을 뽑는 등 잡일을 좀 더 하면서 이러다 보면 언젠가 그녀가 아이스티를 가지고 나오지 않을까 하는 생각을 했다. 아이스티는 그녀가 괜찮다는, 괴로운 하루를 한 번 더 버텨냈다는 의미였다.

그러던 어느 날 오후 ― 그 끔찍한 오후 ― 카터는 레이첼의 첫째 딸 헤일리가 혼자 있는 모습을 보았다. 12월, 공기는 차고 축축하고, 수영장은 겨울 낙엽으로 가득한 계절이었다. 유치원에 다니는 헤일리는 원복인 파란 반바지와 칼

라가 달린 블라우스를 입고 있었지만 그 위에는 아무것도 걸치지 않았고 신조
차 신지 않은 차림으로 파티오에 앉아 있었다. 손에는 바비 인형을 든 채였다.
'유치원에 안 갔니?' 카터가 묻자 아이는 그를 쳐다보지도 않고 고개를 저었다.
'엄마는 어딨니?' 그러자 아이는 '아빠는 멕시코에 갔어요' 하면서 추위에 몸을
떨었다. '여자친구랑요.' 엄마는 침대에서 나오지 않는다고 했다.

　카터는 현관문을 열어보려 했지만 잠겨 있었다. 벨도 누르고, 창문에 대고 소
리도 질러보았는데 대답이 없었다. 혼자 바깥에 나와 있는 어린아이를 어떻게
하면 좋을지 알 수 없었지만, 어차피 카터는 우드 가족 같은 사람들에 대해서는
모르는 게 많았고, 이런 사람들이 하는 일들을 다 이해할 수 있는 것도 아니었
다. 아이에게 줄 것은 입고 있던 더럽고 오래된 스웨터가 전부였는데, 아이는 스
웨터를 받아 들어 담요처럼 몸에 둘렀다. 카터는 잔디를 깎기 시작하면서 어쩌
면 잔디 깎는 기계가 돌아가는 소리에 우드 부인이 깨어나 아이가 바깥 수영장
옆에 혼자 있다는 것을, 실수로 문을 잠가버렸다는 것을 깨달을지도 모른다는
생각을 했다. '카터 씨, 어째서 이런 일이 일어난 건지 모르겠네요. 나도 모르게
잠들어버렸나 봐요. 당신이 있어 정말 다행이었어요.'

　아이가 바비 인형을 들고 그를 쳐다보는 가운데 그는 잔디를 다 깎고 나서
창고에서 갈퀴를 가져와 수영장 청소를 시작했다. 길가에서 두꺼비 새끼를 발
견한 건 그때였다. 동전만 한 두꺼비였다. 잔디를 깎을 때 쓸려 죽지 않은 게 다
행이었다. 카터는 몸을 구부려서 두꺼비를 집어 들었다. 아무런 무게가 느껴지
지 않았다. 눈으로 보고 있지 않았다면 손에 아무것도 없다고 생각했을 정도로
가벼웠다. 파티오에서 쳐다보는 아이 때문인지, 아니면 집 안에서 자고 있을 우
드 부인 때문인지는 몰라도, 카터는 풀숲에 숨어 있던 이 조그만 두꺼비 한 마
리로 상황을 나아지게 만들 수 있을 것 같은 생각이 들었다.

　'이리 오렴.' 그가 아이에게 말했다. '이리 와봐, 보여줄 게 있어. 아주 작은 거
야, 헤일리. 너처럼 아주아주 작은 아기란다.'

　그러면서 카터가 돌아서자 고작 3미터도 채 떨어지지 않은 곳에 서 있는 레

이철이 보였다. 소리도 없이 나온 레이철은 커다란 티셔츠를 잠옷처럼 입은 차림이었고 머리는 얼굴 위로 아무렇게나 뻗쳐 있었다. '우드 부인, 언제 나오셨어요? 다행이에요. 지금 헤일리에게⋯⋯.'

'내 딸한테서 떨어져!'

그러나 그렇게 외친 사람은 카터가 알던 레이철이 아니었다. 눈빛이 이상야릇하고 넋이 나가 있었다. 마치 카터가 누군지 모르는 것만 같았다. '우드 부인, 저는 그냥 헤일리에게 귀여운 걸 보여주려고⋯⋯.'

'꺼져! 저리 꺼지라고! 헤일리! 도망쳐!'

그리고 카터가 뭐라 입을 열기도 전에 레이철은 온 힘을 다해 그를 밀쳐냈다. 수영장 데크에 놓아두었던 갈퀴에 발이 걸린 카터는 뒤로 벌렁 넘어졌다. 반사적으로 손을 앞으로 뻗었다가 손끝으로 레이철이 입은 티셔츠를 움켜쥐었다. 자신의 무게에 레이철이 끌려 오는 것이 느껴졌지만 움직임을 멈출 수 없었기에 두 사람은 물속으로 풍덩 떨어졌다.

물에 빠졌다. 수면 위로 떨어지는 감각은 주먹으로 맞는 것만큼 아팠고 코와 눈과 입으로 지독한 화학약품 냄새가 나는, 마치 악마의 숨결 같은 물이 마구 흘러들었다. 물에 가라앉는 동안 레이철은 그에게 온몸으로 매달리는 통에 두 사람의 팔과 다리가 그물처럼 얽혔다. 카터가 아무리 몸부림쳐도 그녀는 그를 꽉 붙잡은 채 아래로, 아래로 끌어 내렸다. 카터는 수영이라고는 전혀 할 줄 몰랐다. 물장구 정도는 칠 줄 알았지만 그조차도 겁이 났고 레이철의 움직임을 막을 기운도 남아 있지 않았다. 빛이 들어오는 수면을 향해 고개를 치켜들었지만 수면은 너무나 멀었다. 레이철이 그를 아래로, 침묵의 세계로, 마치 거꾸로 뒤집힌 하늘과 같은 수영장 물 밑으로 끌어당겼다. 그리고 그 순간 카터는 알아차렸다. 레이철은 그 세계로 들어가고 싶었던 것이다. 처음부터, 고가도로 아래서 그녀가 차를 세우고 그의 이름을 불렀던 순간부터 그녀가 향하고 있었던 곳이 이곳이었다. 물 밖의 세계에서 그녀를 붙들고 있던 무엇인가가 마침내 연^鳶줄처럼 툭 끊어져버렸고, 세상이 거꾸로 뒤집힌 지금 그 연은 물속으로 하염없이 가라앉고 있었다. 레이철이 카터를 부둥켜안더니 그의 어깨에 턱을 갖다 댔다. 소용돌이치는 물속에서 그녀와 눈이 마주친 짧은 순간 카터는 그녀의 눈빛이 최후의 지독한 어둠으로 가득 차 있다는 것을 알아차렸다. 아, 제발, 제발. 카터는 생각했다. 당신이 죽으라면 죽을게요. 당신이 원한다면 당신을 위해서, 당신 대신 죽을게요. 죽으려면 물속에서 숨을 들이쉬기만 하면 된다. 그 사실을 카터는 자기 이름만큼이나 분명히 알았지만, 그는 도저히 그렇게 할 수가 없었다. 오로지 의지만으로 삶을 버리기에는 너무나 오래 살아버린 것이다. 두 사람이 부드러운 턱 소리를 내며 바닥에 부딪힐 때까지도 레이철은 여전히 그를 부둥켜안고 있었고, 레이철이 첫 숨을 들이쉴 때 그녀의 어깨가 살짝 움칠하는 것이 느껴졌다. 두 번째, 세 번째로 숨을 쉬자 그녀의 폐 속에 남아 있던 마지막 공기가 물거품이 되어 비밀을 속삭이듯 그의 귓가로 날아왔다. '하느님의 축복이 있기를, 카터 씨.' 그 순간 레이철의 팔이 카터를 놓았다.

수영장 바깥으로 어떻게 나왔는지, 헤일리에게 뭐라고 말했는지는 기억나지 않았다. 아이는 큰 소리로 울다가 뚝 그쳤다. 레이철 우드는 죽었고, 이제 그녀의 영혼은 존재하지 않지만 그녀의 텅 빈 몸이 수면 위로 서서히 떠올라 카터가 치우려 했던 낙엽들 사이로 모습을 드러냈다. 사방에 평화가, 마치 너무나 오래 끌었던 어떤 일이 드디어 끝을 본 것만 같은 끔찍하고 가슴 아픈 평화가 감돌았다. 꼭 카터 자신이 다시 사라지기 시작한 것만 같았다. 이웃이 나타난 것이 몇 시간 뒤의 일인지, 몇 분 뒤의 일인지는 알 수 없었다. 그리고 경찰이 왔지만 그즈음에 카터는 자신이 보고 들은 어떤 것도 말하지 않으리라는 사실을 알았다. 그것은 레이철이 그에게 말해준 비밀, 진정한 그녀가 누군가인가 하는 마지막 비밀이었고 카터는 그 비밀을 지킬 셈이었다.

카터는 지금부터 자신에게 어떤 일이 일어나더라도 상관없다고 마음을 굳혔다. 피할 수 없는 일처럼 느껴졌다. 올가스트가 거짓말을 한 건지도, 아닌지도 모른다. 그러나 카터의 삶은 여기서 끝이었다. 이제 더 이상 누구도 레이철 우드에 대해 묻지 않을 것이었다. 그녀의 어떤 부분이 카터의 마음속으로 고스란히 전해져 들어오기라도 한 것처럼 이제 그녀는 카터의 마음속에만 존재하는 사람이었고 그는 누구에게도 그녀에 대해 말하지 않을 작정이었다.

타이어에서 바람이 새는 것처럼 쉭 소리가 나더니 아까는 빨간 불빛이 보이던 저쪽 벽에 녹색 불이 하나 들어왔다. 문이 열리더니 창백한 푸른빛이 방 안에 가득 찼다. 카터는 자신이 가운 차림으로 바퀴 달린 들것에 누워 있다는 사실을 알았다. 손에는 여전히 튜브가 연결되어 있었고 바늘이 살갗을 관통한 부위가 다시금 쓰라리게 아파왔다. 방은 카터가 짐작하는 것보다 컸고, 저쪽 벽에 있는 문과 알 수 없는 기계들 외에는 전부 새하얗기만 했다. 누군가가 문간에 서 있었다. 카터는 눈을 감고 제자리에 누워 생각했다. 괜찮아. 준비됐어. 어디 한번 와보라고.

"비상사태야."

저녁 10시가 막 지난 시간, 리처즈의 집무실 문간에 사이크스가 나타났다.

"알아. 지금 처리 중이야."

예기치 못한 상황은 소녀, 일명 '제인 도' 건이었다. 이제는 '제인 도'가 아니었다. 9시가 조금 넘었을 때 사법 당국의 소식통으로부터 전해 들은 정보가 있었다. 아이의 어머니는 총기 살해 용의자였고 사건 장소는 남학생 사교 클럽이었다. 피해자는 연방순회재판 판사의 아들이었다. 현장에서 발견된 총기를 추적하니 두 페이지를 가득 채운 총기 소유자들의 목록 속에서 그레이스랜드 인근의 한 모텔이 나왔고, 금요일에 아이의 어머니가 아이를 버리고 간 수녀원에서 경찰들이 찍은 아이의 사진을 모텔 지배인이 알아보았다. 전날 밤 배턴루지 북부 55번 주간고속도로의 검문소 감시 카메라에 찍힌 도일과 울가스트를 식별하기도 전에 수녀들이 이야기를 흘린 것도 있었지만, 리처즈로서는 도무지 이해할 수 없는 멤피스 동물원에서의 소요 때문에 이 사실이 세상에 알려졌다. 지역 방송국에서 이 이야기를 취재해 저녁 뉴스에 내보냈고 앰버경고도 발령된 이후였다.

그렇게 해서 온 세상이 두 명의 FBI 요원과 에이미 벨라폰테라는 어린 소녀를 찾아다니게 된 것이다.

"그들은 어디 있지?"

사이크스가 물었다. 리처즈는 자기 컴퓨터 앞에 앉아 위성 피드를 불러낸 뒤 뷰어를 테네시와 콜로라도 사이로 옮겼다. 울가스트의 핸드헬드에 위치발신기가 내장되어 있었던 것이다. 리처즈는 그 지역에 있는 18개의 데이터 송신 지점을 계산해낸 뒤 울가스트의 식별태그와 일치하는 위치를 가리켰다.

"오클라호마 서부."

사이크스가 리처즈의 뒤에 서서 어깨너머로 화면을 바라보고 있었다.

"추적 중인 걸 알아차렸을까?"

리처즈가 뷰어를 조정해 확대했다.

"그럴 것 같아."

그렇게 대답하며 리처즈가 사이크스에게 실시간 데이터를 보여주었다.

타깃 속도: 시속 120킬로미터.

잠시 후 숫자가 바뀌었다.

타깃 속도: 시속 133킬로미터.

그들은 도주하는 중이었다. 잡아야 했다. 지역 경찰, 어쩌면 주 경찰도 이 사건에 관여하고 있을 것이다. 그들에게 제때 접촉하지 못한다면 추한 꼴을 보게 될 터였다. 포트카슨에서는 이미 헬기가 출발했다. 사이크스가 전화로 지시했던 것이다.

두 사람은 후면 계단을 통해 지하 1층으로 올라간 뒤 바깥에서 기다렸다. 해가 뜬 뒤 기온이 올라갔다. 주차장의 조명 아래에서 짙은 안개가 마치 록 콘서트의 드라이아이스처럼 서서히 퍼지고 있었다. 두 사람은 아무 말 없이 나란히 서서 기다렸다. 할 말이 없었다. 상황이 완전히 엉망이 되고 말았기 때문이다. 리처즈는 모든 통신망에 퍼져버린 그 사진을 떠올렸다. 에이미 벨라폰테, '아름다운 샘'. 어깨까지 곧게 뻗은 검은 머리 — 마치 비를 맞은 것처럼 축축해 보였다 — 그리고 아직 볼에 젖살이 남아 있는 아이의 보드라운 얼굴. 그러나 눈썹 아래에는 세상을 다 알고 있는 것처럼 깊고 새까만 눈이 있었다. 아이는 청바지를 입고 목까지 지퍼를 올린 스웨터 차림이었고, 한 손에는 동물 모양의 인형을 들고 있었다. 개 인형인 것 같았다. 하지만 리처즈의 마음을 자꾸만 잡아끄는 것은 그 눈이었다. 카메라를 똑바로 바라보는 그 눈빛은 마치 '보여요? 내가 뭐라고 생각해요, 리처즈? 세상에 나를 사랑하는 사람이 아무도 없는 줄 알았어요?' 하고 말하는 것만 같았다.

아주 잠깐이지만 리처즈는 생각했다. 커다란 날개로 살짝 스치고 지나가는 것만 같은 생각이었다. 자신이 무언가 다른 사람이었으면 하는 생각, 아이의 눈빛을 보았을 때 어떤 의미를 느낄 줄 아는 사람이었으면 하는 생각.

5분 뒤 부대의 동남쪽을 빽빽이 둘러싼 나무 위로 낮게 날아오는 헬리콥터 소리가 들렸다. 수색을 하듯 단 한 번 돌면서 고깔 모양의 탐색등 불빛을 드리우더니 발레를 하는 것만 같은 정확한 동작으로 주차장에 착륙하며 날개 사이로 차가운 공기를 밀어냈다. 야간 수색을 위해 개조된, 완전 무장을 갖춘 UH-60 블랙호크 헬기였다. 작은 여자아이를 찾기에는 과해 보였지만, 그들이 처한 상황은 이토록 심각했다. 두 사람은 바람과 소음, 휘날리는 눈발을 막으려 눈썹 앞에 손차양을 만들었다. 헬기가 착륙하는 순간 사이크스가 리처즈의 팔꿈치를 잡았다.

"어린아이라고!"

사이크스는 소음에 묻히지 않으려고 크게 고함쳤다.

"올바르게 판단해!"

올바르다니, 그게 무슨 뜻인지 모르겠다고 생각하며 리처즈는 한 걸음 앞서 열린 문 쪽으로 다가갔다.

이제 그들은 속도를 높여 달리고 있었다. 울가스트가 운전대를 잡고 도일은 조수석에 탄 채 미친 듯이 핸드헬드를 조작했다. 자신이 주도권을 잡고 있다는 사실을 사이크스에게 인식시켜야 했다.

"빌어먹을, 신호가 아예 안 잡혀요."

도일이 핸드헬드를 대시보드 위에 툭 던졌다. 두 사람은 호머에서 서쪽으로 24킬로미터쯤 떨어진 지점에 와 있었다. 밤하늘 아래에 별이 끝없이 총총하게 펼쳐진 평원이었다.

"이런 외딴곳에서 신호가 잡힐 리가 없지, 말을 해야 아나? 그건 그렇고, 말조심해."

도일은 그 말을 무시했다. 울가스트가 재빨리 백미러를 향해 시선을 들어 뒷좌석의 에이미를 보자, 에이미 역시 백미러를 통해 그를 마주 봤다. 에이미도 느끼고 있다는 것을 알았다. 이제 두 사람은 하나였다. 회전목마에서 함께 내린 그 순간부터 두 사람은 운명을 함께하게 되었다.

"어디까지 알고 있지? 이제는 말해줘도 상관없을 것 같은데."

"선배님만큼요."

도일이 어깨를 으쓱해 보였다.

"어쩌면 좀 더 알지도 모릅니다. 리처즈는 선배님이 자세히 알면 곤란할 거라고 하더군요."

대체 도일과 리처즈가 이야기를 나눌 새가 언제 있었던 걸까? 그가 에이미와 놀이기구를 타는 동안에? 아니면 헌츠빌에서 울가스트가 먼저 모텔로 돌아가 라일라에게 전화를 걸었던 밤에? 아니면 그보다 더 전일까?

"리처즈를 조심해, 필. 진심으로 하는 소리야. 민간 보안업자라는 건 돈만 주면 뭐든지 하는 용병이나 다를 바가 없다니까."

도일이 짜증스러운 한숨을 쉬었다.

"브래드, 선배님의 문제가 뭔지 아십니까? 자기편이 누군지를 모른다는 겁니다. 아까 저는 무죄추정의 원칙으로 임했습니다. 선배가 맡은 일은 아이를 차로 제때 데려오는 일이 전부였습니다. 선배님은 큰 그림을 보지 못하고 계시는 거예요."

"충분히 봤어."

눈앞에 어둠 속에서 빛나는 오아시스처럼 주유소가 나타났다. 울가스트가 가까이 다가가며 속도를 늦췄다.

"젠장, 세우지 마세요. 그냥 계속 가요."

"지금 안 들르면 멀리 갈 수 없어. 연료가 4분의 1밖에 안 남았다고. 당분간 주유소는 여기가 마지막이야."

결국 주도권을 잡은 것은 도일이 아닌 자신이라고 울가스트는 생각했다.

"좋아요. 하지만 허튼짓은 마십시오. 그리고 둘 다 차 안에서 나오지 마세요."

그들은 차를 주유기 옆에 세웠다. 울가스트가 시동을 끄자 도일이 운전석 쪽으로 몸을 기울여 키를 뺐다. 그러고는 글러브박스를 열어 울가스트의 총을 꺼낸 뒤, 장전된 탄환을 꺼내 재킷 주머니에 집어넣은 다음 빈 총을 다시 글러브박스에 넣었다.

"꼼짝 말고 안에 있으십시오."

"나간 김에 엔진오일도 체크하지?"

도일이 어처구니없다는 듯이 한숨을 내뱉었다.

"맙소사. 또 할 말 있습니까?"

"그냥 얘기하는 거야. 가다가 차가 퍼지면 곤란하니까."

"알겠어요. 확인하죠. 대신 차 안에 꼼짝 말고 있으십시오."

도일이 타호 뒤쪽으로 돌아가 주유를 시작했다. 도일이 차에서 내린 동안 울가스트에게 생각할 시간이 생겼지만, 총도 없고 키도 없으니 할 수 있는 일이 별로 없었다. 한편으로는 도일에게 크게 신경 쓰지 않겠다고 생각했지만 지금 당장은 상황을 있는 그대로 바라보아야 했다. 도일이 차 앞으로 가서 후드를 들어 올리는 바람에 잠시 두 사람은 도일의 시야를 벗어났다.

울가스트가 뒤로 돌아 에이미를 바라보았다.

"괜찮니?"

아이는 고개를 끄덕였다. 배낭을 무릎 위에 올려놓은 채였다. 하도 쓰다듬어 반질반질해진 토끼 귀 한쪽이 가방의 열린 틈새로 비죽 튀어나와 있었다. 주유 구역의 불빛 속에서 보니 아이의 뺨에는 아직도 눈가루 같은 슈가파우더가 조금 묻어 있었다.

"의사 선생님한테 가는 거예요?"

"모르겠다. 상황을 보자꾸나."

"저 아저씨한테 총이 있어요."

"알아. 괜찮아."

"엄마한테도 총이 있었어요."

울가스트가 무어라 대답할 말을 생각해내기도 전에 후드가 쾅 하고 닫혔다. 깜짝 놀란 그는 곧바로 자세를 고쳐 앉았는데 그 순간 경찰차 세 대가 경고등을 켠 채 반대편 차선의 주유소를 지나쳐 달려오는 모습이 보였다.

조수석이 벌컥 열리자 축축한 밤공기가 듬뿍 밀려들었다.

"제기랄."

도일이 울가스트에게 키를 건네준 뒤 조수석에 앉은 채 몸을 틀어 지나가는 경찰차를 보았다.

"우리를 쫓는 것 같습니까?"

울가스트도 고개를 기울여 사이드미러를 통해 경찰차를 지켜보았다. 최소한 시속 80킬로미터 이상인 것 같았다. 어쩌면 차 사고나 화재 같은 일상적인 사건 때문에 출동한 것인지도 모른다. 하지만 그게 아닐 것 같은 강한 예감이 들었다. 그는 경고등의 불빛이 먼 곳으로 사라지는 것을 지켜보며 속으로 초를 셌다.

20초 만에 경찰차가 유턴을 해서 이쪽으로 돌아오고 있다는 것이 확실해졌다. 그는 키를 꽂고 시동을 켰다.

"맞아."

밤 10시, 아네트 수녀는 아직도 잠들지 못한 채였다. 눈을 감을 수조차 없었다. 그날 일어난 모든 일이 너무나도 지독하고 지독했다. 먼저 남자들이 에이미를 찾아와 그녀를 비롯한 모두를 속였다. 물론 아직도 아네트 수녀는 어떻게 그들이 FBI 요원인 동시에 납치범일 수 있는지는 알 수 없었다. 그러고는 동물원에서 무서운 일이 일어났다. 모두가 고함과 비명을 지르며 뛰어다녔고 그 와중에 레이시는 에이미를 부둥켜안고 놓아주지 않으려 했다. 그 후에는 경찰서에서 온종일 시간을 보냈는데 범죄자 대우를 받지는 않았지만 수사관이라는 사람은 평소 사람들이 아네트 수녀를 대하는 방식과는 확연히 다른, 취조하는 태도로 같은 질문을 계속해댔다. 그다음에는 기자며 카메라맨을 싣고 온 트럭들이 수녀원 앞 길가에 줄지어 선 다음 저녁 내내 플래시를 터뜨려 불빛에 유리창이 번쩍거렸다. 전화벨 소리도 멎을 줄 몰라 결국 클레어 수녀가 전화선을 뽑아버렸다.

아이의 엄마는 사람을, 어떤 남자를 죽였다. 그것이 수사관의 설명이었다. 수사관의 이름은 듀프리였고 꺼끌꺼끌한 턱수염을 기른 젊은 남자였는데, 예의 바른 말투에 뉴올리언스 억양이 얼핏 묻어나는 걸 보면 가톨릭 신자일 가능성이 높았다. 하지만 앞서 두 남자가 수녀원에 나타났을 때에도 그렇게 생각하지 않았던가? 울가스트, 그리고 또 한 명의 잘생긴 젊은 남자 말이다. 나중에 듀프리 수사관이 보여준, 미시시피 어딘가에서 찍힌 저화질 영상으로 그 두 사람의 얼굴을 다시 한번 확인했다. 잘생긴 얼굴이었기 때문에 좋은 사람들이라고 생각했던 게 아닐까? 또, 듀프리 수사관은 아이의 엄마가 창녀였다고 했다. '창녀는 깊은 구렁이며, 이런 여자들은 강도처럼 숨어 기다리다가 많은 남자들을 성실치 못한 사람으로 만들어버린다.' 잠언 23장. '음란한 여자의 입술은 꿀을 떨어뜨리며 그 입은 기름보다 미끄러우나 나중은 쑥같이 쓰고 두 날 가진 칼같이 날카로우며 그 발은 사지로 내려가고 그 걸음은 지옥의 수렁으로 나아가나니.'

'지옥의 수렁.' 그 말을 생각하는 것만으로도 아네트 수녀는 잠자리에서 몸을 떨었다. 지옥은 실재하는 곳, 현실이었기 때문이다. 지옥은 고통받는 영혼이 영원히 괴로움에 몸부림치는 실재하는 장소다. 그런 여자를 레이시가 수녀원 부엌에 들였다니, 이 집 안에 그런 여자가 서 있었던 뒤로 36시간도 지나지 않았다니, 지옥의 수렁을 품은 여자가 말이다! 분명 그 남자를 함정에 빠뜨려서 — 무슨 수로 빠뜨린 건지는 아네트 수녀가 상상하고 싶지 않은 부분이었다 — 총으로 쐈겠지. 머리에 총을 쏴서 죽여버리고는 아이를 레이시에게 맡기고 도망을 치다니. 속에 뭐가 들었을지도 모르는 아이를. 왜냐하면 그 아이에게는 분명…… 섬뜩한 구석이 있었던 것이다. 어린아이를 이렇게 생각하면 안 되지만, 사실이 그랬다. 그렇지 않고서야 동물원의 동물들이 온통 날뛰며 소란을 피우던 것을 무슨 수로 설명할 것인가?

모든 상황이 지독하기 그지없었다. 지독하고, 지독하고, 지독했다.

아네트는 애써 잠을 청하려 했으나 소용없는 노력이었다. 눈을 감아도 취재용 밴이 부릉거리는 소리와 게걸스러운 스포트라이트 불빛이 감긴 눈꺼풀의 베일을 뚫고 들어왔다. 텔레비전을 켜면 무엇이 나올지 뻔했다. 마이크를 든 기자들이 열심인 목소리로 아네트와 다른 수녀들이 잠에 들려고 애를 쓰고 있는 이 수녀원 건물을 가리키며, 이곳이 최근 연방정부요원이 개입한 충격적인 살인과 납치사건이 이루어진 바로 그 범죄 현장이라고 말할 것이다. 물론 듀프리 수사관은 수녀들에게 절대 이 사건에 대해 누구에게도 입을 열어선 안 된다고 단단히 단속했다. 경찰서를 나와 경찰차에 실려 집에 돌아왔을 때 수녀들은 모두 수녀원 앞 차로를 따라 서커스 트럭처럼 포진해 있는 열 대가 넘는 방송국 차량을 보고 진이 빠져 아무 말도 할 수 없었다. 멤피스 내 지역 방송국이 전부가 아니라 내슈빌, 퍼두커, 리틀록은 물론 심지어 세인트루이스의 방송국 차량까지 왔다는 사실을 알아차린 것은 클레어 수녀였다. 수녀들이 진입로에 접어들자마자

기자들이 경찰차에 떼로 몰려와서는 스포트라이트와 카메라와 마이크를 들이대고 이해할 수 없는 질문을 마구 쏟아내기 시작했다. 품위라고는 조금도 없는 사람들이었다. 그때 아네트 수녀는 너무 겁이 나서 덜덜 떨기 시작했다. 경찰관 두 명이 내려서 기자들을 쫓아냈고 — '수녀님들이지 않습니까? 왜 수녀님들을 괴롭힙니까? 전부 당장 물러서세요.' — 덕분에 수녀들은 안전하게 집으로 돌아갈 수 있었다.

그래, 지옥은 실재했다. 그리고 아네트는 지옥이 어디인지도 알 수 있었다. 바로 지금, 여기 아네트가 있는 곳이야말로 지옥이었다. 집으로 돌아온 수녀들은 전부 부엌에 모였다. 배는 고프지 않았지만 일단 어딘가에 모여야 했다. 그러나 레이시 수녀만은 클레어 수녀가 곧바로 2층 방으로 데려가 휴식을 취하게 했다. 이상한 것은, 모든 수녀 중 레이시 수녀가 그날 오후에 일어난 일들로부터 가장 덜 충격을 받은 것 같아 보였다는 것이다. 레이시 수녀는 몇 시간 동안 거의 입을 열지 않았는데 다른 수녀들에게뿐 아니라 듀프리 수사관에게도 마찬가지로 아무 말 없이 눈물을 흘리며 무릎 위에 두 손을 모으고 가만히 앉아 있을 뿐이었다. 그런데 그때 이상한 일이 일어났다. 수사관들이 미시시피에서 찍힌 영상을 틀었고, 듀프리가 두 남자가 나오는 부분에서 화면을 정지시키자 레이시가 앞으로 성큼 나서더니 모니터를 빤히 바라보았던 것이다. 이미 아네트가 듀프리에게 화면 속의 두 남자가 그 사람들이라고, 자세히 보았는데 분명 수녀원에 와서 에이미를 데려간 사람들이 맞는다고 확인시켜준 뒤였다. 그러나 화면을 보는 레이시의 얼굴에 떠오른 표정은 놀라움과 비슷했지만, 아네트의 생각에는 그보다는 당혹감에 더 가까웠고, 그 표정 때문에 모두가 레이시가 입을 열기를 기다렸다.

"제가 잘못 봤어요."

레이시가 마침내 입을 열었다.

"저 사람이…… 아니에요. 그 사람이 아니에요."

"둘 중 누구 말입니까, 수녀님?"

듀프리가 부드럽게 물었다.

레이시는 손가락으로 두 요원 중 나이가 더 많은 쪽, 말을 혼자 도맡아 하던 쪽을 가리켰다. 아네트의 기억으로 실제로 에이미를 붙들고 차에 태운 사람은 나이가 더 적은 쪽이었는데도 말이다. 화면 속에서 레이시가 가리킨 남자는 일회용 컵을 든 채 카메라를 똑바로 올려다보고 있었다. 화면 오른쪽 구석에 찍힌 타임스탬프는 두 사람이 수녀원을 방문한 당일 오전 6시 1분을 표시하고 있었다.

"이 사람요."

레이시가 그렇게 말하며 화면에 손가락을 댔다.

"이 사람이 아이를 데려간 게 아니란 말입니까?"

"이 사람이 확실합니다, 수사관님."

아네트가 힘주어 말했다. 뒤를 돌아보자 루이즈 수녀와 클레어 수녀도 아네트의 말에 동의하여 고개를 끄덕이고 있었다.

"우리 모두 동의하는 바입니다. 레이시 수녀는 지금 충격을 크게 받았을 뿐이에요."

그러나 듀프리 수사관은 단념하지 않았다.

"레이시 수녀님? 이 사람이 아니라는 건 무슨 뜻입니까?"

레이시 수녀의 얼굴이 확신으로 빛나고 있었다.

"이 남자 말이에요, 모르시겠어요?"

그렇게 말하면서 레이시 수녀가 돌아서더니 모두를 바라보았다. 얼굴에는 미소까지 띠고 있었다.

"안 보이세요? 이 사람은 에이미를 사랑해요."

에이미를 사랑한다니, 대체 그게 무슨 소리일까? 하지만 아네트가 아는 한, 레이시가 이 사건에 대해 한 말은 그것이 전부였다. 울가스트가 그 아이와 아는 사이였다는 뜻일까? 울가스트가 아이의 아버지일 수도 있을까? 결국 이 사건은 그렇게 정리될 수 있는 일일까? 하지만 그렇다면 동물원에서 일어난 끔찍한 일은 설명할 수 없었다. 난리 통 속에서 한 어린아이가 사람들의 발에 밟히는 바람에 병원에 실려 갔다. 고양잇과 동물 한 마리와 원숭이 한 마리가 사살되었고, 대학생 한 명이 죽었다. 이 모든 것이 설명되지 않는다. 그럼에도 불구하고 그날 오후, 경찰서 안에서 다양한 부서를 들락거리며 진술을 하는 내내 레이시 수녀는 마치 남들은 모르는 무언가를 자신만은 안다는 듯한 그 기묘한 미소를 띤 채 가만히 앉아 있기만 했다.

아네트는 이 모든 사태는 아주 오래전, 어린 소녀였던 레이시가 아프리카에서 겪었던 사건으로 거슬러 올라가는 것이라고 믿었다. 아네트는 수녀들이 전부 잠자리에 들기 전까지 부엌에 모여 있는 동안 레이시 수녀에 얽힌 모든 사연을 털어놓았다. 말해서는 안 되는 일이었지만, 듀프리 수사관에게는 해야 했다. 집으로 돌아오자마자 그 이야기가 다시금 흘러나오기 시작한 것이다. 이와 같은 사건은 사람을 영원히 떠나지 않는다는 사실에 모든 수녀가 동의했다. 그런 사건은 사람의 마음속에 파고들어 영영 머무르는 것이다. 클레어 수녀 — 대학에 다니고, 언제라도 근사한 파티 초대장을 받기라도 할 것처럼 옷장 안에 고급 옷과 고급 구두를 넣어둔 클레어 수녀 — 는 이런 현상의 이름을 알고 있었다. '외상후스트레스장애'였다. 클레어 수녀는 이 때문에 레이시 수녀가 아이를 보호해야 한다고 생각했으리라고 설명하며, 그녀가 집 밖에 통 나가지 않았던 것, 다른 수녀들과 함께 살면서도 마치 마음속 한구석은 다른 곳에 있는 것처럼 외따로 떨어져 있는 듯 보였다는 것 역시도 설명할 수 있다고 말했다. 그렇게 아픈 기억을 간직해야 했다니, 가엾은 레이시.

아네트 수녀는 시계를 확인했다. 오전 12시 5분이었다. 바깥에서 들리던 발전기 소리가 드디어 멎었다. 카메라맨들도 전부 집에 간 것 같았다. 그녀는 다시 이불을 덮고 걱정 섞인 한숨을 쉬었다. 부정할 도리가 없었다. 모든 것이 레이시 수녀의 잘못이었다. 레이시 수녀가 처음부터 거짓말을 하지 않았더라면 아네트도 그 남자들에게 에이미를 넘길 일이 없었을 것이다. 그런데 이제 와서 레이시 수녀는 쿨쿨 자고 있고 아네트만이 잠을 이루지 못하고 있다니. 다른 수녀들은 그 사실을 모를까? 하지만 지금쯤이면 다른 수녀들도 모두 잠들었을 것이다. 마음속 어두운 복도를 밤새 서성거리는 형벌을 받은 것은 아네트 혼자였다.

걱정이 가시지 않아서였다. 깊은 걱정이었다. 클레어 수녀의 말과는 달리 무언가 아귀가 맞지 않는 구석이 있었다. '그 사람은 아니에요. 그 사람은 에이미를 사랑해요.' 그때 레이시 수녀의 입가에 감돌던, 모든 걸 다 안다는 것 같던 기묘한 미소. 듀프리 수사관이 그 말이 무슨 의미냐고 캐물었으나 레이시 수녀는 그 말이 모든 걸 설명해준다는 듯 미소를 지으며 같은 말만 반복했다. 울가스트가 그 사람이라는 것에는 모두가 동의했다. 울가스트, 그리고 아네트가 기억하기엔 이름이 도일, 필 도일이었던, 아이를 데려갔던 또 다른 남자. 그들이 아이를 어디로, 그리고 왜 데려갔는지는 누구도 아네트에게 알려주지 않았다. 듀프리 수사관이 같은 질문을 반복하며 펜을 똑딱거리고, 의심스럽다는 듯 얼굴을 찌푸리고, 고개를 젓고, 전화 통화를 하고, 커피를 연신 들이켠 걸 보면 그 역시 혼란스러워하고 있음이 틀림없었다.

그러다가 이 모든 걱정에도 불구하고 아네트의 정신이 서서히 느슨해지더니 그날 있었던 일들의 이미지가 실타래처럼 풀리면서 그녀는 잠에 빠졌다. '주차장에서 있었던 일을 다시 한번 설명해주십시오, 수녀님.' 아네트는 거울처럼 보이지만 거울이 아닌 것이 붙은 방 안에 있었다. '그 남자들에 대해 이야기해주십시오. 레이시에 대해 이야기해주십시오.' 아네트는 거울을 마주 보고 있었다. 듀프리 수사관의 어깨너머로 거울에 비친 자신의 늙은 얼굴을 바라보고 있었다. 시간과 피로가 만들어낸 주름살이 새겨진 얼굴은 회색 베일로 둘러싸여 있어 마치 허공에 떠 있는 것처럼 형체를 잃었다. 그리고 그 뒤, 그녀를 둘러싼 유리 벽 반대편에 시커먼 형상이 있는 것만 같은 느낌이 들었다. 그녀의 얼굴 뒤에는 무엇이 있나? 레이시의 목소리가 들렸다. 주차장의 레이시, 언제나 홀로 동떨어져 있는 것 같던 레이시가 땅바닥에 주저앉아 그 아이를 미친 사람처럼 움켜쥐고 놓지 않던 모습. 아네트가 레이시를 내려다보고 있었고, 레이시와 아이는 울고 있었다. '데려가지 마세요.' 아네트의 마음은 레이시의 목소리를 따라 어두운 공간으로 점점 내려갔다.

'나를 데려가지 마세요, 나를 데려가지 마세요, 나를 데려가지 마……'

불안감이 아네트의 가슴을 거세게 때렸다. 아네트는 벌떡 일어났다. 방 안의 공기는 마치 산소가 전부 빠져나간 것처럼 희박하게 느껴졌다. 심장이 쿵쿵 뛰고 있었다. 잠이 들었었나? 꿈을 꾼 걸까? 무슨 일이지?

그리고 그 순간 아네트는 직감했다. 확신했다. 위험, 그들은 끔찍한 위험에 사로잡혀 있었다. 무언가가 엄습하고 있었다. 무엇인지는 알 수 없었다. 무언가 어두운 힘이 세상에 풀려나서 그들 모두를 향해 엄습하고 있었다.

그런데 레이시는 알고 있었다. 몇 시간이나 들판에 누워 있었던 레이시는 악이 무엇인지 알았다.

아네트는 방을 나와 복도로 나왔다. 예순여덟 살인데도 이런 두려움에 사로잡히다니! 일생을 하느님의 손에 맡긴 내가 이런 순간에 처하다니! 두려움을 안고 어둠 속에 홀로 누워 있다니! 열 발자국쯤 걷자 레이시의 방이었다. 손잡이를 돌렸지만 돌아가지 않았다. 방문이 안에서 잠겨 있었던 것이다. 아네트는 주먹으로 문을 쿵쿵 두드렸다.

"레이시 자매! 레이시 자매! 문 열어요!"

그때 클레어 수녀가 아네트의 옆으로 다가와 섰다. 클레어 수녀가 걸치고 있는 티셔츠가 어두운 복도에서 허옇게 빛났다. 얼굴에는 푸른기가 도는 크림을 잔뜩 바른 채였다.

"왜 이러세요, 무슨 일이에요?"

"레이시 자매, 지금 당장 문 열어요!"

문 안쪽은 쥐 죽은 듯 고요했다. 아네트는 잇새에 헝겊 조각을 문 개처럼 문 손잡이를 꽉 잡고 흔들었다. 문을 두드리고 또 두드렸다.

"지금 당장 문 열라니까!"

불이 켜지고 문이 열리는 소리, 목소리가 들리더니 다른 수녀들도 달려왔다. 다들 깜짝 놀라 눈을 휘둥그레 뜨고 입을 모아 물었다.

"무슨 일이에요?"

"모르겠어요, 모르겠어······."

"레이시 자매는 괜찮아요?"

"누가 911에 신고해요!"

"레이시! 문 열어!"

아네트는 고함을 질러댔다. 누군가가 그녀를 붙잡아 힘으로 문에서 떼어냈다. 클레어 수녀였다. 클레어 수녀가 뒤에서 아네트의 팔을 붙잡고 떼어낸 것이다. 클레어 수녀의 힘에 비하면 아네트의 힘은 형편없었다.

"어떡하지! 아네트 자매님이 다치셨어!"

"하느님 맙소사."

"자매님 손을 봐."

"제발 나 좀 도와줘."

아네트가 흐느껴 울자 클레어 수녀가 그녀를 놓아주었다. 다음 순간 모두 숨을 죽였다. 아네트의 손목을 따라 리본처럼 새빨간 핏줄기가 뚝뚝 흘러내리고 있었다. 클레어 수녀는 아네트가 쥐고 있던 주먹을 붙잡고 부드럽게 아네트의 손을 폈다. 손바닥이 피투성이였다.

"그냥 손톱에 찔리신 거야."

클레어가 그렇게 말하더니 다른 수녀들을 안심시켰다.

"주먹을 너무 꽉 쥐어서 손톱에 손바닥이 다친 거라고."

"제발······."

아네트는 눈물을 흘리며 매달렸다.

"제발 문 좀 열어봐."

열쇠가 어디 있는지 아무도 몰랐다. 트레이시 수녀가 부엌 개수대 밑에 있던 공구 상자에서 드라이버를 꺼내 와 열쇠 구멍에 집어넣었다. 하지만 문이 열리기도 전에 아네트는 눈앞에 펼쳐질 광경을 이미 짐작하고 있었다.

침대에는 사람이 잠을 잔 흔적이 없었다. 커튼은 열린 창 너머에서 불어오는 밤바람에 살랑거리고 있었다.

텅 빈 방의 문이 열렸다. 레이시 앙투아네트 쿠도토 수녀는 사라지고 없었다.

새벽 2시. 밤이 지독하게 길었다.

그레이의 저녁은 시작부터가 좋지 않았다. 식당에서 폴슨과 마주친 뒤 그레이는 막사의 자기 방으로 돌아갔다. 근무시간까지 아직 2시간이 남아 있어서, 폴슨이 잭과 샘에 대해 했던 말을 곱씹어보기엔 충분한 시간이었다. 머리를 떠나지 않던 메아리를 잠시 잊을 수 있긴 했지만 가만히 앉아서 걱정을 한다고 해서 좋을 건 없었고, 10시가 되기 15분 전, 겁에 질려 날뛰기 직전에야 그는 파카를 걸쳐 입고 부대를 가로질러 샬레로 갔다. 주차구역의 불빛 아래서 팔리아먼트 마지막 한 대를 피워 물고 연기를 들이마시는데 의사와 실험실 기사들이 수술복 위에 겨울 외투를 입고 건물에서 나와 차를 타고 떠나는 모습이 보였다. 누구도 그레이에게 인사를 건네지는 않았다.

정문 안쪽의 바닥은 눈이 녹은 물로 미끄러웠다. 그레이는 장화 신은 발을 쿵쿵 굴러 눈을 털어낸 뒤 데스크로 다가갔고, 그곳에 앉아 있던 보초병이 그의 배지를 받아들고 스캐너에 찍은 다음 엘리베이터로 가라고 손짓했다. 엘리베이터에 탄 그레이는 지하 3층으로 가는 버튼을 눌렀다.

"엘리베이터 좀 잡아주겠나?"

그레이의 심장이 벌렁거렸다. 리처즈였다. 곧 나일론 재킷에 묻은 차가운 바깥 공기와 함께 리처즈가 엘리베이터로 들어왔다.

"그레이."

리처즈가 지하 2층 버튼을 누르더니 얼른 손목시계를 확인했다.

"오늘 아침에 대체 어디 갔었지?"

"늦잠을 잤습니다."

문이 닫히고 엘리베이터가 천천히 하강하기 시작했다.

"휴가라도 온 줄 알아? 아무 때나 내킬 때 나오면 되는 일이라고 생각하나?"

그레이는 눈을 내리깔고 고개를 저었다. 리처즈의 목소리만 들어도 등줄기가 굳었다. 도무지 그의 얼굴을 쳐다볼 엄두가 나지 않았다.

"아닙니다."

"할 말이 그것뿐인가?"

그레이는 자기 몸에서 땀 냄새가 풍기기 시작한다는 것을 알아차렸다. 건조기 선반에 한참 방치한 양파 같은 썩은 내였다. 분명 리처즈에게도 느껴질 만한 악취였다.

"네."

리처즈는 콧방귀를 뀌더니 아무 말도 하지 않았다. 속으로 자신의 처분을 결정하는 중이라는 것을 그레이는 알 수 있었다.

"근무 두 타임에 해당하는 봉급을 공제하겠어."

마침내 입을 연 리처즈가 시선을 앞으로 고정한 채 말했다.

"1200달러."

지하 2층에 도착한 엘리베이터의 문이 열렸다.

"다시는 이런 일 없도록."

리처즈가 경고하더니 엘리베이터에서 내려 성큼성큼 걸어갔다. 문이 닫히자 그레이는 참았던 숨을 토해냈다. 1200달러라니, 꽤 타격이 컸다. 하지만 그보다는 리처즈를 마주친 충격이 더 컸다. 특히, 폴슨의 말을 들은 직후인 지금 같은 때는 말이다. 그레이는 어쩌면 잭과 샘이 도망을 친 게 아니라 무슨 일을 당한 걸지도 모르겠다는 생각을 하기 시작했다. 그날 밤, 풀숲을 어른거리던 빨간 불빛이 기억났다. 맞다. 분명 무슨 일이 일어났고, 리처즈는 잭과 샘을 찾으러 빨간 불빛으로 수색을 한 게 틀림없었다. 엘리베이터가 지하 3층에 도착해 문이 열리자 경비를 뜻하는 오렌지색 완장을 찬 병사 두 명이 서 있는 보안 검색대가 나왔다. 지하 깊숙이 내려온 지금 그레이는 언제나처럼 약간의 폐소공포를 느꼈다. 보안 검색대 위에는 커다란 경고 문구판이 걸려 있었다. 승인된 인원만 출입 가능. 생물학적/원자력 위험 존재. 취식/음주/흡연 불가. 아래의 증상 발생

시 당직관에게 보고할 것. 그 아래에는 극심한 장염 증세 같은 것들이 나열되어 있었다. 발열, 구토, 방향감각상실, 경련.

그레이는 데이비스라는 병사에게 배지를 건넸다.

"안녕, 그레이."

데이비스는 화면을 쳐다보지도 않고 그레이의 배지를 스캐너에 비추었다.

"재미있는 농담 하나 해주지. 주의력결핍장애가 있는 아이들이 전구를 갈려면 몇 명이나 필요할까?"

"몰라."

"'자전거 타러 갈래?'"

데이비스가 껄껄 웃으며 자기 무릎을 철썩 쳤다. 다른 한 명의 병사는 얼굴을 찌푸렸다. 그 역시도 이 농담을 이해하지 못한 게 분명하다고 그레이는 생각했다.

"못 알아들었나?"

"자전거 타는 걸 좋아하니까?"

"맞아. 자전거 타는 걸 좋아하니까. 주의력결핍장애라고 했잖아. 그건 집중을 못 한다는 뜻이야."

"아, 알겠어."

"이건 웃긴 농담이라고, 그레이. 농담을 들었으면 웃어야지."

"웃기군."

그레이는 간신히 대답했다.

"어쨌든 난 이제 가야 해."

데이비스가 한숨을 무겁게 내쉬었다.

"알았어. 재촉 그만해."

그레이는 다시 데이비스와 함께 엘리베이터에 올랐다. 데이비스가 목에 걸고 있던 기다란 은색 열쇠를 꺼내 지하 4층 버튼 옆의 구멍에 집어넣었다.

"좋은 시간 보내셔."

"난 청소만 해."

그레이가 초조하게 대답했다. 데이비스가 얼굴을 찌푸리더니 고개를 저었다.

"전혀 알고 싶지 않은데."

지하 4층 탈의실에서 그레이는 작업복을 벗고 수술복으로 갈아입었다. 탈의실에는 그레이와 같은 청소부 두 사람이 더 있었는데 이름은 주드, 그리고 이그나시오였다. 벽에 붙은 커다란 화이트보드에는 각자가 해야 할 일 목록이 적혀 있었다. 그들은 말없이 각자 옷을 갈아입고 탈의실을 나섰다.

오늘은 그레이의 뽑기 운이 좋았다. 복도에 걸레질을 하고, 쓰레기통을 비운 뒤 나머지 근무시간 내내 제로가 식사를 하는지 지켜보기만 하면 됐다. 그는 창고의 청소 용구함에서 자루걸레 따위를 꺼내 일을 시작했다. 12시가 되자 청소가 끝났다. 그레이는 첫 번째 복도 끝 문으로 가서 카드를 스캔한 뒤 안으로 들어갔다.

1.8제곱미터 정도 크기의 방 안은 텅 비어 있었다. 왼쪽에는 격납실로 이어지는 2단 에어로크가 있었다. 에어로크를 지나 안으로 들어가는 데는 최소 10분이 걸렸고, 나올 때는 샤워까지 해야 해서 더 오래 걸렸다. 에어로크 오른편에는 컨트롤패널이 붙어 있었다. 컨트롤패널에는 조명과 버튼, 스위치가 잔뜩 붙어 있는데 대개는 그레이가 무엇인지 알 수 없고 만져서도 안 되는 것들이었다. 그 위로는 격납실 안이 들여다보이는 어두운색 강화유리가 붙어 있었다.

그레이는 컨트롤패널 앞의 자리에 앉아 적외선카메라가 비추는 화면을 쳐다보았다. 제로는 앞 순번의 근무자가 토끼를 들여놓을 때 열어둔 입구에서 멀리 떨어진 구석에 웅크리고 있었다. 방 한가운데에 아연으로 코팅한 수레가 그대로 있었고 수레 위에는 열려 있는 작은 우리 열 개가 실려 있었다. 토끼 세 마리는 아직도 우리 안에 있었다. 그레이는 방 안을 둘러보았다. 나머지 토끼들은 아직 멀쩡하게 여기저기 흩어져 있었다.

1시가 조금 넘은 시각, 복도로 연결된 문이 열리더니 푸욜이라는 이름의 덩치 큰 히스패닉계 기술자가 안으로 들어와서는 그레이에게 묵례해 보이더니 모니터를 들여다보았다.

"아직 안 먹습니까?"

"네."

푸욜이 자기가 가져온 핸드헬드 화면에 표시를 했다. 푸욜의 피부는 면도를 했는데도 마치 안 한 것처럼 보이는 그런 종류의 피부였다.

"궁금한 게 있는데요, 왜 열 번째 토끼는 안 먹는 겁니까?"

그레이가 묻자 푸욜이 어깨를 으쓱했다.

"거야 모르죠. 나중에 먹으려고 남겨놓는 건지도."

"제가 옛날에 키우던 개도 그랬거든요."

그레이가 묻지도 않은 말을 했다. 푸욜은 핸드헬드에 표시를 몇 개 더 하더니 "예, 그렇군요." 하면서 넓은 어깨 한쪽을 으쓱해 보였다. 그레이의 말을 듣고 느끼는 바가 전혀 없는 모양이었다.

"뭘 먹거든 실험실을 호출하세요."

푸욜이 나가자 그레이는 몇 가지 더 물어볼걸 하는 생각이 들었다. 예를 들면 왜 굳이 토끼인지, 아니면 왜 제로가 가끔씩 천장에 매달려 있는 건지, 아니면 제로가 가만히 앉아 있는데도 그레이가 움찔거리게 되는 이유는 무엇인지 등등. 왜냐하면 다른 실험체들과 달리 제로의 특이한 점이 바로 그것이었기 때문이다. 제로와 함께 있으면 실제 사람과 한 방에 있는 것처럼 느껴졌다. 제로에게는 마음이 있었고, 제로의 마음이 움직이고 있다는 것이 느껴졌다. 아직 5시간이나 버텨야 하는데, 그레이가 방에 들어온 뒤 제로는 꼼짝도 하지 않았다. 그러나 적외선카메라로 찍은 화면에 뜬 수치는 그의 심박수가 분당 102회라고 알리고 있었고 그것은 제로가 움직이고 있을 때와 같은 수치였다. 졸리지 않도록 잡지나 십자말풀이 책이라도 가져올걸 하는 생각이 들었지만, 폴슨이 한 말에 생각이 쏠리는 바람에 까맣게 잊고 있었다. 또, 담배도 피우고 싶었다. 화장실에 담배를 숨겨 들어가는 사람들도 많았다. 청소부뿐 아니라 기술자들, 그리고 심지어 의사 중에도 그런 사람이 한두 명 있었다. 급할 때 5분 이내로 담배를 피우고 오는 건 서로 양해를 하는 분위기였지만, 그날 엘리베이터에서 리처즈까지 마주쳤던 터라 그레이는 말이 나올 만한 사태는 피하고 싶었다.

그는 의자에 등을 기댔다. 5시간을 더 버텨야 했다. 눈을 감았다.

'그레이.'

그 소리에 그레이는 눈을 번쩍 뜨고 등을 꼿꼿이 폈다.

'그레이, 나를 봐.'

그레이의 귀에 들리는 소리는 정확히 말하면 목소리가 아니었다. 그 목소리는 마치 책에서 읽은 것처럼 머릿속에서 울렸다. 누군가 다른 사람의 말이었지만, 목소리 자체는 그레이의 것이었다.

"누구냐?"

모니터에는 제로의 번쩍이는 형체만이 떠 있었다.

'내 이름은 패닝이었다.'

그 순간, 마치 누군가가 머릿속의 문을 활짝 열어젖힌 것처럼 그레이의 눈앞에 어떤 풍경이 펼쳐졌다. 도시였다. 불이 번쩍번쩍한 대도시. 마치 밤하늘이 내려앉아 건물이며 다리며 거리를 둘러싼 것처럼 어둡지만 번쩍번쩍 빛나는 도시. 문안으로 걸어 들어가자 그 공간의 분위기와 냄새가 고스란히 느껴졌다. 발 아래에 닿는 단단하고 차가운 보도의 감촉, 배기가스 속의 먼지, 돌의 냄새, 겨울 공기가 건물 주변의 수로를 타고 다녀 항상 얼굴에 바람이 산들거리는 것처럼 느껴지는 감각. 이곳은 댈러스도 아니고, 그레이가 가본 적 있는 어떤 도시도 아니었다. 오래된 도시, 그리고 겨울이었다. 그레이의 일부는 지하 4층 컨트롤 패널 앞에 앉아 있는 동시에, 다른 일부는 이 낯선 곳에 와 있었던 것이다. 그는 자신이 눈을 감고 있다는 것을 알 수 있었다.

'집에 가고 싶어. 집으로 데려다줘, 그레이.'

대학교가 있었다. 그런데 지금 눈앞에 있는 것이 대학교라는 것을 그레이는 어떻게 알았을까? 그리고 이곳이 한 번도 가본 적이 없는, 오로지 사진에서만 본 적 있는 뉴욕이라는 것을, 또 그를 둘러싸고 있는 건물들이 대학 캠퍼스에 있는 행정실과 강의실, 기숙사, 실험실이라는 것을 어떻게 알 수 있는 걸까? 그는 길을 걷고 있었다. 정확히는 걷는 것이 아니라 길을 따라 움직이고 있었고, 사람들이 그를 스쳐 지나갔다.

'그들을 봐.'

여자들이었다. 젊은 여자들이 묵직한 울 코트를 입고 목에는 스카프를 단단히 두른 채 여럿이 함께 걷고 있었다. 몇 명은 모자를 머리에 썼고 그 아래로 생기 넘치는 머리카락이 둥글둥글한 어깨 위를 지나 한겨울 뉴욕의 차가운 바람에 실크 숄처럼 나부꼈다. 그들의 눈은 생기로 반짝반짝 빛나고 있었다. 책을 팔에 끼고, 아니면 날씬한 가슴에 안고, 활기찬 목소리로 웃으며 대화를 나누고 있었는데 그 목소리는 들리지 않았다.

'아름답지 않아, 그레이?'

정말 그랬다. 그들은 아름다웠다. 어째서 그레이는 그걸 몰랐을까?

'그들이 지나쳐 가는 것이 느껴져? 그들의 체취가 느껴져? 아무리 맡아도 지겹지 않은 내음이야. 그들이 지나가면 공기가 향긋해지지. 나는 그냥 가만히 서서 그 내음을 들이마시곤 했어. 너도 그 냄새를 맡을 수 있지, 그레이? 그 소년들처럼 말이야.'

—소년들.

'소년들이 기억나지, 그레이?'

기억이 났다. 그레이는 소년들을 기억했다. 어깨에 책가방을 걸쳐 메고 더워서 흘린 땀으로 축축하게 젖은 셔츠가 몸에 딱 달라붙은 채로 학교에서 돌아오던 소년들. 그들의 땀 냄새, 머리카락과 살갗에서 풍기던 비누 냄새, 그리고 책가방이 닿았던 등에 새겨진 땀자국이 기억났다. 그리고 그 소년, 맨 뒤에서 따라오다가 집으로 가는 가장 빠른 지름길을 택했던 그 소년. 볕에 익어 얼굴이 그을렸고, 검은 머리카락이 목 뒤에 찰싹 달라붙은 채로 바닥에 그려진 금을 밟지 않는 데 열중하느라 그레이가 모는 픽업트럭이 천천히 따라오다가 멈추는 것을 알아차리지 못했던 소년. 그 아이가 얼마나 외로워 보였는지…….

'그레이, 너는 그 아이를 사랑하고 싶었지? 그 아이에게 네 사랑을 느끼게 해주고 싶었지?'

몸속에서 잠들어 있던 거대한 무언가가 느릿느릿 깨어나는 것이 느껴졌다. 예전의 그레이였다. 공황감이 목까지 차올랐다.

—기억나지 않아.

'아니, 기억날 거야. 그런데 그들이 너에게 무슨 짓을 저질러버렸지, 그레이. 그들이 너에게서 사랑을 느끼는 부분을 앗아간 거야.'

—아니, 기억 안 나…….

'그레이, 그건 아직도 네 안에 있어. 다만 숨겨져 있을 뿐이야. 알아. 나에게도 그런 부분이 숨겨져 있거든. 내가 지금의 내가 되기 이전에.'

—지금의 너라니…….

'너와 나는 똑같아, 그레이. 우리는 우리가 무엇을 원하는지 알아. 사랑을 주는 것, 사랑을 느끼는 것, 여자, 남자, 다 똑같아. 우리는 그들을 사랑하고자 해. 그들은 사랑받아야 하고. 그러길 원해, 그레이? 다시 그 사랑을 느끼고 싶어?'

그랬다. 그레이는 그 순간 깨달았다.

—그래, 그러고 싶어.

'집으로 가고 싶어, 그레이. 너를 데려가서 보여주고 싶어.'

그레이는 마음의 눈으로 다시금 솟아나는 그 풍경을 보았다. 뉴욕이라는 대도시. 온 사방이 크고 작은 소음을 내뱉고, 그레이의 발아래 연결된 보이지 않는 통로들을 따라 모든 벽돌과 포석 사이를 뚫고 움직이는 에너지가 느껴졌다. 깜깜했지만 그레이에게는 이 어둠이 근사한 것, 마치 그 안에 자신이 속해 있는 것처럼 느껴졌다. 어둠이 그의 목을 타고 쏟아져 들어와 폐를 채우며 한껏 편안하게 그를 익사시켰다. 그는 모든 곳에 있는 동시에 어디에도 없었고, 지형을 '따라' 움직이는 것이 아니라 지형을 '통해' 안팎으로 움직이며 어두운 도시를 호흡했으며, 도시 또한 그레이를 호흡했다.

다음 순간 그는 여학생을 보았다. 혼자서 학교 건물 사잇길을 걷고 있는 여학생. 웃음소리가 터져 나오는 기숙사 건물, 커다란 유리창에 서리가 앉은, 조용한 복도로 이루어진 도서관, 청소하는 여자 혼자서 헤드폰으로 모타운 음악을 들으면서 허리를 구부리며 바퀴 달린 양동이에 자루걸레를 헹구고 있는 빈 행정실. 그레이는 이 모든 것을 알았다. 웃음소리, 조용히 책을 읽고 서가에 꽂힌 책을 세는 소리가 들렸다. 양동이를 든 청소부 여자가 흥얼거리는 노랫소리도 들렸다. '당신이 가까이에 있으면…… 어…… 어…… 교향곡이 들려.' 그리고 길을 앞서가는 여학생의 외딴 형체는 희미한 빛을 내며 생명력으로 박동하고 있었다. 그를 향해 똑바로 다가오는 그 여학생은 바람에 맞서 고개를 기울이고, 묵직한 겨울 외투를 입고 몸을 살짝 기울인 덕분에 무언가를 품에 안고 있는 모습이 보였다. 집으로 서둘러 돌아가는 중이었다. 혼자였다. 가슴에 안고 있는 책들, 그 책들로 공부하느라 늦게까지 도서관에 남아 있었던 여학생은 지금 겁을 먹고 있었다. 그레이는 그녀가 자신을 스쳐 지나가기 전에 그녀에게 해야 할 말이 무엇인지 알았다. '너는 이걸 원해. 네가 원한다는 걸 보여주지.' 그는 몸을 일으켜서 여학생을 온몸으로 덮쳤다…….

'그녀를 사랑해줘, 그레이. 그녀를 가져.'

그 순간 그레이의 속이 뒤틀렸다. 앞으로 튀어 나가듯이 상체를 일으킨 다음 단 한 번의 경련으로 속에 든 것을 모두 바닥에 토해냈다. 수프, 샐러드, 비트로 만든 피클, 마시멜로, 햄까지. 그레이는 머리가 무릎 사이로 파고들 때까지 한껏 몸을 숙였다. 입에서 침이 한 줄기 길게 늘어졌다.

이게 대체, 이게 무슨, 제기랄.

그는 몸을 일으켰다. 머리가 다시 맑아지고 있었다. 지하 4층. 그는 지하 4층에 있었다. 방금 무슨 일인가가 일어났다. 기억은 나지 않았다. 날아다니는 악몽이었던 것 같다. 꿈에서 무언가를 먹었던 것인지 입속에서 아직도 맛이 느껴졌다. 피 맛이었다. 그러다가 바닥에 토한 것이다.

구토. 그것을 깨닫는 순간 그레이의 가슴이 철렁 내려앉았다. 나쁜 징조였다. 매우, 매우 나쁜 징조였다. 그는 몸에 이상 증상이 나타나면 즉각 보고해야 한다는 것을 알고 있었다. 구토, 고열, 경련. 심지어 아무 일 없이 재채기가 크게 나와도 보고해야 했다. 그런 경고 문구는 샬레뿐 아니라 막사에도, 식당에도, 심지어 화장실에도 붙어 있었다. "다음 증상이 나타나면 당직관에게 '즉시' 보고할 것⋯⋯."

그는 리처즈를 떠올렸다. 조그만 조명을 들고 있을 리처즈, 그리고 잭과 샘이라는 이름을.

이런 젠장, 이런 젠장, 이런 젠장.

빨리빨리 움직여야 했다. 바닥에 온통 흩뿌려진 토사물을 누구에게도 들켜서는 안 된다. 그는 진정하려고 애썼다. 침착해, 그레이. 침착해야 해. 손목시계를 보았다. 2시 31분이었다. 3시간 반을 더 기다릴 수는 없었다. 그는 일어나서 바닥의 토사물을 피해 걸어가 조심스레 문을 열었다. 슬쩍 복도를 보니 아무도 보이지 않았다. 중요한 건 속도였다. 빨리 해치우고 여기서 나가야 했다. 카메라는 신경 쓰지 말자. 폴슨의 말이 맞을지도 모른다. 누가 밤낮으로 카메라만 빤히 들여다보고 있겠는가? 그는 창고에서 자루걸레를 꺼낸 뒤 개수대로 가서 양동이에 물을 채우고 표백제 한 컵을 부었다. 누군가에게 들키면 바닥에 뭘 쏟았다고 할 셈이었다. 닥터페퍼라든지, 커피라든지, 가지고 들어가면 안 되지만 다들 가지고 들어가는 음료를. 닥터페퍼를 쏟았어요. 정말 죄송해요. 이렇게 말할 작정이었다.

어차피 경고 문구에 나온 것만큼 상태가 안 좋은 것도 아니었다. 셔츠 아래 맨살에 땀이 흥건했지만 그것은 공황감 때문이었다. 깊은 개수대에 놓아둔 양동이에 염소 냄새를 풍기는 물이 채워지는 것을 바라보다가 양동이를 들어 올리자 확실해졌다. 그가 토한 것은 몸 상태가 나빠서가 아니라 다른 무언가, 꿈에 나온 무언가 때문이었다. 꿈에서 느낀 감각이 아직도 그의 입안에 남아 있었다. 뜨끈하고 끈끈하고 달짝지근한 것이 혀와 목구멍과 이에 온통 덧씌워진 것만 같은, 그 맛뿐 아니라 이 사이에서 부드러운 육질이 뭉개져 즙을 내며 터지는 느낌까지도. 마치 썩은 과일을 베어 문 것만 같았다.

그레이는 거치대에서 종이 타월을 둘둘 뽑은 다음 청소 용구함에서 위생 봉투와 장갑을 꺼내 전부 방 안으로 신고 들어갔다. 토사물이 너무 많아서 자루걸레로는 다 닦아낼 수 없었기에 그는 바닥에 무릎을 꿇고 타월로 토사물을 최대한 빨아들이고 큰 덩어리는 손으로 집어냈다. 전부 봉투에 넣고 꽉 묶어 버린 다음에 바닥에 표백제가 섞인 물을 뿌리고 자루걸레로 원을 그리며 닦아냈다. 슬리퍼 밑창에도 토사물이 조금 묻어 있어서 그것도 닦아냈다. 이제 입안에서는 아까와는 다른 상한 맛이 느껴졌고, 그는 브라운베어의 입에서 때로 그런 냄새가 나던 것을 떠올렸다. 브라운베어의 단점이라고는 때로 일주일은 지난 동물 시체 냄새를 풍기며 그레이의 트레일러로 돌아와 그의 얼굴에 자기 얼굴을 바짝 갖다 댄 채로 어금니와 잇몸을 훤히 드러내고 개 특유의 웃는 표정을 짓던 때에 나던 입 냄새뿐이었다. 그 냄새가 지독히도 싫었지만 브라운베어는 개니까 참을 수 있었다. 그러나 지금 자기 입에서 나는 냄새는 참기가 힘들었다.

그레이는 탈의실로 들어가 재빨리 옷을 갈아입고 세탁물 통에 수술복을 집어넣은 뒤 엘리베이터를 타고 지하 3층으로 향했다. 데이비스는 여전히 그 자리에 앉아 의자에 등을 기대고 두 발은 책상 위에 올려둔 채 잡지를 읽으며 이어폰에서 나오는 노래에 맞춰 부츠 신은 발을 까닥거리고 있었다.

"대체 내가 왜 이런 잡지를 보고 있는지조차 모르겠군."

데이비스가 음악 소리 때문에 높아진 목청으로 말했다.

"이딴 걸 봐서 뭐 어쩌자는 거야? 이 눈 덮인 산골짜기에서 나가지도 못하는걸."

데이비스가 책상에서 발을 내리더니 잡지를 들어 그레이에게 표지를 보여주었다. 벌거벗은 여자 둘이 서로 얽혀 입을 벌리고 혀끝을 마주 대고 있었다. 잡지 제목은 《하티즈》였다. 그레이에게는 그 혀가 마치 식품점의 진열장 속 얼음 위에 놓여 있는 고기 조각처럼 보였다. 그걸 보니 다시금 토기가 울컥 밀려왔다.

"아, 그래."

데이비스가 그레이의 표정을 보더니 이어폰을 빼며 말을 이었다.

"너 같은 놈들은 이런 거 싫어하지? 미안하군."

그가 허리를 펴서 자세를 고치더니 코를 찡그렸다.

"이봐, 냄새가 지독하잖아. 대체 무슨 일이야?"

"뭘 잘못 먹었나 봐."

그레이가 조심스럽게 말했다.

"가서 좀 누워 있어야 할 것 같은데."

데이비스가 깜짝 놀라 움칠하더니 그레이에게서 멀어지려는 듯 책상에서 물러났다.

"설마."

"맞아."

"이런 씨팔, 그레이."

데이비스의 눈이 공황감으로 커졌다.

"나한테 무슨 짓을 하려는 거야. 혹시 열나?"

"그냥 토한 것뿐이야. 쓰레기통에. 아마 과식해서 그런가 봐. 일단 잠시 쉬어야 할 것 같아."

데이비스는 잠시 초조하게 그레이를 살펴보며 생각했다.

"그래, 나도 네 녀석이 밥 먹는 모습을 봤지. 그렇게 허겁지겁 먹었으니 속이 남아날 리가 있겠어. 어쨌든 몸 상태가 좋아 보이지는 않아. 기분 나쁘라고 하는 말은 아닌데 지금 네놈 꼬락서니가 말이 아니야. 이건 보고해야겠어."

그레이는 보고를 하면 이 층을 봉쇄하게 된다는 사실을 알았다. 그렇다면 데이비스 역시 이곳에서 나가지 못하게 된다. 그 뒤에 그에게 무슨 일이 일어날지는 알 수 없었다. 생각하고 싶지 않았다. 그레이는 그렇게 몸 상태가 나쁜 것이 아니었다. 그것만은 확실했다. 하지만 무언가가 잘못된 건 틀림없었다. 악몽을 꾼 적은 많지만 그렇다고 해서 토한 적은 처음이었으니까.

"확실해? 만약 몸이 진짜 안 좋은 거면 솔직히 말했겠지?"

그레이가 고개를 끄덕였다. 땀 한 방울이 상체 위를 길게 미끄러져 흘렀다.

"최악의 날이군."

데이비스는 하는 수 없다는 듯 한숨을 쉬었다.

"좋아. 기다려."

그러더니 데이비스는 그레이에게 엘리베이터 열쇠를 건네주고 허리에 차고 있던 무전기를 꺼내 들었다.

"내가 호의를 베풀어준 걸 기억하도록 해."

그러더니 그가 무전기에 대고 말하기 시작했다.

"지하 3층 경비입니다. 대체 근무자가 필요한데요……."

하지만 그레이는 그 말을 듣고 있지 않았다. 이미 엘리베이터를 타고 떠나버린 것이다.

오클라호마주 랜들 서쪽, 캔자스주 경계에서 남쪽으로 몇 킬로미터 떨어진 지점에서 울가스트는 투항하기로 결심했다.

그들은 번호를 잊어버린 시골 포장도로변에 있는 세차장 안에 차를 대놓고 있었다. 동틀 녘이 가까워져왔다. 에이미는 타호 뒷좌석에서 새끼 곰처럼 몸을 웅크리고 잠들어 있었다. 도일이 옆에서 GPS로 재빨리 경로를 탐색해 말해주는 가운데 기를 쓰고 빠른 속도로 운전을 하는 3시간 내내 그들의 뒤쪽 먼 곳에서는 불빛이 일렬로 번쩍이며 따라왔고, 턴을 할 때마다 때로 불빛이 희미해졌지만 결국은 그들의 흔적을 따라 다시금 나타났다. 울가스트가 세차장을 발견한 것은 새벽 2시경이었다. 기회를 보아 재빨리 세차장 안으로 차를 몰았다. 그들은 어둠 속에 앉은 채 경찰차가 빠른 속도로 스쳐 지나가는 소리를 들었다.

"얼마나 더 기다려야 할까요?"

도일이 물었다. 아까 엄포를 놓던 모습은 온데간데없었다.

"한참 더. 일단 거리를 좀 벌리자고."

"그럼 주 경계에 바리케이드를 만들 시간을 벌어주는 셈인데요. 우리를 놓쳤다는 생각이 들면 다시 돌아올지도 모르고요."

"좀 더 나은 아이디어 없나?"

도일은 잠시 생각에 잠겼다. 앞 유리창 밖에서 커다란 세차 솔이 움직이고 있으니 차 안이 더 좁게 느껴졌다.

"아니요, 딱히 없어요."

그래서 그들은 그대로 가만히 앉아 있었다. 언제 세차장 안에 번쩍이는 경찰차의 경고등이 쳐들어오고, 주 경찰이 확성기에 대고 손을 들고 투항하라고 외치는 목소리가 들릴지 몰랐다. 그러나 그런 일은 일어나지 않았다.

"아까 있었던 일은 죄송해요."

도일이 입을 열었다. 그러나 울가스트는 너무 피곤해서 그 이야기는 하고 싶지가 않았다. 박람회에 갔던 것도 벌써 며칠은 지난 일처럼 느껴졌다.

"됐어."

"솔직히 말씀드리면 저는 제가 하는 일이 좋습니다. FBI도, 일 자체도요. 제가 하고 싶은 일은 이것밖에 없었어요."

도일이 심호흡을 하더니 유리창에 응결된 물방울을 손가락으로 문질렀다.

"앞으로 어떻게 될까요?"

"몰라."

그 말에 도일이 매섭게 인상을 찌푸렸다.

"알고 계시잖아요. 그 리처즈라는 사람에 대해 아까 하셨던 말이 맞을 겁니다."

세차장 창밖이 밝아오기 시작했다. 울가스트는 시계를 보았다. 조금 있으면 6시였다. 그들은 최대한 오래 차 안에서 기다렸다. 그 뒤에야 울가스트는 타호의 시동을 걸고 후진해서 세차장을 빠져나왔다.

그때 에이미가 잠에서 깼다. 에이미는 일어나 앉더니 눈을 비비며 주변을 둘러보았다.

"배고파요."

울가스트가 도일을 바라보았다.

"어쩔까?"

도일은 망설였다. 울가스트는 도일의 마음속에서 생각이 서서히 형체를 이루고 있다는 사실을 알 수 있었다. 그는 울가스트가 하는 말의 진짜 의미를 알아차렸던 것이다. 바로, '다 끝났어'라는 말이었다.

"그렇게 해요."

울가스트는 여태 왔던 방향을 향해 차를 돌려 랜들로 돌아갔다. 고작 대여섯 블록만 가도 시내 중심가였다. 거리의 분위기만 봐도 버려진 마을이라는 느낌이 역력했다. 길가의 창문은 거의 다 종이를 붙여 막았거나 비누를 문지른 자국이 나 있었다. 아마 멀지 않은 곳에 월마트 아니면 그 비슷한 대형마트가 있지 않을까 하는 생각이 들었다. 랜들 같은 작은 마을은 곧장 지도에서 지워버릴 만한 큰 규모의 상점 말이다. 블록 끝에 가니 네모난 빛이 보도 위에 쏟아지고 있었다. 길가 옆에 픽업트럭 대여섯 대가 비스듬히 대어져 있었다.

"아침이나 먹지."

식당은 드롭패널로 마감된 천장에 수년간 축적된 담배 연기와 공기 중에 떠도는 기름기가 얼룩져 있는 한 칸짜리 좁다란 공간이었다. 한쪽 끝에 기다란 카운터가 있었고 그 앞으로 높다란 등받이에 패드를 댄 부스식 좌석이 한 줄로 길게 늘어서 있었다. 청바지에 작업복 셔츠 차림을 한 남자 몇 명이 카운터 앞에 널따란 등을 구부리고 앉아 달걀 요리와 커피로 아침 식사를 하고 있었다. 허리가 굵고 눈이 회색인 중년 여성 웨이트리스가 커피와 메뉴를 가지고 다가왔다.

"무엇을 드릴까요?"

도일은 배가 고프지 않으니 커피만 마시겠다고 했다. 울가스트가 고개를 들자 웨이트리스가 달고 있는 '루앤'이라는 이름표가 보였다.

"뭐가 맛있습니까, 루앤?"

"배고프면 뭐든 맛있죠."

루앤은 애매모호하게 웃어 보였다.

"그리츠(옥수수를 굵게 빻아 만든 일종의 죽—옮긴이)도 나쁘지 않아요."

울가스트는 고개를 끄덕이고 루앤에게 메뉴를 돌려주었다.

"그걸로 하면 되겠네요."

루앤이 에이미를 쳐다보았다.

"아이는요? 아가, 넌 뭘 먹고 싶니?"

메뉴를 보고 있던 에이미가 고개를 들었다.

"팬케이크?"

"우유도 한 잔 주십시오."

울가스트가 덧붙였다.

"금방 나올 거예요. 아가, 팬케이크 고르길 잘했어. 우리 주방장 팬케이크 솜씨가 기가 막히거든."

에이미는 식당에도 배낭을 들고 왔다. 울가스트는 아이가 씻을 수 있게 여자 화장실로 데려다주었다.

"같이 들어가줄까?"

에이미가 고개를 저었다.

"세수하고 양치질을 하렴. 머리도 빗고."

"병원에 가는 거예요?"

"글쎄다. 지켜보자꾸나."

울가스트는 다시 자리로 돌아와서 도일에게 낮은 목소리로 말을 걸었다.

"잘 들어. 나는 바리케이드를 마주치고 싶지 않아. 뭔가 잘못되고 말 거야."

도일은 고개를 끄덕였다. 울가스트가 뜻하는 바는 명백했다. 무장경찰들이 버티고 있다면 무슨 일이 일어날지 몰랐다. 타호에 총구멍이 뻥뻥 뚫려 다 죽고 끝날지도 모르는 노릇이었다.

"위치토 지사로 가는 건요?"

"너무 멀어. 거기까지 갈 수 있을지 모르겠어. 그리고 지금쯤이면 그쪽에서도 우리를 모른다고 잡아뗄 거야. 애초부터 이 프로젝트는 기록에 남지 않았을 테니까."

도일은 마시던 커피 잔 안을 내려다보았다. 낙담한 듯 핼쑥한 얼굴이었기에 울가스트는 갑자기 그를 향한 동정심이 휘몰아치는 것을 느꼈다. 이 모든 것을 도일은 예상치 못했겠지.

"에이미는 착한 아이예요."

도일이 그렇게 말하더니 크게 콧방귀를 뀌었다.

"이런 씨팔."

"지역 경찰이 나을 거라는 생각이 들어. 네가 원하는 바대로 결정해. 원한다면 차 키는 네게 넘길게. 나는 아는 대로 전부 털어놓을 거야. 우리에게 남은 기회는 이게 전부라는 생각이 들어."

"그 애한테 남은 기회겠죠."

그렇게 말하는 도일의 말투에는 비난하는 기색이 전혀 없었다. 건조하게 사실을 말하는 목소리였다.

"그래, 그 애에게 남은 기회는 이게 전부야."

에이미가 화장실에서 돌아오자 음식이 나왔다. 요리사는 휘핑크림과 블루베리로 눈과 입을 그려 광대 얼굴처럼 꾸민 팬케이크를 내놓았다. 에이미는 팬케이크 위에 시럽을 잔뜩 뿌린 다음 크게 한 입씩 냠냠 먹으면서 중간중간 우유도 마셨다. 아이가 먹는 모습을 바라보고 있자니 흐뭇했다.

식사가 끝나자 울가스트는 일어서서 화장실 쪽 작은 복도로 갔다. 핸드헬드를 사용하고 싶지 않았고, 어차피 차 안에 두고 왔다. 아까 고대의 유물 같은 공중전화가 있는 것을 보았다. 라일라가 사는 덴버의 집으로 전화를 걸었지만 신호가 아무리 울려도 전화를 받는 사람은 없었고 음성사서함으로 넘어가자 울가스트는 뭐라고 메시지를 남겨야 할지 알 수 없어서 그냥 끊어버렸다. 어차피 그 메시지를 데이비드가 듣는다면 삭제해버릴 터였다.

자리로 돌아오자 웨이트리스가 식탁을 치우고 있었다. 계산서를 집어 들어 계산대 쪽으로 갔다.

"근처에 경찰서가 있습니까?"

계산을 하면서 그가 웨이트리스에게 물었다.

"아니면 보안관 사무소라도요."

"세 블록 가면 있어요."

웨이트리스가 그렇게 대답하며 금전등록기에 돈을 집어넣었다.

"그런데 거기까지 안 가도 돼요."

그녀가 팅 소리를 내며 금전등록기 서랍을 닫았다.

"저기 있는 커크가 보안관 부관이거든요. 그렇지, 커크?"

"아, 좀 내버려 두지, 루앤. 나 지금 식사 중이잖아."

울가스트는 카운터 앞을 죽 훑어보았다. 커크라는 남자는 프렌치토스트를 먹는 중이었다. 턱선이 뚜렷하고, 두툼한 손은 온갖 시련을 겪은 것처럼 험했으며, 옷차림은 평상복으로, 몸에 딱 맞는 랭글러 청바지와 기름 얼룩이 있는 바싹 탄 토스트색 칼하트 재킷을 입고 있었다. 이렇게 작은 마을에 사는 이상 아마 직업이 세 개는 있을 것 같았다.

울가스트가 커크를 향해 다가갔다.

"유괴사건을 신고하려고 합니다."

울가스트의 말에 스툴에 앉아 있던 커크가 돌아보더니 냅킨으로 입가를 훔치고 의심스럽다는 듯 그를 바라보았다.

"무슨 소립니까?"

커크는 면도를 하지 않아 턱이 거뭇거뭇했고 입에서 맥주 냄새가 났다.

"저기 저 여자아이 보이십니까? 다들 저 아이를 찾고 있습니다. 아마 전산망에서 보셨을 겁니다."

커크가 에이미를 한 번 보더니 다시 울가스트를 바라보았다. 눈이 커졌다.

"이런 젠장. 설마요. 호머에서 신고한 그 아이입니까?"

"맞아요."

발랄한 목소리로 끼어든 것은 루앤이었다. 그녀가 에이미를 가리켰다.

"뉴스에서 봤어요. 바로 저 애예요. 아가, 너 맞지?"

"죽겠군."

커크가 스툴에서 힘겹게 내려왔다. 식당 안이 조용해졌다. 이제 모두가 이쪽을 바라보고 있었다.

"주 경찰이 저 애를 찾아서 온통 들쑤시고 다니고 있습니다. 대체 어디서 찾은 거요?"

"사실, 저희가 유괴했습니다."

울가스트가 설명했다.

"그러니까 저희가 유괴범이죠. 저는 특수요원 울가스트, 이 친구는 특수요원 도일입니다. 필, 인사드려."

자리에 앉아 있던 도일이 힘없이 "여어" 하고 손을 흔들었다.

"특수요원? FBI란 소립니까?"

그 말에 울가스트는 신분증을 꺼내 커크가 볼 수 있도록 카운터 위에 놓았다.

"설명하기가 좀 어렵습니다."

"그리고 당신들이 저 아이를 납치했다고요?"

울가스트는 다시 한번 그렇다고 말했다.

"그래서 저희는 투항하려고 합니다. 식사를 마치시는 대로요."

카운터에 앉아 있던 다른 남자들 중 누군가가 키들키들 웃었다.

"이 상황에 밥은 무슨."

커크가 말했다. 그는 아직도 울가스트의 신분증을 들고 믿기지 않는다는 듯 열심히 들여다보고 있었다.

"이런 제기랄, 환장할 노릇이군."

"뭐 하고 있어, 커크."

또 다른 남자가 웃으며 끼어들었다.

"체포해달라는데 어서 체포해. 체포하는 방법 잊어버린 건 아니지?"

"입 좀 다물어, 프랭크. 생각 좀 하게."

커크가 기가 죽은 얼굴로 울가스트를 쳐다보았다.

"죄송합니다. 이런 일이 하도 오랜만이라서요. 제가 하는 일이라 봤자 우물 파는 것밖에 없거든요. 사실 이 동네에서는 딱히 사건 사고랄 것도 없고 기껏해 야 취객이나 업무방해 따위인데 그나마도 절반은 제 소행이라서요. 심지어 전 수갑도 없습니다."

"괜찮습니다." 울가스트가 말했다.

"저희가 빌려드리죠."

울가스트는 커크에게 타호를 압수하라고 말했지만 그는 나중에 하겠다고 대답했다. 올가스트와 도일은 무기를 내놓고 다 같이 커크의 픽업트럭에 올라타 세 블록 너머, 정문 위에 커다랗고 굵은 검은 글씨로 '1854'라는 연도가 적혀 있는 2층 건물인 마을회관으로 갔다. 해가 떠 마을 전체에 고르고 낮은 볕이 들었다. 트럭에서 내리는데 이제 막 눈을 틔우는 포플러 나무에서 노래하는 새소리가 들려왔다. 무거운 짐을 내려놓는 듯 가벼운 행복감이 찾아왔다. 여기까지 오는 내내 올가스트는 픽업트럭 앞좌석에 앉아서 에이미를 무릎 위에 안고 있었다. 올가스트는 에이미 앞에 무릎을 꿇고 앉아 두 손을 아이의 어깨에 올렸다.

"보안관 아저씨가 시키는 대로 하려무나, 알겠지? 보안관 아저씨가 아저씨를 감옥에 넣을 거고, 우리는 한동안 만날 수 없을 거란다."

"같이 있을래요."

에이미가 말했다. 아이의 눈에 눈물이 고인 것을 보자 올가스트의 목이 메어 왔다. 하지만 그는 자신이 옳은 일을 하고 있다는 것을 알았다. 커크가 그들을 체포했다고 보고하자마자 오클라호마주 경찰이 벌 떼처럼 몰려올 것이고 그러면 에이미는 안전할 수 있을 것이다.

"괜찮아."

올가스트가 있는 힘껏 웃어 보였다.

"이제 전부 다 괜찮아. 약속할게."

보안관 사무실은 지하에 있었다. 두 사람이 협조적인 태도를 취했기에 커크는 결국 그들에게 수갑을 채우지 않고 건물 옆쪽 계단을 내려와 지하실로 그들을 안내했다. 철제 책상 두 개, 산탄총이 잔뜩 들어 있는 총기 보관함, 그리고 벽에는 파일 캐비닛이 잔뜩 세워진 방이었다. 안에는 아무도 없었다. 전화를 받는 사무원은 8시가 되어야 출근을 한다고 커크가 설명하면서 전등을 켰다. 심지어 보안관은 어디로 갔는지도 알 수 없었다. 아마 드라이브라도 하고 있겠지.

"솔직히 말씀드리면 보안관 부관인 제가 요원님들을 체포하는 게 맞는 일인지 잘 모르겠습니다. 차라리 보안관을 무전으로 호출할걸 그랬습니다."

그는 올가스트와 도일에게 유치장 안에서 기다려달라고 부탁했다. 유치장은 단 한 칸이었고 안에는 골판지 상자들이 널브러져 있었지만 두 사람이 들어갈 자리는 충분했다. 울가스트는 그러겠다고 했다. 커크가 두 사람을 유치장으로 데려가 문을 열자 울가스트와 도일은 안으로 들어갔다.

"저도 감옥에 들어갈래요."

에이미의 말에 커크는 믿기지 않는다는 듯 얼굴을 찌푸렸다.

"이런 유괴는 또 처음 보는군요."

"괜찮습니다. 안에서 같이 기다리지요."

울가스트가 말하자 커크는 잠시 생각에 잠겼다.

"알았습니다. 제 매부가 올 때까지는 아이도 안에 있는 것으로 하지요."

"매부가 누구시길래요?"

"존 프라이스, 저희 매부가 바로 보안관입니다."

커크가 무전을 치자 10분 뒤 몸에 꽉 끼는 카키색 유니폼을 입은 남자 한 명이 들어와 유치장 앞으로 성큼성큼 다가왔다. 소년같이 늘씬한 근육을 가진 체구가 작은 남자로 카우보이 부츠의 높은 굽을 포함해도 기껏해야 키가 162센티미터나 될까 싶었는데 울가스트가 보기에는 카우보이 부츠가 도마뱀 가죽이나 타조 가죽으로 만든 고급품 같았다. 어쩌면 키가 조금이라도 더 커 보이려고 그런 걸 신었는지도 모르겠다는 생각이 들었다.

"이런, 제기랄."

보안관의 목소리는 놀랄 정도로 우렁우렁했다. 그가 허리에 양손을 얹은 채 그들을 훑어보았다. 급히 면도를 하느라 벤 턱의 상처에 작은 종이 반창고를 붙이고 있었다.

"FBI 요원이라고요?"

"맞습니다."

"간단한 문제가 아니잖아."

그가 커크에게로 돌아서서 물었다.

"도대체 아이는 왜 유치장에 집어넣은 거야?"

"아이가 그렇게 해달라던데요."

"맙소사, 커크. 어린아이를 유치장에 넣으면 어떡해. 두 사람을 체포했나?"

"일단 보안관님이 오실 때까지 기다리고 있었습니다."

프라이스가 노여움을 가득 담은 한숨을 내쉬더니 "이봐" 하고 입을 열고는 눈을 굴렸다.

"자신감 있게 일을 하라고, 커크. 우리 이 얘기 이미 하지 않았나? 그러니까 루앤도, 다른 사람들도 자넬 함부로 대하는 것 아니야?"

커크가 대답이 없자 프라이스가 말을 이었다.

"일단 연락부터 해. 이 애를 찾으려고 경찰이 지옥까지 들쑤시고 있으니까."

그리고 그는 에이미를 바라보았다.

"애야, 괜찮니?"

콘크리트 벤치에 앉은 울가스트의 옆에 나란히 앉아 있던 에이미가 살짝 고개를 끄덕였다.

"아이가 들어가겠다고 했다니까요."

커크가 다시 한번 말했다.

"아이가 뭐라고 했느냐가 문제가 아니야."

프라이스가 허리에 달린 주머니에서 열쇠를 꺼내더니 유치장 문을 열었다.

"이리 나오려무나, 꼬마야." 그러면서 그가 한 손을 내밀었다.

"감옥은 꼬마 아가씨가 갈 곳은 아니야. 가서 탄산음료라도 마시자꾸나. 그리고 커크, 메이비스에게 연락해줘. 지금 당장 여기로 불러."

다시 유치장 안에 울가스트와 둘만 남자 벤치 위에 축 늘어져 앉아 있던 도일이 고개를 뒤로 젖히며 눈을 감더니 앓는 목소리를 냈다.

"세상에 이런 일이. 〈그린 에이커〉에 나오는 에피소드도 아니고."

30분가량이 흘러갔다. 바깥에서 커크와 프라이스가 앞으로 어떻게 할지, 어디로 먼저 연락을 해야 할지 논의하는 목소리가 들렸다. 주 경찰? 지방 검사? 아직까지 그들을 체포했다는 기록을 남기지도 않았다. 그래도 상관없었다. 전부 정해진 과정대로 이루어질 테니까.

문이 열리는 소리가 들리더니 여자 목소리가 에이미에게 정말 예쁘다고, 토끼 이름이 뭐냐고, 아이스크림이 먹고 싶냐고, 좀 있으면 요 앞에 있는 아이스크림 가게가 문을 여는데 데리고 가주겠다고 말을 거는 소리가 들렸다. 모든 것이 울가스트가 깜깜한 세차장 안에서 타호에 탄 채 자수를 하겠다고 결심했던 때 예상한 바대로 흘러가고 있었다. 제 발로 보안관을 찾아온 것이 정말 다행이라는 생각에 스스로도 놀랄 정도였고, 살면서 지금까지 일 때문에 감옥이라는 곳을 한두 번 들락거린 것이 아니었지만 처음으로 감옥이라는 곳이 그리 나쁘게 느껴지지 않았다. 혹시 앤서니 카터도 이런 기분이었을까. '지금부터의 내 인생은 이 안에서 펼쳐지는 거구나' 하고 스스로 말하지는 않았을까.

프라이스가 열쇠를 들고 유치장 쪽으로 다가오더니 부츠 신은 발을 까닥거리며 입을 열었다.

"주 경찰이 오고 있습니다. 듣자 하니 당신네들이 말벌 집을 아주 제대로 들쑤신 모양인데요."

그가 수갑 한 쌍을 창살 틈으로 건네주었다.

"아마 여러분도 수갑 사용법은 아시리라 믿습니다."

도일과 울가스트는 직접 수갑을 찼다. 프라이스가 유치장 문을 열고 그들을 사무실로 데려갔다. 에이미는 안내 데스크 옆 접이식 철제 의자에 앉아 배낭을 무릎 위에 올려놓고 아이스크림 샌드위치를 먹고 있었다. 녹색 바지 정장을 입은 할머니에 가까운 나이의 여성이 에이미 옆에 앉아 색칠놀이 책을 보여주고 있었다.

"우리 아빠예요."

에이미가 말했다.

"이 사람이 말이냐?"

여자가 고개를 돌렸다. 처진 검은 눈썹에 까마귀처럼 새까만 머리가 헬멧처럼 단단해 보였다. 가발이 분명했다. 그녀는 울가스트를 당황스럽다는 듯 쳐다보더니 다시 에이미에게로 눈길을 돌렸다.

"이 사람이 아빠라고?"

"맞습니다." 울가스트가 대답했다.

"우리 아빠예요."

에이미가 다시 한번 말했다. 아이의 목소리는 틀린 말을 고쳐주는 것처럼 단호했다.

"아빠, 우리 지금 당장 집에 가요."

프라이스가 지문채취 도구를 들고 왔다. 뒤에서는 커크가 머그 샷을 촬영할 배경 막과 카메라를 설치하고 있었다.

"이게 다 무슨 소립니까?"

프라이스가 물었다.

"얘기하자면 깁니다."

울가스트는 그렇게밖에 말할 수가 없었다.

"아빠, 어서요."

그때 뒤에서 문이 열리는 소리가 났다. 여자가 고개를 돌렸다.

"무엇을 도와드릴까요?"

"안녕하십니까. 좋은 아침입니다."

남자의 목소리였다. 어딘가 익숙했다. 프라이스는 울가스트의 오른손 손목을 잡고 손가락에 잉크를 묻히려는 중이었다. 다음 순간 울가스트는 도일의 얼굴에 떠오른 표정을 보고 사태를 파악했다.

"여기가 보안관 사무실입니까?"

리처즈였다.

"다들 안녕하십니까? 와, 이게 다 진짭니까? 총이 아주 많네요. 저도 보여드릴 만한 게 하나 있는데 말입니다."

울가스트가 고개를 돌리는 바로 그 순간 리처즈가 여자의 이마를 쏘았다. 근접거리에서 쏜 단발의 총성은 기다란 소음기 때문에 작은 짤깍 소리밖에는 내

266

지 않았다. 여자는 놀라 눈을 휘둥그레 뜬 채 등받이 위로 등을 젖혔다. 쓰고 있던 가발이 비뚤어졌다. 가느다란 핏줄기가 바닥을 적시기 시작했다. 여자의 팔이 올라갔다가 다시 떨어지더니 그대로 영영 움직임을 잃었다.

"미안."

리처즈가 그렇게 말하더니 얼굴을 살짝 찌푸렸다. 그는 책상 쪽으로 다가왔다. 방 안은 온통 매캐한 화약 냄새로 가득 찼다. 프라이스와 커크는 공포에 질려 입을 쩍 벌린 채 제자리에서 꼼짝도 하지 못하고 있었다. 아니, 어쩌면 공포가 아니라 도저히 눈앞에 벌어진 상황이 이해가 가지 않아 말문이 막힌 건지도 몰랐다. 마치 영화, 도저히 말이 안 되는 영화 속으로 들어온 것처럼 말이다.

"이봐."

리처즈가 그렇게 말하더니 그들을 향해 총을 겨누었다.

"가만히 서 있으라고. 지금 그대로. 아주 좋아."

그렇게 리처즈는 프라이스와 커크를 차례로 쏘았다.

아무도 움직이지 않았다. 이 모든 일이 마치 꿈속에서 일어나는 것처럼 이상야릇한 슬로모션으로 진행되었지만 실제로는 고작 잠깐에 불과했다. 울가스트는 여자를, 그리고 바닥에 쓰러진 커크와 프라이스의 시체를 쳐다보았다. 죽음이라는 것은 놀라운 것이다. 다시는 돌이킬 수 없고, 완전하며, 그 자체로 버거운 것이다. 안내 데스크에 앉아 있던 에이미의 눈은 죽은 여자의 얼굴에서 떨어질 줄 몰랐다. 리처즈가 그녀를 쏠 때 에이미는 고작 몇 센티미터 떨어진 곳에 앉아 있었다. 여자는 무슨 말을 하려는 것처럼 입을 쩍 벌린 채였다. 이마에서 솟아나는 피가 얼굴의 깊은 주름을 따라 흐르더니 삼각주三角洲처럼 부채꼴로 퍼졌다. 에이미의 손에 들린 아이스크림 샌드위치가 녹아 흐르고 있었다. 어쩌면 아직도 아이스크림이 아이의 입안에 남은 채 혀를 단맛으로 물들이고 있을지도 모르겠다. 이상한 일이었지만, 울가스트는 생각했다. 앞으로 남은 평생 에이미는 아이스크림의 맛을 느낄 때마다 이 장면을 떠올리게 될 거라고.

"씨팔, 이게 무슨 짓입니까! 사람을 쏘다니요!"

도일이 고함을 질렀다. 프라이스는 책상 뒤 바닥에 엎어진 채 죽어 있었다. 리처즈가 그의 시체 옆에 무릎을 꿇더니 주머니를 뒤져 수갑 열쇠를 꺼내 울가스트에게 던졌다. 그다음에는 산탄총이 담긴 총기 보관함을 곁눈질하고 있던 도일을 향해 내키지 않는다는 듯 총을 흔들어 보였다.

"허튼짓할 생각 마."

리처즈가 경고하자 도일이 자리에 앉았다.

"우리를 쏠 건 아니죠?"

"지금은 아니야."

울가스트가 수갑을 풀면서 묻자 리처즈가 대답했다.

에이미가 딸꾹질을 마구 하면서 울음을 터뜨렸다. 울가스트는 수갑 열쇠를 도일에게 건넨 뒤 아이를 안아 올려 가슴에 꼭 안았다. 아이의 몸에는 힘이 하나도 없었다.

"미안하다. 미안하다."

그밖에는 할 수 있는 말이 하나도 없었다.

"정말 감동적인 광경이군."

리처즈가 말하더니 아이의 조그만 배낭을 도일에게 건넸다.

"하지만 지금 이 자리를 떠나지 않으면 더 많은 사람을 쏴야 할 텐데, 오늘 아침은 이걸로 충분하지 않겠어?"

울가스트는 커피숍을 생각했다. 어쩌면 그곳에 있던 사람은 전부 다 죽었을지도 모른다. 에이미가 그의 가슴에 안긴 채로 딸꾹질을 했다. 아이의 눈물로 셔츠가 축축해지는 것이 느껴졌다.

"제기랄, 이 애는 아직 어린애라고요."

리처즈가 얼굴을 찌푸렸다. "왜 모두가 그 이야기를 못 해서 안달이지?"

그러더니 그는 총으로 문 쪽을 가리켰다.

"가자고."

아침 햇살 속, 프라이스가 타고 온 경찰차 옆에 타호가 주차되어 있었다. 리처즈는 도일에게 운전을 하라고 명령하고 에이미와 함께 뒷좌석에 탔다. 울가스트는 무력감 때문에 어쩔 줄 몰랐다. 지금까지 한 모든 일, 모든 결심에도 불구하고 결국은 리처즈에게 복종하는 수밖에 없었다. 리처즈가 지시하는 대로 그들은 마을을 나와 늘씬하게 빠진 검은 헬리콥터가 기다리고 있는 벌판으로 차를 몰았다. 그들이 탄 차가 가까이 오자 헬리콥터의 널따란 날개들이 돌아가기 시작했다. 저 멀리서 사이렌 소리가 다가오고 있었다.

"빨리빨리 움직이자고."

리처즈가 총으로 어서 가자는 시늉을 했다. 그들이 올라타자마자 헬리콥터는 순식간에 공중으로 날았다. 울가스트가 에이미를 꽉 안았다. 마치 환각 상태나 꿈속에 들어온 것 같았다. 살면서 원했던 것들을 모두 빼앗기는, 그것을 바라보고 서 있을 수밖에 없는, 도저히 입 밖에 낼 수도 없는 끔찍한 악몽이었다. 예전에도 그런 꿈을 꾼 적 있었다. 죽고 싶지만 죽어지지가 않는 꿈이었다. 헬리콥터가 가파르게 선회하자 흠뻑 젖은 들판이 눈앞에 펼쳐졌고 벌판 끝에서 경찰차가 줄을 이어 빠른 속도로 다가오는 것이 보였다. 아홉 대였다. 조종석에 탄 리처즈가 앞 유리창 바깥을 가리키며 파일럿에게 뭐라고 말했더니 헬리콥터가 다른 방향으로 기울었고, 그다음 리처즈는 허공을 맴돌라고 지시했다. 경찰차들이 더 가까이 다가오고 있었다. 타호에서 고작 몇백 미터 떨어진 곳까지 왔다. 리처즈가 울가스트에게 헤드셋을 쓰라는 시늉을 했다.

"잘 봐."

울가스트가 그 말에 대답하기도 전에 마치 거대한 카메라가 플래시를 터뜨리는 것처럼 빛이 터지더니 눈앞이 하얘졌다. 이에 뒤따른 진동에 헬리콥터가 요동쳤다. 울가스트는 에이미의 허리를 꽉 붙잡았다. 다시 창밖을 내려다보자 타호의 형체는 사라지고 바닥에 집 하나가 들어갈 만한 커다란 구멍이 연기를 피워 올리고 있었다. 헤드셋을 통해 리처즈의 웃음소리가 들렸다. 다음 순간 헬리콥터가 다시 한번 기울더니 자리에 앉아 있던 몸이 들썩일 정도로 속도를 높여 그 자리를 떠났다.

그가 죽은 목숨이라는 것은 변하지 않을 것이다. 울가스트는 자연의 모든 순리를 받아들였듯 그 사실을 받아들이기로 했다. 모든 것이 끝나면 ─ 어떤 방식으로 끝나건 간에 ─ 리처즈는 그를 어딘가의 방으로 데려간 뒤 프라이스와 커크를 바라보던 것과 똑같은 싸늘하고 흔들림 없는 표정으로 ─ 마치 당구공을 한 줄로 늘어놓거나, 종이 뭉치를 쓰레기통에 던지는 단순한 정확성 시험을 수행하는 사람처럼 ─ 임할 것이고 그걸로 끝일 것이다.

리처즈는 그 일을 야외에서 벌일 수도 있을 것이다. 울가스트는 그러기를 바랐다. 리처즈의 총알이 머리에 박히기 전 나무들을 보고 살갗에 닿는 햇살을 느끼고 싶었다. 이렇게 부탁해볼 수도 있을 것이다. 혹시, 실례가 아니라면 부탁드려도 되겠습니까? 나무를 좀 보고 싶어서요.

부대에 들어온 지 27일째였다. 울가스트가 센 날짜대로라면 4월 셋째 주일 것이다. 에이미가 어디 있는지, 또 도일이 어디 있는지는 알 길이 없었다. 그들은 헬기가 착륙하자마자 서로 떨어졌다. 에이미는 리처즈와 무장한 군인들 여럿이 데려가버렸고, 울가스트와 도일 역시도 다른 군인들에게 이끌려갔는데, 결국 도일과도 따로 떨어지게 되었다. 누구도 울가스트의 보고를 요청하지 않았기에 처음에는 이상하다고 생각했지만 시간이 흐르니 그 이유가 무엇인지 알 수 있었다. 이 모든 것은 전부 비공식적으로 일어난 절차였다. 울가스트가 무슨 이야기를 하건 그건 아무 가치 없는 이야기이기 때문에 보고를 받을 필요가 없었다. 이제 울가스트에게 남은 의문은 어째서 리처즈가 곧바로 자기를 사살하지 않았는가가 전부였다.

그들이 울가스트를 가둔 방은 싸구려 모텔을 연상시켰는데 차이점이라고는 이쪽이 더 누추하다는 것뿐이었다. 바닥에는 카펫이 없었고 하나뿐인 창에는 커튼이 없었으며 교도소에서나 사용할 법한 묵직한 가구들은 볼트로 바닥에 고정되어 있었다. 좁아터진 화장실 바닥은 얼음처럼 차가웠다. 한때 텔레비전이 있었던 벽에는 엉킨 전선만 튀어나와 있었다. 복도로 연결된 문은 두꺼웠고 바깥에서 버저를 눌러야 열렸다. 찾아오는 사람은 식사 당번밖에 없었다. 특징 없는 갈색 작업복을 입은 말 없고 덩치가 커다란 남자들이 식사가 담긴 쟁반을 조그만 테이블 위에 내려놓고 갔다. 울가스트가 앉아서 하루 중 대부분의 시간을 보내는 곳이었다. 만약 리처즈가 도일을 벌써 사살한 것이 아니라면 그 역시 엇비슷한 하루를 보내고 있겠지.

바깥에는 풍경이랄 것도 없이 텅 빈 소나무숲이 전부였지만 때때로 울가스트는 창가에 서서 몇 시간이나 바깥을 내다보기도 했다. 봄이 오고 있었다. 숲은 눈이 녹아 촉촉했으며 얼음이 녹아 지붕과 나뭇가지에서 물이 똑똑 떨어지는 소리, 배수로를 타고 물이 졸졸 흐르는 소리가 온 사방에서 들렸다. 까치발로 서면 나무 사이로 부대를 둘러친 철조망과 그 경계선을 따라 돌아다니는 사람이 간신히 보였다. 갇힌 신세가 된 지 막 4주째가 되던 어느 날 밤 거센 폭풍우가 몰아쳤다. 그 기세가 마치 성경에 나오는 대홍수를 방불케 했는데, 천둥이 밤새도록 산 너머에서 쩌렁쩌렁 울려 퍼졌고 다음 날 아침 창밖을 보니 겨울이 비에 깨끗이 씻겨 나가 끝이 나 있었다.

한동안 그는 매일 식사와 깨끗한 수술복과 슬리퍼를 가져다주는 사람에게 말을 걸어보려고, 적어도 이름이라도 물어보려고 시도했다. 하지만 돌아오는 대답은 한마디뿐이었다. 그 사람들의 움직임은 엉성하고 부정확했고 표정은 무감각하며 시큰둥해서 마치 옛날 영화에 나오는 좀비를 연상시켰다. 잊힌 예전 삶의 증거인 다 찢어진 제복을 입고 농장 주택 바깥에 모여들어 울부짖고 비틀거리는, 살아 있는 시체들. 울가스트는 어릴 때 그런 영화를 무척 좋아했다. 얼마나 진짜 같은지는 전혀 이해하지 못한 채로 말이다. 결국 '살아 있는 시체'라는 말은 중년기에 잘못 디딘 발걸음이 모여 만들어낸 행진을 은유하는 것에 불과하다고 울가스트는 생각했다.

어쩌면 사람의 인생이란 길게 이어진 실수의 연속인지도 모르고, 그리고 그 인생의 마지막 순간에 이 연속된 일 중 하나에 불과한 나쁜 실수로 인생이 끝날 수도 있다는 사실을 울가스트는 알게 되었다. 중요한 것은, 이러한 실수들은 대개 타인에게서 빌려왔다는 것이었다. 타인의 잘못된 생각을 받아들인 뒤 어떤 이유로건 자신의 것으로 만드는 것. 에이미와 회전목마를 타고 있을 때 알게 된 진실이었다. 물론 이 생각은 오랫동안, 거의 일 년간 그의 마음속에서 천천히 꼴을 갖춘 것이지만 말이다. 이제 울가스트에게는 이 생각을 차근차근 되짚어볼 시간이 충분히 있었다. 앤서니 카터라는 사람의 눈을 들여다보고도 인생이 어떻게 작동하는 것인가를 모를 수는 없다. 오클라호마에서의 그날 밤, 그는 몇 년 만에 처음으로 진짜 생각이라는 것을 한 것만 같았다. 라일라를 만난 이후, 에바를 만난 이후. 그러나 에바는 첫돌을 삼 주 남겨놓고 죽었고 그날부터 그는 살아 있는 시체처럼, 유령을 안고 있는 사람처럼 에바가 있었던 자리에 남은 텅 빈 허공을 끌어안고 지구 위를 걸어 다니고 있었다. 울가스트가 카터 같은 사람들을 잘 다룰 수 있는 이유가 바로 이 때문이었다. 울가스트도 그들과 같았기에.

에이미가 어디 있는지, 그 애한테 무슨 일이 일어나고 있을지 궁금했다. 그 애가 외롭지도 무섭지도 않기를 바랐다. 아니, 바랐다는 말로는 부족했다. 울가스트는 온 마음을 기울이면 에이미가 평안할 수 있기라도 한 것처럼, 기도하듯 간절히 바랐다. 에이미를 다시 볼 수 있을까, 그런 생각이 들면 그는 자리에서 일어나 마치 창밖을 보면 그 애가 보이기라도 할 것처럼 창가를 맴돌았다. 그렇게 몇 시간이고 흘려보내다가 창밖의 햇빛이 사그라지는 것을 보고서야, 그리고 식사를 가지고 들어오는 사람들의 들락거림을 보고서야 겨우 시간이 지났다는 것을 알았다. 그는 식사에는 거의 손도 대지 않다시피 했다. 밤이면 꿈 없는 잠을 잤고 아침에 깨면 머리가 아찔하고 사지가 철근처럼 묵직하게 느껴졌다. 앞으로 남은 시간이 얼마나 있을까?

그러다가 34일째 되는 날 아침 누군가가 울가스트를 찾아왔다. 사이크스였다. 그러나 예전과는 사뭇 다른 모습이었다. 일 년 전 처음 만났을 때 그는 한껏 멋을 내고 있었다. 그런데 지금 눈앞의 남자는 똑같은 제복을 입고 있는데도 마치 고가도로 아래에서 노숙이라도 한 사람처럼 보였다. 제복에는 주름과 얼룩이 지고, 뺨과 턱에 깎지 않은 회색 수염이 올라와 있었으며, 눈은 몇 라운드 내내 두들겨 맞은 복싱선수처럼 충혈되어 있었다. 사이크스는 울가스트가 앉아 있던 테이블 맞은편에 힘겹게 주저앉았다. 두 손을 모으고, 헛기침을 해 목을 고른 다음 그가 입을 열었다.

"부탁이 하나 있네."

울가스트는 며칠째 말이라고는 한마디도 뱉지 않은 상태였다. 대답을 하려고 하는데 며칠이나 쓰지 않은 기도가 반쯤 막혀 있기라도 한 것처럼 쉰 목소리가 나왔다.

"부탁 따위는 됐어."

사이크스가 긴 한숨을 내쉬었다. 말라붙은 땀이며 오래된 폴리에스테르에서 나는 쾌쾌한 냄새가 그의 몸에서 풍기고 있었다. 그는 잠시 작은 방 안을 찬찬히 둘러보았다.

"어쩌면…… 괘씸하다고 느껴질 수도 있는 부탁이라는 점은 인정해야겠네."

"나가 뒈져."

울가스트는 그렇게 대답할 수 있다는 데서 기쁨을 느꼈다.

"울가스트 요원, 내가 찾아온 건 그 아이 때문이야."

"그 애 이름은 에이미야."

"나도 그 애 이름은 알아. 그 애에 대해 아주 많은 걸 알고 있지."

"그 애는 여섯 살이야. 팬케이크와 놀이기구를 좋아하지. 피터라는 토끼 인형을 가지고 있어. 사이크스 네놈은 피도 눈물도 없는 자식이고."

사이크스는 외투 주머니에서 봉투 하나를 꺼내 테이블 위에 올려놓았다. 봉투 안에는 사진 두 장이 들어 있었다. 한 장은 에이미의 사진이었는데, 아마 수녀원에서 찍은 사진인 것 같았다. 앰버경고 발령 시 공개된 그 사진인지도 모르겠다. 두 번째 사진은 고등학교 졸업 앨범 사진이었다. 사진 속 여자는 에이미의 어머니가 분명했다. 검은 머리도, 섬세하게 배치된 얼굴 골격도, 카메라의 플래시에 찌푸리고 있지만 따뜻한 기대를 품은 움푹 파인 우울한 눈빛도 에이미와 똑같았다. 이 사람은 누구일까? 친구, 가족, 남자친구가 있었을까? 가장 좋아하는 과목은 무엇이었을까? 좋아하고 또 잘하는 운동이 있었을까? 비밀, 아무도 모르는 자기만의 이야기가 있었을까? 자신의 인생이 어떤 모습이기를 바랐을까? 사진 속 그녀는 졸업 무도회 드레스로 보이는 옅은 파란색 드레스를 입고 헐벗은 오른쪽 어깨너머를 45도 각도로 넘겨다보고 있었다. 사진 아래에는 설명이 쓰여 있었다. '메이슨 통합고등학교, 아이오와주 메이슨.'

"아이의 엄마는 매춘부였네. 에이미를 수녀원에 데려다주기 전날 남학생 사교 클럽 앞 잔디밭에서 총으로 사람을 쏴 죽였다는 기록이 남아 있어."

울가스트는 '그래서?'라고 되묻고 싶었다. 그게 에이미의 잘못인가? 하지만 여자라기보다는 아직 소녀에 가까운 사진 속 여자가 그의 노여움을 머뭇거리게 했다. 어쩌면 사이크스의 말은 다 거짓말일지도 모른다. 울가스트는 사진을 도로 내려놓았다.

"그래서 이 여자는 어떻게 되었는데?"

사이크스가 어깨를 으쓱했다.

"아무도 몰라. 사라졌거든."

"수녀들은?"

사이크스의 얼굴이 어두워졌다. 대답을 이미 들은 거나 마찬가지였다. 맙소사. 수녀들까지 죽였나? 리처즈의 짓이었을까, 아니면 다른 자들이었을까?

"몰라."

사이크스가 대답했다.

"알고 있잖아."

울가스트가 말했다.

사이크스는 더 이상 아무 말도 하지 않았고, 그 침묵은 울가스트에게 '이 화제로는 더 이상 이야기를 이어가지 않겠다'는 의미로 들렸다. 그는 눈을 비빈 뒤 사진을 도로 봉투에 넣어 치워버렸다.

"에이미는 어디 있어?"

"올가스트 요원, 문제는……."

"에이미는 어딨냐고!"

사이크스가 다시 헛기침을 했다.

"내가 자네를 찾아온 게 그것 때문이네. 내가 말한 부탁이 바로 그거야. 에이미가 죽어가는 것 같아."

올가스트에게 더 이상의 질문은 허용되지 않았다. 누구에게 말을 거는 것도, 주위를 둘러보는 것도, 사이크스의 시야에서 벗어나는 것도 금지였다. 군인 두 명이 촉촉한 아침 햇살 속에서 그를 이끌고 부대를 가로질러 갔다. 공기의 내음도, 촉감도 봄이었다. 방 안에 처박힌 채 근 5주를 보낸 올가스트는 탐욕스럽게 바깥 공기를 흠뻑 들이마셨다. 햇살에 눈이 따가웠다.

샬레 안에 들어오자마자 사이크스는 엘리베이터를 타고 지하 4층으로 이동했다. 문이 열리자 아무것도 없이 새하얀, 병원 느낌이 나는 텅 빈 복도가 나왔다. 지하 15미터, 어쩌면 더 깊은 지점일지도 모르겠다는 생각이 들었다. 사이크스의 사람들이 이 지하에 무엇을 숨겨놓았는지는 모르지만 세상 사람들의 눈으로부터 이만큼 깊이 파묻어서 숨길 필요가 있는 것임이 틀림없었다. '중앙실험실'이라고 적힌 문이 나타났지만 사이크스는 걸음을 늦추지 않고 그 문을 지나쳐 갔다. 문 여러 개를 더 지난 뒤 마침내 목적지에 도달한 모양이었다. 사이크스가 판독기에 카드를 긁고 문을 열었다.

일종의 관찰실이었다. 널찍한 창 너머, 어둑어둑한 푸른빛 속에서 병원 침대에 혼자 누워 있는 에이미의 조그마한 몸이 보였다. 아이의 몸에는 링거 줄이 연결되어 있었지만 그게 다였다. 침대 옆에는 텅 빈 플라스틱 의자 하나가 놓여 있었다.

"이 사람입니까?"

돌아보자 아까는 있는지 몰랐던 남자가 한 명 서 있었다. 실험 가운 속에 울가스트처럼 초록색 수술복을 입고 있었다.

"울가스트 요원, 이쪽은 포르츠 박사야."

두 사람은 악수 대신 묵례를 나누었다. 포르츠는 서른 살도 채 되지 않은 것 같은 젊은 남자였다. 의학박사일까? 아니면 다른 박사? 사이크스와 마찬가지로 포르츠 역시 신체적으로 기진맥진한 상태로 보였다. 피부에는 기름이 번들거리고, 머리와 수염을 깎을 때가 된 것 같았다. 안경은 한 달은 닦지 않은 것처럼 더러웠다.

"몸에 칩을 이식했습니다. 이쪽 패널에 바이털사인을 전송하지요."

그러면서 포르츠가 패널을 보여주었다. 심박수, 호흡수, 혈압, 체온. 에이미의 체온은 39도였다.

"어디에 넣었지?"

"뭐가요?"

의사는 알아듣지 못한 듯 눈빛이 멍했다.

"칩을 어디에 집어넣었느냐고."

"아."

포르츠가 사이크스를 쳐다보자 그가 고갯짓을 했다. 포르츠는 자기 목 뒤를 가리켰다.

"3번과 4번 경추 사이 피하에 이식했습니다. 전원공급장치가 꽤나 훌륭한데요, 아주 작은 초소형 핵전지입니다. 위성에 쓰는 것과 같은데 훨씬 작을 뿐이죠."

훌륭하다니. 몸서리가 쳐지는 소리였다. 에이미의 목 뒤에 훌륭한 고성능 핵전지가 들어 있다니. 사이크스가 이쪽을 주시하는 것이 느껴졌다.

"다른 사람들에게도 이렇게 했나? 카터 같은 친구들 말이야."

"그들은…… 사전 실험체였어."

사이크스가 말했다.

"사전 실험체라니?"

사이크스가 잠시 머뭇거렸다.

"에이미의 실험을 준비하기 위한 사전 실험체."

포르츠가 상황을 설명했다. 에이미는 코마 상태였다. 누구도 예상치 못한 일이었으며, 고열이 지나치게 오래 계속되고 있었다. 신장과 간 수치가 많이 떨어진 상태라고 했다.

"자네가 에이미에게 말을 걸어봤으면 해."

사이크스가 말했다.

"때로는 장기적으로 의식을 찾지 못한 환자에게 도움이 되거든. 도일이 말하길 아이가 자네와…… 상당한 유대감이 있다더군."

에이미의 방에 들어가려면 2단계 에어로크를 거쳐야 했다. 사이크스와 포르츠를 따라 울가스트는 첫 번째 멸균실로 들어갔다. 벽에 오렌지색 바이오해저드 슈트가 걸려 있었는데 그 위에 헬멧 하나가 앞으로 살짝 기울어진 채 걸려 있어서 마치 목이 부러진 남자 같았다. 사이크스가 설명을 시작했다.

"방호복을 입고 여미는 부분은 전부 덕트테이프로 봉해. 헬멧 아래에 붙은 밸브는 천장의 호스와 연결되어 있어. 혼동하지 않도록 색상 코드로 분류되어 있지. 돌아올 때는 슈트를 입은 채로 샤워를 하고, 옷을 벗은 채로 샤워를 한 번 더 해야 해. 벽에 안내문이 적혀 있을 거야."

울가스트는 벤치에 걸터앉아 슬리퍼를 벗다가 동작을 멈췄다.

"싫어."

사이크스가 그를 바라보며 얼굴을 찌푸렸다.

"뭐가?"

"입기 싫다고."

그는 돌아서서 사이크스를 똑바로 마주 보았다.

"아이가 깨어났는데 내가 우주복 같은 걸 걸치고 있으면 알아보지도 못해. 안으로 들어가야 한다면 이대로 들어갈 거야."

"좋은 생각이 아닌걸, 울가스트 요원."

경고하는 어조였다. 하지만 울가스트는 이미 마음을 먹은 뒤였다.

"저 옷을 입어야 한다면 들어가지 않겠어."

사이크스가 포르츠에게 눈길을 돌렸더니 박사는 어깨를 으쓱할 뿐이었다.

"그건…… 흥미롭군. 이론적으로는 지금 바이러스는 불활성 상태야. 하지만 아닐 수도 있고."

"바이러스라니?"

"곧 알게 될걸."

사이크스가 말했다.

"내 권한으로 진행하도록 하지. 울가스트 요원, 안에 한번 들어가면 그 안에서 일어나는 일은 내가 보장할 수 없어. 이해했나?"

울가스트는 그렇다고 대답했다. 사이크스와 포르츠가 에어로크에서 물러났다. 울가스트는 그제야 자신의 제안이 받아들여질 거라고 기대하지도 않았음을 알아차렸다. 마지막 순간 울가스트는 그들의 등 뒤에 대고 물었다.

"아이의 배낭은 어디 있지?"

포르츠와 사이크스가 다시 한번 둘만의 시선을 주고받았다.

"잠시 기다려."

사이크스가 그렇게 말하더니 조금 뒤 에이미의 배낭을 가지고 돌아왔다. 파워퍼프걸이 그려진 배낭. 그러고 보니 배낭에 그려진 그림을 자세히 보는 건 처음이었다. 거칠거칠한 캔버스로 된 가방 위에 고무 질감의 플라스틱으로 만들어 붙인 그림 속 파워퍼프걸들은 주먹 쥔 팔을 뻗고 날아다니고 있었다. 울가스트는 가방의 지퍼를 열었다. 머리빗 같은 몇 가지 소지품이 사라지고 없었지만 토끼 인형 피터는 들어 있었다.

그가 포르츠 박사를 빤히 쳐다보았다.

"바이러스가 활성 상태인지 아닌지 어떻게 알 수 있지?"

"아, 그건 바로 알 수 있을 겁니다."

포르츠가 그렇게 말하더니 나가서 문을 봉쇄했다. 방 안의 기압이 낮아지는 것이 느껴졌다. 두 번째 문 위에 붙은 표시등이 빨간색에서 초록색으로 바뀌는 것을 보고 그는 문손잡이를 돌린 뒤 안으로 들어갔다.

두 번째 방은 첫 번째 방보다 길쭉한 모양으로 되어 있었고 바닥에는 굵은 배수관이 지나가고 있었으며 금속 체인이 달린 해바라기 모양의 헤드가 붙은 샤워기가 있었다. 이 방 안의 조명은 아까와는 달랐다. 가을의 저물녘처럼 푸르스름한 빛이 돌았다. 아까 사이크스가 언급한 안내문이 벽에 붙어 있었다. 여러 가지 단계를 거쳐 옷을 벗고 배수구 위에 서서 입과 눈을 헹구고 목을 세척한 다음 침을 뱉으라는 내용이었다. 천장 구석에서 감시 카메라가 이쪽을 내려다보고 있었다.

그는 두 번째 문 앞에 멈춰 섰다. 문 위에 붙은 표시등은 빨간색이었고, 벽에는 키패드가 붙어 있었다. 어떻게 들어가지? 그때 아까처럼 표시등이 초록색으로 바뀌었다. 사이크스가 바깥에서 시스템을 작동 중인 게 분명했다.

그는 문을 열기 전에 멈춰 섰다. 번쩍이는 금속으로 된 무거워 보이는 문이었다. 은행 금고, 혹은 잠수함에 달린 문처럼. 그는 자신이 무엇 때문에 방호복을 입지 않겠다고 한 건지 모르겠다고 생각했다. 그 결정은 무모했던 것 같았다. 에이미를 위해서일까? 아니면 사이크스에게서 조금이라도 더 많은 정보를 끌어내기 위해서였나? 둘 중 어떤 이유였건 울가스트는 그걸 입지 않는 게 옳다고 느꼈다. 핸들을 돌리자 다시 기압이 떨어지면서 귀에서 뻥 소리가 났다.

그는 숨을 폐 속 가득 채운 다음 가슴에 머금은 채로 안으로 들어갔다.

그레이는 이것이 무슨 일인지 알 수 없었다. 그 일은 며칠이나 계속되고 있었다. 출근 보고를 하고, 엘리베이터를 타고 지하 4층으로 내려갔다. 그 일이 일어난 첫날부터 변한 것은 아무것도 없었다. 그날 근무는 데이비스가 대신해주었다. 탈의실에서 옷을 갈아입고, 복도와 화장실을 청소한 다음 격납실에 들어갔다가 6시간 뒤 나오는 일 말이다.

모든 것이 평상시와 조금도 다름없었다. 근무 중인 6시간이 빈 서랍처럼 머릿속에서 공백으로 남았다는 것을 제외하면 말이다. 해야 하는 일들을 다 한 건 분명했다. 보고서를 정리하고, 드라이브를 백업하고, 토끼 우리를 들여놨다가 꺼내고, 심지어 도중에 들어온 푸욜이나 다른 기술자들과 몇 마디 이야기도 주고받았을 것이다. 그런데 그 모든 것이 하나도 기억나지 않았다. 관찰실의 판독기에 카드를 읽힌 것은 기억나는데 그다음 기억은 근무가 끝나고 반대쪽으로 나오고 있는 모습이었다.

사소하게 기억나는 것들도 있었다. 자잘하지만 빛나는 덧없는 무언가, 기록된 기억의 편린들이 종일 마음속을 나풀나풀 돌아다니면서 색종이 조각처럼 빛을 받아 반짝였다. 그것들은 사진처럼 선명하고 직관적인 것이 아니고, 잡을 수 있는 것도 아니었다. 그러나 그레이가 식당에 앉아 있거나, 방에 있을 때, 아니면 병영을 가로질러 샬레로 갈 때, 목구멍 안에서 어떤 맛이 솟아나고 군침이 도는 기묘한 느낌이 치아에 느껴졌다. 때로는 그 맛이 너무 강하게 치고 올라오는 바람에 가던 발걸음을 멈출 때도 있었다. 그럴 때면 그는 서로 연관이 없는 이상한 일들을 떠올렸고 대개는 브라운베어에 관련된 것이었다. 마치 입안에 감도는 그 맛이 아주 오랫동안 옛날에 키우던 개 생각을 떠올리게 하는 버튼을 누르는 것 같았다. 솔직히 말하면 그날 그 꿈을 꾸고 격납실 안에서 토했던 밤이전까지는 수년간 거의 떠올린 적도 없었지만 말이다.

브라운베어와 그 지독한 입 냄새. 죽은 주머니쥐나 너구리를 계단 위로 물어오던 브라운베어. 한번은 트레일러 아래에 있던 토끼 둥지에 들어가서 아직 털도 나지 않아 분홍색 피부로 덮인 조그만 공 같은 새끼 토끼들을 한 마리 한 마리 이로 짓씹었다. 브라운베어는 영화관에 앉아 와퍼를 씹어 먹는 어린애들처럼 어금니로 토끼들의 조그만 머리뼈를 와작와작 씹었다.

우스운 것은, 브라운베어가 정말로 그런 짓을 한 게 맞는지 확실치도 않다는 점이었다.

그는 자신이 아픈 건지 궁금했다. 지하 3층 검문소 위에 걸린 안내판을 보자 예전과는 확연히 다르게 불안했다. 마치 안내문이 자기에게 직접 말을 거는 것 같았다. '다음과 같은 증상이 있을 시……' 어느 날 아침, 아침 식사를 마치고 돌아오는 길에 마치 감기 기운이 올라오는 것처럼 목구멍 안이 간지럽기 시작했다. 자신도 모르게 손바닥으로 입을 가리고 재채기를 세게 했다. 그때부터 콧물이 조금씩 흐르기 시작했다. 이제는 봄이 되어 밤에는 쌀쌀하지만 오후에는 기온이 10도, 따뜻할 때는 16도까지 올라가는데다 나무에도 눈이 트이기 시작해 산에는 녹색 페인트를 흩뿌린 것처럼 푸릇푸릇한 기운이 감돌고 있었다. 그는 원래 알레르기가 심했다.

그러다가 침묵이 시작되었다. 그레이는 한참이 지나서야 그 침묵을 알아차렸다. 아무도 입을 열지 않았다. 애초에 말이 없는 청소부들뿐 아니라, 기술자도, 군인도, 의사들도 입을 열지 않았다. 하루아침에 그렇게 된 것도 아니고, 심지어 일주일 사이 일어난 일도 아니었다. 시간이 지나면서 마치 부대 위로 뚜껑을 덮어 밀봉이라도 한 것처럼 모두가 조용해졌다. 그레이는 원래부터 말하기보다는 듣는 사람이었는데, 그건 교도소의 정신과의사였던 와일더 박사가 해준 말이었다. "당신은 사람의 말을 잘 듣는 유형이군요, 그레이." 칭찬이랍시고 한 말이었지만 사실 와일더 박사는 항상 말하는 걸 너무너무 좋아해서 누가 들어주면 기뻐했다. 그래도 그레이는 인간의 목소리가 그리웠다. 어느 날 밤에는 식당에 남자 서른 명이 있었는데 그중 입을 여는 사람이 단 한 명도 없었다. 심지어 그중에는 음식도 먹지 않고 의자에 앉아 커피나 차가 든 컵을 들고 허공만 보는 사람도 있었다. 마치 다들 반쯤 잠들어 있는 것처럼 말이다.

중요한 사실 하나. 적어도 잠은 잘 잤다. 그는 잠을 자고, 자고, 또 자다가, 새벽 5시, 또는 드물게 늦은 시간 근무가 있을 때는 정오에 알람이 울리면 침대에서 뒤척였다. 그러고는 협탁에 놓여 있던 담뱃갑에서 담배를 한 개비 꺼내 물고 불을 붙인 뒤 꿈을 꾸었던가 하고 되짚어보았다. 보통은 꿈이 기억나지 않았다.

그러던 어느 날 아침, 아침을 먹으려고 식당에 앉아 있을 때였다. 버터를 한 조각 올린 프렌치토스트, 달걀 두 개, 소시지 세 개, 그리고 옆에 놓인 그리츠 한 그릇. 식욕이 여전하니 몸이 안 좋은 건 아니라고 생각했다. 버터가 뚝뚝 흐르는 토스트 한 조각을 막 입에 집어넣으려고 고개를 들자 폴슨이 보였다. 그는 바로 맞은편, 두 테이블 떨어진 곳에 앉아 있었다. 그날의 대화 이후 폴슨을 한두 번 본 적은 있었지만 지금처럼 대놓고 마주한 것은 처음이었다. 폴슨의 앞에는 손 하나 대지 않은 달걀 접시가 놓여 있었다. 상태가 엉망이었다. 얼굴이 수척할 대로 수척해져서 뼈가 다 드러날 지경이었다. 그 순간 두 사람의 눈이 마주쳤다.

폴슨이 시선을 피했다.

그날 밤, 출근하면서 그레이는 데이비스에게 물었다.

"폴슨이라는 녀석 알아?"

데이비스는 요즘 평소처럼 쾌활하지가 않았다. 농담도, 저질 잡지도, 음악 소리가 새어 나오던 헤드폰도 없어졌다. 그레이는 데이비스가 밤새도록 데스크에 앉아서 무엇을 하는지 궁금했다. 하긴, 따지고 보면 그레이는 자기가 밤새도록 하는 일이 무엇인지도 몰랐다.

"왜?"

그러나 그레이의 질문은 거기서 턱 막혔다. 뭘 물어봐야 할지 몰랐던 것이다.

"아니. 그냥 아는 사람인지 물어봤어."

"웬만하면 그 자식한테 가까이 가지 마."

그레이는 지하 4층으로 내려가서 일을 시작했다. 그러다가 한참 뒤, 지하 4층 변기를 솔로 박박 닦고 있을 때에야 아까 하려던 질문이 생각났다.

'폴슨은 무엇을 두려워하고 있는 거야?'

'도대체 다들 무엇을 그렇게 두려워하는 거지?'

그들은 그를 '넘버 트웰브'라고 불렀다. 카터도, 앤서니도, 톤도 아닌. 지금 어둠 속에 있는 그는 너무 아파서 이제 카터, 앤서니, 톤 같은 이름들은 마치 자신이 아니라 다른 사람의 이름처럼 느껴졌다. 이미 죽어버려서 그 자리에 병들고 시들어가는 신체만 남겨놓은 사람.

아픔은 영원 같았다. 그가 이 아픔을 설명할 수 있는 말은 그것이 전부였다.

아픔이 영원히 지속되리라는 것이 아니라, 이제 그는 시간이라는 것 자체를 잃는 것 같다. 시간이라는 개념이 그의 몸속, 모든 세포 하나하나에 박혀 있고, 시간은 더 이상 누군가가 일전에 말했던 것처럼 바다 같은 것이 아니라 절대 꺼지지 않는 백만 개의 작은 촛불처럼 느껴졌다. 세상에서 가장 끔찍한 기분이었다. 누군가가 곧 몸 상태가 좋아질 거라고, 훨씬 나아질 거라고 말해주었다. 그는 한동안은 그 말을 믿고 버텼다. 그러나 이제는 그 말이 거짓말이라는 것을 알았다.

주변에서 희미한 움직임이 느껴졌다. 왔다가 가는 사람들, 몸을 쿡쿡 찔러대는 우주복 차림의 사람들. 물을 단 한 모금이라도 마셔 목을 축이고 싶었지만, 입을 열자 그의 입에서는 아무 소리도 나지 않았고 귓속이 우르릉 쾅쾅 울릴 뿐이었다. 그들은 피도 많이 뽑아갔다. 몇 리터나 뽑은 듯한 기분이었다. 앤서니라는 남자는 때때로 매혈을 한 적이 있었다. 공을 움켜쥐면 채혈 봉투 안에 차오르던 진하고 새빨간 피가 얼마나 짙고 또 살아 있는 것처럼 보였는지. 0.5리터도 안 되는 양의 피를 뽑고 나면 사람들은 쿠키와 접힌 지폐를 주고 돌려보내주었다. 하지만 우주복 차림의 남자들은 피를 몇 봉투나 뽑았고 그 피는, 설명하기는 어려웠지만 전과 달랐다. 그의 몸속에 있는 피는 살아 있었지만 이제 그것은 오로지 자신의 것 같지만은 않았다. 이것은 누군가 다른 사람, 다른 존재의 피였다.

지금쯤 죽는 것도 좋을 것 같았다.

레이철 우드는 그 사실을 알고 있었을 것이다. 또, 자기뿐만이 아니라 앤서니도 죽는 것이 낫다고 생각했을 것이다. 그리고 그런 생각을 하면 그는 자신이 아주 잠깐이지만 다시 앤서니가 된 것만 같았다. 죽는 것은 좋은 일이다. 죽음 안에는 빛이, 해방이 있었다. 마치 사랑처럼.

그는 자신을 앤서니일 수 있게 하는 이 생각을 꼭 붙들고 있고 싶었지만 그 생각은 손 안에서 서서히 풀려나가는 밧줄처럼 조금씩 조금씩 사라져갔다. 얼마나 오랜 시간이 지나갔는지는 알 길이 없었다. 무슨 일인가가 그에게 일어나고 있었는데, 우주복을 입은 남자들이 보기에는 그 변화의 속도가 지나치게 느린 것 같았다. 그들은 그런 이야기를 주고받는 내내 그의 몸을 찔러대면서 피를 자꾸만 뽑았다. 그리고 이제 그의 귀에는 또 다른 소리가 들렸다. 사람의 목소리 같은 나직한 웅얼거림이었지만, 우주복 입은 남자들의 입에서 나오는 것이 아니었다. 아주 멀리서 들리는 것 같은 동시에 자신의 내면에서 나오는 것만 같은 소리였다. 알아들을 수는 없었지만, 그래도 말인 건 분명했다. 그의 귀에 들리는 것은 질서와 의미, 정신을 담은 언어였는데, 그 정신이란 단 하나의 정신이 아니었다. 열두 개의 정신이었다. 하지만 그중 하나의 정신이 다른 열한 개보다 더 많았다. 더 큰 것이 아니라, '많았다.' 그 하나의 목소리 뒤에 다른 목소리들이 뒤따라와서 총 열두 개가 되었다. 그리고 그들은 그에게 말을 걸고, 그를 부르고 있었다. 그들은 그가 여기에 있다는 사실을 알았다. 그들은 그의 핏속에 있었고 그들 역시도 영원했다.

대답을 해주고 싶었다.

그는 눈을 떴다.

"게이트 내려!"

누군가가 외쳤다.

"발작이 시작됐어."

하지만 그를 묶은 구속구는 아무것도 아니었다. 종이처럼 찢겨나갔다. 테이블에 달린 대갈못이 튀어나와 온 사방으로 흩어졌다. 먼저 그의 팔이 자유로워졌고, 그다음은 다리였다. 방 안은 깜깜했지만 그의 시야는 조금도 방해받지 않았다. 어둠은 이제 그의 일부였으니까. 그의 내면, 아주 깊은 곳에서 어마어마하게 탐욕스러운 허기가 풀려나기 시작했다. 온 세상을 다 먹어치워버릴 기세였다. 온 세상을 삼키고, 온 세상으로 몸 안을 가득 채워서 완전한 하나가 되라는 허기. 세상을 그와 마찬가지로 영원한 것으로 만들라는 허기.

한 남자가 문을 향해 달려 나갔다.

앤서니는 위에서부터 날쌔게 그를 덮쳤다. 비명 소리가 나더니 다음 순간 침묵이 이어졌고 남자는 피투성이로 갈기갈기 찢어져 바닥에 축 늘어졌다. 피의 아름다운 온기! 그는 피를 꿀꺽꿀꺽 들이마셨다.

곧 나아질 거라고 했지. 결국 그의 말이 틀리지 않았다.

앤서니 카터는 태어난 이래 기분이 가장 끝내줬다.

푸욜, 그 멍청한 새끼가 죽어버렸다.

36일. 앤서니 카터가 움직이기까지 걸린 시간이었고 지금까지의 다른 실험체들에 비해 가장 긴 기간이었다. 그러나 카터는 바이러스가 최종 형태에 도달하기 직전의 마지막 단계로서 이들 중 가장 나쁜 놈이 될 예정이었다. 최종 형태란 그 어린 여자아이에게 주입된 바이러스를 뜻했다.

리처즈는 개인적으로 그 아이에게 아무런 관심이 없었다. 살아남을 수도 있고, 죽을 수도 있다. 영원히 살거나, 아니면 5분 만에 죽을 것이다. 특수기동대가 관여하기 시작한 이래로 그 아이는 어쩐지 핵심에서 비껴갔다. 이제 울가스트가 그 아이 옆에서 말을 걸면서 아이를 깨우려고 애를 쓰고 있다. 지금까지는 괜찮았지만, 아이가 죽는다고 해도 아무것도 달라질 건 없을 것이다.

도대체 푸욜은 무슨 생각이었을까? 며칠 전에 게이트를 봉쇄했어야 했다. 하지만 적어도 이제 그것들이 무엇을 할 수 있는지 알게 되었다. 볼리비아에서 온 보고서에도 여기까지는 담겨 있었다. 하지만 IQ가 80에도 못 미치는, 자기 그림자도 겁을 내는 왜소한 카터가 마치 공간을 넘나드는 것처럼 빠른 속도로 허공 6미터를 날아올라 읽기 싫은 편지를 찢어버리듯 남자의 사타구니부터 갈기갈기 도륙 내는 장면을 녹화한 비디오를 직접 눈으로 보는 것과는 완전히 달랐다. 모든 것이 끝나자 — 2초 정도 — 그들은 밝은 빛을 비추어 카터를 구석으로 몰아넣고 게이트를 닫아야 했다.

이제 열두 명의 실험체, 패닝을 포함하면 열세 명의 실험체가 완성되었다. 리처즈의 일은 끝난 셈이었다. 방금 명령이 내려왔기 때문이다. 노아 프로젝트는 이제 끝을 맺고 점프스타트 작전이 시작되었다. 일주일 안에 이 '막대기'들을 화이트샌즈로 이송할 것이다. 그리고 그 후 일어날 일들은 리처즈의 소관이 아니었다.

'지상 최악의 생체 폭탄.' 오래전, 모든 것이 이론에 불과했을 때 — 볼리비아 사건 전, 패닝 이전 — 콜이 붙인 이름이었다. '이들이 앞으로 할 수 있을 일을 상상해보십시오. 예를 들면 파키스탄 북부의 산악 동굴, 이란의 동부 사막, 아니면 체첸 자유지대에 있는 폐허가 된 건물 안에서 무엇을 할 수 있을지 상상해보십시오. 고압세척 같은 겁니다, 리처즈. 안에서부터 깨끗하게 싹 쓸어버리는 거죠.'

결국은 콜 역시도 알게 되었으리라. 콜의 부재 속에서 이러한 상상은 그 자체로 생명력을 얻었다. 물론 리처즈가 알고 있는 국제조약만 해도 대여섯 개는 어겼지만 상관없다. 살면서 들어본 가장 멍청한 아이디어였지만, 그것도 상관없다. 아마 허풍이었으리라. 하지만 그 허풍이 통했던 것이다. 사실 단 한 순간이라도 이들을 파키스탄 북부의 동굴 속에 가둬놓을 수 있을 거라고 진지하게 생각한 사람이 있었을까?

사이크스를 생각하자 안타깝기는 했지만 걱정은 되지 않았다. 사이크스는 특수기동대의 명령이 전달된 이후로 완전히 망가져서 집무실에 틀어박혀 꼼짝도 하지 않았다. 리처즈가 리어 박사도 알고 있냐고 묻자 사이크스는 끔찍한 소리로 한참 웃어댔다. '불쌍한 놈. 아직도 자기가 세상을 구하는 중인 줄 알아. 일이 돌아가는 상황을 보니까 세상을 구할 필요는 있을 것 같지만 말이야.'

무장한 군용트럭들이 막대기들을 싣고 그랜드정크션으로 갈 것이다. 막대기들은 그곳에서부터 다시 화이트샌즈로 이송될 것이다. 리처즈에 관해 말하자면, 그는 결정 사항을 전달받자마자 부동산을 사야 할지 진지하게 생각했다. 말하자면 캐나다 북부쯤에 말이다.

제일 먼저 보내야 하는 것은 청소부겠지. 기술자, 그리고 병력 대부분을 함께 딸려 보내야 할 텐데, 특히 폴슨처럼 가장 못 쓰게 된 자들부터 보내야 했다. 하역장에서 부딪친 일이 있고 나서 리처즈는 폴슨의 파일을 살펴보았다. 데릭 G. 폴슨. 22세. 코네티컷주 글래스턴베리 고등학교 졸업 후 곧바로 입대. 화이트샌즈에서 일 년을 보내고 다시 국내로 돌아왔다. 전과 없이 깨끗했고, 똑똑한 녀석이었다. IQ가 136이었다. 대학이나 사관학교에 갈 수도 있었을 것이다. 지금 그는 23개월째 현장 복무 중이었다. 불침번을 서던 중 잠들어서 두 번, 허가받지 않은 이메일 사용으로 한 번 징계를 받은 적이 있었지만 그것이 전부였다.

리처즈의 마음을 불편하게 하는 것은 폴슨이 이 상황을 안다는 것, 아니면 최소한 안다고 믿는다는 사실 때문이었다. 리처즈는 보자마자 그 사실을 알아챘다. 폴슨이 무슨 일을 했거나 보아서가 아니라, 리처즈가 밴의 문을 열었을 때 카터의 얼굴에 떠올랐던, 마치 유령, 어쩌면 그보다 더 끔찍한 것을 본 것만 같은 표정 때문이었다. 지하 4층에 발을 들일 수 있는 것은 과학자 아니면 청소부뿐이었다. 눈밭에 서 있는 것 말고는 할 일이 없는 군인들이 온갖 억측과 터무니없는 이야기를 주고받는 건 피할 수 없는 일이었다. 그러나 리처즈는 폴슨이 카터에게 무슨 말을 했건, 그것은 다만 소문에 불과한 이야기가 아니었을 것을 직감적으로 알았다.

어쩌면 폴슨도 꿈을 꾸는 건지도 모른다. 어쩌면 '모두가' 꿈을 꾸는지도 모른다.

리처즈는 요즈음 수녀들이 나오는 꿈을 꿨다. 리처즈는 수녀라는 존재들에게는 애초에 관심이 없었다. 오래전, 마치 전생처럼 느껴지는 옛날에 리처즈는 가톨릭계 학교에 다녔다. 쭈글쭈글한 늙은 수녀들은 아이들을 후려치는 걸 좋아했지만 그는 수녀들을 존경했다. 항상 진심 어린 말만 뱉고, 뱉은 말은 지켰기 때문이다. 그러니까 수녀들을 총으로 쏴 죽이는 건 리처즈의 비위에 맞지 않았다. 대부분은 자는 동안 죽었지만, 단 한 명의 수녀는 잠에서 깼다. 그 수녀가 눈을 떴을 때 리처즈는 마치 그녀가 이 사태를 예상하고 있었던 것만 같은 느낌을 받았다. 이미 두 명을 죽인 이후였다. 그 수녀는 세 번째 순서였다. 그녀는 자리에 누운 채 눈을 뜨고 있었는데, 창으로 들어오는 희미한 빛 덕분에 리처즈는 그녀가 다른 수녀들처럼 늙어빠진 할머니가 아니라 젊고 예쁘게 생겼다는 것을 알 수 있었다. 그때 그녀가 다시 눈을 감더니 무엇이라고 중얼거렸다. 아마 기도

문인 것 같았다. 그리고 그 뒤 베개를 대고 총을 쐈다.

찾지 못한 단 한 명의 수녀가 남아 있었다. 레이시 앙투아네트 쿠도토, 미친 여자였다. 교구에서 내려온 그녀의 심리검사 결과지를 리처즈도 읽었다. 그 수녀의 말은 아무도 믿지 않을 게 분명했고, 믿는다고 하더라도 그 이야기를 오클라호마주 서부에서 FBI 요원들과 총에 맞아 무더기로 숨진 경찰관, 10년 된 세비 타호와 연결 지으려면 아주 오랜 시간이 걸릴 것이다.

아무리 그래도, 수녀들을 죽일 때 리처즈는 기분이 좋지 않았다.

리처즈는 자기 집무실에 앉아 보안 모니터를 보고 있었다. 타임스탬프가 22시 26분을 표시하고 있었다. 청소부들이 토끼가 실린 수레와 함께 격납실을 들락거리고 있었지만, 막대기들은 토끼에는 손도 대지 않았다. 시작은 제로였지만 카터가 나타난 뒤로 하루 이틀 사이 다른 실험체들에게도 퍼졌다. 어리둥절한 일이었으나 어차피 특수기동대가 개입한 이상 막대기들도 결국은 먹이를 먹기 시작할 것이다. 그때쯤이면 리처즈는 허드슨베이에서 얼음낚시를 하거나 이글루를 만들 눈을 파내고 있을 테지.

그는 에이미의 방을 비추는 모니터를 보았다. 침대 옆에 울가스트가 앉아 있었다. 나일론 커튼이 달린 이동식 화장실과 울가스트 몫의 침상을 안에 들여놓았지만 그는 잠은 전혀 자지 않고 매일같이 아이의 옆에 앉아 그 아이의 손을 어루만지며 말을 걸고 있었다. 뭐라고 말하는지는 알고 싶지도 않았다. 그럼에도 불구하고 리처즈는 뱁콕을 들여다볼 때처럼 자신도 모르게 그 장면을 몇 시간이나 쳐다보고 있었다.

다시 뱁콕의 방으로 시선을 돌렸다. 자일스 뱁콕. 넘버 원이었다. 뱁콕은 봉에 거꾸로 매달린 채 몸서리쳐지는 오렌지색 눈으로 카메라를 노려보며 턱을 움직여 공기를 잘근잘근 씹고 있었다. '나는 네 것이고 너는 내 것이야, 리처즈. 우리는 누군가를 위해 태어난 존재, 그리고 나는 너를 위해 태어났어.'

리처즈는 생각했다. 좇 까.

그때 리처즈가 허리춤에 차고 있던 무전기가 울렸다.

"정문입니다."

무전기 너머의 목소리가 말했다.

"어떤 여성이 찾아왔습니다."

리처즈는 경비 초소를 비추는 모니터 화면을 확인했다. 두 명의 경비병 중 한 명은 귀에 무전기를 대고 있었고 다른 한 명은 메고 있던 총을 손에 든 채였다. 여자는 경비 초소에서 비추는 둥그런 불빛 바로 바깥에 서 있었다.

"그래서? 당장 쫓아내."

"그게 문제입니다. 떠나려 하지 않습니다. 차도 가지고 오지 않은 것 같고요. 걸어온 것 같습니다."

리처즈는 화면 속을 빤히 들여다보았다. 경비병이 무전기를 바닥에 떨군 다음 총을 들며 외치는 소리가 들렸다.

"이봐! 당장 나가. 멈추지 않으면 발포한다!"

총소리가 들렸다. 두 번째 경비병이 어둠 속을 달려갔다. 진흙탕에 내던져진 무전기를 통해 총성이 두 번 더 들려왔다. 2초가 지났다. 20초가 지났다. 그러더니 경비병들이 다시 불빛 속으로 돌아왔다. 그들이 나누는 몸짓을 보니 여자를 놓친 게 틀림없었다.

첫 번째 경비병이 무전기를 들더니 카메라를 쳐다보았다.

"죄송합니다. 여자가 도망쳤습니다. 찾아볼까요?"

멍청한 놈들, 당연히 그래야지.

"누구였지?"

"흑인 여성이었습니다. 외국 억양이 있었어요. 울가스트라는 자를 찾는다고 했습니다."

그는 죽지 않았다. 곧바로 죽지도 않았고, 시간이 지난 뒤에도 죽지 않았다. 사흘째 되는 날 그는 에이미에게 이야기를 들려주었다.

'옛날에 어린 여자아이가 살았단다. 너보다도 더 어렸지. 그 애 이름은 에바였는데, 엄마 아빠가 그 애를 정말 사랑했단다. 그 애가 태어난 다음 날 밤, 아빠가 갓 태어난 아기들이 아기 침대에서 자고 있는 병실에 가서 그 애를 안아 들었는데, 그때 그 아이의 맨살이 아빠의 살에 닿는 순간 아이와 아빠는 하나가 되었어. 정말로, 진실하게. 그 아이는 아빠의 가슴속에 자리를 잡았단다.'

누군가가 그들을 지켜보며 이야기를 듣고 있을 것이 분명했다. 어깨너머에 카메라가 달려 있었다. 상관없었다. 포르츠 박사가 들락거리며 아이에게서 채혈을 하고 주사액을 갈았다. 울가스트는 사흘째 되는 날 아무에게도 들려주지 않은 이야기를 에이미에게 모두 말해주었다.

'그러다가 어떤 일이 일어났어. 심장 문제였지. 그 아이의 심장이……'

그러면서 울가스트는 손으로 자기 심장이 있는 부위를 가리켰다.

'쪼그라들기 시작했던 거야. 몸은 자랐지만 심장은 자라지 않았고, 그러다가 온몸이 자라기를 멈춰버렸지. 만약 그럴 수만 있었더라면 아이의 아빠는 그 애한테 자기 심장을 주었을 거야. 아빠의 심장은 아이의 것이었으니까. 처음부터, 그리고 영원히 아빠의 심장은 그 아이의 것이니까. 하지만 아빠는 그럴 수 없었어. 누구도 그럴 수 없었지. 그리고 아이가 죽었을 때 아빠도 아이와 함께 죽었단다. 예전의 그 남자는 사라져버렸고, 아이의 엄마와 아빠는 더 이상 서로 사랑할 수가 없었단다. 왜냐하면 이제 두 사람의 사랑은 슬픔과 그리움이 되어버렸으니까.'

그는 이 이야기를 전부 에이미에게 해주었다. 이야기가 끝나자 그날 하루도 끝이 났다.

'……그러다가 네가 나타난 거야, 에이미. 내가 널 찾아낸 거지. 알겠니? 마치 그 아이가 나한테 돌아온 것 같아. 돌아와, 에이미. 돌아오렴, 제발 돌아와.'

울가스트는 고개를 들었다. 눈을 떴다.

그리고, 에이미도 눈을 떴다.

레이시는 숲속에 있었다. 그녀는 쪼그려 앉은 채로 나무 뒤에서 다른 나무 뒤로 민첩하게 움직이며 군인들과의 거리를 벌렸다. 차갑고 희박한 공기가 폐 속에 날카롭게 파고들었다. 그녀는 나무에 등을 기대고 숨을 골랐다.

두렵지 않았다. 군인들의 총알은 아무것도 아니었다. 풀숲에 대고 총을 쏘는 소리가 들렸지만, 그녀에게는 아무런 위협이 되지 않았다. 게다가 총알은 아주 작았다! 총알 따위가 사람을 다치게 할 수 있을까? 지금까지 온갖 난관을 뚫고 이렇게 먼 길을 왔는데, 총알처럼 사소한 것 따위가 두렵겠는가?

그녀는 커다란 나무 둥치 뒤에 숨어서 왔던 방향을 살짝 넘겨다보았다. 수풀 사이로 경비 초소의 불빛이 보였고, 두 경비병이 나누는 말소리가 달 하나 없는 밤에 선명하게 들렸다. '흑인 여성입니다. 외국어 억양이 있습니다.' 그리고 다른 한 명은 똑같은 말을 반복하고 있었다. '씨팔, 리처즈가 알면 경칠 노릇이야. 어떻게 놓칠 수가 있지? 씨팔! 제대로 좀 쏘지 그랬냐고.'

무전기 너머에 있는 사람이 누구든 간에 경비병들은 상대를 두려워하는 게 분명했다. 그러나 그 사람 또한 레이시에게는 아무것도 아닐 것이다. 게다가 경비병들은 마치 어린아이처럼 스스로 생각이라는 걸 할 줄 모르는 존재들이었다. 마치 아주 오래전, 그 들판에 있었던 군인들처럼. 그녀는 무척 오랫동안 그들이 그 짓을 하고 또 했던 것을 기억했다. 그들은 마치 그녀에게서 무언가를 빼앗아가는 것처럼 굴었고 — 그들의 입가에 번지던 음흉한 미소에서, 그녀의 얼굴에 쏟아지던 그들의 시큼한 숨에서 알 수 있었다 — 그건 사실이었다. 그랬다. 그러나 이제 그녀는 그들을 용서했고, 빼앗겼던 것, 바로 레이시 그녀 자신을, 그리고 더 많은 것을 되찾아왔다. 레이시는 눈을 감았다.

주는 나의 방패시요 나의 영광이시요 나의 머리를 드시는 자이시니이다

여호와여 주는 나의 방패시요 나의 영광이시요 나의 머리를 드시는 자이시니이다

내가 나의 목소리로 여호와께 부르짖으니 그의 성산에서 응답하시는도다, 셀라

내가 누워 자고 깨었으니 여호와께서 나를 붙드심이로다

천만인이 나를 에워싸 진 친다 하여도 나는 두려워하지 아니하리이다

여호와여 일어나소서 나의 하나님이여 나를 구원하소서

주께서 나의 모든 원수의 뺨을 치시며 악인의 이를 꺾으셨나이다

그녀는 다시 나무 사이로 움직이기 시작했다. 경비병의 무전기 너머에 있는 남자는 분명 그녀를 잡아내려 더 많은 군인을 보낼 것이다. 그럼에도 기쁨과 닮은 감정이 레이시의 온몸을 타고 흘렀다. 새로우면서 날렵한 에너지, 지금까지 살면서 느껴본 어떠한 것보다도 더 풍부하고 깊은 감정이었다. 여기까지 오는 몇 주 내내 그 감정이 그녀의 마음속에서 차곡차곡 모습을 이루었다. 여기, 그러나 그녀는 이곳의 이름이 무엇인지 몰랐다. 레이시의 마음속에서 여기는 에이미가 있는 곳일 뿐이었다. 버스를 몇 번 탔다. 또 누군가의 트럭 짐칸에 래브라도 레트리버 두 마리와 새끼 돼지 우리 사이에 올라탄 채 한참을 왔다. 어느 날은 눈을 뜨면 그날은 걸어야 하는 날이라는 생각이 들었다. 때때로 식사를 하기도 했고 그래도 된다는 생각이 들 때면 아무 집 문을 두드려 오늘 하루 묵어도 되느냐고 부탁했다. 그러면 문을 열어준 여자 — 두드린 문을 열고 나온 사람은 언제나 여자였다 — 는 당연하죠, 들어오세요, 하면서 깔끔하게 정리된 침대가 있는 방으로 그녀를 데려가서 더는 아무것도 묻지 않고 가만히 기다렸다.

그러던 어느 하루 그녀는 기나긴 산길을 올랐다. 그때 햇살에 담긴 하느님의 영광이 그녀를 둘러쌌고 그녀는 자신이 마침내 도착했음을 알았다.

'기다려라.' 목소리가 말했다.

'해가 질 때까지 기다려라, 레이시 자매여. 이 길이 너에게 길을 알려줄 테니.'

그 말대로 되었다. 이 길이 그녀에게 길을 알려주었다. 이제 더 많은 남자들

이 그녀를 뒤쫓고 있었다. 발소리, 잔가지가 부러지는 소리, 숨소리는 총성처럼 점점 더 커지면서 레이시에게 그들이 있는 자리를 알려주었다. 그들은 총 여섯 명으로 한 줄로 넓게 서서 어둠 속 아무 곳에나 총을 쏘아댔지만 레이시는 그때마다 날렵하게 몸을 피했다.

그녀는 나무들 사이에서 잠시 쉬었다. 길이 있었다. 왼쪽으로 180미터가량 떨어진 곳에 경비 초소가 조명 빛을 받고 서 있었다. 오른쪽으로 난 길은 숲으로 이어졌고 곧 가파른 비탈이 있었다. 그 아래 깊은 곳에서 강물이 흐르는 소리가 났다.

이 장소는 그녀에게 아무런 의미가 없었음에도 그녀는 기다려야 한다는 것을 알았다. 그녀는 숲속에 엎드렸다. 군인들이 다가오고 있었다. 45미터, 35미터, 25미터.

디젤엔진이 오르막을 올라오느라 기어를 낮추고 힘겹게 낮은 소리를 울리는 게 들렸다. 그리고 빛과 소음이 그녀에게 서서히 다가왔다. 헤드라이트가 산마루를 비추자 그녀는 몸을 일으켜 쪼그리고 앉았다. 군용트럭이었다. 기어변속을 하자 다시금 엔진의 소리가 바뀌고 트럭의 속도가 빨라지기 시작했다.

지금입니까?

그러자 목소리가 대답했다. '지금이다.'

레이시는 일어나서 온 힘을 다해 트럭의 뒤쪽을 향해 달렸다. 커다란 범퍼 위에는 고정하지 않아 덜렁거리는 캔버스로 덮인 화물칸이 있었다. 한발 늦게 움직이는 바람에 트럭을 놓칠지도 모른다는 생각이 든 것은 찰나였고, 그녀는 마지막으로 속도를 높여 차에 올라탈 수 있었다. 화물칸 가장자리를 두 손으로 잡고, 곧 한 발, 그리고 나머지 한 발도 땅에서 떨어졌다. 레이시 앙투아네트 쿠도토, 공중 부양 중. 그녀는 몸을 띄워 짐칸으로 굴러 들어갔다.

머리가 쾅 소리를 내며 화물칸 바닥에 부딪혔다.

상자. 트럭은 상자로 꽉 차 있었다.

그녀는 비틀거리며 걸어가 운전석과 연결되는 칸막이로 갔다. 경비 초소가 가까워지자 트럭은 다시 속도를 늦췄다. 레이시는 숨을 참았다. 무슨 일이 일어나든, 지금 일어나고 말 것이다. 그녀가 할 수 있는 일은 더 이상 없었다.

브레이크를 밟는 푸슉 소리가 나더니 트럭이 털썩거리며 멈췄다.

"적재물 목록을 보여주십시오."

레이시에게 멈추라고 말했던 첫 번째 경비병의 목소리였다. 총을 들고 있던 어린 남자. 목소리가 들려오는 각도를 보아하니 그가 트럭의 발판에 서 있다는 것을 알 수 있었다. 갑자기 담배 냄새가 확 일었다.

"담배를 피우면 안 됩니다."

"당신이 우리 엄마라도 돼?"

"적재물 목록이나 읽으라고, 멍청한 새끼야. 네가 실어 온 폭약이 우리를 화성까지 날려 보낼 만큼 많다고."

좌석에서 킬킬 웃는 소리가 들렸다.

"오늘이 네 초상 치르는 날이다. 오는 길에 아무도 못 봤나?"

"민간인?"

"그럼 설인이라도 봤냐고 묻는 거겠어? 그래, 민간인. 키가 168센티미터쯤 되는 치마 입은 흑인 여자야."

"장난해?"

잠시 침묵.

"아무도 못 봤어. 깜깜하잖아."

경비병이 발판에서 내려갔다.

"잠시 화물 확인하는 동안 기다려."

'움직이지 마, 레이시.' 목소리가 말했다.

'움직이지 마.'

캔버스로 된 덮개가 펄럭 열렸다가, 닫혔다가, 다시 열렸다. 화물칸 안으로 조명이 쏟아졌다.

'눈을 감아, 레이시.'

레이시는 눈을 감았다. 플래시 불빛이 그녀의 얼굴을 한 번, 두 번, 세 번 훑는 것이 느껴졌다. 주는 나의 방패시요……

귀 바로 옆에서, 트럭 옆면을 두 번 쾅쾅 두드리는 소리가 들렸다.

"확인 끝!"

트럭이 출발했다.

리처즈는 불쾌해하고 있었다. 도대체 그 미친 수녀가 여기는 뭘 하러 온 거지?

그는 이 일을 사이크스에게는 더 많은 정보를 얻기 전까지는 이야기하지 않기로 했다. 그녀를 쫓으라고 6명을 보냈다. 6명씩이나 보냈는데! '보이는 즉시 사살해!' 그러나 전부 빈손으로 돌아왔다. 결국 리처즈는 그들을 다시 부대 경계까지 내보냈다. 당장 찾아! 총알을 쑤셔 박으라고! 그게 그렇게 어렵나?

울가스트와 에이미가 함께 보내는 나날이 지나치게 길어지고 있었다. 그리고 도일, 뭣 때문에 그자를 아직까지 살려두었지? 리처즈는 손목시계를 확인했다. 오전 12시 3분. 그는 책상 맨 아래 서랍에서 총을 꺼낸 다음 탄창을 확인한 뒤 뒤춤에 쑤셔 넣었다. 사무실을 나와 후면 계단으로 지하 1층까지 내려간 뒤 하역장을 통해 밖으로 나갔다.

도일은 민간주택에 가둬두었다. 죽은 청소부 중 한 명이 쓰던 방이었다. 문간을 지키던 경비병은 앉은 채 졸고 있었다.

"일어나."

그 말에 경비병은 흠칫 놀라 눈을 떴다. 그러고는 상황을 파악하려는 듯 두리번거렸다. 여기가 어딘지도 모르는 듯했다. 리처즈가 눈앞에 서 있는 것을 보고서야 그는 일어서서 차렷 자세를 했다.

"죄송합니다."

"문 열어."

경비병이 비밀번호를 누른 다음 문에서 물러섰다.

"이제 가봐."

"예?"

"잘 거면 막사에 가서 자라고."

경비병의 얼굴에 안도의 빛이 가득했다.

"알겠습니다. 죄송합니다."

경비병이 통로를 종종걸음으로 뛰어가는 것을 보고서야 리처즈는 문을 열었다. 도일은 무릎 위에 손을 모은 채 침대 끄트머리에 앉아 한때 텔레비전이 달려 있던 벽 위의 네모난 흔적을 쳐다보고 있었다. 바닥에 놓인 쟁반에는 손도 안 댄 음식들이 생선 냄새를 풍기며 썩고 있었다. 얼굴을 드는 도일의 입술이 가느다란 미소를 그렸다.

"리처즈, 이 개새끼."

"가자고."

도일이 한숨을 쉬더니 무릎을 철썩 때렸다.

"울가스트 말이 맞았어. 여기 앉아서 한참 생각했지. 언제쯤이면 내 친구 리처즈가 나를 찾아올까?"

"그게 내 마음에 달렸더라면야 한참 전에 왔겠지."

도일은 웃음을 터뜨릴 것 같은 표정이었다. 자신에게 일어날 일이 무엇인지 알면서 이렇게 기분이 좋은 사람은 처음 보았다. 도일은 유감스럽다는 듯 고개를 저으면서도 미소를 지우지 않았다.

"그 산탄총을 잡았어야 했는데."

리처즈가 총을 꺼내 엄지손가락으로 안전장치를 젖혔다.

"그래, 그럼 시간이 좀 단축됐겠지."

리처즈는 도일을 데리고 부대를 가로질러 샬레의 불빛을 향해 갔다. 도일이 도망칠지도 모른다. 하지만 가봐야 어딜 가겠는가? 그런데 왜 도일은 울가스트에 대해서도, 에이미에 대해서도 묻지 않지?

"하나만 알려줘."

주차장에 도착하자 도일이 입을 열었다. 실험실 야간 당번들의 차가 아직 몇 대 세워져 있었다.

"벌써 도착했나?"

"누가?"

"레이시."

리처즈가 걸음을 멈췄다.

"왔나 보군."

도일이 그렇게 말하더니 혼자 큭 웃었다.

"리처즈, 네 얼굴을 네가 봤어야 했는데."

"무엇을 알고 있지?"

이상했다. 도일의 눈이 서늘하고 푸른 광채를 내뿜는 것만 같았다. 어둑어둑한 주차장 안에서도 알아볼 수 있을 만큼. 셔터가 열리는 순간 카메라를 들여다보는 것처럼.

"웃기는 일인데, 그거 알아?"

도일이 묻더니 부대를 둘러싼 나무들의 캄캄한 형체를 향해 눈을 돌렸다.

"레이시가 오는 소리가 들렸거든."

'그레이.'

그레이는 지하 4층에 있었다. 모니터 위에 제로의 빛나는 형체가 떠 있었다.

'그레이, 때가 왔어.'

그 순간 그레이는 마침내 모든 것이 기억났다. 꿈, 그리고 격납실에 앉아 제로를 바라보고, 제로의 목소리를 듣고, 제로의 이야기를 듣던 매일 밤이. 뉴욕도, 매일 밤 바뀌던 여학생들도 기억났고, 어둠이 자신의 몸속을 타고 움직이는 것, 그들을 덮칠 때 턱에 느껴지던 부드러운 쾌감도 기억났다. 그는 그레이인 동시에 그레이가 아니었고, 제로인 동시에 제로가 아니었다. 그는 모든 곳에 있었고 아무 데도 없었다. 그레이는 일어서서 유리 벽 안을 바라보았다.

'때가 왔어.'

우스운 일이라고 그레이는 생각했다. 하하 웃을 정도로 우스운 게 아니라, 시간이라는 관념 자체가 낯설게 느껴져 우스웠다. 지금까지 그레이가 생각한 시간이라는 것과는 딴판이었다. 시간은 선이 아니라 원이었다. 그것도 착착 쌓인 원들로 만들어진 원이라 모든 순간이 다음 순간 옆에 있었고 모두 동시에 존재했다. 그리고 이 사실을 알게 되면 다시는 잊을 수 없다. 지금처럼, 앞으로 일어나게 될 일들이 마치 이미 일어난 일들로 보이는 지금처럼.

에어로크를 열었다. 방호복이 벽에 축 늘어져 걸려 있었다. 첫 번째 문을 열어야 두 번째 문이 열리고, 두 번째 문을 열어야 세 번째 문이 열렸지만, 그에게 방호복을 입어야 한다고, 혼자 있어야 한다고 말하는 존재는 어디에도 없었다.

'두 번째 문을 열어, 그레이.'

그는 안쪽 멸균실로 들어갔다. 머리 위쪽에 샤워기 헤드가 마치 괴물같이 생긴 꽃처럼 걸려 있었다. 카메라가 그를 쳐다보고 있었지만, 카메라 건너편에 아무도 없다는 걸 그레이는 알았다. 그리고 이제는 제로의 목소리뿐 아니라 다른 목소리들도 들려오고 있었다. 그는 그들이 누군지도 알았다.

'세 번째 문을 열어, 그레이.'

아, 너무나 행복한 일이야. 그레이는 생각했다. 너무나 안도했다. 모든 것을 놓아버리는 느낌. 내려놓고, 치워버리는 느낌. 하루하루가 지날수록 그는 '선한 그레이'와 '악한 그레이'가 서로 뒤섞여 완전히 새로운 존재, 피할 수 없는 존재가 되어 다가오는 것을 느꼈다. 새로운 그레이, 용서할 줄 아는 그레이.

'용서할게, 그레이.'

기다란 핸들을 돌렸다. 게이트가 열렸다. 어둠 속 제로가 구부리고 있던 몸을 폈다. 얼굴에, 눈에, 입에, 턱에 제로의 숨결이 느껴졌다. 가슴이 쿵쿵 뛰었다. 눈 속에 쓰러져 있던 아버지가 생각났다. 그레이는 울고 있었다. 행복의 눈물, 공포의 눈물을 끝도 없이 흘렸다. 제로의 이가 목의 부드러운 부분을 물어뜯고 피가 콸콸 솟아오르기 시작하자 그는 마침내 열 번째 토끼의 정체를 알 수 있었다.

열 번째 토끼는 바로 그였다.

모든 일이 빠르게 일어났다. 한 세계가 죽고, 다른 세계가 태어나는 데 걸린 시간은 32분이었다.

"방금 뭐라고 했지?"

두 사람은 리처즈가 묻는 순간 동시에 경보음이 울리는 것을 들었다. 절대 울려서는 안 되는 음조 없는 커다란 경보음이 부대 내에 온통 울려 퍼져서 마치 온 사방이 경보를 울려대는 것 같았다.

'보안 붕괴. 지하 4층. 실험체 격납실.'

리처즈는 급히 몸을 돌려 샬레를 바라보았다. 빠른 판단을 내려야 했다. 그는 돌아서서 도일이 서 있던 자리에 총을 겨누었다.

도일은 사라지고 없었다.

씨팔, 그렇게 생각하는 순간 그의 입에서 자신도 모르게 '씨팔!' 소리가 튀어나왔다. 이제 놓친 자가 둘이다. 주차장을 재빨리 둘러보았다. 온갖 곳에 불이 켜져 부대 전역이 인공 태양을 밝힌 것처럼 훤했다. 막사에서 고함 소리, 군인들이 뛰어다니는 소리가 들렸다.

도일을 신경 쓰고 있을 시간은 이제 없다.

그는 샬레의 계단을 뛰어올랐다. 그에게 엘리베이터가 어쩌고 하면서 고함을 질러대는 경비병들을 지나쳐 계단을 날듯이 달려 지하 2층으로 갔다. 집무실 문이 열려 있었다. 그는 모니터를 훑어보았다.

제로가 있던 방이 비어 있었다.

뱁콕이 있던 방도 비어 있었다.

모든 방이 다 비어 있었다.

그는 오디오 송신 버튼을 눌렀다.

"지하 4층 경비병들, 리처즈다. 보고하라."

아무 대답도 돌아오지 않았다.

"중앙실험실, 보고하라. 도대체 지하에서 무슨 일이 일어나고 있는 거지?"

겁에 질린 목소리가 대답했다. 포르츠일까?

"그들이 실험체를 풀어줬습니다."

"누구? 누가 풀어줬단 말이지?"

그 순간 엄청난 잡음이 끼어들었고 다음 순간 첫 번째 비명 소리, 총성, 또다시 다른 비명 소리가 들렸다. 인간이 죽을 때 지르는 단말마였다.

"씨팔!"

또다시 잡음이 지지직 소리를 냈다.

"전부 지하를 돌아다니고 있습니다! 빌어먹을 청소부들이 전부 풀어줬어요!"

리처즈는 재빨리 지하 3층 불침번실을 비추는 모니터를 불러왔다. 벽이 피바다가 되어 있었다. 경비병 데이비스는 마치 떨어뜨린 콘택트렌즈를 찾는 것처럼 타일 바닥에 고개를 처박고 쓰러져 있었다. 두 번째 경비병이 화면 속으로 들어왔다. 45구경 총을 들고 있는 폴슨이었다. 그의 뒤로 열려 있는 엘리베이터 문이 보였다. 폴슨이 카메라를 똑바로 바라보면서 총을 메고 주머니에 있던 수류탄을 꺼냈다. 총 세 개였다. 이로 안전핀을 뽑은 뒤 수류탄을 엘리베이터 안에 던져 넣었다. 그다음에는 텅 빈 눈으로 다시 한번 리처즈를 쳐다보더니 45구경 권총을 들어 관자놀이에 가져다 대고 방아쇠를 당겼다.

리처즈가 지하 3층을 봉인하려고 스위치에 손을 뻗었지만 이미 늦었다. 엘리베이터 통로를 통해 폭발음이 들려왔고, 폭파되고 남은 엘리베이터의 잔해가 바닥으로 쾅 떨어지는 굉음이 들리더니 불이 전부 꺼지고 캄캄해졌다.

처음에 울가스트는 지금 들리는 소리가 무슨 소린지 알 수 없었다. 별안간 생경하기 짝이 없는 경보음이 울리는 바람에 다른 어떤 생각도 하기가 어려웠다. 에이미의 침대 옆 의자를 박차고 일어나 문을 열려고 했지만 당연하게도 열리지 않았다. 안쪽에서 잠겨 있었기 때문이다. 경보음이 끊이지 않고 울려댔다. 화재인가? 아니, 귀에 들리는 소음이 확실히 화재는 아니라고 말하고 있었다. 그보다 더 최악의 사태였다. 구석에 달린 카메라를 향해 고개를 들었다.

"포르츠! 사이크스, 씨팔, 이 문 열어!"

자동화기가 뿜는 총성이 두꺼운 벽을 뚫으며 작아지는 소리가 들렸다. 구조될지도 모른다는 생각을 잠깐 했지만, 사실 그 문제는 논외였다. 누가 우리를 구조해주겠는가?

그리고 그때, 울가스트가 다음 생각을 하기도 전에 어마어마한 굉음이 연속해서 울리더니 끔찍한 폭발음이 이어졌다. 그러고는 아까보다 더 큰 굉음이 마치 지진 같은 깊고 우렁찬 진동을 울리더니 눈앞이 캄캄해졌다.

울가스트는 제자리에 얼어붙었다. 불빛이 전혀 없는 칠흑 같은 어둠 속에서 방향감각을 완전히 잃고 말았다. 경보음은 멈춘 뒤였다. 무작정 도망치고 싶은 충동을 느꼈으나 갈 곳이 없었다. 방이 갑자기 넓어져서 눈앞에서 한꺼번에 봉쇄되어버린 것만 같았다.

"에이미, 어디 있니! 소리를 좀 내봐!"

침묵. 울가스트는 큰 숨을 들이켰다.

"에이미! 무슨 말이라도 해보렴, 아무 말이라도 해보렴."

그때 뒤에서 낮은 신음 소리가 들렸다.

"좋아."

그는 돌아서서 귀를 바짝 기울인 채 거리와 방향을 계산했다.

"다시 한번 해보렴. 내가 널 찾을 수 있게."

그는 정신을 집중하고 에이미를 찾아야 한다는 눈앞의 과제에 대한 목적의식으로 좀전의 공황감은 잊어버렸다. 그는 신중하게 에이미의 목소리가 들리는 쪽으로 한 발짝 한 발짝 나아갔다. 간신히 들려온 두 번째 신음 소리. 6제곱미터도 되지 않는 작은 방이었는데, 어둠 속에서 에이미가 이렇게 멀게 느껴지는 것은 무슨 조화일까? 이제는 바깥에서 총성도, 어떤 소리도 들리지 않았다. 오로지 그를 이끄는 에이미의 낮은 숨소리가 전부였다.

울가스트의 몸이 에이미가 누운 침대 발치에 닿았다. 그가 손으로 철제 난간을 짚으며 움직이고 있을 때 문 위쪽 천장 구석에서 두 개의 비상등이 켜졌다. 흐린 불빛이었지만 그 정도면 충분했다. 방 안은 그대로였다. 바깥에서 무슨 일이 일어났는지는 모르지만 아직 그들에게는 다가오지 않은 일이었다. 그는 에이미의 침대 옆에 앉아 이마에 손을 대어보았다. 아직 뜨끈했지만 열은 내려갔고 피부가 조금 축축했다. 전원이 나간 상태라 정맥주사펌프도 멈춰 있었다. 어떻게 해야 할지 고민하다가, 주사를 뽑아버리기로 했다. 잘못된 선택일지 모르지만 울가스트의 생각에는 그렇게 해야 할 것 같았다. 포르츠를 비롯한 다른 의료진이 주사제를 바꾸는 것을 여러 번 보았기에 방법을 알았다. 그는 수액 클램프를 조정해 주사약의 흐름을 막은 뒤 아이의 손등에 꽂힌 바늘을 뽑았다. 정맥주사를 뽑았으니 거치대를 제자리에 둘 필요도 없기에 그는 거치대를 저쪽으로 밀어버렸다. 상처에서 피가 나지는 않았지만 그래도 확실히 하기 위해 소모품 수레에 있던 거즈와 테이프로 상처를 덮었다. 그리고 기다렸다.

시간이 흘렀다. 에이미는 꿈이라도 꾸는 것처럼 누워서 불안하게 뒤척였다. 울가스트는 문득 에이미의 꿈속을 들여다볼 수 있다면 바깥에서 무슨 일이 일어나는지 알 수 있을 것 같다는 묘한 생각이 들었다. 그러나 한편으로는 이제 와서 그것이 뭐가 중요한가 하는 생각도 들었다. 두 사람은 지하 깊숙한 곳에 갇혀 있었다. 그러니까 무덤 속에 갇혀 있는 것과 다를 바 없었다.

구조될 희망을 버리려는 순간 바깥에서 기압을 조정하는 쉭 소리가 들렸다. 희망이 샘솟았다. 결국 누군가가 왔구나. 문이 열리더니 역광 속에서 한 사람의 형체가 나타났다. 얼굴은 어둠에 가려져 볼 수 없었고 평상복 차림이었다. 비상등 아래로 걸어 들어오자 보이는 얼굴은 낯설었다. 흰머리가 드문드문 섞이고 헝클어진 긴 머리가 아무렇게나 뻗쳐 있고 거친 턱수염이 뺨의 절반쯤을 뒤덮고 있는 남자였다. 실험복은 구겨지고 여기저기 때가 타 있었다. 그는 마치 사고의 희생자 같은, 아니면 끔찍한 재난을 목격한 사람 같은 몰골로 에이미의 침대

쪽으로 다가왔다. 여태까지는 마치 울가스트의 존재를 알아차리지 못한 듯한 행동이었다.

"이 아이는 알고 있어."

그 남자가 에이미를 바라보며 중얼거렸다.

"어떻게 알지?"

"도대체 누구야? 밖에서 무슨 일이 일어나고 있는 거야?"

남자는 여전히 울가스트의 존재를 무시했다. 그 남자에게서는 어쩐지 이 세상의 것이 아닌 듯한 느낌, 숙명을 받아들이는 것 같은 차분함이 뿜어져 나왔다.

"이상한 일이야."

잠시 후 남자가 다시 입을 열었다. 깊은 한숨을 쉬더니 수염을 만지작거리며 황량한 방 안을 둘러보았다.

"이게…… 내가 원하던 것인가? 나는 단 하나라도 있기를 바랐어. 내가 그들이 무엇을 계획하는지 보고, 알았을 때, 모든 것이 어떤 결말을 맞을지 알게 되었을 때, 나는 적어도 단 한 사람만은 남기를 원했어."

"도대체 무슨 소리야? 사이크스는 어디 있지?"

그 말에 드디어 낯선 남자는 울가스트의 존재를 알아차린 듯했다. 그가 울가스트를 빤히 쳐다보더니 갑자기 얼굴을 찌푸렸다.

"사이크스? 아, 죽었죠. 전부 죽었을 겁니다."

"죽었다니요?"

"죽었다고요, 없다고요. 아마도 사지가 갈기갈기 찢어져서 죽었겠죠. 뭐, 죽었다면 운이 좋은 거겠지만 말입니다."

그가 놀랍다는 듯이 고개를 서서히 저었다.

"그것들이 나무 위에서 아래로 달려드는 그 꼴을 봤어야 했는데. 박쥐 떼처럼 말입니다. 이런 일이 일어날 줄 미리 알았어야 했는데."

울가스트는 아무것도 이해되지가 않았다.

"저는…… 이게 무슨 소린지 하나도 모르겠습니다."

낯선 남자가 어깨를 으쓱했다.

"뭐, 곧 알게 될 겁니다. 머지않아서요. 안타깝게도 말입니다."

그가 다시 한번 울가스트를 쳐다보았다.

"참, 인사를 깜박해서 죄송합니다, 울가스트 요원. 이런 일이 오랜만이어서요. 저는 조나스 리어입니다."

그러더니 남자는 회한이 담긴 미소를 지어 보였다.

"아마 제가 이곳의 책임자일 겁니다. 아닐 수도 있고요. 이런 상황이 되고 보니 책임자란 존재하지 않은 것과 다름없군요."

리어. 아무리 기억을 더듬어도 울가스트의 머릿속에는 없는 이름이었다.

"폭발하는 소리가 들렸는데……."

"맞습니다."

리어가 울가스트의 말을 잘랐다.

"엘리베이터가 폭발하는 소리였을 겁니다. 아마 군인 중 한 사람이 한 짓이겠죠. 하지만 저는 그때 냉동고에 숨어 있었기 때문에 그 장면은 보지 못했습니다."

리어는 무거운 한숨을 쉬더니 다시금 방 안을 둘러보았다.

"냉동고에 숨다니, 그렇게 영웅적인 일은 아니겠죠, 울가스트 요원? 여기 의자가 하나 더 있었으면 좋았을 텐데 말입니다. 자리에 앉고 싶거든요. 의자에 앉아본 게 얼마나 오랜만인지 모르겠습니다."

울가스트가 자리에서 벌떡 일어섰다.

"이런, 그럼 여기 앉으십시오. 하지만 부탁이니 대체 무슨 일이 일어나고 있는 건지 좀 알려주세요."

하지만 리어는 고개를 저었고 기름기 낀 머리채가 따라 흔들렸다.

"안타깝지만 시간이 없습니다. 어서 떠나야 해요. 다 끝났어, 그렇지, 에이미?"

그가 자고 있는 에이미를 내려다보았다. 그러고는 아이의 손을 조심스럽게 어루만졌다.

"드디어 끝났어."

올가스트는 알아들을 수 없는 이 대화를 더 이상 견딜 수가 없었다.

"대체 뭐가 끝났습니까?"

리어가 고개를 들었다. 눈에 눈물이 그렁그렁했다.

"전부요."

올가스트가 에이미를 안고, 리어가 그들을 복도로 이끌었다. 플라스틱이 녹는 것처럼 타는 냄새가 났다. 모퉁이를 돌아 엘리베이터 쪽을 향했을 때 첫 번째 시체가 보였다.

포르츠였다. 시신은 별로 남아 있지도 않았다. 그의 몸은 마치 커다란 무언가에 치인 다음 질질 끌려간 것처럼 바닥에 곤죽이 되어 묻어 있었다. 깜박거리는 비상등 아래에서 피 웅덩이가 번들거렸다. 포르츠의 시체 뒤에 또 하나의 시체가 보였다. 아니, 올가스트는 그렇게 생각했다. 잠깐의 시간이 지난 뒤에야 그것이 다른 누군가의 시체가 아니라 포르츠의 시체 중 다른 부위에 불과하다는 것을 알게 되었다.

에이미는 눈을 감고 있었지만 그래도 올가스트는 아이의 얼굴을 가슴에 꽉 붙여서 최선을 다해 눈을 가려주었다. 포르츠 뒤에 다른 시체가 두 구, 아니 세 구가 더 있었다. 정확히는 알 수 없었다. 바닥이 온통 피바다였고, 인간의 시체에서 나온 기름기에 발이 미끄러질 것 같았다.

엘리베이터는 폭파되고 끊어진 전선에서 튀는 불꽃만이 시커먼 구덩이를 비추고 있었다. 무거운 금속 문은 폭발의 충격으로 날아가 반대편 벽을 뚫고 들어가 있었다. 경고등의 예리한 불빛 속에 사체가 두 구 더 보였다. 문의 잔해에 깔린 군인들이었다. 세 번째 사체는 마치 낮잠을 즐기는 것처럼 벽에 등을 대고 앉아 있었는데, 자신의 피 위에 앉아 있다는 점만이 낮잠과 달랐다. 핼쑥한 얼굴에는 핏기가 하나도 없었고 제복은 사이즈가 너무 큰 것처럼 몸에 헐겁게 걸쳐져 있었다.

울가스트는 급히 시선을 돌렸다.

"밖으로 어떻게 나가죠?"

"이쪽으로 갑시다."

리어가 말했다. 아까의 어두운 기운은 온데간데없이 지금은 긴박감과 목적의
식으로 가득한 태도였다.

"어서 움직여요."

또 다른 복도가 나왔다. 복도 양옆의 문들은 열려 있었고 저 멀리, 에이미의
방에 붙어 있던 것과 똑같이 생긴 무거운 금속 문 한 쌍이 보였다. 복도에는 더
많은 시체들이 널려 있었지만 몇 구인지 셀 수도 없었다. 벽에는 총구멍이 가득
했고 바닥에는 온통 동으로 된 탄창이 번들거리며 널려 있었다.

그때 한 남자가 문밖으로 걸어 나왔다. 아니, 제 발로 걸어 나온 것이 아니라
누군가에게 떠밀려 굴러 나오다시피 했다. 울가스트에게 식사를 가져다주던 남
자들처럼 덩치가 크고 통통한 남자였는데 얼굴은 낯익지 않았다. 그는 깊은 자
상이 난 목을 움켜쥐고 있었고 상처에서 뿜어져 나온 피가 목을 쥐고 있는 손가
락을 타고 흐르고 있었다. 울가스트가 입고 있는 것과 같은 하얀 수술복은 아예
피로 흠뻑 물들어 있었다.

"이봐요."

남자가 입을 열더니 세 사람을 쳐다보고는, 다시 복도를 이리저리 훑어보았
다. 마치 피바다가 되어 있다는 것을 알아차리지 못한 것처럼, 아니면 알고도 신
경 쓰지 않은 것처럼 행동했다.

"불이 왜 안 켜지죠?"

울가스트는 뭐라 대답해야 할지 알 수 없었다. 저만한 상처가 났다면 이미 죽
고도 남았을 텐데, 아직 두 발로 서 있다는 것조차 믿을 수 없었다.

피 흘리는 남자가 뒤뚱거리며 우우우, 하는 소리를 냈다.

"좀 앉아야겠네요."

그러더니 남자는 마치 폴대가 없는 텐트처럼 바닥에 폭삭 주저앉았다. 그는

길게 숨을 쉬더니 울가스트를 바라보았다. 그의 몸이 심각하게 경련하고 있었다.

"내가…… 잠을 자는 건가?"

울가스트는 대답하지 않았다. 도저히 이해할 수 없는 질문이었기 때문이다.

리어가 울가스트의 어깨에 손을 올렸다.

"울가스트 요원, 두고 갑시다. 시간이 없어요."

남자는 입술을 핥았다. 피를 너무 많이 흘려서 탈수 상태가 되고 있었다. 눈빛이 이리저리 흔들리고, 손은 텅 빈 장갑처럼 바닥에서 흔들리기 시작했다.

"왜냐하면 요 얼마간 세상에서 가장 끔찍한 악몽을 꿨기 때문이야. 스스로에게 말했지. 그레이, 너는 세상에서 제일 끔찍한 악몽을 꾸고 있는 거야."

"꿈이 아닐 거야."

울가스트가 말했다. 남자는 그 말을 가만히 생각해보더니 고개를 저었다.

"아니겠지."

그는 감전을 당한 사람처럼 또 한번 격렬하게 경련했다. 리어의 말이 맞았다. 해줄 수 있는 것은 아무것도 없었다. 그의 목에서 흐르던 피는 이제 짙은 흑청색이 되었다. 울가스트는 에이미를 탈출시켜야 했다.

"미안하군. 가야 해."

"미안하다고요?"

남자는 그렇게 말했다. 경련 때문에 그의 뒤통수가 벽에 세게 부딪혔다.

"울가스트 요원……."

하지만 그레이라는 남자의 정신은 이미 딴 곳에 가 있는 것 같았다.

"나 혼자가 아니야."

그가 그렇게 말하며 눈을 감았다.

"우리 모두야."

세 사람은 급히 움직여 사물함과 벤치가 놓인 방으로 갔다. 울가스트는 막다른 길이라고 생각했지만 리어가 주머니에서 열쇠를 꺼내 '정비실'이라고 적힌 문을 열었다. 울가스트는 안으로 들어갔다. 리어는 무릎을 꿇고 앉아 작은 칼로 금속 패널을 비틀어 뜯어내고 있었다. 패널이 빠져 한 쌍의 경첩에 매달린 채 덜렁거리자 울가스트는 몸을 숙이고 안을 들여다보았다. 고작 가로세로 90센티미터 정도의 틈이었다.

"9미터쯤 쭉 들어가면 교차점이 나올 겁니다. 거기서부터 위쪽으로 환풍구가 이어지죠. 정비용 사다리가 있어요. 그걸 타고 꼭대기까지 올라갈 수 있습니다."

칠흑 같은 어둠 속에서 에이미를 안은 채 사다리를 타고 최소 15미터를 올라가야 하다니, 도저히 할 수 있을 것 같지 않았다.

"다른 길도 있을 텐데요."

리어가 고개를 저었다.

"없습니다."

울가스트가 입구로 들어가는 동안 리어가 에이미를 안아 들었다. 고개를 숙이고 앉은 자세를 취한 뒤 에이미를 허리춤에 안았다. 그는 다리를 쭉 펼 수 있을 때까지 안으로 들어갔다. 리어가 두 사람 사이에 에이미를 위치시켰다. 아이는 의식이 깨어날락 말락 하는 지점에 와 있는 것 같았다. 그래도 아이가 입고 있는 얄팍한 가운 위로 아이의 살갗에서 올라오는 열을 느낄 수 있었다.

"기억하십시오. 9미터입니다."

울가스트가 고개를 끄덕였다.

"조심하십시오."

"이 사람들을 죽인 건 누구입니까?"

그러나 리어는 그 질문에는 대답하지 않았다.

"아이와 떨어지지 마십시오. 그 아이가 전부입니다. 이제 가세요."

울가스트는 한 손으로 허리께에 에이미를 안고 다른 손으로는 벽을 밀며 쪼그린 자세로 한 걸음씩 나아가기 시작했다. 뒤에서 패널이 닫히는 소리를 듣고서야, 그는 애초부터 리어가 그들과 함께 갈 생각이 없었음을 깨달았다.

막대기들은 이제 부대 안을 온통 장악했다. 리처즈는 비명 소리와 총성을 들었다. 그는 서랍에서 여분의 탄환을 챙긴 뒤 위층 사이크스의 집무실로 달려갔다.

방 안은 텅 비어 있었다. 사이크스는 어디로 갔지?

경계선을 세워야 했다. 막대기들을 다시 샬레 안에 집어넣고 스위치를 내려 봉쇄해야 했다. 리처즈는 총을 세워 든 채 사이크스의 집무실을 나왔다.

무언가가 복도를 걸어가고 있었다.

사이크스였다. 리처즈가 사이크스에게 가까워질 때쯤 그는 바닥에 주저앉아 벽에 등을 기대고 있었다. 단거리달리기라도 한 것처럼 가쁜 숨을 내쉬었고 얼굴은 땀범벅이었다. 손목 바로 위 팔뚝의 커다란 상처에서는 피가 콸콸 흘러내리고 있었다. 그가 들고 있던 45구경 총은 손바닥을 위로 한 그의 손 옆 바닥에 놓여 있었다.

"그것들이 온 사방에서 날뛰고 있어."

사이크스가 그렇게 말하더니 침을 꿀꺽 삼켰다.

"왜 날 죽이지 않았지? 그 새끼가 나를 똑바로 바라보았는데."

"누구?"

"그게 지금 중요해?"

사이크스가 어깨를 으쓱했다.

"네놈의 절친 뱁콕 말이야. 도대체 너희 둘은 뭐가 문제야?"

그가 온몸을 떨었다.

"속이 안 좋아."

그 말과 함께 사이크스는 구토를 했다.

리처즈는 펄쩍 뛰어 물러섰지만 이미 늦었다. 토사물에서는 쓸개즙의 악취와 함께 금속 성분 냄새가 났다. 리처즈는 바지와 양말이 젖어드는 것을 느꼈다.

사이크스의 토사물이 피범벅이라는 사실을 보지 않고도 느낄 수 있었다.

"씨팔!"

그가 사이크스에게 총을 들이댔다.

"제발."

사이크스의 말은 안 돼, 일 수도 있었고 돼, 일 수도 있었다. 하지만 둘 중 무엇이건, 리처즈는 이것이 사이크스를 위한 일임을 알았기에 총구를 그의 가슴, 심장이 있는 부위에 가져다 대고는 방아쇠를 당겼다.

레이시는 첫 번째 형체가 위쪽 창문으로 나오는 것을 보았다. 정말 빨랐다, 꼭 빛처럼! 만약 빛으로 만든 인간이 있다면 저렇게 빠르겠지? 그것은 순식간에 나타나 지붕에서 날아오르더니 부대 위로 뛰어내려 90미터쯤 떨어진 나무 위에 안착했다. 번쩍번쩍 불을 뿜는 사람 크기의 형체가 꼭 별똥별 같았다.

레이시가 탄 트럭이 부대로 들어왔을 때 경보음이 들려왔다. 운전석에 탄 두 사람이 잠시 이대로 떠나야 할지 말다툼을 했고 레이시는 그 틈을 타 짐칸에서 기어 나와 숲속에 숨어들었다. 그때 첫 번째 악마가 창에서 날아오르는 장면을 보았다. 그가 안착한 나무 우듬지가 그의 무게를 감당하느라 떨렸다.

레이시는 무슨 일이 일어나게 될지 알아차렸다.

트럭 운전수가 뒷문을 열고 있었다. 경비병은 이 트럭에 군수품이 실려 있다고 했다. 총? 트럭에는 총이 가득 실려 있었다.

나무 우듬지가 다시 한번 움직였다. 초록빛 형체가 그에게로 쏟아졌다.

오! 레이시는 생각했다. 오! 오!

그때 건물의 창과 문에서 더 많은 형체들이 허공으로 쏟아져 나오기 시작했다. 열, 열하나, 열둘. 그리고 군인들이 등장해 온 사방을 뛰어다니고 고함을 지르며 총을 쏘아댔다. 그러나 총알은 무력했다. 악마들이 너무 빨랐던 것인지, 아니면 총알에도 다치지 않는 것인지 알 수 없었다. 악마들이 하나둘씩 군인들을 덮쳤고, 모두 죽어버렸다.

레이시가 이곳에 온 건 이것 때문이었다. 이 악마들로부터 에이미를 구해야 했다.

'서둘러, 레이시. 얼른.'

그녀는 숲 가장자리에서 발을 뗐다.

"거기 서!"

그 순간 레이시는 그 자리에 얼어붙었다. 두 손을 들어야 할까?

숲에 숨어 있던 군인이 모습을 드러냈다. 자기 임무라고 생각하는 일을 성실히 하는 착한 어린애. 겁에 질려 있으면서도 겁먹지 않은 척하려고 애쓰는. 레이시는 어린 군인의 몸에서 마치 열기처럼 두려움이 뿜어져 나오는 것을 느꼈다. 그는 자기에게 무슨 일이 일어날지 감도 못 잡고 있었다. 나지막한 동정심이 느껴졌다.

"누구냐?"

"난 아무도 아니야."

레이시가 말했고, 다음 순간 군인이 총을 겨누기도 전에, 시작한 말을 끝마치기도 전에 악마가 허공에서부터 그를 덮쳤다.

레이시는 건물을 향해 달렸다.

환풍구로 이어지는 지점에 도착했을 때 울가스트는 땀을 흘리며 거친 숨을 몰아쉬고 있었다. 희미한 빛이 그들을 비추고 있었다. 머리 위 멀리서 한 쌍의 비상등 불빛이 보였고 그보다 먼 곳에 멈춘 환풍기의 거대한 날개가 보였다. 중앙 환기 통로였다.

"에이미, 아가."

울가스트가 에이미를 불렀다.

"에이미, 이제 일어나야 해."

에이미의 눈꺼풀이 바르르 떨리며 열리더니 다시 닫혔다. 그가 아이의 두 팔을 들어 자기 목에 두른 다음 일어서자 아이가 두 다리로 그의 허리를 감쌌다. 하지만 아이의 몸에는 힘이 하나도 없었다.

"꼭 잡아야 해, 에이미. 제발. 꼭 잡아."

대답이라도 하듯 아이의 몸에 힘이 들어갔다. 그러나 여전히 아이를 떠받치려면 한 팔을 써야 했다. 그렇다면 한 손에 의지해 사다리를 올라가는 수밖에 없었다. 제기랄.

그는 돌아서서 사다리를 마주 보고 첫 번째 가로대에 한 발을 올렸다. 꼭 시험문제 같았다. '브래드 울가스트는 어린아이를 안고 있다. 그는 불빛이 거의 없는 환기 통로에서 15미터를 사다리로 올라가야 한다. 아이는 고작 해야 의식이 반쯤 있는 상태다. 브래드 울가스트는 어떻게 두 사람 모두의 목숨을 구할 수 있을까?'

그때 정답이 떠올랐다. 오른손으로 사다리를 한 칸씩 붙잡고 몸을 끌어 올린 다음, 같은 팔 팔꿈치를 사용해 버티면서 아이의 체중을 무릎으로 떠받친 채 손을 바꿔 다시 한 칸을 올라가면 된다. 왼손, 오른손, 그렇게 아이의 체중이 얹힌 방향을 옮겨가며 한 칸씩 꼭대기까지 올라가면 된다.

아이의 체중이 얼마나 될까? 23킬로그램? 손을 바꾸는 동안 그 체중을 단 한 팔로 감당해야 한다.

울가스트는 사다리를 오르기 시작했다.

리처즈는 바깥에서 들리는 고함 소리와 총성을 듣고 막대기들이 밖으로 나왔음을 알 수 있었다.

사이크스에게 무슨 일이 일어났는지도 알았다. 어쩌면 사이크스의 감염된 토사물을 덮어쓴 자신에게도 같은 일이 일어날 수 있을 테지만, 그때까지 살아남을 수 있을지조차 확실치 않았다.

콜. 리처즈는 생각했다. 콜, 족제비같이 교활한 새끼. 네가 계획한 게 이런 거야? 네가 생각한 팍스 아메리카나가 이거냐고. 지금 내 눈에 보이는 건 온통 혼란뿐이야.

이제 리처즈가 원하는 것은 하나밖에 없었다. 깔끔하게, 끝까지 보기 좋게 탈출하고 싶었다.

살레의 정문은 온통 깨진 유리와 총구멍으로 뒤덮여 있었고 문은 경첩에서 절반쯤 떨어져 대각선으로 덜렁대고 있었다. 바닥에는 군인 세 명의 시체가 있었다. 혼란 속에서 서로가 잘못 쏜 총에 맞아 죽은 것 같았다. 어쩌면 자신이 살아날 구멍을 찾느라 서로를 일부러 쏜 것인지도 몰랐다. 리처즈는 손을 들어 쥐고 있던 스프링필드 권총을 바라보았다. 어째서 이따위 게 도움이 될 거라고 생각했지? 죽은 군인들이 가진 소총 역시 무용지물이긴 마찬가지였다. 더 큰 무기가 필요했다. 무기고는 부대 건너편, 막사 뒤에 있었다. 온 힘을 다해 거기까지 달려가야 할 것이다.

그는 문밖, 병영 건너편을 바라보았다. 적어도 조명은 켜진 채였다. 좋아. 나중보다는 당장 하는 게 나아. 나중 같은 건 없을 테니까. 그는 달리기 시작했다.

군인들은 온 사방에 흩어져 달리고 허공에, 그리고 서로에게 총을 쏴대고 있었다. 샬레 안에서 일어난 학살은 그렇다 치고 그들에겐 조직적인 방어를 할 생각이 애초에 없는 것 같았다. 리처즈는 총을 맞을 각오를 한 채 죽을힘을 다해 달렸다.

병영을 반쯤 가로질러 갔을 때 주차장 가장자리에 대강 주차된, 문이 열린 5톤 트럭이 눈에 들어왔다. 리처즈는 그 안에 무엇이 들어 있는지 알고 있었다. 어쩌면 무기고까지 갈 필요가 없는지도 모른다.

"도일 요원님."

도일이 미소를 지었다.

"레이시 수녀님이시군요."

두 사람은 샬레의 1층, 책상과 파일 캐비닛이 비좁게 들어찬 작은 방에 있었다. 도일은 총격이 시작될 때부터 이 방, 책상 뒤에 숨어 있었다. 레이시를 기다리고 있었던 것이다.

도일이 일어섰다.

"그들이 어디 있는지 아십니까?"

레이시는 멈췄다. 레이시의 얼굴과 목에는 긁힌 상처들이 있었고 머리카락에는 나뭇잎이 붙어 있었다.

그녀가 고개를 끄덕였다.

"네."

"당신이 다가오는 소리가…… 들렸습니다."

도일이 말했다.

"지난 몇 주 내내."

무언가 커다란 것이 도일의 내면에서 부서질 듯 열린 것 같았다. 울음으로 목이 메어왔다.

"어떻게 된 일인지 모르겠어요."

레이시가 도일의 손을 잡았다.

"당신이 들은 것은 저의 소리가 아니었어요, 도일 요원님."

울가스트는 아래를 내려다볼 겨를이 없는 게 다행이었다. 땀이 뻘뻘 흘러서 위로 올라갈수록 가로대를 잡은 손바닥과 손가락이 미끌거렸다. 온 힘을 다하느라 팔이 떨렸다. 손을 바꾸는 동안 가로대에 받친 팔꿈치는 뼈까지 멍이 든 것처럼 욱신거렸다.

울가스트는 신체가 극한에 다다르면 보이지 않는 선을 넘는다는 것, 그 선을 넘으면 다시는 돌아올 수 없다는 것을 알았다. 그는 그 생각을 애써 지워버리고 사다리를 올랐다.

에이미는 두 팔로 울가스트의 목을 단단히 감고 있었다. 두 사람은 한 칸, 한 칸, 또 한 칸씩 위로 올라갔다.

환풍기가 가까워졌다. 밤공기의 냄새가 묻은 서늘하고 미약한 바람이 얼굴에 흩어지는 것이 느껴졌다. 그는 목을 쭉 빼고 환풍구 옆쪽에 공간이 있는지 찾았다.

3미터 위쪽에 틈이 있었다. 사다리 옆 도관이 열려 있었다.

먼저 에이미를 그 안으로 밀어 넣어야 할 것이다. 그러려면 에이미를 들어서

도관 속에 넣는 동안 그의 체중과 아이의 체중을 어떻게든 버텨야 했다. 그다음에 그 역시 들어갈 것이다.

틈에 닿았다. 환풍기는 짐작했던 것보다도 높이 달려 있었다. 머리 위로 최소 9미터는 올라간 곳이었다. 아마 두 사람이 있는 곳은 샬레의 1층 어딘가인 것 같았다. 어쩌면 더 높이 올라가 다른 출구를 찾아야 할지도 모르겠지만, 이제 남은 힘이 거의 없었다.

그는 오른쪽 무릎을 구부려 에이미의 체중을 받친 다음 왼손을 뻗었다. 손끝에 닿는 차디찬 금속 벽은 유리처럼 매끈했지만, 그래도 모서리가 손에 잡혔다. 그는 다시 손을 거두었다. 세 칸을 더 올라가야 했다. 그는 크게 한 번 숨을 들이쉰 뒤 위로 올라가 도관 바로 위에 멈췄다.

"에이미."

그가 쉰 목소리로 아이의 이름을 불렀다. 입과 목구멍이 바싹 말라 있었다.

"일어나렴, 어떻게든 깨어나줘, 에이미."

그 말에 의식을 깨우려 애쓰기라도 하는 듯 목에 닿는 아이의 숨결이 달라졌다.

"에이미, 내가 놓으라고 하면 날 놓아야 한다. 내가 널 받쳐줄게. 벽에 틈이 하나 있어. 그 안으로 들어가야 한다."

에이미는 대답하지 않았다. 울가스트는 아이가 자신의 말을 알아들었기만을 바랐다. 그는 앞으로 수행해야 할 동작들을 머릿속에 그려보았다. 어떻게 아이를 도관 안으로 밀어 넣고 자신도 그 안으로 들어갈 것인지. 하지만 그림이 도무지 그려지지 않았다. 그래도 다른 방법이 없었다. 이 이상 버티면 이제 남은 힘이 모두 떨어질 것 같았다.

지금이야.

그는 무릎으로 에이미를 일으켜 올렸다. 아이가 목을 감았던 팔을 풀었고, 그가 사다리를 잡지 않은 한 손으로 아이의 손목을 잡자 아이가 추처럼 흔들렸다. 그 순간 그는 어떻게 해야 할지 알았다. 그는 다른 손을 놓고 아이의 무게에 몸을 실었다. 아이의 발이 구멍에 닿자 아이는 구멍 속으로 미끄러져 들어갔다. 그는 아래로 떨어지기 시작했다. 그러나 두 발이 사다리에서 떨어지는 동시에 팔을 미친 듯이 휘둘러 벽을 훑자 그의 손가락이 도관의 모서리에 닿았다. 모서리를 두른 예리한 금속이 살갗을 파고들었다.

"으아!"

고함을 지르자 목소리가 환풍구 전체에 울려 퍼졌다. 그는 오로지 의지의 힘만으로 환풍구의 벽에 매달려 있는 것이었다. 발이 허공에서 달랑거렸다.

"으아아!"

무슨 수로 도관 속으로 들어올 수 있었는지는 설명할 수가 없었다. 아드레날린, 에이미, 그리고 아직은 죽고 싶지 않아서. 그는 온 힘을 다해 팔꿈치를 구부리며 몸을 위로 솟구쳐 올렸고, 머리, 가슴, 허리, 그리고 나머지 순으로 도관 속으로 미끄러져 들어갔다.

그는 그대로 잠시 누워서 헐떡이며 숨만 들이마셨다. 얼굴을 들자 빛이 보였다. 바닥에서부터 스며 들어오는 빛 같았다. 그는 몸을 뒤틀어 아까처럼 에이미의 허리를 안았다. 다가가면 다가갈수록 빛은 더욱 강해졌다.

두 사람은 빗살이 쳐진 출구에 닿았다.

그러나 빗살은 바깥에서 나사로 단단히 고정되어 있었다.

울고 싶었다. 이렇게 눈앞까지 왔는데! 빗살 사이의 좁은 틈으로 손가락을 내밀어 어떻게 나사를 더듬어 찾는다고 해도 공구가 없으니 열 도리가 없었다. 그리고 돌아가기는…… 불가능했다. 이미 마지막 남은 힘을 다 썼던 것이다.

아래에서 움직임이 느껴졌다.

그는 에이미를 바짝 끌어당겨 안았다. 아까 보았던 사람들을 생각했다. 포르츠. 피 웅덩이 속에 누워 있던 군인. 그레이라는 이름의 남자. 그렇게 죽고 싶지는 않았다. 그는 눈을 감고 숨을 참으며 완전한 침묵 속에 잠겨들었다.

그때 누군가를 찾는 듯한 낮은 목소리가 들렸다.

"대장?"

도일이었다.

봉인된 무기함 중 하나는 이미 트럭 뒤편 땅에 떨어져 있었다. 누군가가 꺼냈다가 공황감에 사로잡혀 떨어뜨린 것 같았다. 리처즈는 급히 화물칸을 뒤져 쇠지레를 찾았다.

쩔걱 하면서 무기함이 열렸다. 안에는 보충재로 감싸인 RPG-29 한 세트가 들어 있었다. 발사관을 들어내자 그 아래에 든 로켓이 보였다. 탠덤 탄두가 달린 1미터 길이의 실린더는 현대식 전투 탱크를 관통할 수 있는 힘을 가지고 있었다. 리처즈는 이 무기의 가공할 힘을 이미 두 눈으로 확인했었다.

막대기를 이송하라는 지시가 내려졌을 때 이 무기를 발주한 것은 바로 리처즈였다. 미안하다는 것보다는 안전한 것이 낫지. 그는 생각했다.

'VSA. 뱀파이어스, 세이 아.'

그는 첫 번째 로켓을 발사관에 고정시켰다. 한 번 비틀자 탄두가 장전되었음을 의미하는 흐뭇한 쉬익 소리가 났다. 지난 수천 년간 이룩한 기술적인 발전과 인간 문명의 역사 전체가 탄두를 장전하는 이 쉬익 소리 속에 담겨 있는 것만 같았다. RPG-29는 재사용이 가능한 무기였지만, 리처즈는 이것을 사용할 기회는 단 한 번뿐이리라는 것을 알았다. 그는 무기를 어깨에 걸친 뒤 조준선을 맞추고 트럭에서 내렸다.

"이봐!"

그가 고함을 질렀고, 바로 그 순간 몸이 꿀렁거리면서 오한과 함께 토기가 올라왔다. 발아래의 땅이 바다에 뜬 배의 갑판처럼 일렁였다. 온몸에서 땀방울이 솟아났다. 머릿속에서 전류가 무작위적으로 흐르는 것처럼 눈을 마구 깜박이고 싶은 충동이 들었다. 생각했던 것보다 감염 반응이 빨랐다. 그는 침을 한 번 꿀걱 삼키고 RPG로 나무 우듬지 위를 조준한 채 빛 속으로 두 발짝 더 걸어나왔다.

"아기 고양이들, 나오라고!"

도일이 이 서랍 저 서랍을 뒤져 펜나이프를 찾을 때까지 초조하게 시간이 흘렀다. 그는 의자 위에 올라선 채 칼날로 나사를 비틀어 열었다. 울가스트가 아이를 도일의 품에 넘겨준 뒤 자신도 내려섰다.

다음 순간 그의 눈앞에 나타난 사람은 생경하기 그지없는 이였다.

"레이시 수녀님?"

레이시가 잠든 에이미를 품에 안고 있었다.

"울가스트 요원님."

울가스트가 도일을 쳐다보았다.

"대체 이게 무슨……."

"이해하셨어요?"

도일이 눈썹을 치켰다. 그는 울가스트처럼 수술복 차림이었다. 수술복이 너무 커서 몸을 헐렁하게 감싸고 있었다. 그가 작게 웃었다.

"솔직히 저도 아직 이해가 안돼요."

"온통 시체들이 널려 있던데."

울가스트가 말했다.

"뭔가…… 나는 잘 몰라. 폭발이 일어났던 것 같아."

울가스트는 아무것도 설명할 수 없었다.

"알아요."

도일이 고개를 끄덕였다.

"이제 떠날 시간이에요."

그들은 방을 떠나 복도로 나왔다. 아마 샬레의 뒤쪽 어딘가인 것 같았다. 바깥에서 총성이 들려왔지만 그 외에는 조용했다. 그들은 아무 말 없이 서둘러 정문을 향했다. 군인들의 시체가 널브러져 있었다.

레이시가 돌아섰다.

"아이를 안으세요."

울가스트는 시키는 대로 했다. 사다리를 올라오느라 팔에 아직 힘이 들어가지 않았지만 그는 에이미를 힘주어 안았다. 아이는 깨어나려는 듯 무의식과 싸우며 신음하고 있었다. 병원에 가야 하는 상태가 분명했지만, 병원에 데려간들 무슨 말을 할 수 있을까? 이 모든 것을 어떻게 설명할 수 있을까? 정문에 가까워지자 겨울의 추위가 훅 끼쳤고 얇은 가운을 입은 에이미가 몸을 떨었다. 울가스트가 말했다.

"차량이 필요해."

도일이 문밖으로 나갔다가 금방 열쇠 꾸러미를 들고 돌아왔다. 어디선가 총도 하나 가지고 왔다. 45구경이었다. 그는 울가스트와 레이시를 창문가로 데려가서 바깥을 가리켰다.

"주차장 끄트머리 저쪽에 은색 렉서스가 보이시지요?"

그 말대로였다. 적어도 90미터쯤은 떨어진 곳이었다.

"좋은 차네요."

도일이 말했다.

"운전자가 선바이저 밑에 키를 놔뒀을 리가 없다고 생각하셨겠죠?"

도일이 울가스트의 손에 키를 쥐어주었다.

"잘 갖고 계세요. 이건 선배 거예요. 만약의 사태에는."

그 말을 이해하기까지는 시간이 걸렸지만, 마침내 그는 이해했다. 그 차는 그를 위한 것이었다. 그와 에이미를 위한 것.

"필……."

도일이 그의 말을 저지하듯 두 손을 들었다.

"이렇게 해야 해요."

레이시를 쳐다보자 그녀도 고개를 끄덕이더니 울가스트 쪽으로 다가왔다. 그녀는 에이미에게 입을 맞추고 머리를 쓸어준 다음에, 울가스트의 뺨에도 입맞춤을 한 번 했다. 레이시의 입술이 닿은 자리에서 시작한 아주 깊은 차분함과 확신감이 온몸으로 퍼지는 것만 같았다. 처음 느끼는 감각이었다. 그들은 도일이 이끄는 대로 문밖으로 나왔다. 다 같이 건물의 그늘에 몸을 숨긴 채 서둘러

움직였다. 울가스트는 그들을 간신히 따라잡았다. 어디선가 총성이 들렸지만 그들을 겨냥한 건 아닌 것 같았다. 총성은 위쪽, 나무 우듬지와 지붕을 겨냥하는 것 같았다. 불길한 축포라도 되는 듯 중구난방의 총성이었다. 총성이 한 번 울릴 때마다 비명 소리, 그다음에는 침묵, 그리고 다시 총성이 이어졌다.

그들은 건물의 모서리에 닿았다. 건물 뒤에 숲이 보였다. 반대쪽, 그러니까 부대의 불빛이 비추는 쪽에 주차장이 있었다. 주차장 끝에 렉서스가 반대쪽을 보고 주차되어 있었고 몸을 숨길 만한 다른 차들은 없었다.

"달려가는 수밖에 없어요."

도일이 말했다.

"준비됐어요?"

울가스트는 숨을 헐떡이며 최선을 다해 고개를 끄덕였다.

다음 순간 그들은 차를 향해 전속력으로 달리기 시작했다.

리처즈는 그것을 보기 전에 그것의 존재를 느꼈다. 그는 높이뛰기 선수의 장대처럼 RPG를 휘두르며 몸을 돌렸다.

뱁콕이 아니었다.

제로도 아니었다.

앤서니 카터였다.

그는 6미터가량 떨어진 곳에 웅크리고 있었다. 그는 고개를 들고 머리를 돌려 리처즈를 재어보듯 쳐다보았다. 어쩐지 개를 닮은 동작이었다. 카터의 얼굴에서 피가 번들거렸고, 칼날처럼 뾰족한 이는 여러 열로 나 있었다. 목에서 쩔걱 소리가 났다. 서서히, 나른한 기쁨을 담은 동작으로 그가 일어서기 시작했다. 리처즈는 카터의 입을 향해 조준선을 맞추었다.

"입 벌려."

리처즈가 그렇게 말하고 발사했다.

로켓이 발사관을 빠져나가는 힘에 뒤로 밀려나면서도 리처즈는 목표물을 맞히지 못했음을 깨달았다. 카터가 서 있던 자리에는 아무것도 없었다. 카터는 공중 부양 전이었다. 날고 있었다. 다음 순간 그는 리처즈를 덮쳤다. 수류탄이 샬레의 전면에서 폭발했지만 리처즈에게 그 폭발음은 마치 닿을 수 없는 머나먼 곳에서 터지듯 희미할 뿐이었다. 그 순간 그는 완전히 새로운, 몸이 절반으로 찢기는 감각을 경험하는 중이었기에.

눈앞이 새하얘지는 폭발, 열기와 빛이 울가스트의 얼굴 왼편을 후려쳤다. 바닥에서 붕 뜨는 순간 품에서 에이미가 빠져나갔다. 바닥에 쿵 하고 떨어진 그는 몇 번이나 데굴데굴 굴러서야 바닥에 등을 대고 멈췄다.

귓속이 마구 울렸다. 숨이 몸속에 갇혀서 쉬어지지 않는 것 같았다. 눈앞에 밤하늘의 벨벳 같은 짙은 어둠, 그리고 수백 개의 별이 보였고 그 별들 중 몇 개는 떨어지고 있었다.

그는 생각했다. 별똥별. 다시 생각했다. 에이미. 다시 생각했다. 열쇠. 그는 고개를 들었다. 에이미는 몇 미터 떨어진 바닥에 쓰러져 있었다. 사방이 연기로 가득했다. 불타는 샬레의 점멸하는 불빛 속에서 아이는 마치 동화 속 잠자는 공주처럼 잠들어 있는 것 같았다. 울가스트는 몸을 굴려 네발로 엎드린 채 절박하게 바닥을 헤집으며 열쇠를 찾았다. 한쪽 귀가 들리지 않았다. 마치 얼굴 왼쪽에 커튼이 덮여 모든 소리를 흡수하는 것만 같았다. 차 키. 차 키. 그제야 그는 차 키가 자기 손에 쥐어져 있는 것을 알았다. 애초에 떨어뜨린 적이 없었던 것이다.

도일과 레이시는 어디로 갔지?

그는 에이미가 누워 있는 자리로 다가갔다. 떨어졌는데도, 폭발이 있었는데도, 에이미는 멀쩡한 것 같았다. 그는 아이의 겨드랑이에 두 손을 집어넣어 아이를 자신의 어깨에 걸머멨고 최대한 빠르게 렉서스로 다가갔다.

몸을 구부리고 아이를 뒷좌석에 눕혔다. 자신도 운전석에 타고 키를 돌렸다. 헤드라이트가 병영을 비췄다.

그때 무언가가 후드 위에 쿵 떨어졌다.

짐승이다. 아니, 점멸하는 연녹색 빛을 뿜는 괴물이었다. 그러나 그것의 눈을 보자마자 그는 후드에 웅크리고 있는 이 낯설고 새로운 존재가 앤서니 카터임을 알았다.

카터가 일어서는 순간 울가스트는 손에 잡힌 변속레버를 후진기어로 바꾸면서 차를 출발시켰다. 카터가 후드에서 굴러떨어졌다. 렉서스의 헤드라이트 불빛 속에서 카터가 바닥을 구르는 모습이 보이나 싶더니, 금세 너무 빨라 눈으로 쫓을 수조차 없는 일련의 동작으로 허공으로 날아올라 사라졌다.

'도대체 이게 무슨……'

울가스트는 브레이크를 세게 밟은 뒤 운전대를 오른쪽으로 힘껏 돌렸다. 차가 빙글빙글 돌아 진입로를 향했다. 그때 조수석 문이 열렸다. 레이시였다. 그녀는 아무 말 없이 서둘러 조수석에 올라탔다. 얼굴과 셔츠에 핏자국이 길게 묻어 있었다. 손에는 총을 들고 있었는데, 그녀는 깜짝 놀라 그 총을 바라보더니 바닥에 떨어뜨려버렸다.

"도일은요?"

"몰라요."

그는 진입로를 향해 차를 돌린 뒤 액셀을 밟았다.

다음 순간 도일이 보였다. 비스듬한 방향에서 렉서스를 향해 달려오며 45구경 권총을 흔들고 있었다.

"그냥 가요!"

도일이 고함치고 있었다.

"가라고요!"

차 지붕에 무언가가 쾅 떨어지는 소리가 났을 때, 울가스트는 그것이 카터임을 알았다. 카터가 렉서스의 지붕에 올라앉아 있었다. 울가스트가 다시 한번 브레이크를 밟는 바람에 모두가 앞으로 들썩하고 움직였다. 카터는 지붕에서 후드로 굴러떨어졌지만 그 자리에서 버텼다. 도일의 총이 세 번 연속해서 불을 뿜는 소리가 들렸다. 한 발이 카터의 어깨에 맞았고, 불꽃이 튀는 것도 보였다. 카터는 자신이 총을 맞은 것을 아예 알아차리지도 못하는 것 같았다.

"이봐, 앤서니 카터!"

도일이 고함을 쳤다.

"이쪽을 보라고!"

카터가 고개를 돌려 도일을 보았다. 그다음에는 용수철을 압축하듯 몸을 꾹 구부리더니 다음 순간 허공으로 뛰어올랐고 그때 도일이 마지막 한 발을 쏘았다. 다음 순간 고개를 돌린 울가스트는 한때 앤서니 카터였던 괴물이 자신의 파트너를 덮쳐 온몸이 커다란 입인 것처럼 그를 삼켜버리는 장면을 보았다.

단숨에 끝이었다.

울가스트는 액셀을 세게 밟았다. 차의 바퀴가 풀밭 위를 헛돌더니 보도로 올라왔다. 그들은 불타는 샬레를 등지고 울창한 나무들로 둘러싸인 긴 진입로를 달렸다. 시속 130, 90, 110킬로미터.

"대체 이게 뭡니까?"

울가스트가 레이시에게 물었다.

"도대체 무슨 일이냐고요!"

"여기서 세워주세요, 요원님."

"뭐라고요? 장난해요?"

"그들에게 잡힐 거예요. 그들이 피 냄새를 맡고 따라올 거라고요. 여기서 차를 세워야 해요."

레이시가 그의 팔꿈치를 붙들었다. 아귀힘이 단단하고 고집스러웠다.

"부탁이에요. 제 말대로 하세요."

울가스트가 길 한쪽에 차를 세웠다. 레이시가 고개를 돌려 그를 마주 보았다. 그제야 레이시 수녀의 어깨 바로 아래에 뚫린 총구멍이 눈에 들어왔다.

"레이시 수녀……."

"이건 아무것도 아니에요. 피와 살에 다름 아닌걸요. 하지만 저는 두 사람과 같이 갈 수 없어요. 이제는 알겠네요."

레이시가 그의 팔을 한 번 더 붙들더니 미소를 지었다. 슬픔과 행복을 동시에 품고 있는, 마지막 축성의 미소였다. 기나긴 시험의 길이 마침내 끝났을 때 짓는 미소.

"에이미를 잘 돌봐주세요. 에이미는 당신 몫이에요. 어떻게 해야 할지, 알게 될 거예요."

그러고는 울가스트가 무어라 대답하기도 전에 레이시가 조수석에서 내려 문을 쾅 닫았다.

눈을 들어 조수석을 보니 레이시는 두 팔을 허공에 흔들면서 왔던 길을 내달려 돌아가고 있었다. 경고일까? 아니, 그들을 불러들이고 있는 것이었다. 채 30미터도 가지 못해 나무 위에서 빛을 내는 괴물이 그녀를 덮쳤다. 또 한 마리, 또 한 마리, 너무 많아서 마침내 울가스트는 고개를 돌린 채 액셀을 밟았고 그대로 돌아보지 않고 최대한 빨리 그곳을 떠났다.

II

제로의 해

우리는 감옥으로 가자꾸나.
둘이서 새장의 새들처럼 노래를 부르자꾸나.
네가 축복을 구한다면 나는 무릎을 꿇고
네게 용서를 구하겠다.

– 셰익스피어, 『리어왕』

모든 시간이 끝났을 때, 세상이 그 기억을 잃고, 예전의 그라는 사람이 마치 예전의 인생을 싣고 둥근 수평선 너머 보이지 않는 곳으로 떠나가는 배처럼 시야에서 사라졌을 때. 나선으로 순회하는 별들이 그 무엇도 비추지 않고 호를 그리며 달조차 그의 이름을 잊었을 때, 그렇게 오로지 허기의 망망대해만 떠돌아다닐 그때. 그때가 오더라도 그의 마음속 깊은 곳에는 그 한 해의 기억이 깃들어 있을 것이다. 산, 바뀌어가는 계절, 그리고 에이미. 에이미, 그리고 제로의 해.

두 사람은 어둠 속에서 야영장에 다다랐다. 마지막 2킬로미터가량은 나무 사이를 비추는 헤드라이트 불빛에 의지해, 중간중간 도로의 심한 요철이며 얼었다 녹았다 하는 땅에 움푹 팬 바퀴 자국 앞에서 브레이크를 밟아가며 느린 속도로 달렸다. 달리는 내내 물이 뚝뚝 떨어지는 나뭇가지들이 차의 지붕과 창문을 길게 긁어댔다. 두 사람이 탄 차는 크고 요란한 림^{rim}이 달려 있고 재떨이에는 누렇게 찌든 담배꽁초가 넘쳐흐르는 낡은 도요타 코롤라였다. 울가스트는 라라미 외곽 트레일러 파크에 세워져 있던 이 차를 훔치는 대신 타고 왔던 렉서스는 키를 꽂아둔 채 대시보드에 '가지세요, 당신 겁니다.'라는 메모를 남겨두고 놓고 왔다. 줄에 묶인 개가 있었지만 늙어서 짖지도 않고, 울가스트가 코롤라의 시동을 켜고 렉서스에 누워 있던 에이미를 데려와 패스트푸드 포장지며 빈 담뱃갑이 널려 있는 뒷좌석에 누이는 모습을 보고만 있었다.

잠깐이었지만 울가스트는 코롤라의 주인이 아침에 일어나 마치 신데렐라의 호박이 마차로 바뀐 것처럼 고물차가 8만 달러짜리 스포츠 세단으로 변해 있는 것을 보고 어떤 표정을 지을지 궁금하다는 생각을 했다. 울가스트도 태어나서 이런 고급차를 몰아본 건 처음이었다. 새로운 주인이 누군지는 모르겠지만 이 차를 조용히 없애기 전에 한 번은 제대로 몰아볼 수 있기를 바라는 마음이 들었다.

렉서스는 포르츠의 차였다. 그러나 포르츠는 죽었으니 다 옛날얘기다. 제임스 B 포르츠. 사실 울가스트는 차량 등록증을 보고서야 포르츠의 이름을 알게 되었다. 주소지는 메릴랜드로 되어 있었는데 아마 USAMRIID, 아니면 NIH였을 것이다. 울가스트는 콜로라도 — 와이오밍주 경계 근처 밀밭을 지날 때 차량 등록증을 창밖으로 던져버렸다. 하지만 운전석 바닥에서 찾은 지갑의 내용물은 가졌다. 6백 달러가 조금 넘는 현금, 그리고 티타늄 등급의 비자 카드였다.

그러나 그건 이미 한참 전의 일이었고, 그들이 차를 몰고 멀리 가면 갈수록 시간이 점점 더 빨리 흘러가는 것만 같이 느껴졌다. 아이다호주를 지날 때는 바깥이 완전한 어둠에 잠겨 있어서 코롤라의 헤드라이트에 비친 바깥을 본 것이 풍경의 전부였다. 이튿날 아침 해가 뜰 무렵에 그들은 오리건주에 진입했고 온종일 무미건조한 고원을 달렸다. 사방에는 공터, 그리고 보라색 세이지가 피어나고 있는, 바람에 휩쓸린 금빛 언덕만 펼쳐져 있었다. 졸음을 참으려고 창문을 열어두어서 차 안에 세이지의 달콤한 향기가 일렁거렸다. 소년 시절의 냄새, 고향의 냄새. 오후 한가운데쯤 엔진이 힘을 받는 게 느껴졌다. 드디어 오르막이 시작된 것이다. 어둠이 내리기 시작할 때쯤 캐스케이즈산맥에 진입했다. 지는 석양빛 속에서 톱니 모양으로 버티고 선 커다란 산맥이 서쪽 하늘을 마치 스테인드글라스로 만든 벽처럼 빨강과 보라색 콜라주로 물들였다. 바위로 된 산꼭대기는 얼음이 덮여 번득거리고 있었다.

"에이미, 일어나렴. 바깥을 봐."

에이미는 뒷좌석에 누워서 면으로 된 담요를 덮고 있었다. 아직도 몸에 힘이 없어 지난 이틀간 내내 잠만 잤다. 하지만 최악의 상태는 지나간 듯했다. 혈색도 많이 나아졌고, 열에 들떠 창백하던 낯빛도 돌아왔다. 그날 아침에는 울가스트가 드라이브스루에서 산 달걀샌드위치 몇 입, 초코우유 몇 모금을 먹기도 했다. 신기한 것은, 에이미가 햇빛에 예민하고 민감하게 반응한다는 것이었다. 햇빛이 닿으면 실제로 신체적인 아픔을 느끼는 것만 같았다. 눈뿐 아니라 온몸이 감전된 것처럼 햇빛을 피해 웅크렸다. 울가스트는 휴게소에서 에이미에게 선글라스를 하나 사주었다. 아이의 사이즈에 맞는 유일한 것이었던, 영화배우가 쓰는 것 같은 분홍색 선글라스였다. 또, 눈을 가릴 수 있을 정도로 눌러쓸 수 있게 준디어 로고가 새겨진 모자도 하나 사주었다. 하지만 에이미는 모자에다 선글라스까지 걸치고도 온종일 담요 밑에서 고개를 내밀지 않았다.

울가스트의 목소리를 듣고 에이미는 잠에서 깨어나 그의 시선을 따라 앞 유리창 너머를 바라보았다. 분홍색 선글라스를 쓰고 있는데도 햇빛을 보자 눈을 찌푸리고 양쪽 관자놀이를 손으로 감쌌다. 열린 창문을 통해 들어오는 바람에 아이의 머리카락이 얼굴에 날렸다.

"너무…… 밝아요." 에이미가 나직하게 말했다.

"산이 있어서 그렇단다." 울가스트가 말했다.

그는 마지막 2킬로미터가량은 본능에 의지한 채 표지판 하나 없는 길을 따라 점점 더 깊은 습곡으로 들어갔다. 숨겨진 세상이었다. 그들은 마을도, 집도, 사람도 없는 곳으로 가고 있었다. 적어도 울가스트의 기억에는 그랬다. 공기는 차고 소나무 향이 감돌았다. 연료탱크는 거의 텅 비어갔다. 울가스트의 기억 속에 희미하게 남아 있는 불 꺼진 상점 — 다만 '밀턴 잡화점'이라는 간판은 생경하게 느껴졌다 — 을 지나 마지막 오르막을 올랐다. 갈림길 세 개를 지나는 내내 길을 잃었다는 생각에 미칠 것 같았지만, 곧 기억에 익은 비탈의 특정한 기울기, 굽이를 돌 때 보였던 별이 총총한 하늘이 나타나더니 다음 순간 기억 속의 강이 나타났고, 다리를 건너는 도요타의 바퀴 아래로 새어드는 바람 소리마저도 울가스트가 어렸을 때 아버지의 차에 타고 야영장을 향하던 그때 그대로였다.

잠시 후 그들은 숲속에 차를 세웠다. 길가에 '베어산삐 야영장'이라는 낡아빠진 표지판이 달려 있었고 그 밑에는 부동산중개사의 이름과 세일럼 지역 번호가 붙은 전화번호가 적힌 '매물' 간판이 녹슨 체인 두 개에 의지해 매달려 있었다. 울가스트가 길가에서 본 다른 표지판들과 마찬가지로 총구멍이 뻥뻥 뚫려 있었다.

"바로 여기란다." 그가 말했다.

야영장까지 높은 강둑을 곡선으로 따라가다가 노출된 암벽 앞에서 오른쪽으로 꺾은 뒤 숲속으로 들어가는 2킬로미터 길이의 진입로가 있었다. 울가스트가 알기로 야영장은 몇 년이나 문을 닫은 상태였다. 건물이 아직 그 자리에 있기는 할까? 무엇이 나올까? 불에 시커멓게 그을린 잔해? 겨우내 내린 눈의 무게로 내려앉은 지붕? 그러나 다음 순간 나무들 사이에서 야영장이 나타났다. 그 시절에도 오래된 건물이라 '올드 로지'라고 불리던 산장, 그리고 그 주변에는 총 열두 개쯤 되는 딴채와 통나무집으로 이루어져 있는 곳이었다. 야영장 뒤로는 숲이 펼쳐져 있었고 작은 길을 따라가면 흙으로 된 댐이 있다. 곧 80만 제곱미터 넓이의 콩팥 모양을 닮은 유리처럼 잠잠한 호수가 나왔다. 산장에서 호수로 내려가는 작은 길이 있었다. 산장으로 향하는 동안 헤드라이트의 불빛에 비친 앞유리창이 마치 그 안에 불이 켜져 있는 듯한 착시현상을 불러일으켰다. 마치 그들의 방문이 예정되어 있었던 것만 같은, 다만 나라를 가로질러 온 것이 아니라 시간을 거슬러 온 것처럼, 30년이라는 세월을 지나 울가스트의 어린 시절로 되돌아온 것만 같은 기분이었다.

그는 산장 앞에 차를 세우고 시동을 껐다. 어쩐지, 이곳에 무사히 도착한 기념으로 감사 기도를 올리고 싶은 기분이었다. 하지만 울가스트가 마지막으로 기도를 한 것은 아주 옛날이었다. 차에서 내리자 소스라치게 추웠다. 뿜어져 나온 입김이 말갈기처럼 흩날렸다. 5월 초였는데도 아직 공기가 겨울의 기억을 담고 있었다. 그는 트렁크를 열었다. 록스프링스 서쪽에 있는 월마트 주차장에서 처음 트렁크를 열어보았을 때 안에는 빈 페인트 통이 가득 차 있었다. 이제 트렁크 안에는 필요한 물건들이 들어 있었다. 두 사람의 옷가지, 음식, 세면도구, 양초, 배터리, 캠핑용 스토브와 가스통, 몇 개의 단순한 공구, 응급처치 키트, 깃털이 충전된 침낭 두 개였다. 두 사람이 머무르기엔 충분했다. 아마 오래지 않아 산을 내려가야 할 테지만 말이다. 트렁크에 달린 조명 속에서 그는 찾던 물건을 발견하고 현관 계단을 올랐다.

현관에 걸린 걸쇠는 도요타 안에 있던 지렛대를 딱 한 번 세게 비틀자 끊어졌다. 울가스트는 손전등을 들고 안으로 들어갔다. 에이미가 차 안에서 혼자 눈을 뜨면 겁에 질릴 게 틀림없었지만 그래도 이 안이 안전한지 먼저 살펴봐야 했다. 문 옆에 있는 조명 스위치를 켰지만 아무 일도 일어나지 않았다. 당연히 전기가 끊겼겠지. 어딘가에 보조용 발전기가 있을 것 같았다. 물론 발전기를 돌리려면 연료가 필요한 데다가, 발전기가 멀쩡하다는 보장도 없었지만 말이다. 손전등으로 방을 비추어보았다. 아무렇게나 쌓인 나무 테이블과 의자, 벽에 붙여 밀어놓은 사무용 금속 책상, 그리고 그 위에는 세월이 흘러 말려 있는 종이 한 장이 붙은 게시판이 걸려 있었다. 창문에는 커튼이 없었지만 유리는 붙어 있었다. 빠듯하고 건조한 곳이었고 불을 지피면 금세 훈훈해질 것 같았다.

울가스트는 손전등으로 게시판을 비추어보았다. '환영합니다. 2014년 여름'이라고 적혀 있었고, 그 밑에는 페이지 가득 이름이 적혀 있었다. 제이컵, 조슈아, 앤드루스처럼 평범한 이름도 있었지만, 샤샤, 심지어 아킴이라는 이름도 있었고 이름 뒤에는 각자 배정받은 통나무집의 호수가 적혀 있었다. 울가스트도 3년간 여름 캠핑을 즐겼다. 마지막 캠프는 열두 살 때로, 캠프의 주니어 카운슬러로 일하며 더 어린 아이들과 함께 통나무집에서 잤는데 아이들은 대다수가 극심한 향수병을 앓고 있었다. 한쪽에는 밤새 울어대는 아이들, 다른 한쪽에는 밤새 장난을 쳐대는 아이들이 있었던 덕분에 여름 내내 울가스트는 거의 한숨도 자지 못했다. 하지만 그토록 행복한 여름도 없었다. 그 나날들은 여러 가지 의미로 어린 시절 최고의 기억, 울가스트의 황금기였다. 그해 가을 부모님을 따라 텍사스로 가는 바람에 모든 문제가 시작된 것이다. 야영장의 소유주는 헤일 씨라는 고등학교 생물교사였는데, 미식축구 라인배커를 하면 어울릴 것처럼 흉곽이 두꺼웠던 탓에 목소리가 우렁우렁했다. 그는 한때 실제로 라인배커이기도 했다. 헤일 씨는 아버지의 친구였는데 그렇다고 울가스트에게 특별히 잘해준다거나 하는 일은 없었다.

헤일 씨는 여름이면 아내와 함께 살림집으로 꾸며진 산장 2층에 살았다. 공용공간에 달린 스윙도어를 지나가니 부엌이 나왔다. 소탈한 소나무 찬장, 금속

냄비와 소스 팬이 늘어선 선반, 구식 펌프가 달린 개수대, 그리고 가스레인지와 문이 반쯤 열린 냉장고가 소나무 판자로 만든 널따란 식탁을 둘러싸고 있었다. 모든 것에 두꺼운 먼지 더께가 앉아 있었다. 가스레인지는 흰색 금속으로 된 상업용이었고 패널에 시계가 달려 있었는데 바늘은 3시 6분에 멈춘 채였다. 다이얼을 돌려보니 가스 소리가 쉭 하고 났다.

부엌에 있는 좁다란 계단을 오르면 2층이었고 처마 아래에 토끼 굴처럼 조그만 방들이 모여 있었다. 방들은 대개 비어 있었지만 그중 두 방에는 침대가 하나씩 있고 매트리스는 벽을 보게 세워져 있었다. 그 밖에도 필요해 보이는 물건 하나가 더 있었다. 한 방의 창가에 놓인 가대식 탁자 위에 놓인, 다이얼과 스위치가 달린 장비는 단파식 라디오 같았다.

울가스트는 다시 차로 돌아왔다. 에이미는 아직도 담요 안에 웅크리고 잠들어 있었다. 그는 아이를 부드럽게 흔들어 깨웠다. 아이가 눈을 뜨더니 손으로 눈을 비볐다.

"여기가 어디예요?"

"집이란다." 울가스트의 대답이었다.

산속에서 보낸 그 첫 며칠간 그는 라일라를 생각했다. 이상하게도 지금 세상에 무슨 일이 일어나고 있는가 하는 호기심은 들지 않았다. 그의 하루하루는 집을 살 만한 장소로 만드는 것과 에이미를 간호하는 것으로 채워졌으나, 내키는 대로 어디든지 갈 수 있는 그의 마음은 마치 수평선도 보이지 않는 드넓은 바다 위, 수면에 비친 자기 모습만 바라보며 떠도는 새처럼 과거 위를 빙빙 맴돌았다.

라일라를 처음 본 순간 사랑에 빠진 건 아니었다. 그러나 어느 순간 라일라에게 돌이킬 수 없이 빠져버리게 되는 사건이 있었다. 라일라를 처음 만난 건 어느 겨울의 일요일, 땀 냄새를 풍기는 친구 두 명의 부축을 받아 응급실에 갔던 때였다. 울가스트는 농구에는 크게 소질이 없었고, 고등학교 이후로는 농구를 해본 일이 거의 없었지만, 어쩌다 보니 자선경기에 참여하게 되었다. 이길 확률이 거의 없어 보이는 3 대 3 하프코트 경기였다. 그런데 기적적으로 2라운드까지 울가스트의 팀이 앞섰고, 그때 점프슛을 하던 울가스트가 착지하며 왼쪽 아킬레스건을 다쳐 쓰러졌다. 하필이면 공도 골대 테두리를 맞고 튕겨 나와 더 창피한 노릇이었다. 눈에 눈물이 고일 정도로 아팠고 신음이 터져 나왔다.

응급실의 의사가 울가스트의 다친 다리를 검사하더니 아킬레스건이 파열되었다고 하며 정형외과로 올려 보냈다. 정형외과 의사가 바로 라일라였다. 그녀는 마지막 한 숟가락 남은 요구르트를 입에 떠 넣으며 방 안으로 들어온 뒤 울가스트 쪽으로는 눈길 한번 주지 않고 빈 용기를 쓰레기통에 버리고, 세면대에서 손을 씻었다.

"그러니까." 라일라는 손을 닦은 뒤 차트를 짤막하게 바라보고 테이블 앞에 앉아 있는 울가스트를 쳐다보았다. 한눈에 보기에 고전적인 미인이라고는 할 수 없었지만, 어쩐지 그녀를 보는 순간 마치 데자뷔처럼 이상한 느낌이 들었다. 코코아빛 머리카락은 뒤로 틀어 올려 막대기 같은 것으로 고정시켰다. 아주 작아서 가느다란 코 끝에 겨우 걸쳐지는 검은 안경도 쓰고 있었다.

"저는 닥터 카일입니다. 농구를 하다가 다치셨다고요?"

울가스트는 멋쩍게 대답했다.

"운동에 별로 소질이 없거든요."

그때 라일라가 허리에 차고 있던 핸드헬드가 울렸다. 그녀는 재빨리 연락을 확인하며 얼굴을 찌푸렸다. 그다음 아주 차분하고 정확한 동작으로 손가락 하나를 뻗어 울가스트의 왼발 세 번째 발가락 뒤의 부드러운 지점을 가리켰다.

"눌러보세요."

울가스트는 시키는 대로 하려고 했다. 건드리자마자 매서운 고통이 밀려왔다.

"무슨 일을 하시지요?"

울가스트가 침을 꿀꺽 삼켰다. "법 집행요. 아, 정말 아프군요."

라일라는 차트에 뭐라고 쓰고 있었다.

"법 집행이라, 경찰이신가요?"

"사실 FBI입니다."

그러면서 울가스트는 라일라의 눈빛에 흥미로운 기색이 감돌기를 기대했지만, 라일라는 무표정했다. 왼손에 반지를 끼고 있지 않다는 게 눈에 들어왔다. 물론, 환자를 볼 때는 반지를 빼놓을 수도 있으니 결혼하지 않았다는 보장이 있는 건 아니었지만 말이다.

"MRI는 찍어봐야겠지만, 아킬레스건이 파열되었다고 90퍼센트 확신이 서네요."

"그 말은……?"

라일라가 어깨를 으쓱했다.

"수술을 해야겠죠. 솔직히 말씀드릴게요. 즐거운 일은 아닐 거예요. 8주는 거동을 못 하실 테고, 완전히 나으려면 6개월이 걸려요."

그녀가 안타깝다는 듯 미소를 지었다.

"안타깝게도, 농구를 할 수 있는 나날은 이제 끝이에요."

그녀가 진통제를 놓자 그는 곧 잠들었다. MRI를 찍으러 실려 갈 때야 겨우 잠에서 깼다. 눈을 뜨자 라일라가 침대 발치에 서 있었다. 누군가가 이불을 덮어준 모양이었다. 손목시계를 보니 거의 저녁 9시가 다 된 시간이었다. 병원에 6시간이나 있었던 것이다.

"친구분들이 아직 기다리고 계신가요?"

"아닐걸요."

라일라는 다음 날 7시에 수술을 잡아주었다. 서류에 사인을 한 다음 입원해야 한다고 했다. 혹시 연락해야 하는 사람이 있느냐고 그녀가 물었다.

"없어요."

바이코딘 기운으로 아직도 머리가 무거웠다.

"조금 불쌍하게 들리겠지만, 사실 고양이 한 마리 안 키우거든요."

라일라는 그가 마치 무슨 말을 더 잇기를 기다리는 듯이 기대에 찬 얼굴로 그를 바라보고 있었다. 그가 막, 우리 어디서 만난 적 있지 않으냐고 물으려던 순간 라일라가 갑자기 환하게 웃으며 침묵을 깨뜨렸다.

"그렇군요, 좋아요."

울가스트의 수술이 끝나고 2주 후에 있었던 두 사람의 첫 데이트는 병원 카페테리아에서의 저녁 식사였다. 목발을 짚고 왼쪽 무릎부터 발가락까지 플라스틱과 벨크로로 된 보조기로 감싸고 있었던 울가스트는 테이블에서 꼼짝도 하지 말라는 지시를 받고 기다리고 있는 가운데 라일라가 음식을 날라 왔다. 라일라는 수술복 차림이었으나 — 야간 근무가 있었고, 그날 밤도 병원에서 자게 될 거라고 라일라가 설명했다 — 립스틱과 마스카라를 살짝 바르고 머리를 빗었다는 것이 눈에 띄었다.

라일라의 가족은 전부 동부 보스턴 근처에 살았다. 보스턴대학교에서 의대를 졸업하고 — 누가 차로 질질 끌고 가는 것 같은, 인생에서 가장 끔찍한 4년이었다고 했다 — 레지던트 과정을 위해 콜로라도로 왔다고 했다. 고향에서 멀리 떨어진 이 크고 특색 없는 도시가 처음에는 싫었지만, 알고 보니 처음 생각과는 정반대로 큰 안정감을 주었다고 했다. 구역과 고속도로 들이 혼잡하게 뒤엉켜 있는 덴버라는 도시, 드넓은 고원과 무심한 산맥, 사람들이 서로에게 가식 없이 편안하게 대화를 주고받는 것, 그리고 거의 모든 사람이 그녀처럼 다른 곳에서 온 이방인이라는 점이 좋았다고 했다.

"여기 있으면 모든 게 다 평범하게 느껴져요."

그녀는 베이글에 크림치즈를 바르며 그렇게 말했다. 저녁 8시가 다 되어가는 시간이었는데 그녀에게는 아침 식사라고 했다.

"지금까지는 평범한 것이 뭔지 몰랐던 것 같아요. 자의식 강한 웰슬리 출신 여학생에겐 꼭 필요한 감각이었죠."

그 말을 듣자 울가스트는 갑자기 두 사람 사이의 계급 격차를 실감했다. 그 생각을 솔직히 털어놓자 라일라는 조금 부끄럽다는 듯이 환하게 웃으며 얼른 그의 손을 건드리면서 '왜 이래요.'라고 했다.

라일라는 일하는 시간이 길었다. 보통 사람들처럼 근사한 식당에 가거나 영화를 보러 가는 데이트는 불가능했다. 울가스트는 거동이 불편했고 대체로 초조한 기분으로 집에서 시간을 보내다가 차를 몰고 병원을 찾아갔고, 라일라와 병원 식당에서 저녁을 함께 먹었다. 라일라는 보스턴에서 대학교수의 딸로 살았던 어린 시절 이야기, 학교생활, 친구들 이야기, 프랑스에서 사진 공부를 하며 보낸 한 해에 대해 이야기했다. 어쩐지 라일라는 이런 이야기들을 전부 낯설게 들어줄 사람이 나타나기만을 기다렸던 것 같았다. 그는 자신이 이 이야기를 들어주는 사람이 되었다는 사실이 무척 좋았다.

만난 지 한 달이 지날 때까지 손을 잡는 것 이상으로 진도가 나가지 않았다. 어느 날, 저녁 식사를 끝낸 뒤 라일라가 안경을 벗고 테이블 위로 몸을 뻗더니 그에게 길고 부드럽게 키스했다. 그녀의 숨결에서 방금 먹은 오렌지 냄새가 났다.

"괜찮아요?" 키스가 끝난 뒤 그녀가 과장된 몸짓으로 식당 안을 둘러보며 목소리를 낮추었다.

"그러니까, 일단은 제가 의사잖아요."

"벌써 다리가 다 나은 것 같은데요." 울가스트가 대답했다.

두 사람이 결혼했을 때 울가스트는 서른다섯, 라일라는 서른한 살이었다. 결혼식은 9월, 코드곶에서 열렸다. 쨍한 가을 하늘 아래 요트 몇 척이 떠 있는 고요한 해안이 내려다보이는 작은 요트 클럽이었다. 참석자는 대부분 라일라의 친척이었는데, 마치 커다란 부족처럼 많았다. 셀 수도 없이 많아서 이름을 외울 수도 없는 아주머니, 아저씨, 사촌들이었다. 여자 하객의 절반은 각기 다른 때에 라일라의 룸메이트였던 친구들로, 다들 라일라와 함께 어린 시절에 했던 치기 어린 일탈 이야기들을 해주려고 열을 올렸는데 그 이야기들의 결론은 다 똑같은 것 같았다. 울가스트는 너무나 행복했다. 샴페인을 잔뜩 마시고 의자 위에 올라가 길고 감상적이기 짝이 없는 솔직한 건배사를 늘어놓았고, 결국 그가 맞지 않는 음정으로 부른 프랭크 시나트라의 〈안고 싶은 그대〉의 한 소절로 끝났다. 다들 웃고 환호하며 두 사람에게 쌀을 뿌려댔다. 라일라가 임신 4개월째라는 것을 사람들이 알았는지는 모르겠지만 이에 대한 언급은 아무도 하지 않았다. 울가스트는 그것이 뉴잉글랜드 사람들 특유의 조심스러움 때문이라고 생각했지만, 알고 보니 아무도 그런 것에는 신경 쓰지 않아서였다. 모두가 두 사람에게 진심으로 행복을 빌어주었던 것이다.

라일라의 돈으로 — 라일라가 버는 돈에 비해 울가스트의 수입은 웃어넘길 만한 수준이었다 — 두 사람은 숲과 공원이 있고 학군이 좋은 오래된 동네인 체리크리크에 집을 샀고 그곳에서 아이가 태어나기를 기다렸다. 아이는 딸일 예정이었다. 에바라는 이름은 성격이 불같았고, 가문에서 전해지는 이야기에 따르면 안드레아도리아호에도 탄 적이 있었고 알 카포네의 조카와 사귄 적도 있다는 라일라의 할머니의 이름을 땄다. 울가스트는 그 이름이 마음에 쏙 들었고 라일라가 그 이름을 추천하자마자 딱 이거다 싶었다. 두 사람의 계획은 라일라가 출산 직전까지 일을 하는 것이었다. 에바가 태어나면 울가스트가 1년간 라일라와 함께 아이를 돌보고, 그 뒤에는 울가스트가 다시 FBI로 돌아가고 라일라가 병원에서 반일 근무를 하기로 했다. 분명 문제가 생길 것이 뻔한 위험천만한 계획이었지만 그들은 깊이 생각하지 않았다. 두 사람은 어떻게든 해낼 작정이었다.

34주째에 라일라의 혈압이 치솟아 산부인과 의사는 누워서 휴식을 취할 것을 권고했다. 라일라는 걱정하지 말라고 했다. 아이가 위험해질 정도로 높은 혈압은 아니었다. 게다가 라일라는 의사이지 않은가. 정말 문제가 생겼더라면 라일라가 솔직하게 말했을 것이다. 울가스트는 라일라가 병원에서 너무 오래 서 있느라 과로한다고 생각해왔기에 라일라가 집에 여왕처럼 누워서 계단 아래로 식사를 가져오라느니 볼 영화나 읽을 책을 가져와 달라느니 명령하는 것이 좋았다.

그러다가 출산예정일을 3주 남겨둔 어느 날 밤, 집에 돌아왔더니 라일라가 침대에 걸터앉아 아픈 머리를 감싸 쥐고 울고 있었다.

"뭔가 잘못됐어." 그녀가 말했다.

병원에서는 라일라의 혈압이 최저 95, 최고 160이라고, 즉 임신중독증의 증상을 보인다고 했다. 두통의 원인도 이 때문이었다. 경련이 일어날 수 있고, 신장에 문제가 생길 수 있고, 아이에게 위험할 수 있다고 했다. 다들 심각했고 특히 라일라가 얼굴빛이 어두워질 정도로 걱정을 했다. 의사는 유도분만을 해야 한다고 했다. 이런 상황에서는 자연분만이 최선이지만 6시간 내에 출산하지 못하면 수술을 해야 한다고 했다.

병원에서 라일라에게 피토신 링거를 놓고 경련을 억누르는 황산마그네슘 링거도 놓았다. 벌써 자정이 넘은 시각이었다. 간호사는 짜증을 불러일으키는 미소를 띤 채 마그네슘 링거가 불편할 수 있다고 했다. '불편이라니요?' 울가스트가 묻자 간호사는 '글쎄요, 설명하기는 어렵지만, 아마 편하진 않을 거예요.'라고 답했다. 그러고는 태아 모니터를 달아주었고, 그다음에는 계속 기다렸다.

고통스러웠다. 라일라는 침대에 누운 채 고통으로 신음했다. 지금까지 단 한 번도 들어본 적 없는 고통, 그를 너무나도 괴롭게 하는 신음 소리였다. 마치 온몸에 작은 불이 붙은 것 같다고 라일라는 말했다. 자기 몸이 자기를 맹렬하게 미워하는 것 같다고, 이렇게 아픈 건 처음이라고 했다. 마그네슘 때문인지 피토신 때문인지는 알 수 없었고 누구도 알려주지 않았다. 자궁수축이 시작되었지만 의사는 아직 분만까지는 한참 남았다고 했다. 자궁문이 2센티미터 열렸다. 이 고통이 얼마나 오래 지속될까? 두 사람은 출산 교실에도 다녀왔다. 해야 하는 모든 일을 다 했다. 하지만 누구도 이렇게 고통스러울 거라고는, 교통사고를 슬로모션으로 지켜보는 것 같으리라고는 말해주지 않았다.

그러다가 동이 트기 직전 드디어 라일라는 이제 아이를 낳아야 한다고 말했다. '낳아야 한다'고. 라일라가 분만 준비가 되었다고 누구도 생각하지 않았지만 의사가 내진 후 놀랍게도 지금 자궁문이 10센티미터 열린 상태라고 말했다. 모두가 뛰어다니며 바퀴 달린 것들을 이리저리 끌고 오고 새 장갑을 끼고 라일라가 누운 침대에서 하반신이 놓여 있는 부분을 끌어 내렸다. 울가스트는 바다 위를 정처 없이 떠다니는 배처럼 쓸모없어진 기분이었다. 그는 라일라가 힘을 주는 동안 그녀의 손을 꼭 잡아주었다. 한 번, 두 번, 세 번. 그러자 모든 것이 끝나 있었다.

누군가가 울가스트에게 탯줄을 자르라며 각이 진 가위를 건네주었다. 간호사가 에바의 심장박동수와 체온을 측정한 뒤 담요로 감싸 울가스트에게 안겨주었다. 이렇게 놀라울 수가! 한순간에 모든 고통과 공황감과 걱정이 사라지고 방 안에 반짝이는 새로운 존재가 태어났다. 살아오면서 했던 어떤 행동도 지금 딸 에바가 품 안에 안겨 있는 그 촉감에 비견할 수 없었다. 에바는 고작 2.3킬로그램으로 가볍게 태어났다. 피부는 따뜻하고 마치 태양에 익은 복숭아처럼 분홍색이었고, 얼굴을 가까이 마주 대자 마치 불 속에서 빠져나온 것처럼 매캐한 냄새가 풍겼다. 의료진은 라일라의 환부를 꿰매는 중이었고 그녀는 아직도 약 기운으로 정신이 없었다. 바닥에 짙은 피가 흥건한 것을 보고 울가스트는 깜짝 놀랐다. 막상 분만 과정은 정신이 없어 피가 흐르는 걸 미처 보지 못했던 것이다. 하지만 라일라는 괜찮다고 의사는 말했다. 울가스트는 라일라에게 에바를 보여주고 아기를 오랫동안 끌어안은 채 신생아실로 데려가기 전까지 에바라는 이름을 부르고 또 불렀다.

에이미는 나날이 건강을 회복했지만 빛에 민감한 증상은 나아지지 않았다. 울가스트는 딴채 중 한 군데에서 합판 무더기와 사다리, 망치, 톱, 못을 찾았다. 손으로 합판을 재단하고 절단한 다음에 사다리 위로 가지고 올라가서 못으로 박아 2층의 창문을 막아야 했다. 하지만 돌아보면 말도 안 되는 짓이었던, 부대에서의 긴 사다리 오르기에 비하면 이런 일상적인 일은 아무것도 아니었다.

에이미는 거의 온종일 잠을 자다가 해가 지면 일어나서 식사를 했다. 여기가 어디냐고 묻기에 어린 시절 울가스트가 캠핑을 왔던 오리건주의 산이라고 설명해주었으나, 에이미는 그들이 왜 이곳에 온 건지는 묻지 않았다. 이미 알고 있는 건지도 모르고 신경 쓰지 않는 건지도 몰랐다. 산장의 연료탱크는 거의 꽉 차 있었다. 스토브를 사용해 통조림 수프나 스튜, 크래커, 탈지분유로 축인 시리얼 같은 간단한 식사 준비는 할 수 있었다. 캠핑장에 나오는 물은 약간 불그스름했으나 마실 수는 있었고 부엌 펌프에서 나오는 물은 이가 시리도록 차가웠다. 준비해 온 식량이 충분치 않다는 것은 얼마 지나지 않아 알 수 있었다. 곧 산을 내려가야 할 것이었다. 지하실에 오래된 책 상자가 있었다. 오랜 세월과 습기 때문에 곰팡이가 핀 양장본 고전소설 전집이었는데, 울가스트는 촛불 빛에 의지해 에이미에게 『보물섬』, 『올리버 트위스트』, 『해저 이만 리』를 읽어주었다.

때로 흐린 날이면 에이미는 낮에 바깥에 나와서 울가스트가 나무를 자르거나 처마 아래 구멍을 수선하고 오두막에서 찾은 낡은 가솔린 발전기를 가지고 낑낑거리는 모습을 지켜보기도 했다. 에이미는 안경과 모자를 쓰고, 모자 아래에 기다란 수건을 씌워서 목까지 덮은 채로 그늘의 나무 그루터기에 앉곤 했다. 그러나 이렇게 에이미가 밖으로 나오는 건 길어야 한 시간이었다. 시간이 지나면 아이의 살갗이 뜨거운 물에 덴 것처럼 분홍색으로 변해가서 울가스트는 아이를 얼른 안으로 들여보냈다.

캠핑장에 온 지 거의 3주가 흐른 어느 날 저녁, 울가스트는 에이미를 목욕시키러 호수로 데려갔다. 지금까지 울가스트가 일을 하는 걸 보려고 잠깐씩 나온 것을 제외하고 에이미가 산장 밖으로 나온 것도, 이렇게 멀리 나온 것도 처음이었다. 물가에 난 잡초 무더기에서부터 호수 안쪽 9미터 정도 들어간 곳까지 곧 무너질 것처럼 생긴 둑이 하나 나 있었다. 울가스트는 속옷을 벗고 에이미에게도 옷을 벗으라고 했다. 그는 수건, 샴푸, 비누 한 장을 챙겨 왔다.

"수영할 줄 아니?"

에이미가 고개를 저었다.

"그래, 아저씨가 알려주마."

울가스트는 에이미의 손을 붙잡고 호수 안으로 들어갔다. 물은 충격적일 만큼 시렸다. 두 사람은 에이미의 가슴께까지 물이 차는 곳으로 천천히 안으로 들어갔다. 울가스트가 아이를 물 위로 들어 올린 다음 몸을 수평으로 잡아주고 팔다리를 움직이는 법을 알려주었다.

"놔보세요." 아이가 말했다.

"괜찮겠니?"

에이미는 숨을 몰아쉬고 있었다. "네."

울가스트가 에이미를 붙잡았던 손을 놓자 아이는 돌처럼 가라앉았다. 얼음처럼 투명한 물속으로 아이가 꼼짝하지 않는 모습이 보였다. 새로운 서식지를 발견한 동물처럼 눈을 크게 뜨고 주위를 둘러보고 있었다. 그러더니 갑자기 아이는 우아하기 그지없는 동작으로 팔을 뻗어 휘저으면서 어깨를 이리저리 움직여 개구리처럼 날랜 동작으로 물을 가르고 나아갔다. 발차기 동작이 완벽했다. 순식간에 아이는 모래투성이 바닥으로 미끄러져 사라지고 없었다. 울가스트가 아이를 찾으려고 물속으로 뛰어들기 직전에 아이는 3미터 떨어진 곳, 아이의 키를 훌쩍 넘는 깊은 물속에서 환하게 웃으며 나타났다.

"쉽네요." 아이가 다리를 움직여 가면서 말했다. "하늘을 나는 것처럼요."

울가스트는 말문이 막혀 웃을 수밖에 없었다. "조심해……."

그러나 그의 말이 끝나기도 전에 아이는 숨을 크게 들이마시더니 다시 물속으로 들어갔다.

울가스트는 아이의 머리를 감겨준 다음에 몸을 씻는 법을 최대한 열심히 설명해주었다. 다 씻고 나자 보랏빛이었던 하늘이 검게 물들어 있었다. 하늘에 빛나는 수백 개의 별이 깨끗한 호수의 수면에 비쳐 두 배가 되었다. 두 사람의 목소리와 물가에 찰싹거리는 호수의 물결 말고는 아무 소리도 들리지 않았다. 그는 손전등을 든 채 아이를 데리고 산장으로 돌아갔다. 부엌에서 저녁으로 수프와 크래커를 먹었고, 그다음에는 아이를 데리고 방으로 들어갔다. 아이가 몇 시간이나 잠들지 않으리라는 것을 울가스트는 알았다. 이제 아이는 야행성이 되었고, 울가스트 역시 마찬가지였다. 때로는 아이에게 책을 읽어주느라 밤을 새우다시피 했다.

"고맙습니다." 울가스트가 『빨간 머리 앤』을 들고 자리에 앉자 에이미가 말했다.

"뭐가?"

"수영 가르쳐줘서요."

"이미 할 줄 아는 것 같던걸. 누가 너한테 가르쳐줬나 보다."

그 말에 에이미는 잠시 복잡한 표정으로 골똘히 생각하더니 대답했다. "아닐 걸요."

울가스트는 이 일을 어떻게 설명하면 좋을지 알 수 없었다. 에이미의 아주 많은 부분이 수수께끼투성이었다. 아이의 건강은 괜찮아 보였다. 정확히 말하면 괜찮아 보이는 것 이상이었다. 부대에서 일어난 일이 무엇이었건, 그 바이러스가 무엇이었건, 아이는 그것을 물리친 것 같았다. 그래도 빛에 민감해진 건 알 수 없는 일이었다. 다른 의문점도 있었다. 예를 들면, 왜 아이의 머리카락이 자라지 않는 것 같을까? 울가스트의 머리는 목깃 아래까지 자라버렸는데 에이미의 머리 길이는 그대로였다. 또, 아이의 손톱을 깎아준 적도 없고 아이가 직접 깎는 모습을 본 적도 없었다. 물론, 더 깊은 수수께끼도 있었다. 콜로라도에서 도일을 비롯한 사람들을 죽인 존재들은 무엇이었을까? 차 지붕에 올라탄 그 사람이 어떻게 카터인 동시에 카터가 아닐 수도 있었을까? 레이시가 말한 '에이미는 당신의 몫'이라는 것은, 어떻게 해야 할지 그가 이미 알고 있다는 것은 무슨 뜻이었을까? 그 말대로, 울가스트는 마치 자신이 무엇을 해야 하는지 알고 있는 것만 같았다. 그러나 그 어떤 것도 설명할 수 없었다.

그날 치 책 읽기를 마친 다음 울가스트는 에이미에게 다음 날 아침 산을 내려갔다 올 거라고 말했다. 아이의 상태가 많이 괜찮아졌으니 산장에 혼자 두어도 될 것 같았다. 아마 한두 시간이면 될 것이다. 아마 아이가 깨어나기도 전에 다녀올 수 있을 것이다.

"알아요." 에이미는 그렇게 대답했고, 이번에도 울가스트는 이 말을 어떻게 받아들여야 할지 알 수 없었다.

울가스트는 7시가 조금 넘은 시각에 출발했다. 몇 주 동안이나 제자리에서 꼼짝하지 않았던 도요타는 나무에서 떨어진 꽃가루투성이가 되어 있었고 시동을 걸었을 때 한참이나 말을 듣지 않았지만 결국에는 시동이 걸렸다. 호수 위에

드리운 아침 안개가 막 걷히기 시작할 때였다. 울가스트는 기어를 넣고 진입로를 따라 긴 길을 천천히 내려가기 시작했다.

가장 가까운 마을은 50킬로미터 떨어진 곳에 있었지만, 울가스트는 거기까지 갈 생각은 없었다. 도요타가 고장 나기라도 하면 그도, 에이미도 오도 가도 못 하는 신세가 될 테니까. 게다가 연료도 부족했다. 울가스트는 갈림길마다 멈춰서 기억을 되살리며 처음에 왔던 길을 되짚어 갔다. 다른 차는 한 대도 보이지 않았지만, 이렇게 외딴곳에서는 놀라운 일이 아니었다. 그래도 차가 한 대도 없다는 사실이 마음을 불편하게 했다. 어쩐지 3주 전에 떠나온 세계와 지금 그가 돌아가는 세상은 달라진 것 같았다.

그때 찾던 것이 보였다. '밀턴 잡화점'. 캠프장에 처음 들어가던 날 밤에 보았을 때는 어둠 속이라 커 보였지만, 이제 보니 지붕 기와가 낡아빠진 작은 2층짜리 건물에 불과했다. 동화 속에 나오는 것 같은 숲속의 작은 집이었다. 주차장에 다른 차는 없었지만 건물 뒤 풀밭에 1990년대 중반의 빈티지 모델인 오래된 밴 한 대가 서 있었다. 울가스트는 차에서 내려 문으로 걸어갔다.

현관에 신문 자판기가 대여섯 개 놓여 있었는데 《USA 투데이》 외에는 전부 비어 있었다. 열려 있는 먼지투성이 문안으로 들어가는데 커다란 헤드라인 글씨가 눈에 띄었다. 꺼내 보니 신문은 고작 접힌 종이 두 장에 불과했다. 그는 현관에 서서 신문을 읽기 시작했다.

혼돈에 빠진 콜로라도주

'로키마운틴주'에 횡행하는 치명적 바이러스

주 경계 봉쇄

네브래스카주, 유타주, 와이오밍주에서 발생 보고

주지사가 군대에 비상사태 선언

"유례없는 테러 위협" 앞에서 침착하기를 바람

위싱턴, 5월 18일 ― 휴즈 대통령은 오늘 밤 일명 콜로라도 열바이러스의 확산을 막기 위한 '필요한 모든 조치'를 취하고 책임자들을 처벌할 것임을 서약하며 '자유를 혐오하는 자들 및 이들이 안주하는 무법 정부에 대해 곧 미합중국의 정당한 분노가 닥칠 것'을 공표하였다.

대통령의 이러한 서약은 8일 전 위기가 처음 시작된 이래 백악관에서 처음 발표한 공식 입장이다.

"작금의 강력한 전염병이 자연적으로 발생한 것이 아니라 해외 적들의 지원을 받아 국내에서 활동 중인 극단적 반미주의자들의 소행이라는 분명한 증거가 있습니다." 휴즈 주지사는 불안에 빠진 국민에게 이렇게 전했다. "이는 다만 미국 국민에 대한 범죄가 아니라 전 인류에 대한 범죄입니다."

휴즈 대통령의 연설이 이루어진 것은 대통령이 콜로라도주 경계를 봉쇄하고 비상사태에 따른 군대 주둔 명령을 내린 지 불과 수 시간 후, 인접 주에서 첫 감염자들이 보고된 지 하루 후였다. 국내, 해외의 모든 항공기 이륙이 대통령의 명령으로 중단되어, 비행기 이외의 수단으로 집으로 돌아가고자 하는 인파로 전국의 교통 중심지가 마비된 상태다.

휴즈 대통령은 국민을 안심시키고 행정부의 뒤늦은 위기 대처를 향한 비난의 답으로 국민에게 가공할 만한 싸움에 대비해야 함을 알리며 다음과 같이 말했다.

"오늘 밤 국민들의 믿음, 결의, 기도를 부탁드립니다. 우리는 모든 사태를 확실히 규명할 것입니다. 정의가 속히 구현될 것입니다."

대통령 대변인인 팀 로버는 군대의 가능한 반응에 대한 기자들의 질문에 '현시점에서 어떠한 가능성도 배제하지 않을 것'이라고 답했다.

전국적으로 이미 4만 명이 이 바이러스로 사망했다는 보고가 있었다. 이 중 몇 명이 실제 감염자이고 몇 명이 감염자에 의한 폭력행위로 사망했는지는 확실치 않다. 바이러스 노출의 초기 증상은 어지럼증, 구토, 고열이다. 6시간가량의 짧은 잠복기를 지나면 질병이 발현되며 이때 몇몇 환자에게서는 신체적 힘과 공격성이 눈에 띄게 증가했다.

"감염자들은 광기에 사로잡혀 무차별 살인을 저지릅니다." 익명을 부탁한 콜로라도주의 한 보건공무원의 말이다. "병원이 전쟁터나 다름없습니다."

애틀랜타주 질병관리센터의 섀넌 프리먼 대변인은 이 보고를 '히스테리 증상'으로 축소해 표현했으나 격리지역 내부에 있는 공무원과의 통신 두절은 인정했다.

"현시점에서 알 수 있는 것은 이 질병의 사망률이 약 50%로 무척 높다는 것입니다." 프리먼의 말이다. "그 밖에는 정확히 격리지역 내에서 어떤 일이 일어나고 있는지 알 수 없습니다. 현시점에서 할 수 있는 최선은 실외 활동을 자제하는 것입니다."

프리먼은 네브래스카주, 유타주, 와이오밍주에서의 바이러스 출현 보고 역시 확인했으나 자세한 설명은 피했다.

프리먼은 다음과 같이 덧붙였다. "바이러스 노출 의심 증상이 있는 국민들은 가장 가까운 경찰서나 병원 응급실에 즉시 보고해야 합니다. 현시점에서 저희가 할 수 있는 말은 그것입니다."

화요일부로 계엄령이 내려진 덴버, 콜로라도 스프링스, 포트 콜린스는 주민들이 콜로라도 주지사 프리츠 밀레이의 '실내 대피' 명령을 어기고 떼를 지어 도시를 떠나는 바람에 텅 비어 있다. 국토보안군이 국경의 난민들을 돌려보내기 위해 살상무기를 사용하라는 명령을 받았다는 루머가 횡행하고 있으나 확인된 바 없다. 콜로라도주 방위군이 병원에서 환자들을 대피시켜 비밀에 부쳐진 장소로 이송하고 있다는 보고가 이어짐에 따라……

기사는 그 뒤로도 쭉 이어졌다. 울가스트는 기사를 읽고 또 읽었다. 사람들이 감염자들을 모아서 사살하고 있었다. 5월 18일. 울가스트는 속으로 헤아려보았다. 신문은 사흘, 아니 나흘 전에 발행된 것이었다. 울가스트와 에이미가 캠핑장에 도착한 것은 5월 2일 아침이었다.

그러니까 신문에 나온 모든 사건이 단 18일 만에 일어난 일이었다. 가게 안에서 누군가 인기척을 냈다. 울가스트는 신문을 팔 아래에 끼고 가게 안으로 들어갔다. 먼지와 세월의 흔적을 담은 냄새가 나는 작은 공간에 온갖 물건이 가득 차 있었다. 캠핑용품, 옷, 도구, 통조림. 문 앞에는 커다란 황소의 머리가 붙어 있었고 가게 뒤쪽에는 주렴으로 가려진 방이 있었다. 어린 시절 친구들과 이곳에 와서 사탕과 만화책을 샀던 게 기억났다. 그 시절에는 앞문 앞에 빙글빙글 돌아가는 철제 책꽂이가 있었다. 『납골당의 미스터리』, 『판타스틱 포』, 그리고 울가스트가 가장 좋아하던 『다크 나이트』 시리즈.

카운터 뒤에 체크무늬 셔츠를 입고 청바지에 멜빵을 달아 두툼한 허리까지 추어올린 덩치 큰 대머리 남자가 스툴을 놓고 앉아 있었다. 허리춤에는 38구경 회전식 연발 권총이 든 가죽 총집을 차고 있었다. 두 사람은 묵례를 주고받았다.

"신문은 2달러입니다." 남자가 말했다.

울가스트는 주머니에서 지폐 두 장을 꺼내 카운터에 놓았다.

"더 최근 신문은 없습니까?"

"제가 본 건 이게 마지막입니다."

남자가 말하면서 지폐를 금전등록기에 집어넣었다.

"화요일부터 신문 배달부가 안 오더군요."

그러니까 오늘이 금요일이라는 소리였다. 별로 중요한 사실 같지는 않지만 말이다.

"물건을 좀 사야겠습니다." 울가스트가 말했다. "탄환요."

남자가 울가스트를 견주어 보듯 회색 눈썹을 꿈틀거렸다.

"가지고 있는 총이 어떤 겁니까?"

"스프링필드 45구경." 울가스트가 대답했다.

남자가 카운터 위를 손가락으로 톡톡 두드렸다. "흠, 일단 한번 봅시다. 지금 가지고 있죠?"

울가스트가 등 뒤에 꽂아두었던 총을 꺼냈다. 레이시가 렉서스 바닥에 떨구었던 그 총이었다. 약실은 비어 있었다. 총을 쏜 사람이 레이시였는지, 다른 사람이었는지 울가스트로서는 알 길이 없었다. 혼란 속에서는 무엇이 무엇인지 알기가 어려웠다. 어쨌거나 이 총은 그에게 익숙한 것이었다. 스프링필드는 FBI에서 일반적으로 사용하는 총기였기 때문이다. 그는 클립을 끄르고 슬라이드를 밀어 남자에게 약실 안이 비어 있음을 보여주고는 카운터 위에 놓았다.

남자가 커다란 손으로 총을 들어 살펴보았다. 남자가 총의 마감에 빛이 닿게 이리저리 뒤집어보는 모양새를 보니 총에 대해 썩 잘 아는 게 분명했다.

"텅스텐 프레임, 베벨 구조로 된 배출구, 티타늄 공이에 짧은 방아쇠 리셋 지점이라, 상당히 괜찮은 물건이군요."

그러더니 남자가 울가스트를 바라보았다.

"아무리 봐도 FBI 요원이신 것 같은데요."

울가스트가 최선을 다해 순진한 표정을 지어 보였다.

"예전에는 그랬죠. 전생에 말입니다."

그 말을 들은 남자가 구슬프게 헛웃음을 짓고는 총을 카운터에 내려놓았다.

"전생이라."

그러면서 남자는 머리를 힘없이 절레절레 저었다.

"어쩌다 보니 우리 모두에게 전생이 생겨버린 것 같군요. 우선 한번 봅시다."

그는 커튼이 쳐진 뒤편으로 가더니 잠시 후 작은 판지 상자를 들고 다시 나타났다.

"45구경에 들어가는 건 이게 전붑니다. 은퇴한 ATF 요원이 하나 있어서 조금 갖다 놨죠. 그런데 그 친구가 안 보인 지 오래됐어요. 이번 주에 찾아온 손님은 그쪽이 거의 처음입니다. 그러니 그쪽한테 팔아도 상관없겠군요."

그가 카운터를 향해 고갯짓을 했다.

"장전해요. 박스 안에 놔둬서 뭐 하겠소? 지금 바로 장전해보시죠."

울가스트가 클립을 푼 다음 탄환을 제자리에 채워 넣기 시작했다.

"혹시 탄환을 좀 더 구할 수 있는 곳이 있습니까?"

"화이트리버까지 내려가야 있을걸요." 남자가 검지로 자기 흉골 위를 두 번 톡톡 쳤다.

"바로 여기를 쏴야 한답디다. 한 방에요. 제대로 하면 망치로 내리치듯이 쓰러져버린답니다. 실패하면 골로 가는 거지만요."

그렇게 말하는 목소리에는 어떠한 만족감도, 두려움도 없었다. 꼭 날씨 이야기를 하듯 심드렁한 말투였다.

"사랑하던 할머니라도 망설이지 말고 무조건 죽여야 한답디다. 두 번째 조준을 하기 전에 피를 싹 빨아 마셔버린다고 하니."

울가스트는 장전을 마치고 슬라이드를 당긴 뒤 안전장치를 확인했다.

"그런 이야기는 어디서 들으셨습니까?"

"인터넷요. 다들 떠들더구먼." 남자는 어깨를 으쓱했다.

"음모론, 정부 차원의 은폐, 뱀파이어 이야기들 따위. 전부 미친 소리 같습디다. 어떤 게 헛소리고 어떤 게 진짜인지 알 길은 없죠."

울가스트는 총을 다시 허리춤에 찔러 넣었다. 뉴스를 찾아볼 수 있게 남자에게 컴퓨터를 써도 되느냐고 물어볼까 하는 생각이 들었지만, 그 역시도 이미 알 만큼은 알고 있었다. 어쩌면 살아 있는 사람 중 그것들에 대해 가장 잘 알고 있는 사람이 다름 아닌 울가스트일지 몰랐다. 카터, 그리고 다른 것들의 위력을 분명히 봤으니까.

"하나 말해주자면, 자기를 '덴버 최후의 보루'라고 자칭하는 남자가 하나 있어요. 시내에 고층 건물이 밀집한 곳에 살면서 비디오 블로그를 올리는데, 자기가 고성능 소총으로 무장하고 있다고 합니다. 그 영상을 찾아보면 그놈의 것들이 어떻게 움직이는지 볼 수 있을 거요."

남자가 다시 한번 흉골 위를 손가락으로 톡톡 쳤다.

"이 말만 기억해요. 한 방. 두 방은 이미 늦어요. 밤에 숲속에서 움직인답디다."

남자는 울가스트를 도와 물건을 차에 실어주었다. 통조림, 탈지분유, 커피, 배터리, 휴지, 양초, 연료. 낚싯대 한 쌍, 미끼 한 상자. 해는 높이 떠서 환히 빛나고 있었다. 그들을 둘러싼 공기는 마치 오케스트라가 연주를 시작하기 직전의 침묵처럼 고요하게 얼어붙어 있었다.

트렁크에 물건을 다 실은 두 사람은 악수를 나누었다.

"베어산으로 올라갔지요?"

숨길 필요가 없을 것 같았다.

"어떻게 아십니까?"

"온 길을 보니까 알겠던걸요." 남자는 어깨를 으쓱했다.

"저 위에는 캠프장 말고는 아무것도 없으니까요. 왜 안 팔리는지 모를 노릇입니다."

"어릴 때 갔던 곳이거든요. 하나도 바뀐 게 없어서 우습더군요. 아마 그런 곳의 중요성이 그거겠지요."

"영리하시군. 좋은 자리를 찾았군요. 걱정 마슈, 아무한테도 말 안 할 테니까."

"사장님도 어서 대피하시지요." 울가스트가 말했다.

"산 위로 올라가시든지, 북쪽으로 가세요."

남자의 눈빛에서 고민 중이라는 게 읽혔다.

"이리 와보시게." 남자가 마침내 입을 열었다.

"내 뭐 하나 보여드리리다."

남자가 울가스트를 데리고 가게 안으로 들어가 주렴을 걷고 들어갔다. 주렴 뒤는 생활공간이었다. 쾌쾌하고 꽉 막힌 냄새가 났고 덧문이 내려져 있었다. 창문에 달린 에어컨이 낮은 소음을 내고 있었다. 울가스트는 어둠에 눈을 적응시키느라 문간에 멈춰 섰다. 방 한가운데에는 병원에서 쓸 법한 침대가 하나 놓여 있었고 여자 한 명이 그 위에 누워서 자고 있었다. 고개가 45도로 들어 올려 있어 옆으로 기울인 얼굴이 덧창이 달린 창문으로 새어드는 빛에 비쳤다. 몸에 담요를 덮고 있었지만 깡마른 체구라는 것을 알 수 있었다. 그 옆의 조그만 협탁에 약병 열두어 개, 거즈와 연고, 크롬으로 된 대야, 비닐 포장이 된 주사기들이 놓여 있었다. 옅은 푸른색 산소통이 침대 옆에 세워져 있었다. 담요 끄트머리가 살짝 걷혀 맨발이 드러났다. 노랗게 뜬 발가락 사이에 약솜이 끼워져 있었다. 침대 옆에 끌어다 놓은 의자 위에는 발톱 다듬는 줄과 색깔 있는 매니큐어 몇 병이 놓여 있었다.

"이 사람은 원래 발을 예쁘게 다듬는 걸 좋아했거든." 남자가 조용히 말했다. "댁이 가게에 들어오기 전까지 발톱에 매니큐어를 발라주고 있었죠."

두 사람은 다시 방 밖으로 나왔다. 울가스트는 무슨 말을 하면 좋을지 알 수 없었다. 상황은 명백했다. 이 남자와 그의 아내는 아무 데로도 피신하지 않을 것이었다. 두 사람은 다시 햇살이 눈부시게 내리쬐는 주차장으로 나갔다.

"다발성경화증입니다. 최대한 오랫동안 집에서 돌보고 싶었지요. 지난겨울 상태가 나빠질 때 아내와 합의한 거였어요. 간호사를 보내주기로 했는데, 한동안 오지 않고 있군요."

그가 자갈을 밟고 있던 발을 들더니 목을 골랐다.

"제 생각엔, 이제 왕진 같은 건 안 받는 모양입니다."

울가스트는 자기 이름을 남자에게 말해주었다. 남자의 이름은 칼, 아내의 이름은 마사였다. 장성한 아들이 둘 있고, 하나는 캘리포니아에, 하나는 플로리다에 산다고 했다. 칼은 오리건주 코밸리스에서 전기기술자로 일하다가 가게를 구입하고 은퇴한 뒤 이곳에 자리를 잡았다고 했다.

"제가 해드릴 수 있는 일이 없겠습니까?" 울가스트가 물었다.

두 사람은 아까도 악수를 했지만, 또 한번 했다.

"그냥 살아만 있어줘요." 칼이 대답했다.

차를 몰고 다시 캠핑장으로 돌아가는데 갑자기 라일라 생각이 났다. 그 기억은 마치 또 다른 시간대, 다른 인생에서의 기억 같았다. 이제 끝나버린 인생, 그에게도, 다른 사람들에게도 마찬가지로. 라일라에 대해 생각하는 것은 그 인생에 작별을 고하는 일이었다.

불이 난 것은 해가 길고 건조한 8월의 어느 날이었다.

그날 오후, 마당에서 일하고 있던 울가스트는 타는 냄새를 맡았다. 아침이 되자 공기 중에 매캐한 연기가 감돌았다. 지붕 위로 올라가서 살펴보았지만 보이는 것은 나무와 호수, 굽이굽이 펼쳐진 산이 전부였다. 불이 얼마나 가까이 번졌는지 알 방법이 없었다. 바람에 불이 몇백 미터나 번질 수도 있다는 사실을 울가스트는 알고 있었다.

울가스트는 밀턴의 상점에 다녀간 이래 2달 가까이 산을 내려간 일이 없었다. 이제 생활에 정해진 일과도 생겼다. 울가스트는 매일 정오께까지 잠을 자고, 해가 질 때까지 밖에서 일을 했고, 그다음에는 저녁을 먹고, 수영을 한 다음, 밤을 반쯤 지새우며 에이미와 함께 마치 오랜 항해를 하는 사람들처럼 책을 읽거나 보드게임을 했다. 어느 오두막 안에서 보드게임 상자들이 잔뜩 나왔다. 모노폴리, 파치지, 체스 등이었다. 처음에는 에이미에게 일부러 몇 번 져주었지만 알고 보니 그럴 필요가 없었다. 에이미는 게임에 능했고 특히 모노폴리를 할 때 능수능란하게 부동산을 잔뜩 사고 받아야 할 월세를 얼른 계산한 다음 기뻐하며 돈을 셌다. 보드워크, 파크플레이스, 마빈가든스. 이런 지역들이 이 아이에게는 무슨 의미가 있을까? 어느 날 밤 울가스트는 에이미에게 전에 읽어주었지만 또 한번 듣고 싶다던 『해저 이만 리』를 읽어주려고 자리에 앉았다. 에이미가 그의 손에서 책을 빼앗아가더니 흔들리는 촛불 속에서 소리 내어 읽기 시작했다. 책에 나오는 어려운 단어며 복잡하게 꼬인 예스러운 구문들 앞에서도 별로 머뭇거리지 않았다. 너무나 놀란 울가스트는 아이가 책장을 넘기려고 읽기를 멈춘 틈을 타 책 읽기는 어디에서 배웠는지 물었다. 아이는 그냥 이렇게 대답했다. '음, 아저씨가 전에 읽어줘서, 기억했나 봐요.'

산속으로 들어오기 전의 세계는 점점 기억이 되어 멀어졌다. 단파 라디오를 쓰고 싶었기에 발전기를 돌려보려고 무진 애를 썼지만 결국은 실패하고 시도를 그만둔 지 오래였다. 그가 생각한 바로 그런 일이 일어나고 있는 것이 맞는다면, 차라리 모르는 게 낫다는 생각이 들었다. 정보를 얻는다고 무엇을 할 수 있을까? 달리 갈 곳이 어디 있겠는가?

하지만 지금은 숲이 불타오르고 서쪽으로부터 숨 막힐 정도의 짙은 연기가 밀려오고 있었다. 다음 날 오후가 되자 두 사람이 이곳을 떠나야 한다는 사실은 분명해졌다. 불이 이쪽으로 점점 더 가까이 번져오고 있었던 것이다. 불이 강을 건너오고 나면 도망칠 곳이 없을 터였다. 올가스트는 차에 짐을 싣고 에이미를 담요로 둘러싸 조수석에 태웠다. 물에 적신 천을 하나씩 들고 입과 눈을 막았다.

3킬로미터도 가지 못해 불길을 만났다. 연기로 길이 막혀 있었고, 공기는 유독물질로 이루어진 장벽이 되어 도저히 들이쉴 수 없을 지경이었다. 바람이 거세게 불어 그들이 있는 위쪽으로 불이 번져오고 있었다. 돌아가야 했다.

불이 다가오기까지 얼마나 남았는지 알 수 없었다. 산장의 지붕에 물을 축일 수단이 도무지 없었다. 불이 꺼질 때까지 기다릴 수밖에 없었다. 그나마 창문을 막아놓았기에 연기를 막을 수는 있었지만 해가 지자 둘 다 기침이 나고 가래가 끓었다.

딴채 중 한 군데에 알루미늄으로 만든 낡은 카누가 한 대 있었다. 올가스트는 카누를 호숫가로 끌고 간 다음 2층에 있던 에이미를 데려왔다. 두 사람은 카누에 타고 호수 한가운데로 나간 다음 불이 산을 휘감고 캠프장 쪽으로 다가오는 모습을 보았다. 지옥의 문이 열린 것처럼 장관이었다. 에이미는 카누 바닥에 누워 그에게 기대고 있었다. 아이는 두려운 기색이 전혀 없었다. 이제 할 수 있는 일은 하나도 없었다. 온몸의 에너지가 바닥난 그는 잠들지 않으려 애썼지만 어느 순간 잠에 빠졌다.

다음 날 아침 눈을 뜨자 캠프장은 멀쩡했다. 결국 불이 강을 건너오지 못했던 것이다. 밤새 바람의 방향이 바뀌었는지 불길도 남쪽으로 방향을 바꾸었다. 아직도 공기에는 연기가 매캐했지만 위험한 상황은 끝이 난 게 분명했다. 그날 저녁 마치 머리 위에서 거대한 양철 지붕이 우그러지는 것처럼 엄청난 천둥소리가 나더니 비가 밤새 쏟아지기 시작했다. 믿기지 않는 행운이었다.

다음 날 아침, 울가스트는 마지막 남은 가솔린을 써서 칼과 마사의 안부를 살피고 오기로 결정했다. 이번에는 에이미도 데려가기로 했다. 불이 난 이상, 이제 다시는 에이미를 두고 다니지 않기로 했던 것이다. 그는 해가 질 때까지 기다렸다가 출발했다.

불길이 아주 가까이까지 다가왔던 게 분명했다. 캠프 정문에서 2킬로미터도 떨어지지 않은 지점부터 숲이 불에 타고 땅은 마치 전쟁이 지나간 자리처럼 풀한 포기 없이 불에 바싹 그을려 있었다. 동물의 시체가 널브러져 있었는데, 포섬이나 너구리처럼 작은 동물들 말고도 사슴이나 영양, 심지어는 땅에서 숨 쉴 구멍을 찾으려 했던 듯 새까맣게 탄 나무 그루터기 위에 엎어져 죽은 곰 시체까지 있었다.

가게는 아무 흔적 없이 그 자리에 있었다. 불은 꺼져 있었는데 당연히 전기가 나갔을 것이었다. 울가스트는 에이미에게 차 안에서 기다리라고 한 뒤 손전등을 챙겨 가게 현관으로 걸어갔다. 문이 잠겨 있었다. 크게 문을 두드리고 또 두드리고 칼의 이름을 불렀지만 대답이 없었다. 결국 울가스트는 손전등으로 창문을 부수고 들어갔다.

칼과 마사는 죽어 있었다. 두 사람은 병원 침대 위에서 마치 낮잠을 자는 것처럼, 칼이 마사의 등에 붙어 몸을 구부린 채 한 손으로 마사의 어깨를 감싼 자세로 죽어 있었다. 연기에 질식한 것인지도 모르지만, 방 안의 공기를 느끼자니 두 사람이 죽은 것은 불이 나기 전이라는 생각이 들었다. 협탁 위에는 반쯤 비운 스카치위스키병 하나, 지난번에 울가스트가 보았던 것처럼 아주 얇은 신문한 장이 접힌 채 놓여 있었다. 울가스트는 고함을 지르는 것 같은 커다란 헤드라인에서 애써 눈을 돌린 채 나중에 읽을 작정으로 주머니에 집어넣었다. 그는 두 사람의 시체가 누워 있는 침대 발치에 잠깐 머물렀다. 그러고는 방문을 닫았고, 처음으로 울었다.

칼의 밴이 아직도 가게 뒤에 서 있었다. 울가스트는 자신이 타고 온 도요타를 칼의 밴 뒤에 세운 다음 정원용 호스를 끊어서 밴에 남은 연료를 도요타의 탱크로 옮겼다. 어디로 가야 할지 알 수 없었지만, 화재의 계절은 이대로 끝이 아닐 것이다. 아무 대책 없이 화재를 맞이한 건 거의 목숨을 위협할 뻔한 실수였다. 집 뒤 움막에서 빈 휘발유 통을 찾은 울가스트는 도요타의 탱크를 가득 채운 다음 휘발유 통에도 연료를 채웠다. 그다음에는 에이미와 함께 가게 안에서 필요한 물건을 챙겼다. 식량과 배터리, 프로판가스는 있는 대로 전부 상자에 챙겨서 차에 실었다. 그다음에는 다시 시체가 누운 방으로 들어가 조심스럽게 숨을 참고 칼이 허리춤의 총집에 차고 있던 38구경 권총을 빼 왔다.

이른 아침이 되어 에이미가 마침내 잠들자 울가스트는 재킷 주머니에서 신문지를 꺼냈다. 이번에는 단 한 장이었고, 거의 한 달 전인 7월 10일 자였다. 칼이 어디서 이 신문을 구했는지는 모를 노릇이었다. 어쩌면 화이트리버에 갔다가 돌아온 뒤, 아마 이 신문에서 읽고 본 것 때문에 모든 것을 끝내기로 한 것인지 모른다. 집 안에는 약이 많았다. 그러니 칼이 인생을 끝내기가 그리 어렵지는 않았을 것이다. 울가스트는 두려운 손길로, 그러나 그가 보게 될 것을 숙명적으로 확신하면서 종이를 펼쳤다. 아마 새로운 것이라고는 세부 사항에 지나지 않을 것이다.

시카고 함락
"뱀파이어" 바이러스가 동부 해안까지 침투
수백만 명 사망
격리선이 오하이오 동부에서 중부로 이동

캘리포니아는 연합에서 빠지고 자위권을 서약

워싱턴, 7월 10일 ─ 휴즈 대통령은 지난밤 미군과 주방위군이 도시로 침입하는 수많은 감염자에게 제압된 뒤인 오늘 미군 병력이 시카고 경계에서 퇴각할 것을 명했다.

"우리는 미국의 위대한 도시를 잃었습니다." 휴즈 대통령이 서면으로 발표한 내용이다. "시카고의 시민들, 그리고 이들을 방어하다가 전사한 이들을 위해 기도합니다. 그들의 기억이 앞으로의 커다란 고통에서 우리를 지탱해줄 것입니다."

지난밤의 공격이 이루어진 것은 일몰 직후로, 남부순환선을 따라 진지를 치고 있던 미군 병력이 시카고의 중심 상업지구 바깥에서 측정하기 어려운 규모로 병력이 모여드는 것을 보고했다.

중앙격리구역의 총사령관 카슨 화이트 장군은 "이번 공격은 분명 조직적인 것이다"라며, 이를 '아주 불편한 전개'라고 표현했다.

"톨레도에서 신시내티를 잇는 75번 국도에 새로운 방어선이 세워졌습니다." 화이트 장군은 화요일 이른 시각 기자들에게 이렇게 밝혔다. "그것이 우리의 새로운 루비콘입니다."

수많은 병력이 자신의 위치를 이탈했다는 보고에 대한 질문에 대해서 화이트 장군은 "그러한 보고는 전혀 받은 바가 없다"라고 말하며 이 같은 루머를 "무책임하다"라고 일축했다.

그리고 "이들은 우리가 영광스럽게도 함께 복무하는 가장 용감한 남성과 여성입니다."라고 덧붙였다.

플로리다주 탤러해시, 사우스캘리포니아주 찰스턴주, 몬태나주 헬레나, 애리조나주 플래그스태프는 물론 온타리오 남부, 멕시코 북부에서도 질병이 발병했다는 보고가 있었다. 백악관과 질병관리국에서 추정한 사망자 수는 이미 3천만 명 이상이다. 국방성에서는 이외에 감염자 수를 3백만 명으로 추산하고 있다.

일요일에 군대가 퇴각한 세인트루이스의 상당 부분, 그리고 멤피스, 털사, 디모인의 상당 부분이 불타고 있다. 목격자에 의하면 불이 나서 도시 중심지를 빠른 속도로 삼키기 전 낮게 나는 비행기를 보았다고 했다. 행정부에서는 이 화재가 연방 차원에서 중앙격리구역의 주요 도시들을 소독하고자 하는 노력이라는 루머에 대해 묵묵부답으로 일관했다.

전국적으로 가솔린이 희박하거나 동난 와중에 이동로는 질병의 확산을 피해 대피하는 사람들로 막혀 있다. 식량 수급은 물론 밴드에서 항생제에 이르는 의료용품의 수급 역시 어려워졌다.

이 같은 피난민들은 대체로 갈 곳도, 갈 수단도 없는 형편이다.

"다른 사람들처럼 우리도 길 위에 갇혔습니다." 피츠버그 동부의 한 맥도널드 앞에서 이루어진 시민 데이비드 캘러헌과의 인터뷰다. 캘러헌은 아내, 그리고 어린 두 자녀와 함께 오하이오주 애크런에서부터 차를 몰고 왔는데 평소라면 2시간 거리일 이 길이 그날 밤은 20시간 걸렸다고 했다. 연료가 다 떨어진 캘러헌은 먼로빌 교외의 한 주유소에 들렀지만 연료가 남아 있지 않았고 식당의 음식 역시 이틀 전에 동났다는 소식을 들었다.

"존스타운에 사시는 어머니 댁에 가고 있었는데, 그것들이 그곳까지 점령했다는 소식을 들었습니다." 캘러헌이 이렇게 말하는 동안 서쪽으로 향하는 차선에서 50량으로 구성된 군대 수송차가 지나갔다.

"어디로 가야 할지 누구도 모릅니다. 그것들이 온 사방에 있으니까요."

아직 이 질병은 미국, 캐나다, 멕시코 이외에서는 나타나지 않았으나 다른 국가들 역시 이 질병의 발발을 대비하는 중이다. 유럽에서는 이탈리아와 프랑스, 스페인이 국경을 폐쇄했고, 그 밖의 국가에서는 의료용품을 사재기하거나 타 도시로의 이동을 금지했다. 유엔 총회는 지난주 초 뉴욕 본부를 비운 뒤 처음으로 헤이그에서 회의를 가지면서 북미대륙 320킬로미터 안으로 어떠한 선박 및 항공기도 진입할 수 없도록 통제한다는 국제 격리구역의 결의안을 통과시켰다.

미국 내 교회와 유대교회당에서는 수백만 명의 신자들이 몰려들어 기록적인 출석률을 보이고 있다. 바이러스가 널리 퍼진 텍사스에서 베스트셀러 저자이자 국내 최대의 교회 '성령의 빛 성경 교회'의 전 대표자였던 휴스턴 시장 배리 우튼은 이 도시가 '천국으로 가는 문'임을 선포하고 휴스턴 거주자 및 다른 지역에서 온 피난민들이 휴스턴 릴라이언트 스타디움에 모여 "괴물이 아닌 하느님이 빚은 남성과 여성의 모습으로 하느님의 왕좌로 승천할" 준비를 해야 한다고 촉구했다.

아직 감염이 나타나지 않은 캘리포니아주에서는 지난밤 긴급 주 회의를 열어 연방정부로부터의 캘리포니아주의 독립을 선포하는 '캘리포니아 분리 독립 법안'을 통과시켰다. 캘리포니아 주지사였던 신디 쇼가 캘리포니아 공화국 대통령으로서 처음 한 일은 캘리포니아주 내의 모든 미군 병력과 법 집행 자산이 캘리포니아 국토보안군의 소관 아래에 있음을 발표한 것이다.

쇼 대통령은 "캘리포니아는 하나의 독립된 국가로서 자위권을 행사할 것"이라는 발언으로 회의에서 열화와 같은 성원을 얻었다. "캘리포니아와 그 이름이 상징하는 모든 것이 이 위기를 견딜 것."

새크라멘토에서 전해진 이 소식을 들은 휴즈 정부 대변인인 팀 로머는 기자들에게 "부조리한 소리가 아닐 수 없다. 현재는 어떠한 주정부나 지역 정부도 미국 국민의 안전을 스스로 지킬 수 있는 시기가 아니다. 우리는 캘리포니아가 여전히 미합중국의 일부라는 입장을 견지할 것이다."라고 말했다.

로머는 또한 캘리포니아주 내부의 병력이 연방 차원의 구호 노력을 방해할 시 엄중하게 처벌할 것임을 경고했다.

"실수하지 마십시오. 이는 불법적인 적국 전투원으로 간주할 것입니다."

캘리포니아 공화국은 수요일에 스위스, 핀란드 및 남태평양의 팔라우 공화국과 바티칸 정부로부터 인준을 받았다. 전날 남아시아에서 미군이 철수함에 따라 인도 정부는 동부 파키스탄의 반란군에 맞서 핵무기를 사용하겠다는 위협을 다시 한번 반복했다.

인도 수상 수레시 미트라는 '감시기구가 잠들어 있는' 지금이야말로 '이

슬람 극단주의의 확산을 저지할 시점'이라고 발언했다.

그렇게 된 것이군. 울가스트는 생각했다. 마침내 그런 일이 일어나고 말았다. 그의 머릿속에 군사용어 한 가지가 떠올랐다. 지금까지 이 용어를 들어본 것은 맑은 하늘에서 비행기가 갑자기 추락할 때가 전부였다. OBE, 즉 중도임무해제(Overcome by events.) 지금 일어나는 일이 바로 그것이었다. 세계, 그리고 인류의 임무가 중도에 해제된 것이다.

'에이미를 부탁해요. 에이미는 당신의 몫이니까.' 레이시는 그렇게 말했었다. 또, 렉서스의 키를 건네주던 도일을, 뺨에 닿던 레이시의 입술을 생각했다. 도일이 놈들을 쫓아 달릴 때 팔을 휘두르며 주의를 끌면서 "가세요, 가세요!" 외치던 것. 레이시가 차에서 뛰어내려 별들 — 울가스트는 그것들을 인간의 형상을 한 별들이라고, 너무 밝아서 목숨을 위협하는, 별들이라고 생각했다 — 을 자신에게 불러 모으던 모습.

잠을 잘 수 있는 시간, 휴식할 수 있는 시간은 이제 끝이었다. 울가스트는 이제 밤새도록 잠 못 이루고 한 손에 칼에게서 가져온 38구경 권총을 들고 다른 한 손에는 스프링필드를 들고 문을 지켜야 했다. 밤이 되면 기온은 10도 대로 떨어져서 추웠고 울가스트는 가게에서 돌아오자마자 장작을 때서 불을 피웠다. 신문을 꺼내 네 조각으로, 여덟 조각으로, 열여섯 조각으로 찢은 다음 난로의 덮개를 열었다. 그리고 불 속에 신문지 조각을 넣은 다음 신문지가 놀라울 정도로 빨리 불타 사라지는 광경을 넋을 잃고 지켜보았다.

여름이 끝난 뒤 가을이 왔고 세계는 그들을 가만히 내버려 두었다.

10월 마지막 주 첫눈이 내렸다. 마당에서 장작을 패던 울가스트가 먼지처럼 가벼이 날리는 도톰한 첫 눈발을 언뜻 보았다. 그는 소매를 걷어붙이고 일하는 중이었는데 고개를 들고 땀에 전 얼굴에 차가운 것이 닿는 순간 그는 마침내 겨울이 왔다는 사실을 깨달았다.

그는 통나무에 도끼를 꽂아놓은 채 집 안으로 들어와 계단 위로 "에이미!" 하고 소리쳐 불렀다. 아이가 계단 꼭대기에 모습을 드러냈다. 해를 거의 받지 않은 살결이 도자기처럼 희었다.

"눈 본 적 있니?"

"모르겠어요. 없는 것 같아요."

"지금 눈이 내린단다."

울가스트가 웃음을 터뜨렸다. 기쁨이 녹아 있는 목소리였다.

"눈이 내리니까 구경해야지, 이리 오렴."

아이에게 코트를 입히고 부츠를 신기고, 선글라스와 모자까지 씌운 다음 드러난 부위마다 선크림을 두껍게 발라주었을 때쯤 눈은 기세를 더해 펑펑 쏟아졌다. 새하얀 소용돌이를 이루며 눈이 휘몰아치는 바깥으로 나온 에이미는 마치 새로운 행성에 처음으로 발을 내딛는 사람처럼 경건한 발걸음이었다.

"어때?"

에이미가 고개를 들더니 혀를 내밀었다. 눈을 받아 맛보려는 본능적인 움직임이었다.

"좋아요."

두 사람에게는 잘 곳과 먹을 것과 몸을 데울 불이 있었다. 울가스트는 겨울이

오면 길이 막힐 것을 예상하고 가을 동안 밀턴 잡화점에 두 번 더 내려가서 남아 있는 음식을 전부 다 쓸어왔다. 통조림, 탈지분유, 쌀과 마른 콩을 소분하면서 올가스트는 이 식량으로 봄까지 버틸 수 있을 것이라고 생각했다. 호수에는 고기가 많았고, 창고에서 나사송곳도 발견한 참이었다. 낚싯줄을 드리우는 건 어렵지 않을 것이다. 기름통은 아직 반이나 차 있었다. 그렇게 겨울이 왔다. 올가스트는 겨울이 반가웠다. 겨울의 리듬 속으로 마음이 놓여나는 것을 느꼈다. 결국 누구도 찾아오지 않았다. 세상은 두 사람을 잊었다. 두 사람은 이곳에 안전하게 봉인되어 있는 셈이었다.

아침이 되자 오두막 주변에 눈이 30센티미터나 쌓였다. 해가 구름을 뚫고 빛을 쏘아내고 있었다. 올가스트는 오후 내내 목재를 끌어내서 산장으로 이어지는 길을 만들고, 겨우내 냉동실로 쓸 또 다른 작은 통나무집 쪽으로도 길을 냈다. 요즘 올가스트는 에이미의 일과에 맞추어 거의 야행성으로 지내고 있어서, 눈에 반사되는 햇빛에 마치 폭발 장면을 억지로 빤히 보는 것처럼 눈이 아팠다. 어쩌면 매일 낮의 여상한 빛이 에이미에게는 이렇게 아프게 느껴지는 것이 아닌가 싶었다. 어둠이 내리자 두 사람은 다시 바깥으로 나왔다.

"눈 천사를 만드는 방법을 알려주마." 올가스트가 그렇게 말하며 눈 위에 누웠다. 하늘에 별이 총총했다. 그는 밀턴의 상점에서 코코아가루 한 통을 챙겨놓았지만 에이미에게는 비밀로 했다. 특별한 날을 위해 아껴놓았던 것이다. 오늘 밤에 난롯가에서 젖은 옷을 말리면서 난로의 불빛을 바라보며 뜨거운 코코아를 마실 생각이었다.

"팔다리를 움직여봐, 이렇게."

에이미가 옆에 누웠다. 에이미의 깡마른 팔다리가 체조선수처럼 민첩하게 위아래로 움직였다.

"천사가 뭐예요?"

그 말에 올가스트는 잠시 생각했다. 지금까지 에이미와 대화를 하면서 이런 주제는 단 한 번도 나온 적이 없었으니까.

"음, 일종의 유령이려나?"

"제이컵 말리 같은 유령이에요?" 두 사람은 『크리스마스 캐럴』을 함께 읽었었다. 에이미가 울가스트에게 읽어주었다고 하는 것이 더 정확할는지도 모르겠다. 에이미가 글을 읽을 줄 안다는, 그것도 아주 잘 읽을 줄 안다는 것을 알게 된 그날 밤부터 울가스트는 에이미에게 책을 읽어주기를 그만두고 에이미가 읽어주는 책에 귀를 기울였다.

"그럴 거야, 하지만 제이컵 말리처럼 무서운 유령은 아니란다."

두 사람은 아직도 눈 위에 나란히 누운 채였다.

"천사란…… 글쎄, 착한 유령이라고 할 수 있겠구나. 천국에서 우리를 굽어보는 유령이지. 적어도 어떤 사람들은 그렇게 생각한단다."

"아저씨도 그렇게 생각해요?"

그 말에 울가스트는 잠시 주춤했다. 아직도 에이미의 직설적인 말투가 당황스러울 때가 있었다. 에이미의 서슴없는 태도는 한편으로는 아이다운 것이었지만 때로 아이가 하는 말, 아이가 하는 질문들은 마치 현자의 것처럼 대담할 때가 있었다.

"글쎄다. 우리 어머니는 그렇게 생각했단다. 신앙심이 깊고 아주 독실한 분이셨지. 아마 아버지는 그렇게 생각하지 않았을 거야. 아버지는 좋은 사람이었지만 기술자였거든. 생각하는 방식이 달랐지."

잠시 두 사람 다 말이 없었다.

"죽었어요." 에이미가 나직하게 내뱉었다.

"전 알아요."

그 말에 울가스트가 일어나 앉았다. 에이미는 눈을 감고 있었다.

"에이미, 누가 죽었단 소리니?"

그러나 울가스트는 그 질문을 입 밖으로 뱉은 즉시 에이미의 말뜻을 알아차렸다. 자기 엄마가 죽었다는 이야기였다.

"엄마가 기억나지 않아요."

에이미가 말했다. 이미 상대가 당연히 알고 있는 이야기를 하는 것처럼 무감한 목소리였다.

"그래도 엄마가 죽었다는 걸 알아요."

"어떻게 알았니?"

"느껴졌어요."

어둠 속에서 에이미와 울가스트의 눈이 마주쳤다.

"모두가 다 느껴져요."

때로 해가 뜨기 직전 에이미는 꿈을 꿀 때가 있었다. 옆방에서 에이미가 나직하게 우는 소리, 몸을 뒤척이느라 침대 스프링이 삐걱이는 소리가 들렸다. 정확히는 우는 소리라기보다는 중얼거리는 소리에 가까웠다. 꿈속에서 목소리가 새어 나오는 것처럼. 어떤 때는 에이미가 일어나서 아래층, 호수가 내다보이는 커다란 창문이 있는 산장의 거실로 내려올 때도 있었다. 그럴 때 울가스트가 계단위에서 내려다보면, 에이미는 창밖을 바라보며 장작 난로가 뿜어내는 불빛과온기 속에 잠시 서 있었다. 여전히 꿈속인 게 분명했기에 울가스트는 아이를 깨우지 않았다. 곧 아이는 돌아서서 계단을 올라 다시 자기 방 침대로 돌아갔다.

'그들이 느껴진다는 게 무슨 뜻이야, 에이미?' 울가스트가 물었다. '어떤 느낌이 드는 거니?' 그러자 에이미는 대답했다. 모르겠어요. 모르겠어요. 그들은 슬퍼하고 있어요. 그들은 아주 많아요. 그들은 자기가 누구인지를 잊었어요. '그들이 누구니, 에이미?' 그러자 에이미는 이렇게 대답했다. 모든 사람요. 그들은 모든 사람이에요.

울가스트는 산장 1층에 의자를 놓고 문 쪽을 바라보며 잠을 잤다. 놈들이 움직이는 시간은 밤이라고, 숲속에서 나타난다고 칼이 이야기했었다. 단 한 방으로 해치워야 해. 그들은 대체 누구일까? 한때 카터가 사람이었던 것처럼, 그들도 사람일까? 이제 그들은 무엇일까? 그리고 에이미. 목소리가 등장하는 꿈을 꾸는 에이미, 머리카락이 더 이상 자라지 않는 에이미. 이제 그 아이는 거의 자지 않고 — 울가스트는 에이미가 대부분 자는 척만 한다는 사실을 알고 있었다 — 거의 먹지도 않는다. 에이미는 마치 자신의 삶이 아닌 다른 삶과 경험들을 기억하는 것처럼 책을 읽고 수영을 할 줄 알았다. 에이미도 그들 중 하나일까? 포르츠 박사는 바이러스가 불활성화 상태라고 했었다. 하지만 그 말이 틀렸다면? 울가스트도 감염될까? 울가스트는 자신이 감염된 것 같았다. 예전과 똑같은 기분이었다. 즉, 꿈속을 돌아다니는 남자처럼 무의미한 기호로만 가득한 세상을 떠도는 기분이었다. 그에게도 세상이 무슨 쓸모가 있겠지, 그러나 그는 그게 무엇인지 알 수 없었다.

그러던 3월의 어느 날 밤, 엔진 소리가 들렸다. 눈이 무겁게 잔뜩 쌓여 있었다. 달은 보름달이었다. 울가스트는 의자에 앉은 채 잠들어 있었다. 꿈속에서 산장으로 이어진 긴 진입로를 따라 들어오는 차의 엔진 소리가 들렸다. 그가 꾸는 악몽 속에서 이 소리는 여름날 산을 온통 태우며 그들을 향해 다가오던 큰불의 포효 소리가 되었다. 꿈속에서 울가스트는 에이미를 데리고 사방이 연기와 불길로 가득한 숲속을 달리다가 아이를 잃어버렸다.

빛줄기가 창을 스치더니 현관 계단을 오르는 묵직하고 비틀거리는 발소리가 났다. 그 순간 울가스트의 온몸에서 감각이 바짝 깨어났다. 울가스트는 손에 스프링필드 권총을 들고 있었다. 슬라이드를 당기고 안전장치를 풀었다. 세 번의 노크 소리에 문이 흔들렸다.

"밖에 누가 왔어요." 에이미의 목소리가 들렸다. 돌아보니 에이미가 계단 아래에 내려와 서 있었다.

"올라가! 어서!" 울가스트가 목소리를 낮추어서 속삭였다.

"안에 누구 있습니까?" 현관에서 남자 목소리가 났다.

"연기가 보여서요!"

"에이미, 어서 올라가! 지금 당장!"

밖에 있는 남자가 또다시 문을 두드렸다.

"제발, 안에 누구 없습니까? 들리면 문 좀 열어주세요!"

에이미가 계단을 다시 올라갔다. 울가스트는 창가로 다가가 밖을 보았다. 차나 트럭이 아닌, 차대에 컨테이너가 달린 스노모빌 한 대가 서 있었다. 현관을 향해 비치는 헤드라이트 불빛 속에서 파카와 부츠 차림의 남자 한 명이 보였다. 남자는 무릎에 두 손을 대고 쭈그린 자세였다.

울가스트가 문을 열었다.

"물러서서 손 들어."

남자가 힘없이 양손을 들어 보였다.

"무기는 없습니다."

남자는 숨을 몰아쉬고 있었고, 그 순간 울가스트는 파카 옆선을 따라 흘러내리는 핏줄기를 보았다. 목에 상처가 나 있었다.

"감염되었어요." 남자가 말했다.

울가스트가 앞으로 한 발짝 나가 총을 들어 올렸다.

"당장 나가!"

그 말에 남자가 무릎을 꿇으며 풀썩 주저앉았다.

"제발, 하느님도 무심하시지."

남자가 고개를 푹 수그리는 것을 보고 울가스트가 고개를 돌리자 에이미가 문간에 나와 서 있는 것이 보였다.

"에이미, 들어가!"

"그래, 들어가." 남자가 피투성이 손을 들어 힘없이 아이에게 손짓해 보였다. 그러고는 손등으로 입가를 문질러 닦았다.

"아빠가 시키는 대로 해야지."

"에이미, 들어가라고 했어. 지금 당장."

에이미가 문을 닫았다.

"다행이군요." 남자가 말했다. 남자는 무릎을 꿇고 앉아 울가스트를 올려다보고 있었다.

"아이가 이런 모습을 보면 안 되죠. 맙소사, 기분이 정말 끔찍해요."

"우리를 어떻게 찾았지?"

남자가 고개를 젓더니 눈밭에 침을 탁 뱉었다.

"찾아온 거냐고 묻는다면 그런 건 아닙니다. 여기서 서쪽으로 64킬로미터 떨어진 곳에 여섯 명이 피신해서 지냈어요. 친구의 수렵 캠프였죠. 놈들이 10월에 시애틀을 점령한 뒤부터 거기서 지냈습니다."

"놈들이 누구지? 시애틀은 어떻게 됐고?"

울가스트의 물음에 남자는 어깨를 으쓱했다.

"다른 곳들과 마찬가집니다. 다들 감염되어서 시름시름 앓고 죽어가면서 서로 갈기갈기 찢고 있어요. 그러다 군대가 와서 도시를 불태워버리는 거죠. 유엔군이라고 하는 사람들도 있고, 러시아군이라고 하는 사람들도 있어요. 어디서 왔는지 알 바 아니긴 하죠. 우리는 남쪽으로 가려고 산속으로 들어갔습니다. 겨울을 버틴 다음 캘리포니아까지 가보려고요. 그때 그놈들이 습격한 겁니다. 총한 방 쏴볼 틈도 없었습니다. 겨우 빠져나오긴 했는데, 물렸어요. 대체 어디서 갑자기 나타난 건지 알 수도 없었습니다. 차라리 다른 친구들처럼 나도 죽는 게 나았을 텐데 말입니다."

그러면서 남자는 희미하게 웃어 보였다.

"제가 운이 좋았나 봅니다."

"따라붙은 사람은?"

"알 길 없지요. 적어도 2킬로미터 전부터 이 집에서 불 피우는 냄새가 나더군요. 대체 무슨 수로 그 냄새를 맡았는지는 묻지 마십시오. 프라이팬에 베이컨을 달구는 냄새처럼 진동을 하던걸요."

남자가 고개를 들었다. 비참하기 짝이 없는 표정이었다.

"제발, 부탁입니다. 총만 있었더라면 제가 직접 했을 겁니다."

울가스트가 남자의 말을 이해하는 데는 조금 시간이 걸렸다.

"이름이 뭐지?"

"밥입니다." 남자가 바싹 말라 묵직한 혀로 입술을 축였다.

"밥 손더스."

울가스트가 스프링필드 권총으로 저쪽을 가리켰다.

"집에서 떨어진 곳으로 가지."

두 사람은 숲속으로 걸어 들어갔다. 울가스트는 다섯 발짝 뒤에서 밥을 따라 갔다. 눈이 두껍게 쌓여 있어 밥의 발걸음이 느렸다. 한 걸음 걸을 때마다 밥은 손으로 무릎을 지탱한 채 숨을 몰아쉬었다.

"우스운 거 하나 알려드릴까요?" 밥이 입을 뗐다.

"저는 보험 통계를 분석하는 일을 했습니다. 생존율, 사망률 따위 말입니다. 담배를 피우고, 안전벨트를 하지 않은 채 운전을 하고, 매일 점심으로 빅맥을 먹는다면 조만간 사망할 거라는 걸 예측할 수 있었겠지요."

밥이 나무를 붙잡고 간신히 몸을 버티고 있었다.

"그런데 이런 일로 죽을 줄은 누가 예상했겠습니까?"

울가스트는 아무 대답도 하지 않았다.

"제 부탁 들어주시겠지요?" 밥이 말했다. 시선은 숲속을 향해 있었다.

"알았어. 미안하군."

"괜찮아요. 나중에라도 자책하시지 않았으면 합니다."

밥은 숨을 힘겹게 몰아쉬며 입술을 축였다. 그러더니 돌아서서, 오래전에 칼이 했던 것처럼 흉골 위쪽을 짚으며 이곳을 쏘라고 했다.

"여기를 쏘아야 합니다. 아시겠지요? 필요하다면 머리를 먼저 쏘셔도 됩니다만, 어쨌든 여기를 꼭 쏴주세요."

남자의 꾸밈없고 현실적인 말에 할 말이 없어진 울가스트는 그저 고개만 끄덕였다.

"따님한테는 제가 아버지한테 부탁 하나 했다고만 말해도 될 겁니다. 아이가 이런 일을 알 필요는 없으니까요. 죽이고 나서 시체는 태워주십시오. 가솔린이나 등유 같은 거로 말입니다."

두 사람은 강둑에 다다랐다. 달빛 속에서 모든 것이 푸른빛을 뒤집어써서 이 세상 같아 보이지 않는 풍경이었다. 눈과 얼음 아래에서 강물이 조용히 흐르는 소리가 들렸다. 생을 마감하기에 나쁜 장소는 아니라고 울가스트는 생각했다.

"돌아서서 이쪽을 봐."

그러나 밥은 그 말을 못 들은 것처럼 행동했다. 그는 눈 속으로 두 발짝 더 걸어가더니 멈췄다. 그리고 뜬금없이 옷을 벗기 시작했다. 피 묻은 파카를 벗어 눈 속에 던지고, 가슴받이가 달린 방한복 바지의 멜빵을 내려 스웨터를 머리 위로 벗어 던졌다.

"이쪽으로 돌아서라고."

"최악인 거 하나 알려드릴까요?" 밥이 물었다. 그는 방한용 내복을 벗은 뒤 무릎을 꿇고 장화를 벗고 있었다.

"따님이 몇 살입니까? 저도 아이를 갖고 싶었지요. 왜 자식을 낳지 않았을까요?"

"나야 모르지, 밥." 울가스트가 스프링필드 권총을 들어 올렸다.

"일어나서 이쪽을 똑바로 봐. 당장."

밥이 일어섰다. 무슨 일인가가 일어나고 있었다. 그는 손으로 목에 난 피투성이 상처를 어루만지고 있었다. 또 한번 찾아온 경련에 움찔하면서도 그의 표정은 거의 성적 환희를 느끼는 것처럼 쾌감으로 가득했다. 달빛 속에서 보니 피부가 빛을 내는 것처럼 보였다. 고양이처럼 등을 구부린 그의 눈꺼풀에 기쁨이 듬뿍 묻어 있었다.

"우와, 기분이 정말 좋네요. 이건 정말⋯⋯."

"미안하네." 울가스트가 말했다.

"잠깐만요!" 밥이 눈을 뜨더니 손을 내밀었다.

"잠깐만, 1초만 기다려요."

"미안해, 밥." 울가스트는 한 번 더 그 말을 반복한 뒤 방아쇠를 당겼다.

겨울의 끝은 폭우였다. 며칠이나 비가 그치지 않고 쏟아져 숲이 흠뻑 젖고 강과 호수의 물이 불어 길 위에 남은 얼음을 쓸어내렸다. 그는 밥을 죽인 뒤 그가 시킨 대로 시체를 태웠다. 가솔린을 부어 불을 붙이고, 불이 꺼지자 타고 남은 재에 세탁용 표백제를 부은 다음 모든 흔적을 돌과 흙 밑에 묻었다. 다음 날 아침 그는 스노모빌 안을 뒤졌다. 차대에 붙은 컨테이너는 텅 빈 기름통에 불과했지만, 핸들에 걸려 있던 가죽 파우치 안에서 밥의 지갑이 나왔다. 밥의 사진과 스포캔의 주소가 나와 있는 운전면허증, 평범한 신용카드 몇 장, 현금 몇 달러, 도서관 회원카드. 스튜디오에서 촬영한 사진도 있었다. 크리스마스 스웨터를 입은 밥이 임신 중인 예쁜 금발 여자, 그리고 두 아이와 함께 찍은 사진이었다. 초록색 벨벳 원피스에 타이츠를 입은 어린 딸, 그리고 잠옷을 입은 아기였다. 사진에 나온 사람들은 전부, 아기까지도 환하게 웃고 있었다. 사진 뒤에는 여자 글씨로 '티모시의 첫 번째 크리스마스'라고 적혀 있었다. 밥은 왜 아이가 없었다고 말했을까? 혹시, 그들이 죽어가는 것을 보았을까? 그리고 그 경험이 너무 고통스러워서 자신도 모르게 그 기억을 지워버린 걸까? 울가스트는 언덕에서 그 지갑을 태운 다음 그 자리에 막대기 두 개를 엮어 만든 십자가로 표시를 했다. 변변찮았지만 할 수 있는 것이 그것밖에 없었다.

울가스트는 다른 사람들이 나타나기를 기다렸다. 밥 외에도 다른 사람들이 차례로 찾아올 거라고 생각했던 것이다. 그는 꼭 필요한 집안일을 할 때, 그것도 낮이 아니면 산장을 절대 비우지 않았다. 스프링필드를 항상 소지하고 다니는 것은 물론 칼의 38구경 권총도 장전한 채 도요타의 글러브박스에 넣어두었다. 며칠에 한 번씩 배터리가 방전되지 않도록 시동을 켰다 껐다. 밥이 캘리포니아 이야기를 했었다. 캘리포니아는 아직 안전한 걸까? 세상에 안전한 곳이 남아 있을까? 에이미에게 묻고 싶었다. '그들이 오는 소리가 들리니? 그들이 우리가 어디 있는지 알고 있니?' 지도가 없어서 에이미에게 캘리포니아가 어디인지 알려줄 수가 없었다. 그 대신, 어느 날 해가 지자마자 에이미를 데리고 산장의 지붕에 올라갔다. '저 산등성이가 보이지, 에이미?' 그러면서 울가스트는 남쪽을 가리켰다. '아저씨가 가리키는 곳을 잘 봐, 에이미. 저기가 캐스케이즈산맥이란다.

만약 아저씨한테 무슨 일이 일어나거든, 저 산등성이를 따라가렴. 절대 멈추지 말고, 온 힘을 다해 달리고 또 달려가라.'

그러나 몇 달이 지나도록 다시는 아무도 그들을 찾아오지 않았다. 비가 그친 뒤 어느 날 아침 울가스트는 햇볕을 쐬러 밖으로 나왔다가 무언가가 변했다는 것을 느꼈다. 새들의 노래가 나무 위를 가득 채웠다. 호수 쪽을 보았더니 동그랗게 얼었던 호수가 완전히 녹아 있었다. 공기에서는 달콤한 초록빛 아지랑이가 피어났고 산장이 세워진 바닥에서 흙을 뚫고 크로커스 한 줄이 자라나고 있었다. 세계가 끝나가는 순간에도 산속에는 봄이라는 선물이 찾아온다. 사방에서 생명의 소리와 냄새가 쏟아졌다. 울가스트는 지금이 4월인지 5월인지조차 몰랐다. 달력도 없을뿐더러 배터리가 지난가을에 닳아버린 시계는 죽은 지 오래였다.

그날 밤, 울가스트는 스프링필드 권총을 든 채 문을 바라보고 의자에 앉아 라일라가 나오는 꿈을 꿨다. 사랑, 섹스에 관한 꿈인 것 같기도 했지만 그게 전부는 아니었다. 라일라는 임신 중이었고 두 사람은 모노폴리를 하고 있었다. 꿈에 특별한 배경은 없었다. 두 사람이 앉아 있는 자리 이외엔 전부 마치 무대의 가려진 부분처럼 어둠의 베일로 덮여 있었다. 울가스트는 지금 하는 모노폴리가 배 속의 아이에게 해가 될지도 모른다는 말도 안 되는 두려움을 품고 있었다. '멈춰야 해.' 라일라에게 급박하게 말했다. '너무 위험해.' 하지만 라일라는 그 말을 못 들은 것처럼 굴었다. 울가스트가 주사위를 굴린 뒤 말을 옮겼더니 경찰이 호루라기를 부는 그림이 그려진 칸에 닿았다. '감옥에 가야겠네, 브래드.' 라일라가 그렇게 말하면서 웃었다. '당장 감옥으로 가.' 그러더니 라일라가 일어서서 옷을 벗기 시작했다. '괜찮아. 키스하고 싶으면 해도 돼. 밤은 신경 쓰지 않을 거야.' '왜?' 울가스트가 묻자 라일라가 대답했다. '죽었으니까. 우리 모두 죽었어.'

울가스트는 경련하듯 잠에서 깨어났고 곧 자신이 혼자 있는 게 아니라는 사실을 깨달았다. 몸을 돌리자 에이미가 이쪽을 등지고 커다란 창으로 호수를 내다보고 있는 게 보였다. 장작 난로의 불빛 속으로 에이미가 손을 뻗어 유리창을 만지는 모습이 보였다. 울가스트가 의자에서 일어섰다.

"에이미, 왜 그러니?"

그렇게 앞으로 나가는데 갑자기 눈이 멀 것처럼 크고 새하얀 빛이 유리창을 가득 메웠고 그 순간 울가스트의 머릿속에 있는 카메라가 셔터를 누르기라도 한 것처럼, 에이미가 빛을 향해 손을 뻗으며 공포의 비명을 지르려고 입을 벌린 순간이 사진처럼 얼어붙었다. 돌풍이 불어 통나무집이 들썩했고, 쾅 소리와 함께 유리창이 안쪽을 향해 깨지는 순간 울가스트는 바닥에 쓰러져 굴렀다.

1초, 아니면 5초, 어쩌면 10초 뒤, 다시금 시간이 흘러가기 시작했다. 그는 안쪽 벽까지 밀려가 네발로 엎드려 있었다. 온 사방에 깨진 유리 조각이 흩어져 있었고 집 안을 환히 비추는 이상한 빛이 날카로운 유리에 수천 개의 별처럼 반짝였다. 밖을 보니 서쪽 지평선 위에 둥그런 불빛이 부풀어 오르고 있었다.

"에이미!"

그는 에이미가 쓰러져 있는 자리로 갔다.

"화상을 입었니? 베였니?"

"앞이 안 보여요!" 에이미가 패닉에 사로잡힌 채 얼굴 앞에서 팔을 흔들어대며 거칠게 몸부림을 쳤다. 얼굴과 팔에 유리 조각이 다닥다닥 붙어서 온몸이 반짝거리고 있었다. 몸을 기울이고 아이를 진정시키려고 보니 티셔츠에도 피가 진뜩 묻어 있었다.

"에이미, 움직이지 마, 다쳤는지 보자."

그 말에 에이미는 팔의 움직임을 멈췄다. 조심스럽게 유리 조각을 쓸어내 보니 베인 곳은 없었다. 피도 에이미의 것이 아니라 울가스트의 것이었다. 피가 어디서 나는 거지? 그제야 왼쪽 다리, 사타구니와 무릎 한가운데 지점에 기다란 유리 조각이 언월도처럼 박혀 있는 것이 보였다. 잡아 뽑자 유리 조각은 쏙 빠졌고 아프지도 않았다. 8센티미터짜리 유리 조각이 다리에 박혔는데 왜 몰랐지? 아드레날린 때문인가? 하지만 그렇게 생각하는 순간 마치 연착한 열차처럼 때늦은 고통이 밀려왔다. 눈앞에 불이 번쩍거리고 토기가 울컥 치밀었다.

"앞이 안 보여요! 아저씨, 어디 있어요?"

"여기 있어, 여기 있단다."

너무 아파서 고개가 가누어지지 않았다. 이 유리 조각 때문에 과다 출혈로 죽을 수도 있을까?

"눈 떠봐."

"못 떠요! 너무 아파요!"

섬광화상이구나, 하고 울가스트는 생각했다. 폭발 장면을 정면으로 본 에이미가 망막에 섬광화상을 입은 것 같았다. 폭발이 일어난 곳은 포틀랜드도, 세일럼도, 코밸리스도 아니었다. 폭발이 일어난 곳은 서쪽이었다. 핵폭발이다. 누가 쏜 것일까? 그래서 어떻게 될까? 그러나 그 질문에 대한 대답은 아무 의미가 없다는 것을 울가스트는 알았다. 이것 또한 고통스럽게 멸종 중인 세계의 마지막 난폭한 발작에 다름 아니었다. 울가스트는 그날 아침 햇살 속으로 나가서 봄이 온 것을 느낀 그 순간, 모든 것이 끝났다고, 이제 괜찮을 거라고 생각했다는 사실을 이제야 자각했다. 얼마나 어리석은 생각이었나.

그는 에이미를 부엌으로 데려가서 랜턴을 켰다. 다행히 개수대 뒤의 유리창은 깨지지 않은 채였다. 에이미를 의자에 앉힌 다음 행주를 찾아 얼른 다친 다리에 동여매었다. 에이미는 손바닥으로 눈을 누른 채 울고 있었다. 폭발하는 섬광에 노출된 얼굴과 팔이 분홍빛으로 달아올라 껍질이 벗겨지기 시작했다.

"아프지, 하지만 눈을 떠야 해. 눈에 유리가 들어가지 않았는지 확인해야 해."

에이미가 눈을 뜨는 순간 곧바로 눈을 확인하려고 식탁 위에 손전등을 올려둔 채였다. 아이에게는 기습적인 공격으로 느껴지겠지만 다른 수가 없었다.

에이미는 고개를 저으며 울가스트를 밀어냈다.

"에이미, 눈을 떠야 해. 딱 한 번만 용기를 내자."

한참 몸부림이 이어졌지만 결국 에이미가 수긍했다. 에이미는 눈을 가린 손을 울가스트가 떼어낼 수 있게 가만히 있다가 눈을 살짝 떴지만, 곧바로 다시 감았다.

"너무 밝아요! 아파요!"

결국 울가스트는 에이미와 협상을 시도했다. 하나, 둘, 셋을 세면 눈을 뜨고, 다시 하나, 둘, 셋, 하면 감기로 했다.

"하나, 둘, 셋!"

눈을 뜨는 아이의 얼굴은 두려움으로 팽팽하게 경직되어 있었다. 울가스트는 '하나, 둘,' 하고 숫자를 세면서 아이의 얼굴을 손전등으로 비추었다. 유리는 없었다. 눈에 보이는 상처도 없었다. 아이의 눈은 깨끗했다.

"셋!"

에이미가 다시 눈을 감더니 몸을 덜덜 떨며 울어댔다.

울가스트는 아이의 몸에 응급처치 키트에 있던 화상 크림을 바른 다음 눈에 붕대를 감싼 뒤 위층 침대로 데려갔다.

"눈은 나을 거야."

그렇게 아이를 안심시켰지만 울가스트로서도 확신은 없었다.

"밝은 빛을 봐서 잠깐 아픈 거야."

그는 에이미가 잠들어 숨소리가 고르게 퍼지는 것을 확인하고서야 방을 나왔다. 이제 떠나야 했다. 폭발 현장에서 멀어져야 했다. 하지만 어디로 가지? 불이 났고, 그 후에는 비가 와서, 산에서 내려가는 길도 씻겨나가 사라졌을 것이다. 걸어서 내려갈 수는 있겠지만 울가스트 역시 다리를 다쳐 제대로 걸을 수가 없는데 앞이 안 보이는 아이까지 데리고 멀리 갈 수 없을 것이 뻔했다. 폭발의 규모가 작았기를, 생각보다 더 먼 곳에서 일어난 폭발이기를, 아니면 바람이 불어 방사능을 다른 방향으로 날려 보내기를 빌 뿐이었다.

울가스트는 구급상자에 있던 작은 바늘과 검은 실을 꺼냈다. 동틀 녘까지를 한 시간여 남겨놓고 울가스트는 아래층 부엌으로 내려왔다. 그는 랜턴이 켜진 식탁 앞에 앉아 다리를 동여맸던 행주를 풀고 피에 젖은 바지를 벗었다. 상처는 깊었지만 깨끗했다. 피부가 시뻘건 고깃덩이를 싼 정육점 포장지처럼 깔끔하게 잘려 있었다. 그의 바느질 경험이라고는 단추를 달아본 것과 바짓단을 수선한 것이 전부였다. 그렇게 어렵지는 않겠지? 그는 찬장에서 밀턴 잡화점에서 가져온 위스키를 꺼냈다. 일단 한 잔 따라서, 자리에 앉아 맛을 느낄 겨를도 없이 벌컥 들이마신 뒤, 한 잔 더 따라 마셨다. 그다음에는 일어서서 개수대에서 손을 씻고 천천히 행주에 닦았다. 다시 자리에 앉은 뒤 행주를 둥글게 뭉쳐 입안에 구겨 넣었다. 다시 자리에 앉은 그는 한 손에 스카치위스키병, 다른 한 손에 바늘을 들었다. 좀 더 밝았으면 좋았을 텐데, 하는 생각이 들었다. 숨을 크게 한 번 들이쉰 다음 다리에 위스키를 들이부었다.

이때가 가장 고통스러운 순간이었다. 상처에 위스키를 부었을 때의 고통에 비하면 상처를 꿰매는 건 아무것도 아니었다.

그는 눈을 뜨고서야 자신이 식탁에 엎드려 잠이 들었다는 사실을 깨달았다. 방 안은 얼음장처럼 찼고 공기에서는 타이어가 타는 것처럼 이상한 화학물질 냄새가 났다. 바깥에는 회색 눈이 내리고 있었다. 그는 붕대를 감은 다리로 고통에 절뚝거리면서 산장 밖 현관으로 나갔다. 그제야, 하늘에서 내리는 것이 눈이 아니라는 사실을 깨달았다. 그는 계단을 내려갔다. 재가 얼굴에, 머리카락에 흩날렸다. 이상하게 아무것도 두렵지 않았다. 그도, 에이미도, 아무것도 두려울 것이 없었다. 경이로운 일이었다. 그는 고개를 들어 얼굴로 재를 받았다. 이 재는 전부 사람들이었다. 재가 되어 휘날리는 영혼이었다.

거처를 지하실로 옮길 수도 있었지만 소용없다는 생각이 들었다. 어차피 방사능이 그들이 들이마시는 공기에도, 먹는 음식에도, 호수에서부터 부엌 펌프까지 연결되는 물에도 스며들었을 것이다. 그들은 적어도 나무판으로 창을 막아둔 덕에 조금이라도 안전한 2층에 머무르기로 했다. 3일 뒤, 에이미의 눈을 가린 붕대를 풀어주던 날 — 다행히도 에이미의 눈은 울가스트가 장담한 대로 회복되었다 — 울가스트는 토하기 시작했고, 구토는 멈추지 않았다. 토하고 또 토하다 보니 나중에는 타르처럼 새까만 점액질 한 줄기가 나왔다. 다리의 상처가 감염된 것인지, 방사능이 문제인지는 알 수 없었다. 상처에서는 녹색 고름이

나와 붕대를 물들였다. 상처에서 지독하게 썩은 냄새가 났다. 입에서도, 눈에서도, 코에서도 났다. 온몸이 썩은 냄새를 풍겼다.

"괜찮을 거야." 그가 에이미에게 말했다. 에이미는 이 모든 일을 겪고도 결국은 말짱했다. 화상을 입은 피부가 벗겨지고 나니 그 아래서 달빛을 받은 우유처럼 하얗게 빛나는 새살이 모습을 드러냈다.

"며칠만 쉬면 멀쩡해질 것 같아."

그는 에이미의 옆방으로 자기 침대를 옮겼다. 시간이 그의 주변으로, 그를 관통해 흐르는 것이 느껴졌다. 그는 자신이 죽어가고 있다는 것을 알았다. 온몸에서 세포분열이 가장 활발한 목구멍, 배 속, 머리카락, 잇몸이 가장 먼저 죽겠지. 방사능은 그런 식으로 작용하니까. 방사능은 마치 죽음을 부르는 크고 검은 손처럼 그를 어루만졌다. 그는 자신이 물에 넣은 알약처럼 천천히 분해되는 것을 느꼈다. 돌이킬 수 없는 진행이었다. 어쩌면 산에서 내려가야 했을지도 모른다. 그러나 이미 너무 늦었다. 의식의 언저리에서 방 안을 돌아다니는 에이미의 존재가, 그를 신중하게 내려다보는 그 아이의 눈이 느껴졌다. 에이미가 물잔을 바짝 마른 그의 입가까지 들어다 주면 그는 물을 삼키려고 온 힘을 다했지만 그보다는 그 아이를 조금이라도 기쁘게 해주고, 조금이라도 안심시키고 싶은 생각이 컸다. 그러나 마음같이 잘되지 않았다.

"저는 괜찮아요." 에이미는 몇 번이고 그렇게 말했다. 어쩌면 꿈이었을지도 모른다. 아이의 목소리가 귓가에서 낮게 울려 퍼졌다. 수건으로 그의 이마를 닦아주기도 했다. 어두운 방 안에서 그 아이의 숨결이 느껴졌다.

"저는 괜찮아요."

에이미는 어린아이였다. 그가 죽고 나면 에이미는 무엇이 될까? 자지도, 먹지도 않고, 고통도, 아픔도 모르는 아이가.

에이미는 죽지 않을 것이다. 그것이 가장 무서운 일, 그들이 저지른 가장 지독한 일이었다. 시간은 부두를 사이에 두고 갈라지는 물길처럼 그 아이를 피해 움직였다. 시간이 빠르게 흘러가도 에이미는 변하지 않을 것이다. '노아는 구백

오십 세가 되어 죽었더라.' 그들이 아이에게 무슨 짓을 한 건지는 몰라도, 아이
는 죽지 않을 것이다. 죽지 못한 것이다. 미안해. 최선을 다했지만 그걸로 충분
하지 않았어. 나는 처음부터 너무 겁이 났어. 계획이 있었는지도 몰랐지만, 나는
몰랐어. 에이미, 에바, 라일라, 레이시. 나는 그냥 아무것도 아닌 사람일 뿐이었
어. 미안해, 미안해, 미안해, 미안해.

그러던 어느 날 밤 깨어나니 그는 혼자였다. 그는 대번에 느낄 수 있었다. 그
를 둘러싼 공기에 떠남, 부재, 도망이 깃들어 있었다. 그에게는 담요를 들어 올
릴 힘조차 남아 있지 않았다. 그의 손에 닿는 담요의 섬유는 마치 사포같이 따
갑고, 불길처럼 뜨거웠다. 온 힘을 짜내어 일어나 앉았다. 이제 그의 몸은 간신
히 정신을 담고 있는 죽어가는 세포 덩어리였다. 그럼에도 불구하고 이 몸은 여
전히 그의 것, 그가 일생을 살아온 그 몸이었다. 죽는다는 것, 생명이 이 몸을 떠
나는 걸 느낀다니 참 이상하기도 하지. 하지만 그의 일부는 오래전부터 이 사실
을 알고 있었다. 우리가 사는 것은, 죽음을 위해서야, 하고 그의 몸이 말했다.

"에이미." 아주 미약한 신음이었다. 형체가 없는 약하고 쓸모없는 소리가 깜
깜한 방 안에서 혼자 그 이름을 되뇌었다.

"에이미."

그는 없는 힘을 짜내어 계단을 내려와 부엌으로 가서 랜턴을 켰다. 깜박이는
불길 아래에서 모든 것이 예전과 같아 보였지만 무언가가 달라진 게 틀림없었
다. 1년이라는 세월 동안 에이미와 울가스트가 같이 살아간 이 집이 어쩐지 처
음 보는 것 같았다. 지금이 몇 시인지, 무슨 요일인지, 몇 월인지 알 수 없었다.
에이미가 떠났다.

그는 비틀거리며 산장을 나와 현관 계단을 내려가 어두운 숲속으로 갔다. 울
창한 나무들 위로 눈꺼풀을 반쯤 내린 달이 마치 철사에 매단 아이들의 장난감
처럼, 아기 요람 위에 매달린 달 모양 모빌처럼 걸려 있었다. 달빛이 재로 뒤덮
인 세계 위로 쏟아졌다. 모든 것이 죽어가고 살아 있던 것들로 가득하던 세계의
표면이 벗겨져 그 울퉁불퉁한 핵심을 드러내고 있었다. 꼭 무대장치 같다고 울

가스트는 생각했다. 세계의 기억세계에 대한 모든 기억을 보여주는 무대장치. 그는 하얀 먼지 속을 정처 없이 걸으면서 하염없이 에이미의 이름을 불렀다.

그는 이제 숲속 깊은 곳까지 들어와 있었고 산장은 이미 한없이 먼 곳에 있었다. 돌아가는 길을 찾을 수 없을 것 같았지만, 상관없었다. 이제 끝, 올가스트의 존재는 이것으로 끝일 테니까. 눈물을 흘릴 힘도 없었다. 결국 마지막에 남은 것은 적합한 장소를 찾는 것이라고 그는 생각했다. 운이 좋다면, 그럴 수 있을 것이다.

여기는 잎이 하나도 없는 나무들 사이, 달빛에 빛나는 강이 내려다보이는 곳이었다. 그는 무릎을 꿇고 헐벗은 나무에 등을 대고 앉아 피로한 눈을 감았다. 머리 위 나뭇가지 사이로 무언가가 움직이고 있었지만 그는 잘 알아차리지 못했다. 나무 사이를 부스럭거리는 어떤 신체. 아주 오래전, 몇 번의 전생이 지나기 전에 누군가가 밤에 숲속에서 움직이는 존재들에 대해 이야기해주었다. 하지만 그 말의 의미를 떠올리는 데도 힘이 필요했고 그에게는 더이상 힘이 없었다. 그렇게 그 생각 역시 그를 떠나 사라졌다.

그 순간 새로운 감각이 그를 꿰뚫었다. 한겨울에, 별들 사이의 고요한 공간에서부터 열린 문으로 들어오는 찬바람처럼 차갑고 단호한 감각이었다. 아침이 오면 그는 더 이상 존재하지 않을 것이다. 에이미, 사방에서 별들이 떨어지기 시작하자 그는 그렇게 생각했다. 그리고 오로지 그 이름 하나만으로 마음속을 가득 채우고자 했다. 그 이름, 그를 삶에서 자유롭게 해줄, 딸의 이름.

에이미, 에이미, 에이미.

III
최후의 도시

A.V. 2

음악은 부드러운 목소리가 사그라질 때
기억 속에서 메아리치고
향기는 향기로운 제비꽃이 시들 때
일깨워진 감각 속에서 살아남는다.
장미가 죽으면 장미의 잎이
사랑하는 이의 침상에 쌓이고
그대가 가고 나면 그대 향한 생각 위에
사랑이 조용히 잠들리라.

―퍼시 비시 셸리, 「음악은 부드러운 목소리가 사그라질 때」

―――――――――――― 대피 공고 ――――――――――――

긴급명령

동부격리구역

펜실베이니아주 필라델피아

육군 원수 대행이자 동부격리구역 최고사령관 트래비스 컬런 장군 및 필라
델피아 시장 조지 윌콕스의 명령에 따라 다음과 같이 명한다.

필라델피아시 및 델라웨어 서쪽 3개 군(몽고메리, 델라웨어, 벅스) 초록색으
로 표시된 미감염구역("안전지대")에 거주하는 모든 4세 이상 13세 이하 미
성년 아동은 즉각적인 대피를 위해 30번가 역으로 소집할 것.

각 아동은 다음을 **반드시 지참하여야 한다**

• 출생증명서, 사회보장카드 또는 유효기간 내의 미국 여권
• 부모 또는 법적 보호자 앞으로 발송된 공과금 고지서 또는 유효기간 내
  의 난민증명서 등 거주지증명서
• 면역접종기록 사본
• 아동의 대피 과정을 책임하에 보조할 성인

각 아동은 다음을 **지참할 수 있다**

- 소지품을 담을 56×36×23센티미터 이하의 용기 1개. 부패할 수 있는 식품은 지참 금지. 식량 및 식품은 열차 내에서 공급.
- 휴대용 침구 또는 침낭

열차 내 및 대피 과정이 이루어지는 구역 내에서 다음의 품목은 **소지 할 수 없다**

- 총포류
- 길이 8센티미터 이상의 도검류
- 애완동물

- **부모 및 보호자는 30번가 역내로 진입할 수 없다.**
- **대피 과정에 개입하는 자는 사살한다.**
- **허가 없이 열차에 탑승하려 시도하는 자는 사살한다.**

신이시여 미합중국과 필라델피아를 보호하소서.

아이다 잭슨의 일기(『앤티의 서』) 중에서

북아메리카 격리기간에 관한 제3차 국제회의에서 발표

인도-오스트레일리아 공화국 뉴사우스웨일스대학교

인류 문화 및 갈등 연구센터

A.V. 1300년 4월 16일-21일

[발췌 시작]

……완전한 혼돈 상태였다. 수많은 세월이 지난 지금도 잊을 수 없는 장면이다. 겁에 질린 수천 명의 사람이 울타리에 몸을 밀어붙이고 군인과 군견 들이 사람들을 진정시키려 애쓰고 허공에는 총성이 울려 퍼지던 광경. 고작 여덟 살이던 나는 전날 밤 엄마가 챙겨준 조그만 옷 가방을 들고 있었다. 엄마는 밤새 큰 소리로 울어댔다. 이제 나와 영영 만날 수 없으리라는 사실을 엄마는 알고 있었으니까.

'점프'들이 뉴욕, 피츠버그, 워싱턴 D.C.까지 점령한 뒤였다. 내 기억에 따르면 전국이 그들의 손아귀에 들어간 뒤였다. 국내 여기저기에 친척들이 있었기에 소식을 알 수 있었다. 우리가 모르는 일들도 있었다. 유럽이나 프랑스, 중국에서 무슨 일이 일어나는지는 알 수 없었지만, 아빠가 이웃 아저씨들과 하는 이야기를 들었었는데, 그곳에서는 바이러스의 성질이 달라서 걸리기만 하면 사람이 죽는다고 했다. 그래서 나는 그 시절에 사람들이 살고 있는 지역은 필라델피아가 전부였을 수도 있다는 생각이 든다. 필라델피아는 섬처럼 고립되어 있었다. 내가 전쟁에 대해 물어보았을 때 엄마는 점프들도 한때는 우리 같은 사람이었다고, 다만 병에 걸린 것뿐이라고 했다. 그 말을 들었을 때 나 역시 몸살기가 있었기에, 나도 어느 날 아침에 일어나면 갑자기 점프로 변해서 엄마와 아빠와 사촌들을 죽일지도 모른다는 생각이 드는 바람에 눈이 빠져라 울어댔다. 엄마가 나를 꽉 안아주더니, 아니야, 아니야, 아이다, 그건 달라. 완전히 다르단다. 이제 눈물 뚝 하렴, 했고 나도 그 말에 울음을 그쳤다. 하지만 그 말을 듣고도 한동안 나는 사람들이 콧물이 나거나 목이 아픈 병에 걸렸을 뿐인데 어째서 전쟁이 일어난 건지, 왜 온 사방에 군인이 가득한지 이해할 수 없었다.

우리는 그들을 '점프'라고 불렀다. 어떤 사람들은 '뱀파이어'라고 부르기도 했지만 말이다. 사촌오빠인 테런스는 그들이 뱀파이어라고 하면서 자기가 가지고 있던 뱀파이어 만화책을 보여주었다. 하지만 아빠에게 테런스 오빠에게서 들은 이야기를 하며 그림을 보여주자 아빠는 뱀파이어란 지어낸 이야기에 불과하다고 했다. 이 그림에 나오는 뱀파이어는 양복에 망토를 차려입은 예의 바르고 잘생긴 남자들이잖니. 그런데 아이다, 이건 현실이야, 이야기가 아니야. 물론 지금 그들에게는 '플라이어', '스모크', '드링크', '바이럴' 등 여러 가지 이름이 있지만, 당시에는 그들이 점프를 해서 사람을 덮친다고 해서 '점프'라고 불렀다. 아빠는 이름이 무엇이건 그들은 아주 못된 새끼들이라고 말했다. 아이다, 군대에서 시킨 대로, 집 밖에 나가선 안 된다. 아프리카 감리감독교회의 집사였던 아빠가 그런 거친 말을 쓴 건 처음이어서 나는 충격을 받았다. 그해 겨울, 밤이 가장 힘들었다. 지금처럼 조명등이 있는 것도 아니었고, 군대에서 배급한 식량 외에는 먹을 것도 없었고, 불쏘시개가 없으면 난방도 할 수 없었다. 해가 지면 온 세상에 뚜껑을 덮듯 두려움이 서서히 내리는 게 느껴졌다. 우리는 '점프'들이 밤에만 찾아온다는 것을 몰랐다. 아버지는 창문을 판자로 막아버리고 밤새 총을 든 채 촛불을 켠 부엌 식탁에 앉아 라디오에 귀를 기울였다. 한때 해군 통신장교였던 아빠는 그런 일을 잘 알았다. 어느 날 밤, 잠에서 깨 부엌에 들어가 보니 아빠가 울고 있었다. 손에 얼굴을 묻은 채 몸을 덜덜 떨면서 흐느꼈고 얼굴이 눈물범벅이었다. 어쩌면 아빠의 울음소리를 듣고 잠에서 깼던 건지도 모르겠다. 늘 강인하던 아빠의 약한 모습을 보고 나는 어쩔 줄 몰랐다. 아빠, 왜 우세요? 겁이 나세요? 내가 묻자 아빠는 고개를 젓더니 대답했다. 아이다, 하느님은 이제 우리를 사랑하시지 않는단다. 아마 우리가 저지른 나쁜 일 때문인가 봐. 하느님은 사랑을 거두시고 우리를 보호하던 손길도 거두어 가버렸단다. 그때 엄마가 와서 아빠에게 말했다. 조용히 해, 먼로, 당신 취했어. 그러면서 나를 다시 내 방으로 돌려보냈다. 먼로는 아빠 이름이었다. 먼로 잭슨 3세. 엄마 이름은 아니타였다. 당시에는 몰랐지만, 아마 그날 밤 아빠가 울었던 건 기차 이야기를 들어서였던 것 같다. 아닐 수도 있고.

하느님이 어째서 필라델피아를 그토록 오래 남겨두었는지는 하느님 그분만이 아실 것이다. 이제는 그 시절에 대한 기억은 사라지고 내가 때때로 느끼던 기분들만 떠오른다. 아주 사소한 것들, 밤에 아빠와 함께 아이스크림을 사러 가던 것, 내가 다니던 조지프 페널 초등학교의 친구들, 그리고 우리 동네에 살던 샤리즈라는 친구. 샤리즈와 함께 있을 때면 몇 시간이 순식간에 지나갔다. 기차에 탔을 때 샤리즈가 있는지 찾아보았지만 만나지 못했다.

우리 집 주소도 기억난다. 웨스트 래비어 2121번지. 근처에는 대학교도 있었고, 상점과 큰길이 있어서 다양한 사람들이 오가는 곳이었다. 한번은 크리스마스 시즌에 아빠와 버스를 타고 시내에 갔다. 그때 나는 아마 고작 다섯 살이었을 것이다. 버스를 타고 아빠가 일하는 병원을 지나쳤다. 아빠는 그곳에서 사람들의 뼈를 사진으로 촬영하는 방사선사로 일하고 있었다. 아빠는 군복무를 마치고 엄마를 만난 뒤로 쭉 그 일을 했는데, 사람들의 속을 들여다보는 그 일이 아빠 같은 사람에게는 딱 맞았다고 했다. 의사가 되고 싶었지만 그러지 못한 대신 방사선사가 되었다고 했다. 아빠는 크리스마스를 맞아 조명, 눈, 크리스마스트리, 움직이는 엘프와 순록 같은 인형들로 예쁘게 꾸며놓은 상점의 쇼윈도를 구경시켜주었다. 아빠와 추운 바깥에 함께 서서 이렇게 예쁜 장면을 보았던 때가 태어나서 가장 행복한 순간이었다. 아빠는 커다란 손으로 내 머리를 쓰다듬더니 엄마를 위한 선물을 사자고 했다. 스카프, 아니면 장갑. 거리에는 다양한 나이와 겉모습을 가진 수많은 사람이 있었다. 지금에 와서도 그날을 떠올리면 행복해진다. 이제는 크리스마스를 기억하는 사람이 아무도 없지만, 크리스마스란 오늘날의 '최초의 밤'과 비슷한 것이었다. 스카프나 장갑을 샀는지는 기억이 나지 않는다. 아마 샀던 것 같다.

그 시절은 사라졌다. 완전히. 별도 사라졌다. 때때로 '지난 역사'를 떠올리다 보면 가장 그리운 것이 그 별들이었다. 침실 창밖을 보면 건물들의 지붕 위 하늘에서 별이 반짝이고 있었다. 마치 하느님이 크리스마스를 맞아 자신을 조금 떼어다 하늘에 걸어둔 것 같았다. 별을 이으면 숟가락이나 사람이나 동물 같은 단순한 그림이 만들어진다며 별자리의 이름을 가르쳐준 것은 엄마였다. 별을 바라보면 하느님의 모습이 보인다고 나는 생각했다. 하느님의 모습을 잘 보려면 어둠이 있어야 했다. 하느님은 정말 우리를 잊은 걸지도, 아닌지도 모른다. 어쩌면 별들을 더 이상 볼 수 없는 우리들이 하느님을 잊은 건지도 모른다. 솔직히 말하면, 죽기 전에 마지막으로 다시 보고 싶은 것이 바로 그 별들이다.

열차들은 한 대가 아니었던 것 같다. 여기저기에서 열차가 출발했다는 이야기가 들렸다. 점프들이 침입하기 전 다른 도시들에서도 열차를 보냈다는 것이다. 어쩌면 그건 겁에 질린 사람들의 마지막 희망이었는지도 모른다. 그 열차들 중 몇 대가 목적지에 도착한 건지는 알 수 없다. 캘리포니아로 간 열차도 있었고, 이세는 기억나지 않는 다른 곳으로 간 열차도 있었다. 초기에, 그러니까 '워커'가 생겨나기 전, '유일한 법'이 만들어지기 전, 라디오를 들을 수 있었던 시절에 우리가 들을 수 있는 소식은 단 한 군데의 소식뿐이었다. 아마 뉴멕시코 어딘가에서 들려온 소식이었던 것 같다. 그러나 그들의 조명등이 망가진 이래 더 이상 소식을 들을 수 없었다. 피터나 테오, 다른 아이들이 해주는 이야기를 듣자하니 이제 남은 것은 우리가 전부인 것 같다.

그러나 내가 지금 쓰고자 하는 건 열차, 필라델피아, 그리고 그 겨울에 일어났던 일들에 관한 이야기다. 가장 암울했던 시절의 사람들. 군대가 온 사방에 있었다. 군인들만 있는 것이 아니라 탱크나 군수 무기가 어디에나 있었다. 아빠는 군인들이 점프로부터 우리를 지켜주는 거라고 했지만, 나에게 그 사람들은 총을 든 건장한 아저씨들일 뿐이었고 게다가 대개 백인이었다. 아빠는 언제나 아이다, 긍정적인 면을 바라보되 백인을 너무 믿지 마라, 했다. 꼭 세상에 백인이 단 한 사람만 있기라도 한 것처럼 말이다. 어쩌면 이 글을 읽는 사람들은 내가 하는 말이 무슨 소린지 아예 이해하지 못할지도 모르겠다. 개를 잡으려다가 총을 맞은 사람 이야기를 들은 적이 있다. 아무것도 안 먹는 것보다 개라도 잡아먹는 게 낫겠다고 생각했던 것 같다. 하지만 군대가 그 사람을 총살한 다음 '약탈자'라고 적힌 종이를 가슴에 핀으로 꽂은 채 올니 거리의 가로등에 매달아 두었다. 어차피 굶어서 죽기 직전인 개를 잡는 것이 어째서 약탈인지 알 수 없었다.

그러다 어느 날 밤 커다란 폭발 소리가 이어지더니 비행기들이 머리 위로 요란한 소음을 내며 날아오기 시작했다. 아빠는 군대가 다리를 불태웠다고 했다. 다음 날에는 비행기가 더 많아졌고 불과 연기의 냄새가 나서 점프들이 가까이 다가왔다는 걸 알았다. 도시는 불타고 있었다. 그날 밤 나는 잠들었다가 부모님의 말다툼 소리에 깨어났다. 우리 집에는 방이 네 개뿐이었고 방음이 잘되지 않아서 한 방에서 기침을 하면 다른 방에서도 들릴 정도였다. 엄마가 끊임없이 우는 소리, 아빠가 엄마한테, 이러지 마, 해야만 하는 일이야, 마음 강하게 먹어, 아니다, 하는 소리가 들렸다. 그러다가 내 방문이 열리더니 아빠가 나타났다. 아빠는 촛불을 들고 있었는데 그때 아빠의 얼굴에 떠오른 건 내가 난생처음 보는 표정이었다. 꼭 자기 얼굴을 지닌 유령이라도 본 것만 같은 표정이었다. 아빠는 나에게 재빨리 옷을 입히더니, 아이다, 착하게 굴어야 한다, 엄마에게 안녕히 계시라고 인사하고 오렴, 했고, 내가 엄마에게 작별 인사를 하자 엄마는 나를 아주 오랫동안 끌어안은 채 엉엉 울었는데, 이렇게 오랜 세월이 지난 지금까지도 그 때를 떠올리면 마음이 아려온다. 문 앞에 작은 옷 가방이 있는 걸 보고 내가 엄마, 우리 어디 가요? 하자 엄마가 나를 그대로 꽉 끌어안고 계속 울기만 해서, 결국은 아빠가 엄마를 나에게서 떼어놓았다. 그리고 우리는 집을 떠났다. 아빠와 나, 둘만 나섰다.

집 밖으로 나온 뒤에야 아직 한밤중이라는 것을 알았다. 날씨가 아주 춥고 바람이 불고 있었다. 공기 중에 하얀 것이 날리기에 눈인 줄 알았지만 손등에 날려온 가루를 혀로 핥아보고서야 눈이 아니라 재라는 것을 알았다. 연기 냄새가 코를 찔렀고 눈과 목이 따가웠다. 밤새도록 아주 오래 걸었다. 거리에서 움직이는 것이라고는 군용트럭뿐이었고 어떤 트럭에는 위에 확성기가 달려서 사람들에게 물건을 훔쳐서는 안 되며, 침착해야 한다고, 대피를 해야 한다고 알리는 방송이 나오고 있었다. 처음에는 길에 사람이 별로 없다가 걸으면 걸을수록 사람이 점점 불어나서 나중에는 사람들이 거리를 가득 메웠고 누구도 입을 열지 않은 채 다들 짐을 들고 우리와 똑같은 방향을 향해 걷고 있었다. 그때는 거리에 나온 사람들이 거의 다 아이를 데리고 있다는 것을 나는 눈치채지 못했던 것 같다.

기차역에 도착했을 때는 여전히 깜깜했다. 이미 그 이야기는 여러 번 한 것 같지만 말이다. 아빠는 줄을 서는 걸 싫어했기 때문에, 줄을 서지 않도록 일찍 나온 거라고 했다. 그러나 알고 보니 도시 사람들 절반이 똑같은 생각을 한 것 같았다. 우리는 아주 오래 기다렸는데, 어쩐지 모든 게 아주 나쁜 방향으로 전개되고 있다는 생각이 들었다. 태풍이 시작되는 조짐처럼 바람이 윙윙 불었다. 사람들은 다들 겁에 질려 있었다. 화재가 진압되었고 점프들이 오고 있다고 했다. 저 멀리서 천둥소리처럼 커다란 폭발음이 들렸고 비행기가 머리 위를 빠른 속도로 낮게 날고 있었다. 한 대가 날아올 때마다 귀가 멍멍했고, 멀리서 폭발음이 나고, 발아래 땅이 흔들렸다. 사람들은 대부분 아이들을 데리고 있었지만 아닌 사람들도 있었다. 아빠가 내 손을 꽉 잡았다. 철조망에 나 있는 틈으로 들어가야 했다. 사람들이 너무 촘촘하게 모여 있어서 숨이 막혔다. 군인들 중에는 군견을 데리고 있는 사람들도 있었다. 무슨 일이 일어나면 아빠를 꼭 잡아라, 아이다. 아빠는 그렇게·말했다.

가까이 다가가자 열차가 내려다보였다. 우리는 다리 위에 있었고 그 밑으로 열차가 지나가고 있었다. 열차가 얼마나 긴지 눈으로 짐작해보려 했지만 끝을 알 수 없을 정도로 길었다. 열차 칸이 100개는 있는 듯 끝도 없이 길었다. 열차에는 창문이 없었고 옆면에는 긴 막대들이 달려 그 위로 새의 날개처럼 그물이 나부꼈다. 열차 지붕에는 군인들이 마치 카나리아를 넣는 새장같이 생긴 케이지 안에 커다란 총을 넣어서 가지고 서 있었다. 그들이 빛나는 은색 소재로 된 방화복을 입고 있었기에 군인이라는 걸 알 수 있었다.

아빠가 어떻게 되었는지는 기억나지 않는다. 무언가가 사라져버리고 나면 마음이 그 기억을 떠올리길 거부하기에. 어떤 여자가 상자에 고양이를 넣어 들고 있었는데, 군인이 이봐, 지금 고양이 따위를 데려온 거야? 하더니 모든 일이 순식간에 벌어졌다. 믿기지 않는 일이지만, 군인이 그 자리에서 여자를 사살한 것이다. 그 뒤로도 총성이 계속 울려 퍼졌고, 사람들이 비명을 지르며 흩어지는 통에 아빠와 나는 헤어지고 말았다. 아빠의 손을 잡으려고 허공을 더듬었지만 잡히지 않았다. 사람들이 강물처럼 움직이는 바람에 나도 그 기세에 떠밀려서 앞으로 갔다. 끔찍했다. 사람들이 아직 열차에 자리가 남았다고 외치는데도 열차는 출발했다. 난리 통 속에서 옷 가방을 잃어버렸는데, 우습게도 나는 그때 옷 가방을 잃어버렸다고 혼날 게 걱정됐다. 아빠는 항상 아이다, 물건 잘 챙겨라, 칠칠치 못하게 굴면 안 돼, 라고 했다. 이 물건 하나를 사기 위해 얼마나 열심히 일했는지 아니? 그러니까 물건을 소중하게 다뤄야 한다, 하고 말했다. 그래서 나는 옷 가방을 잃어버린 일이 살면서 여지껏 내가 저지른 잘못 중 가장 큰 잘못이라는 생각이 들었는데 그 순간 강한 충격을 느끼고 자리에 쓰러졌고, 일어나보니 주변 사람들이 다들 죽어 있었다. 그중 한 명은 학교에서 알고 지내던 한 남자아이였다. 빈센트 검. 우리가 빈센트 검이라고 불렀던 그 아이는 항상 학교에서 껌을 씹고 다니다가 야단을 맞곤 했다. 그런데 그 아이가 가슴 한가운데 총구멍이 뚫린 채 피범벅 속에 벌러덩 쓰러져 있었다. 가슴에 뚫린 구멍에서 욕조 속 비눗물처럼 거품이 일며 피가 쏟아져 나오고 있었다. 빈센트 검이 여기 죽어 쓰러져 있구나, 하고 나는 생각했다. 총을 맞고 죽었구나. 이제 다시는 움직이지도, 말하지도, 껌을 씹지도 못하겠지. 영영 이렇게 아무것도 모른다는 표정으로 누워 있겠지.

나는 여전히 열차가 내려다보이는 다리 위에 서 있었는데, 사람들이 다리에서 열차 위로 뛰어내리기 시작했다. 모두 비명을 지르고 있었다. 많은 군인이 마치 무차별 사격을 하라는 명이라도 받은 것처럼 사람들을 총으로 쏘아대고 있었다. 사람들이 불 속에 놓인 땔감처럼 털썩 쓰러졌고 사방이 피바다였다. 마치 온 세상이 터져서 피가 줄줄 새어 나오는 것만 같았다.

그때 누군가가 나를 들어 올렸다. 아빠인 줄 알았지만 아니었다. 덩치가 크고 뚱뚱한, 수염을 기른 백인 남자였다. 그 남자가 내 허리를 붙들고 낚아채더니 다리의 반대쪽 끝을 향해 달렸다. 그곳에서부터 잡초 사이로 작은 길이 나 있었다. 철길 벽에 닿자 남자가 내 손을 잡고 나를 철길 아래로 내렸는데, 그때 나는 이 사람이 나를 바닥에 떨어뜨리는 바람에 나도 빈센트 검처럼 죽을 거라고 생각했다. 나는 남자의 얼굴을 쳐다보았다. 그때 본 눈빛을 아마 영영 잊지 못하리라. 오로지 선의로만 가득한 얼굴이었다. 나이가 젊건, 노인이건, 흑인이건, 백인이건, 아니면 남자건 여자건도 중요하지 않은 사람, 그런 것들을 모두 초월하는 얼굴을 하고 있었다. 그 남자는 누가 이 아이를 받아 달라고 고함을 질렀다. 그때 누군가가 내 다리를 붙잡더니 나를 끌어 내렸고 다음 순간 나는 달리는 열차 속이었다. 열차에 탄 뒤 나는 깨달았다. 이제 엄마도, 아빠도, 지금까지 살아오면서 알고 지냈던 어떤 사람도 다시는 볼 수 없다는 사실을.

그 이후로 기억나는 것은 실제 사건보다는 감정들이다. 아이들이 우는 소리, 배가 고팠던 것, 어둠, 열기, 좁은 공간을 가득 메운 사람들의 체취가 기억난다. 바깥에선 총성이 들렸고 온 세상이 불타고 있기라도 한 것처럼 기차를 훑고 지나가는 불의 열기를 느낄 수 있었다. 만지지 못할 정도로 뜨거웠겠지. 어떤 아이들은 고작 네 살도 되지 않을 것 같은 진짜 아기들이었다. 열차 안에는 파수꾼이 두 명 있었다. 사람들은 파수꾼이 군인이었다고 생각하지만, 아니었다. 파수꾼은 연방재난관리청(FEMA)에서 나온 사람들이었다. 입고 있는 재킷 등에 노란 글씨로 FEMA라고 적혀 있어서 알 수 있었다. 아빠는 뉴올리언스에서 어린 시절을 보내고 또 군복무를 했기 때문에 연방재난관리청을 잘 알았다. 아빠는 FEMA가 "뭐든지 고치라고, 빌어먹을(Fix Everything My Ass)"의 약자라고 우스갯소리를 했다. 파수꾼 두 사람 중 여자는 어떻게 되었는지 모르겠지만, 남자는 '최초의 가문'인 슈 집안의 사람이었다. 그는 다른 파수꾼과 결혼했고, 아내가 죽자 두 번의 결혼을 더 했다. 두 아내 중 한 사람이 '마지 슈'였는데, 바로 '올드 슈'의 할머니다.

문제는, 열차가 멈추지 않았다는 것이다. 단 한 번도. 때때로 저 멀리서 커다란 폭발음이 들리면 그때마다 열차는 바람 속의 나뭇잎처럼 흔들렸지만 그래도 멈추지 않았다. 어느 날 여자 파수꾼이 다른 아이들을 돌봐주러 열차 칸을 떠났다가 울면서 돌아왔다. 남자 파수꾼한테 하는 말을 들었는데, 우리 뒤의 다른 칸들이 전부 떨어져 나갔다고 했다. 만약 점프들이 습격하면 칸을 떼어낼 수 있도록 열차를 만들었는데, 우리가 들었던 폭발음이 바로 그렇게 열차 칸이 떨어져 나가는 소리였다는 것이다. 떨어져 나갔던 열차 칸들과 그 칸에 탔을 아이들에 대해서는 생각하고 싶지 않았고, 아직도 그렇다. 그러니까 이 글에 그 이야기는 더 이상 쓰지 않겠다.

여러분이 알고 싶어 하는 이야기는 우리가 어떻게 이곳에 도착했는가에 관한 이야기일 것이다. 나는 그때에 대해 어느 정도 기억하고 있는데, 그때 내가 사촌오빠인 테런스를 찾았기 때문이다. 나는 테런스 오빠가 열차에 타고 있다는 사실을 몰랐지만, 알고 보니 오빠는 다른 칸에 타고 있었다. 나보다 뒤 칸에 타지 않았던 게 다행인 것이, 도착했을 때는 뒤에 남은 칸이 고작 세 칸이었고, 그중 둘은 거의 텅 비어 있었기 때문이다. 사람들이 말하길 캘리포니아는 예전과 다르다고, 아예 다른 나라나 마찬가지라고 했다. 내리면 버스가 와서 우리를 산 위 안전한 곳으로 데려갈 거라고 했다. 열차가 느려지더니 멈췄고 다들 겁에 질린 한편으로 며칠 만에 열차에서 내리게 될 것을 기대했다. 문이 열리자 바깥이 너무 밝아서 우리는 전부 손으로 얼굴을 가렸다. 어떤 아이들은 점프가 우리를 잡으러 온 줄 알고 울었는데, 그때 누군가가 바보같이 굴지 마, 점프가 아니야, 했고 그때 눈을 뜨자 군인이 서 있는 것이 보였다. 우리는 사막에 있었다. 열차에서 내리자 군인이 더 많았고 모래 위에 버스들이 한 줄로 늘어서 있었으며 머리 위에서는 헬리콥터가 굉음을 내며 모래바람을 일으키고 있었다. 군인들이 우리에게 마실 수 있는 차가운 물을 주었다. 살면서 찬물 한 모금이 그렇게 반가운 것은 처음이었다. 바깥이 너무 밝아서 앞을 제대로 볼 수도 없었지만, 그 순간 테런스 오빠가 보였다. 테런스 오빠는 다른 아이들과 마찬가지로 옷 가방 하나, 더러운 베개 하나를 안고 모래 속에 서 있었다. 살면서 남자를 그렇게 세게, 오랫동안 끌어안아 본 것은 처음이었다. 우리는 웃었고, 울었고, 네 꼴 좀 봐, 하고 서로 이야기했다. 우리는 가까운 사촌은 아니었고 팔촌 정도 되는 사이였다. 테런스 오빠의 아빠는 우리 아빠의 조카인 칼턴 잭슨이었다. 칼턴 삼촌은 조선소 용접공이었는데, 나중에 오빠가 알려준 바에 따르면 삼촌도 열차를 만든 사람 중 하나였다고 했다. 대피 전날 칼턴 삼촌이 테런스 오빠를 데려와서 운전자와 가장 가까운 엔진 칸에 태우고 거기서 가만히 있으라고 했다는 것이었다. 가만히 있어야 한다, 테런스. 운전사가 시키는 대로 하고. 그렇게 테런스 오빠와 나는 다시 만나게 되었다. 오빠는 나보다 고작 세 살 위였지만 그 시절에는 훨씬 큰 사람처럼 느껴졌기에 나는 오빠에게 말했다. 이제부터 오빠가 날 돌봐줘, 알겠지? 약속해줘. 그러자 테런스 오빠가 고개를 끄덕이더니 알겠다고 했고, 죽는 날까지 그 약속을 지켰다. 테런스는 잭슨 가문 최초로 '하우스홀드'가 되었고 이후로 잭슨 가문은 대를 이어 '하우스홀드'의 일원이 되었다.

군인들이 우리를 버스에 태웠다. 테런스 오빠와 함께 있자니 모든 것이 다르게 느껴졌다. 오빠가 베개를 빌려줘서 나는 오빠에게 머리를 기대고 잤다. 그러니까 버스에서 시간이 얼마나 흘렀는지는 알 수 없다. 아마 하루가 넘는 시간은 아니었던 것 같다. 어느 순간 테런스 오빠가 일어나, 아이다. 도착했어, 일어나, 했고, 그 말에 깨어보니 공기가 달라진 게 느껴졌다. 더 많은 군인이 나타나 우리를 버스에서 내려주었고, 나는 그때 처음으로 성벽을, 그리고 긴 장대 위에 높게 매달린 조명등을 보았다. 낮이었기 때문에 조명등이 켜져 있지는 않았다. 공기는 신선하고 맑았고, 너무 추워서 다들 발을 구르며 떨었다. 사방에 군인들이 있었고, 크고 작은 연방재난관리청의 트럭들이 식량, 총, 화장실 휴지며 옷 같은 물자를 싣고 서 있었다. 어떤 트럭에는 동물도 실려 있었는데, 양, 염소, 말, 우리에 넣은 닭, 심지어는 개도 있었다. 파수꾼들이 우리를 능숙하게 줄 세운 다음 이름을 받아 적고 나서 깨끗한 옷을 준 뒤 '성소'로 데려갔다. 그들이 우리를 데려간 '성소'는 여러분 모두 잘 알고 있는, 아직까지도 어린이들이 생활하는 그곳이다. 나는 테런스 오빠 옆 침대를 차지하고 누운 다음 지금까지 머릿속을 맴돌던 그 질문을 했다. 테런스 오빠, 여기는 어디야? 삼촌이 열차를 만들었다면 오빠한테는 이야기해주셨겠지. 그러자 오빠는 잠시 꼼짝도 하지 않고 가만히 있다가 대답했다. 여기는 지금부터 우리가 살아갈 곳이야. 성벽과 조명들이 우리를 점프들에게서 안전하게 지켜줄 거야. 전쟁이 끝날 때까지 모든 것으로부터 우리를 안전하게 지켜줄 거야. 노아 이야기 기억나지? 여기가 바로 방주야. 나는 테런스 오빠에게 방주가 무엇이냐고, 이게 무슨 이야기냐고, 엄마와 아빠를 다시 만날 수 있느냐고 물었고, 오빠는 대답했다. 모르겠어, 아이다. 그래도 내가 약속대로 널 돌봐줄게. 테런스 오빠의 다른 쪽 옆 침대에는 나만 한 여자아이가 있었는데 울음을 통 그치지 않는 통에 오빠가 나지막한 목소리로 그 아이에게 이렇게 말했다. 이름이 뭐니? 혹시 원한다면 내가 너도 돌봐줄게. 그러자 아이가 울음을 그쳤다. 지저분하고 지친 모습이었지만 한눈에 봐도 예쁘장한 아이였다. 예쁜 얼굴, 아기의 것처럼 가느다랗고 성긴 머리카락. 아이는 고개를 끄덕이더니 응, 돌봐줘, 그리고 만약에 괜찮다면 내 동생도 돌봐줬으면 좋겠어, 했다. 그렇게 루시 피셔는 나의 절친한 친구가 되었고 나중에 테런스 오빠의 아내가 되었다. 루시의 남동생 렉스는 남자애라는 것만 빼면 루시와 똑같이 예쁜 아이였다. 아마 여러분도 그 시절부터 피셔 집안과 잭슨 집안이 이렇게 저렇게 엮여왔던 것을 잘 알고 있을 것이다.

아무도 내게 이 모든 것을 기억해야 한다고 말하지 않았지만, 어쩐지 내가 이 모든 것을 기록하지 않으면 모든 것이 잊힐 거라는 생각이 든다. 우리가 이곳에 오게 된 사연뿐만이 아니라 그 세계, '지난 역사'라고 불리는 예전의 세계가 말이다. 크리스마스 선물로 장갑과 스카프를 사고, 아빠와 함께 한 블록을 걸어 아이스크림을 사러 가고, 여름밤에 창가에 앉아 별이 뜨길 기다리던 시간. 물론 '최초의 사람들'은 전부 죽었다. 대부분은 오래전에 죽거나 감염되었고 이제는 아무도 그들의 이름을 기억하지 못한다. 그 시절을 떠올리면 내가 느끼는 것은 슬픔이 아니다. 잃어버린 가족들, 스물일곱 살에 감염된 테런스 오빠나, 그 얼마 뒤 아이를 낳다가 죽은 루시, 그리고 상당히 오래 살았으나 기억이 나지 않는 이유로 죽은 마지 슈 같은 사람들을 생각하면 조금은 슬프다. 아마 맹장염, 아니면 암이었던 것 같기도 하다. 생각할 때 가장 고통스러운 것들은 스스로 생명을 놔버린 사람들이다. 슬픔 때문에, 걱정 때문에, 아니면 인생의 무게를 더는 감당하고 싶지 않아 자기 손으로 목숨을 끊은 사람들. 꿈에 나오는 이들은 그 사람들이다. 마치 채 마무리를 하지 못한 채 세상을 떠난 것만 같은, 자기가 죽었다는 사실조차 모를 것 같은 사람들. 하지만 아마 이런 생각을 하게 된 건 나이가 들어서라고 생각한다. 예전의 세상과 지금의 세상이 머릿속에서 마구 뒤섞인다. 이제 내 이름을 기억하는 사람들은 아무도 남아 있지 않다. 사람들은 나를 '앤티Auntie'라고 부르는데, 나에게 자식이 없기 때문이다. 그리고 그 이름이 내게 썩 어울리는 것 같다. 때로 내 안에 수많은 사람이 있어서 나는 혼자가 아닌 것 같다. 내가 죽을 때 나는 그들을 함께 데려가는 것일 테지.

파수꾼들은 군대가 다른 아이들과 군인을 데리고 곧 돌아올 거라고 말했지만, 그런 일은 일어나지 않았다. 버스와 트럭이 떠났고, 어둠이 내리자 그들이 게이트를 닫았다. 그때 조명등이 켜졌다. 대낮처럼 밝았고, 너무 밝아서 별은 보이지 않았다. 볼만한 광경이었다. 테런스 오빠와 나는 밖으로 나와 추위에 떨면서 그 모습을 지켜보았고, 그제야 나는 오빠가 한 말이 맞았다는 생각이 들었다. 이곳이 지금부터 우리가 살아갈 곳이었다. '최초의 밤', 조명이 켜지고 별들이 꺼진 그날 밤 우리는 그곳에 있었다. 그리고 그 이후 오랜 세월이 흐르는 동안 나는 다시는 별들을 볼 수 없었다.

IV

경계를 늦추지 말라

퍼스트 콜로니
캘리포니아 공화국 샌저신토산맥

A.V. 92

오, 잠이여, 오, 부드러운 잠이여!
대자연의 온순한 유모여, 내가 어째서 그대를 겁내었는지,
이제 그대가 더 이상 내 눈꺼풀을 내리눌러
내 감각을 망각 속에 잠재워주지 않으니.

— 셰익스피어, 「헨리 4세」, 2부

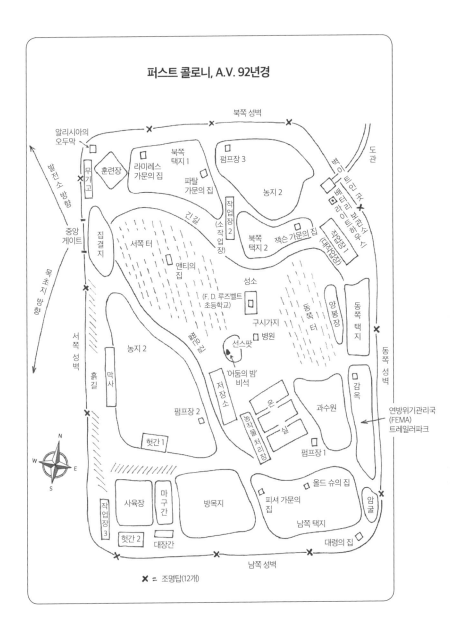

퍼스트 콜로니, A.V. 92년경

북쪽 성벽

알리시아의
오두막

발전소 방향

중앙
게이트

목초지 방향

무기고

훈련장

라미레스
가문의 집

북쪽
택지 1

파탈
가문의 집

작업장 2
(소작업장)

긴 길

집결지

서쪽 터

앤티의
집

북쪽
택지 2

잭슨 가문의 집

펌프장 3

농지 2

작업장 1
(대작업장)

성소

(F. D. 루즈벨트
초등학교)

구시가지

선스팟

병원

동쪽 터

양봉장

동쪽
택지

서쪽 성벽

흙길

막사

농지 2

펌프장 2

헛간 1

'어둠의 밤'
비석

저장소

온실

농작물 처리장

과수원

펌프장 1

감옥

도관

벽 아래 인 곳
배터리 보관소
라이트 하우스

동쪽 성벽

연방위기관리국
(FEMA)
트레일러파크

작업장 3

헛간 2

대장간

사육장

마구간

방목지

피셔 가문의 집

올드 슈의 집

남쪽 택지

암굴

대령의 집

남쪽 성벽

✕ = 조명탑(12개)

N
W E
S

유일한 법

콜로니의 모든 구성원은 다음을 숙지하여야 한다.

우리 '하우스홀드'는 '귀환의 날'까지 콜로니 내부의 질서를 유지하고, '동등한 몫'을 마련하고, '성소'를 보호하며, 노동과 거래에 있어 공정성을 확립하고, 콜로니 내 물적자산, 그리고 성벽 내 거주하는 모든 영혼을 공동으로 수비하기 위해 다음의 '유일한 법'을 수립한다.

하우스홀드

'하우스홀드'는 살아남은 '최초의 가문'(파탈, 잭슨, 몰리노, 피셔, 슈, 커티스, 보예스, 노리스)의 최연장자로 구성되며, 이때 워커 가문 등 혼인을 통해 2대 가문에 편입된 구성원도 배제되지 않고, 만약 생존한 최연장자 구성원이 하우스홀드 복무를 거부할 경우 같은 성씨의 두 번째 연장자가 참여하도록 한다.

하우스홀드는 '산업 이사회'와의 협의하에 방위, 생산, 조명, '동등한 배당'의 분배를 감독하며, 분쟁 또는 비상사태 발생 시 최종 결정권은 하우스홀드가 가진다.

하우스홀드는 하우스홀드 수장 1인을 선출하며, 이 대표자는 부차적인 산업에 참여하지 않고 하우스홀드를 위해 복무한다.

7개 사업 부문

콜로니의 성벽 내, 그리고 성벽 바깥 발전소, 터빈, 목초지, 구덩이에서 이루어
지는 노동을 7개 산업으로 나누며 이를 파수, 육체노동, 조명 및 전력, 농업, 가
축, 상업, 제조, 그리고 성소 및 병원으로 정의한다.

7개 산업('노동')은 각 부문이 자체적으로 관리하며, 각 산업의 대표자가 '산업
이사회'를 구성하여 사업 내역을 하우스홀드에 보고하면 하우스홀드의 재량하
에 결정한다.

파수

파수는 7개 산업의 하나로 다른 산업부문과 평등하게 다루어진다. 파수단은 최
소 1명의 총사령관, 3명의 부사령관, 15명의 파수꾼으로 구성되며 주자^{註‡}의 수
는 추후 결정한다.

콜로니의 성벽 내부에서 모든 화기와 관통용 무기(활, 석궁, 10센티미터 이상의
칼)는 파수단이 감시하는 무기고에 보관해야 한다.

성소

8세 미만의 아동은 성소('F.D. 루스벨트 초등학교')에서 생활하며 추후 종사할
산업부문을 선택하는 8세 생일까지 성소 바깥으로 나갈 수 없다. 이때 아동이
종사할 산업부문은 콜로니의 필요에 의해 결정되고 하우스홀드와 산업 이사회
의 승인을 받는다.

아동이 성소를 떠나는 순간 그의 몫은 소속 가문으로 반환되며 이 몫은 혼인 시

함께 가져간다.

성소의 아동은 콜로니의 벽 바깥 세계에 대해 그 무엇도 알아서는 안 되며 여기에는 바이럴에 대한 언급, 파수단의 일, 그리고 '바이럴의 대재앙'으로 알려진 사건이 포함된다. 이러한 정보를 의도적으로 미성년 아동에게 제공한 자는 성벽 밖으로 추방하는 처벌을 내린다.

워커의 권리

워커, 즉 1대 가문에 속하지 않는 자는 '동등한 몫'을 분배받으며 이러한 몫을 누구에게도 박탈당하지 않으나, 미혼으로 각 산업부문에 배정된 막사에 거주하는 남성은 예외로 한다.

격리법

1대 가문과 워커를 아울러 모든 사람은 바이럴과의 직접적인 신체적 접촉 시 최소 30일 이상의 격리에 처한다.

격리 여부와 관계없이 발작, 구토, 빛에 대한 반발, 눈 색의 변화, 피에 대한 갈구, 지속적인 탈의 등 바이러스 감염의 증상을 보이는 영혼은 즉시 수감되거나 파수단에 의해 자비로운 처형이 이루어진다.

두 번째 저녁 종과 첫 번째 아침 종 사이의 시간에 전체이건 일부이건, 실수이건 의도적이건, 혼자이건 여럿이건 게이트를 여는 자는 성벽 밖으로 추방하는 처벌을 내린다.

라디오 등의 신호 기기를 소지, 조작, 조작을 권유하는 사람은 성벽 밖으로 추방하는 처벌을 내린다.

감염과 무관한 이유로 물리적 사망을 유발하는 행위를 '살해'라고 정의하며, 타인을 살해한 자에게는 성벽 밖으로 추방하는 처벌을 내린다.

이상의 법을 '기다림의 해'인 A.V. 17년에 발의하고 비준한다.

데빈 댄포스 슈
연방재난관리청
중앙격리구역 지역 책임자 권한대행
하우스홀드 수장

테런스 잭슨
루시 피셔 잭슨
포터 커티스
리암 몰리노
소니아 파탈 레빈
크리스천 보예스
윌라 노리스 대럴
최초의 가문들

THE PASSAGE
19

어느 저물어가는 여름 저녁, 이전의 삶이 다하기 직전, '최초의 가문'인 디미트리어스 잭슨과 프루던스 잭슨의 아들이자, '유일한 법'의 서명인인 테런스 잭슨의 후손, 그리고 '처음의 마지막'인, '앤티'라고 불리던 자의 고조카인 '영혼의 피터', '나날의 사람'이자 '견뎌낸 자'인 피터 잭슨은 중앙 게이트가 있는 성벽 위 좁다란 캣워크의 제 위치에 서서 자신의 형을 죽일 시간을 기다리고 있었다.

피터는 스물한 살이었다. 파수꾼이었고, 스스로는 그렇게 생각하지 않았으나 키가 훤칠했다. 눈썹 뼈가 두드러진 가늘고 긴 얼굴에 치아가 건강했고 피부는 늦게 수확한 꿀빛이었다. 눈은 어머니를 닮아 금빛이 도는 녹색이었다. 잭슨 가문의 유전인 거친 검은빛 머리카락은 다른 파수꾼처럼 뒤로 넘겨 목께에서 가죽 줄로 동그랗게 말아 붙였다. 무릎과 엉덩이 부분을 조잡하게 덧댄 갭 청바지를 입고 가느다란 허리에는 부드러운 울 소재 저지를 동여매고 있었는데 낮에 땀을 많이 흘리는 바람에 옷 아래 피부가 따끔거렸다. 세 계절 전 '저장소'에서 산 바지였다. 월트 피셔는 언제나처럼 바지값으로는 다소 의문스러운 1/4셰어를 불렀으나, 피터가 1/8셰어로 에누리를 해서 샀다. 당연히 바지의 품질은 그 값에 못 미쳤다. 심지어 바짓가랑이가 한 뼘이나 길어서, 잘라낸 캔버스 천이나 오래된 타이어로 만든 샌들을 신은 발등 위로 줄줄 흘러내렸다. 피터는 여름철이면 튼튼한 부츠는 겨울을 위해 남겨두고 샌들을 신거나 맨발로 다녔다. 그의 무기인 석궁이 성벽 끄트머리에 기대 놓여 있었다. 허리에 찬 부드러운 가죽으로 된 칼집에는 칼이 들어 있었다.

스물한 살 피터 잭슨은 무장한 파수꾼이었다. 형이 했던 것처럼, 아버지가 했던 것처럼, 그리고 아버지의 아버지가 했던 것처럼, 그는 성벽을 지키고 서서 '자비'를 수행하기를 기다리는 중이었다.

63일째인 여름이었고 여전히 낮은 길고 건조했으며 하늘은 넓고 푸르렀고 공기에서는 노간주나무와 제프리소나무 향내가 났다. 태양이 언덕 위 두 뼘 높이에 떠 있었다. 성소에서 울려 퍼지는 첫 번째 저녁 종이 야간 근무자들을 성벽 위로, 목초지에 나가 있던 가축들을 성벽 안으로 불러 모았다. 피터는 성벽 위를 두르고 있는 캣워크를 따라 고루 분배된 15개의 플랫폼 중 하나에 서 있었는데, 그 자리가 '제1발포플랫폼'이었다. 보통 이 자리는 파수단의 총사령관 수라미레스의 자리였지만 오늘 밤은 아니었다. 지난 6일 밤 내내 피터가 혼자 이 자리를 지켰다. 가로세로 5미터인 이 사각형 플랫폼의 테두리에는 금속을 사슬 모양으로 꼬아 만든 철망이 쳐져 있었다. 피터의 왼쪽 30미터 위에는 12개의 조명등 중 하나가 달려 있었다. 조명등은 나트륨등이 격자판 안에 들어 있는 형태였는데, 지금은 아직 해가 지기 전이라 불이 켜져 있지 않았다. 피터가 서 있는 자리의 오른쪽 철망 위로 도르래가 걸쳐져 있었다. 형이 돌아왔을 때 피터가 성벽 아래로 타고 내려갈 도르래였다.

피터의 뒤에는 편안한 소음과 냄새와 생기가 감도는 '콜로니'의 집들과 마구간, 밭과 온실이 펼쳐져 있었다. 바로 이 콜로니가 피터가 나고 자란 곳이었다. 가축들이 성벽 안으로 돌아오는 모습을 지키는 지금도 피터의 마음속에는 콜로니의 구석구석이 3차원처럼 생생하게 깃들어 있었다. '구시가지' 입구에서 뻗어 나온 '긴 길'을 따라가면 금속 두드리는 소리가 나는 무기고를 지나 앤티가 사는 '서쪽 터'가 나왔다. 줄지어 심긴 옥수수와 콩이 자라는 밭, 밭을 갈고 괭이질을 하느라 검은 땅 위로 몸을 숙인 일꾼들의 등, 거래일 행사와 하우스홀드의 공개회의가 열리는 '선스팟sunspot'이라는 반원 모양 광장. 그리고 종탑이 있고 창문을 벽돌로 막아놓은 '성소', 가시철조망 사이로 새어 나오는, 성소 앞마당에서 노는 어린이들의 시끌벅적한 소리. 가축들의 소리와 냄새로 생기를 뿜어내던 닭장과 헛간, 풀밭. 습기가 가득해 안이 들여다보이지 않는 세 개의 온실. 그리고 바로 옆에 있는, 물건 사냥의 전리품이 그득한 창고에서는 월터 피셔가 옷가지며 공구, 음식, 연료를 팔았다. 집들은 전부 제 나름의 속도로 낡아가고 있었는데 사람 없이 스러져가는 집도 있었고 피터네 집처럼 '그 날' 이후로 쭉 사람이 살아온 집도 있었다. 과수원, 양봉장, 그리고 이제는 아무도 살지 않는 트레일러 파크. 그 너머로 북쪽 택지의 마지막 집과 작업장을 지나면 북쪽 성벽과 동쪽 성벽 사이에 벽이 트인 곳이 있었고 '지난 역사'에 산 위로 그들을 실어 왔던 세미트레일러의 움푹한 바퀴 속 서늘한 그늘 안에 와이어와 파이프로 둘러싸인 커다란 금속제 배터리 세 개가 놓여 있었다.

가축들이 언덕을 올라왔다. 기수들이 앞장섰고, 그 뒤로 가축 떼가 물결이 거슬러 올라오는 것처럼 음매음매 울며 부산하게 언덕을 오르는 모습이 성벽 위에서 내려다보였다. 발굽으로 먼지를 일으키는 가축들은 마치 한 몸인 것처럼 경계선에 피워놓은 불 사이를 통과해 이쪽으로 다가왔다. 지난 엿새간 그랬던 것처럼 기수들은 피터가 서 있는 자리 아래를 통과하며 피터에게 고개만 짧게 끄덕여 보였다.

그들은 한마디도 주고받지 않았다. '자비'를 기다리는 사람에게 말을 걸면 불운이 온다는 속설 때문이었다.

무리 중에서 기수 중 한 사람이 빠져나왔다. 사라 피셔였다. 사라는 간호사로, 피터의 어머니가 사라의 훈련 담당이었다. 하지만 대부분의 사람처럼 사라도 여러 개의 직업을 가지고 있었다. 기수가 되려면 안장 위에서 민첩하게 움직이고 고삐를 빠르고 유연하게 잡아당겨야 한다. 날씬하면서도 강인한 체격을 타고난 그녀는 기수가 되기에 제격이었다. 그녀는 다른 기수들처럼 조각 천을 덧댄 데님 레깅스를 입고 헐렁한 저지를 허리에 동여맨 차림이었다. 햇볕에 색이 바랜 금발은 어깨 길이로 짧게 잘라 뒤로 묶었지만 머리카락 한 가닥이 흘러나와 우묵하게 들어간 검은 눈 위에 나풀거렸다. 왼팔 손목부터 팔꿈치까지 가죽으로 만든 활쏘기용 팔 보호대를 차고 있었다. 등 뒤에 대각선으로 맨 1미터 길이의 활이 마치 날개 같았다. 사람들은 그녀가 타던 열다섯 살 된 거세마勢馬 대시가 사라를 가장 좋아한다고들 했다. 대시는 다른 사람이 타려고 다가오면 귀를 뒤로 바짝 당기고 꼬리를 털어댔으나 사라에게는 그러지 않았다. 대시는 사라의 명령에 민감하게 반응해 우아하게 움직였고 그럴 때면 마치 말과 기수가 마음이 통해 하나가 된 것 같았다.

피터가 지켜보고 있는 가운데 사라 피셔는 또 한번 게이트를 빠져나가 가축들의 행렬을 거슬러 다시 목초지를 향했다. 피터는 무엇 때문에 사라가 다시 돌아갔는지 알 수 있었다. 지난봄에 태어난 어린양 한 마리가 경계선에 난 여름풀 한 줌에 정신이 팔려 혼자 떠돌고 있었다. 사라는 어린양 옆에 말을 세우고 훌쩍 뛰어내린 뒤 솜씨 좋게 양을 벌렁 뒤집은 다음 새끼줄로 다리를 세 바퀴 돌려 묶었다. 가축 떼는 이제 전부 게이트를 통과했고, 기수와 말과 양 들이 서쪽 벽을 따라 가축우리들이 있는 곳으로 구불구불 줄지어 들어가고 있었다. 사라가 일어서더니 피터가 서 있는 성벽 위를 올려다보았다. 두 사람의 눈이 마주쳤다. 지금 같은 때가 아니었더라면 사라가 웃어주었을 거라고 피터는 생각했다. 사라는 피터가 보는 앞에서 양을 들어 올려 말의 등에 싣고는 손으로 꼭 붙잡은 채 다시 말에 올라탔다. 눈이 다시 한번 마주쳤는데 이번에는 눈을 맞추는 동안 사라의 속마음이 읽혔다. '나 역시 테오가 오지 않았으면 좋겠어.' 그리고 피터의 생각이 이어지기도 전에 사라는 발뒤꿈치로 말의 옆구리를 차더니 곧장 게이트를 통과해 들어가버렸다.

그들은 왜 그러는 걸까? 피터는 생각했다. 이곳에 서 있던 매일 밤 그게 궁금했다. 감염자들은 어째서 다시 돌아올까? 무엇 때문에 다시 돌아온다는 미친 생각을 하는 걸까? 예전의 자신을 기억하기 때문일까? 아니면 마지막 인사를 하려고? '바이럴'은 영혼이 없는 존재라고들 했다. 피터가 여덟 살이 되어 성소를 나왔을 때 '선생'이 이 모든 것을 그에게 설명해주었다. 바이럴의 핏속에는 바이러스라고 하는 작은 생물이 있어서 영혼을 잡아먹는다는 것이었다. 바이럴에게 물리면 이 바이러스에 감염되는데, 바이럴은 보통 목을 물지만 꼭 목만 무는 것은 아니라고 했다. 바이러스가 사람 몸에 들어가는 순간 영혼은 사라지고 신체만 남아서 지구 위를 영원히 걸어 다닌다고. 그 순간부터 예전의 그 사람은 사라지는 거라고 했다. 그것이 세계의 진실, 다른 진실들의 원천이 된 단 한 가지

진실이었다. 차라리 비가 왜 내리는가 하는 것을 궁금해할걸. '자비'의 이레째 밤이자 마지막 밤, 점점 짙어져 가는 어둠 속에서 성벽 위에 서 있던 피터는 생각했다. 이 밤이 지나면 형은 사망을 선고받고, 형 이름이 '비석'에 새겨지며, 형 소지품은 전부 창고로 싣고 가서 수선과 수리를 거친 뒤 재분배하게 될 것이다. 바이럴은 영혼이 없는데 어째서 고향으로 돌아오려 하는 걸까?

이제 태양은 고작 한 뼘 높이에 떠서 야트막한 언덕이 골짜기 바닥으로 이어지는 구불구불한 산등성이 뒤로 빠르게 지고 있었다. 한여름 날에도 해는 이렇게 순식간에 떨어지곤 했다. 피터는 햇빛을 피하려 눈을 가렸다. 저 어딘가, 벌목한 목재를 이리저리 쌓아둔 경계선 너머, 목초지, 구덩이와 말뚝 너머, 덤불이 가득한 언덕 너머에 로스앤젤레스의 폐허가 있고, 그보다 더 먼 곳에 감히 그려볼 수도 없는 바다가 있을 것이다. 피터가 성소 안에 사는 어린이였을 때 그는 도서관에서 바다의 존재를 알게 되었다. 오래전, '개척자'들이 두고 간 책들의 대부분은 쓸모없는 것, 또는 바이럴의 존재나 '지난 역사' 속 세계에 어떤 일이 일어났는지 모르는 어린이들에게 혼란을 줄 수 있는 것으로 판가름 났기에 남은 책은 고작 몇 권뿐이었다. 선생이 어린이나 요정, 옷장 문 뒤의 숲속에 살고 있으며 말하는 동물들이 나오는 이야기를 아이들에게 읽어주기도 했고, 때로는 아이들이 직접 책을 골라서 그림을 보고 더듬더듬 글씨를 읽어볼 수 있도록 해주었다. 피터가 제일 좋아해서 항상 골랐던 책은 바로 『우리를 둘러싼 바다』였다. 습기가 배어 만지면 서늘한 느낌이 드는 빛바랜 이 책은 갈라진 책등을 끝이 돌돌 말려가는 노란 테이프로 간신히 여며놓았다. 책 표지에는 '에드 타임-라이프'라는 작가 이름이 적혀 있었고(실제로 이는 저자 이름이 아닌 시리즈 이름이다—옮긴이), 책을 펼치면 페이지마다 멋진 그림과 사진과 지도가 이어졌다. '세계지도'라고 적힌 지도도 있었는데, 이 지도에 나온 '세계'는 대부분 바다로 이루어져 있었다. 피터는 선생에게 바다의 이름을 읽는 법을 알려달라고 했다. 대서양, 태평양, 인도양, 북극해. 그는 몇 시간이나 '큰방'의 자기 매트 위에 앉아 무릎에 책을 놓고 지도 위 파란 공간에서 눈을 떼지 못한 채 페이지를 넘겼다.

그러니까 세계란 물로 된 아주 크고 둥근 공 모양인 것 같았다. 하늘에서 뚝 떨어진 이슬방울처럼. 그리고 이 모든 물은 서로 연결되어 있었다. 봄비, 겨울 눈, 펌프에서 나오는 물, 머리 위 구름이 품고 있는 물까지 전부 바다의 일부라는 거였다. 바다는 어디에 있을까? 어느 날 피터는 선생에게 물었다. '바다를 볼 수 있어요?' 그러자 선생은 피터가 지나치게 많은 질문을 할 때마다 늘 그랬듯 웃으며 간단히 고개를 저어버렸다. '어쩌면 세상에 바다가 존재할 수도 있고, 아닐 수도 있지. 피터, 책은 책일 뿐이란다. 바다 같은 건 그만 생각하렴.'

하지만 피터의 아버지는 바다를 본 적이 있었다. 아버지, 즉 '하우스홀드'의 수장이었던 위대한 디미트리어스 잭슨, 그리고 파수단의 총사령관이었던 윌럼 삼촌은 말이다. 두 사람은 함께 '긴 여정'을 이끌었는데, '그 날' 이래 이루어진 최장 거리 탐사였다. 아침 해가 뜨는 동쪽으로, 그리고 지평선 너머 서쪽, '지난 역사'의 텅 빈 도시들이 있는 곳까지. 그때마다 아버지는 항상 자신이 본 위대하고도 끔찍한 풍경에 대한 이야기를 잔뜩 가지고 돌아왔지만, 그중에서도 가장 멋진 이야기는 '롱비치'라는 곳에서 본 바다 이야기였다. 피터의 아버지가 돌아오면, 피터는 형인 테오와 함께 작은 집 부엌 식탁에 앉아 기다리고 있다가 아버지가 하는 이야기를 물을 벌컥벌컥 들이마시듯이 열심히 듣기 시작했다. '상상해보렴, 땅이 갑자기 끝나고, 거기서부터 출렁이는 푸른색이 끝없이 이어진단다. 마치 하늘이 거꾸로 뒤집힌 것처럼 말이야. 그리고 그 속에는 인간의 눈으로 볼 수 있는 가장 먼 곳까지, 마치 인간이 만들어낸 도시 하나가 통째로 물에 잠긴 것처럼, 수백, 수천 척이나 되는 거대한 배의 선체가 녹슬어가는 모습이 보인단다.' 피터의 아버지는 달변가가 아니었다. 그는 말수가 극히 적었고 애정을 표현할 때도 말 대신 어깨에 손을 가만히 올리거나 얼굴을 한참 찌푸리거나 알아들었다는 표현으로 턱을 살짝 까닥했다. 그러나 '긴 여정'에서 보고 온 것들을 이야기할 때면 아버지는 말이 많아졌다. '바닷가에 서 있으면 말이다, 세상이 얼마나 큰지, 얼마나 고요하고 텅 비어 있는지, 얼마나 외로운지 알 수 있단다. 수많은 세월 동안 어떤 인간도 이 세계를 바라보지도, 그 이름을 불러주지도 않

았으니 말이다.'

아버지가 바다에 다녀왔을 때 피터는 열네 살이었다. 형 테오를 비롯한 잭슨 가문의 다른 남자들처럼 그는 파수꾼이 되기 위한 수련을 하면서 언젠가 아버지와 삼촌을 따라 '긴 여정'을 떠날 수 있을 거라는 희망을 품었다. 그러나 그런 일은 결국 일어나지 않았다. 다음 해 여름, 정찰대는 동쪽 사막 깊은 곳 '밀라그로'라는 곳에 매복하던 중 습격을 당했다. 세 사람이 희생당했고 그중에는 윌럼 삼촌도 포함되어 있었으며 그것이 '긴 여정'의 마지막이었다. 사람들은 그것이 피터 아버지의 잘못이라고, 너무 많은 위험을 감수하고 너무 멀리까지 갔다고, 그러나 아무 성과도 내지 못했다고 했다. 오랫동안 다른 콜로니에서는 아무런 소식이 없었다. 마지막까지 소식을 전해온 타오스 콜로니조차도 붕괴된 지 80년이 가까웠다. 7개 사업 분리가 일어나기 전, 유일한 법이 생겨나기 전, 라디오가 금지되기 전 마지막으로 타오스 콜로니에서 보낸 통신은 발전소가 무너져서 조명이 꺼져가고 있다는 내용이었다. 타오스 콜로니 역시 다른 콜로니들처럼 수명을 다한 것이 틀림없었다. 피터의 아버지 디미트리어스 잭슨이 안전한 조명 속을 한 달씩 떠나면서까지 이루고자 했던 사명이 무엇이었을까? 그 깜깜한 어둠 속에서 무엇을 찾고자 한 걸까? 어떤 사람들은 아직까지도 '귀환의 날'이 오면 군대가 돌아와 그들을 찾아낼 거라고 믿었지만, 아버지는 '긴 여정'을 몇 번이나 떠났는데도 단 한 번도 군대를 만난 적이 없었다. 이제 군대는 없었다. 이미 알고 있는 사실을 확인하기 위해서 너무 많은 사람이 죽어갔다.

피터의 아버지가 마지막 '긴 여정'에서 돌아온 이래 사뭇 변해버린 것은 사실이었다. 아버지는 마치 갑자기 훌쩍 늙어버린 것처럼 지치고 슬픈 사람이 되었다. 어쩌면 아버지는 윌럼 삼촌과 함께 자신의 일부를 그 사막에 두고 온 건지도 몰랐다. 아버지는 피터보다도, 테오보다도, 심지어 어머니보다도 윌럼 삼촌을 더 사랑했다. 아버지는 하우스홀드 수장 자리를 테오 형에게 넘겨주고 사퇴했다. 아버지는 이제 홀로 탐험을 떠나기 시작했다. 동이 트면 가축 떼와 함께 성벽 밖으로 나가서 두 번째 저녁 종이 울리기 직전에야 돌아왔다. 피터가 아는 한 아버지는 어디에 다녀왔는지 아무한테도 말하지 않았다. 어머니에게 묻자 어머니는 아버지에게 지금은 당신 혼자만의 시간이 필요하다고, 그러다 준비가 되면 다시 가족에게로 돌아올 거라고만 말했다.

아버지의 마지막 여정이 있었던 날 아침, 당시에 파수단의 주자였던 피터는 게이트 위 캣워크에 서서 아버지가 떠날 준비를 하는 모습을 내려다보고 있었다. 조명등이 꺼진 뒤, 아침 종이 울리기 직전이었다. 전날 밤은 아무 조짐도 없는 고요한 밤이었고 동이 트기 한 시간 전부터 조금씩 눈이 내리기 시작했다. 차디찬 아침이 회색빛으로 서서히 밝아왔다. 가축 떼가 게이트 앞에 모여들 때 언제나처럼 커다란 밤색 암말에 올라탄 아버지가 길을 따라 나오는 것이 보였다. 말의 이름은 다이아몬드였는데 기다란 갈기로 둘러싸인 눈썹에 새하얀 다이아몬드 무늬가 있어서였다. 아버지는 다이아몬드가 특별히 빠른 말은 아니지만 충성스럽고 잘 지치지 않으며 날래야 할 때는 날래다고 했다. 게이트가 열리기를 기다리며 가축 떼 뒤에서 다이아몬드의 고삐를 쥐고 올라타 있는 아버지의 모습이 보였다. 다이아몬드는 눈 위에서 발을 구르고 있었다. 생각에 잠긴 것 같은 기다란 얼굴에 달린 콧구멍에서 마치 연기처럼 콧바람이 뿜어져 나오고 있었다. 아버지가 몸을 숙여 다이아몬드의 목 옆부분을 쓰다듬었다. 아버지가 말의 귀에 대고 무언가를 속삭이느라 입술을 움직이는 것이 보였다. 부드러운 격려의 말인 것 같았다.

5년 전 그날 아침을 생각하면 아직도 피터는 아버지가 자신이 눈 쌓인 캣워크 위에서 내려다보고 있다는 것을 알고 있었을까 하는 생각이 들었다. 아버지는 단 한 번도 위를 올려다보지 않았고 피터 또한 자신의 존재를 알릴 어떤 행동도 하지 않았다. 아버지가 다이아몬드에게 말을 걸고, 목을 쓰다듬어 어르는 모습을 보자니 어머니가 했던 말이 떠올랐고, 그 말이 맞았다는 생각을 들었다. 아버지는 혼자만의 시간을 보내고 있었다. 언제나처럼 아버지는 아침 종이 울리기 직전 허리에 찬 주머니에서 나침반을 꺼내 한 번 열어서 확인한 다음 다시 찰칵 닫고 인원수 체크를 위한 번호를 불렀다. "하나!" 아빠가 낮고 굵은 목소리로 그렇게 외치자 문지기도 "하나!" 하고 되받아 외쳤다. 매일같이 반복되는 똑같은 의식이었다. 그러나 그날 아침에는 무언가가 달랐다. 게이트가 열리고, 다이아몬드를 탄 아버지가 목초지를 지나 발전소 길을 내려갈 때에야 피터는 아버지가 활을 챙기지 않았다는 것을, 허리에 찬 칼집도 비어 있다는 것을 알았다.

그날 밤 두 번째 저녁 종이 울릴 때까지 아버지는 돌아오지 않았다. 곧 아버지가 정오에 발전소에서 물을 마셨으며 풍력터빈 아래를 지나 사막을 향하는 모습을 끝으로 누구의 눈에도 목격되지 않았다는 사실을 알 수 있었다. 콜로니에서는 '자비'를 행할 때 어머니가 자식을, 아내가 남편을 기다릴 수는 없었다. 성문화된 규칙은 아니었으나 '그 날' 이래 '자비' 의식은 아버지, 형제, 장자의 계보를 따라 이어져 왔다. 그렇기에 그때는 테오가 아버지를 기다렸고, 지금은 피터가 테오를 기다리고 있었다. 아마 언젠가 때가 오면 피터의 아들이 피터를 기다리겠지.

바이럴의 공격을 받은 사람이 죽지 않고 감염된 경우 그들은 언제나 집으로 돌아왔다. 사흘, 닷새, 아니면 일주일, 그보다 더 오래 걸리는 일은 없었다. 보통 감염자들은 물건 사냥을 가거나 발전소를 향하던 파수단, 가축을 몰고 나간 기수, 아니면 벌목이나 수리를 하러 나갔거나 쓰레기를 버리러 나간 육체노동자들이었다. 사람들은 대낮에도 죽거나 감염되었다. 바이럴이 몸을 숨길 그늘이 있는 한 결코 안전할 수 없었다. 지금까지 집으로 돌아온 감염자 중 가장 어린 아이는 샤론이었던가 샤리였던가 하는 이름을 가진 보예스 집안의 어린 딸로 '어둠의 밤'에 감염된 아이였다. 그 집안의 다른 식구들은 '어둠의 밤'에 모두 죽었다. 지진 때문에 죽은 사람도 있었고, 곧바로 이어진 바이럴의 습격으로 죽은 사람도 있었다. 그 아이에게 '자비'를 행할 식구가 아무도 남지 않았기에 결국 그 끔찍한 일은 파수단의 총사령관이던 윌럼 삼촌의 몫이 되었다. 보예스 집안의 딸처럼 이렇게 돌아온 사람들은 대부분 완전히 감염이 진행된 상태였다. 기운이 왕성해지고, 오한과 구토에 시달리며 옷을 찢어버리는 단계에 있기도 했다. 감염이 많이 진행되었을수록 위험했다. '자비'를 행하려던 아버지나 아들,

삼촌이 살해당하는 경우도 있었다. 그러나 보통 감염자들은 저항하지 않았다. 대개는 게이트 앞에 선 채 조명등 불빛에 눈을 깜박이며 총에 맞기를 기다리고 있었다. 어쩌면 그들의 마음속 한구석은 인간이던 시절을 기억하는 건지도, 그래서 죽음을 원하는 건지도 몰랐다.

피터의 아버지는 다시는 돌아오지 않았다. 즉, '어둠의 땅'에 있는 밀라그로라는 곳에서 바이럴에게 죽임을 당했다는 뜻이었다. 아버지는 그곳에서 '워커'를 보았다고 했다. 바이럴의 공격이 시작되기 전, 달빛 그림자 속을 빠르게 움직이는 한 사람을 봤다고 했다. 그러나 그때는 이미 하우스홀드는 물론 올드 슈까지도 '긴 여정'을 반대하고 있었고, 하우스홀드에서 물러나 성벽 밖으로 알 수 없는 혼자만의 탐험 — 탐험의 궤적이 갈수록 커져서, 그 시절에도 피터는 어쩐지 아버지의 탐험은 어떤 최종적인 여정을 위한 연습이라는 생각이 들었다 — 을 떠나는 아버지의 명예는 땅에 떨어진 뒤였기에, 누구도 아버지의 말을 믿지 않았다. 탐험을 계속하고 싶은 마음에 말도 안 되는 소리를 하는 거라고들 했다. 마지막으로 나타난 워커는 거의 30년 전에 찾아온 '대령'이었고 대령 역시 지금은 늙어서 흰 수염이 무성하고 세월의 흔적이 새겨진 얼굴 거죽은 무두질한 가죽처럼 갈색으로 두꺼웠다. 대령은 올드 슈만큼이나, 아니면 '마지막의 처음'인 앤티만큼이나 늙어 보였다. 이렇게 오랜 세월이 지났는데 아직도 홀로 돌아다니는 워커가 있다고? 말도 안 되는 소리였다.

피터조차도 믿지 못했다. 엿새 전까지는.

저물녘, 성벽 위 캣워크에 서 있는 피터는 어머니가 살아 있었더라면, 그래서 이 이야기를 나눌 수 있었더라면 좋았을 텐데, 하고 또 한번 생각했다. 어머니는 아버지가 사라진 뒤 한 계절 만에 병이 들었다. 병은 처음에는 느리게 진행되었기에, 어머니가 가슴 깊숙한 곳에서 토해내는 쇳소리 나는 기침도, 바싹 말라버린 몸도 피터는 뒤늦게야 알아차렸다. 간호사였던 어머니는 자신의 병이 무엇인지도, 암으로 죽게 된다는 것도 직감했겠으나 피터와 테오에게는 최대한 늦게까지 그 사실을 숨겼다. 돌아가시기 직전 어머니는 뼈에 살가죽만 간신히 붙은 꼴꼴로 숨을 몰아쉬었다. 사람들은 프루던스 잭슨처럼 자기 집 침대에서 마지막을 맞는 것이 호상이라고들 했다. 하지만 마지막 순간 어머니의 옆을 지켰던 피터는 어머니가 돌아가실 때 얼마나 고통스러워했는지, 얼마나 아파했는지 알았다. 세상에 좋은 죽음 같은 것은 없었다.

이제 태양은 지평선 아래로 사라지며 마지막 빛을 흩뿌려 지평선 아래 골짜기에 황금빛 길을 내고 있었다. 동쪽에서부터 어둠이 쏟아져 하늘은 짙은 블루블랙 빛깔로 변했다. 기온이 순식간에 뚝 떨어졌고, 잠시간 세상이 고요했다. 야간 당번들이 사다리를 오르고 있었다. 이안 파탈, 벤 슈, 게일런 슈트라우스, 서니 그린버그를 비롯해 총 열다섯 명이 등에 석궁이며 활을 멘 채 서로를 소리쳐 부르며 캣워크를 지나 발포 플랫폼으로 향했다. 아래에서 알리시아가 명령을 내리고 주자들이 분주히 움직이는 소리가 들렸다. 알리시아의 목소리를 들으니 작지만 확실한 안도감이 느껴졌다. 지난 며칠 밤 동안 피터를 홀로 두되 너무 멀리 가버리지는 않고 곁을 지켜준 사람이 알리시아였다. 그리고 테오가 돌아오면 피터와 함께 성벽을 타고 내려가서 '자비' 의식을 함께 치러줄 사람 역시 알리시아였다.

피터는 저녁 공기를 한껏 들이마신 뒤 그대로 숨을 참았다. 곧 별이 뜨겠지. 앤티도 아버지처럼 별에 관한 이야기를 많이 했다. 반짝이는 모래처럼 하늘에 흩어진 별, 시금까지 존재했던 모든 영혼보다 훨씬 많은, 셀 수 없이 많은 숫자의 별들. '긴 여정'을 다니면서 보고 온 것들을 이야기해줄 때, 별 이야기를 해줄 때, 그럴 때면 아버지의 눈 속에서 별빛이 반짝였다.

하지만 오늘 밤 피터는 별들을 보지 못할 것이다. 저녁 종이 커다란 소리로 두 번 울리자, 성벽 아래서 파수단의 총사령관 수 라미레스가 "게이트에서 물러나!" 하고 외치는 소리가 들렸다. 높이 20미터, 두께 30센티미터의 문 두 짝이 쇳소리를 내며 벽 속에서 미끄러져 나오기 시작했고 문의 무게에 성벽이 마구 흔들렸다. 플랫폼에 기대 놓았던 석궁을 집어 들면서 피터는 오늘 밤 이 석궁을 쏘지 않아도 되기를 조용히 빌었다. 다음 순간 조명등이 켜졌다.

92년 여름 파수 기록

41일: 조짐 없음.

42일: 조짐 없음.

43일: 23시 06분. 제3플랫폼, 200미터 밖에서 바이럴 1개체 포착. 접근하지 않음.

44일: 조짐 없음.

45일: 2시 00분. 제3플랫폼에서 바이럴 3개체 포착. 1개체가 성벽으로 접근함. 제5, 제6플랫폼에서 화살 발사. 표적 퇴각. 더 이상의 접촉 없음.

46일: 조짐 없음.

47일: 1시 15분. 주자 킵 대럴이 제9플랫폼과 제10플랫폼 사이 북서 방향 경계선에서 움직임 보고. 파수꾼 미확인. 공식적으로 조짐 없음으로 기록.

48일: 21시 40분. 제1플랫폼 200미터 밖에서 바이럴 3개체 포착. 1개체가 100미터 안으로 접근했으나 교전 없이 퇴각.

49일: 조짐 없음.

50일: 22시 15분. 제7플랫폼에서 6개체 발견. 발포 시도. 접근 없음. 23시 6분. 제3플랫폼에서 3개체 포착. 남성 2, 여성 1. 교전. 1개체 사살. 철망까지 기어오른 개체를 부사령관 알리시아 도나디오의 지원으로 아를로 윌슨이 사살. 사체는 육체노동 부서로 인계. 육체노동 부서에 제7플랫폼 발판 수리 지시. 육체노동 부서 핀 대럴에게 전달.

해당 기간 동안: 접촉 6회, 미확인 1건, 사살 1건, 희생자 0, 감염자 0.

이상을 '하우스홀드'에 보고합니다.

파수단 총사령관 S. C. 라미레스.

    만약 연속되는 일련의 사건들 속에서 특정 사건 하나의 의미를 찾는다면, 최초의 가문이자 하우스홀드 소속원, 동시에 파수단의 부사령관인 테오 잭슨의 실종은 이보다 12일 전, 여름의 51일째이자 파수꾼 아를로 윌슨이 바이럴을 사살한 다음 날 밤 시작된 것이라고 할 수 있을 것이다.

    그날 이른 저녁, 바이럴은 동쪽에서 나타나 제3발포플랫폼 근처로 습격했다. 콜로니 경계의 반대편 자기 위치에서 근무 중이던 피터는 아무것도 보지 못했다. 다음 날 아침이 되어 게이트 쪽에서 아침 근무자들과 교대할 때에서야 어제의 일을 알 수 있었던 것이다.

    전날 밤의 습격은 대체로 거의 모든 계절, 특히 여름에 이루어지는 다른 습격과 엇비슷했다. 수컷이 둘, 암컷이 하나로 이루어진 3명의 무리였다. 총사령관 수 라미레스는 이 세 개체가 지난 닷새 사이에 경계선 근처에서 두 번 목격한 것과 똑같은 개체라고 생각했고, 다른 파수꾼들도 이에 동의했다. 바이럴들이 마치 콜로니의 방어력을 확인하듯 조명등 가까이까지 다가올 때가 있었다. 그 뒤로는 이틀 밤 정도 아무런 조짐도 없다가, 다시 모습을 드러낼 때에는 더 가까운 곳까지 다가오고, 그중 한 마리가 가까이 달려오는 바람에 발포가 이루어지지만 곧바로 퇴각한다. 그리고 사흘째로 나타났을 때 습격하는 것이다. 성벽은 무척 높아서 아무리 강한 바이럴이라도 한 번에 뛰어오를 수 없었다. 이들이 성벽을 오를 수 있는 유일한 방법은 성벽을 이루는 금속판 사이의 이음새를 짚어 타고 올라가는 것뿐이다. 그러면 그들의 발판이 된 금속판은 움직이게 된다. 철망이 달린 발포플랫폼은 이 금속판들의 꼭대기에 있었다. 여기까지 올라온 바이럴은 조명 때문에 움직임이 느려지고 방향감각을 잃게 된다. 이 지점에서 퇴각하는 개체들이 많다. 퇴각하지 않은 바이럴들은 철망 아래에 거꾸로 매달리게 되는데 그러면 제 위치에 서 있던 파수단원이 석궁으로 흉골 위의 급소를 저격하거나, 만약 저격에 실패했을 때는 칼을 꽂는다. 철망을 넘어온 바이럴은 거의 없었다. 피터 또한 파수꾼으로 지낸 5년 동안 딱 한 번 보았을 뿐이다. 그러나 바이럴이 철망을 넘어간다면 파수꾼은 죽는다. 그다음에는 결국 조명등에 의해 바이럴의 힘이 약해지기까지 얼마나 걸리는가, 파수단이 바이럴을 무찌르기까지 얼마나 걸리는가, 그리고 그사이에 죽은 인원수가 얼마나 되는가의 문제였다.

그날 밤, 바이럴 무리는 곧장 제6발포플랫폼으로 향했다. 그리고 철망까지 올라온 개체는 단 하나, 암컷뿐이었다. 피터의 생각으로는 바이럴은 번식을 하지 않는데 암수 구분이 굳이 소용 있나 싶었다. 철망으로 올라온 바이럴은 키가 2미터에 달했다. 특히 눈에 띄는 점은 벗겨진 머리에 흰머리가 딱 한 줌 나 있었다는 것이다. 이 흰머리가 감염 당시에 나이가 많았음을 뜻하는 것인지, 아니면 감염 이후 일어난 생물학적 변화 때문인지 ― 바이럴은 늙어 죽지 않는 존재였다 ― 는 알 길이 없었다. 하지만 피터가 알기로 지금까지 머리카락이 있는 바이럴이 목격된 적은 단 한 번도 없었다. 바이럴은 5밀리미터에 불과한 이음새를 타고 플랫폼 아래까지 빠른 속도로 기어오른 뒤 공중으로 뛰어올라 철망에 매달렸다. 이 모든 과정에 든 시간은 1, 2초에 불과했다. 바이럴은 20미터 허공에 매달린 채 몸을 추처럼 까딱까딱 흔들더니 휙 하고 튀어 올라 철망을 넘어온 뒤 기다란 발톱이 달린 발로 플랫폼 위에 섰다. 그때 아를로 윌슨이 석궁을 바이럴의 가슴에 처박고 정확히 급소를 쏘았다.

아를로는 아침 해가 밝아오는 사이에 피터를 비롯한 다른 파수단원들에게 지금까지의 이야기를 무엇 하나 빠뜨리지 않고 열심히 설명해주었다. 윌슨 가문의 남자들은 다들 그랬다. 아를로는 사령관이 아니었지만 체구가 크고 수염이 무성하며 불끈거리는 팔뚝에 싹싹하고 자신감 넘치는 태도까지 사령관에 어울리는 풍채였다. 그에게는 홀리스라는 쌍둥이 형제가 있었는데 수염을 깨끗이 면도한다는 것만 빼면 생김새가 똑같았다. 아를로의 아내 리는 잭슨 가문의 사람으로 피터와 테오와는 사촌지간이었기에, 따지자면 아를로와 피터도 사촌지간인 셈이었다. 때때로 아를로는 파수를 보지 않는 저녁이면 선스팟의 조명등 아래에 앉아 오래전 개척자들이 두고 간 책에 나오는 민요를 기타로 연주해 사람들에게 들려주었다. 아니면 성소를 찾아가 잠자리에 누운 아이들에게 기타를 연주해주기도 했다. 진흙탕에서 첨벙거리기를 좋아하고 하루 종일 토끼풀을 먹어치우는 에드나라는 돼지가 나오는 우스운 노래를 지어서 들려주는 것이었다. 아를로에게는 성소에 사는 어린 딸 도라가 있었기에 다들 그가 길어야 1, 2년 뒤면 성벽 파수에서 물러나 좀 더 안전한 일자리로 옮겨 갈 것이라고 짐작했다.

바이럴을 죽인 실적을 아를로가 올리게 된 건 우연이었다는 사실을 그 역시 곧바로 인정했다. 그날 밤 제6플랫폼에 선 파수꾼이 그가 아니었을 수도 있어서였다. 총사령관인 수는 언제나 파수꾼의 위치를 교체해댔기에 파수꾼들 역시 당일 저녁이 오기 전까지는 자신이 그날 밤 어느 자리에 서게 될지 알 수 없었다. 아를로는 겸손하게 사양했지만, 피터는 그의 업적이 우연이 아니라고 생각했다. 바이럴이 다가오는 순간 얼어붙어 대응하지 못한 파수꾼들도 있었고, 지금까지 바이럴을 쏘아 죽인 것은 전부 대낮이었던 피터 역시도 그 상황에서 민첩하게 움직일 수 있었으리란 확신은 없었다. 그러니까 이 일을 행운이라 친다면, 그 자리에 다름 아닌 아를로 윌슨이 있었다는 점이 모두에게 행운이었던 셈이다.

그 실적 때문에 이제 아를로는 게이트 앞에 모여 발전소의 유지보수 인력을 교체하고 물자를 보충할 구호 원정대의 일원이 되어 있었다. 대체로 구호대는 여섯으로 구성되었다. 앞뒤에 파수꾼이 둘씩 붙고, 그 사이에 조명등의 동력인 풍력터빈을 유지보수할, 노새를 탄 '렌치'라고 불리는 육체노동자(육체노동자를 도구에 빗대어 비하하는 의미—역자주) 둘이 들어갔다. 암나귀 한 마리가 물자가 실린 수레를 끌었는데 실린 것은 대개가 식량과 물이었고 종종 연장과 기름도 있었다. 기름은 옥수수가루와 가공한 양¥의 지방을 혼합해서 만든 것이었고 벌써 그 냄새에 이끌린 파리 떼가 수레를 둘러싸기 시작했다.

414

아침 종이 울리기 직전, 파수꾼들이 지켜보는 가운데 육체노동자 레이 라미레스와 핀 대럴이 물자를 점검했다. 물자 수송 책임자인 테오가 맨 앞에 피터와 함께 섰다. 맨 뒤에는 아를로와 모사미 파탈이 섰다. 모사미는 최초의 가문이자 하우스홀드 수장인 산제이 파탈의 딸이었다. 그러나 지난여름 모사미는 게일런 슈트라우스와 결혼해 슈트라우스 가문의 일원이 되었다. 피터로서는 모사미가 어째서 하필 게일런을 택한 것인지 알 수 없었다. 게일런은 괜찮은 사람이지만 자세히 살펴보면 그에게는 사람의 인격을 구성하는 필수적인 어떤 요소가 채 굳어지지 않은 것처럼 애매모호한 부분이 있었다. 마치 게일런 슈트라우스라는 사람이 하나의 완성된 인간이 아니라 사람과 엇비슷한 근사치에 불과한 것처럼 말이다. 어쩌면 말을 할 때 사람을 곁눈질하는 습관 때문인지도 몰랐고(그가 눈이 안 좋다는 건 모두가 알고 있었다), 아니면 산만한 분위기를 풍기기 때문일 수도 있었다. 하지만 이유가 무엇이건 간에, 게일런은 모사미가 결코 자기 남편으로 선택할 것 같지 않은 사람이었다. 그리고, 테오가 이런 말을 입 밖에 낸 적은 없었지만, 피터는 형이 모사미를 언젠가 배우자로 맞이하고 싶어 했다는 사실을 알았다. 테오와 모사미는 성소에서 살다가 같은 해에 성소를 나와 파수꾼이 되기 위한 훈련을 함께 시작하기도 했다. 그렇기에 모사미와 게일런의 결혼 소식을 듣고 테오는 크게 충격을 받았다. 결혼 발표가 있고 나서 며칠간 테오는 거의 한마디도 말을 하지 않았다. 결국 피터가 먼저 그 이야기를 꺼내자 테오는 괜찮다고, 어쩌면 자신이 시간을 너무 오래 끈 것 같다고 말했을 뿐이다. 테오는 모사미가 행복하기를 바랐고, 게일런이 그녀를 행복하게 해줄 수 있다면 그것만으로도 좋다고 했다. 테오는 동생과 이런 이야기를 잘 나누지 않는 성격이었기에 그 말을 믿을 도리밖에 없었다. 그러나 테오는 말을 하는 내내 피터와 눈을 똑바로 마주치지 못했다.

테오가 타고난 성격이 그랬다. 테오는 아버지와 마찬가지로 감정표현이 적었고 말만큼이나 침묵으로 의사소통을 하는 사람이었다. 나중에 피터는 그날 아침을 돌아보면서 그날 형에게 무언가 평소와는 다른 점이 있었는지, 어쩌면 아버지처럼, 자신에게 무슨 일이 일어날 것을 직감했던 것인지, 지금 이곳을 떠나면 영영 돌아오지 못하리라는 것을 알고 있었던 것인지 자꾸 생각해보았다. 그러나 아무리 생각해도 그런 조짐은 없었다. 그날 아침은 모든 것이 전부 평소와 똑같았다. 구호대 역시 평소와 다름없었다. 테오는 언제나처럼 말 위에 앉아 초조하게 고삐를 만지작거리고 있었다.

말들이 출발을 알릴 종소리를 기다리며 벌써 초조하게 움칠거리기 시작했다. 테오는 말에 올라탄 채 머릿속으로 이런저런 생각을 하다가 — 그 생각의 의미는 시간이 지나서야 알게 되었지만 말이다 — 무기고를 나온 알리시아가 빠른 걸음으로 다가오는 모습을 보았다. 알리시아가 테오에게 다가가서 사령관 대사령관으로 전날 밤 일어난 사건에 대해, 나머지 두 바이럴을 사냥할 것인지에 대해 논의할 거라는 생각이 들었지만 아니었다. 알리시아는 그대로 테오를 지나쳐 대열의 맨 뒤로 갔다.

"돌아가, 모스." 알리시아가 모사미에게 날카로운 목소리로 말했다.

"넌 안 가."

모사미가 혼란스럽다는 듯 주변을 둘러보았지만 피터는 보자마자 그 표정이 거짓이라는 것을 알았다. 사람들은 모사미가 어머니의 외모를 물려받은 게 다행이라고 했다. 매끈한 타원형 얼굴, 그리고 풀면 어깨까지 파도치듯 내려오는 풍성한 검은 머리카락. 모사미는 보통 여자들보다 체중이 많이 나갔지만 그건 근육의 무게였다.

"무슨 소리야? 왜?"

알리시아는 날씬한 허리 양옆에 두 손을 짚고 서 있었다. 서늘한 새벽 공기 속에서도 길게 땋은 알리시아의 머리는 불그스름한 꿀빛으로 윤기가 흘렀다. 그녀는 언제나처럼 벨트에 칼을 세 개 차고 있었다. 사람들은 알리시아가 아직 결혼을 하지 못한 건 잘 때도 칼을 차고 자서라는 농담을 했다.

"너 임신했잖아." 알리시아가 말했다.

그 순간 모두가 잠시 말을 잃었다. 피터는 자신도 모르게 안장에 앉은 몸을 돌려 모사미의 배를 쳐다보았다. 글쎄, 정말로 임신을 했는지는 몰라도 아직 겉으로는 티가 나지 않는 듯했다. 물론 배가 나왔더라도 헐렁한 저지를 입고 있으니 알아보기 어려웠을 테지만 말이다. 피터는 테오를 바라보았다. 테오의 눈빛은 상처받은 기색을 숨기지 못하고 있었다.

"아니, 이럴 수가." 아를로가 무성한 수염 속에서 씩 웃어 보였다.

"왜 아직 소식이 없나 했네."

모사미의 구릿빛 뺨이 새빨갛게 물들었다.

"누구한테 들었어?"

"누구겠니?"

모사미가 고개를 돌렸다. "게일런이군. 죽여버릴 거야."

테오가 몸을 돌려 모사미를 바라보았다. "게일런의 말이 맞아, 모스. 말에서 내려."

"게일런 따위는 무시해도 돼. 성벽 파수를 그만두라고 1년째 떼를 쓴단 말야. 도대체 왜 그러는 걸까?"

"게일런이 아니라 내 명령이야." 알리시아가 끼어들었다.

"모스, 이제 너는 파수단에서 제명이야. 자, 이제 이걸로 이야기는 끝이야."

행렬의 뒤에서 가축 떼가 길을 따라오고 있었다. 얼마 뒤면 그들은 짐승들이 내는 요란한 소음에 파묻힐 것이다. 피터는 모사미를 바라보며 그녀가 어머니가 된 모습을 상상해보려 애썼지만 잘되지 않았다. 여성들이 아이를 가지면 파수 일을 그만두는 것은 통상적인 일이었다. 심지어 남성들도 아내가 아이를 가지면 대부분 파수 일을 그만두었다. 하지만 모사미는 타고난 파수꾼이었다. 웬만한 남성보다 명중률이 높았으며, 위기 상황에서 냉정하게 대처했고, 차분하고 결단력 있게 움직였다. 꼭 다이아몬드처럼, 날래야 할 때 날랬다.

"기뻐해야지, 좋은 소식이잖아." 테오가 말했다.

그 말을 들은 모사미가 고통스러운 표정을 지었다. 눈에 눈물이 가득 고였다.

"그런 말 하지 마, 테오. 내가 성소에 앉아 아기 양말이나 뜨는 모습이 상상이

나 돼? 그럼 나 미쳐버릴지도 몰라."

테오가 모사미에게 다가갔다. "모스, 있잖아……."

그러나 모사미는 몸을 홱 피했다. "이러지 마, 테오."

그러더니 모사미가 고개를 돌리고 손등으로 눈물을 훔쳤다.

"좋아. 쇼는 끝났어. 알리시아, 행복해? 소원대로 파수단을 그만둘게."

그 말을 남기고 모사미는 말을 몰아 돌아가버렸다.

모사미가 멀어지자 테오는 안장 머리에 두 손을 댄 채 알리시아를 돌아보았다. 알리시아는 입고 있는 저지 솔기에 칼날을 문질러 닦고 있었다.

"다녀온 다음에 이야기할 수도 있었잖아."

그러자 알리시아가 어깨를 으쓱했다.

"아기가 생겼잖아, 테오. 규칙인 거 잘 알잖아? 솔직히 말하면, 모사미가 미리 나한테 말하지 않은 것도 짜증 났어. 어떻게 이런 걸 숨길 수 있어?" 그러고는 칼을 검지로 빙글 돌리더니 다시 칼집에 넣었다.

"이게 최선이야. 곧 모사미도 괜찮아지겠지."

테오가 얼굴을 찌푸렸다. "모사미는 내가 더 잘 알아."

"테오, 말씨름할 생각 없어. 이미 수와도 이야기 끝냈어. 이걸로 끝이야."

가축 떼가 그들에게 다가오고 있었다. 아침 해가 빛과 열기를 고루 뿜어내고 있었다. 곧 아침 종이 울리고 게이트가 열릴 것이었다.

"한 사람이 더 필요해." 테오가 말하자 알리시아의 표정이 밝아졌다.

"네가 그런 말을 하다니, 재밌네."

알리시아 블레이즈. 알리시아는 도나디오 가문의 마지막 사람이었지만, 다들 그녀를 알리시아 블레이즈Blades라고 불렀다. '그날' 이래 최연소 사령관이었다.

'어두운 밤'에 부모가 죽임을 당했을 때 알리시아는 어린아이였다. 그날부터 알리시아는 대령의 손에서 자랐고 대령은 그녀를 자기 자식처럼 돌보았다. 두 사람의 사연이 떼려야 뗄 수 없이 엮였고, 대령이 누구인지는 아무도 몰랐으나

— 대령의 정체에 대해서는 의견이 분분했다 — 그는 알리시아를 자기 자신과 똑같이 키워냈다.

　대령의 사연은 사실보다는 전설에 가까울 정도로 모호했다. 그는 어느 날 게이트 앞에 탄환이 없는 총을 들고 날카롭고 빛이 나는 무언가 — 알고 보니 바이럴의 치아였다 — 로 만들어진 목걸이를 건 채 갑자기 나타났다고 했다. 대령에게 이름이 있었는지는 모르겠지만, 아무도 몰랐다. 그는 그저 대령이라고 불렸다. 어떤 사람들은 그가 바자 정착지에서 온 생존자라고 말했고, 어떤 사람은 그가 떠돌아다니던 바이럴 사냥단에서 떨어져 나왔다고 했다. 알리시아가 대령의 진짜 사연을 아는지는 모르겠지만, 그녀 역시 누구에게도 대령에 관한 이야기는 해주지 않았다. 대령은 결혼을 하지 않고 동쪽 성벽 아래에 직접 작은 오두막을 짓고 살았다. 파수단에 들어오라는 제안은 전부 물리치고 양봉장에서 일했다. 그가 동이 트기 전 자신만 아는 통로로 콜로니를 빠져나가 해가 뜰 때까지 바이럴을 잡는다는 소문이 있었지만 실제로 그 모습을 본 사람은 아무도 없었다.

　대령처럼 여러 이유로 결혼을 하지 않고 혼자 사는 남성이나 여성은 여럿 있었다. 만약 '어둠의 밤'의 그 사건이 아니었다면 대령은 사람들의 기억에서 잊혔을 것이다. '어둠의 밤', 그때 피터는 고작 여섯 살이었다. 그때의 기억이 진짜인지, 아니면 나중에 사람들이 해준 이야기들에 세월이 지나며 상상력이 덧입혀진 것인지는 알 수 없었다. 그러나 지진에 대한 기억은 진짜인 것 같았다. 지진은 드물지 않았지만 그날 밤 성소의 아이들이 잠들 준비를 하던 때 일어난 지진은 다른 어떤 지진과도 달랐다. 온 세상이 크게 한번 덜컹하더니 세상이 갈기갈기 찢어지기라도 하는 것처럼 온통 흔들렸다. 바람에 나부끼는 나뭇잎처럼 이리저리 휩쓸리면서 느꼈던 무력감, 사람들의 비명 소리, 선생의 고함 소리, 그리고 성소의 서쪽 벽이 무너지던 굉음과 입안에 들어온 흙의 맛이 기억났다. 해가 진 직후 지진이 일어나는 바람에 전력망은 불통이 되었다. 첫 바이럴 떼가 경계 안으로 침입했을 때 그들이 할 수 있는 일은 경계선에 불을 지펴놓고 무너진 성소의 잔해 속으로 숨어드는 것뿐이었다. 이날의 사망자 중 대다수는 자기 집의 잔해에 갇힌 채로 죽었다. 다음 날 아침, 집계된 희생자는 162명이었다. 9개의 가문은 몰살당했고, 가축의 절반이 목숨을 잃었는데, 닭은 절반이 죽었고 개는 전부 죽었다.

살아남은 사람 대부분은 대령에게 목숨을 빚진 셈이었다. 오로지 대령만이 안전한 성소를 떠나 생존자를 찾아다녔다. 부상자들을 업고 창고에 데려다놓은 뒤 그곳에서 최후의 보루가 되어 버티며 밤새도록 바이럴을 쫓았다. 이때 대령과 함께 있었던 사람이 알리시아의 부모인 존 도나디오와 에인절 도나디오였다. 대령이 구조한 스물다섯 명가량의 생존자 중 결국 사망한 사람은 이 두 사람뿐이었다. 다음 날 아침, 대령이 피와 먼지 범벅이 된 채 알리시아를 데리고 성소의 잔해로 찾아와 '이 아이를 내가 돌보겠다.' 하고 선언한 뒤 알리시아를 데리고 자기 오두막으로 갔다. 성소에 있던 성인 중 누구도 그 말에 감히 토를 달 수 없었다. 그날 밤 알리시아는 다른 수많은 사람처럼 부모를 잃은 데다가 도나디오 가족은 최초의 가문이 아닌 워커였다. 이런 상황에서 알리시아를 돌볼 사람이 생긴다는 건 다행한 일이 아닐 수 없었다. 당시 대령을 따르는 어린 알리시아를 보며 수많은 사람이 이것은 운명, 아니면 우주의 순리라고 생각했다고 한다. 알리시아는 대령의 몫이 될 운명이었던 것이다.

알리시아가 자라던 성벽 아래 대령의 오두막에서, 그리고 나중에는 훈련장에서, 대령은 자신이 '어둠의 땅'에서 배워온 모든 것을 가르쳐주었다. 싸우는 법, 죽이는 법이 아니라 포기하는 법까지도 말이다. 대령은 알리시아에게 가르쳤다. 바이럴이 오는 순간 이미 죽은 거라고 생각해야 한다고. 어린 알리시아는 대령의 가르침을 잘 따랐다. 그녀는 여덟 살의 나이에 파수꾼이 되기 위한 훈련을 시작했고 이때 이미 활 솜씨와 칼 솜씨가 모두를 뛰어넘었으며, 열네 살에는 주자가 되어 성벽 위 플랫폼 사이의 캣워크를 내달렸다. 그러던 어느 날 밤, 알리시아가 남쪽 성벽을 향해 걸어가고 있는데 여섯으로 이루어진 — 바이럴은 언제나 3배수로 모여 다녔다 — 바이럴 무리가 나타났다. 규칙에 따르면 주자인 알리시아는 교전에 개입해서는 안 되고, 달려가서 경보를 울리는 것만이 허용되었다. 그럼에도 불구하고 그녀는 도망치지 않고 칼을 꺼내 첫 번째 바이럴의 급소를 찔러 죽이고, 그다음에는 두 번째 바이럴을 석궁으로 사살했다. 세 번째 바이럴은 자신을 덮치는 순간 근접거리에서 체중을 실어 급소에 칼을 찔러 넣어 사살했다. 바이럴이 너무 가까이 다가와서 죽어가며 내쉬는 숨의 냄새를 맡을 수가 있을 정도의 거리에서였다. 나머지 셋은 다시 흩어져 성벽 너머 어둠 속으로 도망쳤다.

지금까지 알리시아처럼 한 번에 셋을 해치운 파수꾼은 아무도 없었다. 그것도 열다섯 살의 어린 나이에는 말이다. 그 길로 알리시아는 정식 파수꾼이 되었다. 스무 살에는 부사령관이 되었다. 다들 수 라미레스가 총사령관에서 물러나면 리시가 그 자리를 차지할 것이라고 생각했다. 그리고 그날 밤 이후로 알리시아는 언제나 칼을 세 개씩 차고 다녔다.

알리시아가 피터에게 이 이야기를 해준 것은 함께 파수를 보던 날 조명등 아래에서였다. 그녀는 세 번째 바이럴이 자신을 덮친 순간 포기했다고 했다. 알리시아가 피터의 상관이었음에도 두 사람이 지위와 관련 없는 유대감을 쌓은 후였다. 그렇기에 피터는 알리시아가 이 이야기를 해준 것은 자신의 행동을 합리화하기 위해서가 아니라 두 사람이 친구여서였음을 알 수 있었다. 알리시아는 말했다. '첫 번째, 두 번째가 아니라, 세 번째에서 포기했어.' 세 번째 바이럴이 나타났을 때 그녀는 자기가 죽은 목숨임을 확신했다고 했다. 그런데 이상한 일은, 그 사실을 깨달은 순간 아무렇지도 않게 두 번째 칼을 꺼낼 수 있었다는 점이었다. 두려움이 모두 사라지고 없었다. 칼이 마치 제자리를 찾아가는 것처럼 그녀의 손 안에 쑥 들어왔고, 바이럴이 알리시아를 덮치는 순간 그녀의 머릿속에 든 생각은 단 하나뿐이었다고 했다. '좋아. 내가 이 세상을 떠날 때, 네놈도 같이 데려가주마.' 마치 그것이 사실인 것처럼, 이미 놈을 해치우기라도 한 것처럼 말이다.

알리시아가 캔버스 천으로 된 작은 가방과 물통을 안장에 걸고 다시 말에 올라탔을 때는 이미 가축 떼가 목초지를 향해 떠난 뒤였다. 알리시아는 제대로 된 집이 없었다. 콜로니 안에는 빈집이 많았지만 그녀는 무기고 뒤 금속으로 지은 작은 오두막에 야전침대 하나와 몇 안되는 소지품을 두고 살아가는 쪽을 택했다. 피터가 알기로 그녀는 한 번에 두 시간씩 눈을 붙이는 게 전부였고, 오두막에서 보내는 시간은 거의 없었다. 알리시아는 거의 언제나 성벽 위에 올라가 있었다. 그녀는 석궁보다 가볍고 말에 탄 채 쏘기 편안한 큰 활을 가지고 다녔는데 보호대는 차지 않았다. 활은 그냥 보여주기 용도로 차는 것이었기 때문이다. 테오는 자기 자리를 알리시아에게 양보하겠다고 제안했지만 그녀는 이를 거절하고 모사미가 있던 맨 뒤로 갔다.

"나는 신경 쓰지 마. 그냥 바람 좀 쐬러 나온 거니까."

알리시아가 그렇게 말한 다음 말을 몰고 아를로 옆으로 갔다.

"이 구호대의 책임자는 너잖아, 테오. 지휘계통을 교란시킬 이유는 없지. 그리고 난 여기 아를로 옆이 좋아. 아를로가 재미있거든."

테오가 한숨을 쉬는 소리가 들렸다. 피터는 테오가 알리시아를 고압적이라고 생각한다는 사실을 알고 있었다. 테오는 벌써 여러 번 그녀를 가리켜 '좀 더 조심성 있게 행동해야 할 텐데.' 했는데, 그 말이 맞았다. 알리시아의 자신감은 무모함의 경계에 아슬아슬하게 걸쳐져 있었다. 테오는 몸을 돌려 지금 일어나는 일에 대해 전혀 관심 없는 핀과 레이를 넘겨다보았다. 누가 누구와 함께 움직이는가는 전부 파수꾼이 신경 쓸 일이지 그들하고는 아무런 상관도 없는 일이었기 때문이다.

"아를로, 괜찮아?" 테오가 물었다.

"당연하지."

"있지, 아를로." 알리시아가 활기찬 목소리로 입을 열었.

"항상 궁금했는데 말이야, 홀리스가 수염을 깎은 게 리가 너희 두 사람을 구별할 수 있게 하기 위해서라는 게 진짜야?"

아를로와 홀리스 쌍둥이가 여자친구를 서로 몇 번 바꾼 적이 있다는 사실은 모두가 다 알고 있었다.

아를로는 의미심장한 미소를 지었다. "리한테 물어봐."

잡담할 시간은 이제 끝이었다. 이미 출발이 늦었다. 테오가 출발을 명했으나, 게이트를 막 빠져나가는 순간 뒤에서 "멈춰! 아직 나가지 마!" 하는 고함 소리가 들려왔다.

돌아보니 마이클 피셔가 달려오고 있었다. 마이클은 조명 및 전력 부문의 수석 엔지니어였다. 알리시아처럼 마이클도 어린 나이에 높은 지위를 꿰찼다. 피셔 가문은 엔지니어 집안이었기에 마이클도 성소에서 나오는 순간부터 아버지에게서 엔지니어 교육을 받았던 것이다. 조명 및 전력은 7개 산업부문 중 가장 전문적인 일이었고, 조명을 켜고, 배터리를 돌리고, 산에서 전력을 끌어온다는, 마법처럼 대단한 동시에 너무나 평범한 재주를 부린다는 것 외에는 사람들은 엔지니어가 하는 일을 잘 몰랐다. 밤이면 밤마다 조명등이 켜지기만 하면 되니까.

"아직 출발 안 해서 다행이야." 마이클이 걸음을 멈추고 숨을 골랐다. "모스는? 같이 가는 줄 알았는데."

"네가 알 바 아니잖아, 서킷." 알리시아가 뒤에서 외쳤다. 알리시아가 타고 있는 밤색 털의 암말 오메가는 어서 달리고 싶어서 발을 굴러 먼지를 날리고 있었다.

"테오, 서킷은 신경 쓰지 말고 출발하면 안 될까?"

마이클의 얼굴에 분노가 치밀었다. 그럴 때면 숱 많은 머리카락 아래에 가려진 눈이 일그러지고 새하얀 얼굴이 붉으락푸르락하는 바람에 마이클은 실제 나이보다도 더 어려 보였다. 그는 아무 말 없이 테오에게 가져온 물건을 건넸다. 직사각형의 녹색 플라스틱판 표면에 동그란 쇠가 여러 개 붙은 것이었다.

"좋아." 테오가 그 물건을 한참 이리저리 살펴보다가 입을 열었다. "모르겠어. 이게 뭔데?"

"이건 '마더보드'야."

"이봐, 욕하지 말라고!" 알리시아가 외쳤다.

마이클이 알리시아를 향해 몸을 돌렸다.

"조명등을 어떻게 켜고 끄는지 조금이라도 관심 좀 가지는 게 어때?"

알리시아는 어깨를 으쓱였다. 마이클과 알리시아가 앙숙인 건 유명했다. 둘은 마주치기만 해도 다람쥐가 쩍쩍거리는 것처럼 옥신각신하곤 했다.

"버튼 누르면 불 켜지잖아. 뭘 더 알아야 해?"

"그만해, 리시." 테오가 그렇게 말하더니 다시 마이클을 바라보았다.

"리시 말은 무시해. 그러니까 이게 필요하다는 거야?"

마이클이 마더보드를 가리켰다.

"여기, 이 작고 검은색 네모 보여? 이게 마이크로프로세서칩이야. 무슨 역할을 하는지까진 알 필요 없고, 혹시 똑같은 번호가 달린 게 있는지 찾아봐. 없으면 마지막이 9로 끝나는 걸 찾아오고. 어지간한 데스크톱 안에는 다 들어 있을 거야. 그런데 바퀴벌레가 접착제를 먹어치웠을지도 모르니까, 깨끗하고 젖지 않은, 바퀴 똥이 묻지 않은 것으로 골라 와. 쇼핑몰 남쪽 끝에 있는 사무실 안에 있을 거야."

테오는 다시 한번 마더보드를 살펴보더니 안장주머니에 집어넣었다.

"알았어. 이번에는 물건을 찾으러 가는 게 아니지만 할 수 있으면 찾아볼게. 그 밖에 필요한 건 없어?"

마이클이 얼굴을 찌푸렸다.

"원자로가 하나 있으면 좋고. 아니면 수소이온전지라도 가져다줄래?"

"아이고." 알리시아가 신음했다. "사람이 좀 알아듣게 말해, 서킷. 네가 하는 말 여기 있는 사람 아무도 못 알아들어. 테오, 이제 그만 출발하자니까?"

마이클은 알리시아를 한 번 더 쏘아본 뒤 다시 테오를 바라보았다.

"마더보드만 있으면 돼. 여러 개면 더 좋아. 접착제가 멀쩡하게 남아 있는 것으로 가져와야 해. 그리고 피터?"

피터는 열린 게이트 너머를 내다보고 있었다. 아침 햇살 속 먼지구름 속에서 목초지로 올라가는 가축 떼의 꽁무니가 희미하게 보였다. 하지만 피터의 머릿속은 가축 떼가 아닌 다른 생각으로 가득했다. 그는 테오가 손을 뻗었을 때 모사미의 얼굴에 떠올랐던 당황하는 표정을 생각하고 있었다. 마치 테오의 손길이 닿는 것을 두려워하는 것 같은, 견딜 수 없어 하는 것 같은 표정이었다.

그는 고개를 저어 그 생각을 지워버린 다음 말 아래에 서 있는 마이클에게 시선을 돌렸다.

"누나가 전해달라는 말이 있어." 마이클이 말했다.

"사라가?"

"그러니까." 마이클이 어색하게 어깨를 으쓱해 보였다.

"몸조심하래."

발전소까지는 40킬로미터 거리, 하루 종일 걸리는 여정이었다. 출발하고 1시간 동안은 너무 더워서, 그리고 앞으로 고생스러운 여정이 펼쳐질 걸 알기에, 모두 입을 다물고 조용히 움직였다. 심지어 아를로까지도 입을 열지 않았다. 산 아래로 내려가는 길은 군데군데 끊겨 있어서 그럴 때마다 말에서 내린 다음 손으로 말과 노새를 이끌어야 했다. 기름에서 악취가 풍기기 시작했기에 피터는 기름 냄새가 닿지 않는 앞쪽에 선 게 다행이라고 생각했다. 태양은 높이 떠서 뜨겁게 내리쬐고 있었고, 바람 한 점 없는 공기는 숨이 막혔다. 발아래 사막이 망치로 두들긴 금속처럼 빛났다.

한낮이 되자 그들은 가던 길을 멈추고 휴식을 취했다. 육체노동자들이 말과 당나귀에게 물을 먹이는 동안 나머지는 바위에 올라서서 주위를 살폈다. 테오와 피터가 한쪽을 맡고, 아를로와 알리시아가 반대쪽에 서서 나무가 늘어선 지평선을 살폈다.

"보여?"

쌍안경을 들고 주위를 살펴보던 테오가 손가락으로 나무 그늘을 가리켰다. 피터가 손차양을 만들어 햇볕을 가렸다.

"아무것도 안 보이는데."

"잘 봐."

그 순간 피터의 눈에도 그것이 들어왔다. 200미터 떨어진 곳에서 거의 알아채기 힘들 정도의 미세한 움직임이 일었다. 키 큰 소나무 가지가 살짝 흔들리더니 소나무 비늘잎이 우수수 떨어져 내려앉았다. 피터는 그것이 아무것도 아니기를 바라면서 숨을 들이마셨는데, 다음 순간 또 한번의 움직임이 감지되었다.

"그늘 속에서 사냥을 하는 거야." 테오가 말했다.

"아마 다람쥐를 잡는 거겠지. 이 근처에 다른 동물이 별로 없으니까. 이런 대낮에 나온 걸 보면 미친 듯이 굶주린 상태인 게 분명해."

테오가 잇새로 길게 휘파람을 불어 모두를 소집했다. 알리시아는 휘파람 소리를 듣자마자 노련하게 돌아섰다. 테오가 두 손가락으로 자기 눈을 가리키더니, 한 손가락을 뻗어 나무들 쪽을 가리켰다. 그러고는 한 손을 들어 물음표 모양으로 둥글게 말았다. '보여?'라는 뜻이었다.

알리시아가 주먹을 쥐어 응답했다. '그래'라는 뜻이었다.

"가자고."

그들은 바위에서 내려와 레이와 핀이 기름 주머니 위에 편하게 드러누워 딱딱한 비스킷과 플라스틱병에 든 물로 요기를 하고 있는 수레 쪽에 다시 모였다.

"노새를 미끼로 유인할 수 있을 거야." 앨리시아가 빠른 목소리로 말하더니 신 막대기를 쥐고 흙바닥에 그림을 그렸다.

"물을 내리고 기름을 실어. 노새를 숲으로 100미터 정도 더 데리고 들어가서 미끼를 물길 기다리자. 벌써 냄새를 맡았을 거야. 위치를 잡아. 여기, 여기, 그리고 여기."

알리시아는 막대기로 땅에 위치를 표시했다.

"십자포화를 퍼붓자고. 지금처럼 대낮이면 쉽게 잡을 수 있을 거야."

테오가 얼굴을 찌푸렸다. "리시, 지금은 바이럴 사냥을 나온 게 아니잖아."

그 말을 듣고서야 레이와 핀도 이쪽을 돌아보았다.

"뭐라고, 지금 장난해? 대체 몇이나 있어?" 레이가 물었다.

"걱정 마. 곧장 이동할 테니까."

"테오, 딱 한 마리야. 이대로 놔두면 안 돼. 우리 가축이 고작 10킬로미터 떨어진 곳에 있다고."

"여길 떠나야 해. 하나가 있으면 나머지도 근처에 있단 소리라고."

그러더니 테오가 레이와 핀을 보면서 눈썹을 둥글게 치켰다.

"다들 이동할 준비 됐어?"

"준비가 되든 말든 무슨 상관이겠어." 레이가 카트 바닥에서 얼른 일어났다.

"제기랄, 어차피 우리한테는 아무것도 안 알려주면서. 어서 출발하자고."

알리시아가 가슴 앞에 팔짱을 낀 채 다시 한번 그들을 빤히 쳐다보았다. 알리시아는 어마어마하게 화가 난 것 같았다. 하지만 지휘계통을 교란시키지 말라는 말을 한 것이 다름 아닌 자신이니 어쩔 수 없는 것 같았다.

"좋아, 테오 네가 대장이니까." 알리시아의 말이었다.

그들은 다시금 이동을 시작했다. 산 아래에 도달한 것은 오후 한가운데였다. 지난 1시간 내내 그들은 들판이 훤히 내려다보이는 산 고르고니오 패스를 따라 내려왔다. 들판은 사람이 만든 나무숲처럼 풍력터빈으로 가득했다. 반대쪽으로는 아지랑이 속에서 또 다른 산등성이가 빛을 내고 있었다. 뜨겁고 건조한 바람이 세차게 불어 대화가 불가능했다. 내려가면 내려갈수록 공기는 점점 뜨거워졌다. 마치 용광로 속으로 들어가는 듯했다. 그곳에서부터 이스턴 로드를 따라 10킬로미터 들어가면 발전소가 나왔다.

"모두 경계를 늦추지 마." 테오가 바람 소리에 묻히지 않으려고 목소리를 크게 내더니 쌍안경을 들고 잠시 주위를 둘러보았다.

"리시를 중심으로 간격을 좁혀."

그 순간 피터는 짜증이 났다. 피터가 두 번째 위치에 있었으니 피터가 중심이 되어야 맞았다. 그래도 토를 달지 않기로 했다. 아마 테오가 그렇게 말한 건 알리시아와의 경직된 감정을 풀기 위해서겠지. 그러면 발전소에 도착할 때쯤에는 분위기가 누그러져 있겠지.

테오가 알리시아에게 쌍안경을 건넸다. 알리시아는 땋아 내린 붉은 머리를 태양 빛 속에 펄럭이며 말을 몰아 50미터를 더 달려갔다. 그녀는 이쪽을 돌아보지 않은 채 손을 펼쳐 들더니 손바닥이 땅과 수평이 되도록 손을 내렸다. 새소리처럼 가느다란 휘파람이 알리시아의 잇새에서 새어 나왔다.

'아무것도 없어, 앞으로.'

"가자." 테오가 말했다.

지루한 여정으로 둔해졌던 감각이 다시금 살아나며 심장이 빨라지기 시작했다. 마치 이 장면을 동시에 여러 각도에서 바라보고 있기라도 한 것처럼 의식이 날카로워졌다. 일행은 당장이라도 활을 쏠 채비를 갖춘 채 일정한 속도로 나아갔다. 수레에서 내려와 암말을 손으로 끌고 있는 핀 혼자만 중얼중얼 말을 타이르고 있을 뿐 아무도 입을 열지 않았다. 그들은 지난 수십 년간 수레가 지나가며 만든 길을 따라 모래밭 위를 걸었다. 감각이 극도로 예민해진 피터는 모든 소리와 움직임에 민감해졌다. 깨진 창문을 통과하며 나는 바람 소리, 전신주 위에 걸린 천 조각이 나부끼는 소리, 글자가 지워진 지 오래인 금속 간판이 차고의 연료펌프 위에서 이리저리 흔들리며 삐걱대는 소리. 그들은 녹이 슨 고물차들이 땅에 반쯤 파묻힌 채 쌓여 있는 곳을 지나쳤다. 지붕까지 모래에 파묻힌 집들이 모여 있는 곳, 빛바래고 움푹 파인 철판으로 만든 휑뎅그렁한 오두막 안에서는 비둘기 우는 소리가 났고 지독한 비둘기 똥 냄새가 바람에 실려 왔다.

"경계를 늦추지 마." 테오가 한번 더 말했다.

"어서 통과하자."

그들은 시가지의 중심부를 조용히 지나갔다. 이곳의 건물들은 3층이나 4층 높이로 덩치가 컸지만 대체로 허물어져 있었고 거리에는 부서진 건물의 잔해가 널브러져 있었다. 길에는 자동차와 트럭이 아무렇게나 대어져 있었는데 몇 대는 차 문이 열려 있는 채였지만 — 운전자가 도망친 순간이 영원히 박제된 셈이었다 — 다른 차들은 열렬히 내리쬐는 사막의 태양 빛 아래 굳게 걸어 잠긴 채였고 그 안에 말라비틀어진 시체가 뼈만 남아 대시보드에 몸을 기대고 있거나 창문에 짓눌려 있었다. 그들이 한때 인간이었다는 흔적은 거의 100년에 가까운 시간이 지났음에도 빳빳한 머리카락 한 줌에 아직도 매어져 있는 리본이라거나, 바퀴가 흙에 파묻힌 픽업트럭 운전대를 붙든 뼈밖에 남지 않은 손목에 채워진 금속제 시계가 전부였다. 이 모든 것이 '지난 역사'의 모습 그대로 남아 무덤처럼 미동 없이 고요한 풍경을 자아내고 있었다.

"등골이 서늘한걸." 아를로가 중얼거렸다.

"자세히 보지 말자고 속으로 항상 다짐하는데, 잘 안 되네."

일행이 고가도로에 도착하자 알리시아가 급히 말을 세웠다. 그녀가 몸을 돌리더니 한 손을 치켜들고 다시 일행에게로 돌아갔다.

"고가도로 아래에 세 마리가 있어. 뒤쪽, 배수로 위 서까래에 매달려 있어."

테오는 무표정으로 그 정보를 빨아들였다. 이들은 산길에서 목격되는 바이럴과는 달리 수가 많을 것이었다. 특히, 이렇게 늦은 시간이라면 말이다.

"길을 돌아가야 해. 수레는 경사로가 없으면 나아갈 수 없잖아. 리시, 동의해?"

"일리가 있어. 멈춰서 다른 길을 찾아보자."

일행은 동쪽으로 방향을 틀어서 고속도로에서 100미터 떨어진 경로를 따라갔다. 해가 지평선 위로 네 뼘쯤 올라와 있었다. 시간이 별로 없었다. 고속도로가 아닌 맨땅으로 수레를 끌고 가면 시간이 오래 걸릴 것이었다. 고속도로로 진입할 수 있는 다음 경사로는 2킬로미터 뒤에 있었다.

"인정하기 싫지만 리시 말이 맞아." 테오가 피터에게 조용히 말했다.

"돌아가면 사냥대를 꾸려서 여기 모인 바이럴 떼를 소탕해야겠어."

"그때까지 놈들이 거기 머물러 있을까?"

테오가 생각에 잠긴 듯 이마를 찌푸렸다.

"아, 계속 거기 있을걸. 이놈들은 혼자 돌아다니면서 다람쥐나 잡아먹는 개체와는 다르거든. 이놈들은 우리가 이 길을 이용한다는 걸 알아."

바이럴이 무엇을 알고 무엇을 모르는지는 여전히 수수께끼였다. 바이럴은 순전히 본능만 가진 존재일까, 아니면 사고능력이 있을까? 계획과 전략을 세울 줄 아는 존재들일까? 만약 후자라면, 어떤 의미로 그들은 여전히 인간이라고 할 수 있지 않을까? 그러니까, 감염되기 전의 본질을 여전히 가지고 있는 것이다. 아직 바이럴에 대해 알지 못하는 것이 무척 많았다. 예를 들면, 어째서 그들 중 일부는 성벽을 넘으려 하고 나머지는 접근조차 시도하지 않을까? 어째서 아까 길에서 만난 것처럼 낮인데도 위험을 감수하고 사냥을 할까? 그들의 습격은 무작위적인 걸까, 아니면 습격을 유발하는 어떤 동기가 있는 걸까? 왜 그들이 늘 셋씩 무리를 지어 다니는지, 마치 운율을 맞추는 것처럼 서로 조화를 이루어 행동을 하는지, 어둠 속에 과연 얼마나 많은 수의 바이럴이 숨어 있는지도 알 수 없었다. 지난 100년이 가까운 시간 동안 조명등과 성벽의 조합이 콜로니를 안전하게 수비한 것은 사실이다. 개척자들은 바이럴에 대해서 어느 정도 잘 알고 있었던 것 같다. 그러나 한밤에 나타나 조명등이 비추는 영역의 가장자리에서 콜로니의 경계를 순찰하고 돌아가는 바이럴이 나타날 때마다 마치 피터는 선생에게 배운 것과는 달리, 자신이 보고 있는 것이 살아 있는, 영혼이 있는 존재라는 느낌이 들었다. 피터는 죽음이 무엇인지 알았다. 살아 있을 때 신체에는 영혼이 깃들고, 죽음으로 신체와 영혼은 동시에 멎어버린다. 어머니의 죽음을 지켜보며 깨닫게 된 사실이었다. 어머니가 마지막으로 몰아쉬던 가쁜 숨소리, 그리고 이어지던 갑작스러운 침묵. 그 순간 피터는 자신이 알던 어머니는 영영 사라져버렸다는 사실을 깨달았다. 어떻게 영혼 없이 존재만 지속될 수 있을까?

일행은 경사로에 다다랐다. 북쪽, 낮은 언덕의 발치에서 허공을 뒤덮은 먼지 사이로 기다랗게 생긴 엠파이어 밸리 아웃렛 몰이 보였다. 물건 사냥을 나서면서 이 쇼핑몰에 여러 번 가본 적이 있었다. 지난 세월 동안 웬만한 물건을 다 가져갔는데도 아직 쓸 만한 물건이 많았다. '갭', '제이크루'는 물론 '윌리엄스-소노마', '레이'를 비롯해 아트리움에서 가까운 남쪽 끝에 있는 가게들은 이미 다 털렸지만 창문이 있어서 어느 정도 안전이 유지되는 커다란 '시어스' 매장, 그리고 외부 출입구가 있어서 매장에서 빠르게 나갈 수 있는 'JC 페니'에는 아직 신발이나 연장, 조리 도구같이 유용한 것들이 많았다. 문득 모스를 위해 아기용품을 좀 가져가면 좋겠다는 생각이 들었고, 테오도 같은 생각을 할지 모른다는 생각이 들었다. 그러나 지금은 시간이 없었다.

경사로 입구의 모래밭에 바람에 휘어진 표지판이 보였다.

nt sta e 10 E

P lm ings 25

In io 55

알리시아가 말을 몰아 일행에게로 되돌아왔다.

"아래에 아무것도 없어. 지금 움직이자."

통행하기 좋은 길이었다. 다시 시간을 번 셈이었다. 고가도로 위로 뜨거운 바람이 몰아치고 있었다. 피부와 눈이 깜부기불이라도 붙은 것처럼 화끈거렸다. 그러고 보니 아까 수통의 물을 마신 뒤로 소변을 한 번도 보지 않았다. 테오는 한 손으로 느슨하게 고삐를 쥔 채 쌍안경으로 전방을 살피는 중이었다. 어느 터빈이 돌고 있고 어느 터빈이 돌지 않는지 분간할 수 있을 정도로 목적지에 가까이 다다른 참이었다. 돌고 있는 터빈의 수를 세어보려 했지만 도중에 숫자를 헷갈리고 말았다.

이스턴 로드에서 내려오는 동안 산 그림자가 골짜기를 뒤덮기 시작했다. 드디어 목표 지점이 보였다. 골짜기 바닥에 반쯤 묻힌 콘크리트 벙커를 높은 철조망이 빙 두르고 있었다. 전류가 흐르고 있어 뭔가 닿는 순간 타버리는 철조망이었다. 녹이 슨 거대한 전력 파이프가 산의 동쪽 사면을 타고 올라가고 있었는데 백색 암석으로 이루어진 지대라 천연 바리케이드나 다름없었다. 테오가 말에서 내리더니 열쇠가 달린 가죽 목걸이를 끌렀다. 철조망 옆 기둥에 달린 금속 패널을 여는 열쇠였다. 철조망 양옆에 패널이 하나씩 있었는데 그 안에는 각각 전류를 통제하는 스위치와 게이트를 여는 스위치가 들어 있었다. 테오가 전류를 끊은 다음 물러섰고 게이트가 열렸다.

"들어가자."

발전소 옆에는 금속으로 지붕을 댄 간이 마구간이 있었고 그 안에는 말구유와 펌프가 있었다. 일행은 모두 턱으로 물이 줄줄 흘러내릴 때까지 물을 게걸스레 마셨고 땀투성이 머리에도 물을 적셨다. 그다음에 핀과 레이는 말을 돌보도록 그곳에 두고 다시 발전소 입구로 갔다. 테오가 다시 한번 열쇠로 자물쇠를 열자 금속 문이 열렸고 일행은 안으로 들어갔다.

발전소 안의 공기는 서늘했고 환기장치가 돌아가며 낮게 웅웅 소리를 내고 있었다. 갑작스러운 냉기에 피터는 몸을 부르르 떨었다. 일행은 케이지 안에 든 전구 하나에 의지해 금속 계단을 통해 지하로 내려갔다. 계단 밑에 있는 문이 살짝 열려 있었다. 이 문안에 터빈 제어실이 있었고, 더 깊이 들어가면 막사와 부엌, 창고, 장비실이 있었다. 더 들어가 바깥을 향하는 경사로를 올라가면 말과 당나귀를 두는 마구간이 있었다.

"누구 있습니까?" 테오가 외친 뒤 발로 문을 열었다.

"이봐요!"

대답이 없었다.

"테오……." 알리시아가 입을 열었다.

"맞아. 수상해."

일행은 조심스레 문안으로 들어갔다. 제어실 한가운데에 놓인 기다란 테이블 위에 녹아내린 밀랍 초, 그리고 누군가가 황급히 식사를 하고 간 흔적이 있었다. 페이스트가 든 깡통, 접시에 담긴 단단한 비스킷, 고기 스튜를 담았던 듯 기름기가 낀 주철 단지. 하루, 어쩌면 그보다 더 오래 그대로 방치되어 있었던 것 같은 모양새였다. 아를로가 칼을 뽑아 단지 위로 휘두르자 파리 떼가 우수수 날아올랐다. 환기팬이 돌아가고 있는데도 제어실 안은 사람의 체취와 난방의 기운이 감돌아 공기가 텁텁했다. 불빛이라고는 터빈에서 나오는 전류의 흐름을 모니터링하는 컨트롤패널에 달린 희미한 노란 불빛뿐이었다. 머리 위에 달린 시계가 시간을 알리고 있었다. 18시 45분.

"다들 어딜 갔지?" 알리시아가 물었다.

"내가 착각하는 건가, 아니면 벌써 두 번째 저녁 종이 울릴 시간인 건가?"

그들은 막사와 저장실 쪽으로도 가보았지만 이미 알고 있는 사실, 즉 발전소에 아무도 없다는 사실만 확인할 수 있었을 뿐이었다. 그들은 계단을 올라 저녁의 열기를 뿜는 바깥으로 나왔다. 레이와 핀이 간이 마구간의 차양 아래에서 기다리고 있었다.

"다들 어디로 갔는지 아는 사람?" 테오가 물었다.

핀이 셔츠를 벗어 말구유의 물에 적신 다음 가슴과 겨드랑이를 닦아내고 있었다.

"연장을 실은 수레 하나가 없어졌어. 암말 한 마리도."

그러면서 핀이 의미심장한 눈으로 레이를, 다시 테오를 바라보았다.

"터빈을 살피러 간 건지도 몰라. 잰더는 눈으로 확인하는 걸 좋아하니까."

잰더 필립스는 발전소장이었다. 별로 말을 섞거나 만나고 싶은 유형의 사람은 아니었다. 그는 뙤약볕과 바람을 하도 쐬어서 얼굴이 건포도처럼 쪼글쪼글했고 혼자 오랜 시간을 보내다보니 말도 잃었다. 그의 입에서 다섯 단어가 연속으로 나오는 걸 들은 사람이 아무도 없을 정도라고 했다.

"거리가 어느 정도 되지?"

핀이 다시 어깨를 으쓱했다.

"나야 모르지, 돌아오면 물어보든지."

"그 밖에 또 누가 나가 있지?"

"케일럽뿐일걸."

테오는 간이 마구간의 그늘 속에서 나와 터빈이 있는 벌판을 바라보았다. 해가 막 산등성이를 넘어가고 있었다. 곧 산 그림자가 골짜기를 완전히 뒤덮고 반대쪽에 있는 낮은 언덕의 발치까지 이를 것이다. 그때가 되면 문을 닫아버리는 것 말고 선택의 여지가 없었다. 케일럽 존스는 겨우 열다섯 살 된 어린아이였다.

다들 그 아이를 '하이톱'이라고 불렀다.

"시간이 얼마 없는데." 한참이 지나서야 테오가 입을 열었다. 모두가 아는 사실이었지만 누군가는 말해야 했다. 테오가 일행을 차례로 둘러보면서 다들 말뜻을 알아들었는지 재빨리 눈으로 확인했다.

"일단 말들을 안으로 들이자."

그들은 말들을 데리고 경사로를 지나 마구간에 들여놓고 문을 잠갔다. 마구간 단속이 끝나자 해는 산 너머로 모습을 감춘 뒤였다. 아를로와 알리시아는 제어실에 남고, 피터는 게이트 앞에서 터빈이 있는 쪽을 쌍안경으로 살펴보고 있는 테오에게로 갔다. 햇볕에 그을린 목덜미와 팔뚝에 밤의 한기가 느껴지기 시작했다. 입과 목구멍 안이 다시 먼지와 말의 체취로 바싹 마르기 시작했다.

"얼마나 기다려야 하지?"

테오는 대답하지 않았다. 이 질문은 진짜 질문이 아니라 다만 침묵을 메우기 위함이었다. 무슨 일이 있는 게 분명했다. 그렇지 않다면 잰더와 케일럽은 이미 발전소로 돌아오고도 남을 시간이었다. 피터는 아버지를 떠올렸고 테오 역시 같은 생각을 하는 게 분명했다. 터빈이 있는 곳으로 가서 흔적도 남기지 않고 이스턴 로드를 향해 간 아버지 디미트리어스 잭슨. 아버지가 사라졌을 때 발전소의 사람들은 언제까지 기다리다 문을 잠갔을까?

발자국 소리에 뒤를 돌아보자 알리시아가 다가오고 있었다. 그녀가 두 사람 곁에 서서 어둠에 점점 물들어가는 터빈 쪽을 바라보았다. 모두 말 한마디 없이 골짜기로 성큼 내려앉는 어둠을 바라보며 서 있었다. 산그늘이 반대쪽 낮은 언덕에 닿자, 알리시아가 칼을 꺼내 입고 있던 저지의 솔기에 칼날을 문질러 닦았다.

"이런 말 하기 정말 싫지만……."

"아무 말 안 해도 돼."

테오가 돌아서서 두 사람을 마주 보았다.

"그래, 기다릴 만큼 기다렸어. 문을 잠그자."

그들은 '오늘날'이라는 용어를 썼다. 상실과 죽음으로 가득한 과거를 생각하지 말 것, 영영 오지 않을지도 모르는 미래 또한 생각하지 말 것. 조명등의 불빛 속에서 94명의 영혼이 '오늘날'을 살아가고 있었다.

그러나 피터는 늘 그렇게 생각하지만은 않았다. 모든 것이 조용한 밤 파수를 볼 때, 아니면 잠들기 전 누워 하릴없는 시간을 보낼 때면 그는 부모님을 생각했다. 콜로니 주민 중에는 아직도 물질적 존재 너머, 죽음 이후 영혼들이 가는 세계인 천국이라는 곳을 이야기하는 사람도 있었지만 그는 천국을 믿지 않았다. 세상은 만지고 맛보고 느낄 수 있는 감각의 세계였으며 피터는 만약 죽은 자들이 어딘가로 간다면 살아 있는 자의 일부가 될 거라고 생각했다. 선생이 가르쳐준 것인지, 아니면 그가 혼자 생각한 것인지는 모르겠다. 그러나 그는 아주 오래전, 성소에서 나와 세상의 진실을 알게 된 그 순간부터 그렇게 믿어왔다. 부모님에 대한 기억을 잊지 않는 한 그들의 일부는 살아 숨 쉬고, 어느 날 피터가 죽는다해도 그의 기억은 살아 있는 사람의 마음속으로 들어가는 거라고, 그래서 피터와 그의 부모님만이 아니라 지금까지 세상을 떠난, 그리고 앞으로 살아갈 모든 사람의 존재가 끝끝내 지속된다고 말이다.

이제 더 이상 부모님의 얼굴은 기억나지 않았다. 가장 먼저, 고작 며칠 만에 부모님의 얼굴은 잊히고 말았다. 부모님을 생각할 때는 눈에 보이는 외양이 떠오르는 것이 아니라 감각들이 마치 물처럼 그의 마음속으로 쏟아졌다. 우유처럼 부드럽던 어머니의 목소리, 창백하고 가느다랗지만 강인하던, 병원에서 일하며 환자들을 돌보던 어머니의 손길. 피터가 주자로서 플랫폼 사이를 달릴 때 성벽 위로 사다리를 타고 오르던 아버지의 부츠가 내던 삐걱 소리, 아무 말 없이 피터의 어깨 닿던 손길. '긴 여정'을 준비하며 아버지와 삼촌을 비롯한 다른 파수꾼들이 거실에 모여 경로를 계획할 때 뿜어내던 열기와 에너지, 그리고 한밤중 포치에 모여 앉아 술을 마시며 '어둠의 땅'에서 보고 온 것들에 대해 이야기를 나누던 그들의 목소리.

피터가 원했던 것이 바로 그것이었다. 그들 중 하나가 되어 '긴 여정'을 함께

하는 것. 하지만 피터는 아주 오래전부터 그런 일은 일어나지 않을 것을 알고 있었다. 침대에 누운 채 창 너머로 들리던, 남성미가 넘치는 그들의 목소리를 들을 때 깨달았었다. 피터에게는 무언가가 빠져 있었다. 그것의 이름이 무엇인지, 애초에 이름이 있는지 알 수 없었다. 용기, 혹은 포기도 포함되어 있는 것이지만 그보다 더 커다란 것이었다. 그가 붙일 수 있는 이름은 '담대함'이라는 단어뿐이었다. '긴 여정'을 떠나는 남자들에게는 '담대함'이 있었다. 그리고 잭슨 가문의 아이들이 파수꾼이 되는 날이 오면 피터는 아버지가 '긴 여정'의 일원으로 테오를 선택하리라는 것을 알았다. 피터는 뒤에 남는 아이가 될 것이 분명했다.

어머니 역시 그 사실을 알았다. 모두가 알지만 감히 입 밖에 내지 않았던 아버지의 불명예와 마지막 여정을 극기로 버텨낸 어머니. 결국 암이 모든 것을 앗아간 마지막 순간까지도 가족을 떠난 아버지에 대해 나쁜 말 한마디도 하지 않았던 어머니. '아버지는 혼자만의 시간을 보내는 중이야.' 어머니가 자리에 누운 것은 여름, 지금처럼 해가 길고 뜨겁던 여름이었다. 그때 테오는 파수꾼이었지만 아직 사령관은 아니었다. 어머니를 돌보는 것은 피터의 몫이었고 그는 밤낮으로 어머니의 옆에 앉아 식사를 돕고 목욕까지 도왔다. 지나치게 사적인 일이지만 필요한 일이었기 때문에 둘 다 그 순간을 참아냈다. 어머니는 병원에 갈 수도 있었을 것이다. 보통 사람들은 병원에서 마지막 순간을 맞았다. 그러나 수간호사 프루던스 잭슨이 자기 집 침대에서 죽음을 맞이하고 싶어 한 이상 반론을 제기할 수 있는 이는 아무도 없었다.

그해 여름의 기나긴 낮과 끝없는 밤을 떠올리면 마치 피터의 인생에서 그 시절을 결코 완전히 떠나보낼 수 없을 것만 같았다. 그때를 생각하면 선생이 들려주었던, 벽으로 다가가는 거북이 이야기가 생각났다. 거북이가 앞으로 가면 갈수록 거리는 반의 반으로 줄어들기만 하고 결코 목적지에 도달할 수 없다는 이야기였다. 어머니가 죽어가는 모습을 볼 때 피터가 느낀 감정이 바로 그랬다. 어머니는 사흘간 고통스러운 잠에 들었다가 깼다 하면서 말은 거의 못 했고 당신을 보살피기 위한 최소한의 질문에만 대답할 수 있었다. 물을 몇 모금 마시는 것이 전부였다. 담당 간호사인 샌디 슈가 그날 오후 왕진을 왔다가 피터에게 마음의 준비를 하라고 일렀다. 햇볕이 창밖에 선 나무에 가려져 방 안이 어둠침침했다. 어머니의 창백한 이마에는 땀이 번들거렸다. 어머니의 손은 — 병원에서 몇 시간이나 그토록 세심하게 일하던 어머니의 손은 — 몸 옆에 꼼짝하지 않고 놓여 있었다. 해가 진 뒤에 피터는 만약 어머니가 눈을 떴을 때 곁에 아무도 없을지도 모른다는 생각에 방에서 한 발짝도 나서지 못했다. 피터는 어머니가 몇 시간 뒤면 죽음을 맞이할 것을 알았다. 샌디가 그 점을 분명히 예고했으니까. 그러나 무엇보다도 어머니의 죽음을 직감하게 한 순간은 이제 수없는 노동을 끝내고 담요 위에 가만히 놓여 있는 어머니의 두 손을 보았을 때였다.

피터는 생각했다. 뭐라고 작별 인사를 해야 할까? 내가 작별의 말을 하면 어머니는 두려워할까? 그리고 그 뒤에 이어지는 침묵을 어떻게 채울까? 아버지에게는 작별 인사를 할 기회가 없었다. 여러 면에서 그 점이 가장 최악이었다. 아버지는 그저 망각 속으로 미끄러져 사라져버렸다. 만약, 아버지에게 작별 인사를 할 기회가 있었더라면 피터는 무엇이라고 말했을까? 이기적인 바람이지만 아직도 피터는 그런 생각을 했다. '테오 형 말고 절 선택해주세요. 가시기 전에, 절 선택해달라고요.' 상상이었지만 머릿속에 이 장면은 생생했다. 해가 뜨고 두 사람, 아버지와 피터 단둘이 현관 앞에 앉아 있다. 아버지는 여정을 떠날 채비를 갖추고 습관대로 나침반 뚜껑을 엄지손가락으로 찰칵 열었다 닫는다. 그런데 그 장면은 끝나지 않는다. 지금까지 피터는 단 한 번도 아버지의 대답이 무엇이었을지 상상한 적 없기 때문이다.

그리고 이제 어머니가 죽어간다. 만약 사람이 죽는 게 영혼이 죽음이라는 방으로 걸어 들어가는 일이라면 어머니는 지금 문턱에 서 있겠지. 피터는 지금 느끼는 감정을 도무지 말로 표현할 수 없었다. 감정을 표현할 말을 찾을 수가 없었다. 어머니를 사랑한다고, 어머니가 떠나고 나면 그리워할 거라고. 집안에서 테오는 아버지의 아들, 피터는 어머니의 아들이라고 생각했다. 누구도 말로 표현한 적은 없었지만 사실이었다. 어머니가 유산을 한 적이 있고, 한 번은 아이가 조산으로 태어나자마자 몇 시간 만에 죽었다는 것을 피터는 알고 있었다. 피터는 그 아기가 딸이었을 거라고 생각했다. 그 일이 일어났을 때 피터는 성소에 살고 있는 어린이였기 때문에 정확히는 알 수 없었다. 그러니까 그 아기는 아마 ― 피터가 아니라, 어머니가 ― 잃어버린 무언가이고, 그 때문에 어머니의 사랑이 더욱 강렬하게 느껴졌을 것이다. 피터는 어머니가 지켜야 하는 아이였다.

동이 트며 창 안으로 부드러운 빛이 스며들 때 어머니의 숨이 딸꾹질처럼 가빠졌다. 그 순간 피터는 그때가 오고야 말았다고 생각했지만, 어머니는 눈을 크게 뜨고 있었다. 엄마? 피터가 어머니의 손을 잡았다. 엄마, 저 여기 있어요.

'테오.' 어머니가 말했다.

어머니에게 내가 안 보이는 걸까? 여기가 어디인지는 알고 계시는 걸까? 엄마, 저예요, 피터예요. 테오 형을 데려올까요?

어머니는 자신의 내면 아주 깊은 곳, 무한하고 경계 없는, 영원을 바라보고 있는 것 같았다. '네 형제를 잘 돌보거라, 테오. 그 애는 너처럼 강하지가 않아.' 그 말을 남기고 어머니는 눈을 감았고 그대로 영영 눈을 뜨지 않았다.

피터는 형에게 이 일에 대해서 한마디도 전하지 않았다. 그럴 필요가 없는 것 같았다. 차라리 잘못 들은 것이었으면, 아니면 열에 들떠 정신이 없어서 한 말이었으면 하고 생각했지만, 그렇게 생각하면 할수록 어머니의 말과 그 의미가 더 명확하게 느껴졌다. 그렇게 오랫동안 어머니를 밤낮으로 간호했으나, 어머니가 돌아가시기 직전 침대 맡에 두고 싶어 했던 것은 테오였다. 유언을 남긴 것도 테오에게였다.

이제 아무도 사라진 발전소 직원들을 입에 올리지 않았다. 그들은 말과 당나귀에게 먹이를 준 다음 식사를 하고 막사로 갔다. 막사는 벙커 침대와 곰팡이가 슨 짚을 넣은 지저분한 매트리스를 갖춘, 악취가 진동하는 좁아터진 방이었다. 피터가 자리에 누울 때 핀과 레이는 벌써 코를 골고 있었다. 이렇게 이른 시간 잠자리에 드는 건 어색했지만 지금까지 24시간 뜬눈으로 지새운 탓에 피터도 곧 잠에 빠졌다.

눈을 떴을 때 불안한 악몽 속에서 아직 빠져나오지 못한 채였다. 아마 자정을 좀 넘긴 시간 같았다. 남자들은 모두 자고 있었지만 알리시아의 침대가 비어 있었다. 피터는 어두운 복도를 지나 제어실로 가보았다. 알리시아가 긴 테이블 앞에 앉아 패널의 불빛에 의지해 책을 넘기고 있었다. 시계는 2시 33분을 가리키고 있었다.

알리시아가 고개를 들어 피터와 눈을 마주쳤다.

"코 고는 소리가 지독하던데, 잠 좀 잤어?"

피터가 알리시아의 맞은편 의자에 앉았다.

"사실 잘 못 잤어. 무슨 책이야?"

알리시아가 책을 덮더니 손끝으로 눈가를 문질렀다.

"몰라. 창고에 있던걸. 책이 몇 상자는 있더라."

그러더니 알리시아는 테이블 위로 책을 밀어주었다.

"보고 싶으면 봐."

책 제목은 『괴물들이 사는 나라』였다. 얇고, 대부분 그림이었다. 피터는 곧 바스라질 것같이 쾨쾨한 냄새가 나는 책장을 한 장씩 넘겼다. 꼬리와 귀가 달린 동물 옷을 입은 한 꼬마가 포크를 휘두르며 작고 흰 개를 쫓고 있었다. 아이가 방으로 들어가자 방은 마술처럼 쑥쑥 자라나는 숲으로 뒤덮였다. 달빛이 비치는 밤, 바다를 건너 괴물들이 사는 섬으로 가는 여정, 날카로운 발톱과 이빨, 노란 눈을 가진 커다란 괴물들.

"꼬마가 괴물을 쳐다보면서 가만히 있으라고 하는 것 말고는 아무 내용이 없어."

알리시아가 그렇게 말하더니 입을 가리고 하품을 했다.

"별 내용이 없어 보이는데."

피터는 책을 덮어 옆으로 밀어두었다. 잘 이해가 되지는 않았지만 '지난 역사'의 일들은 대개가 그랬다. 그 시절 사람들은 어떻게 살았을까? 사람들은 무엇을 먹고, 무엇을 입고, 무엇을 생각했을까? 아무렇지도 않게 깜깜한 어둠 속을 걸어 다녔을까? 바이럴이 존재하지 않는 세상에서 사람들은 무엇을 두려워했을까?

"전부 지어낸 이야기일 거야." 피터가 어깨를 으쓱했다. "아마 꿈이겠지."

알리시아가 눈썹을 치켰다. '알 턱이 있겠어? 예전의 세계를 아는 사람은 아무도 없는걸.' 하는 표정이었다.

"사실 네가 꼈으면 하고 생각했어."

알리시아가 그렇게 말하면서 의자에서 일어나 바닥에 있던 랜턴을 들었다.

"보여줄 게 있거든."

피터는 알리시아를 따라 막사를 통과해 창고로 들어갔다. 벽에는 물건이 차곡차곡 쌓인 금속 선반이 잇대어져 있었다. 기름투성이 연장, 둘둘 감아놓은 철사, 땜납, 플라스틱 통에 든 물과 알코올. 알리시아가 바닥에 등불을 놓더니 선반으로 걸어가서 위에 있던 것들을 바닥으로 끌어 내리기 시작했다.

"거기 가만히 서 있을 거야?"

"뭐 하는 거야?"

"뭐 하는 것 같아? 목소리 좀 낮춰, 다른 사람들이 깨겠어."

피터와 함께 선반에 있는 것들을 모두 꺼내고 나자 알리시아는 피터를 선반의 한쪽 옆에 세우더니 자신은 반대쪽으로 갔다. 선반 뒤에 합판이 덧대어져 벽을 가리고 있는 게 보였다. 두 사람은 힘을 합쳐 선반을 밀어냈다.

해치였다.

알리시아가 다가가더니 손잡이를 돌려 해치를 열었다. 좁은 파이프 모양의 공간이었고 머리 위로 소용돌이 모양의 금속 계단이 이어져 있었다. 벽 쪽에 금속 컨테이너들이 착착 쌓여 있었다. 계단이 끝나는 곳은 너무 높아서 보이지 않았다. 공기가 쾨쾨하고 먼지투성이였다.

"이걸 언제 발견한 거야?" 피터가 놀라 물었다.

"지난 계절에. 어느 날 밤 지루해서 여기저기 들쑤시고 다녔거든. 아마 개척자들이 만든 탈출로가 아니었을까 싶어. 계단이 지붕 위 좁은 공간으로 이어져."

피터가 등불을 쥔 손으로 컨테이너를 가리켰다.

"여기엔 뭐가 들어 있는데?"

그러자 알리시아가 심술궂은 웃음을 띠더니 대답했다.

"이게 제일 중요하지."

두 사람은 힘을 합쳐 컨테이너 하나를 바닥으로 내렸다. 금속 쇳쇠가 달려 있는 상자는 길이가 1미터, 깊이가 30센티미터쯤 되었고 옆면에 '미 해군'이라고 적혀 있었다. 알리시아가 무릎을 꿇고 앉아 쇳쇠를 풀고 뚜껑을 들어 올리자 안에 스티로폼으로 고정된 미끈한 검은색 물건이 여섯 개 보였다. 피터는 몇 초가 지나서야 그것이 무엇인지 알 수 있었다.

"이런 제기랄, 리시."

알리시아가 컨테이너에 들어 있던 총 하나를 꺼내 그에게 건넸다. 총신이 기다란 소총은 촉감이 차가웠고 기름 냄새가 희미하게 났다. 손에 들자 마치 중력을 거스르는 물질로 만들어진 것처럼, 놀라울 정도로 가벼웠다. 저장실의 어두운 불빛 속에서도 총구가 번들거리는 것이 보였다. 지금까지 피터가 본 총은 군대가 두고 간 소총과 권총으로, 전부 부식되어서 유물이나 다름없었다. 파수단이 무기고에 총 몇 정을 보관하고 있기는 했지만 피터가 알기로 탄환은 이미 오래전에 떨어지고 없었다. 세월의 흔적이 없는 깨끗한 새 물건을 만져본 것은 피터의 인생에서 처음 있는 일이었다.

"몇 개나 있어?"

"12상자. 상자당 12개가 들어 있고, 1000발 좀 넘게 쏠 수 있지. 지붕 위 공간에 상자가 6개 더 있어."

불안함이 가시자 피터는 자기 손에 들린 이 멋진 새 총의 위력을 느껴보고 싶다는 갈증을 느꼈다.

"장전하는 법 알려줘."

알리시아는 피터가 들고 있던 총을 받아들더니 볼트와 장전기를 젖혔다. 그러고는 상자에 있던 탄창을 방아쇠 앞 공간에 밀어 넣고 장전되는 찰칵 소리가 날 때까지 민 다음에 총의 밑부분을 손바닥으로 세게 두 번 탁탁 쳤다.

"석궁을 조준하는 것처럼 해봐." 그러더니 알리시아가 시범을 보여주었다.

"기본적으로는 석궁과 비슷해. 연발이 가능하다는 점만 빼면. 꼭 필요할 때가 아니면 방아쇠에는 손대지 마. 쏴보고 싶겠지만 안 돼."

알리시아가 피터에게 소총을 다시 건네주었다. 장전된 총이라니! 피터는 어깨 높이로 소총을 들어 올린 뒤 방 안에 겨냥할 것이 있는지 찾아보다가 저쪽 선반에 있는 구리선 한 뭉치를 골랐다. 총을 쏴보고 팔에 그 폭발적인 반동이 전해지는 것을 느끼고 싶은 충동이 너무 강해서 그 생각을 밀어내기 위해 실제로 힘을 써야 할 지경이었다.

"방아쇠를 당겨선 안 된다는 것만 잊지 마." 알리시아의 경고였다.

"탄창 하나당 20발을 쏠 수 있어. 자, 이번엔 내가 가르쳐준 대로 장전해봐."

피터는 갖고 있던 소총을 알리시아에게 넘기고 새 총을 건네받았다. 최선을 다해 아까 배운 순서를 떠올렸다. 안전장치, 볼트, 장전기, 탄창. 장전이 끝나자 피터는 알리시아가 한 대로 클립을 손바닥으로 세게 두 번 쳤다.

"어때?"

알리시아는 소총의 개머리판을 허리께에 댄 채 피터가 총을 장전하는 모습을 평가하듯 보고 있었다.

"나쁘진 않지만 좀 느려. 지금처럼 총구를 아래로 두지는 마. 발에다가 발사할 수도 있으니까."

그 말에 피터는 황급히 총신을 들어 올렸다.

"저기, 난 좀 놀랐어. 너는 총 같은 건 관심 없는 줄 알았거든."

그러자 알리시아가 어깨를 으쓱했다.

"솔직히 관심 없어. 엉성한 데다가 소리도 너무 크고, 총을 들고 있으면 자만심이 생긴다고."

알리시아는 허리에 차고 있던 주머니에서 탄창을 하나 더 꺼내 피터에게 건네주었다.

"하지만 제대로만 쏘면 바이럴한테는 꽤나 효과적이지." 그러면서 알리시아가 자기 흉골 위를 손가락으로 두드렸다.

"급소에 딱 한 방이야. 3미터 안에서는 빗나갈 가능성이 낮지만 너무 믿지는 마."

"그럼, 넌 이미 이 총을 쏴본 적이 있겠네?"

"누가 그래?"

물어볼 필요도 없었다. 군용 소총이 가득 든 컨테이너 여섯 개. 알리시아가 그 유혹을 물리칠 수 있었을까?

"그럼 이 총은 전부 누구 거야?"

"그걸 내가 어떻게 알아? 내가 아는 건 상자에 적혀 있는 대로 미합중국 해병대의 물건이라는 게 전부야. 이제 질문은 그만하고 나가자고."

두 사람은 다시 해치 안으로 들어가 계단을 오르기 시작했다. 조금씩 올라갈 때마다 차츰 더워졌다. 10미터쯤 올라가자 사다리가 있는 작은 플랫폼이 나왔다. 머리 위 천장에 또 다른 해치가 있었다. 알리시아가 플랫폼에 랜턴을 둔 다음 발돋움을 한 채 머리 위로 손을 뻗어 둥근 핸들을 돌리기 시작했다. 둘 다 땀범벅이었다. 공기가 너무 후끈해서 숨을 쉬기가 어려웠다.

"잘 안 돌아가."

피터도 손을 뻗어 알리시아를 도왔다. 녹이 슨 듯 삐걱 소리가 나더니 둥근 핸들이 돌아가기 시작했다. 두 바퀴, 세 바퀴, 다음 순간 해치는 경첩에 의지해 활짝 열렸다. 열린 문 사이로 서늘한 밤공기가 물처럼 쏟아져 들어왔다. 사막 냄새, 바싹 마른 노간주나무와 메스키토(남미산 나무─옮긴이) 냄새가 났다. 머리 위 공간에 보이는 건 깜깜한 밤하늘뿐이었다.

"내가 먼저 올라가서 널 부를게." 알리시아가 말했다.

열린 문으로 나간 알리시아의 발자국 소리가 들렸다. 귀를 기울였지만 발자국 소리는 멎었다. 두 사람은 지붕 위에 있었다. 그들을 보호해줄 조명은 아무

데도 없었다. 20, 30까지 센 뒤에도 알리시아가 부르는 소리가 들리지 않았다. 따라 올라가야 하나?

그때 열린 틈으로 알리시아의 얼굴이 나타났다.

"랜턴은 거기 두고 와. 아무것도 없어. 올라와."

사다리를 올라가자 작은 공간이 나왔다. 파이프와 밸브, 아까와 같은 컨테이너들이 벽을 따라 줄지어 늘어선 곳이었다. 피터는 어둠에 눈을 적응시키려고 잠시 기다렸다. 열린 해치가 보였다. 크게 심호흡을 한 다음 피터는 해치를 통해 위로 올라갔다.

하늘에 별들이 가득했다.

폐에 공기가 꾸역꾸역 쏟아져 들어오기라도 하는 듯 숨쉬기가 어려웠다. 아무것도 없는, 순수한 밤하늘 속으로 들어왔다는 생각에 신체적인 공황감이 몰려왔다. 무릎이 함부로 구부러졌고 피터의 손은 무언가 붙잡을 것, 그에게 형체와 무게, 자신을 둘러싼 3차원의 세계를 다시금 자각하게 해줄 수 있는 무언가를 찾아 헤맸다. 머리 위의 하늘은 칠흑같이 깜깜했다 — 게다가 온 사방에 별이 빛나고 있었다.

"피터, 숨 쉬어." 알리시아가 말했다.

알리시아가 옆에 서 있었다. 그제야 피터는 그녀가 자기 어깨에 손을 짚고 서 있다는 사실을 깨달았다. 어둠 속에서 알리시아의 목소리는 아주 멀리서 들려오는 것 같은 동시에 아주 가까이서 들리는 것 같기도 했다. 그는 알리시아의 말대로 밤공기를 한껏 들이마셨다. 눈이 천천히 어둠에 적응했다. 이제 텅 빈 허공과 맞닿아 있는 지붕의 가장자리가 어디인지 가늠할 수 있었다. 그들이 서 있는 장소는 배기구가 있는 남서쪽 모퉁이인 것 같았다.

"자, 어때?"

그는 한참 동안 조용히 밤하늘을 바라보았다. 바라보면 볼수록 더 많은 별이 어둠을 뚫고 나오는 것 같았다. 아버지가 이야기했던 별, 아버지가 '긴 여정'에서 보고 왔던 별들이었다.

"테오 형도 알아?"

알리시아가 웃었다. "뭘?"

피터는 무기력하게 어깨를 으쓱했다. "해치, 총. 전부 다."

"테오에게도 보여줬냐고 묻는 거야? 아니. 아마 잰더는 알 거야. 발전소를 구석구석 알고 있으니까. 그런데 나한테는 한마디도 안 했어."

피터가 알리시아의 얼굴을 빤히 바라보았다. 어둠 속에서 보니 그녀는 어쩐지 평소와 달라 보였다. 여느 때와 같은 알리시아인 동시에, 무언가 새롭기도 했다. 그제야 피터는 알리시아의 행동을 이해할 수 있었다. 이 모든 것을 그에게 보여주려고 아껴두고 있었던 것이다.

"고마워."

"설마 이런 걸 보여줬다고 더 친해졌다고 생각하는 건 아니지? 아를로가 먼저 깼으면 이 자리에 서 있는 건 아를로였을걸."

그러나 그럴 리가 없다는 걸 피터는 알 수 있었다.

"그래도 고마워."

알리시아는 피터를 지붕 가장자리로 이끌었다. 두 사람은 북쪽 골짜기 너머를 바라보았다. 바람은 한 줄기도 불지 않았다. 저 멀리 별들로 테를 두른 하늘을 배경으로 시커먼 산등성이가 보였다. 두 사람은 한낮의 열기가 남아 아직 뜨끈한 콘크리트 지붕에 배를 대고 나란히 엎드렸다.

"자." 알리시아가 허리에 찬 주머니에 손을 집어넣었다.

"이거 필요할걸."

암시경이었다. 알리시아는 암시경을 소총 위에 고정한 채 조정하는 법을 알려주었다. 뷰파인더에 눈을 대자 눈앞에 그려진 십자선 너머로 옅은 초록색 불빛에 물든 덤불과 바위들로 이루어진 풍경들이 보였다. 암시경 아래에 212미터라는 글자가 떴는데, 소총을 이리저리 움직일 때마다 숫자가 올라갔다가 내려갔다가 했다. 정말 근사했다.

"아직 살아 있을까?"

그 말에 알리시아는 대답하기 전 잠시 뜸을 들였다.

"모르겠어. 아마 아니겠지. 그래도 기다려야 해."

그녀는 다시 입을 다물었다. 사실 이 주제에 대해 할 수 있는 말은 많지 않았다. 그러다가 그녀가 다시 입을 열었다.

"오늘 내가 모스한테 너무 야박하게 굴었어?"

그 질문에 피터는 놀랐다. 그가 알기로 알리시아는 반성 같은 걸 하는 사람이 아니었으니까.

"아니. 해야 할 일을 했어."

"임신을 한 이상 제명할 수밖에 없어."

"그래. 모스도 규칙은 잘 알고 있으니까."

"게일런보다는 모스가 남는 게 나았을 텐데." 알리시아가 신음했다. "제기랄, 게일런이라니. 도대체 모스는 뭘 보고 그놈을 택한 거야?"

피터는 암시경에서 얼굴을 들었다. 하늘은 별들이 빽빽하게 수놓아져 있어서 손을 뻗으면 별을 만져볼 수 있을 것만 같았다. 살면서 이렇게 아름다운 광경은 처음이었다. 바다가 생각났다. 마치 노래 가사 같던 대서양, 태평양, 인도양, 북극해 같은 바다의 이름들, 그리고 바닷가에 서 있었을 아버지가 떠올랐다. 앤티가 하던 하느님 이야기는 어쩌면 이 별들을 뜻하는 게 아니었을까. '지난 역사'에 있었던 예전의 신. 천국에서 세상을 내려다보는 신.

"혹시……." 알리시아가 입을 열었다. "모르겠다. 생각해봤어?"

피터가 고개를 돌려 그녀를 바라보았다. 알리시아는 여전히 암시경에 눈을 대고 있었다.

"뭘?"

알리시아는 초조한 듯 웃었다. 지금까지 한 번도 들은 적 없는 그런 웃음소리였다.

"꼭 내 입으로 말해야겠어? 결혼을 하고 아이를 가지는 일 말야."

피터도 생각해본 바였다. 당연히 그랬다. 거의 모든 사람이 스무 살이 되면 결혼을 한다. 하지만 밤새도록 깨어 있어야 하며 낮에는 종일 피로에 지쳐 현기증을 느끼는 파수꾼에겐 쉬운 일이 아니었다. 그러나 진지하게 생각해보면 피터가 아직 결혼하지 않은 것은 다만 그 이유 때문만은 아니었다. 어쩐지 그런 일은 자신에게는 불가능하다는 생각이 들었던 것이다. 다른 사람은 할 수 있어도 자신은 할 수 없을 것만 같은 일이었다. 피터도 여자친구들을 사귀었고, 몇 달씩 사귀면서 남녀 사이에서 하는 일들을 했다. 그러나 결국에는 그들이 더 어울리는 남자친구를 만날 수 있도록 스스로 물러나곤 했다.

"아니, 모르겠어."

"사라는 어때?"

그 말에 갑자기 방어본능이 꿈틀거렸다.

"사라가 왜?"

"왜 그래, 피터." 알리시아의 목소리에서 짜증스러워하는 기색이 느껴졌다.

"사라는 너와 결혼하고 싶어 하잖아. 누가 봐도 빤히 보인다고. 게다가 사라도 '최초의 가문'이니까 너랑 잘 어울릴 거야. 남들도 그렇게 생각해."

"남들이 어떻게 생각하든 무슨 상관이야?"

"그냥 있는 그대로 말하는 것뿐이야. 딱 봐도 그렇잖아."

"글쎄, 나한텐 그렇게 안 느껴져." 거기까지 말한 피터는 말을 멈췄다. 지금까지 두 사람이 이런 식으로 대화를 나눈 건 처음이었기 때문이다.

"나도 사라를 좋아해. 하지만 사라와 결혼을 하고 싶은지는 잘 모르겠어."

"그래도 결혼하고 싶은 생각은 있는 거지?"

"언젠가는, 아마 그렇겠지. 리시, 왜 이런 걸 물어보는 거야?"

피터는 다시금 알리시아를 향해 고개를 돌렸다. 알리시아는 암시경을 통해 골짜기 너머를 바라보며 서서히 지평선을 따라 소총을 움직이고 있었다.

"리시?"

"가만히 있어봐. 뭔가 움직이고 있어."

피터도 암시경에 눈을 바짝 가져다 댔다. 하나의 형체가 관목 사이사이를 옮거 다니고 있었다. 철조망에서 100미터 떨어진 곳. 인간이다.

"케일럽이야."

"어떻게 알았어?"

"잰더라기엔 체구가 작잖아. 여긴 그 둘뿐일 테고."

"혼자야?"

"모르겠어." 알리시아가 대답했다.

"잠깐만. 아니야. 오른쪽으로 10도 방향을 봐."

피터는 알리시아가 말하는 방향을 보았다. 암시경 속에서 초록색 빛이 사막 위를 마치 돌이 구르듯 움직이고 있었다. 다음 순간 두 번째, 세 번째 빛이 200미터가량을 움직여 케일럽을 향했다. 아니, 케일럽에게 다가가지 않고 주위만 맴돌고 있었다.

"왜 저러는 거야? 그냥 물지 않고?"

"모르겠어."

다음 순간 비명 소리가 들렸다.

"이봐요!" 높고 거칠고 공포로 가득한 케일럽의 비명 소리였다. 케일럽은 팔을 마구 휘두르며 울타리를 향해 달렸다. "게이트 열어요, 게이트 좀 열어 달라고요!"

"바이럴이 나타났어." 알리시아가 일어섰다. "가자고."

두 사람은 빠른 속도로 다시 아까의 좁다란 공간으로 들어갔다. 알리시아는 해치 주변에 쌓여 있던 컨테이너 하나를 재빨리 열더니 총을 꺼냈다. 총신이 뭉뚝하게 생긴 짧은 총이었다. 피터는 그게 무엇인지 물어볼 겨를조차 없었다. 두 사람은 다시 지붕 가장자리로 달려갔고 알리시아는 총을 터빈이 있는 들판을 향해 겨냥하고 쏘았다.

탄환이 발사되더니 쉭 하는 소리를 내며 기다란 꼬리 같은 빛을 냈다. 본능적으로 쳐다보면 안 된다는 생각이 들었지만 저도 모르게 고개를 들고 말았다. 하늘 높이 솟구친 불꽃은 마치 허공에 걸려 멈추는 듯했다. 다음 순간 조명탄이 폭발하면서 온 사방을 하얗게 물들였다.

"시간을 아주 약간 벌었을 뿐이야." 알리시아가 말했다.

"뒤쪽에 사다리가 있어."

두 사람은 각자의 무기를 어깨에 걸쳤다. 알리시아가 먼저 사다리를 향했고, 마치 두 개의 장대를 타고 내려가는 것처럼 가로 살에는 거의 발도 대지 않고 재빠르게 내려갔다. 피터가 사다리를 허둥지둥 내려가는 동안 알리시아는 한 발을 더 쏘았고 이번에 신호탄은 발전소 위로 호를 그리며 움직여 벌판을 향해 갔다.

그리고 두 사람은 달리기 시작했다.

케일럽은 철로 된 게이트 반대편에 서 있었다. 바이럴들은 다시금 흩어져 어둠 속으로 사라지고 없었다.

"어서! 나 좀 들여보내줘요!"

"젠장, 열쇠가 없잖아." 피터가 말했다.

알리시아가 소총을 어깨에 걸치더니 컨트롤패널을 조준했다. 불꽃과 총성이 터졌다. 패널이 떨어져 나오면서 잔불꽃이 이리저리 튀었다.

"케일럽, 철조망을 타고 올라와!"

"감전될 것 같아요!"

"아니야, 전류를 차단했어!" 그러더니 알리시아가 피터를 쳐다보았다.

"차단된 거 맞겠지?"

"내가 어떻게 알아?"

알리시아가 앞으로 나가더니 피터가 뭐라 말하기도 전에 철조망에 손바닥을 댔다. 아무 일도 일어나지 않았다.

"서둘러, 케일럽!"

케일럽이 철조망을 손가락으로 움켜쥐며 오르기 시작했다. 두 번째 신호탄이 폭발하면서 주변의 어둠이 환해졌다. 알리시아는 허리에 찬 주머니에서 조명탄 하나를 더 꺼내 장전하고 다시 발사했다. 조명탄이 위로 솟구쳐 올라가더니 긴 연기를 남기며 머리 위에서 폭발하자 빛이 쏟아졌다.

"이게 마지막이었어." 알리시아가 피터에게 말했다.

"놈들이 전류가 차단됐다는 것을 알기까지 10초면 충분할걸."

케일럽은 이제 울타리의 꼭대기를 타 넘고 있었다.

"케일럽!" 알리시아가 고함을 질렀다. "빨리빨리 내려와!"

케일럽은 마지막 5미터는 거의 굴러 내리다시피 하며 뛰어내렸다. 얼굴에 눈물이 홍건했고 흙과 콧물이 범벅되어 있었다. 맨발이었다. 몇 초만 있으면 다시 사방이 어둠에 뒤덮일 것이었다.

"다쳤어?" 알리시아가 물었다. "달릴 수 있겠어?"

케일럽이 고개를 끄덕였다.

세 사람은 발전소 건물을 향해 달렸다. 피터는 눈으로 보기 전에 바이럴이 다가오는 기척을 느꼈다. 돌아보자 바로 그때 한 놈이 철조망 꼭대기에서 그들을 향해 뛰어내리는 모습이 보였다. 다음 순간, 바로 귓가에서 총성이 터졌다. 바이럴이 허공에서 몸을 뒤틀더니 바닥에 떨어졌다. 돌아보자 알리시아가 어깨에 소총을 걸친 채 울타리 위에 시선을 고정하고 세 발을 연사하는 것이 보였다.

"케일럽부터 들여보내!" 알리시아가 고함을 질렀다.

피터는 케일럽과 함께 사다리를 향해 달렸다. 알리시아는 뒤에서 계속해서 총을 쏘아댔고 총성이 발전소 마당에 메아리치며 귀를 울렸다. 이제 더 많은 바이럴이 철조망을 넘어왔다. 피터는 소총을 어깨에 매단 채 사다리를 올랐다. 꼭대기에 도착해 몸을 돌려 바라보니 알리시아는 어둠을 향해 총을 쏘며 뒷걸음질로 발전소 벽을 향해 오고 있었다. 총성이 잦아들자 그녀는 총을 한쪽에 던져버리고 사다리를 타고 오르기 시작했다. 피터는 소총을 어깨에 걸치고는 아까 알리시아가 겨냥했던 방향을 향해 방아쇠를 당겼다. 총신이 진동하더니 총탄이 어둠 속으로 무의미하게 날아갔다. 거친 반동에 온몸이 흔들렸다.

"무슨 짓이야!" 알리시아가 사다리 아래쪽에 매달린 채 고함을 질렀다.

"조준 좀 제대로 하라고!"

"노력한 거야!"

이제 어둠에서 나와 사다리 아래까지 온 바이럴은 총 셋이었다. 피터는 오른쪽으로 한 걸음 옮겨간 뒤 개머리판을 어깨에 꽉 붙였다. '석궁을 조준하는 것처럼 해봐.' 명중할 확률은 낮아 보였지만 적어도 겁을 줄 수는 있을 것 같았다. 방아쇠를 당기자 놈들은 펄쩍 뛰어 어둠 속으로 나자빠졌다. 그래봤자 번 시간은 최대 몇 초였다.

"닥치고 일단 올라오라고!" 피터가 알리시아를 향해 고함쳤다.

"네가 날 쏠까 봐 그러지!"

다음 순간 알리시아도 사다리 꼭대기로 올라왔다. 허공을 더듬자 알리시아의 손이 잡혔기에 그 손을 꽉 잡고 콘크리트 지붕 위로 끌어 올렸다. 케일럽이 해치 입구에서 그들을 향해 팔을 휘두르고 있었다.

"먼저 가!"

알리시아가 해치로 들어가자 피터는 뒤를 돌아보았다. 바이럴 하나가 지붕 가장자리에 서 있었다. 총을 들어 쏘았지만 너무 늦었다. 그놈이 서 있던 자리는 이미 텅 비어 있었다.

"바이럴은 신경 쓰지 말고 어서 들어와!" 알리시아가 해치 아래에서 외쳤다.

피터는 해치로 몸을 던져 케일럽 위로 떨어졌다. 바닥에 부딪힐 때 발목에 날카로운 통증이 느껴졌다. 소총이 소리를 내며 바닥을 굴렀다. 알리시아가 바닥에 엎어진 그들 쪽으로 다가오더니 사다리에 올라 해치를 잠그려고 했다. 그러나 반대편에서 미는 힘이 너무나 강했다. 알리시아는 온 힘을 다하느라 얼굴이 일그러졌고 사다리 위에 선 발은 지지대를 찾아 헤맸다.

"닫히지가…… 않아!"

피터와 케일럽이 벌떡 일어나 힘을 보탰다. 그러나 반대쪽에서 미는 힘이 너무나 거셌다. 넘어질 때 발목을 삐끗했던 것 같은데 이제는 아픔조차도 느껴지지 않았다. 발목이 문제가 아니었다. 그는 바닥을 눈으로 훑어 계단 위에 놓인 소총을 찾았다.

"그냥 놔." 피터가 말했다. "그냥 열어. 그것밖에 답이 없어."

"미쳤어?" 하지만 다음 순간 알리시아의 눈빛을 보자 그녀가 피터의 말을 알 아들었음이 분명해졌다.

"그래, 그렇게 해."

케일럽도 고개를 끄덕였다.

"준비됐어?"

"하나…… 둘……."

"셋!"

셋은 동시에 해치를 놓았다. 피터는 사다리에서 떨어졌고 바닥에 부딪히는 순간 발목의 통증이 폭발하듯 아파왔다. 그는 해치 입구를 향해 소총을 겨누었 다. 조준할 시간은 없었지만 그럴 필요가 없기를 바랄 뿐이었다.

생각대로였다. 총신 끝이 바이럴의 열린 입안에 바로 처박혔다. 총신이 번들 번들한 치열 안쪽으로 화살처럼 꽂혔고 총구 끝에 목구멍 안쪽의 뼈가 닿는 것 이 느껴졌다. 피터는 바이럴의 눈을 바라보며 생각했다. '가만히 있어요.' 그러 면서 총구를 바이럴의 목 안에 한번 더 거칠게 쑤셔 넣은 다음 잰더 필립스의 뇌를 날려버렸다.

지금의 세계와 '지난 역사'의 세계 사이에는 큰 차이가 하나 있다고 마이클 피셔는 생각했다. 그리고 그 차이는 바이럴이 있느냐 없느냐가 아니었다. 다른 점은 전기였다.

물론, 바이럴도 하나의 문제였다. 아니, 하나가 아니라 라이트하우스 뒤 육체노동 작업장에 보관되어 있는 오래된 문서에 따르면 42.5만 개의 문제였다. '서킷' 마이클은 이 문서들을 통해 전염병이 발발한 뒤 '지난 역사'의 마지막이 어떻게 끝났는지에 대해 읽었다. 조지아주 애틀랜타 질병 관리 및 통제 센터가 발간한 「CV1-CV13 국내/지역별 선택적 감시 요소」, 워싱턴 DV의 연방위기관리국이 발간한 「6-1구역 도심의 시민 재정착 프로토콜」, 메릴랜드주 포트 디트릭 미군 감염질환연구센터(MRIID)가 발간한 「비인간 영장류에 있어 CV 가족성 출혈열 노출 이후의 사후 보호의 효율성」, 기타 등등 그런 유의 보고서를 수도 없이 읽었다. 어떤 것은 이해가 되고, 어떤 것은 되지 않았지만 하고 있는 이야기는 전부 똑같았다. 10명 중 1명. 10명은 죽고 1명은 감염된다. 그러니까 이 전염병이 시작된 시점에 미국, 캐나다, 멕시코의 인구를 합친 수가 5억 명이라고 치고, 거의 알려진 바가 없는 세계의 나머지 부분은 일단 계산에 넣지 않을 때, 그리고 바이럴의 사망률까지 약 15퍼센트로 잡고 추산하면, 아직도 파나마지협에서 베링해협 사이에 4천 2백 50만 마리의 피에 굶주린 바이럴이 날뛰면서 혈관에 헤모글로빈이 흐르고 체온이 36도에서 38도 사이인 모든 생물, 즉 들쥐에서부터 그리즐리 곰까지에 이르는 포유류의 99.96퍼센트를 다 빨아 마시고 있다는 뜻이었다.

그러니까, 그게 하나의 문제인 건 맞다.

하지만 전력만 충분하면 바이럴을 영원히 내쫓을 수 있다고 마이클은 생각했다.

'예전 역사'. 가끔 인간이 만들어낸, 전기가 풍요롭게 흘렀던 그 세계를 상상만 해도 전율이 흘렀다. 수백만 미터 길이의 전선, 수억 암페어의 전류. 세상에 존재하는 에너지를 전선을 타고 흐르는 전류로 바꾸어내는 거대한 발전소들. 그리고 기계들. 근사한 소리를 내며 돌아가는 번쩍이는 기계들. 컴퓨터, 블루레이, 핸드헬드뿐 아니라 ─ 그들 역시 이런 장비는 오랜 세월에 걸친 물건 사냥에서 얻어왔다 ─ 일상적으로 쓰는 보다 단순한 기계들 말이다. 헤어드라이어, 전자레인지, 그리고 필라멘트가 들어 있는 전구. 전선이 들어 있고, 플러그를 꽂고, 배전판에 연결하는 기계들.

때로 마이클은 아직도 전류가 어디선가 그를 기다리고 있는 것만 같은 느낌이 들었다. 마이클 피셔가 스위치를 올려 모든 것을, 그러니까 인류 문명을 다시 켜주길 바라고 있다고 말이다.

그는 라이트하우스에서 너무 오랜 시간을 혼자 보냈다. 정확히 말하면 엘턴과 둘이 있었지만 사회적인 의미에서는 혼자나 마찬가지였다. 오늘의 날씨가 어떤지, 오늘은 무엇을 먹을지 서로 묻는다는 의미에서 말이다. 엘턴과의 사이에서는 그런 일은 없었다.

그리고 마이클은 아직도 전기가 존재한다는 것을 알고 있었다. 마을 하나 크기의 디젤발전기. 액화천연가스가 가득 든 발전소. 사막의 뙤약볕을 향해 몇 제곱미터나 펼쳐진 태양열발전 패널. 하모니카처럼 웅웅거리는, 주머니에 들어갈 크기의 핵전지로. 그 안의 제어봉에 들어찬 열기가 세월이 지나는 동안 점점 끓어올라 어느 날 방사선 열기를 뿜으며 폭발하면 어딘가, 저 높은 곳에 오랫동안 잊힌 채 맴돌던 인공위성이 다시금 지구가 깜깜해지기 전에 미확인 발광체처럼 긴 꼬리를 남기며 다가와 자신의 형제의 죽음을 기록할 거라고.

얼마나 큰 낭비인가 말이다. 시간이 점점 줄어들고 있었다.

그것들은 갈수록 녹이 슬고, 썩고, 바람과 비에 풍화될 것이다. 쥐새끼들의 이빨에, 곤충들의 자극적인 배설물에, 그리고 모든 것을 짓씹어 삼키는 시간의 턱뼈 속에서. 기계에 맞서는 자연의 싸움, 인간의 업적에 맞서는 지구의 혼돈된 힘의 싸움. 인간이 지구에서 끌어낸 에너지가 하수구로 빨려 들어가는 물처럼 다시 지구로 되돌아가고 있었다. 얼마 지나지 않아, 어쩌면 이미 늦었는지도 모르지만, 지구상에는 마침내 전봇대 하나 남지 않을 것이다.

인간은 100년간 지속될 세계를 만들었다. 마지막 불이 꺼지기까지 단 한 세기밖에 걸리지 않는다.

가장 최악인 점은 그 일이 일어날 때 마이클 역시 그 장면을 목도하리라는 것이다. 배터리가 닳고 있었다. 그것도 아주 심각하게 소모되고 있었다. 눈앞의 오래된 CRT 모니터 위에서 녹색 선이 마구 일그러지는 게 보였다. 배터리의 지속 기간은 얼마였을까? 30년? 50년? 그걸로 거의 100년간 전류를 공급받았다는 것이 기적일 정도였다. 풍력터빈은 바람이 부는 한 영원히 돌아가겠지만 그 에너지를 저장하고 전류를 조절할 배터리가 없으면 단 하룻밤만 바람이 불지 않아도 모든 것이 끝났다.

배터리를 고치는 건 불가능했다. 애초에 배터리는 수리를 염두에 두고 만들어진 것이 아니었다. 배터리의 수명이 다하면 교체를 하도록 만들어진 것이다. 개스킷gasket을 새로 장착하고, 녹을 닦아내고, 전선을 갈아볼 수는 있겠지만 피막이 닳은 이상 전부 헛일이었다. 피막의 폴리머 소재에 술폰산 분자가 들러붙어버렸다. 모니터에 나오는 녹색 선이 딸꾹질을 하듯 매일같이 튀어 오르는 것은 바로 그 뜻이었다. 어느 날 미군이 나타나 '앗, 미안해, 자네들을 잠시 잊어버렸잖아!' 하며 공장에서 갓 나온 배터리를 가져다주지 않는 한 조명은 꺼지고 말 것이다. 1년, 기껏해야 2년. 그리고 그 일이 일어나면 다름 아닌 '서킷' 마이클이 일어서서 사람들에게 말해야 할 것이다. '여러분, 조금 슬픈 소식이 있답니다. 오늘의 일기예보를 해드릴까요? 비명 소리가 사방에서 울려 퍼지는 깜깜한 어둠입니다. 지금까지 조명을 켜는 일은 참 재미있었답니다. 하지만 이제 저는 죽어요, 여러분 모두와 마찬가지로 말입니다.'

지금까지 마이클이 이 같은 전망을 이야기한 상대는 테오가 유일했다. 조명 및 전력 부서의 실질적인 대장이지만 병석에 눕는 바람에 마이클과 엘턴에게 실무를 맡긴 게이브 커티스에게는 말하지 않았다. 산제이에게도, 올드 슈에게도, 그 누구에게도 말한 적이 없었다. 누나인 사라에게도 말하지 않았다. 왜 테오를 골랐을까? 두 사람은 친구였기 때문이다. 테오는 '하우스홀드'였다. 물론 테오는 항상 우울을 간직하고 있는 사람이었고 — 다른 누구보다도 마이클이 가장 잘 알았다 — 모든 사람이 다 죽게 된다는 이야기는 안 그래도 무거운 주제였다. 어쩌면 그날이 왔을 때 이 소식을 전하는 사람이 자신이 아니라 테오이길 바라는 마음, 최소한 자기편이 되어주기를 바라는 마음이 있어서였는지 모른다. 하지만 웬만한 사람들보다 훨씬 똑똑한 테오라 해도 배터리란 인간이 만들어낸 무언가가 아니라 물리법칙에 따라 움직이는 자연의 영원한 산물이라는 식으로 받아들이고 있었다. 태양, 하늘, 성벽과 마찬가지로 배터리는 그저 원래 존재하는 것이었다. 배터리는 터빈이 생산한 전기를 빨아들여서 조명에 토해내고 무언가가 잘못되면 조명 및 전력 부서에서 고치면 된다. 테오는 이렇게 말했다. '그럼, 마이클, 배터리에 문제가 생기면 네가 고칠 수 있는 거지?' 이 같은 대화는 결국 완전히 진이 빠져버린 마이클이 한숨을 쉰 뒤 있는 그대로의 사실을 토해낼 때까지 계속되었다.

'테오, 무슨 소리인지 모르겠어? 말 그대로야. 조명이, 꺼질, 거라고.'

그때 두 사람은 마이클과 사라가 같이 사는 단층짜리 목조 가옥의 현관 앞에 앉아 있었다. 사라는 언제나처럼 오후 내내 출타 중이었는데 가축 떼를 몰고 나갔는지 성소에 가서 아이들의 열을 재는지 월트 삼촌이 잘 먹고 목욕을 잘하는지 살펴보러 갔는지는 마이클로서는 모를 일이었다. 늦은 오후였다. 집은 말들이 풀을 뜯는 얕은 풀밭 구석에 있었는데 여름의 메마른 나날이 일찍 오는 바람에 들판은 전부 빵 껍질 같은 색으로 말라 있었고 들판을 가로질러 걸어가는 길마다 풀풀 먼지가 날렸다. 다들 이 집을 '피셔 가문의 집'이라고 불렀다.

"꺼진단 말이지." 테오가 되뇌었다. "조명이."

마이클이 고개를 끄덕였다. "꺼져."

"2년이라고 했지?"

마이클은 테오가 천천히 그 정보를 받아들이는 표정을 지켜보았다.

"더 오래 견딜 수도 있겠지만, 내 생각엔 그렇지 않아. 어쩌면 그보다 더 빠를지도 모르고."

"그런데 네가 고칠 수 있는 방법이 없단 말이지."

"아무도 못 고쳐."

테오가 한 대 맞은 사람처럼 짧게 숨을 토해냈다.

"그래. 이제 이해가 됐어." 그러더니 테오가 고개를 저었다.

"제기랄, 이제 알겠다고. 이 얘기 누구한테 했지?"

"아무한테도 말 안 했어." 마이클이 어깨를 으쓱했다. "너만 알아."

테오는 일어나서 현관 앞 가장자리로 갔다. 잠시 동안 둘은 침묵했다.

"다른 데로 가야 해." 마이클이 말했다. "아니면 새로운 전력공급원을 찾든지."

테오는 마이클이 아닌 풀밭 쪽을 바라보고 있었다.

"그럼 우리는 어떻게 해야 해?"

"몰라. 나는 그저 사실을 말했을 뿐이야. 배터리가 20퍼센트 이하로 떨어지면……."

"알겠어. 알겠다고. 끝이라는 거지. 조명이 꺼진다고." 테오가 말했다. "그건 확실히 이해했어."

"어쩌면 좋지?"

그 말에 테오가 가망 없다는 듯 웃음을 터뜨렸다.

"내가 무슨 수로 알겠어?"

"그러니까, 사람들에게 알려야 할까?" 마이클은 거기에서 말을 멈추고 친구의 얼굴을 찬찬히 살폈다.

"각자 마음의 준비를 할 수 있게."

테오는 잠시 생각에 잠겼다가 고개를 저었다.

"아니."

대화는 그걸로 끝이었다. 그 뒤로 두 사람은 이 이야기를 한 번도 나누지 않았다. 그게 언제였지? 모스와 게일런이 결혼했을 때쯤이니 1년이 넘은 것 같았다. 콜로니 안에서 아주 오랜만에 이루어진 결혼이었다. 이상했다. 모든 사람이 행복해하는 게, 그리고 마이클은 자신이 무슨 짓을 저지른 건지 알고 있었다. 모사미의 남편이 된 사람이 테오가 아니라 게일런이라는 사실을 알고 다들 놀랐다. 그 이유를 아는, 적어도 짐작하기라도 하는 사람은 마이클뿐이었다. 그날 오후의 대화 끝에 테오의 얼굴에 떠오른 표정을 보았으니까. 마이클의 말을 들은 순간 테오에게서 무언가가 사라져버렸고, 마이클이 보기에는 그것은 되찾을 수 있는 것이 아니었다.

이제 기다리는 것 말고는 아무런 수가 없었다. 기다리는 것, 그리고 듣는 것.

문제는 바로 그것이었다. 라디오는 금지 품목이었다. 마이클은 그 이유가 라디오로 인해 너무 많은 사람이 콜로니로 몰려들었기 때문이라고 알고 있었다. 초기에 워커들을 콜로니로 이끈 것이 라디오였다. 개척자들은 이 콜로니가 이렇게 오래 버틸 줄 예상치 못했기 때문에 이 또한 예기치 못한 일이었다. 그래서 A.V. 17년, 즉 75년 전, 라디오를 파괴하고 산에 설치된 안테나를 끌어 내려 부순 다음 폐기한다는 결정이 내려졌다.

그 시절에는 그게 말이 되는 일이었다. 마이클 역시 어째서 그런 결정이 내려졌는지 이해할 수 있었다. 군대가 콜로니의 위치를 알고 있었고, 식량과 연료도 풍부했으며, 조명 아래에 있으면 안전했으니까. 그러나 배터리가 소모되고 있는 지금, 조명이 꺼지기 직전인 지금은 아니었다. 어둠, 비명, 죽음, 기타 등등.

테오와 마이클이 대화를 나눈 뒤 얼마 지나지 않아, 기억에 따르면 이로부터 불과 며칠 뒤, 그는 우연히 오래된 기록장을 찾아냈다. 나중에 알고 보니 '우연히'가 아니었지만 말이다. 동이 트기 전 고요한 시각이었다. 마이클은 언제나처럼 라이트하우스의 패널 앞에 앉아 모니터를 보며 선생이 가지고 있던 『아이 이름 짓는 방법』을 넘겨보고 있었다. (읽을 것이 너무 없어서 그 책까지 읽었던 것이다. 고작 'I' 항목까지밖에는 읽지 못했다.) 그러다 마이클은 초조해서인지, 지루해서인지, 아니면 하마터면 부모님이 자신의 이름을 '이카보드'라고 지었을지도 모른다는 (그렇다면 '서킷' 이카보드라고 불렸겠지!) 불길한 생각 때문이었는지 문득 모니터 위에 있던 선반을 향해 눈을 들었고 그때 그 기록장이 눈에 들어왔다. 책등이 얇고 검은 공책이었다. 라이트하우스 안은 평소와 다를 바 하나 없이 한쪽에는 땜납이 잔뜩 쌓여 있고 한쪽에는 엘턴이 가진 CD들(빌리 홀리데이의 블루스 앨범, 롤링 스톤즈의 「스티키 핑거스」, 「슈퍼스타 넘버원 파티 댄스 힛츠」, 마이클의 귀에는 사람들이 떼로 모여 서로에게 고함을 지르는 것처럼만 들리는 '요 마'라는 그룹의 CD 등이었다. 물론 마이클은 음악에 대해 아는 바가 없긴 했지만 말이다)이 쌓여 있었다. 지금까지 선반 위를 수천 번은 훑어보았는데도 처음 보는 공책이었다. 그 점이 너무 이상해서 마이클은 잠시 망설였다. 아직 읽어보지 않은 책이라니. (마이클은 뭐든지 닥치는 대로 읽는 편이었다.) 일어나서 공책을 꺼내 펼치자마자 엔지니어가 쓴 게 분명한 정밀한 필체로 자신이 아는 이름이 적혀 있는 것이 보였다. '렉스 피셔.' 마이클의 고조할아버지였다. (어쩌면 그보다 더 윗대일지도 모른다.) 렉스 피셔, 캘리포니아 공화국 퍼스트 콜로니의 조명 및 전력 부서의 초대 엔지니어. 이게 무슨 일이람? 도대체 어째서 이걸 지금까지 못 봤지? 그는 습기와 세월의 흔적으로 빛바랜 페이지를 넘겼다. 책 속의 정보를 하나하나 쪼개서 다시 일관성 있는 하나로 조합해 이 글씨로 가득한 얇은 책이 무엇인지 알아내는 데는 얼마 걸리지 않았다. 숫자들이 열을 이어 적혀 있었고 옛날 스타일로 날짜가 표시되어 있었으며 그 옆에는 시간, 그리고 또 다른 숫자가 적혀 있었는데 마이클은 그것이 무엇인지 금세 알 수 있었다. 주파수였다. 오른쪽 여백에 짧은 주석이 붙어 있었는데, 몇 단어 되지 않는 짤막한 글이었지만 금세 무슨 의미인지 알 수 있었다. "무인 조난 호출", "생존자 5명", "군대?", "애리조나주 프레스콘에서부터 세 사람이 이동 중". 장소의 이름도 있었다. 유타주 오그던. 텍사스주 커빌, 뉴멕시코주 라스크루시스. 페이지마다 이러한 주석이 꽉 차 있다가 어느 순간 멎었다. 마지막 기록은 이것뿐이었다. "하우스홀드의 명령으로 모든 전파 차단."

마이클이 기록장을 다 읽었을 때쯤에는 창이 희미한 새벽빛으로 물들고 있었다. 아침 종이 울리기 시작하자 그는 랜턴을 끄고 의자에서 일어났다. 세 번의 견고한 종소리가 일정한 간격으로 울리고, 마치 '아침입니다, 모두 살아남았습니다.'라는 메시지를 제대로 전달받았는지 확인이라도 하려는 듯 세 번 더 울렸다. 마이클은 부품을 담아놓은 플라스틱 통이며 이리저리 흩어진 연장, 곧 쓰러질 것처럼 쌓인 더러운 접시들(도대체 왜 엘턴이 막사에서 식사를 하지 않는 건지 마이클로서는 도저히 알 수가 없었다. 정말 구역질 나는 사람이었었다)이 들어차 미로처럼 복잡하고 비좁은 방을 가로질러 두꺼비집으로 가서 조명을 껐다. 아침 종이 울릴 때마다 늘 그랬던 것처럼 일종의 피로 섞인 안도감이 그를 사로잡았다. 오늘도 한 번의 야간 근무가 성공적으로 끝났다. 모두가 안전하고 건강하게 또 하루를 맞게 됐다. 알리시아와 알리시아의 칼 덕분이다. (그리고 솔직히 말하면 기록장을 보는 동안 마이클의 머릿속을 어지럽힌 것은 그의 마음속에 있는 알리시아의 얼굴이었다. 평소에도 때때로 그런 일이 있곤 했다. 그냥 알리시아가 아니라 전날 저녁 길을 걷다 마주친, 무기고에서 걸어 나오던 알리시아의 얼굴에 햇빛이 가득 비치던 모습이었다. 다시 생각해보면 참 인상적인 장면이었다. 알리시아가 세상에서 가장 신경질적인 여자이며 그녀를 얻으려는 경쟁자도 그리 많지 않다는 점을 감안하고서 보면 더) 그는 다시 패널 앞으로 돌아가 주어진 일들을 차례차례 해냈다. 전지를 충전하고, 환풍기를 켜고, 환풍구를 열었다. 28퍼센트를 가리키던 미터기가 깜박거리더니 올라가기 시작했다.

의자에 앉은 채 잠든 엘턴을 돌아보았다. 때로 엘턴이 자는지 아닌지 헷갈릴 때가 있었다. 엘턴의 눈은 잘 때나 깨어 있을 때나 누런 눈꺼풀 사이의 좁은 틈으로 시력을 잃은 눈이 드러나 보였기 때문이다. 그는 새하얀 손을 둥그런 배 위에 겹쳐놓고 언제나처럼 벗겨져 가는 머리에 밤새도록 음악 소리가 흘러나오는 헤드폰을 낀 채였다. 비틀즈. 보이즈 비웨어. 아트 룬드그렌과 여성 폴카 파티 오케스트라. (마이클이 유일하게 조금이나마 좋아하는 뮤지션이었다.)

"엘턴?" 불렀지만 대답이 없었다. 마이클이 목소리를 조금 더 높였다.

"엘턴?"

그 말에 늙은 — 적어도 쉰 살은 된 — 남자가 깨어났다.

"제기랄, 마이클. 지금 몇 시냐?"

"괜찮아요. 아침이에요. 야간 근무는 끝났어요."

엘턴이 의자에 앉은 채 몸을 이리저리 뻗더니 헤드폰을 내려 목에 걸쳤다.

"그럼 뭣 하러 깨웠냐? 딱 재미있어지려는 순간이었는데."

CD 외에 엘턴의 밤 근무를 달래주는 것은 상상 속 야릇한 모험이었다. 다행히도 오래전 죽은 것이 분명한 여자들에 대한 꿈을 엘턴은 젊은 시절 겪은 실화라고 우기며 마이클에게 기분 나쁠 정도로 상세하게 이야기해주곤 했다. 엘턴은 라이트하우스 밖으로 거의 한 발짝도 나가는 일이 없으니 전부 헛소리가 분명했다. 게다가 비듬이 가득한 머리, 엉킨 수염, 이틀 전 먹은 음식물의 잔해가끼어 있는 회색 이를 보면 그에게 접근하는 여자가 있었을 거란 생각이 도저히들지 않았다.

"이야기해줄까?" 엘턴이 비밀 이야기라도 한다는 듯 눈썹을 치켰다.

"건초 더미 위에서였어. 너도 이런 거 좋아하지?"

"지금은 말고요, 엘턴. 제가…… 뭘 찾았어요. 책요."

"책 하나 찾은 게 뭐 대단하다고 잠까지 깨운 거야?"

마이클은 얼른 패널 앞으로 가서 기록장을 가져와 엘턴의 무릎 위에 놓았다. 엘턴이 공책 표지를 쓸어보더니 보이지 않는 눈을 위로 치켜뜨고 공책을 들어 킁킁 냄새를 맡았다.

"뭐, 네 고조할아버지의 기록장인 것 같군. 여긴 오래된 물건들이 널렸으니까."

그가 기록장을 마이클에게 도로 건넸다.

"이미 읽었단 말은 못 하겠다. 안에 뭐 좋은 거 있었냐?"

"엘턴, 뭐 좀 아는 거 있으세요?"

"그것도 말 못 해. 딱 필요한 순간에 물건이 나타나주기도 한다는 것 말고는."

그제야 마이클은 자신이 어째서 이제야 이 기록장을 발견한 건지 깨달았다. 지금까지 그 자리에 없었던 공책이기 때문이었다.

"선배님이 이 책을 선반에 꽂아놓으셨죠?"

"마이클, 이제 라디오는 금지 품목이야. 알잖아."

"엘턴, 테오에게 이야기하셨어요?"

"테오가 누구더라?"

짜증이 일기 시작했다. 그냥 질문에 대답이나 하면 안 돼?

"엘턴……."

그러자 엘턴이 한 손을 들어 마이클의 말을 막았다.

"그래, 성은 내지 마라. 아니, 테오한테는 아무 말도 안 했다. 너는 아마 그 친구한테 이야기를 한 것 같지만 말이다. 나는 아무와도 이야기 안 해, 너 말고는."

엘턴이 말을 잠시 멈추더니 다시 입을 열었다.

"넌 참 네 아버지를 닮았어, 마이클. 그 친구도 거짓말에는 재능이 없었지."

어쩐지 그 말이 놀랍지가 않았다. 마이클은 자기 자리에 앉았다. 어쩐지 기분이 좋기도 했다.

"자, 그럼 배터리의 안부는 좀 어떠냐?" 엘턴이 물었다.

"썩 좋지 않아요." 마이클이 어깨를 으쓱했다. 왠지 모르겠지만 자꾸 자기 손을 바라보게 됐다.

"제일 상태가 나쁜 건 5번이에요. 2번과 3번은 다른 것들보다는 좀 낫고요. 1번과 4번은 충전이 제대로 안 돼요. 오늘 아침 28퍼센트, 아침 종이 울릴 때까지 55퍼센트를 못 채웠어요."

엘턴이 고개를 끄덕였다.

"그러면 6개월 안에는 부분적으로 조명이 꺼질 테고, 30개월이면 아예 나가 버리겠군. 네 아버지가 예측한 것과 거의 비슷하구나."

"아버지도 아셨어요?"

"네 아버지는 배터리를 책처럼 읽을 줄 아는 사람이었단다, 마이클. 아주 오래전부터 이런 일을 예상했지."

그렇구나. 아버지도, 아마도 어머니도 아셨겠구나. 익숙한 공황감이 솟구치기 시작했다. 생각하고 싶지 않았다.

"마이클?"

마이클은 심호흡을 하며 마음을 가라앉혔다. 간직해야 할 비밀이 하나 더 늘었다. 하지만 언제나처럼 이 비밀을 최대한 마음속 깊숙이 숨긴 채 살아갈 수 있을 것이다.

"그러면," 마이클이 입을 열었다.

"라디오는 정확히 어떻게 만드는 건가요?"

라디오가 문제가 아니라고 엘턴은 설명했다. 문제가 되는 것은 산이었다.

예전에 무선송신은 산꼭대기에 세워진 안테나에서 흘러들어 왔다. 5킬로미터의 절연케이블이 신호를 라이트하우스 속 전송기까지 끌어왔다. 그러나 '유일한 법'에 따라 그 안테나는 파괴되었다. 안테나가 없으면 동쪽은 산으로 배터리가 뿜어내는 전자기적 개입이 신호를 방해해서 통신이 완전히 불가능했다.

그러니까 남은 선택지는 두 가지였다. 하우스홀드를 찾아가 안테나를 산 위에 설치하는 허가를 받는 것, 아니면 아무 말도 하지 않고 어떻게든 신호를 잡을 수 있게 해보는 것.

결국 재어볼 여지도 없었다. 이유를 설명하지 않고는 허가를 구할 수가 없는데, 그러면 하우스홀드가 배터리에 문제가 생겼다는 걸 알게 된다. 무슨 문제인지 설명하고 나면 곧 콜로니에 닥칠 일을 모두가 알게 될 것이다. 그러면 다 끝이었다. 마이클이 담당하는 것은 배터리뿐만이 아니었다. 콜로니를 구할 수 있다는 희망이었다. 사람들에게 이제 더 이상 남은 기회가 없다고 말할 수는 없다. 지금 해야 할 일은 누구에게 이 사태를 발설하기 전에 바깥 어디선가 살아 있는 사람을 만나는 것이다. 그러려면 라디오가 필요한데, 신호를 보내오는 이가 있다면 상대도 전력과 조명을 갖추고 있다는 뜻이 된다. 신호도 없다면 세계가 정말로 텅 비어버렸다면, 어차피 일어날 일은 일어나고 말 것이다. 아무도 모르는 게 나았다.

그날 아침 마이클은 작업장으로 출근했다. 작업장에 쌓인 오래된 CRT, CPU, 플라즈마, 그리고 핸드폰과 블루레이가 담긴 통들 사이에 오래된 스테레오 수신기가 있었다. AM과 FM밴드가 전부였지만 뜯어볼 수 있을 것이다. 오실로스코프(전류 변화를 화면으로 보여주는 장치―옮긴이)도 있었다. 굴뚝 위에 설치된 구리선이 안테나 역할을 했다. 그는 수신기를 뜯어서 평범한 CPU 지지대로 보이게 만들었다. 물론 마이클이 하는 작업이 무엇인지 알아차릴 수 있는 것은 게이브뿐이겠지만 간호사인 사라는 게이브가 복귀할 수 없을 거라고 했다. 마이클은 오디오포트를 이용해 수신기를 패널에 연결했다. 배터리 제어시스템이 단순한 미디어 프로그램을 가지고 있어서 힘들이지 않고도 이퀄라이저가 배터리의 소음을 걸러내게 할 수 있었다. 송신기가 없었고, 만드는 방법도 몰라서 신호를 보낼 수는 없었다. 하지만 지금은 인내심을 가지고 기다리면 서쪽에서 오는 신호를 찾아낼 수 있을 것이었다.

그러나 마이클은 아무 신호도 찾지 못했다.

물론 수많은 소리가 들렸다. 초저주파수에서부터 전자레인지까지 놀라울 정도로 많은 활동이 이루어지고 있었다. 태양열발전으로 돌아가는 핸드폰 기지국. 아직도 전류를 배전망에 흘려보내는 지열발전소. 심지어 아직도 궤도를 돌며 의무적으로 자신의 존재를 알리고 지구에 살던 그 많은 사람이 다들 어디로 사라졌을지 궁금해하고 있을 인공위성까지 두 개 찾았다.

전기적인 소음으로 이루어진 숨겨진 세상. 그 안에는 누구도, 단 한 사람도 없었다. 매일같이 엘턴은 라디오 앞에 앉아 헤드폰을 낀 채 아무것도 보지 않는 텅 빈 눈을 위로 치켜뜨고 있었다. 마이클은 소음 속에서 신호를 분리해 증폭기로 보냈고 거기서 한 번 더 걸러진 신호가 헤드폰으로 들어갔다. 한참을 집중하고 나면 엘턴은 고개를 끄덕이고, 부들부들한 수염을 쓸더니 부드러운 목소리로 말했다.

"희미하고 불규칙적인 소리가 들리는구나. 아마 오래된 무인 구조 신호일 거야."

아니면,

"지상신호야. 아마 탄광이겠지."

아니면, 고개를 거세게 저으면서,

"아무것도 없어. 다음으로 넘어가지."

그렇게 두 사람은 밤낮으로 노력했다. 마이클은 CRT 모니터 앞에, 엘턴은 헤드폰을 낀 채로 이미 사라진 것만 같은 인류라는 종이 남긴 신호를 찾아 헤매며. 신호를 찾을 때마다 엘턴은 시간과 주파수 등을 기록장에 써넣었다. 이 같은 과정이 끊임없이 되풀이되었다.

엘턴은 날 때부터 눈이 멀어 태어났기에 마이클은 그 사실을 동정하지 않았다. 엘턴이 눈이 멀었다는 사실은 그의 특성 중 하나에 불과했다. 엘턴의 눈이 먼 것은 방사능 때문이었다. 엘턴의 부모는 워커였고 대략 오십 년 전 바자 정착지가 무너졌을 때 찾아온 일명 '두 번째 물결'의 일원이었다. 생존자들은 한때 샌디에이고였던, 방사능에 오염된 폐허로부터 이곳까지 쭉 걸어왔고, 28명으로 이루어진 그 생존자 그룹이 이곳에 도착했을 무렵에는 걸을 수 있는 사람이 다른 이들을 업고 있었다. 엘턴의 어머니는 임신한 채였고 열에 들떠 의식이 혼미했다. 그녀는 출산을 하자마자 사망했다. 아버지가 누군지는 알 도리가 없었다. 심지어 누구도 그들의 이름을 몰랐다.

그런데도 엘턴은 그럭저럭 잘 살아왔다. 그는 가물에 콩 나듯 라이트하우스를 떠날 때면 지팡이를 지니고 다녔고, 라이트하우스 안 패널 앞에 앉아서 쓸모를 다하며 사는 삶에 만족하는 것 같았다. 마이클을 제외하고 배터리에 대해 가장 잘 아는 사람이 엘턴이었다. 실제로 배터리를 본 적도 없다는 점을 감안하면 기적적인 일이었다. 그러나 엘턴의 말에 따르면 오히려 앞이 보이지 않는 덕에 눈에 보이는 것에 속지 않아 좋다고 했다.

"배터리는 여자 같은 거야, 마이클." 엘턴이 즐겨 하던 말이었다.

"귀 기울여 듣는 법을 배워야 해."

54일째 여름의 저녁인 지금은 첫 번째 저녁 종이 울리기 직전이었다. 파수꾼 아를로 윌슨이 철망에 기어오른 바이럴을 죽인 밤으로부터 나흘이 지난 뒤였다. 마이클은 여섯 개의 배터리가 각각의 선으로 표시되는 배터리 모니터를 불러내었다. 2번과 3번은 54퍼센트, 5번과 4번은 50퍼센트에 살짝 못 미쳤고, 6번은 딱 50퍼센트였다. 배터리의 온도는 모두 31도로 안정적이었다. 산 아래의 바람은 시속 13킬로미터로 불었고 돌풍이 불면 30킬로미터였다. 마이클은 축전기를 충전하고 계측기를 테스트하는 등의 주어진 작업들을 했다. 알리시아는 뭐라고 했더라? 버튼 하나만 누르면 되는 거라고 했지. 사람들은 엔지니어의 일에 대해 딱 그만큼밖에는 이해하지 못한다.

"2번 배터리는 이중으로 확인하려무나." 의자에 앉아 있던 엘턴이 말했다. 컵에 담긴 양젖 치즈를 숟가락으로 떠먹고 있었다.

"2번 배터리에 별문제 없는걸요?"

"그래도 한번 해봐. 내 말 믿고." 엘턴이 말했다.

마이클은 한숨을 쉰 뒤 배터리 모니터를 다시 스크린에 띄웠다. 당연하게도 2번 배터리는 점점 떨어지고 있었다. 53퍼센트, 52퍼센트. 배터리 온도도 올라가고 있었다. 엘턴에게 어떻게 알았냐고 물었지만 엘턴은 언제나처럼 '귀로 다 들려' 하듯이 머리를 수상쩍게 기울였을 뿐이었다.

"계측기도 열어봐라." 엘턴의 조언이었다.

"다시 한 번 보고 안정화되었는지 확인해."

두 번째 저녁 종이 울리기까지 시간이 아직 남아 있었다. 필요하다면 다른 배터리도 다 확인하고 무엇이 문제인지 살필 여유가 있었다. 마이클은 계측기를 열고 가스가 배출될 수 있게 기다렸다가 다시 닫았다. 미터기는 여전히 55퍼센트에 머물러 있었다.

"가장 중요한 건 안정 상태야." 두 번째 저녁 종이 울리기 시작하자 엘턴이 그렇게 말하면서 숟가락을 살짝 흔들었다. "계측기가 약간 오락가락하는구나. 처리해야지.”

그때 라이트하우스의 문이 열렸다. 엘턴이 고개를 들었다.

“사라, 너냐?”

마이클의 누나인 사라가 아직도 먼지에 뒤덮인 기수 복장을 갈아입지 않은 채 들어왔다.

“안녕하세요, 엘턴.”

“음, 이 향기는 뭘까나.” 엘턴은 함박웃음을 짓고 있었다.

“산에서 피는 라일락이려나?”

사라는 땀에 젖은 머리카락 한 줄기를 귀 뒤로 넘겼다.

“엘턴, 저한테서는 양 냄새가 풍길 텐데요. 그래도 감사해요.”

그러더니 곧장 마이클에게 물었다.

“오늘 밤에는 집에 올 거야? 요리를 하려는데.”

마이클은 말 안 듣는 배터리를 지켜보려 라이트하우스에 남아 있어야겠다고 생각했었다. 또, 라디오를 조작하기에도 밤이 좋았다. 그러나 종일 아무것도 먹지 않은 탓에 따뜻한 음식을 생각하니 갑자기 배가 꼬르륵거렸다.

“괜찮으세요, 엘턴?”

엘턴은 어깨를 으쓱했다. “필요하면 내가 집으로 찾아가면 되잖니. 가고 싶으면 가렴.”

“음식 좀 가져다드릴까요?” 마이클이 의자에서 일어나는 것을 보며 사라가 물었다.

“저희 집에는 많으니까요.”

그러나 엘턴은 언제나처럼 고개만 저었다.

“오늘 밤은 괜찮다. 고맙다.” 그러더니 엘턴은 카운터 위에 있던 헤드폰을 집어 들어 끼었다.

“온 세상에 친구들이 이리도 많으니 말이다.”

마이클과 사라는 조명이 비추는 바깥으로 나갔다. 어둠침침한 라이트하우스에 오래 있다 보니 계단에서 발걸음을 멈추고 눈을 깜박거려야 했다. 두 사람은 저장소 옆길을 따라 축사 쪽으로 갔다. 공기에 가축 냄새가 진동했다. 양이 매애 우는 소리, 좀 더 걸어가자 마구간의 말이 히힝 우는 소리도 들렸다. 남쪽 성벽 아래, 풀밭을 둘러 가는 좁은 길을 따라가다 보니 성벽 위 캣워크를 돌아다니는 주자들의 실루엣이 보였다. 무언가에 사로잡힌 듯한 눈으로 그쪽을 올려다보고 있는 사라의 눈이 조명에 반사되어 반짝였다.

"걱정 마, 무사할 거야." 마이클이 말했다.

사라는 대답하지 않았다. 마이클의 말을 들은 건지도 확실치 않았다. 그 뒤로 두 사람은 집에 도착할 때까지 아무 말도 주고받지 않았다. 사라가 부엌에 있는 펌프에서 물을 길어 몸을 씻는 동안 마이클은 양초에 불을 붙였다. 사라가 뒷문 현관으로 나가더니 잠시 후 큼직한 산토끼 한 마리의 두 귀를 모아 잡아 들고 들어왔다.

"와, 이걸 대체 어디서 잡아 온 거야?"

사라의 기분이 좀 나아진 것 같았다. 얼굴에 자랑스러운 미소가 감돌았다. 토끼의 목에 사라의 화살이 관통한 상처가 보였다.

"구덩이 바로 위 목초지에서. 말을 타고 가는데 구덩이에서 나오더라고."

토끼 고기를 먹은 지가 언제더라? 아니, 토끼를 본 것만도 오랜만이다. 웬만한 야생동물이 다 사라진 지 오래였다. 바이럴이 잡아먹는 속도보다 더 빨리 새끼를 치는 것만 같은 다람쥐, 그리고 참새나 울새같이 잡고 싶지도, 잡히지도 않는 작은 새만 빼고.

"네가 손질할래?" 사라가 물었다.

"어떻게 하는지도 잊어버린 것 같은데." 마이클이 솔직히 털어놓았다.

사라가 지쳤다는 표정을 하더니 벨트에 차고 있던 칼을 꺼냈다.

"좋아, 그럼 넌 그동안 불이나 피우며 쓸모를 다하라고."

두 사람은 토끼 고기에다가 지하실에 있던 당근과 감자, 국물을 진득하게 만들 옥수수가루를 넣어 스튜를 끓였다. 사라는 아버지의 조리법대로 하고 있다고 우겼지만 마이클이 보기에는 되는대로 끓이고 있는 것 같았다. 상관없었다. 곧 고기가 익어가며 군침을 돌게 하는 냄새가 집 안을 가득 채우더니 마이클이 오랜만에 느껴보는 안락한 온기가 감돌았다. 사라는 토끼 가죽을 바깥으로 가져가 박박 긁어냈고 그동안 마이클은 사라가 돌아오길 기다리며 스튜가 끓는 걸 보고 있었다. 사라가 행주에 손을 닦으며 들어왔을 때는 마이클이 그릇과 수저를 차려놓은 뒤였다.

"있지. 내 말 안 들을 거 알지만, 너도, 엘턴도 조심해야 돼."

사라는 라디오에 대해 다 알고 있었다. 밤낮으로 라이트하우스를 들락거리는 사라에게는 도저히 숨길 수가 없었다. 그러나 마이클은 라디오를 만들어야 하는 이유에 대해서는 입을 다물었다.

"그냥 수신기야, 누나. 신호를 보낼 수도 없다고."

"대체 라디오로 뭘 듣는 거야?"

마이클은 식탁 앞에 앉은 채 어깨만 으쓱했다. 되도록 이 대화가 빨리 끝나주길 바라는 마음이었다. 무슨 할 말이 있겠는가? 난 군대를 찾고 있어. 그런데 군인은 모두 죽었어. 다들 죽었어. 그리고 조명이 곧 꺼질 거야.

"대체로 그냥 잡음이지 뭐."

사라는 개수대를 등지고 선 채 양손을 허리에 올리고 마이클의 대답을 기다리며 그를 빤히 바라보고 있었다. 마이클이 더 이상 아무 말도 하지 않자 사라는 그저 한숨을 쉬고 고개를 저었다.

"아무튼 걸리지만 마."

두 사람은 부엌 식탁에 앉아 말없이 음식을 먹었다. 고기는 힘줄이 많았지만 너무 맛있어서 먹는 동안 으음 하고 소리까지 냈다. 평소라면 마이클은 날이 밝기 전에는 잠자리에 들지 않지만 그날은 식탁에 앉아 팔짱을 끼고 고개를 기댄 채 그대로 잠들 수도 있을 것만 같았다.

식탁에서 단둘이 산토끼 스튜를 먹고 있자니 어쩐지 익숙하면서도 슬픈 느낌이 들었다.

469

고개를 들자 사라도 마이클을 바라보고 있었다.

"알아. 나도 부모님이 보고 싶어."

그때 마이클은 사라에게 모든 걸 털어놓고 싶은 충동을 느꼈다. 배터리에 대해, 기록장에 대해, 그리고 아버지와 아버지가 알고 있었던 것들에 대해. 이 비밀을 다른 누군가와 함께 짊어지고 싶었다. 하지만 그것은 마이클이 도저히 실천할 수 없는 이기적인 소망일 뿐이었다.

사라가 일어나더니 빈 그릇을 개수대로 가져갔다. 설거지가 끝난 뒤에는 흙으로 만든 식기에 남은 스튜를 담아 식지 않도록 두꺼운 천을 덮었다.

"월터 삼촌에게 가져다드리려고?" 마이클이 물었다.

월터는 아버지의 형이었다. 저장소를 운영하는 사람이자 분배 책임자, 산업이사회의 일원인 동시에 하우스홀드에도 소속되어 있었다. 피셔 가문의 최연장자인 월터 삼촌은 이 세 가지 책임을 동시에 떠안았다는 점 때문에 콜로니에서 가장 큰 권위를 가진 사람이었고, 그다음이 수 라미레스, 그리고 산제이 파탈이었다. 그러나 월터 삼촌은 동시에 아내를 잃은 홀아비이기도 했다. 진 숙모는 '어둠의 밤'에 죽었다. 삼촌은 술을 너무 좋아했고 때때로 입에 음식을 대지 않을 때도 있었다. 월터 삼촌은 저장소에 있지 않을 때면 집 뒤의 작업장에 둔 증류기를 돌리고 있거나 집 안 어디선가 술에 취해 곯아떨어져 있기 일쑤였다.

사라는 고개를 저었다.

"지금은 월터 삼촌을 만나고 싶지 않아. 엘턴에게 가져다드리려고."

마이클은 사라의 얼굴을 바라보았다. 또 피터 생각을 하는 게 분명했다.

"가서 좀 쉬어. 괜찮을 거야."

"너무 늦잖아."

"아직 하루가 끝나지도 않았는걸. 늘 있는 일이야."

사라는 대답하지 않았다. 사랑이 사람을 이렇게 괴롭게 하다니 참 안타깝다고 마이클은 생각했다. 사랑이 대체 뭐라고?

"리시가 함께 갔잖아. 분명 안전하게 돌아올 거야."

사라가 얼굴을 찡그리며 시선을 피했다.

"내가 걱정하는 건 리시야."

사라는 우선 성소를 향했다. 잠이 오지 않는 밤에 늘 하는 일이었다. 아이들이 침대에서 잠들어 있는 모습을 보면 무언가 느껴졌다. 그게 좋은 것인지, 나쁜 것인지는 알 수 없었다. 그래도 걱정 때문에 먹먹한 마음의 고통 속에서 적어도 '무언가' 느껴지긴 했다.

사라는 어린 시절을 떠올리는 게 좋았다. 세상이 안전한 곳, 심지어 행복한 곳으로 느껴지던 시절, 걱정이라고는 부모님이 언제 방문할지, 선생이 그날 기분이 좋을지 나쁠지, 누가 누구와 친한지가 전부였던 나날 말이다. 동생 마이클과 자신은 성소에 살고 부모님은 다른 곳에 산다는 것이 이상하게 느껴지지도 않았고 ― 그렇지 않은 세상에 대해서는 몰랐으니까 ― 밤마다 엄마나 아빠, 때로는 둘이 함께 찾아와서 마이클과 사라에게 잘 자라고 인사할 때 방문이 끝나면 엄마와 아빠가 어디로 가는지 궁금했던 적은 한 번도 없었다. 선생이 이제 면회 시간이 끝났다고 말하면 부모님은 '이제 가야겠어.'라고 말했고, 사라의 마음속에서 이 상황은 '간다.'라는 말 한마디로 요약되었다. 아마 마이클도 똑같이 생각했을 것이다. 부모님이란 찾아와서 잠깐 머물다가 가야 하는 사람들이라는 것이다. 부모님에 관한 가장 따뜻한 기억은 자기 전 짧은 면회 시간 동안 사라와 마이클에게 책을 읽어주거나 침대에 눕혀주던 기억들이었다.

그러다 어느 날 밤 사라가 그 평화를 모두 망쳐버렸다. 우연한 일이었다. '엄마는 어디서 자요?' 어머니가 떠날 준비를 할 때 사라가 물었던 것이다. '여기서 우리랑 같이 자는 게 아니면 어디로 가는 거예요?' 사라가 그 질문을 하는 순간 엄마의 눈 속에서 창문을 볕 가리개로 덮어버리듯 무언가가 무너져 내리는 것이 보였다. '아.' 엄마는 애써 웃음을 지었지만 사라는 그 웃음이 가짜라는 사실을 알 수 있었다. '엄마는 안 잔단다. 잠은 아이들만 자는 거야, 우리 사라, 그리고 마이클 같은 아이들 말이야.' 이제 와서 돌아보면 그 말을 할 때 엄마의 얼굴에 떠올랐던 그 표정이 사라가 끔찍한 진실을 처음으로 마주한 순간이었다.

사람들은 '사람들이 선생을 미워하는 것은 진실을 말해주었기 때문이다.'라는 말을 했는데, 그 말은 사실이었다. 사라 역시 선생을 무척 사랑했다. 그날 이전까지는. 부모님을 사랑하는 것만큼, 어쩌면 더 많이 사랑했다. 여덟 살 생일이 오자 사라는 무언가 멋진 일이 일어날 거라고 생각했다. 여덟 살이 된 아이들은 특별한 곳으로 가는데 그곳이 어디인지는 아무도 알려주지 않기 때문이다. 성소를 떠났다가 자라서 동생, 또는 자신의 아이들을 면회하러 돌아온 이들은 나이가 많아서 그런지 뭔가 완전히 다른 사람이 되어 있었고 그들이 어디 있었는지, 무엇을 하는지는 완전히 비밀에 부쳐졌다. 그것이 비밀인 이유는 성소의 벽 바깥에서 기다리는 새로운 장소가 너무 특별해서라고 아이들은 믿었다. 여덟 살 생일이 가까워져 올수록 사라는 점점 더 기대를 품었다. 그 기대감이 너무나 강력한 나머지 자신이 떠나면 동생 마이클이 어떻게 될까 하는 생각은 아예 떠오르지도 않았다. 마이클도 성소를 떠나는 날이 올 것이었다. 선생은 이런 이야기를 주고받으면 안 된다고 주의를 주었지만 당연히 아이들은 선생이 없을 때마다 성소를 떠나는 날에 대해 이야기했다. 욕실에서, 식당에서, 아니면 밤에 잠을 자는 큰방에 줄줄이 늘어선 침대에 누운 채 다음 차례는 누구인지 속삭이곤 했다. 성소 바깥의 세상은 어떻게 생겼을까? 책에 나오는 것처럼 성에서 사는 걸까? 어떤 동물이 있을까? 그 동물들은 말을 할까? (선생이 교실 안 우리에 넣어둔 쥐 몇 마리는 아무 소리도 내지 않아서 실망스러웠다.) 어떤 좋은 음식을 먹고 멋진 장난감으로 놀까? 세상으로 걸어 들어가는 영광스러운 날을 기다릴 때만큼 설레던 나날은 없었다.

생일날 아침 사라는 행복의 구름을 타고 둥둥 떠다니는 기분으로 잠에서 깼다. 그래도 휴식 시간이 될 때까지 이 기쁨을 억눌러야 한다는 걸 알았다. 아이들이 모두 낮잠에 든 다음에야 선생이 사라를 특별한 장소로 데려갈 것이기 때문이었다. 말은 하지 않았지만 그날 아침 식사 시간에도, 원을 이루고 모여 앉아 공동활동을 하는 내내 모두가 사라를 축하해주었다. 물론, 질투심을 숨기지도 않고 삐쳐서 사라와 말도 섞으려 하지 않는 마이클은 제외하고 말이다. 뭐, 마이클다운 일이었다. 마이클이 축하해주지 않는다고 해서 특별한 하루를 망칠 생각은 없었다. 점심을 먹고 나서 선생은 모두를 불러 모아 사라와 작별 인사를 나누게 했는데, 그제야 사라는 마이클이 어쩐지 자신이 모르는 무언가를 알고 있는 게 아닌가 하는 생각이 들었다. '왜 그러니, 마이클?' 선생이 물었다. '누나에게 잘 가라는 인사 안 할 거야? 누나를 축하하기 싫니?' 그러자 마이클이 사라를 바라보며 말했다. '사라 누나. 누나가 생각하는 그런 게 아니야.' 그러더니 마이클은 사라를 재빨리 꼭 안아준 뒤 사라가 뭐라고 대답하기도 전에 달려서 방을 나가버렸다.

참 이상한 일이라고 그때의 사라는 생각했다. 그리고 세월이 지난 지금까지도 이상하다고 느꼈다. 어떻게 마이클은 다 알고 있었을까? 나중에, 두 사람이 다시 함께 살게 된 뒤 사라는 그때가 떠올라 마이클에게 물었다. '넌 어떻게 알았어?' 하지만 마이클은 그저 고개를 저을 뿐이었다. '그냥 알았어.' 마이클이 대답했다. '자세히는 몰랐지만, 대충 어떤 건지는 알았어. 엄마 아빠가 밤에 우리를 재워줄 때의 말투를 듣고 알았어. 눈을 보고 알았어.'

그러나 그 시절, 성소에서 나오는 날, 마이클이 달려 나가고 선생이 사라의 손을 붙잡던 그때는 사라도 길게 생각하지 않았다. 그냥 마이클이 마이클다운 짓을 한다고 생각했을 뿐이었다. 마지막으로 인사를 나누고, 포옹하는 작별의 기분에 들뜨기 시작했다. 피터, 모스 파탈, 벤 슈, 게일런 슈트라우스, 웬디 라미레스 등 모두가 사라를 안아주고 이름을 불러주었다. 우리 잊지 마, 친구들이 말했다. 사라는 옷가지와 슬리퍼, 아기 때부터 갖고 있었던 누더기 인형 — 장난감은 한 개만 가져갈 수 있었다 — 이 든 가방을 들고 있었고, 선생은 사라의 손을 잡고 큰방을 나와 해가 높이 떠 있을 때 아이들이 놀던, 시소와 기어오를 수 있는 타이어 무더기가 있는 작은 마당을 지나 여태 한 번도 본 적 없는 작은 방으로 데리고 들어갔다. 교실과 비슷하게 생겼지만 안에는 아무것도 없었다. 선반에는 아무것도 없었고 벽에는 그림도 없었다.

방으로 들어온 선생이 문을 잠갔다. 이상하고 어색한 침묵이 감돌았다. 더 신나는 일을 기대했는데. '어디로 가는 거예요?' 사라가 물었다. '가는 길이 멀어요? 누가 저를 만나러 오나요? 이 방에서 얼마나 더 기다려야 하나요?' 하지만 선생은 그녀의 질문에는 귀를 기울이지 않는 것 같았다. 선생이 사라의 옆에 쪼그리고 앉은 다음 커다랗고 매끈한 얼굴을 사라의 얼굴에 바짝 가져갔다. '우리 사라.' 선생이 말을 시작했다. '이 건물 밖, 네가 사는 방 너머에 무엇이 있다고 생각하니? 그리고 밤마다 찾아와서 너를 지켜주는 사람들은 누굴까?' 그 말을 하는 선생은 얼굴에 미소를 띠고 있었지만 그 미소는 평소와 다르다고, 어쩐지 무섭다고 사라는 생각했다. 대답하고 싶지 않았지만 선생이 기대에 찬 표정으로 사라를 빤히 바라보고 있었다. 엄마는 어디서 자느냐고 물었을 때 엄마가 보였던 눈빛이 떠올랐다. '성 아니에요?' 갑자기 초조해지는 바람에 생각나는 건 그게 고작이었다. '주변에 해자를 두른 성요.' 그러자 선생이 말했다. '성이라고, 그렇구나. 그리고 그 밖에는 또 뭐가 있을까?' 미소가 순식간에 사라지고 없었다. '모르겠어요.' 사라가 대답했다. '그래,' 선생이 그렇게 말한 뒤 헛기침을 해 목을 골랐다. '바깥에 있는 것은 성이 아니란다.'

그리고 그제야 사라는 선생의 입을 통해 진실을 알게 되었다.

처음에는 선생의 말을 믿을 수가 없었다. 하지만 완전히 믿지 못한 것은 아니었다. 마치 마음이 둘로 나뉜 것 같았다. 어린아이처럼 둥그렇게 모여 앉고 마당에서 놀고 밤이면 부모님이 와서 재워주기를 기다리던 아무것도 모르는 마음의 반쪽이 나머지 반쪽에게 작별 인사를 건네는 것 같았다. 마치 자기 자신과 작별하는 기분이었다. 어지럽고 토할 것 같았다. 그러다가 사라는 울음을 터뜨렸고, 선생이 또다시 사라의 손을 잡고 또 다른 복도를 지나 성소 바깥으로 데리고 나가자 엄마 아빠가 사라를 집으로 데려가려고 기다리고 있었다. 사라와 마이클이 지금까지도 살고 있는, 그날 이전까지는 존재하는지도 몰랐던 집. '다 거짓말이야.' 사라가 울면서 말했다. 그러자 똑같이 울고 있던 엄마가 사라를 안아 들어 꼭 껴안으며 말했다. '미안해, 미안해, 정말 미안하다. 그런데 이게 진실이란다.'

어릴 때 느꼈던 것보다 훨씬 작고 단조로워 보이는 성소를 향할 때마다 사라의 머릿속에서는 이 기억이 다시금 떠올랐다. 'F. D. 루스벨트 초등학교'라는 이름이 문 위 돌에 새겨져 있는, 벽돌로 지은 오래된 학교 건물. 들어가자 파수꾼 한 명이 중앙 계단 위에 서 있었다. 홀리스 윌슨이었다.

"안녕, 사라."

"안녕, 홀리스."

홀리스는 허리께에 석궁을 차고 있었다. 사라는 석궁을 별로 좋아하지 않았다. 파괴력은 강하지만 재장전하는 데 너무 오래 걸리고 가지고 다니기에도 무겁기 때문이었다. 사람들은 홀리스가 수염을 밀기 전에는 쌍둥이 형제와 전혀 구별할 수 없었다고 했지만 사라는 왜 그렇게들 말하는지 알 수 없었다. 성소에 살던 어린 시절에도 — 윌슨 쌍둥이는 사라보다 3년 먼저 성소에 들어와 있었다 — 사라는 두 사람을 똑똑히 구별할 수 있었다. 한눈에 봐서는 알아차리기 힘든 사소한 요소들, 예를 들면 홀리스가 조금 더 키가 크고, 눈빛이 좀 더 심각하다는 것. 사라에게는 그런 것들이 금방 눈에 띄었다.

계단을 올라가는데 홀리스가 사라가 들고 있던 그릇으로 고개를 기울이더니 씩 웃었다.

"나 주려고 뭘 가져온 거야?"

"산토끼 스튜야. 미안하지만 네 건 아니야."

그 말을 듣자 홀리스가 놀랍다는 표정을 지었다.

"맙소사, 토끼를 어디서 잡았길래?"

"목초지에서."

홀리스가 휙 휘파람을 불며 고개를 설레설레 저었다. 얼굴에 배고픈 기색이 역력했다.

"야, 산토끼 스튜가 얼마나 그리웠는데. 냄새라도 맡아보면 안 될까?"

사라가 그릇을 덮었던 천을 치우고 뚜껑을 열었다. 홀리스가 그릇을 향해 몸을 숙이더니 코로 냄새를 한껏 들이마셨다.

"안에 들어가 있는 동안 나한테 맡겨둘 순 없겠지?"

"절대 안 돼, 홀리스. 엘턴에게 가져다줄 거야."

그러자 홀리스가 장난스럽게 어깨를 으쓱했다. 애초에 진심은 아니었나 보다.

"역시 안 되는군. 그래, 그럼 칼을 이리 줘."

사라가 칼을 뽑아 홀리스에게 건넸다. 성소 안에서 무기를 소지할 수 있는 것은 파수꾼뿐이었으며 파수꾼조차도 무기를 아이들의 눈에 보여서는 안 되었다.

"들었는지는 모르겠지만," 홀리스가 사라의 칼을 허리춤에 쑤셔 넣으며 입을 열었다.

"성소에 새 사람이 들어왔어."

"난 종일 나가 있느라 못 들었어. 누군데?"

"모스 파탈. 그렇게 놀랄 일은 아니지?"

홀리스가 석궁을 들어 진입로 쪽을 가리켰다.

"게일런이 방금 나갔어. 못 마주쳤다니 신기하네."

혼자만의 생각에 너무 깊이 빠져 있었나 보다. 게일런이 옆을 스쳐 지나갔어도 사라는 눈치채지 못했을 것이다. 모스가 임신했다, 라. 왜 그 사실이 놀랍게 느껴지지?

"그렇구나." 사라가 애써 미소를 지어 보였다. 이 기분은 뭐지? 질투일까?

"정말 좋은 소식이네."

"제발 모스한테 그 말 좀 해줘. 둘이 싸우는 소리를 네가 들었어야 해. 아마 아이들 절반은 깼을걸."

"모스가 임신한 게 기쁘지 않대?"

"문제는 게일런인 것 같아. 난 모르겠네. 사라, 네가 여자잖아. 여자 입장에서 알려줘."

"나한테 부탁해도 소용없어, 홀리스."

홀리스가 슬며시 웃었다. 사라는 홀리스의 느긋한 성격을 무척 좋아했다.

"그냥 해본 말이야." 홀리스가 그렇게 말하더니 문 쪽을 향해 고갯짓을 했다.

"도라가 깨어 있으면 홀리스 삼촌이 안부 전하라고 했다고 전해줘."

"리는 어쩌고 있어? 아를로가 돌아오지 않았는데."

"리도 다녀갔어. 이런저런 사유로 수송대가 오늘 돌아오지 않을 것 같다고 말해줬어."

성소 안으로 들어간 사라는 빈 사무실에 스튜가 담긴 그릇을 놓아둔 뒤 아이들이 자는 큰방으로 들어갔다. 원래는 학교 체육관으로 쓰던 곳이었다. 침대는 대부분 비어 있었다. 성소가 감당할 수 있는 수용 인원에 아이들의 수가 한참 못 미친 지 꽤나 오래였다. 위아래로 긴 창문에는 볕 가리개가 덮여 있었다. 잠든 아이들의 위로 은은하게 퍼지는 가느다란 빛줄기 말고는 깜깜했다. 방 안에서 우유 냄새, 땀 냄새, 햇볕에 데워진 머리카락 냄새가 났다. 하루를 신나게 보낸 아이들의 냄새. 사라는 침대와 요람 사이로 몸을 낮춰 움직였다. 캣 커티스, 바트 피셔, 에이브 필립스. 패니 슈, 그리고 그 아이의 동생인 완다와 수잔. 티머시 몰리노와 '보와우'라는 별명이 붙어버린 보 그린버그. 그리고 '제이' 삼총사, 즉 줄리엣 슈트라우스, 준 레빈, 그리고 레이의 동생인 제인 라마레스가 있었다.

사라는 마지막 줄 끝의 요람으로 다가갔다. 리와 아를로의 딸인 도라 월슨이었다. 요람 옆 의자에 리가 앉아 있었다. 아이를 낳으면 1년까지 성소에 머무를 수 있었다. 리는 아직도 임신했을 때 찐 살이 다 빠지지 않은 채였다. 어스름한 불빛 속에서 리의 커다란 얼굴은 거의 투명하리만치 하얗게 보였다. 몇 달이나 바깥출입을 하지 않아 얼굴이 희어졌던 것이다. 무릎 위에는 통통한 털실 뭉치와 대바늘 두 개가 놓여 있었다. 사라가 다가가자 리가 뜨개질감에서 눈을 들었다.

"안녕." 리가 작게 말했다.

사라는 인사 대신 고개를 가만히 끄덕인 뒤 요람 위로 몸을 숙였다. 기저귀 하나만 찬 도라가 입을 조그만 '오' 모양으로 벌린 채 똑바로 누워 자고 있었다. 코도 작게 골고 있었다. 아이의 촉촉하고 보드라운 숨결이 마치 입맞춤이라도 하듯 사라의 볼을 간지럽혔다. 잠든 아기를 보고 있으면 세계의 진짜 모습을 잠시 잊을 수 있다고 사라는 생각했다.

"걱정 마, 아기가 깰 일은 없어." 리가 손으로 입을 가리고 하품을 하더니 다시 뜨개질을 시작했다. "이 애는 꼭 죽은 듯이 잔다니까."

사라는 모사미에게는 굳이 찾아가 보지 않기로 했다. 모사미와 게일런 사이에 무슨 싸움이 있었건 간에 그녀가 끼어들 바는 아니었다. 한편으로는 게일런이 불쌍하기도 했다. 게일런은 옛날부터 모스를 짝사랑했는데 — 마치 떨어지지 않는 질긴 열병 같은 짝사랑이었다 — 사람들은 모스가 테오에게 거절당한 바람에 게일런을 받아들인 거라고 했다. 그렇지 않았더라면 게일런은 감히 모스에게 얼쩡거리지도 못했을 것이라고 말이다. 모스는 게일런을 들들 볶아댔다. 물론, 남편을 고를 때 이런 실수를 한 여자가 모스가 처음인 것은 아니었다.

하지만 길을 걸어가고 있자니 사라는 어째서 사랑이란 이렇게 어려울까 하는 생각이 들었다. 사라와 피터의 경우도 똑같았던 것이다. 사라는 오래전부터 피터를 사랑했다. 심지어 성소에 살던 어린 시절부터 그랬다. 설명할 수는 없었다. 기억나는 가장 오랜 옛날부터 사라는 이 사랑이 두 사람을 보이지 않는 금실로 묶어놓은 것처럼 느꼈다. 사라가 피터에게 느끼는 것은 육체적인 끌림 그 이상이었다. 사라가 사랑하는 것은 피터 안의 망가진 부분, 그가 슬픔을 혼자 간직하고 있는, 그 누구도 닿을 수 없는 그 부분이었다. 사람들이 피터 잭슨에 대해 모르는 것, 그러나 그를 사랑하는 사라만이 알아차릴 수 있는 것. 그가 슬퍼하고 있다는 사실이었다. 그리고 이 슬픔은 모든 사람이 잃어버린 것들과 사람들에 대해 느끼는 그런 보통의 슬픔과는 달랐다. 피터의 슬픔은 더 깊었다. 사라는 피터에게서 그 슬픔을 찾아 없애준다면 피터도 자신을 사랑할 수 있을 거라고 생각했다.

오로지 피터 때문에 사라는 간호사가 되기로 결심했다. 파수꾼이 될 수 없다면 — 당연히 될 수 없었다 — 피터의 어머니인 프루던스 잭슨이 일하던 병원에서 일하는 것이 가장 좋을 것 같았다. 사라는 프루던스에게 수백 번이나 물을 뻔했다. '제가 어떻게 해야 할까요? 어떻게 하면 당신의 아들이 절 사랑하게 될까요?' 그러나 결국 사라는 아무 말도 하지 않았다. 최선을 다해 프루던스에게서 일을 배우면서, 오로지 그 방에 자신이 있다는 것만으로도 피터가 자신의 진심을 알아주기를 기다렸다.

피터가 사라에게 키스한 적이 있었다. 딱 한 번이었다. 어쩌면 사라가 피터에게 키스했던 건지도 모르고. 누가 먼저 키스했는가 하는 문제는 키스를 했다는 사실 자체에 비하면 하나도 중요하지 않은 질문이다. 두 사람은 키스했다. '최초의 밤'이 끝나가는 늦은 밤, 추운 밤이었다. 그들은 아를로가 조명등 아래에서 연주하는 기타의 음률을 들으며 함께 술을 마시고 있었는데 동틀 녘이 다가오자 다들 집으로 가버리는 바람에 어느새 피터와 단둘이었다. 술기운에 머리가 살짝 어지러웠지만 취한 것 같진 않았고, 피터 또한 취한 것 같지 않았다. 함께 길을 걷는 내내 둘 사이에서는 초조한 침묵이 감돌았다. 소리도, 말도 없어서가 아니라, 마치 아를로가 연주하는 두 음표 사이의 팽팽하게 긴장된 공간 속에 존재하는 것처럼 전기가 찌릿하는 감각이 일었다. 서로 몸은 닿아 있지 않지만 연결된 채 조명등 아래로 걷는 동안 그 기대감은 공기 방울처럼 부풀었고, 누구도 목적지를 말하지 않았지만 두 사람이 사라의 집 앞에 다다랐을 때 — 공기 방울 같던 침묵은 한편으로는 마치 강물처럼 두 사람을 휩쓸었다 — 누구도 두 사람을 멈출 수 없었다. 둘은 사라의 집 벽 아래 아주 작은 그늘 속에 선 채 키스했다. 처음에는 그의 입술이, 그다음에는 그의 온몸이 사라에게 와 닿았다. 그날 피터와 나눈 키스는 성소에서 살던 어린 시절에 아이들끼리 하던 키스 놀이와도 달랐고, 사춘기가 되어서 한 어설픈 키스와도 다른 — 콜로니에서는 남녀 사이의 관계를 권장하는 편이었고, 따라서 젊은이들은 결혼하지 않을 사람들과도 엮이는 일들이 있었다. 그러나 어디까지나 '여기까지만'이라는 불문율이 있었기에 모든 것이 일종의 연습처럼 행해졌다 — 더 깊고, 약속으로 가득 차 있는 것 같은 키스였다. 알 수 없는 온기가 온몸을 감쌌다. 인간과의 접촉이 주는 온기, 타인과 진실로 함께할 것이라는, 더는 혼자가 아닐 거라는 약속. 그 순간 피터가 원하는 게 무엇이든, 심지어 그녀 자신마저도 모두 줄 수 있을 것 같았다.

하지만 그것이 끝이었다. 갑자기 피터가 몸을 비켰던 것이다. '미안해.' 마치 사라가 키스를 원하지 않았다는 듯이 피터가 말했다. 그러나 키스를 하는 도중에 피터 역시 사라가 얼마나 원하는지 느꼈을 것이다. 그러나 두 사람을 감싸고 있었던 공기 방울은 어느새 터져버린 뒤였고 둘은 너무나 당황한 나머지 어색해서 아무 말도 못 했다. 피터는 사라를 집 앞까지 데려다주었고 그것으로 끝이었다. 그날 밤 이후 피터와 사라는 단둘이 있은 적이 없었다. 말을 주고받은 적도 거의 없었다.

왜냐하면 사라가 어떤 사실을 알아차렸기 때문이다. 피터가 키스하는 순간에 알아차린 그것은 날이 갈수록 뚜렷해졌다. 피터는 그녀의 것이 될 수 없었다. 다른 누군가가 있기 때문이었다. 피터와 키스하는 순간, 두 사람 사이에 또 다른 누군가의 존재가 유령처럼 깃들어 있음이 느껴졌다. 그제야 사라는 더는 가망이 없다는 것을 확실히 알았다. 가망 없는 진실이었다. 사라가 병원에서 일하며 피터의 눈에 들려고 애쓰는 내내 피터는 성벽 위에서 알리시아 도나디오와 함께였던 것이다.

스튜를 들고 라이트하우스로 향하면서 사라는 게이브 커티스를 떠올리고는 병원에 들러야겠다고 생각했다. 가엾은 게이브. 고작 마흔인데 벌써 암에 걸렸다. 그에게 해줄 수 있는 일이 별로 없었다. 아마 대장암, 아니면 간암인 것 같았다. 사실 암이 시작된 부위가 어디인지는 중요치 않았다. 성소에서 선스팟을 사이에 두고 건너편에 위치한 병원은 콜로니에서 '구시가지'라고 부르는 지대에 있는 작은 목조주택이었다. 구시가지는 한때 다양한 가게들이었던 대여섯 개의 건물이 있는 블록이었다. 병원으로 쓰는 건물은 예전에 식료품점이었던 곳이다. 오후의 햇빛이 입구를 비추면 아직도 식료품점 이름을 읽을 수 있었다. '마운틴탑 프로비전사™, 식품 및 주류. 1996년 설립'이라는 글자가 불투명 유리에 새겨져 있었다.

병원의 바깥방은 랜턴 하나로 밝혀져 있었고 그곳에는 샌디 슈 ― 모두들 그녀를 '다른 샌디'라고 불렀는데 한때 콜로니에 샌디 슈가 두 명이었기 때문이다. 첫 번째 샌디 슈는 벤 슈의 아내로 아이를 낳다가 사망했다 ― 가 간호사 책상 위로 몸을 구부리고 딜론위드 씨앗을 막자와 막자사발로 빻고 있었다. 방 안은 후끈한 습기로 가득했다. 책상 뒤 스토브 위에 놓인 주전자가 김을 뿜어내고 있었다. 사라는 한쪽에 스튜 그릇을 놓고 주전자를 들어 삼발이 위에 놓았다. 다시 책상 쪽으로 돌아오자 샌디가 빻은 딜론위드를 체에 거르는 중이었다.

"게이브에게 줄 거야?"

샌디가 고개를 끄덕였다. 딜론위드는 진통제 효과가 있다고 알려져 있지만 사실 코감기에서부터 설사, 관절염까지 온갖 병에 다 썼다. 사실 사라는 딜론위드에 진짜 약효가 있는 건지도 확신할 수가 없었다. 그런데도 게이브는 딜론위드가 통증을 덜어준다고 우겼다.

"게이브는 좀 어때?"

샌디는 도자기로 된 머그잔 위에 체를 놓고 뜨거운 물을 부었다. 이가 빠진 머그잔에는 '새 아빠'라는 글자와 함께 안전핀 그림이 그려져 있었다.

"좀 전에 잠드셨어. 황달이 점점 심해지네. 아들이 다녀갔고 마르는 안에 같이 있어."

"차는 내가 가지고 들어갈게."

사라는 머그잔을 받아든 다음 커튼 안쪽으로 들어갔다. 병실에는 여섯 개의 침대가 있었지만 환자가 누워 있는 것은 하나뿐이었다. 마르는 남편이 담요를 덮고 누운 침대 옆, 등받이에 가로대를 댄 의자에 앉아 있었다. 새처럼 날씬한 마르는 게이브가 병든 뒤 몇 달간 남편의 간호를 도맡았다. 얼마나 힘든 일이었는지는 잠을 못 자 거뭇한 마르의 눈 밑만 보아도 알 수 있었다. 두 사람 사이에는 제이컵이라는 아들이 하나 있었는데 열여섯 살 정도 된 아이로 어머니와 함께 낙농장에서 일했다. 덩치가 산만 한, 순진무구한 얼굴을 가진 아이로 읽을 줄도 쓸 줄도 몰랐지만 누가 가르쳐주기만 하면 기본적인 일들은 할 줄 알았다. 평생을 불운하고 힘겹게 살아온 대가가 이거라니. 마흔이 넘은 데다 제이컵까지 돌봐야 하니 마르가 다시 결혼을 할 수는 없을 것 같았다.

사라가 다가가자 마르가 고개를 들며 입술에 손가락 하나를 가져다 댔다. 사라는 고개를 끄덕인 뒤 마르 옆의 의자에 앉았다. 샌디의 말이 맞았다. 황달이 더 심해졌다. 게이브는 병들기 전에 덩치가 아주 컸고 — 아내가 작은 만큼 더 큰 것 같았다 — 어깨가 울퉁불퉁하고 팔뚝은 노동에 적합한 근육질이었으며 둥그런 배가 벨트 아래로 식료품 자루처럼 늘어져 있었다. 건강하고 일도 잘해서 병원에는 한 번도 찾아오는 법이 없다가 어느 날 등이 아프고 소화가 안 된다며 병원에 왔는데, 큰 병에 걸렸을까 걱정하기보다 평소답지 않게 약한 모습을 보이는 걸 더 신경 쓰는 것 같았다. (그러나 사라는 촉진을 하자마자 손끝으로 몸 안에서 자라고 있는 종양을 곧바로 감지했다. 분명 엄청나게 고통스러웠을 것이다.)

반년이 지난 지금 예전의 게이브 커티스의 모습은 간데없고 그 자리엔 오로지 의지의 힘으로 목숨줄을 붙들고 있는 껍데기만 남았을 뿐이다. 한때는 통통하고 잘 익은 과일처럼 혈색이 좋던 얼굴은 이제 대충 그려낸 스케치처럼 선과 각으로만 존재할 뿐이었다. 마르는 게이브의 수염과 손톱을 깎아주었다. 게이브의 갈라진 입술은 침대 옆 카트에 있는, 입구가 넓은 그릇에 담긴 윤기 나는 연고를 발라 번들거렸다. 연고 역시도 약간의 위안은 될지 몰라도 이 차와 마찬가지로 쓸모없는 것이었다.

사라는 잠시 마르 옆에 아무 말도 하지 않고 앉아 있었다. 삶이 지나치게 일찍 끝날 때가 있듯이, 때로 삶이 지나치게 질긴 일도 있나 보다. 어쩌면 게이브는 마르를 혼자 남겨두어야 한다는 두려움 때문에 도무지 세상을 떠나지 못하는 건지도 모르겠다.

한참 뒤에 사라가 일어서며 머그잔을 카트 위에 올려놓았다.

"게이브가 일어나면 마시라고 하세요."

마르의 눈가에는 피로 때문에 눈물이 고여 있었다.

"괜찮다고, 이제 떠나도 된다고 이야기했어."

그 말을 듣고 사라는 잠시 말을 잃었다.

"잘하셨어요. 어쩌면 그런 말이 필요할는지도 몰라요."

"제이컵 때문이야. 제이컵을 남겨두고 눈을 감는 게 힘든가 봐. 우린 괜찮을 거라고 말했어. 이제 가라고, 그렇게 말했어."

"잘 지내실 거예요, 마르. 게이브도 아실 거예요."

그러나 사라는 스스로의 말이 무력하다는 생각을 했다.

"정말 끈질긴 사람이야. 게이브, 당신 마지막까지 이렇게 끈질겨야겠어?"

그러더니 마르가 두 손에 얼굴을 묻고 흐느끼기 시작했다.

사라는 잠시 그 자리에 서 있으면서, 마르의 고통을 덜어주기 위해 할 수 있는 일이 아무것도 없다고 생각했다. 슬픔은 혼자만이 들어갈 수 있는 장소였다. 마치 문이 없는 방 같아서, 그 안에서 느끼는 노여움도, 고통도, 전부 타인이 끼어들 수 없는 혼자만의 것이다.

"미안하구나, 사라." 마르가 마침내 고개를 털어내며 말했다.

"이런 말을 하는 게 아니었는데."

"괜찮아요."

"게이브가 일어나거든 네가 왔다고 전하마."

마르가 눈물범벅이 된 얼굴로 서글픈 미소를 지어 보였다.

"게이브가 항상 널 좋아했잖니. 간호사 중에 네가 최고라고 했어."

사라가 라이트하우스를 찾아간 건 한밤중이었다. 사라는 조용히 문을 열고 안으로 들어갔다. 안에서는 엘턴이 혼자 헤드폰을 쓰고 패널 앞을 지키다가 잠들어 있었다.

문이 삐걱하고 닫히자 엘턴이 벌떡 일어났다.

"마이클이냐?"

"사라예요."

엘턴이 헤드폰을 벗고 돌아앉아 쿵쿵 냄새를 맡았다.

"이건 무슨 냄새냐?"

"산토끼 스튜예요. 지금은 차게 식었을 것 같지만요."

"가져와보렴." 엘턴이 몸을 바로 세워 앉았다.

사라는 스튜를 엘턴 앞에 놓았다. 엘턴이 패널 앞 카운터에 놓여 있던 더러운 숟가락을 집었다.

"혹시 필요하면 불 켜도 된다."

"저는 어두운 게 좋아요. 괜찮으시다면요."

"나한테는 아무 상관도 없구나."

잠시 동안 사라는 패널에서 뿜어 나오는 빛에 의지해 엘턴이 스튜를 먹는 모습을 바라보았다. 숟가락을 쥔 엘턴의 손이 단 한 번도 머뭇거리지 않고 그릇에 들어갔다가 입으로 정확하게 들어가는 모습을 보자니 빨려드는 것만 같았다.

"날 쳐다보고 있구나." 엘턴이 말했다.

얼굴이 화끈 달아올랐다.

"죄송해요."

엘턴은 스튜를 바닥까지 싹싹 긁어먹고 행주로 입가를 훔쳤다.

"미안할 게 뭐가 있냐. 이곳에 오는 사람 중에는 네가 최고인걸. 너처럼 예쁜 아이라면 보고 싶은 대로 쳐다봐도 좋다."

부끄러워서인지, 말도 안 된다고 생각해서인지 웃음이 터졌다.

"제 얼굴 한 번도 보신 적 없으시잖아요, 엘턴. 제가 예쁜지 아닌지 어떻게 아세요?"

엘턴이 어깨를 으쓱하더니 축 늘어진 눈꺼풀에 덮인 눈을 치켜들었다. 마치 마음속 깜깜한 어둠 속에서 사라의 모습을 그려보는 듯한 모양새였다.

"네 목소리, 나한테 말할 때나 마이클한테 말할 때의 네 말투, 마이클을 돌보는 네 마음씨를 보면 알지. 예쁜 아이들은 예쁜 일만 하니까 말이다."

한숨이 절로 나왔다.

"전 그렇게 생각하지 않는데요."

"이 늙은 엘턴을 믿으라고." 그러면서 엘턴이 작게 웃었다.

"분명 누군가가 널 사랑해줄 테다."

어쩐지 엘턴과 있을 때면 기분이 좋아지곤 했다. 엘턴이 낯부끄러운 줄도 모르고 칭찬을 해주기도 하지만 그게 진짜 이유는 아니었다. 그냥, 엘턴은 사라가 아는 그 누구보다도 행복해 보였다. 마이클의 말이 맞았다. 엘턴의 장애는 무언가가 부족한 게 아니라, 그저 남들과 다른 거라는 얘기.

"병원에 다녀오는 참이었어요."

"그래, 참 너다운 일이다." 엘턴이 고개를 주억거렸다.

"언제나 남을 돌보지. 게이브는 좀 어떠냐?"

"별로 안 좋아요. 정말 많이 아파 보여요. 마르도 힘들어하고요. 제가 해줄 수 있는 일이 있으면 좋으련만."

"해줄 수 있는 일도 있지만 때로 어떤 일도 해줄 수 없을 때가 있지. 지금은 게이브의 시간이야. 넌 이미 네가 할 수 있는 일을 다 했다."

"그걸로는 충분하지가 않아요."

"충분한 건 없단다." 엘턴이 몸을 돌려 손으로 카운터 위를 더듬더니 헤드폰을 집어 사라에게 내밀었다.

"자, 네가 선물을 가져왔으니 나도 선물을 하나 주마. 기분이 조금 좋아질 거야."

"엘턴, 하나도 못 알아듣겠어요. 그냥 잡음 같은데요."

그러자 엘턴의 얼굴에 비밀스러운 미소가 감돌았다.

"내가 시키는 대로 해보렴. 눈도 감고."

귀에 닿는 헤드폰의 촉감이 따뜻했다. 엘턴이 패널 위로 손가락을 이리저리 놀리는 기척이 났다. 다음 순간, 들렸다. 음악이었다. 그러나 지금까지 사라가 들어본 어떤 음악과도 달랐다. 처음에는 아주 멀리서 들리는 텅 빈 바람 소리 같더니, 다음 순간 새가 우는 소리처럼 높은 음조가 따라붙어 그녀의 머릿속에서 춤추기 시작했다. 소리가 쌓이고 쌓이더니 온 사방에서 들려오기 시작했고 다음 순간 그녀는 이 소리의 정체를 깨달았다. 마치 폭풍 같았다. 머릿속에서 음악으로 된 폭풍이 몰아치는 것을 그려보았다. 살면서 이렇게 아름다운 음악은 처음이었다. 마지막 음이 잦아들자 사라는 헤드폰을 벗었다.

"이게 뭐예요?" 사라는 놀라워하며 물었다.

"라디오에서 나오는 거예요?"

엘턴이 낄낄 웃었다. "자, 대단하지?"

엘턴은 다시금 패널을 조작했다. 그러자 작은 서랍이 열리더니 은색 CD가 나왔다. 사라가 지금까지 단 한 번도 눈여겨본 적이 없는 물건이었다. 마이클은 CD에서는 그저 시끄러운 소음만 나온다고 했었다. 사라는 CD를 받아 가장자리를 잡고 들었다. 스트라빈스키의 「봄의 제전」, 시카고 심포니 오케스트라. 에리히 라인스도르프 지휘.

"네가 어떻게 생겼는지 귀로 들려주고 싶었단다." 엘턴이 말했다.

"내가 이해 안 되는 건 말야." 테오가 입을 열었다.

"너희 셋이 무슨 수로 살아남았나 하는 거야."

그들은 제어실의 긴 테이블에 모여 앉아 있었다. 막사에 다시 자러 간 핀과 레이 말고는 모두 모여 있었다. 피터의 몸속을 들끓던 아드레날린은 잦아들었고 부러진 것만 같던 발목의 통증도 이제 살짝 욱신거리는 정도로 누그러졌다. 누군가가 냉각기에서 얼음을 한 조각 떼다가 주어서 피터는 젖은 행주에 싼 얼음을 다친 부위에 대고 있었다. 그는 방금 자신이 알던 사람, 잰더 필립스를 죽였다는 사실에서 아직 어떠한 감정도 느끼지 못하고 있었다. 너무 이상한 일이라 아직 받아들여지지가 않았다. 그러나 발전소의 열쇠가 여전히 잰더의 목에 걸려 있었으니 그 사람이 잰더가 맞다는 건 부정할 수 없는 사실이었다. 물론, 아무런 선택의 여지가 없었다. 잰더는 바이럴로 완전히 변이한 뒤였으니까. 엄밀히 말하면 해치로 밀고 들어오려고 했던 바이럴은 더 이상 잰더 필립스가 아니었다. 그래도 피터는 방아쇠를 당기기 직전 마지막 순간, 바이럴의 눈 속에서 무언가를 읽었다는 느낌을 떨치기 어려웠다. 어떤 감정표현, 어쩌면, 안도감.

바이럴의 습격이 끝나고 나서 테오는 케일럽에게 여러 가지 질문을 했다. 케일럽의 말은 별로 도움이 되지 않았지만 분명한 건 그 아이도 지치고 피로한 상태라는 거였다. 입술은 붓고 갈라져 있었고 이마에는 커다란 보라색 멍이 있었으며 양발이 전부 상처투성이였다. 가장 괴로운 것은 신발을 잃어버린 일인 듯했다. 검은색 나이키 푸시오프였다고, 쇼핑몰의 '풋 로커' 안의 상자에서 꺼내온 새것이었다고 아이는 주장했다. 골짜기를 달리는 길에 벗겨진 것 같은데 너무 무서워서 신발이 벗겨진 줄도 몰랐다고 했다.

"새것을 갖다줄 거니까 걱정 말고," 테오가 말했다.

"잰더에 대해서나 말해봐."

케일럽은 말을 하는 내내 비스킷을 물과 함께 씹어 삼키고 있었다. '모든 것이 평소와 같았어요.' 케일럽이 설명했다. '그러니까 엿새 전까지는요. 그때부터 잰더는 어쩐지…… 이상해졌어요. 정말 이상했어요.' 잰더는 평소에도 이상한 사람이었지만 그날은 평소 같지도 않았다고 했다. 울타리 밖으로 나가려 하지 않고 잠도 전혀 자지 않았다고 했다. 밤새도록 혼자 제어실을 서성거리며 뭐라고 중얼거렸다고 했다. 케일럽은 잰더가 발전소에서 너무 오랜 시간을 보냈기 때문이라고 생각했고, 구호대가 오면 곧바로 나아질 거라고 생각했다고 한다.

"그러다가 어느 날 잰더가 풍력터빈이 있는 곳으로 나가자고, 수레에 짐을 싣고 준비하라고 했어요. 저는 여기 앉아서 점심을 먹는 중이었는데, 갑자기 들이닥쳐서 그렇게 말했어요. 서쪽 벌판에 있는 조절기 하나를 교체해야 한다고 했어요. 그래서 저는 말했죠. '알겠어요. 그런데 왜 그렇게 서두르세요? 나가기에는 너무 늦은 시간 아니에요?' 그런데 눈빛이 이상했고 냄새가 났어요. 그러니까 지독한 악취가 나더라고요. '괜찮으세요?' 제가 묻자 잰더는 '어서 장비나 챙겨, 지금 출발이야'라고 했어요."

"그게 언제였지?"

케일럽이 비스킷을 꿀꺽 삼켰다.

"사흘 전요."

테오가 의자에 앉은 채 상체를 앞으로 기울였다.

"사흘이나 밖에 있었단 소리야?"

케일럽이 고개를 끄덕였다. 방금 마지막 비스킷을 해치운 다음 접시에 담긴 콩 페이스트를 손가락으로 퍼먹고 있었다.

"그래서 암말을 타고 나갔죠. 그런데 문제는, 서쪽 벌판으로 가지 않았다는 거예요. 동쪽 벌판으로 갔어요. 그쪽 터빈은 몇 년이나 돌아가지 않았어요. 그냥 그 자리에 서 있기만 했죠. 그런데 거긴 정말 멀어요. 수레까지 끌고 가면 최소한 2시간 거리거든요. 벌써 하루가 반이나 지났기에 최대한 열심히 갔죠. 제가 말했어요. '잰더, 서쪽으로 가야 하잖아요. 대체 여기서 뭐 하는 거예요? 같이 죽을 생각이세요?' 그렇게 잰더가 고치자는 타워 앞으로 갔죠. 완전히 녹슬어 있었어요. 새까맣게 타 있었다고요. 땅에서 올려다봐도 보일 정도로요. 조절기를 교체한다고 될 일이 아니었어요. 그래도 잰더가 우기는 바람에 저는 사다리를 타고 올라가서 렌치를 들고 최대한 빠른 속도로 덮개를 뜯어냈죠. 저는 생각했어요. '그래, 말도 안 되는 일이고 목숨을 걸고 무의미한 짓을 하고 있지만 아마 잰더는 내가 모르는 뭔가를 알겠지.' 그런데 그때 비명 소리가 들렸어요."

"잰더가 비명을 질렀다고?"

그러자 케일럽이 고개를 저었다.

"비명을 지른 건 말이었어요. 농담이 아니에요. 저한테는 비명 소리로 들렸어요. 태어나서 처음 듣는 소리였어요. 내려다보니 말이 돌무더기가 담긴 자루처럼 푹 주저앉았어요. 제 눈앞에 펼쳐진 광경을 이해하기까지 시간이 걸렸죠. 피였어요. 피바다가 되어 있더라고요."

케일럽은 손등으로 입가의 기름기를 훔친 뒤 빈 접시를 한쪽으로 치웠다.

"잰더는 항상 이 음식이 불알 같은 맛이라고 했는데 말이죠. 그럴 때면 저는 '잰더, 불알 맛을 무슨 수로 알아요?' 그랬죠. 그런데 사흘 만에 먹으니 그렇게 나쁘진 않네요."

테오가 초조한 듯 한숨을 쉬었다.

"케일럽, 부탁이니 얘기를 계속해, 그 피는……."

케일럽이 물을 한참이나 들이켰다.

"알았어요. 그럴게요. 피 얘기를 하죠. 잰더가 말 옆에 무릎을 꿇고 앉아 있기에 제가 고함을 질렀죠. '잰더, 도대체 무슨 일이에요?' 잰더가 일어섰는데, 웃통을 벗고 있더라고요. 손에 칼을 들고 있었고, 온몸이 피범벅이었어요. 그제야 저는 잰더가 감염된 걸 알았어요. 저는 잰더가 곧장 사다리를 올라 저를 공격할 거라고 생각했어요. 하지만 그는 그러지 않았죠. 타워 아래, 저에게는 보이지 않는 지주대 그늘에 앉아 있었어요. 저는 아래를 보며 고함을 질렀어요. '잰더! 제

말 좀 들어봐요, 조금만 더 버티세요! 전 여기 혼자라고요!' 저는 제가 잰더에게 기운을 내게 해주면 도망을 칠 수 있을 거라고 생각했어요."

"무슨 소린지 모르겠어." 알리시아가 말했다.

"잰더가 도대체 언제 감염되었단 거야?"

"그게 문제예요." 케일럽이 말을 이었다.

"저도 도무지 알 수가 없어요. 온종일 저와 붙어 있었는걸요."

"밤에는?" 테오가 물었다.

"잰더가 잠을 안 잤다고 했지. 어쩌면 밖에 나갔을지도 몰라."

"그럴 수야 있겠지만 대체 왜요? 게다가 피가 묻은 것만 빼고는 겉보기엔 달라진 것도 없었어요."

"눈은?"

"아무렇지도 않았어요. 오렌지색으로 변하거나 하지도 않았고요. 진짜, 진짜 말도 안 되는 일이었어요. 저는 타워 위에 있고, 잰더는 감염되었는지 아닌지 알 수 없는 상태로 사다리 아래에 있는데, 곧 밤이 될 것 같아 마음이 급해졌어요. '잰더!' 저는 외쳤죠. '여기 봐요, 저 지금 내려가요!' 저에게는 무기도 없고 렌치 하나뿐이었지만 이걸로 머리라도 내리쩍으면 도망칠 수 있을 것 같았어요. 또, 열쇠도 빼앗아야겠다고 생각했죠. 사다리 위에서는 잰더가 보이지 않았기에, 땅에서 3미터쯤 남았을 때 저는 에라 모르겠다 하고 그냥 뛰어내렸어요. 손을 놓자마자 어차피 죽은 목숨이라고 생각했죠. 바닥에 떨어진 다음 렌치를 휘두를 준비를 했어요. 그런데 렌치가 없는 거예요. 빼앗겼던 거죠. 잰더가 바로 뒤에 서 있었어요. 그때 저한테 그랬어요. '다시 올라가.'"

"'다시 올라가'라고 했다고?" 아를로가 물었다.

케일럽은 고개를 끄덕였다.

"농담이 아니라 진짜, 그렇게 말했어요. 미친 소리라도 어쩌겠어요? 잰더가 온몸이 피범벅인 채로 한 손에는 칼, 한 손에는 렌치를 들고 있었던 데다가 어차피 열쇠가 없으면 다시 발전소 안으로 들어가지도 못하는걸요. 제가 물었죠.

490

'올라가라니, 무슨 뜻이에요?' 그러자 잰더가 말했어요. '타워로 다시 올라가면 무사해.' 그래서 저는 그 말대로 했어요." 그가 어깨를 으쓱했다.

"지난 사흘 내내 타워 위에 있었어요. 그러다가 이스턴 로드를 따라오는 수송대가 보였던 거예요."

피터는 형을 바라보았다. 테오의 표정을 보건대 그 역시 케일럽이 한 이야기를 이해하지 못하는 것 같았다. 잰더는 무슨 의도였을까? 이미 감염된 상태였던 걸까, 아닌 걸까? 감염 초기 증상이 직접 목격된 건 아주 옛날이고 그 기억을 가진 사람 중 살아 있는 사람은 아무도 없었다. 그래도 그 시절, 특히 워커들이 나타났던 시절의 이야기는 차고 넘쳤다. 괴이한 행동을 보인다고 했다. 피에 굶주리는 것뿐 아니라 자꾸 옷을 벗어 던지기에 모두가 감염의 징후를 알아차릴 수 있었다고 했다. 이상한 말을 하고, 사람들 앞에서 일장 연설을 하며, 미친 듯이 달린다고 했다. 전해지는 말에 따르면 어떤 워커는 저장실로 뛰어들어 배가 터지게 먹다가 실제로 배가 터져서 죽었다고 했다. 또 어떤 워커는 잠든 자식들을 전부 죽이고 자기 몸에 불을 붙였다고 했다. 어떤 사람은 파수꾼들이 지켜보는 가운데 성벽 위로 뛰어올라 우렁찬 목소리로 게티즈버그 연설 전문을 읊고 — 성소의 교실 중 한 군데에 이 연설문 사본이 벽에 걸려 있다 — '노를 저어라'를 25절까지 부르다가 20미터 아래로 추락해서 죽었다고 했다.

"그럼 바이럴들은?" 테오가 물었다.

"음, 그게 좀 이상해요. 잰더가 말한 대로였어요. 하나도 없었어요. 적어도 가까이 온 건 하나도 없었죠. 한번은 밤에 골짜기에서 움직이는 걸 본 적이 있긴 했어요. 그런데 저를 건드리진 않더라고요. 잰더는 그놈들은 터빈이 도는 움직임을 못 견뎌 한다고, 그래서 터빈이 있는 벌판으로는 오지 않는다고 했죠. 어쩌면 그래서였는지도 몰라요. 잘은 모르겠지만요."

케일럽이 말을 멈췄다. 피터는 아이가 지금까지 겪은 시련을 비로소 체감하고 있다는 걸 느꼈다.

"한번 익숙해지고 나니까 오히려 평화로웠어요. 그 뒤로 잰더는 못 봤어요.

소리는 들렸죠. 타워 밑에서 부스럭거리는 소리요. 그런데 제가 아무리 불러도 대답하지 않았어요. 그즈음에는 제가 살아남으려면 구호대가 올 때까지 기다렸다가 도망칠 수밖에 없다는 걸 알게 됐어요."

"그러다가 우리를 봤구나."

"진짜 목이 터져라 소리를 질렀어요. 그런데 너무 멀리 있어서 못 들으셨나 봐요. 그제야 잰더가 사라졌다는 걸 알았죠. 말도 사라졌어요. 아마 바이럴들이 끌고 갔겠죠. 해가 지기 직전이었어요. 하지만 마실 물도 떨어졌고, 누가 동쪽 벌판까지 저를 찾으러 올 가능성은 없었기에 저는 타워에서 내려와 죽어라 달리기로 했어요. 1000미터쯤 갔을 때 갑자기 온 사방에 바이럴이 나타났어요. 난 이제 끝이구나, 하고 생각했죠. 이제 난 바이럴의 밥이 됐구나. 저는 타워 아래에 몸을 숨기고 죽음이 다가오길 기다렸죠. 그런데 웬일인지는 모르겠지만 가까이 오지 않더라고요. 얼마나 오래 그 밑에 있었는지는 알 수 없었지만, 한참 뒤에 살펴보니 놈들이 사라졌고 한 마리도 보이지 않았어요. 이미 게이트가 잠겼을 시간이었지만 어떻게든 안에 들어갈 수 있을 거라고 생각했죠."

"말도 안 돼. 놈들이 케일럽을 건드리지 않았을 리가?" 아를로가 테오에게 말했다.

"케일럽을 따라오고 있었던 거야." 알리시아가 말을 자르고 끼어들었다.

"지붕에서 보였어. 케일럽을 미끼로 우리를 끌어내려고 한 거지. 놈들이 언제부터 이런 짓을 할 줄 알게 됐지?"

"그럴 리 없어." 테오의 표정이 갑자기 굳어졌다.

"자, 케일럽이 무사해서 다행이야. 이 점은 오해하지 않았으면 좋겠어. 하지만 너희 둘 다 말도 안 되는 짓을 했어. 발전소의 전력이 끊기고 불이 나갔잖아. 다 죽을 뻔했다고. 도대체 왜 이런 걸 설명까지 해야 하는지 모르겠다."

그 말에 피터도, 알리시아도 입을 다물었다. 할 말이 없었던 것이다. 사실이 었으니까. 만약 피터의 소총이 왼쪽이나 오른쪽으로 몇 센티미터라도 비껴나갔더라면 모두 이미 죽었을 것이다. 운이 좋았다는 것을 피터도 알았다.

"어쨌든, 잰더가 어쩌다 감염된 것인지는 아무도 몰라." 테오가 말을 이었다.

"또, 케일럽을 타워 위에 올려둔 이유도 알 수 없고."

"그건 일단 그렇다 치고." 아를로가 갑자기 끼어들더니 무릎을 탁 쳤다.

"내가 진짜 궁금한 건 말이야, 도대체 총을 어디서 구한 거야? 몇 개나 있어?"

"계단 밑에 컨테이너가 열두 개 있어." 알리시아가 설명했다.

"지붕 아래 좁은 공간에는 여섯 개 더 있고."

"딱 총을 숨길 만한 장소군." 테오가 말했다.

알리시아가 웃었다. "설마!"

"자, 까놓고 얘기해보자고. 그 총이 없었더라도 너희들이 밖에 나갔겠어?"

"아마 아니겠지. 하지만 총이 있었던 덕분에 케일럽이 살았잖아. 그리고 네가 뭐라고 말하건 간에 난 우리가 밖에 나가서 다행이라고 생각해. 테오, 이건 그냥 총이 아냐. 전부 새거라고."

"나도 알아." 테오가 말했다.

"나도 봤거든. 그 총에 대해 전부 다 알아."

"정말?"

테오가 고개를 끄덕였다.

"당연히 알지."

잠시 침묵이 흘렀다. 알리시아가 테이블 위로 몸을 뻗으며 물었다.

"그럼, 그 총은 다 누구 거야?"

그러나 테오가 대답을 한 상대는 알리시아가 아니라 피터였다.

"우리 아버지의 총이야……."

그렇게 그 밤 내내 테오는 이 총에 얽힌 이야기를 해주었다. 이제 눈을 뜨기도 힘들어하는 케일럽은 막사로 자러 갔고, 아를로는 때때로 성벽 위에서 밤을 지새운 뒤 늘 그러던 대로 증류수를 꺼내 왔다. 아를로가 모두의 잔에 손가락 두 마디만큼 술을 따르고 돌렸다.

테오의 설명에 따르면, 여기서 동쪽으로 떨어진 곳에 오래된 해군기지가 있었다. 이틀간 말을 타고 달리면 닿는 거리였다. 트웬티나인 팜스라는 곳이었다. 대부분이 모래에 묻혀버렸기에 찾는 것이 어디에 있는지 모르면 아무것도 찾을 수 없는 곳이라고 했다. 테오와 피터의 아버지는 지하 벙커에서 이 총들을 발견했다고 했다. 전부 상자에 보관된 새것이었다. 소총이 전부가 아니었다. 권총, 박격포, 기관총, 수류탄까지 있었다.

그리고 차고에는 온갖 탈것이 다 있었고 심지어 탱크도 두 개 있었다. 무게가 나가는 무기들은 옮길 재간이 없었고 차량들은 움직이지 않았기에 아버지와 윌럼 삼촌은 한 번에 한 수레씩 총을 실어 날랐다고 했다. 그렇게 세 번째 여정이 끝났을 때 윌럼 삼촌이 죽었다.

"그런데 왜 아무에게도 말씀하시지 않았을까?" 피터가 물었다.

"말씀하셨어. 어머니에게, 그리고 다른 몇 사람에게도 말했지. 여정은 혼자 떠난 게 아니잖아. 아마 대령도 알고 있었을 거야. 올드 슈도 알겠지. 무기를 여기에 보관했으니 잰더는 당연히 알았을 테고."

"하지만 산제이에게는 말씀하시지 않았겠지?" 알리시아가 끼어들었다.

테오는 고개를 끄덕였다.

"아버지는 산제이에게만큼은 절대 말씀하시지 않았을 거야. 오해하지 마. 산제이는 맡은 바를 훌륭히 하는 사람이지만, 라지가 죽고부터 '긴 여정'을 반대하는 바람에 갈등이 있었으니까."

"맞아. 희생당한 셋 중 라지도 있었지." 아를로가 말했다.

테오는 고개를 끄덕였다.

"동생인 라지가 우리 아버지와 함께 여정을 떠나고 싶어 했다는 게 산제이의 심경을 거슬렀던 것 같아. 잘 이해는 안 되지만 오래전부터 두 분 사이의 골이 깊었나 봐. 라지가 죽고 나서 더 심해졌지. 산제이는 하우스홀드가 우리 아버지에게 등을 돌리게 만들었고, 아버지로부터 하우스홀드의 수장 자리를 빼앗은 다음 여정에도 종지부를 찍었어. 결국 아버지는 혼자만의 여정을 떠나기 시작한 거지."

피터는 증류주가 담긴 잔을 코끝으로 들어 올려 톡 쏘는 냄새를 맡고는 도로 내려놓았다. 아버지가 자신에게 이런 말을 해주지 않은 게 속상한 것인지, 아니면 형이 비밀을 감춘 것이 더 속상한 것인지 알 수 없었다.

"그럼 애초에 왜 총을 숨겨둔 거야?" 피터가 물었다. "그냥 산 위로 가져가면 되잖아?"

"그럼 그걸로 뭘 하겠어? 생각해보라고. 우리도 너희들이 쏘는 총소리를 들었거든. 내가 세기로 너희 둘은 36발을 쏴서 고작 바이럴 둘을 죽였어. 바이럴이 둘만 있는 것도 아니었는데 말이야. 그 총을 파수단에 넘겨주면 한 계절도 채 지나지 않아 동이 날 거야. 사람들은 자기 그림자에도 총을 쏴대겠지. 그리고 그중 절반은 서로에게 쐈을 거야. 아버지가 가장 두려워했던 건 그런 사태였으리라고 생각해."

"얼마나 더 남아 있어?" 알리시아가 물었다.

"벙커에? 몰라. 나는 거기 가본 적이 없거든."

"하지만 넌 그게 어딘지 알잖아."

테오가 잔을 들어 입술을 축였다. "알리시아, 네가 무슨 생각을 하는 건진 알겠는데, 그만해줬으면 좋겠어. 우리 아버지는 이런 생각을 했어. 피터, 너도 나만큼이나 잘 알겠지. 아버지는 세상에 남은 것이 우리뿐이라는, 그 밖에는 아무도 없다는 사실을 받아들이기 괴로워했어. 그래서 만약 다른 사람들을 찾는다면, 그들에게도 총이 있다면……."

테오의 목소리가 잦아들었다.

알리시아가 몸을 곧추세웠다. "군대."

그러더니 알리시아가 테이블에 둘러앉은 모두를 눈으로 훑었다.

"그거구나, 맞지? 네 아버지는 군대를 만들고 싶었던 거야. 바이럴에 맞서 싸우는 군대를."

"말도 안 되는 생각이지." 테오가 대답했다. 피터는 형의 목소리에 씁쓸함이 감돈다고 생각했다.

"말도 안 되는 미친 생각이야. 군대는 총을 가지고 있었어. 그런데 그들은 어떻게 됐냐고. 총과 로켓과 헬리콥터를 대동하고 다시 우리를 찾아 돌아왔어? 아니, 그러지 않았어. 그 이유가 뭔지 알아? 다들 죽었으니까."

하지만 알리시아는 꿈쩍도 하지 않았다. "난 그 아이디어 마음에 들어, 군대를 만들자니 정말 대단한 생각이야."

테오는 쓴웃음을 지었다. "네가 그럴 줄 알았다."

"나 역시 우리만 남았다고 생각하지 않아." 알리시아가 계속 밀어붙였다. "분명 다른 사람들이 있어, 저 바깥 어딘가에."

"그래? 그렇게 확신하는 근거가 있어?"

그러자 알리시아가 갑자기 주춤했다.

"없어. 그래도 나는 그렇다고 믿어."

테오가 인상을 찌푸리더니 술잔을 둥글게 움직였다.

"믿고 싶은 대로 믿어도 돼." 그가 나직하게 말했다. "그렇다고 그게 사실이 되지는 않아."

"아버지도 그렇게 믿으셨어." 피터가 말했다.

"맞아. 그랬지. 그러다가 아버지는 돌아가신 거야. 그냥 하는 말이 아니라 사실이 그래. '자비'를 행하려고 기다리다 보면 알게 되지. 아버지가 콜로니로 돌아오지 않았던 건 스스로 목숨을 버리기 위해서가 아니었어. 그렇게 말하는 사람들은 아버지에 대해 아무것도 몰라. 아버지가 성벽 밖으로 나간 건 더 이상 '모르는 채로'는 견딜 수 없어서였어. 정말 용맹하지만, 동시에 어리석은 짓이었어. 그 대답을 들은 셈이니까."

"아버지는 밀라그로에서 워커를 만났다고 하셨어."

"그랬을지도 모르지. 하지만 내 생각에 아버지는 당신이 보고 싶었던 걸 본 것 같아. 그리고 보았든, 아니든 아무 상관도 없어. 워커가 한 사람 있다고 해서 뭐가 달라지겠어?"

피터는 테오의 절망적인 어조에 충격을 받았다. 패배감이 묻어 있을 뿐 아니라, 신의를 저버린 것처럼 느껴지기까지 했다.

"하나가 있으면 그 밖에 더 있는 게 분명해." 피터가 말했다.

"피터, 그들은 워커가 아니라 바이럴이었을 거야. 세상에 있는 모든 총을 모아와도 그 사실은 변하지 않아."

잠시 동안 아무도 입을 열지 않았다. 말로 하지 않아도 다들 똑같은 생각을 하고 있는 게 분명했다. 조명등이 꺼지기까지 주어진 시간이 얼마나 남았을까? 그때까지 그걸 고칠 줄 아는 사람이 살아 있을까?

"난 그 말 안 믿어." 아를로가 말했다.

"물론 네 말도 안 믿고. 그게 다라면 인생에 무슨 의미가 있겠어?"

"의미?" 테오는 다시 술잔을 들여다보았다.

"나도 알았으면 좋겠다. 중요한 건 그저 살아 있는 것뿐이야. 조명등을 최대한 오랫동안 켜둔 채로 말이야."

테오가 술잔을 입에 기울이더니 꿀꺽 삼켰다.

"말 나온 김에, 곧 날이 밝을 거야. 케일럽은 자게 두고 나머지는 깨우자고. 시체를 수습해야 하잖아."

시체는 네 구였다. 마당에 셋, 그리고 하나, 젠더는 지붕 위, 해치 옆 콘크리트 바닥에 누운 채 벌거벗은 사지를 X자로 뻗고 있었다. 피터가 쏜 총알이 머리를 관통해 두개골을 찢어발겼고 남은 뼈는 피부 한 점에 의지해 달랑달랑 붙어 있었다. 아침 해를 받아 벌써 쪼글쪼글해지고 있었다. 검게 변색해가는 살점에서 작은 물방울이 송골송골 솟고 있었다.

바이럴의 생김새에는 익숙해졌지만 아직도 가까이서 보면 화가 치밀었다. 마치 이목구비를 문질러서 흐릿하게 지운 것만 같은, 아기처럼 단조롭게 생긴 얼굴, 구불거리며 길게 뻗어 나온 손발, 갈고리 같은 손가락과 면도날처럼 날카로운 발톱, 팔과 상체에, 그리고 길게 꺾어지는 목에 들어찬 단단한 근육, 그리고 입안에 쇠못을 빽빽이 박아놓은 것 같은 은색 이빨까지도. 핀이 얼굴에 헝겊을 덮어쓰고 고무장화와 고무장갑을 착용한 채 기다란 쇠스랑으로 열쇠가 걸린 목걸이를 들어 올려 철 양동이에 떨어뜨렸다. 그리고 열쇠에 알코올을 붓고 불을 붙인 다음 햇볕에 말렸다. 불을 피워도 사라지지 않은 바이러스가 있더라도 햇볕이 소독해줄 것이었다. 그다음에는 나무처럼 뻣뻣해진 잰더의 시체를 굴려 비닐 방수포에 올린 다음 둥글게 말았다. 아를로와 레이가 시체를 지붕 끝으로 밀고 가서 아래로 떨어뜨렸다.

바이럴의 시체 네 구를 전부 처리하고 나자 태양이 높이 떠올라 뜨거운 열기를 내리쬐고 있었다. 피터가 긴 파이프에 몸을 기대고 바람의 반대 방향에서 지켜보는 가운데 테오가 시체에 알코올을 부었다. 피터는 자신이 별 쓸모가 없다는 생각이 들었지만 그렇다고 해서 무슨 수가 나는 것도 아니었다. 알리시아가 소총을 들고 망을 보고 있었다. 케일럽도 드디어 잠에서 깨어나 바깥으로 나가서 다른 사람들과 함께 망을 보았다. 케일럽이 기다란 가죽 부츠를 신고 있는 것이 눈에 띄었다.

"잰더 거예요." 케일럽이 설명하더니 조금 죄책감을 느끼기라도 하는 것처럼 어깨를 으쓱했다.

"여분이에요. 아마 잰더가 살아 있었더라도 뭐라고 안 했을걸요."

테오는 허리에 찼던 주머니에서 성냥갑을 꺼내고 얼굴을 가렸던 두건을 벗었다. 다른 한 손에는 토치를 들고 있었다. 테오의 셔츠 목 부분과 겨드랑이 부분에 커다란 땀자국이 나 있었다. 셔츠는 저장소에서 산 오래된 것이었다. 소매는 이미 떨어지고 없고 목깃 부분은 올이 다 풀어져 있었다. 가슴 주머니에는 구불구불한 필체로 '아르만도'라는 이름이 수놓여 있었다.

"하고 싶은 말 있는 사람?"

피터는 무슨 말이라도 해야 한다는 생각이 들었지만 정확히 뭐라고 말해야 할지는 알 수 없었다. 사체들을 지붕에서 떨어뜨리는 광경을 본 뒤에도 마지막 순간에 잰더가 피터로 하여금 자신을 손쉽게 해치울 수 있게 도와줬다는, 즉, 잰더는 그 순간까지도 여전히 잰더였다는 불편한 기분이 사라지지 않았다. 하지만 여기 쌓인 사체들 모두가 한때 인간이었다. 그중 누군가는 아르만도였을지도 모른다.

"알았어. 내가 하지." 테오가 말하더니 헛기침을 해 목을 골랐다.

"잰더, 당신은 훌륭한 엔지니어이자 좋은 친구였습니다. 아무에게도 나쁜 말을 하지 않았고, 그 점에 모두 감사를 전합니다. 평안히 쉬시기를."

말을 마친 테오는 성냥에 불을 붙인 다음 토치에 불이 옮겨갈 때까지 기다렸다가 쌓여 있는 사체들 위에 불을 놓았다.

피부는 마치 종이처럼 순식간에 사라졌고 나머지도 천천히 사라졌다. 뼈 무더기가 무너지며 재가 되어 구름처럼 날렸다. 순식간에 끝이었다. 불이 꺼지자 그들은 레이와 핀이 파놓은 얕은 구덩이에 사체를 묻고 흙을 덮었다.

흙을 다지고 있는데 케일럽이 입을 열었다.

"하고 싶은 말이 있어요. 잰더는 마지막까지 스스로와 싸웠던 것 같아요. 저를 죽이지 않았잖아요."

테오가 삽을 한쪽으로 치웠다.

"오해하지 말고 들었으면 해. 난 그게 아닌 것 같아 걱정돼."

그 뒤로 며칠간 피터는 그날 밤 있었던 일을 머릿속에서 여러 번 되풀이해보았다. 지붕 위에서 있었던 일, 케일럽이 말해준, 타워에서의 이상한 일뿐 아니라, 형이 총 이야기를 할 때 취했던 태도까지도. 알리시아의 말대로, 총은 중요했다. 피터는 지금까지 평생 동안 '지난 역사'의 세계는 완전히 사라져버리고 말았다고 생각했다. 마치 시간을 칼로 끊어 반으로 나눈 것처럼 '이전'과 '이후'가 극명하게 나뉜다고 말이다. '이전'과 '이후'를 잇는 다리는 없었다. 전쟁은 패배로 끝났고, 군대도 사라졌으며, 콜로니 바깥의 세계는 아무도 기억하지 못하는 역사의 공동묘지였다. 사실 피터 역시도 아버지가 어두운 밤 콜로니 바깥을 헤매며 정확히 무엇을 찾고자 했는지 깊이 생각해보지는 않았다. 왜냐하면 당연히 사람들, 다른 생존자들을 찾는 거라고 생각했으니까. 그러나 아버지가 남기고 간 총을 손에 쥐었을 때 — 다친 발목이 아물길 기다리며 막사의 침상 위에 누워 있는 지금도 그 느낌이 선연했다 — 그는 그게 다가 아니라는 것을 직감했다. 과거가, 그 힘이 자신에게 밀려드는 것만 같았다. 어쩌면 아버지가 '긴 여정'을 다니며 하고자 한 일이 바로 이것이었을는지 모른다. 아버지는 세계를 기억하고자 애썼던 것이다.

당연히 테오 형도 알았겠지. 아버지, 어쩌면 '긴 여정'을 꾸린 일원들이 공통으로 가진 '담대함'이란 바로 이런 것이었다는 사실을. 오래전부터 피터는 어머니가 세상을 뜨는 날 아침에 했던 이야기 때문에 테오에 대한 반감을 갖지는 말자고 결심했었다. '네 형제를 잘 돌보거라, 테오. 그 애는 너처럼 강하지 않아.' 그것은 결국 사실이었다. 시간이 지날수록 그 사실이 그의 마음을 괴롭히는 일도 줄어들었다. 때로는 오히려 그 사실이 위안처럼 다가오기도 했다. 아버지가 시도했던 것은 모든 사실에 거스르는 믿음을 기반으로 한 너무 힘겹고도 절망적인 몸부림이었고, 테오 형이 잭슨 가문의 장자로서 피터의 몫까지 그 짐을 짊어지기로 한다는 것은 피터도 받아들일 수 있었다. 하지만 이런 이야기를 왜 아를로에게까지 한 걸까? 이제 할 수 있는 일은 최대한 오랫동안 조명등이 꺼지지 않게 버티는 것뿐이라는 말을, 다른 누구도 아닌, 성소에서 자라는 자식이 있는 아를로에게 하다니. 그건 테오답지 않았다. 형은 어딘가 변한 게 분명했다. 무엇이 변한 걸까.

그들은 닷새간 발전소에 머물렀다. 첫날 핀과 레이는 철조망에 흐르는 전류를 복원했고 그 후로는 서쪽 벌판의 터빈에 윤활유를 칠하러 갔다. 아를로, 테오, 알리시아가 순번을 정해 두 사람씩 그들을 호위하러 따라갔고, 해가 지기 전에 돌아와 발전소의 문단속을 단단히 했다. 피터는 딱히 할 일이 없었기에 세 장이 빠진 트럼프 카드로 혼자 카드놀이를 하거나 창고에 있는 상자 속 책을 훑어보았다. 책들은 대중없이 뒤섞여 있었다. 『찰리와 초콜릿 공장』, 『오토만 제국사』, 제인 그레이가 쓴 『자줏빛 산쑥 지대의 기사들』(서부 문학 고전). 책마다 맨 뒷장에 이 책이 리버사이드 카운티 공립도서관의 소유물이라는 글귀가 인쇄된 조그만 종이 포켓이 붙어 있었다. 포켓 안에 든 작은 카드에는 흐려져 가는 잉크로 찍힌 날짜가 이어졌다. 2014년 9월 7일, 2012년 4월 3일, 2016년 12월 21일.

"이건 누가 가져온 거야?" 어느 날 밤 피터는 터빈에서 돌아온 테오에게 물었다. 피터의 침대 쪽 바닥에 책 무더기가 잔뜩 쌓여 있었다.

테오는 세면대 앞에서 세수를 하는 중이었다. 그가 셔츠 앞자락에 젖은 손을 훔치며 돌아보았다.

"오래전부터 여기 있었던 물건 같은데. 잰더가 글을 잘 읽지 못해서 치워뒀던 것 같아. 좋은 책 좀 있어?"

피터는 읽고 있던 책을 들어 보여주었다. 『모비 딕』이었다.

"솔직히 말하면 너무 어려워서 같은 영어로 쓴 게 맞는지도 모르겠어." 피터가 말했다.

"한 페이지 읽었더니 하루가 다 갔어."

테오는 피곤한 기색이 감도는 웃음을 터뜨렸다.

"발목은 좀 어때?"

테오가 피터의 침대 끄트머리에 걸터앉았더니 손으로 피터의 발을 부드럽게 들어 올려 관절을 이리저리 돌려보았다. 바이럴의 습격이 있었던 그 밤 이후 둘이 말을 주고받는 건 거의 처음이었다. 아니, 두 사람은 그 이후로 거의 입을 열지 않았다.

"나아진 것 같네." 테오가 수염이 거칠거칠하게 솟은 턱을 문질렀다. 피로에 지친 눈이 보였다.

"부은 건 가라앉았네. 말을 탈 수 있을 것 같아?"

"여기서 나갈 수 있다면야 기어서라도 가지."

그들은 다음 날 아침 식사 후 길을 떠났다. 아를로는 다음번 구호대가 올 때까지 레이와 핀과 함께 발전소에 남아 있기로 했다. 케일럽도 남겠다고 했지만 테오가 그를 설득시켰다. 아를로가 함께 있고, 또 철조망 안에 머무르는 한 네 사람씩이나 있을 필요는 없다고 그를 설득시켰다.

그다음으로 생각해야 할 것은 총을 어떻게 처리하느냐였다. 테오는 총을 그 자리에 그대로 두자고 했지만, 알리시아는 도대체 그럴 필요가 뭐가 있냐고 반대했다. 아직 잰더에게 무슨 일이 일어난 것인지, 어째서 바이럴이 기회가 있었는데도 케일럽을 죽이지 않은 것인지도 여전히 알아내지 못했으니 위험하다는 소리였다. 결국 두 사람은 합의점을 찾았다. 각자 총으로 무장하고 돌아가되 안전하게 지키기 위해 성벽 바깥에 숨기자는 합의였다. 나머지 총은 전부 발전소의 계단 아래에 남겨두기로 했다.

"꼭 필요할까?" 돌아가기로 한 일행들이 말에 오르고 있을 때 아를로가 입을 열었다.

"놈들이 습격하면 말로 잘 타일러서 돌려보내지 뭐."

그러나 그렇게 말하는 아를로 역시 어깨에 총을 걸치고 있었다. 알리시아가 소총을 장전하고 발사하는 방법을 알려주면서 마당에 시범으로 몇 발 쏘아보라고 했다.

"아이고, 이런 제기랄!" 아를로가 그 커다란 목소리로 고함을 지르더니 한 발 더 쏘아서 표적을 정확하게 맞춰 쓰러뜨렸다.

"야, 정말 대단한걸!"

결국은 테오의 말이 맞았다고 피터는 생각했다. 총을 잡아본 사람은 그 손맛을 잊기 힘들다.

"내가 했던 말 허투루 듣지 마." 테오가 다시 한번 아를로에게 경고했다.

며칠이나 몸을 풀지 못한 말들은 어서 달리고 싶어 좀이 쑤신 듯 발을 굴러 댔다.

"뭔가 이상하단 말이야. 울타리 밖으로 나가지 마. 매일 밤 해가 지기 전에 문 단속을 제대로 해. 알아들었지?"

"걱정 마." 아를로가 수염 아래로 씩 미소를 짓더니 우울해 죽겠다는 기색을 숨길 생각도 없는 핀과 레이의 얼굴을 바라보았다. 아를로와 함께 발전소에 처박혀 온종일 그가 주절거리는 걸 들어주고 있을 생각을 하니 죽을 맛일 것이다. 증류주에 취해 기타를 치면서, 아니면 기타 없이 노래를 불러댈지도 몰랐다. 아를로는 잰더의 시체에서 빼 온 열쇠를 목에 걸고 있었다. 나머지 하나의 열쇠는 테오가 가지고 있었다.

"왜 이렇게 울상이야." 아를로가 핀과 레이를 향해 손뼉을 짝 쳤다.

"기운 내, 파티 같을 거라고."

그러나 아를로는 테오의 말을 향해 다가가자마자 갑자기 심각한 표정을 지었다.

"주머니에 넣어둬." 아를로가 접힌 종이를 테오에게 조용히 건넸다.

"무슨 일이 일어날지 모르니 리와 아이에게 남길 말을 적어뒀어."

테오는 종이를 쳐다보지도 않고 그대로 주머니에 집어넣었다.

"열흘이야. 바깥출입은 안 돼."

"알겠어."

일행은 골짜기를 향해 달리기 시작했다. 수레를 끌어야 했기에 배닝을 면한 목초지를 가로지르고 지름길로 가기 위해 이스턴 로드를 우회했다. 아무도 입을 열지 않았다. 눈앞의 긴 여정을 위해 체력을 아껴야 했기 때문이다.

시내에 막 닿으려는 순간 테오가 입을 열었다.

"깜박 잊을 뻔했어." 그가 안장주머니에 손을 넣더니 마이클이 엿새 전 게이트에서 쥐여준 별나게 생긴 물건을 꺼냈다.

"이게 뭐였는지 기억하는 사람?"

케일럽이 말을 몰아 테오의 옆으로 가서 그 물건을 받아들고 자세히 살펴보았다.

"마더보드네요. 인텔 칩, 피온 시리즈예요. 9라는 숫자가 보여요? 이걸 보고 구분하는 거예요."

"이게 뭔지 아니?"

"알 수밖에 없죠." 케일럽이 어깨를 으쓱하더니 마더보드를 다시 테오에게 건네주었다.

"터빈제어장치에서 피온을 사용하거든요. 저희가 쓰는 것은 군용이지만, 기본적으로 똑같아요. 견고하고 빠르죠. 오버클로킹 없이 16기가헤르츠의 속도를 내거든요."

피터가 테오의 표정을 살폈다. 테오 역시 무슨 소린지 하나도 못 알아듣는 게 분명했다.

"어쨌든, 마이클이 하나 가져오라고 했어."

"미리 말하지 그러셨어요. 발전소에 잔뜩 있는데."

알리시아가 웃음을 터뜨렸다. "정말 신기하다, 케일럽. 꼭 마이클과 똑같이 말하네. 솔직히 말하면 나는 너희 '렌치'들은 글도 못 읽는 줄 알았어."

케일럽이 안장 위에서 몸을 돌려 알리시아를 쳐다보았다. 하지만 화가 난 표정은 아니었다.

"장난하세요? 저 구석에 처박혀서 달리 할 일이 뭐가 있겠어요? 잰더는 항상 도서관에 가서 몰래 책을 가져왔다고요. 연장 창고에 몇 상자나 쌓여 있어요. 그리고 그게 전부 기술에 관련된 책도 아니었어요. 잰더는 뭐든지 다 읽었다고요. 책이 사람보다 훨씬 흥미롭다고 했어요."

잠시 동안 누구도 말을 하지 않았다.

"왜 그러는데요?" 케일럽이 물었다.

도서관은 시가지의 북쪽 끝에 있는 엠파이어 밸리 아웃렛 몰 근처였다. 기다란 잡초에 뒤덮인 납작한 사각형 건물이었다. 일행은 주유소 뒤의 은신처를 찾아 말에서 내렸다. 테오는 안장주머니에서 쌍안경을 꺼내 건물을 살폈다.

"모래에 상당히 파묻혀 있지만 1층 위로는 유리창이 손상되지 않았어. 잘 봉쇄된 건물 같아."

"안도 보여?" 피터가 물었다.

"해가 너무 밝아서 유리창에 반사되는 빛 때문에 안 보여." 테오는 알리시아에게 쌍안경을 건네준 다음 케일럽을 향해 돌아섰다.

"확실하니?"

"잰더가 여기 왔냐고요?" 케일럽은 고개를 끄덕였다.

"네. 확실해요."

"너도 같이 온 적이 있니?"

"장난하세요?"

알리시아는 건물을 더 잘 살펴보려고 쓰레기통을 밟고 주유소 지붕 위에 올라섰다.

"뭐 좀 보여?"

알리시아가 쌍안경을 내렸다.

"네 말대로야. 해가 너무 밝아. 창이 이렇게 많으니 안에 뭐가 제대로 남아 있을는지 모르겠네."

"잰더도 그렇게 말했어요." 케일럽이 끼어들었다.

"잘 이해가 안 돼." 피터가 말했다.

"도대체 잰더는 왜 혼자서 여기까지 왔을까?"

알리시아가 다시 땅 위로 내려왔다. 손에 묻은 먼지를 저지 앞섶에 문질러 닦더니 땀에 젖어 얼굴에 달라붙은 머리카락을 걷었다.

"들어가서 확인해봐야 할 것 같아. 대낮이잖아, 지금이 적기야."

테오는 알리시아가 그럴 줄 알았다는 표정을 짓더니 피터를 향했다.

"넌 어떻게 생각해?"

"언제부터 내 의견이 중요했어?"

"지금부터. 만장일치가 아니면 들어가지 않을 거야."

피터는 테오의 표정을 읽으며 형이 원하는 것이 무엇인지 알아내려 애썼다. 눈앞에 놓인 질문이 묵직하게 여겨졌다. 왜 그래야 하지? 왜 지금?

피터는 동의의 표시로 머리를 끄덕였다.

"좋아, 리시." 테오가 대답하더니 총을 집었다.

"소원대로 바이럴 사냥을 하겠군."

그들은 케일럽을 말들과 함께 그 자리에 남겨두고 산개대형을 지어 도서관으로 다가갔다. 모래가 창문까지 쌓여 있었지만 계단 몇 개를 올라가면 있는 정문은 멀쩡했다. 문은 쉽게 열렸다. 그들은 도서관 안으로 들어갔다. 현관 안에는 도서관으로 진입하는 입구가 있었다. 문 바로 안쪽 벽에 광고지가 가득 붙은 게시판이 있었다. '차 팝니다. 14년식 닛산 세라타. 주행거리 짧음', '지금 당장 감량하세요! 문의는 저에게!' '베이비시터 구함. 오후 근무, 가끔 저녁 근무, 차량 필수.' '어린이를 위한 이야기 모임, 화, 목 10시 30분-11시 30분.' 그리고 노랗게 말려들어가는 종이 한 장은 다른 것들보다 크기가 컸는데, 이렇게 적혀 있었다.

생존할 것. 빛이 충분한 곳에 머무를 것.
일체의 감염 증상을 보고할 것.
낯선 자를 집 안에 들이지 말 것.
정부 공무원의 지시가 없는 한 안전지대를 떠나지 말 것

그들은 통로를 지나 주차장을 면한 긴 창문을 통해 빛이 들어오는 커다란 방으로 들어갔다. 더워서 숨을 쉬기가 힘들었다. 프런트 데스크에 시체가 앉아 있었다.

여자였다. 자기 머리를 총으로 쏜 것 같았다. 아직도 리볼버를 쥔 손이 무릎 위에 툭 떨어져 있었다. 시체는 가죽처럼 갈색으로 변해 있었고 피부는 뼈에 바싹 말라붙은 상태였지만 두개골 옆에 뚫린 총구멍이 선명했다. 시체는 마치 떨어뜨린 물건을 찾으려는 것처럼 머리를 한쪽으로 기울이고 있었다.

"아를로가 못 보는 게 다행이네." 알리시아가 중얼거렸다.

그들은 조용히 쌓인 책들 사이로 걸어갔다. 바닥에는 온통 책이 흩어져 있었는데 너무 많아서 꼭 눈송이 위를 걷는 기분이었다. 한 바퀴 돌아 다시 입구로 돌아온 뒤 테오는 총구로 계단 위를 가리켰다.

"경계를 늦추지 마."

계단을 올라가자 창을 통해 쏟아져 들어온 햇볕으로 환한 방이 나왔다. 널찍했다. 서가를 모두 옆으로 민 자리에 침대들이 줄지어 놓여 있었다.

침대마다 아기가 하나씩 누워 있었다.

"침대가 오십 개야." 알리시아가 낮은 목소리로 속삭였다.

"병원으로 썼던 걸까?"

테오는 침대 사이사이를 지나 안쪽으로 들어갔다. 공기 중에서 익숙하지 않은 사향 냄새가 났다. 테오는 늘어선 침대들의 중간쯤에서 걸음을 멈추더니 손을 뻗어 침대 위에 있던 물건을 집어 들었다. 낡아 부스러질 것 같은 천으로 만든 폭신폭신한 물건이었다. 테오가 물건을 들어 피터와 알리시아에게 보여주었다. 솜을 채운 인형이었다.

"병원이 아닌 것 같군."

피터의 머릿속에서 갑자기 이 이미지가 하나로 합쳐지기 시작했다. 작은 아기들. 가죽처럼 갈색으로 변해버린 조그만 손에 들린 동물 인형이며 장난감. 한 발짝 앞으로 나가자 플라스틱이 발에 밟혀 부서졌다. 주사기였다. 방 안에 주사기가 수십 개 흩어져 있었다.

그 순간 이 공간의 의미가 주먹으로 머리를 때리듯 밀려들었다.

"형, 여긴…… 이건……." 말이 목에 걸려 제대로 나오지 않았다.

테오는 이미 다시 계단 쪽을 향해 가고 있었다.

"이 망할 곳을 어서 벗어나자고."

그들은 걸음을 멈추지 않고 바깥으로 나왔다. 나오자마자 신선한 공기를 가득 들이마셨다. 저 멀리 케일럽이 주유소 지붕에 올라서서 쌍안경으로 주위를 살피는 모습이 보였다.

"무슨 일이 일어나는지 알고 있었나 봐." 알리시아가 낮은 목소리로 말했다.

"그 전에 이렇게 끝내는 게 차라리 낫다고 생각했던 거지."

테오가 어깨에 소총을 걸친 다음 물을 한참이나 들이켰다. 안색은 창백했고 손도 떨리고 있었다.

"빌어먹을 잰더. 도대체 뭐 하러 이딴 델 드나든 거야?"

"뒤쪽에 계단이 한 층 더 있어." 알리시아가 말했다. "거기도 확인해봐야 해."

테오가 바닥에 침을 뱉더니 고개를 세차게 저었다.

"여기까지만 하자, 리시." 피터가 말했다.

"전체를 확인하지 않으면 무슨 소용이야?" 알리시아였다.

그 말에 피터가 홱 돌아보았다.

"나는 저 안에선 1초도 더 보내기 싫어." 단단히 결심한 듯한 말투였다.

"태워야겠어. 반박은 안 받아."

세 사람은 선반에 있던 책을 꺼내 프런트 데스크 근처에 쌓았다. 금세 불이 붙어 불길이 책장마다 번졌다. 그들은 다시 도서관 밖으로 나와 50미터 떨어진 곳에서 불타는 도서관을 지켜보았다. 피터는 수통의 물을 마셨지만 그의 입 안에 남아 있는 맛은 씻기지 않았다. 시체의 맛, 죽음의 맛. 분명 방금 본 광경은 평생 머릿속에 남아 잊히지 않을 것이 분명했다. 잰더가 여기 온 것은 책을 읽기 위해서뿐만이 아니었다. 잰더는 그 아이들을 보러 이곳에 왔던 것이다.

바로 그 순간 도서관을 둘러싸고 있던 모래 무더기가 움직이기 시작했다.

가장 먼저 움직임을 알아차린 건 피터 옆에 서 있던 알리시아였다.

"피터⋯⋯."

모래 무더기가 무너지더니 지하실 창문을 덮고 있던 모래를 뚫고 바이럴들이 쏟아져 나오기 시작했다. 여섯 마리의 바이럴이 불을 피해 한낮의 태양 속으로 쫓겨 나온 것이다. 그들이 비명을 질렀다. 크고 높은 비명 소리가 사방을 고통과 분노로 채웠다.

이제 도서관은 화염에 완전히 휩싸여 있었다. 피터는 소총을 들어 방아쇠를 찾아 손가락으로 더듬었다. 그런데 그 움직임조차도 초점이 맞지 않는 흐릿한 것으로 느껴졌다. 지금 보는 이 장면은 도저히 현실 같지 않았다. 짙은 검은 연기 속에서 위층 창문이 깨지더니 유리 조각이 비처럼 우수수 쏟아져 내렸고 그곳에서 몸에 불이 붙은 바이럴이 더 많이 쏟아져 나왔다. 피터는 소총을 손에 든 순간부터 아주 오랜 시간이 지난 것처럼 느껴졌다. 처음으로 나온 여섯 마리는 도서관 입구 계단 밑 작은 그늘에 한 무더기를 이루고 숨더니 숨바꼭질을 하는 어린아이들처럼 바닥에 얼굴을 묻었다.

"피터, 도망쳐야 해!"

알리시아의 목소리에 피터는 정신을 차렸다. 옆에는 테오가 멍한 얼굴로 총구를 바닥에 아무렇게나 겨운 채 꼼짝도 하지 못하고 서 있었다. 그 무표정한 눈이 마치 '그게 무슨 소용이겠어?'라고 말하는 것만 같았다.

"테오, 내 말 들어." 알리시아가 테오의 팔을 붙잡고 마구 흔들었다. 잠깐이었지만 피터는 알리시아가 테오를 정말 한 대 칠 수도 있겠다고 생각했다. 계단 아래 숨었던 바이럴들이 움직이기 시작했다. 마치 바람이 물웅덩이의 수면을 건드린 것처럼 다 함께 움찔거리고 있었다.

테오가 피터를 바라봤다. "아, 동생아." 그러더니 테오가 말을 이었다. "우리 좆된 것 같아."

"피터." 알리시아가 빌듯이 말했다. "나 좀 도와줘."

피터와 알리시아는 테오의 양팔을 하나씩 붙들고 끌었다. 주차장을 반쯤 가로질렀을 때쯤에는 테오도 정신을 차리고 뛰기 시작했다. 이제 비현실적인 느낌은 사라지고 단 하나의 욕망, 도망쳐야 한다는, 탈출해야 한다는 욕망만이 그 자리를 채우고 있었다. 모퉁이를 돌아 주유소로 가자 케일럽이 말에 올라 달려가고 있는 모습이 보였다. 세 사람도 말에 올라타 케일럽을 따라 질주를 시작했다. 뒤에서 유리창이 깨지는 소리가 또 들렸다. 알리시아가 바람 소리에 묻히지 않으려고 고함을 지르며 손가락으로 쇼핑몰을 가리켰다. 케일럽은 쇼핑몰로 향하고 있었던 것이다. 전속력으로 모래언덕을 뛰어넘어 텅 빈 주차장으로 들어가자 케일럽이 말에서 뛰어내려 쇼핑몰 서쪽 출입구로 들어가는 모습이 보였다.

"안으로 들어가!" 알리시아가 외쳤다. 이제 대장은 알리시아였다. 테오는 아무 말도 하지 않았다.

"들어가! 말은 버려!"

말은 미끼, 제물이었다. 말들에게 작별 인사를 할 틈도 없었다. 세 사람은 말에서 뛰어내려 쇼핑몰 안으로 달려갔다. 피터는 아트리움atrium이 가장 안전하다는 것을 알고 있었다. 유리 천장이 깨져서 햇볕이 들어오고 있고 몸을 숨길 수도 있으니 방어할 수 있을 것이다. 그들은 깜깜한 통로를 달렸다. 공기는 텁텁하고 시큼한 냄새가 났고 곰팡이로 뒤덮인 벽체는 낡은 대들보와 튀어나온 전선, 녹이 낀 파이프를 드러내고 있었다. 닫혀 있는 상점들도 있었지만 대부분의 상점은 놀란 얼굴처럼 훤히 열려 있었고 어두운 내부는 쓰레기투성이였다. 금빛의 태양 빛이 내리쬐는 저 앞을 향해 달리는 케일럽의 꽁무니가 보였다.

그들은 햇빛이 눈 부시게 내리쬐는 아트리움에 닿았다. 아트리움 안은 숲속이나 마찬가지였다. 눈에 보이는 모든 표면이 굵은 초록색 덩굴로 휘감겨 있었다. 아트리움 한가운데에서 야자수가 자라 깨진 천장 위로 솟구치고 있었다. 깨진 틈으로 더 많은 덩굴이 살아 있는 밧줄이라도 되듯이 치렁치렁 늘어져 있었다. 세 사람은 나무 아래의 뒤집힌 테이블들 뒤에 몸을 숨겼다. 케일럽은 어디로 갔는지 보이지 않았다.

피터가 테오의 옆에 쭈그리고 앉았다. "괜찮아?"

테오가 불확실하게 고개를 끄덕였다. 전부 숨을 거칠게 몰아쉬고 있었다.

"미안해, 아까 일은……." 테오가 고개를 저었다. "모르겠어." 그러더니 눈가에 흐르던 땀을 닦아냈다.

"내가 좌측을 지킬 테니 너는 리시와 함께 여기 있어."

피터의 옆에 무릎을 꿇고 앉아 있던 리시는 소총이 장전되어 있는지 확인하며 볼트를 당겼다. 아트리움으로 이어진 통로는 모두 네 개였다. 만약 바이럴이 습격한다면 서쪽에서일 것이다.

"태양 빛에 타 죽지 않았을까?" 피터가 말했다.

"모르겠어, 피터. 정신이 나간 것 같았어. 몇 마리는 죽었겠지만 다 죽진 않았을 거야." 알리시아가 소총의 어깨끈을 팔에 단단히 감았다.

"약속 하나만 해줘, 피터. 나는 저들 중 하나가 되고 싶지 않아. 만약 그런 일이 일어난다면, 내 처리를 너에게 부탁할게."

"제기랄, 리시. 그런 일은 없을 거야. 그런 말은 입 밖에도 내지 마."

"그러니까 만약에 그런 일이 일어난다면." 단호한 목소리였다. "망설이지 마."

그러나 이야기를 나눌 시간은 거기서 끝이었다. 이쪽을 향해 달려오는 발소리가 들렸던 것이다. 케일럽이 가슴에 무언가를 안고 아트리움으로 달려 들어왔다. 케일럽이 테이블 뒤에 숨자 피터는 그가 들고 있는 물건이 무엇인지 알아보았다. 검은 신발 상자였다.

"미쳤어? 이 와중에 물건 사냥을 갔단 말이야?" 알리시아의 말이었다.

케일럽이 상자의 뚜껑을 열어 집어 던졌다. 샛노란 스니커즈는 종이에 싸인 새것이었다. 그는 장화를 벗어 던지더니 새 스니커즈에 발을 쑤셔 넣었다.

"젠장." 곧 그는 풀이 죽은 얼굴이 되었다. "너무 크네요. 한참 커요."

다음 순간 머리 위에서 첫 바이럴이 나타나더니 곧이어 아트리움의 천장을 통해 나머지도 쏟아져 들어왔다. 피터가 몸을 굴려 피하는 순간 테오가 바이럴에게 붙들려 소총의 어깨끈이 얽힌 팔과 다리를 버둥거리며 천장 위로 끌려 올라가는 것이 보였다. 천장 지주대에 거꾸로 매달려 있던 두 번째 바이럴이 테오의 발목을 수월하게 낚아챘다. 형의 표정이 보였다. 순전한 놀라움에 사로잡힌 표정이었다. 테오는 아무 소리도 내지 않았다. 쥐고 있던 소총이 바닥으로 굴러

떨어졌다. 다음 순간 테오를 붙잡고 있던 바이럴이 지붕 너머로 날아가 사라져 버렸다.

피터는 발치를 더듬어 총을 쥔 뒤 방아쇠를 찾았다. 형의 이름을 부르는 고함소리가 들렸는데, 바로 그 자신의 목소리였다. 알리시아의 총성이 들렸다. 이제 지붕에 매달려 지주대에서 지주대로 건너뛰는 바이럴은 모두 셋이었다. 알리시아가 케일럽을 붙들어 아트리움 끄트머리에 있는 식당 카운터 뒤로 넘겨버리는 것이 보였다. 마침내 피터도 총을 발사했다. 그러나 바이럴이 너무 빨랐다. 조준한 자리마다 방아쇠를 당기는 순간 텅 비어 있었다. 피터는 놈들이 총알을 떨어뜨리기 위해 게임을 하는 것만 같다는 생각이 들었다. '놈들이 언제부터 이런 짓을 할 줄 알았지?' 이렇게 생각하다가 피터는 왠지 그 말을 전에도 들은 적 있다는 기분이 들었다.

첫 번째 바이럴이 몸을 날리는 순간 피터는 놈이 착지할 때 일어날 비극적인 결말을 예감할 수 있었다. 알리시아는 카운터를 등지고 서 있었다. 이빨, 발톱, 근육으로 무장한 바이럴이 팔을 뻗고, 충격을 흡수하기 위해 다리를 구부린 채 정확히 알리시아를 겨냥해 달려들고 있었다. 놈이 착지하기 직전 알리시아는 한 발짝 앞으로 나가 정확히 바이럴의 아래에 서더니 총을 꺼내 칼처럼 휘둘렀다.

총성.

안개처럼 뿜어 나오는 피, 몸싸움, 소총이 바닥을 구르는 소리. 알리시아가 죽지 않고 다시 몸을 일으켰다는 것을 알아차리기까지는 시간이 걸렸다. 바이럴은 머리에서 피를 뿜어내며 쓰러져 죽어 있었다. 알리시아가 놈의 입에 총구를 넣고 발사했던 것이다. 머리 위에 있던 다른 바이럴 두 마리는 갑자기 동작을 멈추더니 이빨을 빛내며 누가 실로 묶어 조종하는 것처럼 알리시아를 향해 고개를 돌렸다.

"여기서 나가!" 알리시아가 외치더니 카운터를 뛰어넘었다.

"어서, 달려!"

피터는 그 말대로 달리기 시작했다.

피터는 쇼핑몰 깊숙한 곳까지 달렸다. 출구가 없는 것 같았다. 나가는 문이 없는 것 같았다. 비상구는 전부 가구며 쇼핑 카트, 꽉 찬 쓰레기 같은 것으로 막혀 있었다.

테오, 형이 사라졌다.

이제 할 수 있는 일은 숨는 게 전부였다. 상점이 늘어선 통로를 달리며 셔터를 하나하나 들어봤지만 전부 굳게 잠겨 있었다. 공황감으로 흐릿해진 머릿속에 떠오르는 질문은 단 하나뿐이었다. '왜 내가 아직도 살아 있는 거지?' 피터는 아트리움을 나오면 열 발짝도 못 가서 죽을 거라고 생각했다. 타는 듯한 고통, 그러면 모두 끝일 거라고. 그런데 한참을 달려서야 피터는 지금 그를 뒤쫓는 바이럴이 없다는 것을 알았다.

바쁘겠지, 그는 생각했다. 쇠살대를 붙잡고서야 간신히 서 있을 수 있었다. 빗살 사이에 손가락을 집어넣고 차가운 금속에 머리를 기대며 숨을 쉬려고 애썼다. 동료들이 죽었다. 그렇게밖에는 상황을 설명할 수 없었다. 테오는 죽었을 것이다. 케일럽도, 알리시아도 죽었을 것이다. 그리고 동료들의 피를 한껏 들이마시고 나면 바이럴들이 그를 찾아올 것이다.

그를 사냥할 것이다.

피터는 달렸다. 통로에서 통로로, 셔터가 내려진 상점들을 지나쳐 달렸다. 이제 상점 안에 숨겠다는 생각은 사라진 지 오래였다. 단 한 가지 생각이 그의 머릿속을 사로잡았다. 밖으로 나가야 한다. 빛이 있는, 열린 공간으로 가야 했다. 모퉁이를 돌며 타일 위에 미끄러지던 그는 커다란 돔을 닮은 공간에 도착했다. 두 번째 아트리움이었다. 이곳에는 쓰레기가 없었다. 머리 위 둥그런 유리를 통해 먼지 낀 햇살이 내리쬐고 있었다. 방 한가운데에는 조그만 말들이 움직이지 않고 모여 있었다.

말들은 일종의 지지대 없는 받침대 위에 둥글게 모여 있었다. 피터는 다가가면 말들이 흩어질 거라고 생각하며 발걸음을 멈췄다. 도대체 무슨 수로 말이 쇼핑몰 안에 들어온 거지? 그제야 그것들이 진짜 말이 아니라는 것을 알았다. 회전목마였다. 성소에 있던 책에서 회전목마 그림을 본 적이 있었다. 받침대가 돌아가면 음악이 나오고 아이들은 말에 탄 채 빙글빙글 돈다. 그가 받침대 위로 올라갔다. 말에는 먼지가 두껍게 쌓여 있었다. 먼지를 닦아내자 말에 칠해진 밝은 색깔과 인쇄된 이목구비가 보였다. 속눈썹, 기다란 이빨, 길게 휘어지는 코와 활짝 열린 콧구멍.

그 순간 갑자기 차가운 금속을 만진 것처럼 피터는 그 감각을 느꼈다. 깜짝 놀란 그가 고개를 들었다.

눈앞에 한 소녀가 서 있었다.

워커였다.

몇 살인지는 알 수 없었다. 열세 살? 열여섯 살? 엉겨 붙은 머리가 검고 길었다. 발목을 잘라낸 해진 갭 청바지와 더러워져서 뻣뻣한 티셔츠 차림이었다. 소녀 같은 체구에는 둘 다 지나치게 커 보였다. 전선줄로 허리춤을 동여매고 있었다. 발에는 발가락 사이로 플라스틱 데이지 꽃이 튀어나오는 모양의 샌들을 신고 있었다.

피터가 뭐라고 채 입을 열기도 전에 소녀가 손가락을 들어 입술에 가져다 댔다. '아무 말도 하지 마세요.' 소녀는 곧장 회전목마 받침대 한가운데로 가더니 돌아서서 따라오라는 시늉을 했다.

그때 요란한 소리가 들렸다. 통로에서 무언가 움직이는 기척, 가게 앞 철제 셔터가 덜컹거리는 소리.

바이럴들이 그를 사냥하러 오는 소리였다.

소녀가 눈을 크게 떴다. '서둘러요.' 그 눈빛이 말하고 있었다. 소녀는 피터의 손을 잡더니 플랫폼 한가운데로 이끌었다. 소녀가 무릎을 꿇고 앉고는 바닥에 있던 동그란 철제 손잡이를 잡았다. 판자를 대어 숨긴 뚜껑 문이었다. 소녀는 문 안으로 들어가더니 얼굴만 내밀었다.

'어서, 어서요.'

피터는 소녀가 시키는 대로 따라 안으로 들어가 뚜껑 문을 닫았다. 두 사람은 이제 회전목마 아래의 좁은 공간에 몸을 숨긴 채였다. 머리 위 판자들의 틈으로 새어드는 먼지투성이 햇빛 속에서 시커먼 기계장치가 드러나 보였고 그 아래 바닥에 구겨진 침낭 하나가 놓여 있는 게 보였다. 플라스틱 물병이며 라벨이 이미 지워져 읽을 수 없는 통조림 무더기도 있었다. 이 소녀는 여기 사는 걸까?

머리 위가 흔들렸다. 소녀는 무릎을 꿇고 몸을 낮췄다. 자기를 따라 하라는 것이었다. 머리 위로 그림자들이 지나갔다.

'엎드려요. 가만히 있어요.'

그는 소녀가 시키는 대로 했다. 그러자 소녀가 피터의 등을 타고 올라가더니 몸을 겹쳐 그 위에 엎드렸다. 소녀의 몸에서 전해지는 온기, 목에 느껴지는 따뜻한 숨. 소녀가 자기 몸으로 피터의 몸을 덮어 숨기고 있는 것이었다. 바이럴은 이제 회전목마 위로 올라와 있었다. 이곳을 수색하는 것이 느껴졌다. 그들의 목에서 나는 쩍쩍 소리까지도 들렸다. 놈들이 뚜껑 문을 금방 찾아내지 않을까?

'움직이지 마세요. 숨 쉬지 말아요.'

그는 눈을 꽉 감고 꼼짝도 하지 않은 채 곧 경첩에 달린 뚜껑 문이 삐걱하고 열릴 거라고 생각하며 기다렸다. 소총은 바닥에 놓아두었다. 아마 한두 발은 쏠 수 있겠지만 그게 다일 것이다.

몇 초가 더 지나갔다. 위에서는 여전히 기척이 났고, 인간의 체취를 맡은 바이럴들의 흥분한 숨소리가 들렸다. 공기 중에 실린 피 냄새를 맡았겠지. 그런데 뭔가 이상했다. 바이럴들이 그의 위치를 확신하지 못한다는 것을 알아차렸다. 소녀는 온몸으로 피터를 내리누르고 있었다. 그를 몸으로 덮어 보호하고 있었다. 머리 위가 조용해졌다. 1분, 다시 1분이 지났다. 이제 피터의 관심사는 바이럴이 아니라 이 소녀가 앞으로 무슨 행동을 할지로 옮겨갔다. 그제야 소녀가 그의 몸에서 내려갔다. 그는 무릎을 세우고 몸을 일으켰다. 얼굴이 바짝 맞닿았다. 소녀의 볼이 둥글어서 아이 같았지만, 눈은 전혀 아이 같지 않았다. 숨결의 냄새를 맡을 수 있었다. 마치 꿀처럼 달착지근했다.

"대체 어떻게……."

소녀가 조용히 하라는 듯이 머리를 거세게 저으며 천장을 가리킨 뒤 다시 입술에 손가락을 가져다 댔다.

'그들은 떠났어요. 하지만 돌아올 거예요.'

소녀가 일어서더니 뚜껑 문을 열었다. 그러고는 고개를 재빨리 그에게로 돌렸다.

'따라와요, 지금 당장.'

두 사람은 다시 회전목마의 받침대 위로 올라갔다. 아트리움은 텅 비어 있었지만 아직도 그들이 서 있는 자리엔 보이지 않는 소용돌이가 휘몰아치는 것처럼 갓 떠난 바이럴의 기척이 남아 있었다. 소녀는 재빨리 그를 아트리움 반대편 문으로 이끌었다. 콘크리트로 된 쐐기 모양의 받침대에 의지해 열려 있는 문이었다. 두 사람이 문으로 들어가자 소녀가 문을 닫아 잠갔다. 자물쇠가 잠기는 소리가 났다.

칠흑 같은 어둠.

아까와는 다른 종류의 공황감이 그를 사로잡았다. 방향감각을 완전히 잃어버린 공포였다. 그러나 다음 순간 그의 손을 잡는 소녀의 손이 느껴졌다. 안심시키려는 듯 힘이 들어간 손이었다. 소녀가 그를 안으로 이끌었다.

'제가 있잖아요, 괜찮아요.'

몇 발짝인지 세어보려 했지만 소용없었다. 아이가 불안감을 거두고 더 빨리 움직이라는 듯 손을 잡아당겼던 것이다. 가는 길에 무언가에 발이 걸리는 바람에 소총을 떨어뜨리고 말았다. 깜깜해서 소총을 다시 찾을 수가 없었다.

"잠깐……."

그때 뒤에서 쾅 하는 소리와 함께 금속이 꺾어지는 소리가 들렸다. 바이럴이 그들을 찾아냈던 것이다. 눈앞에 햇볕이 보였다. 주변이 서서히 눈에 들어오기 시작했다. 두 사람이 서 있는 곳은 길고 천장이 높은 복도였다. 벽에는 시체가 가득했다. 해골들의 팔다리가 경고의 표시를 닮은 모양새로 뒤틀려 있었다. 다시 한번 뒤에서 쾅 소리가 들렸다. 문이 경첩에서 떨어져 나왔다. 복도 끝에 열

516

린 문이 하나 더 있었다. 계단실이었다. 머리 위 높은 곳에 노란 햇볕이 보였고, 비둘기 소리와 냄새가 났다. 표지판이 보였다. '옥상 출입구.'

피터는 돌아섰다. 소녀는 계단실 문밖 복도에 선 채였다. 두 사람의 눈이 홀린 듯 마주쳤다. 바로 그 순간 아이가 다가오더니 발돋움을 해 마치 부리로 물 위를 콕 쪼는 새처럼 다문 입술을 그의 뺨에 갖다 댔다.

소녀가 그의 뺨에 입을 맞춘 것이다.

그러더니 소녀는 문을 닫았다.

"이봐!" 자물쇠가 찰칵 잠기는 소리가 들렸다. 문손잡이를 잡고 흔들었지만 문은 꼼짝도 하지 않았다. 그는 굳게 잠긴 문을 주먹으로 쿵쿵 두드렸다.

"날 두고 가지 마!"

하지만 소녀는 사라지고 없었다, 마치 망령처럼. 다시 표지판을 보았다. '옥상 출입구.' 소녀는 그에게 이리로 올라가라고 알려준 셈이다.

피터는 계단을 오르기 시작했다. 공기가 후끈했고 비둘기 똥 냄새로 질식할 것 같았다. 새똥이 벽에 길게 칠해져 계단과 난간에 흰색 페인트가 굳어가는 것 같은 흔적을 남겼다. 피터가 계단을 오르는 내내 비둘기들은 그의 존재를 호기심 이상으로 취급하지도 않는 듯 안중에도 없이 이리저리 날아다녔다. 3층, 4층. 지쳐서 헉헉 숨을 토해댔다. 입속과 콧속에 썩은 냄새가 감돌았고 눈은 산을 뿌린 듯 따가웠다.

드디어 그는 계단 꼭대기에 닿았다. 마지막 문, 그리고 문이 달린 벽에는 손이 닿지 않는 높은 곳에 창이 하나 나 있었다. 그을음과 세월의 흔적으로 노랗게 변해버린, 깨진 유리의 잔해가 남은 창이었다.

문이 자물쇠로 잠겨 있었다.

막다른 길이었다. 결국 아이는 그를 막다른 길로 이끈 것이다. 첫 번째 바이럴이 아래층 문에 몸을 부딪치자 계단이 우르르 흔들렸다. 새들이 한꺼번에 퍼드득 날아올라 깃털을 마구 떨어뜨렸다.

그때, 새똥에 뒤덮여 보이지 않던 것이 눈에 들어왔다. 팔꿈치로 벽에 있는 유리를 깨고 도끼를 꺼냈다. 아래층에서 또 한번 쾅 소리가 들렸다. 한 번만 더 밀면 바이럴이 문을 부수고 쳐들어와 계단 위로 몰려올 것이다.

피터는 도끼를 머리 위로 들어 올린 다음 자물쇠를 겨냥해 힘주어 휘둘렀다. 도끼날이 살짝 비껴나갔지만 그래도 자물쇠에 흠집을 낸 것은 분명했다. 그는 심호흡을 한 뒤 거리를 견주어보고 다시 한번 온 힘을 다해 도끼를 휘둘렀다. 제대로 맞았다. 자물쇠가 부서져 떨어졌다. 남은 힘을 모두 그러모아 몸으로 문을 밀었다. 세월과 녹에 굳게 닫혀 있던 문이 스르르 열리더니 그는 햇볕 속으로 나왔다.

산이 마주 보이는 쇼핑몰 북쪽 지붕이었다. 그는 절뚝거리며 지붕 가장자리를 향했다.

적어도 15미터는 되는 높이였다. 다리만 부러지면 다행이었다.

바닥에 떨어져 운신도 못 하는 채 바이럴의 습격을 기다릴 수는 없었다. 인생을 그렇게 끝맺을 수는 없었다. 팔꿈치에서 피가 줄줄 흘렀다. 열린 문에서부터 핏자국이 길게 이어져 따라오고 있었다. 아픈 걸 느낀 기억은 없지만 문을 부술 때 다친 것 같았다. 하지만 이제 와 피가 조금 난다고 해서 그리 다를 것도 없었다. 적어도 도끼가 있으니까.

도끼를 휘두를 준비를 하며 문을 향해 돌아서려는 찰나 아래에서 고함 소리가 들려왔다.

"뛰어내려!"

건물 모퉁이에서 말을 탄 알리시아와 케일럽이 달려오고 있었다. 알리시아가 등자에 발을 걸친 채 몸을 구부리고 그에게 팔을 흔들어댔다.

"뛰어내리라고!"

피터는 바이럴에게 붙잡혀 가던 테오를 떠올렸다. 또, 바닷가에 선 아버지의 모습, 바다와 별을 떠올렸다. 자신의 몸으로 그의 몸을 덮어 보호하던 그 소녀, 목과 뺨에 느껴지던 숨결의 달짝지근한 온기를 떠올렸다.

아래에서는 동료들이 그의 이름을 부르며 팔을 흔들고 있었고, 바이럴들이 계단을 올라오고 있었고, 손에는 도끼가 들려 있었다.

'아직은 아니야.' 그는 생각했다. '아직은.'

그리고 그는 눈을 감고 지붕 아래로 뛰어내렸다.

또다시 여름이 왔고 그녀는 혼자였다. 곁에 누구도 없이 모든 곳, 온 사방에서 들려오는 목소리들만 있는 혼자.

그녀는 사람들을 기억했다. '남자'를 기억했다. 또 다른 남자, 그의 아내, 그의 아들, 어떤 여자를 기억했다. 그녀는 다른 사람들보다 좀 더 많은 것을 기억했다. 그녀는 그 누구도 기억하지 못했다. 어느 날 이렇게 생각했던 걸 기억했다. 난 혼자야. 나 외에는 사람이 아무도 없어. 그녀는 어둠 속에 살았다. 힘겨웠지만 빛이 있는 곳에서 걸어 다니는 것을 연습했다. 한동안은 고통스럽고 아팠다.

그녀는 걷고 또 걸었다. 산을 따라갔다. 남자가 산을 따라가라고, 달리라고, 온 힘을 다해 달리고 또 달리라고 했다. 그러던 어느 날 산이 끝났다. 이제 산은 없었다. 똑같은 산은 그 어디에도 없었다. 한동안 그녀는 목적 없이 걸었다. 그 한동안이 몇 년이었다. 그녀는 여기저기서 살았다. 또 다른 남자와 그의 아내, 아들과 살기도 했고, 그러다 어떤 여자와 함께 살았고, 그러다 마침내 아무도 남지 않게 되었다. 어떤 사람들은 죽기 전까지 그녀에게 친절하게 대해주었다. 그러지 않는 사람도 있었다. 그들은 그녀가 남들과는 다르다고 했다. 자신들과는 다르다고, 자신 같은 사람이 아니라고 했다. 그녀는 홀로 동떨어졌고 세상엔 그녀 같은 사람은 아무도 없었다. 그녀를 쫓아 보낸 사람도, 아닌 사람도 있었지만, 전부 죽었다.

그녀는 꿈을 꿨다. 목소리들에 대한 꿈, 그 남자에 대한 꿈이었다. 몇 달에 한 번, 아니면 몇 년에 한 번, 불어오는 바람 소리나 별들이 움직이는 소리에 귀를 기울이면 남자의 목소리가 들렸고 그러면 남자가 자신을 돌봐주던 손길이 그리웠다. 그러나 시간이 흐를수록 그의 목소리는 그녀의 머릿속에서 다른 사람들의 목소리와 뒤섞였다. 마치 어둠이 사물이자 사물이 아닌 것처럼 그곳에 있으면서도 있지 않은, 존재와 부재가 뒤섞인, 꿈을 꾸는 사람들의 목소리였다. 세계는 죽지 못하고 꿈을 꾸는 영혼들의 세계였다. 그녀는 생각했다. 내 발아래는 땅, 내 머리 위에는 하늘이 있고, 텅 빈 건물들과 바람과 비와 별들, 그리고 온 사방에 목소리, 그리고 그 질문이 있다고.

'나는 누구지? 나는 누구지? 나는 누구지?'

남자는, 그리고 다른 사람들, 또 다른 남자, 아내, 아이, 여자 모두 그들을 두려워했지만 그녀는 두렵지 않았다. 그녀는 꿈꾸는 자들을 남자에게서 떼어놓으려 했고, 그 일에 성공했다. 그들은 사슬처럼 각자의 질문을 질질 끌고 그녀를 따라왔다. 마치 책에서 읽은 제이컵 말리라는 유령처럼. 한동안 그녀는 그들이 유령이라고 생각했지만 그게 아니었다. 그녀는 그들이 무엇인지 몰랐다. 마찬가지로 자기가 무엇인지도 몰랐다. 어느 날 밤 잠에서 깨자 그들이 간절한 눈빛으로 어둠 속에서 잉걸불처럼 빛을 내며 온 사방에 있는 것이 보였다. 바깥은 춥고 비가 내렸고 그곳은 헛간이었던 것이 기억난다. 그들의 꿈꾸는 얼굴, 그녀가 홀로 걸어 다니는 세계를 닮은 슬프고 외로운 그 얼굴이 그녀를 온통 둘러싸고 있었다. 그들은 그녀가 자신들의 질문에 대답해주기를 바랐다. 그들의 숨결이 뿜어내는 냄새가 느껴졌다. 어두운 밤을 닮은 그 냄새는 핏속을 휘도는 그 질문을 담고 있었다. '나는 누구지?' 그들이 물었다.

나는 누구지 나는 누구지

그 순간 그녀는 그 헛간에서 도망쳤다. 달리고, 또 달렸다.

계절이 바뀌었다. 계절이 바뀌고, 또 바뀌고, 계속해서 바뀌었다. 춥다가 춥지 않다가 했다. 밤은 길다가 또 짧아졌다. 등에 진 배낭에 필요한 물건과 마음에 안정을 주기 때문에 갖고 있고 싶은 물건들을 챙겨 다녔다. 그 물건이 있으면 기억을 떠올리는 데 도움이 되었다. 지난 일들, 좋은 것부터 나쁜 것까지 기억할 수 있도록. 그러니까 유령 제이컵 말리가 나오는 이야기. 여자가 다른 모든 사람처럼 요란한 소동 끝에 죽기 전 자기 목에서 풀어주었던 로켓. 뼈가 산처럼 쌓인 터에서 가져온 뼛조각, 배를 보았던 해변에서 가져온 돌. 가끔 음식을 먹기도 했다. 어디선가 통조림을 발견하면 안에 든 것이 상해 있기도 했다. 가방에 있던 따개로 캔을 열면 안에서 지독한 냄새가 풍겼다. 사람들이 나란히, 때로는 나란하지 않게 죽어 있는 건물 안에서 나는 냄새 같았다. 냄새가 나면 이 음식 말고 다른 것을 먹어야 한다는 걸 알았다. 한번은 드넓은 회색 바다와 파도에 부드럽게 둥글린 자갈로 된 해변, 그리고 기다란 가지를 수면 위로 늘어뜨린 키 큰 소나무 숲이 있는 곳에 갔던 적이 있다. 밤에는 별들이 빙빙 돌아가는 것을 보았다. 달이 솟아올랐다가 수평선 뒤로 지는 모습을 보았다. 오래전과 똑같은 달이었기에 그곳에 있을 땐 잠시 행복했다. 배를 본 것은 그곳에서였다. '안녕!' 그녀가 외쳤다. 아주 오랫동안 아무도 보지 못했기에 배를 발견했다는 것만으로도 기뻤다. '안녕! 배야! 안녕, 커다란 배야, 안녕!' 그러나 배는 대답을 돌려주지 않았다. 배는 며칠간 바다 위를 흘러가다가 어느 밤 조수의 흐름에 이끌려 다시 돌아왔다. 오로지 그녀만 꾸는 꿈속인 것만 같았다. 바위 지대며 핏빛으로 물든 끊어진 다리를 지나 크고 작은 다른 지형지물들을 지나 몇 날 며칠 만에 배로 다가간 뒤에야 그 배도 바위 지대 위로 쏠려 온 다른 배들처럼 텅 비어 있는 것을 알았다. 바다는 새까맸고 상한 통조림에서 나는 것 같은 썩은 내가 났다. 그래서 그녀는 그곳에서도 떠났다.

아, 그녀는 그들을, 그들 모두를 느낄 수 있었다. 손을 뻗어 어둠을 쓰다듬으면 그 안에 온통 그들이 가득했다. 그들의 서글픈 망각. 그들의 어마어마하게 끔찍한 상심. 끝을 모르는 간절한 질문. 그러면 그녀는 일종의 사랑을 닮은 슬픔을 느꼈다. 그녀를 돌봐주고, 달리라고, 계속 달리라고 했던 그 남자에게 느꼈던 사랑과 비슷했다.

남자. 그녀는 눈앞에서 태양이 폭발하는 것처럼 빛과 열기가 들끓던 때를 기억했다. 남자의 슬픔, 남자의 감정을 기억했다. 그러나 남자의 목소리는 더는 들리지 않았다. 그는 사라진 것이 분명하다고 그녀는 생각했다.

어둠 속에서는 다른 목소리들도 들렸다. 그리고 그녀도 그들이 누구인지 알고 있었다.

'나는 뱁콕이다.'

'나는 모리슨.'

'나는 차베스.'

'나는 배프스, 터릴, 윈스턴, 소사, 에콜스, 램브라이트, 마르티네스, 라인하르트, 카터.'

그녀는 그들을 '열둘', 즉 '트웰브'라고 불렀다. 트웰브는 어디에나 있었다. 세계의 안에, 세계의 뒤에, 그리고 어둠 그 자체에 실처럼 꿰어져 있었다. 트웰브는 이제 세상의 모든 사물의 피부 아래 흐르는 피와 같았다.

수많은 세월 중에서 그녀는 어느 하루를 기억했다. 뼈가 가득한 땅으로 갔던 날. 그리고 또 다른 하루. 새를 보았던 날, 말을 잃은 날. 키 큰 나무가 많은 곳이었다. 눈앞의 허공에서 무언가 펄럭펄럭 날았다. 그녀는 이제 빛 속에서 걷는 법을 알았기에 햇살 속에서 맨발로 풀 위를 밟고 있었다. 그것은 날개를 퍼덕이며 눈앞을 맴돌았다. 그녀는 그것을 보고 또 보았다. 마치 며칠씩이나 그것을 빤히 보고 있었던 것처럼 느껴졌다. 이것의 이름을 생각하고 입 밖으로 내려는 순간 그녀는 말하는 법을 잊었다는 것을 깨달았다. 새. 그러나 마음속에 떠오른 그 단어가 밖으로 나올 수 있는 문이 없었다. 노래하는…… 새. 알고 있는 모든 단어를 떠올렸지만 여전히 입 밖에 낼 수가 없었다. 모든 말이 그녀의 안에 갇혀버렸다.

그리고 오랜 시간이 흐른 뒤 달빛이 비치던 어느 밤, 그녀는 세계에 벗이라고는 아무도 없이 혼자 있다가 생각했다.

'이리 와.'

그들이 왔다. 첫 번째, 두 번째, 그리고 차례차례 모두가 찾아왔다.

'내게 와.'

그들이 그늘 속에서 나왔다. 하늘에서, 높은 곳에서 마구 뛰어다녔고 곧 그녀가 있던 헛간 안에 셀 수 없을 정도로 많은 그들이 모였다. 그들이 꿈꾸는 얼굴로 그녀를 둘러쌌다. 그녀는 그들을 어루만졌다. 그러자 혼자라는 기분이 사라졌다. 그녀가 물었다.

'우리가 다야? 지금까지 너무나 오랫동안 아무도 본 적이 없어. 남자도, 여자도. 이제 나라고 부를 수 있는 사람은 나밖에 없어?'

그러나 그들은 대답하지 않고 질문을 쏟아낼 뿐이었다.

'이제 가.'

그녀는 그렇게 생각하고 눈을 감았다. 눈을 뜨자 다시 혼자였다.

그렇게 그녀는 그들에게 말 거는 법을 배웠다.

그러다 몇 계절, 몇 년의 수많은 밤이 흐른 뒤 그녀는 파묻힌 도시를 만났다. 어둑해지는 빛 속에 말을 탄 사람들이 보였다. 여섯 마리의 근육질 말에 올라탄 여섯 명의 남자였다. 남자들은 기억 속, 남자와 그의 아내와 아이와 또 다른 여자가 죽고 나서 보았던 다른 남자들처럼 총을 가지고 있었다. 그녀는 어둠 속에 숨어서 밤을 기다렸다. 무엇을 해야 할지는 알 수 없었지만, 어둠 속에 몸을 숨기자마자 곧 그들이 몰려들었고 그녀가 그러지 말라고 했음에도 그들은 남자들을 위에서 덮쳤고 그중 셋이 죽었다.

그녀는 시체가 누운 곳을 향했다. 죽은 남자들과 말들은 그런 죽음에서 언제나 그렇듯 피가 전부 빨려나간 시체였다. 죽기 시작한 세 남자는 아무 데도 보이지 않았지만 그중 한 사람의 영혼은 가까운 곳, 형체 있는 사물이 없어 이름

붙일 수 없는 공간에서 이곳을 바라보고 있었다. 그녀는 몸을 구부려 그 남자의 얼굴을 바라보았다. 남자와 그의 아내와 아이와 또 다른 여자가 지었던 것과 같은, 두려움, 고통, 그리고 그 모든 것을 내려놓은 표정이었다. 그녀는 남자의 이름이 윌럼이라는 것을 알 수 있었다. 그리고 윌럼에게 그런 짓을 한 자들은 너무나 미안해하고 있었다. 그녀는 일어나서 그녀에게 말했다. '괜찮아, 하지만 앞으로는 이런 짓을 하지 않게 노력했으면 좋겠어.' 그러나 그녀는 그들이 이를 억누를 수 없다는 사실을 알았다. 왜냐하면 '트웰브'가 그들의 마음을 피에 대한 갈망으로 가득 채우고, 어떠한 질문에도 대답하지 않으면서, 오로지 그들의 정신 속에 이 말만을 불어넣고 있었기에.

'나는 뱁콕이다.'

'나는 모리슨.'

'나는 차베스.'

'나는 배프스, 터럴, 윈스턴, 소사, 에콜스, 램브라이트, 마르티네스, 라인하르트, 카터.'

'나는 뱁콕.'

'뱁콕.'

'뱁콕.'

빛이 너무 밝았고, 어떤 날은 빛을 피할 수 있는 곳이 아무 데도 없었지만, 그녀는 그들을 따라 사막 위를 걸었다. 어디선가 찾은 천으로 몸을 감싸고 얼굴에는 선글라스를 썼다. 낮은 길었고 해는 하늘 위로 호를 그리며 강렬한 빛을 내리쬐고 있었다. 밤이면 사막은 고요했고 걷는 그녀의 발자국 소리와 심장이 뛰는 소리, 그리고 꿈을 꾸는 세계뿐이었다.

그러던 어느 날 다시 산이 나타났다. 말을 타고 있던 남자들을 다시 만난 적도, 그들이 어디에서 왔는지도 알 수 없었다. 산 아래 골짜기에는 군데군데 바람에 따라 흔들리는 나무들이 있었는데 그곳에서 말들이 있는 건물을 발견했다.

꼼짝없이 가만히 있는 말들을 보며 그녀는 생각했다. 어쩌면 전에 보았던 그 말들인지도 몰라. 말들은 살아 있지 않았지만 마치 살아 있는 것 같았고, 말들을 바라보자 평화로운 기분이 들었으며 남자가 자신을 돌보던 손길이 떠올랐기에 그녀는 이곳에 머물러야겠다고 생각했고, 달리고 또 달리던 나날은 이제 끝이라고 생각했다. 이곳이 그녀가 쉴 곳이었다.

그러나 그 시절도 이제 끝이었다. 말을 탄 남자들이 되돌아왔고 그녀는 그중 한 사람을 구했다. 그녀는 본능적으로 그를 끌어안고 꿈꾸는 자들에게 '가, 이제 물러가. 이 사람은 죽이지 마' 하고 명령했다. 한동안 그 명령은 그들을 잠재웠으나 그들의 정신 속으로 침투한 다른 목소리, 그리고 피에 대한 굶주림이 너무 강했다.

어둠 속에서 그녀는 자신이 구한 한 남자를 생각하며 그가 죽지 않았기를 바랐고, 다시 총을 든 남자들이 말을 타고 돌아오는지를 기다렸다. 그렇게 한참의 시간이 지나도록 아무 기적이 없자 그녀는 다른 모든 곳을 떠났을 때처럼 이곳을 떠나기로 하고 달빛이 비치는 밤을 향해 나섰다. 그녀는 밤의 일부였고, 밤으로부터 떼어낼 수 없는 존재였다.

―그들은 어디로 간 거야?

그녀가 어둠을 향해 물었다.

―말을 탄 남자들을 찾으려면 어디로 가야 하지? 너무 오래 혼자였고, 세상엔 오직 나뿐이었잖아.

그러자 밤하늘에서 여태까지와는 다른 새로운 목소리가 이렇게 대답했다.

'달빛 속으로 가려무나, 에이미.'

―어디로? 어디로 가야 해?

'그들을 내게 데려와. 길이 너에게 길을 알려줄 거야.'

그녀는 그러기로 마음먹었다. 꼭 그렇게 할 것이었다. 너무 오랫동안 혼자였으니까, 나 말고 아무도 없었으니까, 그리고 내 마음속에는 슬픔이 가득하고, 나를 닮은 사람을 찾고 싶은 소망이 가득하니까, 이제 더 이상 혼자가 아닐 수 있다면.

'달빛 속으로 가서 내가 너를 아는 것만큼 잘 아는 그 사람들을 찾아, 에이미.'

—에이미, 에이미가 누구지?

그러자 목소리가 대답했다.

'너야.'

패시지 1

1판 1쇄 인쇄 2019년 10월 14일
1판 1쇄 발행 2019년 10월 21일

지은이 저스틴 크로닌 **옮긴이** 송섬별
펴낸이 김영곤
펴낸곳 ㈜북이십일 아르테
오리진사업본부 본부장 신지원
책임편집 곽선희 **미디어믹스팀** 강소라 이은
마케팅팀 임동렬 이한나 황은혜 **영업팀** 김한성 오서영 이광호
해외기획팀 장수연 이윤경
홍보기획팀장 이혜연 **제작팀** 이영민 권경민

ISBN 978-89-509-8278-2 04840

아르테는 ㈜북이십일의 문학 브랜드입니다.

출판등록 2000년 5월 6일 제 406-2003-061호
주소 (우 10881) 경기도 파주시 회동길 201(문발동)
대표전화 031-955-2100 **팩스** 031-955-2151

(주)북이십일 경계를 허무는 콘텐츠 리더

아르테 채널에서 도서 정보와 다양한 영상자료, 이벤트를 만나세요!
북이십일과 함께하는 팟캐스트 '[북팟21] 책 이게 뭐라고'
페이스북 facebook.com/21arte   블로그 arte.kro.kr
인스타그램 instagram.com/21_arte   홈페이지 arte.book21.com

책값은 뒤표지에 있습니다.
이 책 내용의 일부 또는 전부를 재사용하려면 반드시 ㈜북이십일의 동의를 얻어야 합니다.
잘못 만들어진 책은 구입하신 서점에서 교환해드립니다.